本书为国家社科基金一般项目"雪莱诗歌研究"（16BWW050）最终成果并得到杭州师范大学人文社会科学振兴计划项目资助

雪莱诗歌研究

曹山柯 著

中国社会科学出版社

图书在版编目（CIP）数据

雪莱诗歌研究/曹山柯著. —北京：中国社会科学出版社，2022.10
ISBN 978-7-5203-9494-9

Ⅰ.①雪… Ⅱ.①曹… Ⅲ.①雪莱(Shelly, Percy Bysshe 1792-1822) —诗歌研究 Ⅳ.①I561.072

中国版本图书馆 CIP 数据核字（2021）第 270261 号

出 版 人	赵剑英
责任编辑	顾世宝
责任校对	沈丁晨
责任印制	戴　宽

出　　版	中国社会科学出版社
社　　址	北京鼓楼西大街甲 158 号
邮　　编	100720
网　　址	http://www.csspw.cn
发 行 部	010-84083685
门 市 部	010-84029450
经　　销	新华书店及其他书店
印　　刷	北京明恒达印务有限公司
装　　订	廊坊市广阳区广增装订厂
版　　次	2022 年 10 月第 1 版
印　　次	2022 年 10 月第 1 次印刷
开　　本	710×1000　1/16
印　　张	27.75
字　　数	441 千字
定　　价	158.00 元

凡购买中国社会科学出版社图书，如有质量问题请与本社营销中心联系调换
电话：010-84083683
版权所有　侵权必究

目　　录

导论　神话：善与恶的终极较量 ………………………………（1）
　　第一节　神话：一个游移不定的词语 …………………………（3）
　　第二节　神话的适应性：雪莱诗歌里的神话 …………………（7）
　　第三节　神话：恶与善的终极较量 ……………………………（12）

第一章　雪莱诗歌中的神话与权力 ……………………………（17）
　　第一节　神话、文学与政治 ……………………………………（19）
　　第二节　雪莱诗歌中的正当性诉求 ……………………………（35）
　　第三节　神话的共同体：人性、公民社会与政治义务 ………（49）

第二章　神话与雪莱诗歌的生命力 ……………………………（66）
　　第一节　"出生的东西都趋向于消失" …………………………（68）
　　第二节　"真理是时间之女" ……………………………………（83）
　　第三节　揭开《解放了的普罗米修斯》的面纱 ………………（98）

第三章　神话、性、女权主义意识 ……………………………（117）
　　第一节　时代转型与诗歌的政治功能 …………………………（119）
　　第二节　神话、性文明、平等主义 ……………………………（133）
　　第三节　"起来，记忆，写下那赞美" …………………………（150）

第四章　神话与雪莱诗歌的乌托邦魅力 ………………………（167）
　　第一节　《心之灵》：理想爱情的冥思 ………………………（169）
　　第二节　源自"乌托邦"的神圣战栗 …………………………（184）

第三节　神话、暴君、自由、解放 …………………………（199）

第五章　雪莱诗歌中的政治思想 …………………………（216）
　　第一节　"天才的预言家" ……………………………………（218）
　　第二节　1815年之后雪莱诗歌中的政治情怀 ……………（234）
　　第三节　雪莱诗歌的政治影响 ………………………………（250）

第六章　神话、浪漫主义、雪莱诗歌 ………………………（268）
　　第一节　法国革命和浪漫主义的政治情结 …………………（269）
　　第二节　《麦布女王》中的革命浪漫主义情结 ……………（284）
　　第三节　通往神话之境的伦理之路 …………………………（300）

第七章　不同意识形态的激烈搏斗 …………………………（316）
　　第一节　《宇宙的灵魂》和《阿拉斯特》 …………………（318）
　　第二节　存在与超越：雪莱诗歌的不朽灵性 ………………（336）
　　第三节　雪莱诗歌中的深层焦虑 ……………………………（353）

第八章　雪莱诗歌的崇高革命品质 …………………………（375）
　　第一节　1810—1813：从小说走向经典诗歌 ………………（377）
　　第二节　《伊斯兰的反叛》：反叛、至善与崇高 …………（392）
　　第三节　被压迫者挣脱枷锁的悲壮吼声 ……………………（409）

结　语 …………………………………………………………（428）

参考文献 ………………………………………………………（435）

导 论

神话:善与恶的终极较量

神话是关于家园以及人如何在其家园生存的古老故事。人类想要有意义地在这个世界生存下去,就必须在进行物质生产的同时创造出精神产品——神话——它敞开了人类的思想大门,让他们穿梭在天空与大地、想象与现实、天堂与人间、人间与地狱、善良与邪恶、真理与荒谬之间,逐渐形成一种原始的伦理道德观。

神话的存在以及它们是如何在文学作品中发生作用的,是非常值得探讨和研究的有意义的话题。就拿古希腊神话来说,《神谱》《伊利亚特》《奥德赛》以及众多与之相关的文学作品都内容丰富、博大精深,它们不但向读者展现了希腊由氏族神话进入铁器社会这一历史时期所发生的轰轰烈烈的重大历史事件,而且为他们提供了那个时期人们的基本道德观念,请看《神谱》中的一段描述:

> 最先产生的确实是卡俄斯(混沌),其次便产生该亚——宽阔的大地,所有一切〔以冰雪覆盖的奥林波斯山峰为家的神灵〕的永远牢靠的根基,以及在道路宽阔的大地深处的幽暗的塔尔塔罗斯、爱神厄罗斯——在不朽的诸神中数她最美,能使所有的神和所有的人销魂荡魄、呆若木鸡,使他们丧失理智,心里没了主意。从混沌还产生出厄瑞波斯和黑色的夜神纽克斯;由黑夜生出埃忒尔和白天之神赫莫拉,纽克斯和厄瑞波斯相爱怀孕生了他俩。大地该亚首先生了乌兰诺斯——繁星似锦的皇天,他与她大小一样,覆盖着她,周边衔接。大地成了快乐神灵永远稳固的逗留场所。大地还生了绵延起伏的山脉和身居山谷的自然女神,纽墨菲的优雅住处。大地未经

甜蜜相爱还生了波涛汹涌、不产果实的深海蓬托斯。后来大地和广天交合,生了涡流深深的俄刻阿诺斯、科俄斯、克利俄斯、许佩里翁、伊阿佩托斯、忒亚、瑞娅、忒弥斯、谟涅摩绪涅以及金冠福柏和可爱的忒修斯。他们之后,狡猾多计的克洛诺斯降生,他是大地该亚所有子女中最小但最可怕的一个。①

从这段神话描述中,我们可以看出:在赫西俄德的宇宙观里,大地是一个圆盘,周围是充满涡流的深深海洋俄刻阿诺斯,大地漂浮在广阔的水域上,被称作万物之根基;它是人类、动物、山丘和树木的生长之地,是人类繁衍生息的家园。值得注意的是,与大地一起诞生的还有黑色的夜神纽克斯和白天之神赫莫拉,也就是说,黑与白、冷与暖以及恶与善等的二元对立是与天地一起产生的,这就形成了人类原始的伦理、道德观念。更值得注意的是,白天之神产生于黑夜,他是黑暗的化身厄瑞波斯和黑色的夜神纽克斯相爱怀孕后所产生的结果,也就是说,对立的一方是由原本非对立的、独自存在的一方产生出来的。从古希腊神话中,我们可以看出,世界出现之前是混沌的,是一片"无"的状态,从"无"生出"有",生出包罗万象的世界,而从这个世界产生的那一刻开始,便产生了二元对立。二元对立暗示着善与恶的存在与抗争,就像狡猾多计的克洛诺斯那样,他"从埋伏处伸出左手,右手握住那把有锯齿的大镰刀,飞快地割下了父亲的生殖器,把它往身后一丢,让它掉在他的后面。它也没有白白地从他手里丢掉,由它溅出的血滴入大地,随着季节的更替,大地生出了强壮的厄里倪厄斯和穿戴闪光盔甲、手执长矛、身材高大的癸干忒斯,以及整个无垠大地上被称作墨利亚的自然神女们"②。

克洛诺斯割下他父亲的生殖器是一种善与恶之间的对抗,被割掉的生殖器是人类为了更安全、繁荣地发展所宰杀的一头"替罪羊"。细心的读者会发现,"该亚和乌兰诺斯还生有另外三个魁伟、强劲得无法形容的儿女,他们是科托斯、布里阿瑞俄斯和古埃及斯——三个目空一切

---

① [古希腊]赫西俄德:《神谱》,张竹明等译,商务印书馆1991年版,第29—30页。
② [古希腊]赫西俄德:《神谱》,张竹明等译,商务印书馆1991年版,第31—32页。

的孩子。他们肩膀上长出一百只无法战胜的肩膀,每个人的肩上和强壮的肢体上都还长有五十个脑袋。他们身体魁伟、力大无穷、不可征服。在天神和地神生的所有子女中,这些人最可怕,他们一开始就受到父亲的憎恨,刚一落地就被其父藏到大地的一个隐秘处,不能见到阳光。天神十分欣赏自己的这种罪恶行为"。天神乌兰诺斯对这三个孩子的憎恨以及把这三个孩子藏在不能见到阳光的地方原本就是恶,所以他们的母亲非常气愤,对孩子们说:"我的孩子,你们有一位罪恶的父亲,如果你们愿意听我的话,让我们去惩罚你们父亲的无耻行径吧,是他最先想出做起无耻之事的。"在母亲的纵容下,也为了铲除"恶",克洛诺斯割下了父亲的生殖器。

这种选替罪羊的做法不仅存在于古希腊神话中,还存在于世界各地的巫术文化中。替罪羊可以是野生动物、家养牲畜或树木等载体,也可以是人。"在尼日尔河的奥尼沙城,为了消除当地的罪过,过去每年总是献出两个活人来祭祀。1858 年 2 月 27 日,J. C. 泰勒牧师见过一个这样的人牺献祭祀。受难者是一位妇女,约莫十九、二十岁的年纪。人们让她脸朝地躺着活活地从王宫一直拖到河边,有两英里的距离,跟在她后面的人群喊道:'邪恶!邪恶!'其意图是要'消除那里的罪过。用无情的方式拖着她的身体,好像他们一切邪恶的重担都这样带走了'。"[①] 想一想这种替罪羊文化,我们不难从中得出这样一个结论:神话的价值在于它充分体现了人间善与恶的终极较量,体现了人们企图摆脱罪恶、恐惧的威胁和回归家园的梦想。

第一节 神话:一个游移不定的词语

神话是一个语义涵盖面比较宽阔的词语,它既用来指幻想、杜撰出来的愚昧无知的虚假事物,也用来指神秘、终极的神圣真理。2006 年版《大英简明百科全书》(*Britannica Concise Encyclopedia*)把神话解释为"用于展示一个民族部分世界观的历史事件或对某种习惯、信仰或

[①] [英]詹·乔·弗雷泽:《金枝》下册,徐育新等译,中国民间文艺出版社 1987 年版,第 812 页。

自然现象的解释。神话讲述了上帝或常人之外的超人类事件的发生、在什么情形下发生以及他们的所作所为"①。2005 年版《牛津英汉双解大词典》（*Oxford English—Chinese Dictionary*）对神话的解释是："神话（故事）通常包含超自然或想象的人物，体现民众对自然或社会现象等的看法。"② 维基百科（Wikipedia）认为，神话是包括多重含义的故事，任何文化中的神话都与创世相关，而神话中的人物通常是上帝、英雄、动物或植物，他们都被置于史前的远古时代。③ 毋庸置疑，神话的中心都是关于上帝、神仙等超自然的传说；然而在不同文化中，神话的具体故事情节及其在社会文化中的作用是不尽相同的。例如：对橡树之神的崇拜是欧洲不少国家的民间习俗，但不同国家对橡树所代表的那位神的称呼有些区别。在希腊和意大利，人们把橡树与他们最高的神宙斯或朱庇特（天神、雨神和雷神）联系在一起，宙斯具有降雨的能力，给大地带来雨水和肥沃的土壤，好让人们富足地生活；而在立陶宛，橡树是专门奉献给雷电之神泊库纳尔的；每逢干旱求雨，人们总是到树林深处向雷神献祭牺牲。④

　　崇拜树神不仅仅发生在欧洲国家，这样的崇拜行为还发生在世界其他一些国家。澳大利亚中部的狄埃利部落把某些树看得非常神圣，认为是他们的祖辈化生的，因此谈到这些树的时候，非常尊敬，并且不许砍伐和焚烧它们。菲律宾群岛上的土著人相信他们祖先的鬼魂就住在某些树里；风吹树叶飒飒作响，他们以为是神灵在说话，每当经过树旁，必恭敬行礼，请求原谅打扰了它的安宁。中国西南苗族人聚居地区每个村口都有一颗神树，村民相信他们最早祖先的灵魂就住在其中并且左右着他们的命运。西里伯岛上的陶布恩库人在清理一块林中土地栽种稻秧之前，先在林中搭起一座小屋，并在里面摆设衣服食物和金银，邀请林中所有精灵，向他们献上这一切，恳求他们离开当地，然后才能平安地砍

---

① *Britannica Concise Encyclopedia*, London: Encyclopedia Britannica, Inc. 2006.
② 《牛津英汉双解大词典》，外语教学与研究出版社 2005 年版。
③ 参见 Wikipedia, the free encyclopedia, https://en.wikipedia.org/wiki/Myth。
④ 参见［英］詹·乔·弗雷泽《金枝》上册，徐育新等译，中国民间文艺出版社 1987 年版，第 240—244 页。

伐树木，不用担心因此受到伤害。①

　　崇拜树神的事例说明，尽管学者大多同意神话是人类早期文化活动的描述或一个民族原始崇拜的源泉这一观点，但是对于神话后面到底隐藏着什么的问题，这种一致性就不复存在了。显然，树神崇拜的背后存在着颇为深层的与人民生活息息相关的朴素思想：树木被看作一种神圣的、有生命的精灵，因为它能够行云降雨，能够使阳光普照，六畜兴旺，妇女多子。加纳的黑人习惯在某些大树脚下致祭，他们认为，只要砍伐了一株这样的大树，大地上的一切果实都将毁掉。瑞典农民在小麦地里的每一条犁沟中都插一根带绿叶的树枝，认为这样可以保丰产。印度北方人把余甘子树看作一种神树，每年二月十一日都要向神树祭祀，把酒或油洒在树下，将一根红色或黄色的细绳拴在树干上，祈求树神赐福保佑人畜两旺，五谷丰登。② 从这些树神崇拜背后，我们看到了神话的意义，它表现了处于原始社会时期的人类的诉求，是人类文明发展过程中不可或缺的必然因素和基本成分。虽然神话听起来有些神秘，但其隐秘的意义是可以理解的。这时，作为客体的自然往往被当作一种表达内心世界的象征，它渗透着鲜明的、非理性的想象力，是人丰富的内心世界的表征。

　　非常有意思的是，在神话中同一个被崇拜的神圣对象也会有被"判处死刑"的时候，这使神话的象征意义变得复杂起来。还是以树神为例来说明这个问题。在北欧，有一个定期杀死林中之王——树神——的风俗。林中之王由人装扮而成，他从头到脚都披着树叶和鲜花，头上戴一顶尖尖的高帽子，帽尖落在他肩上，帽子上只给他眼睛留两个洞，帽上铺满水藻，顶上覆盖着芍药花。装扮的"树神"两边各有一手执出鞘宝剑的男童牵着他的胳膊，带他走过往他们身上浇水的人群，来到水深齐腰的河里。这时，一个男童站在桥上，假装要砍掉他的头。③ 这种杀死树

---

① 参见［英］詹·乔·弗雷泽《金枝》上册，徐育新等译，中国民间文艺出版社1987年版，第174—176页。

② 参见［英］詹·乔·弗雷泽《金枝》上册，徐育新等译，中国民间文艺出版社1987年版，第177—180页。

③ 参见［英］詹·乔·弗雷泽《金枝》上册，徐育新等译，中国民间文艺出版社1987年版，第434—436页。

神的习俗在很多地方都存在。于是，问题来了：既然他们代表草木精灵，为什么要"杀死"他们？

神话具有非常丰富的思想内涵，它的深刻性不仅在于它所要表现的思想，而且在于它所隐匿的思想。神话就像一把可以打开人类精神世界大门的钥匙，为我们对人类精神世界进行无穷无尽的解读提供便利和条件。神的生命寄住在树木中，而树木由于各种原因会变得衰弱，神灵的生命也因此受到玷污或损毁；所以，挽救神灵生命的最好做法是，在树木变得日益衰弱的时候，把树木杀死，好让神灵早日离开它，寄住到更加强壮的树木身上。在这里，杀死树神只不过是杀死神灵的载体，并不意味着神灵的消灭，而是暗示着神灵将在更好的形体中苏醒或复活，使神灵以更纯洁、更强壮的体魄出现。这种杀死树神的方式隐匿着古老文化中特有的关于生命与死亡的复杂心理，它反映了人对神秘力量的敬畏以及在社会实践中努力把握自己命运的企图。原始人在极其艰苦的自然条件下，与恶劣的自然环境英勇抗争，一步步地走向文明，正是"靠着一种新的力量能够抵制和破除对死亡的畏惧。他用以与死亡相对抗的东西就是对生命的坚固性，生命的不可征服、不可毁灭的统一性的坚定信念"[①]。这就是神话所透射出来的意义和力量。

"人的生命在空间和时间中根本没有确定的界限，它扩展于自然的全部领域和人的全部历史。"[②] 所以，神话展现给我们的各种社会活动、英雄人物、力量冲突等都是没有确定的界限的，它们是人类社会早期状况的真实反映。人类早期的思维方式是非常简朴而缺乏理性的，这在神话里颇为显著地展示了出来。在《圣经·创世纪》第一章第五节的一开始就这么写道："起初神创造天地。地是空虚混沌，渊面黑暗；神的灵运行在水面上。神说：'要有光。'就有了光。神看光是好的，就把光暗分开了。神称光为昼，称暗为夜。有晚上，有早晨，这是头一日。"这样的描述是非常简洁、质朴的，却缺乏理性。对于基督教徒来说，这段描述非但不缺乏理性，而且是真理；因为在《圣经·箴言》第一章第三节里，

---

① ［德］恩斯特·卡西尔：《人论》，甘阳译，上海译文出版社2003年版，第135页。
② ［德］恩斯特·卡西尔：《人论》，甘阳译，上海译文出版社2003年版，第132页。

早就明确地说过了："敬畏耶和华是知识的开端。"

无论对理性主义者还是对非理性主义者而言，神话都是人类文明的一种特殊情结，这种情结不是受到强迫后人为制造出来的，而是与生俱来的，因为人类从诞生那天起就带着神话的心理"胎记"。它随着人类的社会生产活动的发展而发展，随着时代的变化而变化，为社会文化的发展和伦理道德的基础提供了有力的支撑。马林诺夫斯基（Malinowski，1884—1942）在论及神话在原始文化中的社会功能时，对神话在社会文化和伦理道德方面的建构作用做了一个很好的概述，他说："神话在原始文化中有必不可少的功用，那就是将信仰表现出来，提高了而加以制定；给道德以保障而加以执行；证明仪式的功效而有实用的规律以指导人群，所以神话乃是人类文明中一项重要的成分；不是闲话，而是吃苦的积极力量；不是理智的解说或艺术的想象，而是原始信仰与道德智慧上实用的特许证书。"[①] 神话的这些功能无疑受到历代意识形态的高度重视，传递这些思想意识的神话也在各个历史时期的学者那里生发出不同的意义。

第二节 神话的适应性：雪莱诗歌里的神话

神话的非理性特点使它自诞生那天起就具备了某种"游移不定"的趋向，朝着人类最深层的创造潜力开放；所以，神话一直被认为是文学、艺术灵感的永恒源泉。神话是人类主观意识的产物，也是人类企图超越自我和现实存在的理想追求；在艰难困苦、与猛兽为伍的原始时代，神话的确为那个茹毛饮血的世界提供了某种"合乎情理"的美妙解释，也为人类提供了不可或缺的精神养分。

马克思研究了希腊神话之后，认为希腊神话中的神灵不是某个人虚构出来的，而是当时社会生活的反映。马克思在其博士学位论文中说："这些神灵并不是伊壁鸠鲁的虚构。它们本来是存在着的。它们乃是希腊艺术里面所塑造成的神灵。""这些神灵之所以受到尊敬，是

---

① ［英］马林诺夫斯基：《巫术科学宗教与神话》，李安宅译，中国民间文艺出版社1986年版，第86页。

由于它们的美丽、它们的庄严和它们优秀的本性,而不是由于人们对它们有什么贪图。"① 马克思的这段话清楚地说明一个道理,即神话美丽、庄严、优秀的本质是建立在表现人的社会存在基础上的,是充满"人性"的。它使人类早期天真、美好的梦想形象化和诗意化,把对恶的惩罚以地狱的形式,把对善的张扬以天堂的形式展示给世人,起到了很好的教化作用。神话的这种教化作用在历史发展过程中从来没有停歇过,它以某种与时俱进的适应性顽强地存活在各个时代的人文世界里。

　　古代政治文明的核心是王权,神话的适应性从氏族、部落和国家的形成就起着非常重要的作用,它作为政治集团的统治手段之一在不同的时代和地区因统治者的政治理念嬗变而嬗变,最终目的是实现对领土和人民的控制。阿多尼斯神话就是一个例子。阿多尼斯(Adonis)是植物神,源于巴比伦和叙利亚的闪米特人;古巴比伦人的赞歌中有好几首是悼念他的,把他比作容易凋谢的植物,说他是"园中缺水的赤杨,/小花从未在枝头露相;/河边不乐的垂柳,/深根全被挖走;/老茴香草,/没有清泉淋浇"②。阿多尼斯表示生命(尤其是植物生命)在每年的衰亡与复苏。所以,在每年仲夏的塔穆兹月里,当地男男女女都要在笛子的尖锐乐曲中向他致哀,还要用清水洗净这位神祇的雕像,涂上香膏,裹以红袍,然后对着雕像诵唱挽歌。雕像前香烟缭绕,似乎要把他从死亡的长眠中唤醒过来。③ 大约公元前 5 世纪,阿多尼斯神话传入希腊,后来又传入罗马。在希腊神话里,阿多尼斯被说成是美女密耳拉的儿子,是她被众神变成没药树以后所生的。这颗没药树所生的男孩阿多尼斯俊美绝伦,阿佛洛狄忒非常喜爱他,把他交给冥后珀耳塞福涅抚养。阿多尼斯长大,冥后舍不得让这个美少年离开。于是,两个女神之间发生争执,最后由宙斯出面解决:阿多尼斯每年应在珀耳塞福涅处住四个月,在阿

---

① 转引自牛苏林《马克思论神话》,《西藏民族学院学报》(哲学社会科学版)2001 年第 4 期。
② 参见[英]詹·乔·弗雷泽《金枝》上册,徐育新等译,中国民间文艺出版社 1987 年版,第 474—475 页。
③ 参见[英]詹·乔·弗雷泽《金枝》上册,徐育新等译,中国民间文艺出版社 1987 年版,第 474—475 页。

佛洛狄忒处住四个月，另外四个月由他自己安排。不久，阿多尼斯在打猎时为野猪所伤致死，他的滴滴鲜血化为株株玫瑰。有的神话说，阿多尼斯之死是因为他获得了厄里戈涅的爱情而激怒了宙斯。① 不管怎么说，源于巴比伦和叙利亚的闪米特人的阿多尼斯神话传入希腊后发生了明显的变化，以适应希腊文化的要求。

神话在不同历史时期、不同地区和不同文化体系中包含着广泛的内容，它们往往与世界起源、英雄传奇、善恶意识以及传统习俗等紧密地联系在一起。神话这种与世界存在的广泛关联性表现出了它的很好的适应性，"这里所说的适应性不是指某个神话在失去其功能，甚至随后完全消失的过程中的退化与世俗化，而是指从某种意义上，神话适应了新的形势和挑战。神话出现这种变化，并不意味着它开始失去其功能或可能消失；相反，神话以保持自身存在的方式所发生的变化正是为了避免其功能的消弱或完全消失"②。神话具有很好的适应性，是与它作为"人类思想宝库"的特性分不开的：神话的言说生动而深奥，寓意丰富，具有耐人寻味的哲理。

从古到今，大量的诗歌、戏剧、小说等文学作品都从神话故事里汲取养分，使不同民族文化中的神话有机地融合在不同文化背景下的作者的作品当中，最大程度地促进了一种文化语境下的神话在另一种文化中的适应、生存、发展。例如，早在文艺复兴时期，莎士比亚就把阿多尼斯神话故事作为主题写进了他的长诗《维纳斯与阿多尼斯》里，对那个时代的进步思潮起到了推波助澜的作用，即以女性向男性的主动示爱来激励人性的解放："请下马吧……/如果你肯俯允，作为酬劳/我让你领略一千种旖旎风流……/坐好之后我要吻得你透不过气来"，然后"她欲火中烧，力气变得好大/迫不及待地把他从马上拉下"。③

如果说莎士比亚的长诗《维纳斯与阿多尼斯》对文艺复兴的人性解

---

① 参见[苏联]M. H. 鲍特文尼克、[苏联]M. A. 科甘等编著《神话辞典》，黄鸿森、温乃铮译，商务印书馆1985年版，第5页。
② [美]阿兰·邓迪斯编：《西方神话学读本》，朝戈金等译，广西师范大学出版社2006年版，第266页。
③ 《莎士比亚全集》第10卷，梁实秋译，中国广播电视出版社1995年版，第110—111页。

放起到了推波助澜的作用,那么雪莱的长诗《阿多尼》则通过神话的运用把济慈之死升华到一个哲学家才能够理解的高度,即宇宙精神是诗人的灵魂。德国哲学家谢林对神话的宇宙精神极为推崇,他在《艺术哲学》中说:"神话乃是尤为庄重的宇宙,乃是绝对面貌的宇宙,乃是真正的自在宇宙、神圣构想中生活和奇迹迭现的混沌之景象;这种景象本身即是诗歌,而且对自身来说同时又是诗歌的质料和元素。它(神话)即是世界,而且可以说,即是土壤,唯有根植于此,艺术作品始可吐葩争艳、繁茂兴盛。"① "神话既然是初象世界本身、宇宙的始初普遍直观,也就是哲学的基础,而且不难说明:即使希腊哲学的整个方向,亦为希腊神话所确定。""而神话又是哲学伦理部分的初源。"②显然,谢林把神话看作人类精神的偶像,把神话抽象为宇宙的精神和本源;这样一来,神话便具有了精神存在的终极价值。所以,读者不难理解雪莱为什么要在《阿多尼》这首长诗里把济慈比作阿多尼斯:

> 他活着,他已醒,死去的是死本身,
> 不是他,不必哭泣!你年轻的黎明,
> 请把你的泪珠全都化为璀璨的光明,
> 因为,你所哀悼的精灵并没有离去;
> 你们啊,岩洞和森林,快停止呻吟!
> 停止吧,昏迷的花和泉,还有空气,
> 不必再用你的披肩像用致哀的纱巾
> 遮蔽被遗弃的大地,让它赤裸无遗,
> 哪怕面对那些讪笑它的绝望的快乐的星星。③

济慈才华横溢,英年早逝,是一位极其罕见的诗歌天才。雪莱把济慈比作阿多尼斯是有他自己的道理的。他把济慈视作诗歌之神,像植物之神阿多尼斯那样死后复活,给大地带来诗歌的春天;所以,"他活着,

---

① [德]谢林:《艺术哲学》(上册),魏庆征译,中国社会出版社1996年版,第64页。
② [德]谢林:《艺术哲学》(上册),魏庆征译,中国社会出版社1996年版,第76页。
③ 江枫主编:《雪莱全集》(第3卷:长诗·下),河北教育出版社2000年版,第225页。

他已醒,死去的是死本身","他已和自然合为一体:在她所有的/音乐里,从那雷霆的呻吟直到夜晚/甜蜜的鸟鸣,都可以听到他的声息;/在黑暗中,明光里,从草木到石碛,/到处都可以感觉和意识到他的存在","当我在黑暗中满怀恐惧浮身远行,/天庭深处阿多尼的灵魂大放光明,/透过至深处的帷幕,像明亮的星,/从永恒不朽者居住着的处所指引我的航程"。①

宇宙精神就是大爱精神,它是诗人的灵魂。雪莱不但在《阿多尼》这首长诗里对这种精神进行了赞美和歌颂,而且在他的其他众多诗歌对这种精神进行了赞美和歌颂。例如:雪莱的诗剧《解放了的普罗米修斯》里就是大爱的力量推翻了宙斯的残暴统治。在这部诗剧中,雪莱通过象征大爱的阿细亚向全世界宣布:

> 除了爱,全都是虚妄!阿细亚,
> 你,离我太远!每当我的生命
> 充盈,你总是像一盏金杯,
> 承受我否则便会被干渴的尘埃
> 吸干的琼浆玉液。
> ……
> 我已经说过,一切的希望全部
> 虚妄,除了爱,你是不是在爱?②

阿细亚是大爱的源泉。如果没有她,普罗米修斯的生命力和创造力就一定会受到抑制。实际上,普罗米修斯起初是与大爱相疏离的,因为阿细亚不但没有在他身边,而且离他很远,"阿细亚/ 还在印度的山谷,她被放逐的/ 远方等待着"。只有当阿细亚与普罗米修斯在一起的时候,普罗米修斯才在世界中找到了自己的位置,才具有了一种在世界之中的姿态。这样,他才在世界中认识和恢复了真正的自我,通过战胜动物性

---

① 江枫主编:《雪莱全集》(第3卷:长诗·下),河北教育出版社2000年版,第225—226、234页。

② 江枫主编:《雪莱全集》(第4卷:诗剧),河北教育出版社2000年版,第138—139页。

的、对生存的内在欲求，实现了与大爱的宇宙精神的高度统一。这样，他才又回归了仙界，变得更加完美、高贵，最终把宙斯的残暴统治推翻。

第三节　神话：恶与善的终极较量

无论《阿多尼》还是《解放了的普罗米修斯》，它们都是关于人类对真善美的终极追求，对恶的摈弃，反映了善与恶在人类社会中的终极较量。《神谱》里的克洛诺斯狡猾多计，割下父亲的生殖器，是一种十分反常的行为，但也是对天神父亲乌兰诺斯虐待自己的反应。乌兰诺斯一开始就憎恨自己的孩子并把他们藏在不能见到阳光的地方，这不但在孩子的心灵上而且在孩子母亲的心灵上造成了严重的创伤。所以，当母亲提出要惩罚父亲的无耻、残暴行径时，获得克洛诺斯的欣然响应，他用镰刀割下了父亲的生殖器。显然，无论是儿子克洛诺斯，还是纵容孩子们惩罚父亲的母亲，他们内心都被某种恐惧的乌云笼罩着，到了置乌兰诺斯于死地而后快的田地。这种现象就是"创伤后应激障碍"心理反应所引起的必然结果，在很多伟大的文学作品中是经常出现的。

雪莱的长诗《暴政的假面游行》正是在"创伤后应激障碍"语境下写的。1819年8月16日，曼彻斯特及周边地区大约8万人在圣彼得广场集会，为争取生活权利举行示威游行。地方治安官下令军队逮捕集会的领导者，驱散群众；结果造成十余人死亡（其中包括一名儿童），约五百人受伤。虽然这次被称作彼得卢大屠杀的事件是法国大革命后英国激进派与保守派之间矛盾日益加深的结果，但政府事先预谋好通过流血镇压的方式给人民带来的不仅是恐惧，而且是愤怒和仇恨，同时也在雪莱身上激起了"难以压抑的义愤和强烈无比的同情"。[①] 于是，他写出了《暴政的假面游行》，诗中说道：

　　然后暴政驾到，骑的白马，

[①] 参见《雪莱夫人有关〈暴政的假面游行〉的题记》，载江枫主编《雪莱全集》（第3卷：长诗·下），河北教育出版社2000年版，第33页。

污秽的血迹溅满浑身上下,
他的脸色苍白,嘴唇发灰,
活像《启示录》里的死鬼。①

雪莱在这一节诗里引用了一则《圣经》典故。《圣经·启示录 6：1—17》写道：

> 我看见羔羊……揭开第四印的时候,我听见第四个活物说："你来！"我就观看,见有一匹灰色马！骑在马上的,名字叫作死,阴府也随着他。有权柄赐给他们,可以用刀剑、饥荒、瘟疫、野兽,杀害地上四分之一的人。
>
> ……地上的君王、臣宰、将军、富户、壮士和一切为奴、自主的,都藏在山洞和岩石穴里,向山和岩石说："倒在我们身上吧！把我们藏起来,躲避坐宝座者的面目和羔羊的忿怒,因为他们忿怒的大日到了,谁能站得住呢？"

这个《圣经》典故用得非常得体、有力,具有一定的神圣性。所谓神圣,是指那种出现在人和物里面难以解释的性质所生出的效果,既可以是恐惧感,也可以是一种在强度上呈现出敬畏或崇拜或神奇或惊讶的心理表现。在这节诗里,雪莱通过《圣经》典故,把彼得卢大屠杀中善与恶的终极对决栩栩如生地展示了出来：羔羊代表普通人民大众,坐宝座者代表终极真理,而骑在马上的则代表君王、臣宰、将军、富户和一切骑在人民头上作威作福之人。代表着恶的"作死"就像彼得卢大屠杀里拥有权力的施暴者,他们虽然暂时残酷杀害了众多平民百姓,但是他们总有一天会遭到坐宝座者的严厉惩罚和羔羊的忿怒反抗,最终吓得"都藏在山洞和岩石穴里"。

人类是寻求意义的生物。其他任何动物,比如鸡鸭,不会为自己遭到宰杀或虐待而痛苦、难过、担忧,也不会为世界上其他任何地方的任

---

① 参见《雪莱夫人有关〈暴政的假面游行〉的题记》,载江枫主编《雪莱全集》(第 3 卷：长诗·下),河北教育出版社 2000 年版,第 4 页。

何鸡鸭被宰杀或虐待而操心。可是，人就不同了，不仅为自己受苦受难而感到愤怒、不平，而且为他人的苦难而操心，因为他们的存在是为了追求生命的意义和价值，所以处于被压迫状态或受到强烈刺激的人都会产生一定程度的"创伤后应激障碍"，其特点是：其一，创伤后应激障碍患者的脑海中经常会突然闯入一些有关事件的痛苦回忆，在行为或感受上重新经历发生过的事件，如当时事件的一些影像的闪回等。其二，患者感到对自己和周围事物无动于衷，对周围的事物感到麻木和疏离，且往往想要压制自己的情感，感觉前程暗淡。其三，患者表现为高度警觉和持续唤醒。创伤后应激障碍患者总是十分警惕曾经的痛苦经历再次出现，以防止产生惊恐和逃避。退伍老兵可能会因为听见汽车回火的声音而跳进水沟里躲避，脑海里可能浮现出战争的场面，并再次体验到和在前线时一样的恐惧。创伤后应激障碍患者还会出现"幸存者愧疚"现象，他们可能因为自己免于灾难或为生存做过损人利己的事情而感到痛苦和内疚。①

在长诗《荒原》里，诗人艾略特（T. S. Eliot）运用神话典故，让诗歌中的人物呈现出"创伤后应激障碍"反应，深刻地揭示了第一次世界大战结束之后，欧洲社会所不得不面对的精神面貌：人欲横流、信仰崩溃、精神堕落、道德沦丧、虽生犹死。艾略特借助神话典故，在《荒原》里陈述了一个经久不衰的伟大主题：生命和死亡。家园、生命和死亡意识有机地融为一体，给读者带来一种震撼心灵的力量。

《荒原》的题词是：For one I myself saw with my own eyes the Sibyl at Cumae hanging in a cage, and when the boy said to her: "Sibyl, what do you want?" Her reply was: "I want to die."［我曾亲眼见到西比尔在库莫埃吊在一个笼子（或瓶子）中。孩子问她："西比尔，你要什么？"她的答复是："我要死。"］该题词正文原本是拉丁文，问和答的部分是希腊文。虽然题词很短，只有23个词，但一直受到批评界的关注，因为这段短短的题词直接关系到《荒原》的主题，在全诗中占据着举足轻重的地位。库比斯的西比尔是希腊神话里颇负盛名的女预言家。在史诗《伊利亚特》

---

① ［美］苏珊·诺伦-霍克西玛：《变态心理学与心理治疗》（第3版），刘川等译，世界图书出版公司2007年版，第208页。

导论　神话:善与恶的终极较量　/　15

里，太阳神阿波罗赐予她永生不死的能力时，她忘记了请求阿波罗赐予她青春永驻；结果，随着年龄的增长，她身体枯萎，形态丑陋，衰老的肢体像羽毛一样轻，悬浮在（那不勒斯附近的）赫拉克勒斯神庙的一个瓶子里，终成空躯，却依然求死不得。这很容易让中国读者想起电影《垂帘听政》里慈禧对丽妃进行残酷迫害的情景：拔其发，断其肢，哑其声，剜其目，熏其耳，是为"人彘"，置于酒缸内。这种情形在《荒原》里就是"活着的死亡"（living death），是生不如死的血淋淋的表现，而有过这种悲惨遭遇的人怎么可能不患上"创伤后应激障碍"症？所以，西比拉的回答怎么不会是"我要死"呢？！

神话的魅力是巨大的。所以，它在文学作品中屡屡出现，以揭示善与恶进行终极较量后，善必然战胜恶获得胜利。这就是必然性，是伟大文学作品中"恶"在为自己挖掘坟墓的必然性和善在经受了种种苦难之后走向胜利的必然性，而这种必然性在雪莱的诗歌里往往是通过神话典故来陈述的。神话的威力如此巨大，就连伟大的革命导师马克思都在他博士学位论文《论德谟克利特的自然哲学与伊壁鸠鲁的自然哲学的差别》的序言中运用了神话人物来表达他的革命思想：

> 对于那些以为哲学在社会中的地位似乎已经恶化因而感到欢欣鼓舞的可怜的懦夫们，哲学又以普罗米修斯对众神的侍者海尔梅斯所说的话来回答他们：
> "我绝不愿像你那样甘受役使，来改变自己悲惨的命运，
> 你好好听着，我永不愿意！
> 是的，宁可被缚在岩石上，
> 也不为父亲宙斯效忠，充当他的信使。"
> 普罗米修斯是哲学历书上最高尚的圣者和殉道者。[1]

---

[1] ［德］卡尔·马克思：《论德谟克利特的自然哲学与伊壁鸠鲁的自然哲学的差别》，《马克思恩格斯全集》第1卷，人民出版社1995年版，第12页。但是，笔者翻阅了国内由王焕生翻译的《普罗米修斯》（载《古希腊悲剧喜剧全集·埃斯库罗斯悲剧》，译林出版社2007年版）以及灵珠翻译的《普罗米修斯被囚》（载《奥瑞斯提亚》，上海译文出版社1983年版），没有查找到马克思的这几行引文。

神话通过诸神的追求、斗争、胜利、失败，流露出鲜明的善恶意识，展示了人类的个体性存在以及生命的价值和意义。透过这些神话人物的鲜活艺术形象，文学作品不仅为读者展示了人类社会丰富多彩的心理世界，而且让他们窥视到了善与恶的终极搏斗。神话总是不断地谆谆教诲读者：社会历史总是朝着至善、至美的方向发展的，这是一个不以人们的意志为转移的事实。至善至美就是大爱，就是那种通过温柔、智慧、美德和忍耐的陶冶后能够潇洒地抛弃憎恨与藐视的崇高心境，唯有在这种境界中，人的心灵深处才会回荡着永恒、美妙的乐曲：

　　善良、正直、无畏、美好而坦荡；
　　这才是胜利和统治，生命和欢畅。①

---

① 江枫主编：《雪莱全集》（第4卷：诗剧），河北教育出版社2000年版，第232页。

第一章

雪莱诗歌中的神话与权力

雪莱(Percy Bysshe Shelley,1792—1822)在《人权宣言》的开端里说:"政府没有任何权利;它是许多个人为了保障他们自己权利的目的而选择的代表团体。因此,政府仅仅在这些人的同意之下而存在,其作用也仅仅在于为他们的福利而进行活动。"[①] 从雪莱的《人权宣言》中,读者可以看出,雪莱是一个具有浓厚政治色彩的诗人,他的不少诗歌,尤其是他的长诗,都渗透着或反映了他公正、平等、博爱、宽容的政治理念。政治是一个颇为宽泛的概念,大到国家、政府,小到黎民百姓,都可以归在政治这个范畴;所以,政治成了文学作品中经久不衰的话题。雪莱不仅在《一个共和主义者有感于波拿巴的倾覆》《致大法官》《自由颂》等抒情诗里,而且在《伊斯兰的反叛》《暴政的假面游行》《解放了的普罗米修斯》等长诗和诗剧里渗透着政治情怀。雪莱的很多诗歌都涉及政治的正当性问题,他运用神话典故把这个问题生动活泼地展现在读者面前,使他们对当下政治的正当性、合理性和合法性进行思考或质疑,具有鲜明的历史进步意义。

"无论一个人是否喜欢,实际上都不能完全置身于某种政治体系之外。一位公民,在一个国家、市镇、学校、教会、商行、工会、俱乐部、政党、公民社团以及许多其他组织的治理部门中,处处都会碰到政治。"[②] 英国工业革命使社会聚集了巨大的财富,但在自由资本主义制度下,财

---

① 江枫主编:《雪莱全集》(第5卷:小说、散文),河北人民出版社2000年版,第415页。
② [美]罗伯特·A. 达尔:《现代政治分析》,王沪宁、陈峰译,上海译文出版社1987年版,第1页。

富的分配非常不公，对劳动者造成损害，产生了严峻的社会矛盾。英国工业消灭了手工工人，用机器取代了他们的劳动。手工操作被迫与机器进行自由竞争，结果是，手工工人被淘汰了，而被淘汰的手工工人的命运是极其悲惨的；他们的生活水平一落千丈，其经济地位发生了翻天覆地的变化。1820年前后，棉纺织业曾经有20多万手织工，到1850年，只剩下大约6000人，大多数手织工找不到工作，只能靠未成年的子女来养活他们。恶劣的生活条件使工人的健康状况十分低下，在曼彻斯特、伯明翰等工业大城市，工人的平均寿命只有30多岁。面对工厂主的压榨，工人们逐渐明白了一个道理：只有团结起来才能对抗工厂主，迫使他们做出让步。这些当下的社会生活状况成了激发雪莱诗情的真正动力，使他的诗歌与政治紧密地联系在了一起，他在《暴政的假面游行》中写道：

> 像睡醒的狮子一样站起来，
> 你们的人数多得不可征服；
> 快摆脱束缚着你们的链索，
> 像抖掉沉睡时粘身的霜露：
> 你们是多数，他们是少数。①

工业革命时期，平民由于食物、栖身之所和医疗保障的缺乏而受到是否能够继续生存下去的死亡威胁，这从任何一种宿命论的视角来看都不是不可避免的。英国政府完全可以制定政策和采取行动来阻止此类不幸和苦难的发生，然而政府并没有这么做。政府不但不能保护公民的生存尊严，而且使他们的利益受到损害，这实际上违反了公意；因此，政府的政治的"价值正当性"受到怀疑，它与人民之间的"契约"宣告解除；所以，人民有权利选举、组建新的政府，以保障公民的"普遍意志"，捍卫自由和平等。雪莱认为："政治的正当性全在于根据道德原则

---

① 江枫主编：《雪莱全集》（第3卷：长诗·下），河北教育出版社2000年版，第32页。

实行之上：政治事实上就是各民族的道德。"[1]他在不少诗歌、诗剧作品里都贯穿着这种政治理念，即政治正当性的实质就在于为公民谋取"优良的生活"，或者说"善良的生活"。

第一节 神话、文学与政治

安德烈·莫洛亚在《雪莱传》里说，雪莱从小充满神秘想象色彩，他喜欢在旧墙洞里寻找秘密通道。如果在宅邸的楼上发现了一个终年锁着的房间，他会硬说这屋子里住着一个大胡子炼丹老人，而且这位老人不是别人，正是那个令人生畏的高尔纳吕斯·阿格利巴（Cornelius Agrippa, 1486—1535）。[2] 当大家听到阁楼上有声响时，雪莱会说：准是高尔纳吕斯打翻了他的油灯。这些编造出来的故事如此引人入胜，以至于他把自己都吓得惶恐不安：

> 但他越是害怕鬼怪的出现，就越是硬要自己蔑视它们。他经常在地上画个圆圈，把小碟子里的酒精点着了火，然后在蓝悠悠的火焰包围之下，开始口中念念有词地说："空中魔鬼，火里妖怪……"有一天，庄重威严，仪表堂堂的贝瑟尔——也就是他在伊顿公学里的那位级任老师——打断了他的法事："啊！这是怎么回事！雪莱，你在干什么？""对不起，先生，我在招鬼降妖啊。"[3]

雪莱的敏感神经和对神秘事物的丰富想象使他在后来的诗歌创作中引入了大量的神话元素，让诗歌焕发出非凡的活力和意义。当雪莱编撰出那个锁头生锈的房间里住着令人生畏的高尔纳吕斯·阿格利巴时，他的内心实际上是惊恐的，他在创造着一个神话的雏形。雪莱在地上画个圆圈，把小碟子里的酒精点燃，口中念念有词，是人对神灵进行祈求的

---

[1] [英]雪莱：《人权宣言》，载《雪莱政治论文选》，杨熙龄译，商务印书馆2009年版，第69页。
[2] 高尔纳吕斯·阿格利巴，法国学者、炼丹士和哲学家，曾著书论述炼金术和占星术。
[3] [法]安德烈·莫洛亚：《雪莱传》，谭立德、郑其行译，上海文艺出版社1981年版，第10—11页。

祭祀行为；这时，他的自我成为神的意识，而神也成为他的自我意识。雪莱的这种思维是一种神话思维，呈现出隐喻式的魅力。如果运用在诗歌创作当中，它就能够有效地表现出诗歌所要传达的深层含义，正如卡西尔说的那样："在神话隐喻这一基本原则的光照之下，我们多少可以更清楚地把握和理解通常被称作语言的隐喻功能的那个东西。"①

雪莱在他的诗歌里运用了诸多的神话隐喻，它们的存在为诗歌"意蕴"的展开提供了可能，因为神话所依附的本质就是意蕴：它是一种隐藏在神话背后的、难以用几句话就阐释出来的终极价值，为人们展示了伦理道德的最高境界。从雪莱的《西风颂》《自由颂》《阿拉斯特》《伊斯兰的反叛》《解放了的普罗米修斯》以及《暴虐的俄狄浦斯》等众多的抒情诗、长诗和诗剧里，读者不难发现这一点。神话的终极价值和最高伦理道德境界反映了人们对人性的根本性的渴求，即超越人类现实存在之上的美好愿望，把人的理想追求提升到一个新的精神高度。

一 神话：扭曲的时间境界

神话故事显得如此古老，"纯粹是因为它包含着真理，因而得到了记忆的特殊保护"②。在任何文化系统中，神话都包含了广泛、丰富的思想内容，从民族起源到英雄传奇，从善恶意识形态到往世、现世、来世报应等无不涉及。在原始社会，神话故事不全是为了娱乐原始先民，而是为了向他们解释那些令人困惑或费解的自然现象，例如：天气变化、季节回归、生老病死以及繁殖周期等。今天，人类的哲思、文学、艺术等一切文艺作品都不时地引用神话典故，以表达深层的理念、快乐的想象和意味深长的主题。

神话之所以流传到今天，是因为它包含着真理；但真理是什么呢？真理是真的陈述，其本质就在于判断与其对象的"符合"。符合就是两个东西相一致、相协调，就好像这个东西如同那个东西一样。比如，这部

---

① ［德］卡西尔：《语言与神话》，于晓等译，生活·读书·新知三联书店1988年版，第111页。

② ［德］汉斯·布鲁门伯格：《神话研究》上册，胡继华译，上海人民出版社2012年版，第167页。

华为Mate10手机和那部华为Mate10手机一样，有相同的形状、相同的大小，并具有相同的功能。"符合"在形式上构成"如……那样"的语法关联结构。当人们说，判断与其对象相"符合"时，等于说，判断如其对象一样。面对华为Mate10手机，你会说，这个手机是长方形的。虽然这个判断（陈述）符合华为Mate10手机的基本外形特征，但这里，不是物与物的关系，而是陈述与物的关系。显然，作为实体存在的华为Mate10手机和作为陈述，它们之间的关系是不同的：华为Mate10手机是由金属等材料制造的，可以用于通信，而对于华为Mate10手机的陈述是不能够作为通信工具使用的。尽管华为Mate10手机与对它的陈述之间的关系不同，但陈述还是被认为是真的陈述，是与其对象相符合的。

陈述与对象相符合，就说明陈述与对象"对接"了，可以相互协调地共在。当陈述与对象"对接"上，并与之同一的时候，我们就说，这个陈述是正确的，也就是真的。这意味着，陈述的真理首先是存在意义的真理；所以，真理是一个存在问题。任何一个神话之所以存在是因为它的陈述与社会生活中的某种存在的意义相符合，并展示出真的、正确的本质。希腊神话里，有个角色被称为潘（Pan）神，是赫耳墨斯（Hermes）和德律俄普斯（Dryops）之女所生的儿子。潘出生时，浑身毛发，头上长角，有山羊的蹄子和弯鼻子，有胡须和尾巴。潘这个名字有印欧语的词根，意思是放牧；所以，潘被尊奉为牧人、猎人、养蜂者和渔夫的保护神。希腊人相信，只要潘大吼一声，军人们就会纷纷逃跑；因此在许多地方，他还被尊奉为助战之神。除此之外，潘还被称为阿耳卡狄亚（Arcadia）的森林和丛林之神。[①] 从潘这个神话里，读者也许会发现潘既是森林之神，又是畜牧之神，还是助战之神。潘之身份的多样性似乎使得陈述与对象难以相符合，是非真的；但事实并非如此，神话的真理有其独特性，因为神话是象征的、隐喻的，其陈述体现的是事物的本质和人的精神层面。无论森林也好，畜牧也好，战争也好，首先它们都是人类活动的具体表现，人类在历史发展过程中需要一种精神层面的良好祝愿，祈求得到神灵的保护，于是便产生了潘；而且潘的神话是在经历

[①] 参见［苏联］М. Н. 鲍特文尼克、［苏联］М. А. 科甘等编著《神话辞典》，黄鸿森等译，商务印书馆1985年版，第233页。

了不同年代和不同地区的传播之后才逐渐形成的,所以,它存在着"扭曲的时间境界"现象。

神话故事通常是叙事作品,是需要在时间中得以展开的。西方现代哲学家柏格森(Henri Bergson,1859—1941)在《时间自由意志》里提出"绵延"这一概念,对时间进行了颇为独到的阐释。他认为物理和数学的时间概念源于物质世界,与计算符号密切相关;因此,这种情况下的时间是僵死的、丧失了流动性的、没有"绵延"可能性的时间。哲学应该不同于实证科学的做法,它需要找到一个让生命具有真正意义和丰满价值的时间——绵延。"绵延是一个浑然不可分的整体,它的要义在于不断的流动和变化。"①神话故事是叙事文学作品,它是存在于"绵延"时间当中的,是随着时间的流动而变化的。法国电影符号学家麦茨(Christian Metz,1931—1993)从叙事时间的视角对叙事本质进行了深入的探讨,他说:

> 叙述乃是一种具有时间性的段落,而且是具有双重性质的时间性段落:其一是故事发展过程的时间,其二是叙述故事的时间,前者称为"被指涉"的时间,后者称为"指涉"的时间,这种双重性质一方面可以使得叙述中时间的扭曲成为可能,而这种情况我们在叙述中屡见不鲜(比如小说中主角如何度过三年时间用两三句话加以交待,或者在电影中用几个反复动作的蒙太奇镜头去交待)……叙述的真正本质乃在于时间的递嬗,任何的叙述之中,叙述内容大多是按事件发生的顺序在发展,而叙述所需之时间则是由指涉的段落所构成——就文学的叙述而言,指的是阅读过程所需之时间,就电影的叙述而言,指的是欣赏过程所需的时间。②

麦茨的这段话很有意思,它阐述了"时间扭曲"在叙述中的可能;这种情况不仅存在于电影叙事中,而且存在于神话故事叙述中。在潘的

---

① 朱立元主编:《当代西方文艺理论》,华东师范大学出版社1997年版,第80页。
② [法]克里斯蒂安·麦茨:《电影语言——电影符号学导论》,刘森尧译,台湾远流出版事业有限公司1996年版,第37—48页。

神话里，潘既是森林之神，也是畜牧之神，还是助战之神，他的身份的多样性是在"被指涉"时间和"指涉"时间的"绞合"中获得的。神话故事的发展、形成过程的时间是"被指涉"时间，而神话被讲述的时间是"指涉"时间，这两个时间在历史上是"绞合"在一起的。所谓"绞合"就像几根麻绳绞缠在一起，形成一个整体，变成了一根更加粗壮有力的绳子。原来是一根麻绳，在后来的社会实践中一根不够承受力量；于是，两根、三根或更多根叠加在一起，绞缠在一起，一次一次地形成整体，变成新的、更加粗壮有力的、符合实际需求的麻绳。潘在神话中的三种不同的身份，实际上是经过了多次时间的扭曲的结果；然而，神话的时间扭曲给神话带来了更加丰富的内容和意义。雪莱写过一首抒情诗，题目是《潘之歌》，非常优美，该诗的前5行这样写道：

> 我们来了，我们来了，
> 　从高原，从森林，
> 从绿水环绕的洲岛
> 　喧闹的波涛也肃静
> 倾听我甜美的笛音。①

这首诗歌之所以优美，是因为它的题目以及内容都直接与神话潘相关，是对潘的歌颂，让读者充满想象。"从高原，从森林，/从绿水环绕的洲岛"，这两行诗不仅让读者联想到了森林之神潘，还让读者联想到了畜牧之神潘，"森林"和"绿水环绕的洲岛"给读者呈现的是树木、青草、溪流、牛羊的景色，而这种呈现只发生在几秒钟的时间之内。这就是绵延，"绵延的间隔既然跟科学不相干，它对于这些间隔加以无穷的缩短，因而在很短的时间内——最多几秒钟而已——就看到一系列的同时发生。人类的具体意识却不得不亲身经历这些间隔，而不能仅仅计算其首尾两端就算了，因而对于这一系列的同时发生也许要好几百年之久才能经历得完"②。让本应经历几百年甚至上千年的事情在几秒钟之内发生，

---

① 江枫主编：《雪莱全集》（第1卷：叙情诗），河北教育出版社2001年版，第286页。
② [法]柏格森：《时间与自由意志》，吴士栋译，商务印书馆1987年版，第79页。

本身就是时间的扭曲;但是,正是神话中的时间的扭曲为读者提供了一种美学意味。

神话叙述的时间扭曲是对神话形成的历史时间的否定和对阅读者心理时间的肯定。时间的扭曲脱离了物理时间和科学时间的限制,使读者从神话中获得了一种后验的精神纯粹性;这样,神话便具有了审美超越的性质:审美时间和诗性时间的内涵。在《潘之歌》这首诗里,雪莱在神话叙述中发生的时间扭曲还表现在对神话潘的"颠覆"上,他在诗中所写的潘已经不完全是希腊神话中的潘的形象,起码剔除了他助战之神的身份。"颠覆"也是造成神话的扭曲时间的主要因素之一,布鲁门伯格(Hans Blumenberg,1947—)在《神话研究》中写道:

> 归根结底,只有颠覆,只有一种绝对的否定才是可能的。当保罗·瓦雷里在《我的浮士德》(*Mon Faust*)里渴望为现代神话提供一个棋至终局的版本时,他甚至可能颠覆浮士德与梅菲斯特之间的基本关系模式……浮士德过去的被引诱者形象摇身一变,成为了诱惑者,去引逗他的那个被时间淘汰的伙伴:让魔鬼梅菲斯特充当那个曾经由浮士德扮演的角色。[1]

这种神话的颠覆现象并不仅仅发生在《我的浮士德》里,它还存在于其他作家的文学作品中,例如雪莱的《解放了的普罗米修斯》。自古以来,以普罗米修斯为题材的文学作品不少,最著名的有古希腊悲剧诗人埃斯库罗斯的《被缚的普罗米修斯》。在那部悲剧里,不少地方都暗示着普罗米修斯最终与宙斯妥协,从而获得释放;而在雪莱的《解放了的普罗米修斯》里,"雪莱却把他塑造成了崇高的胜利者;因此,避免了善恶力量之间较量时产生妥协的必然性"[2]。

对神话故事的"颠覆"就是神话的扭曲的时间境界,它使读者在很

---

[1] [德]汉斯·布鲁门伯格:《神话研究》上册,胡继华译,上海人民出版社2012年版,第168页。

[2] James E. Barcus, *Percy Bysshe Shelley: The Critical Heritage*, London: Routledge, 1995, p. 392.

短的时间内从彼时的"被指涉"时间和"指涉"时间回转到此时的"被指涉"时间和"指涉"时间中来,这个过程就是"数根麻绳绞合"的过程,同时也是时间"绵延"的过程,它自然而然地激发了读者的想象力。在神话扭曲的时间境界中,"颠覆"贯穿着想象的时间意识,使读者爆发出奇谲瑰丽的美感。这时,读者想象的时间意识颠覆了习惯的物理时间意识,冲出了习惯性和顺序性的干扰,使自己的精神获得了绝对自由,从多向度主动、积极地摄取神话叙述的意义。

二 文学与神话:孕育意义

文学作品中对神话故事的"颠覆"现象比较普遍,这是与文学的基本特点分不开的。伊格尔顿(Terry Eagleton,1943—)认为:"文学并不像昆虫存在那样存在着,它得以形成的价值评定因历史的变化而变化,而且,这些价值评定本身与社会意识形态有着紧密的联系。它们最终不仅指个人爱好,还指某些阶层得以对他人行使或维持权力的种种主张。"[①]在这里,伊格尔顿提到昆虫,想要说的是,昆虫学的研究对象是一种稳定、界定清晰的实体,而文学研究却缺少这样一个稳定、清晰的研究对象。也就是说,"文学是一种关系概念而非属性概念,是一种复合性概念而非单一性概念。文学之为文学,取决于文本自身性质与外部对文学的看法、需要、评价这二者的复合关系,而在这二者的背后,都分别展开着一个广阔的世界"[②]。

文学研究不同于昆虫学的研究在于文学是叙事作品,它具有双重的时间性,为读者展现的是一个非稳定的想象世界。文学文本由符号构成,而能指和所指是构成符号的两个元素,索绪尔(Ferdinand de Saussure,1857—1913)对符号下过一个经典的定义,他认为:

> 能指(听觉)和所指(概念)是构成符号的两个要素。所以我

[①] 转引自姚文放《"文学性"问题与文学本质再认识——以两种"文学性"为例》,《中国社会科学》2006年第5期。

[②] 转引自姚文放《"文学性"问题与文学本质再认识——以两种"文学性"为例》,《中国社会科学》2006年第5期,第164页。

说：(1) 在整体语言里，能指和所指的结合关系是一种彻底任意的关系。(2) 在整体语言里，能指本质上具有听觉的特性，只在时间上展开，（具有）借自时间的特性：a. 呈现了时间的长度；b. 呈现的时间长度只能以一种纬度成形。①

以上这段话说明：符号能指和所指的结合是"彻底任意"的；符号能指是在真实时间中展开的。"麦茨对索绪尔的定义从叙事学角度做了引申，如果所指（概念）是故事时间，它就不必受真实的纯物理时间的限制，可以在长度和顺序上被随意地'扭曲'。"②麦茨提出的这个引申概念虽然是针对戏剧叙事的，但同样适用于神话叙述。无论是美索不达米亚泥版上刻下的文字还是古埃及壁画上神秘的往世来生都在给人们讲述着一个与现实不同的神话世界。神话讲述世界是如何被创造的，人类是如何起源的，万物秩序是应该怎样的；这些五彩缤纷的内容以一种蕴含的哲理和叙述的美感阐释了人类的梦想。既然是一种人类梦想的阐释，神话从诞生的那一刻起就具有文学性，即具有浓厚"隐喻"意味的诗性功能。

神话的英文为 myth，德语为 mythe、mythus、mythos，法语为 mythe，其共同的词源来源于希腊文 μυθο，本意是故事。既然是故事，神话就一定具有虚构性，但神话的虚构也是基于现实生活的基础上的，是对现实生活的反映。所以，马克思（Karl Heinrich Marx，1818—1883）说："希腊神话不只是希腊艺术的武库，而且是它的土壤。"③马克思在这里赋予神话另一层意义，即"孵化器"的意义；也就是说，神话是培育了文学艺术的神圣之地。这样一来，神话与文学的关系变得很清楚了：神话本身不但是文学艺术，而且是文学艺术的"土壤""发源地"和"孵化器"，催生出更多、更好、更有价值的文学作品来。许多优秀的经典文艺作品都与神话相关，例如：荷马史诗《伊利亚特》《奥德赛》、但丁的《神

---

① [瑞士]索绪尔：《索绪尔第三次普通语言学教程》，屠友祥译，上海人民出版社2002年版，第107页。

② 汤逸佩：《时间的扭曲——中国当代话剧舞台叙事形式的变革》，《戏剧艺术》2004年第6期。

③ [德]卡尔·马克思：《〈政治经济学批判〉导言》，载《马克思恩格斯选集》（第2卷），人民出版社1995年版，第28页。

曲》、弥尔顿的《失乐园》、歌德的《浮士德》、波提切利的《三博士来朝》（名画）、米开朗基罗的《创造亚当》（名画）、提香的《天上的爱和人间的爱》（名画）以及达·芬奇的《最后的晚餐》（名画）等。

神话的诗性功能体现在"隐喻"上，而隐喻是一种比喻，是用一种事物暗示另一种事物，在彼类事物的暗示下感知、体验、想象、理解、谈论此类事物的心理行为、语言行为和文化行为。例如，He is a pig（他是一头猪），就是隐喻。他是人，不是猪；但可以利用猪的特点来突出人的特点：肮脏、懒惰、愚蠢、贪吃。如果说，"他是一头猪"的符号能指是在说话者的真实时间展开的，那么所指是否与能指相符合呢？答案是：也许是符合的，也许是不符合的。如果是符合的，说明那个人具有某种"猪"一样的本性，那么这个隐喻是"真"；但是，如果是不符合的，说明说话者的这句话是对那个人的侮辱，那么这个隐喻是"假"。归根结底，无论怎么说，这句话都是假的，因为人从物种本质上来说不是猪。所以，麦茨说，如果所指（概念）是故事时间，它就不必受真实的纯物理时间的限制，可以在长度和顺序上被随意地"扭曲"。

神话故事从本质上讲不是纯粹的科技叙述，而是文学叙述，属于文学作品。只要是文学作品，它的叙述就是"假"的，是基于现实生活中的"假"；所以，也是可以在长度和顺序上被随意地"扭曲"的。雪莱有一首抒情诗，题目是《哀济慈》，全诗如下：

> 他曾希望他的墓碑上镌有这样的铭文——
> 　"这里安息着一个姓名写在水上的人。"
> 　但是不等那能够把它擦去的轻风吹，
> 死亡已经在为那一次凶杀感到后悔
> 　死亡——使得一切不死的寒冬，飞越
> 　　时间的长河，湍急的川流立刻化为
> 一幅水晶卷页，一个辉煌的名字闪耀：
> 　阿多尼！①

---

① 江枫主编：《雪莱全集》（第1卷：抒情诗），河北教育出版社2001年版，第427页。

在这首诗里,雪莱提到了阿多尼。阿多尼(Adonais)这个名字源于阿东尼(Adonis)。据希腊神话,阿东尼是一个美少女,为爱与美之女神阿芙洛狄忒(Aphrodite)(在罗马神话中为维纳斯)所爱,不幸被野猪咬伤身亡。有的评论者认为,阿东尼俊美而早死可能是被雪莱用来比拟济慈的原因之一。这种猜想有一定的道理;但如果仅仅如猜测的那样,雪莱把济慈比作阿东尼是因为"俊美而早死"的缘故,那么雪莱为济慈之死所写的诗就缺乏深远意义了。

"阿多尼"在古巴比伦和叙利亚的闪米特人那里被称作"阿多尼斯"(Adonis),这位神祇的真正名字是塔穆兹(Tammuz),"阿多尼斯"一词是其崇拜者对他的尊称。"阿多尼斯"源于闪米特语 Adon(阿多恩),即"主"或"老爷"的意思。在巴比伦的宗教文献里,塔穆兹是伊希塔(Ishtar)的年轻配偶或情人,而伊希塔是伟大的母亲之神,是自然生殖力的化身。人们相信,塔穆兹每年都要逝世一回,从欢乐的现世去到阴间;于是,他的女神情妇伊希塔走遍黄泉,来到尘封门窗的黑牢,到处寻找他。当伊希塔不在人间的时候,人间的爱情便停息了:人和野兽一样都忘记了养育子嗣,一切生命都受到了灭绝的威胁。于是,伟神伊亚(Ea)就派人去救援这位众生依赖的女神。严厉的阴间王后厄瑞息·蔡格尔勉强允许用生命之水在伊希塔身上喷洒,并让她和情人塔穆兹一起回转阳世。他俩回到阳世后,自然界的一切又都复苏了。①

伊亚[Ea,以前叫 Enki(恩奇)]在苏美尔人神话中是手艺神、恶作剧神、水神、海水神、湖水神、智慧神和创造神。这时,人们发现,阿多尼神话不是一个简单的神话,它具有很强的复合性,把古巴比伦和叙利亚闪米特人与希腊人的文化与想象糅合在了一起,具有强大的隐喻指涉力。"这里安息着一个姓名写在水上的人"是济慈生前为自己拟定的墓志铭,原文是 Here lieth one whose name was writ in water(这里安息着一个姓名写在水里的人)。雪莱把其中的 in water 写成了 on water,"姓名写在水里"有名字与水融为一体的含义,而"姓名写在水上"意味着姓名或许是漂浮在水上,两者区别还是很大的。这个区别的意义在于源神话叙

---

① [英]詹·乔·弗雷泽:《金枝》上册,徐育新等译,中国民间文艺出版社 1987 年版,第 474 页。

述的能指和所指经过一定的时间之后在引用者那里在长度和顺序上被随意地"扭曲"了。然而,这种"扭曲"往往是有意义的,就像雪莱在《阿多尼》里所写的那样:

> 他曾使美表现得更美,如今他已是
> 美的一部分,正承担自己一份职责;
> 当一的精神的造型力,以磅礴之势
> 扫荡枯燥、稠密的世界,使新的
> 后继者各就各的形态,而且迫使
> 阻挠它的进程、不甘愿就范的渣滓
> 承袭应有的表象,因为物各有貌;
> 并以它自己的美和力,通过人类,
> 草木和禽兽,迸发出来,汇入天庭的明辉。①

在这里,阿多尼的神话故事叙述显然与正宗的有着很大的区别。雪莱把济慈比作阿多尼时,他凸显了阿多尼的空间或时间在某一片段的表征,例如阿多尼不朽的特征。虽然济慈死了,但作为个体存在的精神,他回到了他所来自的源泉,形成宇宙精神的一部分,也就是"一的精神"(the One Spirit)。"一的精神"据说是宇宙的动力②,所以雪莱在这节诗里说,济慈"已是美的一部分",并作为"一的精神的造型力""扫荡枯燥、稠密的世界,""汇入天庭的明辉"。这样一来,死去的济慈复活了,进入宇宙的永恒。

"恩·卡西勒认为:神圣的与世俗的两者对立(前者为神幻的、精粹的,并带有特殊的奇幻印迹),有助于空间、时间以及数之客观化的主要手段和阶段之表述。依附于空间或时间某一特定片断的表征,化为被赋予该片断的内涵;而反之,内涵的特征则以特殊性赋予空间和时间的相

---

① 江枫主编:《雪莱全集》(第3卷:长诗·下),河北教育出版社2001年版,第226—227页。
② 参见《阿多尼》这一节的脚注。载江枫主编《雪莱全集》(第1卷:叙情诗),河北教育出版社2001年版,第226—227页。

应点。"①与其说上面的这一节诗是写济慈的精神漫游，还不如说是写雪莱自己的精神漫游，阿多尼神话典故所暗示的故事情节无论在时间还是在空间的片断上都给读者赋予了丰富的想象力，使这首诗呈现出不同的新意。

三 神话、文学与政治

雪莱在上面这节诗里所提到的"一的精神"其实是阿多尼本身死而复活的不朽精神，也是神的精神。阿多尼是一个受到人们爱戴和歌颂的神；在比布勒斯，腓尼基人每年都在阿斯塔特大神殿里，哀悼阿多尼的逝世，用笛子奏着尖锐的哀乐，又是哭，又是嚎，又是捶胸脯；不过第二天，人们相信他又活过来，当着崇奉者的面升天而去。②雪莱的《阿多尼》利用神话比喻济慈同时又在影射自己，他在《〈阿多尼〉前言》里说：

> 我为之呈现这些拙陋诗行以寄哀思的死者，资质纤柔、细腻而又优美；而这在虫蠹充斥的地方，青春之花凋萎在含苞未放之际，又何足为怪？《评论季刊》所发表的对于《恩狄米翁》的残暴攻击，对他那敏感的心灵产生了极其有害的影响，由此而引发的烦恼导致了一次肺部大出血，接踵而至的是突发性的高烧。此后一些比较正直的评论家对他真实的伟大才华的承认，已不足以治愈如此猖狂的打击所造成的创伤……

> ……我为人处世，畏避闻达，人海浮沉使我生厌，但求独享宁静。迫害、诽谤却纷至沓来；家庭的共谋和法律的压迫，在我身上侵夺了自然的和人性的最神圣的权利。顽固派会说这是我作恶的报应；一般人也会称之为轻率的后果……③

---

① ［俄］叶·莫·梅列金斯基：《神话的诗学》，魏庆征译，商务印书馆2009年版，第50页。
② ［英］詹·乔·弗雷泽：《金枝》上册，徐育新等译，中国民间文艺出版社1987年版，第489页。
③ 江枫主编：《雪莱全集》（第3卷：长诗·下），河北教育出版社2001年版，第195、236页。

这两段话，前一段是说济慈的病逝与《评论季刊》对他的《恩狄米翁》的残暴攻击有关，尽管济慈病逝的直接原因是肺结核；这个病在那个时代是不治之症，济慈的母亲和弟弟也都是因为此病而离开人世的。但是，有一点是肯定的，即济慈的长诗《恩狄米翁》于1818年发表后，"他获得的不是评论家的赞誉，而是种种诽谤。社会各方的保守势力对他在作品中表达的民主思想进行冷嘲热讽和恶意攻击"①。第二段是说雪莱自己也像济慈一样受到不公正的恶意攻击。1814年，雪莱与哈丽特·威斯布鲁克离婚，又与葛德文之女玛丽·伍尔斯东克拉夫特·葛德文同居。这件事情在当时引起一阵风波，令持有传统观念的人颇为不满，就连为雪莱辩护的律师都无不嘲讽地说道："虽然雪莱以如此厌恶和轻蔑的口吻把婚姻说成是专制的锁链，然而他刚从这条锁链中挣脱出来，却又立刻为自己锻铸出一条新的，并甘愿重新充当它的奴隶。"②玛丽的父亲对雪莱的行为也同样嗤之以鼻，极力反对，但雪莱在为自己的行为分辩时说，他的所作所为是"执行了《政治正义论》一书所提出的原则"③。雪莱在写《阿多尼》这首诗的时候，处境也一定是很糟糕的；所以，他在《〈阿多尼〉前言》里义愤填膺地说："家庭的共谋和法律的压迫，在我身上侵夺了自然的和人性的最神圣的权利。"④

从《〈阿多尼〉前言》和《阿多尼》这首诗本身，读者不难看出有一种政治、道德和文化的关怀在里面；也就是说，不但雪莱的诗歌与政治、道德、文化紧密相关，诗歌里引用的神话也同样与政治、道德、文化紧密相关。在荷马、赫西奥德和其他诗人那里，史诗具有一种泛希腊文化（Hellenism）性质，人们的生活与诸神相关；一些大节庆，例如奥林匹克竞技会，把完全不同的甚至常常敌对的各城邦的希腊人聚集在一起。"在某一个地点，是雅典娜（Athena）担任基本角色，在另一地点，

---

① 侯维瑞：《英国文学通史》，上海外语教育出版社2002年版，第406页。
② ［法］安德烈·莫洛亚：《雪莱传》，谭立德、郑其行译，上海文艺出版社1981年版，第170页。
③ ［法］安德烈·莫洛亚：《雪莱传》，谭立德、郑其行译，上海文艺出版社1981年版，第129页。
④ 江枫主编：《雪莱全集》（第3卷：长诗·下），河北教育出版社2001年版，第236页。

则是赫拉（Hera），但人们从来没有看到任何一个神独一存在；神总是和其它的神圣之物结合在一起……于是，人们看到，多神论体系紧密无间地错杂在各种水平层次上的社会政治组织的形式中：这种宗教，我们可以称之为一种政治宗教。"① 在古希腊，多神论宗教覆盖了整个社会生活，执政官员都摆出一种神圣的面貌：他们的行政管理与神同在，表现为受到神之束缚的精神外表。在多神论体系的社会政治组织形式中，希腊社会是非常民主的，它体现在"给每一个公民以权力，使他们得以争论、决定、评判，在法庭中评判，因为主持法律公正的，是同样的集会或相关集会。在城邦中，每一个公民原则上都有权要求一名执政官员汇报情况……在绝大多数时候，职务的分配不是以选举，而是通过抽签来决定，或轮流干，也就是说，任何一个公民都可以在某一时刻担负重大责任。这就是古希腊人所谓的自由，就是不做任何人的奴隶：这是一种政治自由，一种干涉城邦事物的自由"②。

雅典娜是智慧女神、农业与园艺的保护神、军事策略女神，她传授纺织、绘画、雕刻、陶艺、畜牧等技艺给人类；赫拉在奥林匹斯众神中地位极高、权力极大，是宙斯唯一的合法妻子，掌管婚姻和生育，捍卫家庭。雅典娜和赫拉这两个神话人物使得希腊神话与希腊政治、法律、社会秩序等紧密地联系在了一起。从古希腊的民主政治的运行，读者不难看出，神话在早期就与政治联系在了一起，而到了雪莱的年代，神话在文学中同样与政治有着千丝万缕的联系。马克思对文学与政治的问题十分关注，他在《〈政治经济学批评〉序言》中确定了文学与政治在社会结构中的地位："生产关系的总和构成社会的经济结构，即有法律的和政治的上层建筑竖立其上并有一定的社会意识形式与之相适应的现实基础。"③ 马克思对政治的表述主要体现在构成上层建筑的两个层面：一是法律的政治的上层建筑，二是法律的、政治的、宗教的、艺术的或哲学

---

① [法]让-皮埃尔·韦尔南：《神话与政治之间》，余中先译，生活·读书·新知三联书店 2005 年版，第 229 页。

② [法]让-皮埃尔·韦尔南：《神话与政治之间》，余中先译，生活·读书·新知三联书店 2005 年版，第 580 页。

③ [德]马克思：《〈政治经济学批判〉序言》，《马克思恩格斯选集》（第 2 卷），人民出版社 1995 年版，第 32—33 页。

的上层建筑；前者为制度的上层建筑，后者为观念的上层建筑。神话和文学的特殊性本身就决定了它们是以生产某种观念、思想和情感为目的的，是为了满足人们的内在精神需要。神话和文学作为人类精神层面的产品，一方面它们反映了人们的社会生活心理、思想、意志和情感等，另一方面，它们起到了心智培育的作用，可以陶冶性情，净化心灵。

无论神话还是文学，都是现实生活的反映，有意无意间便对人们的意识形态进行了培育；所以说，神话和文学都是无法远离政治的，也是不可能拒绝政治的渗透的。韦勒克（René Wellek，1903—1995）说："当作家转而去描绘当代现实生活时，这种行动本身就包含着一种人类的同情，一种社会改良主义和社会批评，后者又常常演化为对社会的摒斥和厌恶。在现实主义中，存在着一种描绘和规范、真实与训谕之间的张力。这种矛盾无法从逻辑上加以解决，但它却构成了我们正在谈论的这种文学的特征。"[1] 这里，韦勒克提到了文学性与思想性的冲突，"描绘和规范、真实与训谕"本身就与政治相关；当文学作品不排除"寓教于乐"（"训谕"）的教化功能，并使"教化"具有某种鲜明的政治倾向时，文学作品就会对社会问题和社会现象做政治性阐释，就会产生思潮性的文学现象，就会出现"政治化"的现实主义文学。

雪莱的诗歌密切关心当时的社会现实和政治生活，颇具政治意味，例如他的诗剧《暴虐的俄狄浦斯》。这部诗剧无论从人物的名字还是内容都与俄狄浦斯毫无关系，读起来感觉就是一部荒诞剧或闹剧。既然是荒诞剧，内容是否与俄狄浦斯有关也不要紧；要紧的是它是一部非常有趣的政治讽刺剧。这一点可以从雪莱夫人玛丽在《暴虐的俄狄浦斯》的题记中的一段话里得到证实："雪莱设想以当时事件为背景写一部政治讽刺剧，猪群将在这部剧中充当合唱队——《俄狄浦斯》就是这样开始的。诗剧写好之后，遂寄往英国，在那里匿名出版；但它刚刚诞生，就遭到了惩恶协会的扼杀，该协会威胁说，作者如不立即把作品撤回，它将对其提出起诉。"[2] 这部诗剧里到底是什么让惩恶协会这么义愤填膺呢？当

---

[1] ［美］R. 韦勒克：《批评的诸种概念》，丁泓、余澂译，四川文艺出版社1988年版，第232页。

[2] 江枫主编：《雪莱全集》（第4卷：诗剧），河北教育出版社2001年版，第438—439页。

然是诗中那些对奢侈浮华的乔治四世（George IV）进行无情讽刺的内容。诗剧中的饥饿大祭司梅门，为暴君斯威尔夫特想出一个歪主意，并为他准备了一个具有邪恶魔力的"绿袋"来对付、诬陷好心的王后。梅门手持绿袋对斯威尔夫特说：

> 这袋中之物无论洒在谁身上，
> 都能使无辜变为有罪，使文雅
> 变为粗野、卑污、丑陋不堪。
> 让那些被你的毒液洗礼过的人，
> 被叫做通奸犯、酒鬼、撒谎家、无赖！[1]

当暴君斯威尔夫特的巫士泼加纳克斯遵照他的嘱咐把绿袋启封，准备往王后头上倾倒毒液时，王后从泼加纳克斯手中抢过绿袋，将毒液洒在斯威尔夫特和他的朝臣身上，他们顿时变成了一群肮脏丑陋的动物，纷纷逃窜。

无论是神话还是文学，它们从一开始就与政治联系在了一起，这是由神话和文学的本质所决定的。对于文学而言，如何去写政治，如何从审美的视角去阐释政治，这是值得广泛、深入研究和探讨的问题。雪莱的《暴虐的俄狄浦斯》之所以受到惩恶协会的扼杀，是因为它触及了当时英国政治的敏感神经，即对当时的英国国王乔治四世进行了辛辣的挖苦、讽刺。这种情况不仅发生在雪莱的那个时代，还发生在世界其他不同时代和国家。文学对政治的表现是不可回避的，是历史的要求，也是文学作为一种社会生活反映的必然。雪莱的诗歌具有比较强烈的政治色彩，这是他那个时代文艺作品的普遍特点，即文学的表现主体由"人的文学"向阶级文学转换。这种转换虽然颇具政治意味，但它致力于对当时社会的政治意识、时代本质和时代精神的把握和展示，用文学的形式把当时的社会政治思想巧妙而恰当地表现出来，让读者能够在认知那个时代的社会面貌的同时获得一种对美学规律的体认。

---

[1] 江枫主编：《雪莱全集》（第4卷：诗剧），河北教育出版社2001年版，第416页。

第二节　雪莱诗歌中的正当性诉求

"正当性"这个词的英文是 legitimacy，也译作"合法性"。该词的词源为拉丁语 legitimus，其词根 leg – 是"法"或"合法"的意思，而 legitimus 的本质含义是建立在"公正性"（justification）和"正确性"（validity）含义基础上的。正当性是统治者与被统治者之间关于权力支配理由与根据的证明和阐释。在政治哲学中，正当性涉及如何能够为政治秩序或统治权力提供依据的问题；因此，它是政治道德领域的重要问题之一。雪莱对正当性问题非常关注，正当性问题普遍存在于他的诗歌当中。雪莱在《为诗辩护》里写道："个人奴役的废除，是人类心灵所能报有的最高政治希望的基础。妇女有了自由，便产生歌咏男女之爱的诗歌。""我们还有许多道德的、政治的和历史的智慧，而我们不知道如何尽施之于实践；我们还有许多自然科学的和经济学的知识，而不能尽用之以公平分配那些有增无已的产物。在这些思想体系下，事实的积累和计算的方法，将诗掩藏起来了。"[①] 无论从雪莱的散文、书信，还是从他的诗歌，读者都会发现，雪莱是一个对正当性十分感兴趣的人。

正当性是一种沁入雪莱心灵使他成为伟大诗人的元素，是一种激发他诗歌灵感的东西；当他就读伊顿贵族学校的时候已经表现出对正当性的追求。在伊顿贵族学校，低年级学生是高年级学生的"书童"或奴隶。每个"书童"要替他的"宗主"铺床叠被子，一大早便要去给他汲水，还得替他洗衣刷鞋，如果不听从指使，就要受到种种"恰如其分"的处罚。雪莱刚入校时，六年级的学长们见他身体纤弱，便以为他性格怯懦，可以不费吹灰之力对他施以淫威。但是，他们很快发现，任何淫威都会激起雪莱的猛烈反抗；他那看似不堪一击的身体里，隐藏着一种不屈不挠的钢铁意志，这注定了他必然做出离经叛道的反叛行为。[②]

[①] 江枫主编：《雪莱全集》（第5卷：小说、散文），河北教育出版社2000年版，第473、482页。

[②] 参见［法］安德烈·莫洛亚《雪莱传》，谭立德、郑其行译，上海文艺出版社1981年版，第4页。

雪莱在伊顿贵族学校非常喜欢读狄德罗（Denis Diderot，1713—1784）、伏尔泰（Voltaire，1694—1778）、霍尔巴哈（原名：Heinrich Dietrich，1723—1789）、葛德文（William Godwin，1756—1836）的著作，尤其是葛德文的《政治正义论》。前三位都是他的老师们深恶痛绝的法国思想家，而他却对他们顶礼膜拜。葛德文1793年问世的《政治正义论》（全名是《论政治正义及其对道德与幸福的影响》）对国家、政府和政党提出了直截了当的批评。葛德文的《政治正义论》蕴含着某些超越时空的道理，它辛辣地揭露了维护不平等的邪恶政治制度，从伦理道德层面分析政治制度的弊端。所有这些都深深地触动了雪莱，并在他的诗歌和散文中得到呈现。

一　正当性的评判原则

什么是正当性？这是一个颇为复杂的问题。苏格拉底当时生活在实行民主制度的希腊，但他却被他所热爱的民主制度以蔑视传统宗教、引进新神、败坏青年和反对民主等罪名判处了死刑。苏格拉底是否真的该死呢？存在两种观点，一种观点认为，他不该死，因为所谓的罪名都是不存在的，是强加在他身上的。另一种观点认为，他该死，因为如果他以某种正当的理由免除死刑，那么任何人都能够以某种看上去正当的理由逃脱惩罚；其结果会导致民主法庭名存实亡，社会公正便难以得到维护。一般而言，民主意味着人人可以平等地分享政治权利，包括参选权和投票权。但事实是，并不是每个人都有正义感；所以，投票的结果并不一定都站在公正性的一边。退一万步说，即使投票人具有公正精神，也难以保证他对事情有准确的了解。即便对事情有准确的了解，有时也会做出错误的判断，因为具有普遍持久信服力的判断标准是随着主流社会文化价值观的变化而变化的。当年，法院判处雪莱失去对孩子的监护权就是一个颇能说明问题的例子。

民主制度是雪莱所推崇的，他在《关于在整个王国实行选举制度改革的建议》里写道："本民族的人民有义务促成议会下院的这样一次改革，使下院完全代表他们的意志，人民有权利完成这一义务；集会是为了收集证据，说明人民的大多数在何种程度上愿望实行这一义务，行使这一权利。"① 尽管雪莱对民主制度一直抱着幻想，但是1818年，当他被大法官艾尔登宣判为不宜教养子女后，非常气愤，写下了题为《致大法官》的诗歌。他在该诗里表达了对法官判决有失偏颇的不满：

> 你的国家在诅咒你，被出卖的正义，
> 　被践踏的真理，被推倒的天然界碑，
> 被以欺诈手段聚敛的一堆堆金币，
> 　都在毁灭的王廷高声控诉有如惊雷。②

这里提到的"被推倒的天然界碑"是指被剥夺子女监护权一事。法院的判决不能说不民主，但雪莱对这一判决深表怀疑。对法院的判决加以质疑意味着要么民主制度本身存在致命的缺陷而无法与其目的相称，要么有某种原则先于民主，只有保证了它才能让民主达到其应有的目的。苏格拉底之死让柏拉图对古希腊民主政体痛恨至极，他试图寻找一个理想的国家模式：一个让理性的人做统治者，让勇敢的人做卫国者，让有欲望的人做劳动者的国家。柏拉图的这种治国方案强调精英治国，但这种方案仍然有它的缺陷，即在一个不允许公共参与管理的无论是直接选举还是间接选举的模式下，很容易形成极权统治，正如法西斯主义首脑所宣称的那样，他们能够代表所有人的意志，他们拥有最高解释权。③

霍布斯基于个人主义和快乐原则的道德观，把人类激情归纳为欲望和嫌恶；人对权势的追求和由此派生出来的对财富、知识和荣誉的渴望，将会成为人类战争的根源。霍布斯认为，在自然状态下，由于没有共同的主权权力存在，人类便会把这些"恶"的天性发挥得淋漓尽致，结果导致他们面临悲惨的境况，"人们不断处于暴力死亡的恐惧和危险中，人的生活孤独、贫困、卑污、残忍而短寿"④。所以，霍布斯提出遵从政治主权者和遵守社会契约的主张，并宣称，违背诺言或契约是极其邪恶或

---

① 江枫主编：《雪莱全集》（第5卷：小说、散文），河北教育出版社2000年版，第437页。
② 江枫主编：《雪莱全集》（第1卷：抒情诗），河北教育出版社2000年版，第68页。
③ 傅如良、张丰盛：《"正义"正当性的评判原则》，《学习论坛》2013年第10期。
④ [英]霍布斯：《利维坦》，黎思复、黎廷弼译，商务印书馆1996年版，第95页。

不正义的事情。除此之外，他还提出，自然法规定了一系列的道德义务，它们本身具有一种命令的力量，这种力量不仅先于主权者，而且对主权者本身也构成束缚，"所有的主权者都要服从自然法，因为这种法是神设的，任何个人或国家都不能加以废除"[①]。自然法的力量之所以要先于、强于主权者，是因为它是上帝的法令，是写在人的心灵上的。主权者不是只享受权利，不承担义务；相反，他们要受到当初设立主权的目的的约束，即为人民寻求安全，"既然政府是为和平的缘故而组成的，而和平又是为了寻求安全，现在掌握权力的人将它用在别的上面而不是人民的安全上，他的行事就违背了和平的原则，也就违背了自然法"。如果主权者忽视人民的安全，他最终会被人民抛弃，因此强权就是真理的逻辑在霍布斯那里根本就没有存在的空间。雪莱是受到这种思想影响颇深的诗人，在他的诗歌里到处都充满了这种以民为贵、反抗暴君的思想，例如他在《十四行：一八一九年的英国》里这样写道：

> 一个老迈垂死又疯又瞎被人轻贱的国君，——
> 王亲贵胄，一群愚蠢族类的残余的渣滓，
> 在笑骂声中走过似来自泥汙源泉的泥汙，——
> 当朝执政公卿，昏聩、麻木、不明事理，
> 只会像蚂蟥那样把奄奄一息的国家叮紧，
> 直到吸足了血才昏昏然落地而不待打击，——
> 人民，在荒芜的田野里忍受饥馑和刀兵，
> 军队，一柄双刃利剑，既擅长绞杀自由，
> 也会使挥刀弄剑者本身成为黩武的牺牲；——
> 法律，拜金而嗜血，为屠杀而先行引诱；
> 无基督也无上帝的宗教，一本闭阖的书；
> 国会，历史上最恶劣的法规，犹未废除，——
> 这一切全都是坟墓，从中会有幽灵奋飞，
> 焕发灿烂荣光，照亮这疯狂雨暴的年月。[②]

---

① ［英］霍布斯：《利维坦》，黎思复、黎廷弼译，商务印书馆1996年版，第253页。
② 江枫主编：《雪莱全集》（第1卷：抒情诗），河北教育出版社2000年版，第171页。

《十四行：一八一九年的英国》这首诗是写彼得卢大屠杀的。1819 年 8 月 16 日来自曼彻斯特及周边地区的 6 万—8 万人在圣彼得广场集会，地方治安官下令军队逮捕会议领导人，驱散群众。这一事件造成十余人死亡，约 500 人受伤。由于镇压集会的军队中有一部分士兵参加过滑铁卢战役，所以这场屠杀手无寸铁平民的事件被讽刺地称为彼得卢大屠杀。拿破仑战争后，英国经济、政治环境极度恶化；英国经济萧条，使得工人阶级面临日益严重的经济贫困，包括失业、低工资和缺乏食物等。彼得卢大屠杀是英国政治现代化进程中的一次重要事件，对英国的政治局势产生了重大影响；该事件发生后，英国激进派力量不断加大，并且带有革命倾向。

具有正义感的雪莱得知彼得卢大屠杀之后，写下了《十四行：一八一九年的英国》这首诗，它是彼得卢大屠杀的历史见证。"见证"在这里与政治联系在一起，它向读者提供了他们先前所不知道的、不可得到的或不可理解的话题或事件的知识。显然，在雪莱的诗歌里，读者看到了"见证……更清晰地注册了一个新的阶级在公众领域中作为参与者的出现。见证覆盖了自传和口述历史之间的光谱，同时，见证这个词还指代着法律和宗教，以及同时作为目击者和公共事件中参与者的主体"[①]。见证不仅指个人的回忆，还指集体记忆，而这种记忆往往是很悲伤的，属于创伤记忆。创伤记忆会在受害者或受害者亲属身上产生创伤后应激障碍，即产生做噩梦、对事件痛苦经历的闪回、易怒或脾气暴躁、多度的惊吓反应。"创伤幸存者不是和过去的记忆一起生活，而是和一桩不能也没有发展，没有结尾，没有结束的事件一起生活。对于幸存者而言，这桩事件延续到现在，无处不在。"[②] 无疑，彼得卢大屠杀在雪莱的心里留下了"创伤记忆"，在他身上产生了一种类似创伤后应激障碍的心理痛苦。他不仅在《十四行：一八一九年的英国》里对彼得卢大屠杀做了见

[①] Jean Franco, "Going Public: Reinhabiting the Private," in *On Edge: the Crisis of Contemporary Latin American Culture*, ed. George Yudice, Jean Franco, and Juan Flores (Minneapolis: U of Minnesota P, 1992: 65-83) .

[②] Laub, Dori. M. D. and Felman, Shoshana. *Testimony: Crises of Witnessing in Literature, Psychoanalysis, and History*. New York and London: Routledge, 1992: 69.

证，而且在《暴政的假面游行》里对在彼得卢大屠杀中起到恶劣作用的英国政府的虚伪、残暴进行了无情的揭露：

> 最后暴政驾到，骑的白马，
> 污秽的血迹溅满浑身上下，
> 他的脸色苍白，嘴唇发灰，
> 活像《启示录》里的死鬼。①

"《启示录》里的死鬼"是一个圣经典故，《新约·启示录》第6章这样写道："揭开第四印的时候，我听见第四个活物说：'你来！'我就观看，见有一匹灰色马！骑在马上的，名字叫作死，阴府也随着他。有权柄赐给他们，可以用剑、饥荒、瘟疫、野兽，杀害地上四分之一的人。"雪莱在这里把残暴的统治者比作骑在灰马上的魔鬼，这种写法可谓入木三分。

雪莱的诗歌里有不少这种入木三分的正当性的思想。然而，正当性的评判原则是什么？是人与人之间、人与统治者之间的平等和自由。"人类天生都是自由、平等和独立的"②；因此，如果统治者剥夺了公民在自然状态下这些神圣的权利，人民就有权采取合适的行动将他们赋予统治者的行政管理权力收回。

二 人权的正当性追问

洛克认为："人们既然都是平等和独立的，任何人就不得侵害他人的生命、健康、自由和财产。"③ 可是在雪莱生存的时代，情况并非如此，彼得卢大屠杀说明人不是平等的，人与人之间存在很大的阶级差别。既然自由权是人的根本权力，那么当两个人的自由权发生冲突时，应该怎么决断和处理呢？这涉及人权的正当性问题。

读者可以想象，彼得卢大屠杀发生之前，或许有抱着孩子的衣衫褴

---

① 江枫主编：《雪莱全集》（第3卷：长诗·下），河北教育出版社2000年版，第4页。
② ［英］洛克：《政府论》下篇，叶启芳、瞿菊农译，商务印书馆2010年版，第59页。
③ ［英］洛克：《政府论》下篇，叶启芳、瞿菊农译，商务印书馆2010年版，第4页。

褛的贫困妇女手举标语牌参加集会，标语牌上写着："为什么我的孩子没有面包吃？"今天，这种抗议场面在西方福利国家是司空见惯的，很难算得上是新闻了。母亲向政府提出抗议，完全有理由质问政府官员为什么别人家的孩子有面包吃而她的孩子却没有，这完全是她的正当权利；她不过在表达她的合理诉求，而政府却应当检讨为什么没有保障她和她的孩子免于饥饿和拥有吃面包的自由。可是，在雪莱生活的时代，当统治阶级面对"为什么我的孩子没有面包吃"的质问时，质问者收到的更多是鄙夷的而非同情的目光，因为人权和人权的正当性的理念没有在人们的内心扎下根来；所以，对集会抗议的镇压也就在所难免了。

马克思认为，在实际的市民社会生活中，人权不过是市民社会的精神要素和物质要素"不可阻挡的运动"。① 因此，"任何一种所谓人权都没有超出利己主义的人，没有超出作为市民社会的成员的人，即作为封闭于自身、私人利益、私人任性、同时脱离社会整体的个人的人"②。没错，任何人权都没有超出利己主义的人；但是，正是因为人对人权的看法不同，才产生了阶级观念。统治阶级认为他们是"君权神授"，只有他们才有资格享受人权，贵族和资产阶级也认为他们有资格享受人权，而剩下的劳苦大众往往被剥夺了享受人权的资格和权利，这是极其不公平的社会歧视现象。自近代人权观念产生以来，对人权正当性的追问和质疑从来都没有停止过；因为，只有人权的正当性得到肯定的回答并成为人们的普遍共识，人权主体才可以充分、有效地得到人权保障。

人权问题是早期政治学家们必须讨论的问题，因为人权与政治正义休戚相关，是政治正义不可或缺的一部分。葛德文是天赋人权思想的提倡者，他认为"实现政治正义的前提是：人人平等。人的天赋才能和知识会有差别，但在彼此关系和取得生活资料方面，都有平等的权利。他强调个人权利神圣不可侵犯。他说，社会除了个人授予的权利以外，对个人没有任何支配的权利。人的行为准则是正义，而人的一切罪恶都是非正义"③。虽然葛德文的人权思想有不少是接近无政府主义的，但在当

---

① 《马克思恩格斯全集》（第 3 卷），人民出版社 2002 年版，第 188 页。
② 《马克思恩格斯全集》（第 1 卷），人民出版社 1956 年版，第 439 页。
③ 方生：《葛德文和他的〈政治正义论〉》，《读书》1980 年第 5 期。

时影响很大，无疑起了积极进步作用。雪莱是葛德文的女婿，在很大程度上受到他的影响；例如：雪莱于1812年给葛德文的一封信里这样写道："然而，直到我读了《政治的正义》后，我才有了真正的思考和感触，虽然我的思想和感情经过这段时间后比以前更痛苦、更焦虑、更强烈——更注重行为而不是理论。"① 雪莱感到"比以前感到更痛苦、更焦虑、更强烈"，是因为他把自己放在了一个人类痛苦的解放者的位置上，并对人权的正当性进行着孜孜不倦地追问："人啊！上面宣告了你的权利，请你们再别忘记你们崇高的目的地。想一想你们的权利、你们的那些天赋吧，它们将给你们以道德与智慧，靠了这些，你们将会得到幸福与自由。向你们宣告这些权利的是这样一个人，他知道你们的尊严，他的心每时每刻都因想到你们可能取得的成就而激荡起光荣的自豪感；是这样一个人，他忘不了你们的堕落，因为他也时刻想到你们的现状——这种使人痛苦的事实。醒来吧！——站起来吧！——否则就永远堕落下去。"②

作为一种价值，人权是人类道德发展的产物。在古代的原始生活中，人们为了生存而艰苦奔波，为了活着而劳作；他们的生活和需求简单、朴实，没有什么可以成为让他们追求人权的动力。随着生产力的提高，社会的发展，人们的基本生活需求得到保证之后，他们才产生了追求人权的念头；社会越发达，人们的物质生活水平越高，他们对人权的欲望就越强烈。所以说，"人们并不是为了生活而需要人权，而是为了一种有尊严的生活而需要人权"。人权的需要是人类文明发展到一定程度的必然结果，在很大程度上体现的是道德意义。"人权常常被认为是不可剥夺的，这并不是说人们不能否定某人对这些权利的享用，因为每个压迫性政权都使其人民疏离其人权，而是说如果丧失了这些权利，在道德上是不可能的：一个人不可能失去这些权利而过一种称得上是人的生活。"③ 虽然洛克、葛德文等人权理论先驱们都强调"天赋人权"，但是人权首先是道德上的，人权的正当性也一定是源于道德之心的。"天赋人权"的提

---

① 江枫主编：《雪莱全集》（第6卷：书信·上），河北教育出版社2000年版，第320页。

② 江枫主编：《雪莱全集》（第5卷：小说、散文），河北教育出版社2000年版，第420—421页。

③ [美]杰克·唐纳利：《普遍人权的理论与实践》，王浦劬译，中国社会科学出版社2001年版，第12—15页。

法强调平等、自由、人权都是与生俱来的，但它忽略了一个事实：平等也好，自由也好，人权也好，都不是在人类初始阶段就有的，而是人类社会文明发展到了一个较高阶段才出现的道德诉求。古希腊的斯多噶派提出了人生而平等的自然法则，后来资产阶级启蒙思想家们又提出了自然权利，这些提法说到底就是他们的道德理想、他们的价值观和他们所追求的信念。他们之所以孜孜不倦地追求，是因为他们坚信这种价值观和理想是正当的；所以，他们把这些正当的、不可取代的、有价值的、值得追求的信仰称作自然法则。

"自然法"是一种客观化了的主观价值追求，这在雪莱的诗歌里体现得非常明确。人类之所以与其他动物不一样，是因为人类除了物质世界之外还有一个精神、道德、伦理、意识、观念的世界，而后者比前者要高贵；否则，人就像其他动物一样，仅仅受到身体本能的支配。人权源于人的自然本性，普适于所以人类个体的价值，所以，人权是人作为人所应当享有的普遍权利。但是，人是社会人，是社会这个大家庭的一分子，是不可能脱离社会而单独存在的，他的道德水平决定了社会道德水平，反过来，社会道德水平又决定了社会文化对人权的认可程度。因此，可以这么说："人权产生于人的活动；它们并不是上帝，自然或者生活中的有形存在赋予人的。人权代表一种社会选择，它所选择的是有关人的潜能的一种特定道德观，这种道德观的基础是关于尊严的生活的最低限度要求的一种特定的本质性看法。"[①] 当一个人作为奴隶附属于另一个人或一个组织、一个集体时，人权根本不存在；而人作为另一个人的奴隶的存在是不正当的，也是恶的，是与基本的社会道德相背离的。所以，这样的社会或具有这样奴役统治的社会是违背基本道德的社会，是应该受到谴责和推翻的社会。雪莱在诗歌里对这种残暴的社会进行了猛烈的攻击，并号召人民推翻它；他在《给英格兰人的歌》里这样写道：

英格兰的人们，凭什么要给
踩躏你们的老爷们耕田种地？

---

① [美] 杰克·唐纳利：《普遍人权的理论与实践》，王浦劬译，中国社会科学出版社2001年版，第13页。

> 凭什么要辛勤劳动纺织不息
> 用锦绣去装扮暴君们的身体?
> ……
> 就用锄头和织机,耕犁和铁铲
> 构筑你们的坟,建造你们的墓,
> 织制你们的裹尸布吧,终有一天
> 美丽的英格兰成为你们的葬身窟。①

在这两节诗里,雪莱用了一些愤怒的字眼来形容统治者,如:"蹂躏你们的老爷""暴君""坟墓""裹尸布"和"葬身窟"。"蹂躏"和"暴君"是对道德败坏之人的描写,是对一种恶劣价值观的否定。在雪莱生活的时代,权贵们为了纯粹的个人目的或为了满足个人的贪婪欲望,残酷剥削、压榨人民,甚至剥夺了他们生存的基本人权,这在任何文化里都是不能够容忍的。所以,雪莱号召人民以"锄头和织机,耕犁和铁铲"作为武器,把这些残酷的毫无道德的统治者消灭干净。

人权是与生俱来的,是神圣不可侵犯的,这体现了社会共同体那些最重要的道德要求。尊重他人的人权是社会共同体对每一个成员提出的最基本的道德要求并以法律的形式加以规范,因为"无道德即无社会生活"②,就像雪莱在《给英格兰人的歌》里所描写的情景一样。如果权贵们不尊重他人的人权,随意侵犯人民的生命、自由和尊严,最终一定会对社会共同体造成伤害。如果真是那样,人民给暴君编织裹尸布的日子就不会远了。

三 政治的正当性、合法性与正义

雪莱在《给英格兰人的歌》里暗示着这么一种思想:随意欺压、蹂躏、剥削人民的统治者或权贵们是不道德的,是要受到人民的谴责和抛

---

① 江枫主编:《雪莱全集》(第1卷:抒情诗),河北教育出版社2000年版,第161—163页。
② [英] A. J. M. 米尔恩:《人的权利与人的多样性——人权哲学》,夏勇、张志铭译,中国大百科全书出版社1995年版,第132页。

弃的。这实际上涉及政治的正当性、合法性和正义性的问题。政治正当性是关于政治权力在行使过程中是否符合道德要求，也就是说，什么样的政治权力才能够满足道德评价的条件。道德是一个十分宽泛的领域，也是一个容易让人感到模糊的概念；因为，不同时代、不同地区、不同文化对道德的要求有所不同。人作为社会中的一员，在任何时候都会有"如何为人处世"的意识，而由道德提供的为人处世方式才可能是善的，并得到后世的永久赞颂，例如：在人类早期神话、传说、故事、史诗里，都对勇敢、刚强、智慧、正直、公正、节制、无私、奉献、自我牺牲等进行了歌颂。在《荷马史诗》《伊利亚特》和《奥德修斯》里的英雄人物身上，都体现了这些优秀的道德品质，古希腊思想家所赞美的"勇敢、智慧、节制、正直"正是对这些优秀品质的高度概括。与上述被人类文明所认可的美德相反的是：怯懦、软弱、愚蠢、虚伪、偏私、奸诈、自私、贪婪、暴虐等，这些都被归属为邪恶。

为了在现实社会生活中战胜外部的各种严酷挑战和处理好内部的各种纠纷，勇敢、创新、刚强、智慧、正直、节制等成为对人的基本的道德要求。雪莱是一个在道德上对自己要求颇高的人，并不断地从当时的优秀出版物中积极汲取营养。我们可以从他十九岁时写给葛德文的信中看到这一点：

> 自从我第一次读到您的大作《政治的正义》已时过两年，这本书使我耳目一新，视野更加宽阔，它从根本上影响了我的个性。悉心研读这本书，我变成了一个更聪明、更完美的人。我不再醉心于浪漫小说。在此之前我一直生活在一个理想的世界里，而这时我发现，在我们这个天地里有许多事情足以唤起人们的内心的关注，有许多事情值得人们专心进行理性讨论。总而言之，我认为我有许多要尽的义务。请想一想《政治的正义》对一个人的思想所产生的影响，而不要急于怀疑它的独特性和在某种程度上所独具的特殊的敏感性。[①]

[①] 江枫主编：《雪莱全集》（第6卷：书信·上），河北教育出版社2000年版，第235页。

葛德文在政治上比较偏激，很多观点都接近于无政府主义。他认为，无论是何种政体和政权总是侵犯个人独立见解和良知的；政权是为了防止弊害而采取的一种有害手段，如果它超出了正义的界限，它的正当权力就应当立即结束。这种思想似乎对雪莱造成了很大影响，他在诗歌里对这种思想进行了充分展现，他在《一个共和主义者有感于波拿巴的倾覆》中写道：

> 我恨过你，倾覆的暴君！我曾痛心，
> 当我想到像你这样一个谦卑的奴隶，
> 竟也会在自由的坟墓上欢跳、狂饮；
> 你原可建立你的宝座至今依然屹立，
> 却选择了豪华煊赫耀武扬威的巡游，
> 血腥而脆弱，终于崩溃，已被时间
> 扫向寂灭的川流。我曾因此而祈求
> 杀戮、掠夺、奴役、邪欲还有背叛，
> 趁你熟睡时潜入，把代表它们的你
> 窒息。到我醒悟为时已晚，法兰西
> 和你同受羞辱后：美德，有比强暴
> 和虚伪更凶恶的大敌：陈腐的积习，
> 合法的罪行，残酷而又血腥的宗教
> 时间所孕育的那些最最卑污的子息。[①]

雪莱的这首诗是专门谴责拿破仑·波拿巴（Napoléon Bonaparte，1769—1821）的。在这首诗里，他把拿破仑看作充满了"杀戮、掠夺、奴役、邪欲"的暴君，对他进行了猛烈的攻击。今天的读者读了雪莱的这首诗之后的感受一定会与雪莱那个时代的读者的不同；雪莱那个时代的读者或许会认为雪莱在这首诗里所叙述的是真的，会对拿破仑产生愤恨的感觉，而今天的读者会认为，拿破仑是一个伟大的英雄。任何历史人物是好还是坏、是善还是恶不仅仅是他那个时代的人说了算，还要靠

[①] 江枫主编：《雪莱全集》（第1卷：抒情诗），河北教育出版社2000年版，第19—20页。

后来的时代评说。从当今的视角来读雪莱的《一个共和主义者有感于波拿巴的倾覆》这首诗，读者会发现，雪莱对拿破仑的评价是很偏激和欠公正的。今天，大量丰富的史料和历史发展的事实证明拿破仑不但是一个伟大的军事家，而且是一个伟大的思想家、政治家，他为人类文明发展做出了杰出贡献。

拿破仑出生在科西嘉岛上的一个法律职业者家庭，他父亲是名律师，为人正直，热衷于伸张正义。少年的拿破仑就非常关注社会，具有较强的法律意识。但是，对拿破仑法制思想产生重大影响的是当时法国的著名学者伏尔泰、孟德斯鸠（Charles‐Louis de Secondat, Baron de La Brède et de Montesquieu, 1689—1755）、卢梭（Jean‐Jacques Rousseau, 1712—1778）等启蒙思想家；他们在自然权利、自然法和社会契约论的基础上，提倡"法律面前人人平等"的原则和建立"法治国家的思想"，在政治主张上，提出废除君主专制制度，建立资产阶级共和国。法国启蒙思想家的思想潜移默化地影响着拿破仑，他对卢梭的《社会契约论》尤感兴趣；卢梭的民主主义思想和社会契约论在很大程度上促进了拿破仑法制思想的形成，例如：卢梭在《社会契约论》里，提出了人民主权思想，认为一切权力属于人民；而当人民的权力被剥夺并被用来压迫和奴役人民时，人民有权解除社会契约，推翻现存不公正的制度，建立符合人民意愿的制度。后来，拿破仑在执政期间，按自己的方式发展了卢梭等人的政治思想和法制学说。例如：《拿破仑法典》是以自然法构想为基础的，就平等原则有两项规定，一是法国人，毫无例外地享有平等的民事权利；二是在原则上每个人从成年之日起，都享有平等的民事行为能力。这些规定显然是卢梭的"由于约定并且根据权利，人人都是平等的"思想的具体体现。最重要的是，被恩格斯视为"典型的资产阶级新社会的法典"的《法国民法典》是在拿破仑的支持下制定的；这部历经多次修改沿用至今的《法国民法典》奠定了一系列流传至今的现代民法原则，创造了现代意义上的民法制度。拿破仑的法制思想在这部《法国民法典》制定的过程中熠熠生辉。[①] 雪莱写《一个共和主义者有感于波拿巴的倾覆》这

[①] 参见谢冬慧、雷金火《浅论拿破仑的法治思想与司法实践》，《法学评论》2005 年第 1 期。

首诗时还非常年轻，无论是知识面还是判断力都没有达到把拿破仑当作一个历史伟人来评判的地步。

《拿破仑法典》不仅解放了法国人民，使他们毫无例外地享有平等的民事权利，而且解放了世界其他国家的人民，也努力使他们获得平等的民事权利。1797年，拿破仑率领军队远征意大利；当进入安科纳时，他非常吃惊地发现，犹太人住在狭小的隔都里，戴着标志身份的黄色帽子和"大卫星"臂章。他非常气愤，当即下令去掉犹太人身上的这种侮辱性标志并捣毁了隔都，又颁布法令规定犹太人可以居住在任何地方，允许他们公开信仰犹太教。在意大利期间，拿破仑相继关闭了罗马、威尼斯、里窝那、帕多瓦等地的犹太隔都，并解放了这些地区的犹太人，废除了当地的宗教裁判所，废除了对犹太人的种种限制和针对犹太人征收的特别税，给予他们完全的公民权，犹太人也不再佩戴侮辱性的标志，可以自由从事各种职业。对于犹太人受歧视和限制深重的中欧地区，拿破仑通过多次战争打败了奥地利和普鲁士。其余的德意志地区小公国组成了莱茵同盟，成为法国的附庸。拿破仑按照法国的模式改造这些公国，捣毁当地的隔都，解放犹太人。犹太人普遍获得了公民权，和其他居民一样享有法律平等权。[①]

拿破仑高举《拿破仑法典》，他的军队打到哪里就把法典的精神播撒在哪里；他不仅努力在极大范围内解放了受歧视和受压迫的犹太人，还解放了那些受歧视和受压迫的其他民族的人。在他眼里，压迫和不平等是不合理的和非正义的；他想要带给人类的是一个法律上人人平等的世界。正因为如此，他的政治理念是正当的、合法的，也是正义的；所以，他的军队打到哪里都战无不胜，都受到当地人民的欢迎。可惜的是，他的法制理念在那个时代太超前了，引起了封建势力和统治阶级的极大恐惧和不安；于是，欧洲其他国家的所有封建势力和统治阶级积极联合起来对他进行武力围剿，民主主义被扼杀在摇篮之中。雪莱写这首诗时太年轻，学识不够渊博，思想深度也颇欠缺；他看到的只是战争带来的血腥，而不知道"人人平等"是要付出血的代价才能够获得的，所以雪莱

---

① 贾延宾：《拿破仑与欧洲犹太人的解放》，《河南师范大学学报》（哲学社会科学版）2015年第4期。

在《一个共和主义者有感于波拿巴的倾覆》这首诗里把拿破仑说成是暴君，也不足为奇。

第三节　神话的共同体：人性、公民社会与政治义务

人类是趋于理性的，最早表现为"客观理性"，它代表着普遍性和强制性的外在客观价值尺度，与人们的生存活动方式相适应。人类这种趋于理性的文明发展为对"共同体"的追求提供了可能。共同体是个人与个人直接结合在社会中形成的单位，它是个人与人类之间的中介形式，是人之肉身的存在性与其直接依赖的生存环境所构成的一体性的集体或组织。作为这一集体或组织中的一员，每个个人都必须担负起该集体或组织所要求他承担的社会职责和义务；唯有这样，共同体才能够成为个体的"家园"或安身立命之所。

共同体的利益具有压倒一切的优越地位，任何个人利益都必须服从共同体的利益，这是个人思想和行为的最高价值原则。在这样的情况下，共同体所极力维护的一定是支配着共同体内每个个人全部生活领域的普遍的、永恒的价值尺度。实际上，这涉及政治的正当性和政治义务问题。也就是说，共同体内的成员都有服从自己共同体的法律义务或以法律没有规定的其他方式支持共同体政治机构或制度的义务。但问题是，共同体的公共管理是正当的吗？如果它的管理仅具有合法性而不具有正当性，那么它就不能够实现人民在赋予其合法性时所期待的成就，必定会被人民收回所授予的一切权力。

神话从一开始就包含了"共同体"的问题、权力的正当性问题以及被授予的权力的收回问题。例如，在《神谱》里，克洛诺斯（Cronus）是希腊神话中的一个神，他的父亲乌拉诺斯是第一代神王。乌拉诺斯性情残暴乖张、刚愎自用、荒淫无度，因此惹怒了妻子该亚（Gaia），她授意最小的儿子克洛诺斯用锋利的小镰刀割去了乌拉诺斯的生殖器，并废黜了他的王位，取而代之。在克洛诺斯的统治下，一个和谐、繁荣的黄金时代到来，他被尊称为丰收之神。这个神话意味着共同体是处于变化之中的，当一个共同体变得不正当的时候，它被授予的权力就会被人民

收回，交给另一个共同体，以实现人民的期望。

一　神话：人性和人之本质的展现

克洛诺斯的神话故事在很大程度上反映了人性的问题。什么是人性？"人性既是人之所以为人而'原本所具有的性质或个性'，又与'一定的社会制度'和'一定的历史条件'密切相关，是'在一定的社会制度和一定的历史条件下形成的人的本性'。"[1] 关于人性的问题，自古以来，国内外都有过不少的讨论。早在中国战国时期，孟子与告子之间就对人性有过争论。告子的观点是"生之谓性"（《孟子·告子上》），意思是人性是与生俱来的；而孟子反驳道："然则犬之性犹牛之性，牛之性又犹人之性与？"（《孟子·告子上》），孟子强调的是，人性不是指人天生具有的自然本性，即生物性，而是人区别于动物的根本属性，即"人之所以异于禽兽者几希，庶人去之，君子存之"（《孟子·离娄下》）。所以，孟子说："无恻隐之心，非人也；无羞恶之心，非人也；无辞让之心，非人也；无是非之心，非人也。"（《孟子·公孙丑上》）西方国家在谈到人性的时候，有感性主义和理性主义之分，学者大都能够认识到人性中存在肉体与灵魂、感性与理性的两种不同因素，所不同的是哪种因素在人性中起主导作用。在亚里士多德那里，人性是理性的；他认为唯有幸福这一目的可以完全满足对人类行动的终极目的的需求，幸福就是灵魂按照美德或德性活动，而道德的普遍规则是根据正当的理性去行动。[2] 在康德那里，人不仅是理性的存在者而且人的理性能够排除感性经验的影响而"纯粹化"。由于理性的缘故，人不仅是一个摆脱了自然必然性限制的自由的个体，而且是一个只听从自身善良意志召唤的绝对自律的主体，从而体现出人的高贵性与独特性。[3]

谈了那么多人性，但人的本质是什么？"人的本质并不是单个人所固

---

[1] 王和：《人类历史是人性展现的历史》，《清华大学学报》（哲学社会科学版）2014 年第 1 期。

[2] ［美］萨缪尔·伊诺克·斯通普夫、［美］詹姆斯·菲泽：《西方哲学史：从苏格拉底到萨特及其后》，邓晓芒等译，世界图书出版公司 2009 年版，第 84 页。

[3] 吴秀莲：《人性与道德》，《伦理学研究》2011 年第 3 期。

有的抽象物。在其现实性上，它是一切社会关系的总和。"① 既然人是处于一定社会关系中的现实存在的人，其本质是社会关系的总和，而"各个人借以进行生产的社会关系，即社会生产关系，是随着物质生产资料、生产力的变化和发展而变化和改变的"②；那么，处于各种社会关系之中的人的本质就必然会随着社会关系的变化和发展而不断变化和发展。因此，人的本质就必然是具体的、历史的和可变的，不存在固定不变的人的本质。③ 人的本质不是固定不变的，因为人的本质是社会性的，是超越生物本能的束缚而获得了自由意志的。人与动物的本质区别就是"未特定化"，他不像动物那样由于特定化的器官和本能只有在特定的外在条件下生存；人的未特定化使他不再受到特定生存环境的限制而按照自己的愿望、自己的判断和自己的自由意志来决定自己本质的界限。人的这一本质使人获得无限的创造性和向世界的开放性。通过创造，他确定了自己丰富的存在方式，通过创造，他不断走向自由；追求自由也是人的本质。

雪莱的诗歌都在追求自由，以彰显人之本质，例如：他的《伊斯兰的反叛》《解放了的普罗米修斯》以及《倩契》等。"自由"这个词给人留下的印象是那么美好以至于让人无比神往。什么是自由？不同文化背景下的人对自由的理解一定会有所不同；但是，作为社会中的一员，人不能自由地选择自己的社会关系，也不能够超脱自己的社会关系，所以他的自由或自由意志是受到特定的社会关系制约的。人只有在他的社会关系的语境下运行自己的自由意志，以实现自己的欲望；也就是说，唯有凭借集体的力量，他才可以获得个人自由。这种"一切社会关系的总和"的人的本质特点在神话中是非常明显的，试举一例如下：

  加利福尼亚的波莫人每七年驱邪一次。这种类型的驱邪中，鬼邪是由人化妆表示的。"二十或三十个人，穿着五光十色的服装，身

---

① ［英］莱斯利·斯蒂文森：《人性七论》，袁荣生、张冀生译，商务印书馆1994年版，第18页。
② 《马克思恩格斯全集》（第6卷），人民出版社1972年版，第487页。
③ 刘娟娟：《"人性"和"人的本质"》，《东南大学学报》2006年S2期（增刊）。

上涂着粗野的颜色,头上顶着小桶装的松脂。他们偷偷地走进附近的山岭。他们都是化妆为妖魔的人。有一个报信人爬到公众集会的屋顶上,对人群说了一通话。黄昏时预先约好的信号一起,戴假面具的那些人从山里走来,头上顶的小桶松脂燃烧着,同时做出各种怕人的响声和动作,还有那身奇特的服饰,尽野蛮人所能想出的一切办法来表现妖魔。吓怕了的妇女和孩子都赶快逃命,男人们挤在一个圆圈里,根据火攻妖魔的原则,他们用点燃的火把在空中挥舞,喊着,吼着,向入侵的好杀的妖魔猛冲,于是出现一种可怕的场面,使聚集在那里的数以百计的妇女十分害怕,她们尖声高叫,发晕,紧紧抓着她们勇敢的保护者。最后,妖魔还是冲进了公共聚会的屋内,最勇敢的男人们进去和他们谈判。全部闹剧的结尾是男人们鼓起勇气,把妖魔从公众会堂赶走,一阵惊人的吵嚷和假打斗的闹声之后,妖魔被赶进了山里。"①

这个例子说明,从原始部落开始,神话就反映了人性和人的本质问题。从人性上讲,波莫人已经有了善与恶的基本道德意识和概念,他们每七年驱逐鬼邪一次;他们把那些令人害怕的、恐惧的,给部落社会带来负面影响的人或事物都称作鬼邪,都要赶走、清除掉。在西方国家,基督教的原罪说主张人生来就是性恶的,认为:人类祖先亚当和夏娃自吃了上帝的禁果那刻起就具有了"原罪";因此,人需要不断忏悔来获得上帝的救赎,否则人的灵魂将沦落到苦难的地狱。一些思想家如奥古斯丁、马基雅维利、霍布斯、叔本华等都认为人性是恶的;而另一些思想家如柏拉图、亚里士多德、康德等则认为人性既有善的一面也有恶的一面,当人的理性驾驭人的欲望和意志时,他就能获得善,反之就是恶。

英国近代思想家洛克提出白板说,认为人的心灵如同一块白板,"没有一切标记,没有一切观念"②,人的知识都是从后天的社会实践中获得的;即使"人们对一些真理所有的知识是很早就存在于心中的,不过那

---

① [英]詹·乔·弗雷泽:《金枝》下册,徐育新等译,中国民间文艺出版社1987年版,第802—803页。

② [英]洛克:《人类理解论》(上册),关文运译,商务印书馆1997年版,第68页。

种存在的方式仍然指明那些真理不是天赋的。因为我们稍一观察，就会发现，人心所从事的，仍是后得的观念"①。洛克的白板说为读者深入理解人性和人的本质提供了很好的注脚。他把人的道德思想、规范放在了后天的知识范围，他认为，伦理学中的关键词"善"是能够完全被理解的，因为每个人都知道"善"这个词代表着什么："事物是善的还是恶的只涉及愉快或痛苦。我们称之为善的那种东西容易引起或增加愉快，或是减少我们的痛苦。"② 加利福尼亚的波莫人每七年驱邪一次，就是一种剔除那种引起他们痛苦的行为。波莫人的驱邪仪式是非常古老的，它体现了波莫人的人性或人的本质，"是一切社会关系的总和"。人性和人的本质展现在"一切社会关系的总和"里面，说明：人的生命活动不像动物那样仅仅依附自然，而是把自然当作改造的对象；因此，人在自然面前取得主体地位，获得了自由。自由是人的终极追求，也是人性和人的本质的完美体现；所以，雪莱在《自由颂》里这么意气风发地写道：

> 这时，人，这庄严的形体，
> 　　在阳光灿烂的天宇下生儿育女；
> 对于芸芸众生，亿万生灵，
> 　　宫殿、庙堂、陵墓和监狱
> 还只像是山狼破蔽的巢穴
> 　　　生息不已的广大人类
> 　　　　野蛮、粗暴、诡谲而愚昧
> 因为你尚未诞生；在这万姓麇集的荒原
> 　　像狰狞的乌云笼罩着空旷的海洋，
> 　　　专制的暴政高悬在上；下面
> 盘踞着奴隶聚集者：封建的瘟疫姑娘；
> 　　依仗金钱和鲜血维持生命，
> 血腥和铜臭浸透灵魂的教士和暴君

---

① ［英］洛克：《人类理解论》（上册），关文运译，商务印书馆1997年版，第14页。
② ［美］萨缪尔·伊诺克·斯通普夫、［美］詹姆斯·菲泽：《西方哲学史：从苏格拉底到萨特及其后》，邓晓芒等译，世界图书出版公司2009年版，第234页。

则从四面八方把受惊的人群

驱赶进她那宽阔翅膀的阴影。①

在这首诗里,"你"指的是"自由"。当自由没有诞生的时候,"生息不已的广大人类/ 野蛮、残暴、诡谲而愚蠢/ 专制的暴政高悬在上;下面/ 盘踞着奴隶聚集者:封建的瘟疫姑娘;/ 依仗金钱和鲜血维持生命,/ 血腥和铜臭浸透灵魂的教士和暴君"。这时候的人,无论是统治者还是平民百姓,都不具有真正的人的生命价值,因为他们的人性和人的本质被现实生活中的利益引诱遮蔽了。

人之所以是人而不是其他的什么动物,是因为人性和人的本质决定了人是有伦理道德观念的,是能够认识什么是善、什么是恶的,正像马克思所说的那样,人是能够"使自己的生命活动本身变成自己意志的和自己意识的对象"②的。既然人性和人的本质能够使他辨别善恶,那么他的意志和意识就应该趋善去恶,那样才是人性和人的本质的完美体现。世界上之所以存在暴君和奴隶,是因为人还不能够"使自己的生命活动本身变成自己意志的和自己意识的对象",这是人类社会的悲哀。所以,雪莱在《自由颂》里对当时"恶"的社会现象进行愤怒的、无情的揭露,使读者在阅读中不断去认识人性和人的本质,这种做法是非常有意义的。

二 雪莱诗歌中的公民精神

人性和人的本质决定了人是有理性的人,所以他的自由意志是可以得到自律的。他表现出来与其他动物不同的特征在于他是有社会意识的存在物;而作为有社会意识的存在物,人的生命活动是具有社会价值和精神价值的。黑格尔在阐述古希腊人对现代西方文明的贡献时说:"一提到希腊这个名字,在有教养的欧洲人心中……自然会引起一种家园之感……凡是满足我们精神生活,使精神生活有价值、有光辉的东西,我

---

① 江枫主编:《雪莱全集》(第1卷:抒情诗),河北教育出版社2000年版,第257—258页。

② 转引自张奎良《马克思人的本质思想的全景展示》,《天津社会科学》2014年第1期。

们知道都是从希腊直接或间接传来的。"① 如果一个人对自己的国家或城市或居住地有一种"家园感",那么他就把自己看成是这个国家或城市或居住地或社会的主人,他已融入社会之中,以积极主动的精神参与监督或管理国家政治事务,同时也享受社会生活。一个人以积极主动的热情参与国家政治事务管理,那么他就具备了公民条件,生活在公民社会中。

"公民"观念源于古希腊的公共政治生活,它在古希腊城邦政治和行政结构中形成,意思是属于城邦的人。古希腊的城邦是由公民组成的集体,它的所有权力都归属全体公民,被称作公民社会。古希腊城邦之间的政体和政治制度有所差别,但它们的本质特征是相似的,即公民社会,而这个公民社会的基本成分是:奴隶、无公民权的自由人和自由公民。在古希腊不同的城邦,奴隶的实际社会地位和生活状况是不同的。在斯巴达,有一套完整的制度使奴隶要承受被镇压、折磨、消灭肉体和摧残精神的命运,而在雅典等一些民主制比较发达的城邦,奴隶不但可以和主人一起并肩劳动,而且和主人一样自由。奴隶的自由到了这种程度就连当时的柏拉图都觉得不可思议,他说:"在这种国家里自由到了极点。你看买来的男女奴隶与出钱买他们的主人同样自由,更不用说男人与女人之间有完全的平等和自由了。""狗也完全像谚语所说的'变得像其女主人一样了',同样,驴马也惯于十分自由地在大街上到处撞人,如果你碰上它们而不让路的话。什么东西都充满了自由精神。"② 有的思想家甚至认为,雅典把奴隶看作人,"雅典民主已非常接近于奴隶制的废除"③。公民是城邦的主人,他们享有广泛的政治生活,当面临战争危机或公民人数不足时,城邦往往吸收外邦人或释放奴隶加入公民社会;后来公民权有了很大进步,公民资格惠及最贫困的平民,让更多的人有了自由参与政治生活的机会。

雪莱对古希腊文明非常赞赏,他在诗剧《希腊》的"序言"里充满

---

① [德]黑格尔:《哲学史讲演录》(第1卷),贺麟、王太庆译,商务印书馆1983年版,第158页。
② [古希腊]柏拉图:《理想国》,郭斌和、张竹明译,商务印书馆1997年版,第341页。
③ 丛日云:《西方政治文化传统》,大连出版社1996年版,第31页。

激情地这样写道:"我们都是希腊人。我们的法律、我们的文学、我们的宗教、我们的艺术,全都根植于希腊。如果没有希腊,则罗马,我们祖先的宗师、征服者和大都会,就不可能以她的武力传播启蒙的明光,我们很可能至今仍是野蛮人和偶像崇拜者,或者更糟,也许会处在中国和日本如今所处的那样一种社会制度停滞的悲惨境地。"① 读者从他的诗剧《希腊》里仍然可以感觉到他对希腊式民主、自由大加赞赏的痕迹:

> 我将高高地飞翔,飞向
> 岩石环护爱琴海的地方,
> 　去应和自由人
> 　战斗的欢歌声,
> 做传报胜利的狂热使者!
> 　我为阵亡的希腊人
> 　降落下的金色甘霖
> 应该和泪与血的海融合;
> 　我敲叩庄严的丧钟
> 　向全世界的人报信:
> 　给暴政送终!②

从这节诗里,读者不难发现雪莱不仅受到了希腊式的民族和自由的影响,而且更多地受到了英国思想家洛克的公民社会思想的影响。

洛克的公民社会思想对公民社会理论的发展影响很大。"没有洛克,现代公民社会观念的发展是不可能的。"③ 当然,洛克的公民社会概念与现代的公民社会概念有所不同,但他的公民社会思想中却包含了现代公民社会的基本理念和自由精神。洛克在思考他的公民社会理论时,提出公民社会之前的"自然状态"假设,即人类原始状态的三个特征。第一

---

① 江枫主编:《雪莱全集》(第4卷:诗剧),河北教育出版社2000年版,第4—5页。
② 江枫主编:《雪莱全集》(第4卷:诗剧),河北教育出版社2000年版,第52—53页。
③ [美]亚当·赛利格曼:《近代市民社会概念的缘起》,景跃进译,载邓正来、J.C.亚历山大主编《国家与市民社会》,中央编译出版社2002年版,第59页。

个特征,人类原始状态是自由的,人们在不违反自然法的情况下,可以按照自己的意愿来自由生活和处置自己的财产而不受到他人的制约,不需要服从他人的意志;第二个特征,人类原始状态是平等的,社会成员的权利是平等的,没有任何人可以拥有凌驾于他人之上的特权;第三个特征,人类原始状态是理性的,任何人都不能为了获得个人利益或自由而给他人的利益或自由造成威胁。因此,"为了约束所有的人不侵犯他人的权利、不互相伤害,使大家都遵守旨在维护和平和保卫全人类的自然法,自然法便在那种状态下交给每一个人去执行,使每人都有权惩罚违反自然法的人,以制止违反自然法为度"[1]。可见,在人类原始状态时期,自然法的约束使社会趋于理性。

然而,在称作自然状态的人类原始状态下,每个人既是权力的拥有者又是平等管理权力的享用者,时间长了就会出现这样一种情况:社会成员遇到与自己的利益相关的案件时,他一定会出于自私的心理而袒护自己的利益。这样一来,社会的平等局面就会被打破,社会稳定和社会秩序面临威胁和伤害,其结果将会使社会产生无序和混乱。在自然状态下,社会成员之个人与个人之间缺乏有效的沟通渠道和机制,又没有行之有效的制约机制;如果社会成员不守信用、不负责任甚至居心不良的话,那么,违反和破坏自然法的行为就难以避免。因此,洛克认为,人不能够像试想的那样在自然状态下生活,他必须走出自然状态而进入公民社会中生活,因为自然状态的"完美无缺"不符合人类求交往、趋合作的社会属性。

既然在自然状态下,社会成员的私欲无法得到遏制,他们无法保障自己的利益安全,他们就只得寻求政府的既定的法律庇护。每个社会成员都达成约定,放弃单独行使惩罚的自然权力,并把这些权力交给社会专门设置的可信任的机构和公共裁判者,让他们按照社会成员一致同意的规定来行使。这些思想对雪莱的影响不小,读者从他的《告爱尔兰人民书》中可以找到类似的说法:"只要人们还继续是愚蠢而邪恶,政府,甚至像英吉利政府这样的政府,为了防止坏人犯罪,还将继续成为必不

---

[1] [英]洛克:《政府论》(下篇),叶启芳、瞿菊农译,商务印书馆1964年版,第7页。

可少的东西。"① 这意味着当处于"愚蠢"和"邪恶"的状况时，人们必须放弃某些自然状态下的自然权力，并交给公共裁判者，以保障他们每一个人的权利不受损害或剥夺。可见，"安全和保障是原先建立公民社会的目标，也是他们参加公民社会的目标"②。

保障人民的安全和自由是公共裁判者不可推卸的神圣责任。如果这个公共裁判者不但不能保障人民的安全和自由，还建立了强权和施以暴政，那么人民"不但享有摆脱暴政的权利，还享有防止暴政的权利"③。也就是说，人民与这个公共裁判者签订了一个社会契约；这就是洛克所构想的公民社会。"真正的和唯一的政治社会是，在这个社会中，每一成员都放弃了这一自然权力，把所有不排斥他可以向社会所建立的法律请求保护的事项都交由社会处理……凡结合成为一个团体的许多人，具有共同制订的法律，以及可以向其申诉的、有权判决他们之间的纠纷和处罚罪犯的司法机关，他们彼此都处在公民社会中。"④ 在这个公民社会中，法律是最高统治者，一切权力都在法律之下，社会公民在他们的自由权和财产权受到法律保障的同时，必须承担相应的社会义务。

雪莱对洛克的公民社会思想是非常赞同的，他在《人权宣言》里表达了类似的看法："由于被统治者的利益就是，或者说应该是，政府的根源，任何人都不能拥有任何不是显然来源于被统治者意愿的权威。"⑤ 在这么一种契约关系的模式下，社会公民与国家之间产生了一种相互制约的关系。作为公民，人们要遵守既定的法律法规，并承担相应的法律法规所要求的责任和义务，以保障国家的威严和社会的秩序；作为国家，它要用社会公民赋予它的权力来保障公民的平等、自由和财产安全。如

---

① 江枫主编：《雪莱全集》（第5卷：小说、散文），河北教育出版社2000年版，第382页。
② ［英］洛克：《政府论》（下篇），叶启芳、瞿菊农译，商务印书馆1964年版，第58页。
③ ［英］洛克：《政府论》（下篇），叶启芳、瞿菊农译，商务印书馆1964年版，第133页。
④ ［英］洛克：《政府论》（下篇），叶启芳、瞿菊农译，商务印书馆1964年版，第53页。
⑤ 江枫主编：《雪莱全集》（第5卷：小说、散文），河北教育出版社2000年版，第415页。

果国家在接受了公民所赋予的权力之后不履行契约的承诺,并走向专制和暴政,社会公民有权力罢免国家的统治者(即公共裁判者),把赋予他们的权力收回来。雪莱处于英国公民社会形成的时期,统治者违背社会契约的情况时有发生。耳闻目睹这种情形,他颇为义愤填膺;于是,在《伊斯兰的反叛》里不由自主地这样写道:

> 美德,希望,爱,如阳光和天庭,
> 　覆照着全人间,选了我们做仆役。
> 我们的精神的旋风难道还不曾
> 　把真理的不朽的种籽吹遍思想领域?
> 　瞧!冬天来了,那悲伤的坟墓,
> 那死亡的冰霜,暴风雨一般的刀剑;
> 　那暴政的洪水,它的血腥的巨波
> 被魔术师的咒语——信条,冻结成冰川,
> 　一片可怕的寂静冰封了全人类的心田。①

从雪莱的这节诗里,读者可以轻易地发现,雪莱是"天赋人权"的支持者和拥护者。"天赋人权"是人民与生俱来的,不可剥夺和不可转让的;它是公民社会的最高法制,是契约论的根基,它的权威性是神圣而不可动摇的。雪莱在这里把"美德""希望"和"爱"作为公民社会的基本准则,而当统治阶级(公共裁判者)公然滥用公民所赋予的权力,践踏公民社会的基本准则的时候,他们就已经走向了专制和暴政。因此,公民社会将"冻结成冰川","一片可怕的寂静冰封了全人类的心田",世界将陷入悲惨的境地。雪莱在这里的描写彰显出他作为一个优秀的社会公民的思想境界。

三　神话的共同体:政治正当性与政治义务

公民社会实际上就是一个共同体社会,因为它承担着一个社会群体的共同利益,并规定了这个社会群体的伦理价值取向。共同体是一种社

---

① 江枫主编:《雪莱全集》(第2卷:长诗·上),河北教育出版社2000年版,第304页。

会群体所追求的理想生活模式，它意味着社会成员是平等、自由地共在、共存、共享于同一个空间。根据威廉斯在《关键词：文化与社会》中的考证，共同体（community）一词在不同时期分别衍生出四个基本含义：一、平民百姓；二、国家或组织有序的社会；三、某个区域的人民；四、共同拥有某些东西的性质。威廉斯还认为，作为术语的共同体有一个重要特征，即"不像其他所有指涉社会组织（国家、民族和社会等）的术语，它[共同体]似乎总是被用来激发美好的联想……"马克思对理想的共同体即共产主义社会进行憧憬时尤其强调个人与共同体之间的辩证关系：他既重视个人对共同体的责任，又主张共同体是个人全面发展的保障。在《德意志意识形态》一书里，他提出"全人共同体"（the community of complete individuals）这一概念，并强调"只有在共同体中，每个人才有全面发展自己能力的手段；因此，只有在共同体中，人的自由才有可能……在真正的共同体中，个人在联合的状态下通过联合获得自由"①。

殷企平教授认为："自柏拉图发表《理想国》以来，在西方思想界一直存在着思考共同体的传统，但是共同体观念的空前生发则始于18世纪前后。"② 的确，对"共同体"的思考在西方思想界是一个传统，但共同体的基本思想却早就蕴含在了柏拉图之前的神话之中。今天，我们的文艺作品都不断地在引用神话故事或神话典故，并不仅仅因为它们是有趣的和能够激发人们欢快想象的，还因为它们具有丰富的寓意、奇妙的象征和深层的哲理。神话一方面把理性所能够解释的内容编制成引人入胜的故事，给读者提供一个抽象思维无法抵达的世界；另一方面，神话开创了一种智慧或启蒙的叙事方式，以此与人类的思想、道德以及生存意义产生密切联系。试举奇普斯的故事如下：

> 一天，奇普斯在河边照见自己头上生出两角。他不敢相信自己的眼睛，用手连连在头上摸了几遍，果然摸到了两只角。他停止了凯旋的进军，举手告天说道："天神啊，这生角的奇事如果主吉，我

---

① 殷企平：《西方文论关键词：共同体》，《外国文学》2016年第2期。
② 殷企平：《西方文论关键词：共同体》，《外国文学》2016年第2期。

望吉祥降给我的国家和奎里努斯的人民;如果主凶,我愿一人承担。"他说完,用绿草皮堆成一座祭坛,想要占卜一下。罗马先知一看,说占卜主建大业。他说完,抬起头,锐利的目光看到了奇普斯头上的双角,便叫道:"王啊,祝福你,奇普斯,恭喜你;你头生双角,这块地方和拉第乌姆的城堡,都将臣服于你。不要耽搁,城门大开,赶快进城。这是命运的命令,你进了城,就是王子,安安稳稳执掌王权,永世无尽。"

他听了吓得倒退一步,说道:"我愿天神千万不要降给我这种命运。我宁肯远离故乡,在流放中度生涯,也决不愿在卡皮托里乌姆前加冕为王。"说毕,他立刻召集人民和可敬的元老举行联合会议。他先用桂叶环把自己的双角遮住,站在士兵砌起的土堆上说:"我们这里有一个人,我们必须把他从城里驱逐出去,否则他就要称王。这个人是谁呢?我不必提他的名字,我可以告诉你们他的标志:他的头上有两个犄角。神巫曾宣布,一旦他进了罗马城,他就会把你们变成奴隶。你们的城门是开着的,他也许已经闯进来了;但是我把他抵挡住了,虽然我和他的关系很亲密。罗马人,把他驱逐出你们的城去,如果你们觉得应该,就用沉重的镣铐把他锁起来,或者把他处死,以免你们担惊害怕出一个暴君!"人群中发出嗡嗡的低语声。忽然在乱哄哄的声音之中,有人响亮地喊道:"这个人是谁?"

这时,奇普斯又说话了:"你们要找的人就在眼前。"他从头上摘下桂冠,有人就想阻止他,但他依然暴露自己的额角,上面长着两只角。人人把眼垂下,大声叹气,真是不能令人相信,谁都不愿意去看那光荣的奇普斯的头。大家不忍见他毫无光彩地站在那里,又把桂冠替他戴上。因为奇普斯不能留在罗马城内,元老院决定给他一块田地。叫他用两头耕牛,一部耕犁,从早到晚,一日之内所能圈的地,都算作他的。他们又在城门的铜杜上照样刻了一对美丽的犄角,作为永久的纪念。①

---

① [古罗马]奥维德:《变形记》,杨周翰译,人民文学出版社1984年版,第218—219页。

奇普斯的故事是非常有意义的，它给了读者一个暗示，即神话里面蕴藏着共同体精神，这种精神雪莱所有重要诗歌中都有明显反映。之所以会出现共同体，是因为个人有限的力量和脆弱的生命不足以应对自然的和人为的侵害。为了使自己的人身和利益不受到损害并有足够的力量来应对外界的侵害，处于个体的人与人联合起来，通过个体与个体的联合力量有效地阻止外来的侵害，以保障人类文明的顺利发展。在奇普斯的故事里，罗马执政官奇普斯发现自己的额头长出两只犄角，觉得很奇怪；于是，他堆起一座祭坛进行占卜。罗马先知占卜后告诉奇普斯，他的两只犄角是"神角"，暗示着那个地方和拉第乌姆的城堡都将臣服于他；只要他进了城，他将为王。作为罗马执政官，奇普斯已经生活在一个共同体社会中。他心里很明白，先知的话是让他篡夺王位；而篡夺王位是要流血死人的，是要造成生灵涂炭的；如果那么做，是与共同体的宗旨相违背的。奇普斯不愿意破坏共同体社会的基本精神，于是，他对人民和元老真诚地说道："罗马人，把他驱逐出你们的城去，如果你们觉得应该，就用沉重的镣铐把他锁起来，或者把他处死，以免你们担惊害怕出一个暴君！"因此，罗马的共同体社会保住了，奇普斯捍卫共同体的崇高品德和无私精神受到人民的褒扬，他们在城门的铜柱上照样刻了一对美丽的犄角，作为永久的纪念。

一个共同体社会应该是个乌托邦似的"好社会"，而奇普斯的故事给读者呈现的正是一个好社会即共同体社会的图景。生活在一个共同体社会的人在价值观上是理性的，是以集体利益为核心的，在行动意向上也是以"理想蓝图"来全面构筑现实社会的。奇普斯具有非常理性的价值观，他不为罗马先知的话所动，以集体的利益为重，并按照理想的蓝图来构筑或捍卫心中的共同体理念，不愿意剥夺人民的自由，更不愿意把人民沦为奴隶，因为他知道："没有共同体的自由意味着疯狂，没有自由的共同体意味着奴役。"① 雪莱对神话颇感兴趣，从他诗歌里对神话典故的运用可以得到证明。在他游历庞贝期间，那不勒斯宣告宪法政府成立，于是雪莱写下了赞扬这一历史事件的诗歌《那不勒斯颂》。读者无法知道

---

① ［英］齐格蒙·鲍曼：《生活在碎片之中——论后现代道德》，郁建兴等译，学林出版社2002年版，第142页。

雪莱写这首诗时是否想到了奇普斯的故事,但《那不勒斯颂》里的确散发出共同体社会的意蕴。他这样写道:

> 伟大的精灵,最深的爱,
> 　　是你在影响而且在主宰
> 意大利海岸内所有活着、存在着的一切生灵;
> 　　是你,让天空笼罩着它
> 　　你的树木山水环绕着它。
> 你坐镇在大西洋西方水域上空你自己的那颗星,
> 　　美的精灵!是听从你的温柔的命令,
> 　　阳光和雨露使大地寒冷的胸怀生产出
> 　　　　它丰盛富足的收成
> 哦,请吩咐那每一条阳光的光线都变成雷霆
> 　　使人失明的电闪!吩咐阵雨化作毒露!
> 　　　吩咐大地的丰盛夺取性命!
> 　　　吩咐上面你明丽的天空,
> 　　　　它的极限是黑暗和光明,
> 　　　　化为坟墓,埋葬掉想要
> 　　　　埋葬你和我们的那些人!
> 或是,以你消除分歧实现和谐的热忱哺育
> 鼓舞你的子女,就像在那倾斜的地平线上空,
> 你的灯以火光哺育幽辉中的每一头波浪——
> 　让人的崇高希望和永不熄灭的心愿
> 　　成为实现你的神圣意志的工具!
> 　于是,乌云逃避阳光,羚羊逃避虎豹,
> 　　　愁容和忧虑逃避你,
> 　　　都不会比凯尔特豺狼
> 逃避奥索尼亚牧羊人逃得更加敏捷。——
> 但是,精灵,无论你是放弃或是坚守
> 　你那辉煌灿烂的神龛,都要请求,

请让这座崇拜你的城,永远自由!①

在这首诗里,雪莱提到了"伟大的精灵,最深的爱",是它在主宰着世界正义的运行。奇普斯受到这种精灵的影响和感染,所以当他面对"王位"引诱的时候,毫不犹豫地拒绝了,正像他自己对人民所说的那样,"我把他抵挡住了,虽然我和他的关系很亲密"。奇普斯的故事还涉及一个重要的问题,即政治正当性和政治义务问题。如果说某件事情是正当的,首先它有合法性;奇普斯进城后如果篡夺了王位,他的行为是非法的,而以非法的手段取得王位是不正当的,是不符合共同体的基本精神的。政治正当性的基础是建立在人的自主性而不是建立在父权制、神权制之上的,所以奇普斯头上长出两只角并不是"君权神授"的依据。奇普斯明白这一点,共同体社会之所以能够成为人民的理想,是因为人民和统治者签订了合法管理的承诺或契约,以保障人民各种利益能够正常有效地运作。只有在这样的条件下,人民才可能为这个共同体承担法律所规定的政治义务;否则,即使奇普斯成功篡夺王位成了王,他的人民也会拒绝承担政治义务;因为"自由平等"是人的自然权力,上帝并未曾以任何方式昭示他的意志"要将一人置于另一人之上,或清楚明确地委任某人统治其他人,赋予他不容置疑的统辖权和主权"②。

在《解放了的普罗米修斯》里,朱庇特(Jupiter)不像奇普斯那样为共同体的利益着想,而是以暴君的面目出现。宙斯的权力也许是合法的,他得到众神的承认;但是,他的所作所为完全违背了共同体的利益,破坏了社会公正,践踏了个人的自由平等权利,最终失去了统治的正当性。统治者的统治是否具有正当性,主要看统治者是否具备最基本的道德属性和美德,能否为人民谋取幸福和利益;如果像宙斯一样,统治者把人民当作奴隶,那么这样的统治者不但没有能力号召人民承担政治义

---

① 江枫主编:《雪莱全集》(第1卷:抒情诗),河北教育出版社2000年版,第302—303页。

② John Locke, *Second Treatise*, in his *Two Treatises of Government*, Edited with introduction and notes by Peter Laslett,(Cambridge:Cambridge University Press, 1988), sec. 4.(注:sec 指《政府论》上篇或下篇的段落数)。

务，而且注定要被人民推翻，就像雪莱在《解放了的普罗米修斯》里描写的那样：

唉！唉！
风雨雷电已不再服从我的命令。
我头晕目眩，正在不停地下沉。
我的仇敌正居高临下，以胜利
使我的失势蒙受羞辱。唉！唉！①

---

① 江枫主编：《雪莱全集》（第4卷：诗剧），河北教育出版社2000年版，第180页。

第二章

神话与雪莱诗歌的生命力

在《金枝》里，弗雷泽写道：

> 在古代，这片风景秀丽的林区却是一个反复重演过奇特悲剧的场所。在湖北岸那个险峻的峭壁（现代的内米村就坐落在此山上）的正下方，曾是一片圣林和狄安娜·钠莫仁西斯（即"林神狄安娜"）的圣殿。这个湖和树林有时也叫做阿里奇亚湖和阿里奇亚丛林。阿里奇亚镇（即现在的拉·里奇亚）距这里大约三哩左右，在阿尔巴山脚下，一片陡峭的山坡将它从这个躺在山边的小火山口似的洼地里的小湖分隔开来。内米的圣林中有一棵大树，无论白天黑夜，每时每刻，都可以看到一个令人毛骨悚然的人影，在它周围独自徘徊。他是个祭司又是个谋杀者。他手持一柄出鞘的宝剑，不停地巡视着四周，像是在时刻提防着敌人的袭击，而他要搜寻的那个人迟早总要杀死他并取代他的祭司之位。这就是这儿圣殿的规定：一个祭司职位的候补者只有杀死祭司以后才能接替祭司的职位，直到他自己又被另一个更强或更狡猾的人杀死为止。[①]

这段话非常有意义，它告诉读者生命与死亡、生命的意义和死亡的意义以及什么是生命力。其实，在《金枝》这部著作里，无不渗透着这些令人深思的东西。《金枝》在讲述人类、神话、巫术以及不同文化背景

[①] ［英］詹·乔·弗雷泽：《金枝》上册，徐育新等译，中国民间文艺出版社1987年版，第1—2页。

下祭祀仪式的相似性。弗雷泽认为，许多古代神话和祭祀仪式都与自然界的季节循环变化有关。自然界的万物春华秋实，一岁一枯荣，生生死死，年复一年，使远古人类联想到人的生死繁衍，便产生了人死而复生的想法，创造了许多神死而复生的神话传说。① 在上面这段话里，"森林之王"的产生形式就是神死而复生的演变，是一种生命活力（同时暗示着政治权力）的展现。

圣殿是敬奉上帝的场所，是神圣之地，代表着正义、真理和善；它的捍卫者一定是具有生命力的，而具有生命力的事物才是善的。捍卫者的生命力不能衰弱，一旦衰弱就会导致正义、真理和善的灭亡；所以，作为圣殿捍卫者的祭司必须具有生命力。然而，人会生老病死，总有一天会衰弱的，所以，圣殿规定：必须进行生命更替，即一个祭司职位的候补者只有杀死祭司以后才能接替祭司的职位，直到他自己又被另一个更强或更狡猾的人杀死为止，以保证祭司永远具有旺盛的生命力。人是脆弱的，是要生老病死的，而神是永生的，像太阳一样永放光芒。"古波斯教把自然界的光，即发光的太阳，星辰和火，看作绝对或神，不把神和光分别开来，不把光看作仅仅是神的表现、写照或感性形象。神（意义）和光（神的实际存在）是统一的。如果把光看作善，正义，福气，生命的支援者和传播者，那也并不是把光看作只是代表善的形象，而是把光和善看作一回事。光的反面也是如此，例如黑暗就等于污浊，祸害，恶，毁灭和死亡。"②

雪莱诗歌里无不涉及生命力的问题。《解放了的普罗米修斯》告诉读者：充满大爱的普罗米修斯的生命力是极其顽强的，尽管被锁在高加索的悬崖峭壁上，但他是永生的；而朱庇特的生命力是短暂的，尽管他猖狂一时，最终被打入地狱。《暴虐的俄狄浦斯》告诉读者，代表善的王后的生命力是顽强的，而代表恶的国王的生命力是短暂的。在雪莱的长诗和诗剧中都存在着类似于上面《金枝》里的那段描述，对生命与死亡、繁荣与衰败等问题进行了颇为深入的探讨，而且这种探讨是以神话典故或神话叙事手法展开的。

---

① 朱立元主编：《当代西方文艺理论》，华东师范大学出版社1997年版，第163页。
② ［德］黑格尔：《美学》（第2卷），朱光潜译，商务印书馆1982年版，第35—36页。

神话以丰富的想象把人类放置在一个崇高的社会活动环境里，使人的身份和价值顿时提高了，因为他是在神的指引下或在与神一起参与活动；所以，他区别于一般的动物或牲畜，变成了能够与神对话的人。马克思说："人则使自己的生命活动本身变成自己的意志和意识的对象……仅仅由于这一点，他的活动才是自由的活动。"[①] 在《金枝》的那段文字里，祭司杀死篡位者或被篡位者所杀都是人的"自由活动"，而当祭司从捍卫他的祭司地位的"自由活动"中意识到自身的责任和力量时，他就会有意识地珍惜和爱护那个凝聚着自己心血和力量的祭司地位了。他的这种珍惜和爱护导致他在守护祭司职位时以生命的代价和尊严与篡夺者进行生死较量。这就是自由，这就是美；自由和美使他摆脱了自在生命力的束缚，朝着自由生命力挺进。

在现实生活中，人的自由意志在物欲和情欲等欲望的牵引下不断走向邪恶，他的身心没有自主和解放，更谈不上什么真正的自由。自由生命力的基本特征是：思想的自由流动，对真善美持之以恒的执着；为捍卫终极的真理、正义和善，人可以义无反顾地献出自己宝贵的生命，以实现对美好的事物进行自由塑造。雪莱的诗歌是充满生命力的，自它们问世以来，一直在深刻地感动着读者，不由自主地把他们引入自由生命力的魔法之中。

第一节　"出生的东西都趋向于消失"

古希腊的三大悲剧家之一索福克勒斯（Sophocles，公元前496—公元前406）在《埃阿斯》（Ajax）的一个著名段落里，讲述了生与死、出现与消失之间的关系。埃阿斯此前已宣布了想死的意向，但当合唱队开始唱哀歌时，他突然发表了一段长篇演说，给人留下他改变了心意的迹象。他的演说是以这样的形式开始的：

　　悠久无尽的时间，

[①] 转引自葛启进《自由生命力探寻——审美场研究系列论文之一》，《四川师范学院学报》（哲学社会科学版）2002年第5期。

使所有不明显的［*adéla*］事物出现［*phuei*］，
　　它们一旦出现［*phanenta*］，时间复又使之消失［*kruptetai*］。
　　于是，没有什么是意料之外的，
　　最可怕的誓言和最坚硬的心灵都被它征服。
　　我也曾经那样坚定，
　　如今却自觉言语正在变得柔弱。①

在这几行演说词里，phuei 可以指"出现"或"出生"，而 kruptetai 则可以指"引起消失或死亡"。也就是说，时间是使事物出生和消失的同一种力量；在这种力量的左右之下，一切源于出生过程的东西都趋向于消失，或者一切出现的形态都倾向于消失。

生命的出生与死亡是一个具有终极意义的话题。无论是哲学、宗教学、伦理学、社会学还是文学艺术都无一例外地涉及这个话题。雪莱从小身体虚弱，他对生命中的生死问题非常敏感，他在多封信件里都提到自己的身体问题，例如他在 1821 年 12 月 31 日写给克拉拉·玛丽·珍妮·克莱芒特的信里说道："我的病痛和精神抑郁症也很严重。"② 他身体的虚弱和病痛使他对生命更加热爱和追求；所以，他在著名的长诗《生命的凯旋》里提出："那么，生命是什么？我高声质疑。"③ 生命是人类一切行为的动力源泉。虽然动物、植物也有生命，但人类除了生物生命之外，还有精神生命和社会生命；所以，从生命和死亡的视角，不仅能解读人在现实时空的生命活动，而且能阐释他在精神时空中的生命活动。

一　死亡、永生与生命的意义

对死亡的恐惧和对生命的思考是神话产生的重要因素之一。希腊舰队出征攻打特洛伊之前，主帅阿伽门农在一次狩猎中杀死了狩猎女神阿尔忒弥斯的神鹿，女神悲痛不已，令海上一直不断地刮起逆风。预言家

---

① ［法］皮埃特·阿多：《伊西斯的面纱：自然的观念史随笔》，张卜天译，华东师范大学出版社 2015 年版，第 16—17 页。
② 江枫主编：《雪莱全集》（第 7 卷：书信·下），河北教育出版社 2000 年版，第 449 页。
③ 江枫主编：《雪莱全集》（第 3 卷：长诗·下），河北教育出版社 2000 年版，第 270 页。

卡尔卡斯预言，只有把阿伽门农的女儿伊菲格涅雅作为牺牲献给狩猎女神才能改变风的方向。因此，阿伽门农非常伤心，甚至准备放弃出征攻打特洛伊。后来，伊菲格涅雅自愿献祭牺牲。当锋利的刀刃一触到少女的身体时，狩猎女神阿尔忒弥斯就把伊菲格涅雅摄走，并收为自己的祭师，而祭坛上只有一头鲜血淋漓、垂死挣扎的赤牝鹿。海风立即转向，希腊联军得以继续启程。

  阿伽门农的故事给读者展示的是，生命在死亡后是如何延续的，即神话宣扬生命的不朽性，拒绝死亡给人带来恐惧。为了讨好狩猎女神，让她改变海风的方向，阿伽门农把女儿伊菲格涅雅作为牺牲献给她。神话没有让阿伽门农的女儿死去，而是叫狩猎女神阿尔忒弥斯把她摄去，做了女神的祭师。这种死亡后的重生是人类寄托在神话故事里的美好愿望，是人类对死之恐惧的拒绝。死亡是必然的，只要有出生，就必然有死亡；所以，死亡是人的最后归宿。恩格斯认为，生就意味着死；他把对生命的否定看作是生命中不可分割的组成部分，他说："由于自然的必然性而发生的一切事件，不管多么可怕，它们自身都包含着一种安慰，老衰和濒死都不能破坏的情绪。"① 从恩格斯的这句话中读者可以看出，人的意识往往把死亡视作对自然的绝对否定。但是，作为家庭或社会共同体成员的死亡，尤其是这个成员为家庭或共同体付出了很多的劳动，或者将付出很多劳动，他的死亡已经超出了自然、偶然事件的范围，变成了一个伦理行为，一个值得引起悼念的悲痛行为。雪莱的儿子威廉·雪莱的病逝，对雪莱来说是一场灾难，对他的打击很大："他那样秀气，那一头青丝一般细柔的头发，脸蛋儿红润透明，湛蓝炯炯有神的眸子，这一切简直绝了……我从阿尔巴诺旅行归来时，发现他不过有点稍稍不舒服，可是不到两个星期他竟然死去了。在孩子不幸夭折之前，我的健康本来已经抽丝般地在康复着，这一来我又病倒了。"② 那么可爱的儿子就这么夭折了，在雪莱的心里投下挥之不去的阴影，他在《致威廉·雪莱》里这样写道：

---

① ［德］恩格斯：《自然辩证法》，人民出版社1971年版，第270页。
② 江枫主编：《雪莱全集》（第7卷：书信·下），河北教育出版社2000年版，第221页。

第二章 神话与雪莱诗歌的生命力

一

我失去了的威廉，在你身体内
　　曾有一颗光辉的灵魂寄寓，
它已穿破那隐约遮掩它的光辉
　　如今正在腐烂着的外衣——
那外衣的遗骸在这里找到一堆
　　坟土，但是在这坟土底下
不是你——如果像你这样可爱
　　美好的也会死，你的葬礼神位
就该是，你母亲的和我的伤悲。

二

我温柔可爱的孩子，你在哪里？
　　请容我设想你的灵魂是在
以它强烈而有可亲的生命气息
　　在这些坟头和废墟的荒野
滋润着有生命鲜花和杂草的爱；——
　　请容我设想通过香花绿叶
和向阳的小草微不足道的种籽
　　有可能把一部分——
向它们那些色彩和芳香中转移。①

在这首诗歌里，雪莱以神话的模式向读者讲述着他儿子威廉的故事。他的儿子从世俗的观念看，是死了，被埋葬在了"坟土底下"，但"那么可爱、美好的"儿子怎么会死呢？儿子在哪里呢？他的灵魂早已脱离了腐朽的肉体，被植物之神摄走，成了植物之神的"侍童"，"以它强烈而有可亲的生命气息/ 在这些坟头和废墟的荒野/ 滋润着有生命鲜花和杂草的爱"。这时候，读者不难发现，雪莱在这首诗里的描述倒有些像阿伽门农的故事：阿伽门农的女儿牺牲后，被狩猎女神阿尔忒弥斯摄去，做了

---

① 江枫主编：《雪莱全集》（第1卷：抒情诗），河北教育出版社2000年版，第188—189页。

她的祭师；而雪莱的儿子威廉死去后，被植物之神摄走，做了他的"侍童"。雪莱像阿伽门农故事的作者一样，拒绝善良的生命的死亡。

生命是暂时的，死亡是永恒的。出现的事物都趋于消失，出生的肉体都趋于死亡。蒙田（Michel Eyquem de Montaigne）曾经说过："你出生的第一天，在赋予你生活的同时，就把你一步步引向死亡……你的生命不断营造的就是死亡。你活着时就在死亡之中了……你活着时就是个要死的人。"① 即便如此，作为家庭或社会共同体成员的人，当他把自我意识的行动添加到死亡这种行动之中后，也将精神的意义赋予其中；这时，他的死亡不仅只属于非理性的、自然的肉体消失，而是一种由家庭或共同体社会所创作出来的具有伦理意义的事件。死者虽然已经死了，但他的死通过家庭或共同体社会其他成员的伦理意识行动使他仍然被认为还是伦理共同体的一分子。于是，共同体社会的伦理道德规范把死者与死亡的自然属性之间的关系切断，让已故亲属从低级的毁灭中拯救出来，将他送还给永不消失的大地——神的怀抱里。葬礼是把死者送到神的怀抱的方式和手段；所以，葬礼具有崇高的、伦理的、精神的价值和意义。家庭或共同体社会通过葬礼这种自我意识行动，把个体无法逃避的、必然的死亡变得神圣起来，使得死者的最后存在成为一种活着个体的神圣寄托和精神回归。雪莱在少年的时候就对死亡进行过比较深沉的思考，认为苍天会拯救死者的灵魂，死亡给死者带来的不是恐惧和痛苦而是难以言表的欢欣：

    啊！坟墓里的黑夜何时会天明，
      盛夏，何时能接替死亡的寒冬？
    休息一下吧！不幸的苦命人，
      苍天会拯救随呼吸而去的灵魂。
    永生在它不凋花般的住所表明，
      那里没有命运的乌云笼罩着美好
    前景，只会有难以言表的欢欣，

---

① ［法］皮埃特·阿多：《伊西斯的面纱：自然的观念史随笔》，张卜天译，华东师范大学出版社2015年版，第18页。

苦难会像荒原的迷雾消失踪影。①

这是雪莱于1808年写的《丧》里的第2诗节，那时他只有16岁；可见在很年轻的时候，雪莱对死亡就进行了一定的思考，并总是以神话手法表达出来，把恐惧的死亡上升到一种神圣的高度，即给予死亡以欢欣的或再生的魅力。

叔本华说："死亡是真正激励哲学、给哲学以灵感的守护神。"② 叔本华在这里没有否认死亡本身不可怕，而是认为，死亡对于哲学是一个具有终极意义的命题，同时也为生命意义的展开提供了广阔的空间。死亡总是令人恐惧的，正因为对死亡恐惧，才激发了人们对永恒生命的追求。中国古人对死亡的问题也有自己独特的研究，在《列子·杨朱》里就有这么一段话：

1、原文："十年亦死，百年亦死，仁圣亦死，凶愚亦死。生则尧舜，死则腐骨；生则桀纣，死则腐骨。腐骨一矣，孰知其异？且趣当生，奚遑死后？"

2、译文："活十年也是死，活百年也是死。仁人圣人也是死，凶人愚人也是死。活着是尧舜，死了便是腐骨；活着是桀纣，死了也是腐骨。腐骨是一样的，谁知道它们的差异呢？姑且追求今生，哪有工夫顾及死后？"③

在这段话里，读者可以看出，中国古人是非常务实的，在对待死亡问题上也是一样。不管是谁，即使是帝王将相，死了之后也不过是一堆腐骨而已，与普通百姓没有什么差异。这种朴实的死亡观念同样存在于雪莱的诗歌里，雪莱在一首题为《死亡》的诗歌里这样写道：

---

① 江枫主编：《雪莱全集》（第1卷：抒情诗），河北教育出版社2000年版，第587—588页。
② [德] 叔本华：《叔本华美学随笔》，韦启昌译，上海人民出版社2004年版，第204页。
③ 在百度网站输入《列子·杨朱》，便可以找到该原文及译文。

> 他们已死，死去的再不回还——苦难
> 　坐在空开的墓穴旁呼唤遍了他们——
> 困难这个头发苍白、眼神憔悴的青年，
> 　他们，是亲人、朋友和情人的姓名，
> 　他呼唤，有气无力——他们都已离去，
> 　傻瓜，全部已经死去！只有虚空的名字，
> 　只有这熟悉的景物，我的痛苦——
> 　只有这些个坟墓——依然如故。①

在这首诗歌里，雪莱没有把死亡以神话模式表达出来，也没有把死亡上升到一种神圣的高度，而是把死亡作为一种痛苦来描写。生命将死亡纳入自身，使生命呈现出崇高性和珍贵性。个体的生存和繁殖是世界自然秩序的终极需要，也是物种延续的必然要求；无论是个人利益还是集体利益都基于此。生存、繁殖、思想、生产、创造、快乐、生活、享乐是人存在的目的和生命的意义。人不仅要在物质世界满足自己的肉体生命需求，还要在精神世界得到滋养；只有这样，人的生命才是自由的、充实的、健康的，能够体现出人对生命强烈追求的审美价值，正像雪莱在《给夜》这首诗歌里所写的那样：

> 死亡将会来临，当你死去，
> 　快，啊，太快！②

二　生命的意义与死亡的遮蔽

人类经过了漫长的历史发展，最终成为具有理性的生物种群。作为具有理性的人都趋向于生活在某种理想状态之下，以广阔、深邃的大脑谋划着生产、学习、管理和生活。人们为了获得快乐而选择健康，为了健康而发明医术，而发明医术就是想活得更久更好。人类活动的每一次努力、每一个进步都是有目的的，并为实现理想中的某个目的而行动；

---

① 江枫主编：《雪莱全集》（第1卷：抒情诗），河北教育出版社2000年版，第81页。
② 江枫主编：《雪莱全集》（第1卷：抒情诗），河北教育出版社2000年版，第358页。

人类可以这么理性地行动下去,因为人类的生命是无限的。但是,个体的生命就不同了,他不像人类的那样可以通过无数个体生命的繁衍生殖而无限地生存下去,他要面对死亡,死亡必将终止个体生命,就像雪莱在《给夜》的诗中所写的:"死亡将来临,当你死去,/快,啊,太快!"当死亡到来之前,理性告诉人们:我们会死去,我们的生活不知道会持续到什么时候。当有限的个体生命被当作一个思考对象的时候,人们就要直面死亡或追问死亡之后生命会变成什么样子;于是,生命意义问题就出现了。

生命意义问题是一个普遍性的问题,但却具有终极价值和意义,它涉及人的价值观和人对生活的理解;在某种程度上,可以这么说,人所理解的生命意义是什么,人就是什么。对于生命的理解,尼采曾一言以蔽之:"存在——除'生命'之外,我们没有别的有关存在的观念。——任何死的东西如何'存在'?""'存在'乃是对有关'生命(呼吸)'、有生气的、'意愿、作用'和'变化生成'的概念的概括。"[①] 在尼采那里,生命是存在,是那种人的感官,如眼睛,可以直接看到的生生灭灭、变化无常、充满激情本能的生命现象。中国古人对生命问题的探讨不亚于西方,例如,在《道德经》和《庄子》里都存在着不少关于生命问题的观点和看法。

在《庄子》里,记载了两篇非常有意义的故事,其一见《庄子·养生主》篇,其二见《庄子·至乐》篇。在《庄子·养生主》里,有一节写的是老聃死了,他的好友秦失前去吊丧,大哭几声就走了。老聃的弟子不解地问:"既然你是老师的朋友,有这样吊唁朋友的吗?"秦失答道:

> 始也吾以为其人也,而今非也。向吾入而吊焉,有老者哭之,如哭其子;少者哭之,如哭其母。彼其所以会之,必有不蕲言而言,不蕲哭而哭者。是遁天倍情,忘其所受,古者谓之遁天之刑。适来,夫子时也;适去,夫子顺也。安时而处顺,哀乐不能入也,古者谓是帝之悬解。"指穷于为薪,火传也,不知其尽也。

[①] Friedrich Nietzsche, *The Will to Power*, Trans. by Walter Kaufman and R. J. Hollingdale, Ed. by Walter Kaufmann, New York: Random House, Inc., 1968, p.312.

在《庄子·至乐》里，也有类似的故事：

> 庄子妻死，惠子吊之，庄子则方箕踞鼓盆而歌。惠子曰："与人居，长子老身，死不哭亦足矣，又鼓盆而歌，不亦甚乎！"庄子曰："不然。是其始死也，我独何能无慨然！察其始而本无生，非徒无生也而本无形，非徒无形也而本无气。杂乎芒芴之间，变而有气，气变而有形，形变而有生，今又变而之死，是相与为春秋冬夏四时行也。人且偃然寝于巨室，而我噭噭然随而哭之，自以为不通乎命，故止也。"

《庄子·养生主》篇和《庄子·至乐》篇都是关于生命的思想论述。在《庄子·养生主》篇里，作者认为，在丧礼期间，大声悲哭是喜生恶死、违反常理的行为表现。老聃来到这个世界，是应时而生；他离开这个世界，也是顺依而死。取光照物的烛薪总有一天会燃尽，而火种却会传播下去，永远不会熄灭。在《庄子·至乐》篇里，作者表达了相似的思想，认为：生命的变化犹如春夏秋冬，死亡是很自然的事情；既然死去的那个人将安安稳稳地寝卧在天地之间，活着的人又有什么理由要悲伤得嚎啕大哭呢？想到这些，庄子不但不哭反而唱起歌来。雪莱是一个无神主义者，虽然在他的不少诗歌里描写死亡时为了激发读者的情感，也用了很多诸如"哭泣""泪水""恐惧""忧伤""晦暗""苦难"等字眼，但他在诗歌中对待死亡的态度颇有些类似庄子，具有自然的精神。他在《阿多尼》里写道：

> 腐烂的尸体，接触到这柔和的精神，
> 散发在气息温馨的鲜花和芳草之中；
> 它们就像灿烂的群星在地上的化身，
> 星光变成了芬芳，把死亡照得通明，
> 嘲弄着在坟墓里醒来的欢乐的蛆虫；
> 我们所知的大千世界，一切不灭；
> 难道知识的主体倒应该像一柄剑，

先于剑鞘，就被无形的电火殛毁！

炽热的原子一闪，便在最冷的安息中淬灭。①

在这节诗里，雪莱对死亡抱着一种积极的态度，颇有些像《庄子·至乐》篇里所说的，人死了之后，只不过是"偃然寝于巨室"而已。腐烂的尸体可以分解成植物的养料，在美好的花草中获得新的生命。雪莱在这节诗中还把生命比作利剑和炽热的原子，最终都将毁灭。这也颇类似于《庄子·至乐》里的说法："杂乎芒芴之间，变而有气，气变而有形，形变而有生，今又变而之死，是相与为春秋冬夏四时行也。"

庄子的死亡哲学对如何看待人的生命和死亡有着重大、深远的理论意义。以老庄为代表的道家生死观抓住了长期困扰人类心灵难以解脱的心结，对生和死的问题进行了颇为理性的探讨。生存是人的本能，也是人的终极欲望；对死亡的恐惧体现了人类最古老、最深沉却最为悲戚而又最为容易引起壮美的心境。可以这么说，没有对死亡的恐惧，就不会有神圣的宗教，不会有崇高的伦理道德，不会有深刻的哲学，也不会有丰富多彩的文学艺术；死亡的恐惧像一股强大的驱动力，刺激着人们对思想的探索和对生活的追求。

生命从出生那天起就意味着走在了通往死亡的道路上，这是人人都知道的真理。但是，人的本性决定了他潜意识中无不怀着的长生不老的愿望；而在人之长生不老的愿望里隐藏着一种生命价值观。生活在这个世界的人一定会对他的生命存在形式有个总体价值判断，即在他所处的社会历史条件下，他对他的生命自身以及他的生命对其他生命意义的自觉认识。什么才算得上真正意义上的生命呢？古希腊的普罗泰戈拉（Protagoras，前490—前420）认为，"人是万物的尺度"，毕达哥拉斯（Pythagoras，前580B—前500）也主张，"生命是神圣的，因此我们不能结束自己或别人的生命"。②"人是万物的尺度"这一观点是建立在人是理性的动物基础之上的；正因为人是理性的，所以他是不同于世界上其他任何动物的，也是神圣的。神圣的生命是充满爱的，而没有爱的生命是残暴、

---

① 江枫主编：《雪莱全集》（第3卷：长诗·下），河北教育出版社2000年版，第211页。
② 参见伍天章主编《医学伦理学》，广东高等教育出版社1998年版，第261页。

野蛮的;那是豺狼虎豹的生命,不是人的生命。雪莱是一个提倡大爱的诗人,他认为:"爱的需求和力量一旦死去,人就成为一个活着的墓穴,苟延残喘的只是一副躯壳。"① 他在《生命的凯旋》里也有类似的表述:

  就在那一乘战车正准备开始攀登
  那神秘谷地对面陡峭山坡的时刻,
  我看见了值得那一位写诗的奇景,

  他,曾经从地狱的最底一层开始
  在恬静的爱指引下,历经各层天国
  和所有的荣光,然后又回到人世,

  叙述恨与敬畏的见闻,关于万物,
  除了爱,全都会畸变的奇妙故事;
  耳聋如海的头发,也会由于愤怒

  变白,世人听不见能感动一颗星的,
  乐音,那星的光是仁爱者的乐曲——
  这样的奇景值得那位诗人写作成诗。——②

  这里的"那一位"指意大利诗人但丁,他的代表作《神曲》(分为《地狱》《炼狱》和《天国》三部),描写人死亡之后进入天堂或地狱的情景。有的学者在研究死亡时,提出"死亡的遮蔽"这一观点,认为"死亡意识开始由医院、养老院、殡仪馆之类机构代理,这些机构进一步消除了由社会提供的死亡意识"③。为了减缓死亡意识对活着的人的冲击,人类往往以医院、养老院、宗教和葬礼等形式对死亡进行遮蔽,使人在

---

① 江枫主编:《雪莱全集》(第5卷:小说、散文),河北教育出版社2000年版,第236页。
② 江枫主编:《雪莱全集》(第3卷:长诗·下),河北教育出版社2000年版,第267页。
③ [德] E. 云格尔:《死论》,林克译,生活·读书·新知三联书店1995年版,第29页。

一定程度上消解死亡所带来的恐怖。实际上，对死亡的遮蔽不仅来自医院、养老院、宗教和葬礼，还来自文学艺术。在但丁的《神曲》里，凡生前犯有淫谋、诱奸、贪污、谄媚、伪善等罪恶或邪恶之人，死后都会在地狱受到审判和惩罚，只有那些充满仁爱之心的正义人士才可以进入天堂。这时，死亡的恐惧由于拯救的可能而得以遮蔽，而遮蔽的背后是对爱和善的肯定和鼓励。雪莱在《阿多尼》的诗行里坚定不移地表达了自己有关死亡的观点：

腐烂的尸体，接触到这柔和的精神，
散发在气息温馨的鲜花和芳草之中。

三 从神话看人类对死亡的抗拒

对死亡的遮蔽早在人类栖居在洞穴时就已经开始了。那个时候，掩埋同类尸体的仪式和行为意味着活着的人对生命的思考以及对死亡的恐惧和抗拒，而摆脱死亡所带来的恐惧的办法就是把死者的尸体进行掩埋，对尸体的掩埋就是对死亡的遮蔽。旧石器时代的人，"在尸体的周围和身上把贝壳摆成阴道形状的仪式，以及给这些贝壳和尸体涂上赭石颜料（象征血液的生命力）的习俗，似乎都是企图通过轮回而复活的葬礼的组成部分"[①]。葬礼的出现标志着人类对生命的尊重、敬畏和对死亡的抗拒。有些像猴子、大象之类的动物也会由于伴侣或同类的死亡而表现出悲伤的神色，但都没有像人那样能够清醒地认识到所有的生命都必将面临死亡。

人类对死者举行葬礼，庄严地把人埋葬，暗示着人类已经有了灵魂的观念和宗教意识。中国陕西西安半坡遗址是黄河流域一处典型的原始社会母系氏族公社村落遗址，属新石器时代仰韶文化，距今6000多年。在半坡遗址的公墓里，考古人员发现，盛放尸骨的陶器上面有一个小孔；经分析、研究后认为，陶器上的小孔是为了便于死者的灵魂游离出陶器而特别设置的。这个事实说明，早在原始社会母系氏族时期，人类就已

---

① ［美］理安·艾斯勒：《圣杯与剑——男女之间的战争》，程志民译，社会科学文献出版社1995年版，第2页。

经有了规范的葬礼和灵魂的概念。尚处在野蛮状态的原始人类从梦的现象感觉到，人拥有两个实体：一个是躯体，另一个是灵魂；而死亡便是灵魂与肉体的永久性分离。灵魂观念的出现其实是因为人对生命延续的渴望和对死亡的有意遮蔽。于是，对死亡的遮蔽和抗拒产生了神话，"在某种意义上，整个神话可以被解释为就是对死亡现象的坚定而顽强的否定"①。灵魂观点的出现是伴随着来世企盼而来的，对来世的企盼是人区别于其他动物的重要特征之一，它使人类开始产生宗教意识。雪莱认为"来世说"源于人的"死后继续生存"的愿望。"事实上，正是人类这种希望自己永生不灭的欲望，即对于宇宙间一切有生命、无生命的存在物都必须经历的剧烈的、前所未有的变化的反感，成为'来世说'隐秘的根源。"②

  人类是一个十分复杂而高级的种群。之所以说人类是高级的，是因为他是不满足于物质需要的，也是不肯受到物质需要的束缚和限制的。他在物质需要之外，还要寻求精神食粮，从某种意义上说，精神食粮比物质食粮更为重要。灵魂不死与永生不灭是人类所追寻的终极精神食粮，它们为人类的哲学思想和文学艺术提供了永不歇息的源泉。《变形记》第六章有关忒柔斯、普洛克涅和菲罗墨拉的故事或许能够给读者提供一些启发：

> 国王忒柔斯秉性刚烈，兵力雄厚，颇具英雄气概；于是，雅典王潘迪翁把女儿普洛克涅许配给他，结成姻亲。可是，结婚这天，婚姻之神朱诺、许门和文艺女神都没有出席。打着火把引导新郎新娘入洞房的是三位复仇女神，她们的火把是从火葬场上偷来的。替新郎新娘铺好床褥的也是她们，凶鸟猫头鹰在洞房的屋顶上盘旋一阵，落在屋顶上。普洛克涅和忒柔斯就在这样的恶兆下成了夫妇。
>
> 结婚五年后，普洛克涅想念妹妹菲罗墨拉。于是，她求丈夫把妹妹接来小住。忒柔斯立即起身，不久便来到了雅典港口。他见到

---

① [德]卡西尔：《人论》，甘阳译，上海译文出版社1986年版，第107页。
② 江枫主编：《雪莱全集》（第5卷：小说、散文），河北教育出版社2000年版，第257页。

第二章 神话与雪莱诗歌的生命力 / 81

岳父，说自己受妻子的委托来这里接小姨子去小住。当忒柔斯见到菲罗墨拉时，为她的姣美所动，立刻爱上了她，就像烈火点燃干柴、枯叶或稻草一样快。忒柔斯天性好色，他的天性和部族的性格都在他心里燃烧起来。第二天，忒柔斯带着菲罗墨拉登船离开。他心里高兴得不得了，两眼死死盯住菲罗墨拉，馋涎欲滴。

很快，旅程结束，忒柔斯带着菲罗墨拉登上自己的国土。忒柔斯没有直接回家，而是把菲罗墨拉一把拖进一片古木参天的树林，树林深处有一间小屋，就把她关到里面。菲罗墨拉脸色发白，惊慌不已，哭着问忒柔斯她姐姐在哪里。忒柔斯这时向她宣布了自己的无耻意图，用力把她压倒在地，对她实施了强奸。菲罗墨拉清醒过来之后对忒柔斯大声辱骂，谴责这个禽兽不如的恶人。

凶蛮的忒柔斯听了菲罗墨拉的咒骂又气又怕。于是，他揪住她的头发，把她的两臂死死地反绑起来；然后，用宝剑把她的舌头割下。那个暴君在实施了这种难以置信、骇人听闻的罪行之后，还在那个受到残害的身体上一再地发泄他的兽欲。忒柔斯回家见到普洛克涅，捏造了一篇她妹妹死亡的谎话。

转眼间，一年过去了。菲罗墨拉被关在森林深处的小屋里，周围有人把守，堵住了逃走的路。她急中生智，路尽逢源；她在痛苦中巧妙地织出一幅锦绣，叙说了自己的悲伤的故事，托一个老婆婆偷偷送给她的姐姐。普洛克涅打开一看，才知道妹妹原来遭受了冤屈。她一言不发，一个报仇雪恨的计划在她心中酝酿。她在盛怒之下杀死了自己的儿子伊提斯，煮熟了送给忒柔斯吃。当忒柔斯得知自己吃掉了儿子的时候，喊着地府中毒蛇缠头的复仇女神的名字，恨不得破开自己的肚子把亲生骨肉倒出来。随后，他抽出宝剑朝潘迪翁的两个女儿追去。这时，菲罗墨拉变成夜莺，普洛克涅变成燕子，飞走了。[1]

忒柔斯、普洛克涅和菲罗墨拉的故事非常精彩，它给读者讲述了远古人类的社会文化、风俗习惯和伦理道德的情形。在这个神话故事中，

---

[1] ［奥地利］奥维德：《变形记》，杨周翰译，人民文学出版社1984年版，第81—88页。

菲罗墨拉变成夜莺,普洛克涅变成燕子飞走了。这种故事的结局颇具想象力,充分展现了人们对死亡的遮蔽和拒绝;在这里主要表现的是对代表正义的人物的死亡的拒绝。在这个故事里,最应该死的是忒柔斯;他是一个冷酷无情的暴君,对自己的小姨子菲罗墨拉做出了伤天害理的事情,应该受到惩罚。神给了他惩罚,让他吞食了自己的儿子。然而,普洛克涅为了报复,杀死自己的儿子给丈夫忒柔斯吃也是违背伦理道德的和罪不可赦的;所以,忒柔斯拔出剑来,要杀死普洛克涅和菲罗墨拉姐妹俩。但是,普洛克涅是因为忒柔斯犯错在先而实施的报复,她虽然罪不可赦,但也是为了"正义"而走上罪恶之路的;所以,在神话故事里,她和妹妹的死亡受到遮蔽,受到拒绝,作者把她们分别变成了燕子和夜莺。

  神话里的这种对死亡的遮蔽和拒绝具有很深的哲理,在文学作品中被广泛引用,起到了非常有力的诗性作用。T. S. 艾略特在《荒原》里使用过忒柔斯、普洛克涅和菲罗墨拉的典故:"那古旧的壁炉架上展现着一幅/犹如开窗所见的田野景物,/那是菲罗墨拉变了形,遭到了野蛮国王的/强暴:但是在那里那头夜莺/她那不容玷污的声音充塞了整个沙漠,/她还在叫唤着,世界也还在追逐着,/'唧唧'唱给脏耳朵听。"[①]读了这几行诗后,把诗的内容与忒柔斯、普洛克涅和菲罗墨拉的神话故事结合起来,那种无以言说的深层美感顿时涌上心头。在神话里,菲罗墨拉变成夜莺,普洛克涅变成燕子;而在雪莱的《阿多尼》里,济慈变成了阿多尼:

> 他来到雄伟的都城,那里死亡
> 在美和凋残的苍白宫廷临朝听政;
> 他用他最纯洁的呼吸购买下一方
> 同不朽的死者们相邻为伍的坟茔;
> 快来吧!趁着意大利白昼的蓝天
> 仍是和他相称的覆盖灵堂的拱顶;
> 趁他躺着,像进入露水般的梦境,

[①] [美] T. S. 艾略特:《荒原》,赵萝蕤等译,北京燕山出版社2008年版,第54页。

不要把他惊醒！他一定是在尽情
享受深沉而明净的休息，忘却了一切酸辛。①

在这里，死亡被遮蔽、被拒绝。"雄伟的都城"指罗马，济慈死在那里；死亡在这节诗里被描写成罗马的君王，"在美和凋残的苍白宫廷临朝听政"。雪莱把世俗的死亡升华到一个崇高的精神境界，让死者仍然生活在理想的世界里。他这样做也就是把不可能的事物当作可能的事物去处理。遮蔽死亡和抗拒死亡是对当下生命的最重要的关怀，也是对往昔迷狂一时的快乐的最深沉缅怀，这种关怀和缅怀是雪莱诗歌中最能引起读者注意的地方，无不透射出雪莱诗歌中隐藏的强大魅力。

第二节 "真理是时间之女"

曾被马克思称为"英国唯物主义和整个现代实验科学的真正始祖"②的 F．培根（Francis Bacon，1561—1626）把"复兴"科学当作己任，不但从理论和实践上宣告了近代自然科学的诞生，而且还为后来的科学发展描绘了一幅广阔的蓝图。他提出四种假象说，即种族假象、洞穴假象、市场假象和剧场假象；这些假象是"虚假的幽灵"，是心灵的扭曲，就像从一面凹凸不平的镜子反射回来的扭曲的光线一样。培根认为，这些假象往往是教条的、权威的、迷信的，所以也是谬误的。权威性可以让人产生迷信和谬误，以各种各样的方式影响着人们对真理的认识。他说：

至于说到权威，人们若是无限地信赖他们但却否认时间的权利，那只能表明人们的怯懦；因为时间乃是众权威的权威，甚至是一切权威的作者。有人说，"真理是时间之女"，而不说是权威之女，这

---

① 江枫主编：《雪莱全集》（第3卷：长诗·下），河北教育出版社2000年版，第202—203页。

② 《马克思恩格斯文集》（第1卷），人民出版社2009年版，第331页。

是很对的。①

"时间不是以某种方式从经验抽象出的经验性概念……时间是先天地被给予的。唯有在时间中，显像的一切现实性才是可能的。"② 时间是人类社会实践发生的形式，人类的一切活动发生在时间中，并在时间中得以确认。怪不得培根的《新大西岛》第一版的插图画家会把时间父亲绘制在卷首插图上，他手拿着大镰刀，正把一个代表真理的裸体女子从洞穴里面拖出来。③ 虽然时间不具有客观存在性，但发生在时间之内的人类活动是不停变化的，而时间本身却不会随着人类活动的变化而变化，它是中立的裁判，颇似那个手持镰刀的时间父亲，把真理从洞穴里拖出来，展示给世人看。这样一来，时间具有了绝对权威，对人类活动的裁判具有决定性意义。

雪莱在《为诗辩护》里，也认为时间具有绝对的裁判权威："时间能毁损史实故事的美及其功用，使它失掉了应有的诗意，但是时间反增加诗的美，并且永远发展新奇的方法来应用诗中的永恒真理。"④ 真理是什么？它是人们对于客观事物及其规律的客观反映。符合论认为，真信念和真陈述在于与真实事态相符合，也就是客观性与概念相符合。雪莱诗歌里，存在着大量的真理性的思想阐述，而对真理性问题的探讨使他的诗歌充满思想深度，并引领读者不知不觉进入一个哲理的世界。

一　"时间是人的生命尺度"

海德格尔在《艺术作品的起源》一文中对凡·高的《鞋》这幅画作了一番别有风味的描述。海德格尔认为，《鞋》这幅画揭示了画中的鞋的主人的生活世界是如何在时间中得以展开的，而真理在世界展示中凸显

---

① 转引自［法］皮埃尔·阿多《伊西斯的面纱》，张卜天译，华东师范大学出版社 2015 年版，第 188 页。
② ［德］康德：《纯粹理性批判》，李秋零译，中国人民大学出版社 2004 年版，第 52 页。
③ ［法］皮埃尔·阿多：《伊西斯的面纱》，张卜天译，华东师范大学出版社 2015 年版，第 189 页。
④ 江枫主编：《雪莱全集》（第 5 卷：小说、散文），河北教育出版社 2000 年版，第 458 页。

出其自身来。海德格尔的这番描述被无数学者引用过,对解读雪莱诗歌也有颇深的意义:

> 从鞋具磨损的内部那黑洞洞的敞口中,凝聚着劳动步履的艰辛。这硬梆梆、沉甸甸的破旧农鞋里,聚积着那寒风陡峭中迈动在一望无际的永远单调的田垄上的步履的坚韧和滞缓。皮制农鞋上粘着湿润而肥沃的泥土。暮色降临,这双鞋在田野小径上踽踽而行。在这鞋具里,回响着大地无声的召唤,显示着大地对成熟的谷物的宁静的馈赠,表征着大地冬闲的荒芜田野里朦胧的冬眠。这器具浸透着对面包的稳靠性的无怨无艾的焦虑,以及那战胜了贫困的无言的喜悦,隐含着分娩阵痛时的哆嗦,死亡逼近时的战栗。这器具属于大地,它在农妇的世界里得到保存。正是由于这种保存的归属关系,器具本身才得以出现而自持,保持着原样。①

凡·高的《鞋》这幅画给人们提供的是一个器具"鞋"的存在的时间和空间。时间不是客观存在实体,没有"鞋"的存在作为陪衬是感觉不到的;只有"从鞋具磨损的内部那黑洞洞的敞口中",读者或观察者才会感知到这双鞋子的主人的"劳动步履的艰辛",而这一切都发生在漫长的时间里。马克思在《工资、价格和利润》里提出:"时间实际上是人的积极存在,它不仅是人的生命的尺度,而且是人的发展的空间。"② 马克思在这里提出了"时间是人的生命尺度"的思想,展现了人和人的社会活动之无可取代的特殊意义。人是按照"物种尺度"和"人的尺度"的统一去改造世界的。"动物只是按照它所属的那个种的尺度和需要来建造,而人都懂得按照任何一个种的尺度来进行生产,并且懂得怎样处处都把内在的尺度运用于对象上去;因此,人也按照美的规律来建造。""通过实践创造对象世界,即改造无机界,证明了人自己是有意识的类存在物。"③ 人的生命活动是有意识的,所以是高于其他动物的,是超越了

---

① [德]海德格尔:《林中路》,孙周兴译,上海译文出版社1997年版,第17页。
② 《马克思恩格斯全集》(第47卷),人民出版社1979年版,第532页。
③ 《马克思恩格斯全集》(第42卷),人民出版社1979年版,第97页。

自然生命的，是一种生命的积极存在。马克思的这种思想不仅反映在他的学术论著里，还且反映在他的文学作品里：

> 啊永恒！那岂非永恒的痛苦，
> 岂非无法言喻的神秘的死神，
> 岂非创造出来让我们忍辱负重的杰作，
> 而我们不过是盲目机械的钟表，
> 是时辰的历本。
> 我们活着，只因世上总要有所生，
> 我们死去，只因世上总要有所死！
> 有一种东西必须有，而这种东西世界上现在没有，
> 用那饱经痛苦的心灵的巨大力量
> 来战胜世上无声无息的痛苦和悲伤：
> ……
> 它辗转在永恒的长流之上，
> 它为创世者唱着哀歌，
> 眉宇之上的讥讽啊，太阳能把你烧毁？
> 眼睛由于看到了毁灭而闪烁着光芒，
> 莫非眼光能碾开这沉闷而凝固的世界！
> 被凝固，永远，忧怯，被破碎，空虚，
> 我们被捆绑在"存在"的这一块大理石块上，
> 被永生永世地捆绑着，永远。①

马克思出身于犹太家庭，对古希腊神话故事自然非常熟悉；他读书的时候，对古希腊罗马神话极为勤勉和用心。② 马克思经常给孩子们讲古希腊神话故事，这在他子女的回忆录中都有记载。1865 年 4 月，马克思在《自白》里说："喜爱的诗人：……埃斯库罗斯、莎士比亚、歌德。"③

---

① 《马克思恩格斯全集》（第 40 卷），人民出版社 1982 年版，第 699—700 页。
② 参见《马克思恩格斯全集》（第 40 卷），人民出版社 1982 年版，第 844 页。
③ 《马克思恩格斯全集》（第 31 卷），人民出版社 1972 年版，第 588 页。

马克思喜爱埃斯库罗斯和歌德与他对古希腊神话感兴趣有关。上面这节诗行来自马克思年轻时所写的悲剧《乌兰内姆》。《乌兰内姆》的故事情节很难考证，但其中存在着在西方流传颇广的浮士德形象的痕迹，所涉及和讨论的都是人生的重大问题，重大而无解。在这部悲剧里，马克思借乌兰内姆之口表达了他自己对人性、心理、爱情、仇恨和永恒等问题的理解："追求永恒是人类最愚蠢的行为，它把一代又一代人拖入无休止的痛苦之中，结局是一个个生命无法言喻地、神秘地死去，每个个体都成了它嘲笑的对象，成了听任它摆布的钟表，如同被上好了弦一样去充当报告时辰的傻瓜。为了永恒，为了证明自己的行为具有所谓永恒的价值和意义，宇宙万物陷入了盲目的争端和争吵而且要在争吵中把自己的生命彻底耗尽。被放逐的心灵终于可以放肆地诅咒了！人们长期以来被捆绑在'存在'、'永恒'这样的大理石上，被世世代代地捆绑着胆战心惊，直到被碾成齑粉，化为乌有。世界冷酷无情，而我们这些上帝的猿猴们还在辛辛苦苦用充满爱心的胸膛来温暖这条毒蛇，让它长成巨大无比的躯体低下头来把我们咬上一口！……现在我们既然已经觉醒，就要赶快去'捣毁那谎言编造出来的一切，以诅咒来结束诅咒所造成的一切。'"①

马克思在悲剧《乌兰内姆》里给读者揭示了时间、永恒、存在之间的关系以及时间才是最权威的裁判者。人类从心理上是讨厌死亡、害怕死亡和抗拒死亡的，所以在精神上以各种形式表达对永恒的追求；但是时间冷峻地告诉人类："我们被捆绑在'存在'的这一块大理石块上，／被永生永世地捆绑着，永远。"直到被碾成齑粉，化为乌有；这就是时间孕育出来的真理。马克思在《乌兰内姆》里所揭示的时间、存在与永恒之间的矛盾是文学作品无法回答的，但是这种矛盾无时无刻不存在于文学作品之中，给文学作品带来了无穷的魅力。雪莱的不少作品中也存在着类似马克思的这种思想，他在散文《柯利修姆》里这样写道：

> 一个人类艺术的产儿，虽然失去了人类的精心照料，却被自然的神奇魔力点化成相似于她自身的造物，因而命定要分享自然的不

---

① 聂锦芳：《复仇与征服：马克思早期作品〈乌兰内姆〉中的情节与主题》，《北京行政学院学报》2014年第5期。

朽！它变成一座谷间错落着荫荫林木的山脉，兀立于错综复杂的林间空地，又断裂成危耸的峭壁悬崖，甚至云彩也被它峭拔的山顶拦截，并以雨水灌注它永恒的喷泉。这根我歇息的圆柱，我要说一座庙宇或一个剧院曾经是它庄严的冕冠。在那些神圣的日子里，芸芸众生蜂拥而至，沿着它逶迤的台阶拾级而上，去一睹壮丽恢宏的景观或祭祀场面——哦，它本身不就是壮丽恢宏的景观和祭祀场面吗？①

雪莱的这篇散文是写他在漫游古罗马竞技场柯利修姆所看到的情景，并借盲人游客对他女儿所说的一段话来表述自己的思想和情怀。古罗马竞技场恢宏壮丽，在时间的长河中，被冲刷得如同"一座谷间错落着荫荫林木的山脉，兀立于错综复杂的林间空地"。"在那些神圣的日子里，芸芸众生蜂拥而至，沿着它逶迤的台阶拾级而上"，而现在那些人又在哪里？自然都已经死了，早就化作尘土；竞技场裸露在天地间本身就是它自己和在那些神圣日子里蜂拥而至的人的恢宏祭祀场面，而那个伟大的、永恒的祭司就是时间。

雪莱的这段话让读者联想到海德格尔在《艺术作品的起源》一文中对凡·高的《鞋》这幅画所做的一番别有风味的描述，它们之间有着某种同工异曲之妙。梵·高一生画过八幅有关鞋的画，其中三幅符合海德格尔所说的"鞋具磨损的内部那黑洞洞的敞口"。美国著名艺术史专家梅叶·夏皮罗（Meyer Schapiro，1904—1996）曾写信问过海德格尔究竟他指的是哪一幅，海德格尔回信说，是1930年3月在阿姆斯特丹展出的那一幅，显然是指梵·高作品第255号。但这幅画上的鞋是梵·高自己的鞋，而且穿这双鞋的时候梵·高一直生活在城镇中。据此，有些专家认为，梵·高犯了一个错误，因为他完全可以借这双鞋描绘自己的世界，而不必非要说那是农妇的世界。② 这种观点是值得商榷的，海德格尔不会

---

① 江枫主编：《雪莱全集》（第5卷：小说、散文），河北教育出版社2000年版，第211—212页。

② 刘旭光：《谁是凡·高那双鞋的主人——关于现象学视野下艺术中的真理问题》，《学术月刊》2007年第9期。

搞错自己的鞋,他的阐述是对这类鞋所反映的真理的揭示,即任何此类鞋的主人都是"步履的艰辛"的,都是"粘着湿润而肥沃的泥土"的,都是"回响着大地无声的召唤"的,都是"隐含着分娩阵痛时的哆嗦,死亡逼近时的战栗"的。海德格尔揭示了鞋所反映出来的真理,而真理是具有普遍性和非特殊性的。同样,在雪莱的《柯利修姆》里,古老、破旧、恢宏的竞技场像梵·高的《鞋》一样给读者呈现了一个真理:无论多么坚固的恢宏建筑,无论如何臆想长生不老的人,都会在时间的流逝中暴露出自己的真相——毁损和死亡。

二 真理与生存的张力

人是注定要死亡的,这是时间孕育的真理,也是人很不情愿承认的自我意识。只有当人认识到了死亡,他才会明白生命的珍贵和价值,才会太理性地对人的平等、自由进行深刻思考,去追寻生命的自由和快乐。如果他那么做了,他就是善的。德谟克利特认为:"对人,最好的是能够在一种尽可能愉快的状态中过生活,并且尽可能少受痛苦。""快乐和不适构成了那'应该做或不应该做的事'的标准。""快乐和不适决定了有利于有害之间的界限。"伊壁鸠鲁在德谟克利特的基础上,提出"快乐是最高的善"的主张,但强调:我们说快乐是最高善时,并非指放纵不羁的人的快乐以及一般感官的快乐而言……乃是指肉体能摆脱苦痛,心灵能摆脱烦扰而言。[①] 西方哲学和文化长期以来一直存在着一种对真理追求的情结,巴门尼德(Parmenides of Elea,前515—前5世纪中叶以后)最早提出了真理问题,柏拉图(Plato,前427—前347)把真理和善联系起来,他说:善的理念也是"所有美的、公正的事物的万能创造者,是这个世界的光明之母、光明之主,是另一个世界中真理和理性的源泉"[②]。"善"的问题的提出使对真理的探讨转化为对生存问题的探讨,这也在西方思想史上培育了一种较为深刻的真理情结。

---

① 转引自高兆明《存在于自由:伦理学引论》(当代伦理学文库),南京师范大学出版社2004年版,第245页。

② [美]S. E. 斯通普夫、[美]J. 菲泽:《西方哲学史:从苏格拉底到萨特及其后》,邓晓芒等译,世界图书出版公司北京公司2009年版,第49页。

《约翰福音》提出一种恩典真理理论,对西方的真理思想影响颇深;试举一例如下:

>他在世界,世界也是藉着他造的,世界却不认识他。他到自己的地方来,自己的人倒不接待他。凡接待他的,就是信他名的人,他就赐他们权柄,作神的女儿。这等人不是从血气生的,不是从情欲生的,也不是从人意生的,乃是从神生的。
>
>道成肉身,住在我们中间,充充满满地有恩典,有真理。我们也见过他的荣光,正是父独生子的荣光。
>
>约翰为他作见证,喊着说:"这就是我曾说:'那在我以后来的,反成了在我以前的,因他本来在我以前。'"从他丰满的恩典里,我们都领受了,而且恩上加恩。律法本是藉着摩西传的,恩典和真理都是由耶稣基督来的。从来没有人看见神,只有在父怀里的独生子将他表现出来。①

在《约翰福音》里,神和真理混同使用。基督耶稣是神的儿子,是真理的化身,他给人类带来恩典。神是看不见的,通过神之子耶稣,神的存在才能够显现出来;所以,神和真理不再是一种认识对象,而是作为启示者或自我彰显者来到真理追求者的面前;只要是真理追求者,就能够发现。但问题是,对真理如何追求呢?如果把握不好方向,就无法让人靠近真理。如果真理就在真理追求者的面前,他就一定能够知道这就是真理吗?很难说,因为对真理的认识需要真理追求者对真理的标准有一定的把握。

在《约翰福音》里,耶稣基督是神的儿子,他是真理的化身,能够给信他的人带来恩典。这时,恩典便与真理联系在了一起。恩典的英文是 grace,而 grace 除了"恩典"的意思之外,还有"慈悲""优雅""魅力"的意思;也就是说,"慈悲""优雅"以及"魅力"都是与真理有着某种关联的。慈悲的事物往往会引起恩泽,所以是善的;雪莱在《道德沉思录》里对"善"与"恶"作了专门论述:

---

① 参见《圣经·约翰福音》1:1—1:18。

我们知道，人类能产生的痛苦或欢乐的感受，它的强度有大有小，持续性有长有短。凡是产生快乐的被称为善，产生痛苦的被称为恶。然而，善与恶是引起快乐或痛苦的各类原因的统称。当一个人成为给予或播撒幸福的能动工具时，最有效地帮助他达到这一目的的原则，就叫美德。仁慈，即行善的欲望，同公正或称对行善方式的把握，两者共同构成了美德。①

显然，雪莱的"善""恶"观受到了《约翰福音》和柏拉图的影响，在他看来，"善"如同耶稣基督，能够给人类带来恩典，是永恒的真理。柏拉图在《美诺篇》里给出了一个"人皆求善"的论证。他认为："每个人都根据自己对善的理解进行选择，因而没有人故意选择恶；如果某人的确选择了恶，这是一个现实现象；这一选择并非属于他的真正意愿。"② 但在现实社会中，人们可以找到不少"人在求恶"的例子，例如第二次世界大战时的希特勒、东条英机、墨索里尼等人。

柏拉图对善与恶的分析颇有意思，他分析道：在逻辑上，我们可以把那些求善者暂时搁一边，把这群人称为 A 类。对于求恶者，可以划分为两种：有些是明知所求乃恶却仍然追求；有些是不知所求为恶，而以恶为善去追求。对于后者，他们在求恶之时以为自己在求善。因此，就他们的本意而言，他们是在求善。因此，这些人属于求善者，称这些人为 B 类。对于前者（明知为恶而求恶），他们仍然可以分为两部分，一部分是虽然知道所求乃恶，但因为所求对自己有利，因而为利益所驱而求恶；另一部分则是明知所求乃恶，且无利可图，却仍然去追求那恶事。在这里，柏拉图谈道，"利益"的意思是，受利益驱动者把利益看成是好事，是善的。虽说这种人目光短浅，只顾眼前利益，但是，不可否认，驱动他们追求的那股力量乃是善的。这群人归为 C 类。这样，在求恶的

---

① 江枫主编：《雪莱全集》（第 5 卷：小说、散文），河北教育出版社 2000 年版，第 278 页。

② 转引自谢文郁《真理与生存的张力——以〈约翰福音〉和〈齐物论〉的真理观为例》，《学术月刊》2016 年第 1 期。

人群中就只剩下"明知为恶,且无利可图,却仍然追求恶"这一部分人了,即 D 类。然而,柏拉图指出,D 类人群其实是一个空项,其中没有一个实例。也就是说,在现实生活中,这种人不存在;没有人在真正意义上求恶。现实中的全部人就是 A+B+C。这些人全都是求善的。当然,从不同角度出发,人们对善的界定并不相同;但是,无一例外的是,所有的人都在追求自己认为是善的东西。因此,人皆求善。①

雪莱虽然受到柏拉图善恶观的影响,认为"在人类的意识中,仁慈乃是与生俱来的天性"②,但同时他又无不矛盾地说:"按照人类天性的直接情感,特别是在它最原始而不加掩饰的状态下,人往往倾向于给别人带来痛苦或是去统治别人……他报复心强,骄傲而且自私自利。"③ 这是他在《道德沉思录》里相矛盾的观点。在一篇不长的文章里出现观点上的对峙的确让读者难以理解;但是,作为一个诗人而非哲学家,两种不同观点的同时出现也是无可厚非的。他在不少的优秀诗歌里都存在着这样的矛盾情结,例如他的《西风颂》。也许这种矛盾所形成的张力使得他的诗歌作品更具生命力:

> 哦,狂野的西风哦,你哦秋的气息!
> 由于你无形无影的出现,万木萧疏,
> 似鬼魅逃避驱魔巫师,蔫黄,骏黑,
>
> 苍白,潮红,疫疠摧残的落叶无数,
> 四散飘舞;哦,你又把有翅的种子
> 凌空运送到他们黑暗的越冬床圃;
>
> 仿佛是一具具僵卧在坟墓里的尸体,

---

① 谢文郁:《真理与生存的张力——以〈约翰福音〉和〈齐物论〉的真理观为例》,《学术月刊》2016 年第 1 期。
② 江枫主编:《雪莱全集》(第 5 卷:小说、散文),河北教育出版社 2000 年版,第 281 页。
③ 江枫主编:《雪莱全集》(第 5 卷:小说、散文),河北教育出版社 2000 年版,第 280 页。

第二章 神话与雪莱诗歌的生命力 / 93

他们将分别蛰伏,冷落,而又凄凉,
直到阳春你蔚蓝的姐妹向梦中的大地

吹响她嘹亮的号角(如同牧放群羊,
驱送香甜的花蕾到空气中觅食就饮)
给高山平原注满生命的色彩和芬芳。

不羁的精灵,你啊,你到处运行;
你破坏,你也保存,听,哦,听![1]

在《西风颂》这首诗里,雪莱把自己颇为"矛盾"的善恶思想表达得淋漓尽致。长期以来,中国的雪莱诗歌评论者都愿意把西风当作"迅猛的革命风暴"来解释,突出《西风颂》的革命性特点。这种说法没有错;但在这里,读者也同样可以从摧枯拉朽的西风那里感悟到善与恶是一枚硬币的两面,是一个混合的整体。一方面,西风是恶的,呈现出一种涤荡一切的破坏力量,"哦,狂野的西风哦,你哦秋的气息!由于你无形无影的出现,万木萧疏";西风来了,"一切都惨然变色,胆怵心惊,战栗着自行凋落"。另一方面,西风是善的,它是新生命的催发者或保存者;西风在破坏的同时,又保留了有价值的生命,"哦,你又把有翅的种子／凌空运送到他们黑暗的越冬床圃",让种子迎接春天的来临。

柏拉图在论证善恶关系时过度强调了善的主导作用,认为:"人皆求善。"但在现实社会存在中,善与恶是一枚硬币的两面的整体,就像西风既有善也有恶一样。如果读者把西风的吼声当作它的言语的话,他就会听见西风在说:"我是道路、真理、生命。"[2] 善与恶是一个生存问题,人的生存离不开善,但同时又伴随着恶;人对善的追求一定要有善的知识,但没有恶的关照,善很难显现出来。西风既有恶的一面,也有善的一面;

---

[1] 江枫主编:《雪莱全集》(第1卷:抒情诗),河北教育出版社2000年版,第177—178页。

[2] 参见《圣经·约翰福音》14:6。

它们不是假的，都是真的，所以西风有权这么说："我是道路、真理和生命。"

三 遮蔽真理的面纱

在《西风颂》里，善与恶是硬币的两面，它们是一个整体；然而，事实上，真理往往以某种伦理道德或至高权威的形式的面纱遮蔽遮盖着，不易被发现。一枚硬币为什么就不能造成两面都一样呢？两面都是善或都是恶，这在魔术师那里是可以轻而易举地做到的。魔术是一门历史悠久的表演艺术，曾被当作巫术、骗术或行窃的手段；魔法师通过娴熟的手段、精巧的装置，不断上演着一个又一个"奇迹"，以"掩饰"或"欺骗"的手法迷惑观众的心智，赢得他们的欢笑。

人类社会是非常复杂的，人类社会中的人并非柏拉图所论断的那样"人皆求善"。坏人或恶人总是通过魔术的手法让周围的人失去心智，误以为他们在"求善"。在《变形记》第六章有关忒柔斯、普洛克涅和菲罗墨拉的故事里，国王忒柔斯天性好色。当他见到小姨子菲罗墨拉时，为她姣美所动，立刻"爱"上了她。忒柔斯把菲罗墨拉关在一间小屋子里，强暴了她。当她大声辱骂时，忒柔斯还割去了她的舌头。忒柔斯在实施了这种难以置信、骇人听闻的罪行之后，还在那个受到残害的身体上一再地发泄他的兽欲。忒柔斯回家见到普洛克涅，捏造了一篇她妹妹死亡的谎话。这些谎话得到了普洛克涅的相信，直到她妹妹把一幅叙说自己悲伤故事的锦绣托老妪送到她的手里为止。起初，普洛克涅之所以会相信忒柔斯的谎言，是因为忒柔斯颇具魔术师的手法。魔术师想要成功地为观众表演魔术，他依赖的是道具和障眼法。道具在魔术表演当中起着举足轻重的作用；不管是什么样的魔术道具，都需要精心、巧妙的设计，包括内部的机关，外部的造型、色彩、图案等。同时，还有从观众的视角出发，要考虑到是否能够在演出中达到神奇、愉快、美感的效果。有的魔术师在表演中还加进了个人技巧和艺术才能，如传神的手、眼、身、步法等，这样便增加了表演的艺术性，可以获得理想的效果。忒柔斯就是一个魔术师，是一个非常残忍的魔术师，他的道具就是至高无上的权威，在这权威后面隐藏着的是荒淫无耻、虚情假意和凶狠残暴。然而，这些都被遮蔽在国王所谓的"秉性刚烈""英雄气概"和"爱民如子"等虚伪的面纱之下，让人们误以为他们的国王是崇高的，是值得爱戴的。

其实，人都是自私自利，以自我为中心的。但是，人善于自我包装，以魔术师的身份出现在历史舞台，采用各种道具和手法让其他人相信他所说的和所做的都是真的，就好像忒柔斯让普洛克涅相信他所做的都是正确的一样。雪莱对于这种魔术师背后的人性是非常清楚和痛恨的，他在《论基督教》里写道："在人真正能够获得自由、平等与明智以前，必须挣脱习惯与迷信的枷锁，必须剥下感官享乐那件豪华的外衣，揭开自私自利的面具，并且，以行为与目标本来的面貌去关照他们。"① 揭开人之自私自利的面具就是"揭秘魔术"，就是把魔术师的形象贬为"骗子"。非常有趣的是，1997年11月24日，当美国奈氏娱乐公司把制作的电视节目《破解魔术师密码——魔术秘密大公开》播放以后，引起全球震惊；不少魔术团体对这一节目提出抗议。同年6月6日，当这一节目在香港播放第一集后，香港魔术界迅速对香港电视广播有限公司发出抗议。香港魔术家协会主席谭永铨向广大魔术爱好者发出呼吁：拿起手上的魔棒，站起来保卫我们的魔术。② 当下的魔术界对"揭秘魔术"的电视节目反应如此强烈以至于要阻止"揭秘魔术"的进行，更不用说对以魔术为隐喻的统治集团或利益集团的魔术般的欺骗手法进行揭露了。

雪莱有一首政治意味颇浓的长诗《暴政的假面游行》，这首诗完成于1819年秋，即1819年8月16日发生在英国曼彻斯特圣彼得广场上的流血事件之后。在这首诗里，暴君的丑陋、残忍、谋杀、欺诈、伪善得到极大的揭露：

> 50
> 驴马猪羊尚且有草荐铺地，
> 犹有饲料，可供果腹充饥；

---

① 江枫主编：《雪莱全集》（第5卷：小说、散文），河北教育出版社2000年版，第319—320页。

② 丁杰、徐秋：《魔术揭秘震惊全球》，《杂技与魔术》1998年第6期。

>   万物皆有家，而英格兰人，
>   你们却一无所有无处栖身！
>   51
>   这就是奴役，穴居的野兽
>   和野人都不会像这样忍受，
>   然而像这样的痛苦和灾难，
>   他们却并不知晓无从体验。①

这种揭露是非常有力度的，对统治集团的打击也是非常大的，就好像魔术师的表演被揭穿了一样，受到了前所未有的致命打击。雪莱把《暴政的假面游行》的诗稿寄给利·亨特，让他发表在《检查者》上，利·亨特当时是那个刊物的主编。"我没有把它编进刊物，"利·亨特于1832年发表这首诗时在他那篇珍贵而引人瞩目的序言里写道："是因为我当时认为，一般公众尚未成熟到有足够的鉴别力公正对待这首炽热如火的诗歌外衣下那颗灵魂的善意和诚挚。"②

《暴政的假面游行》当时没有被发表，而是等到雪莱去世后的1832年才发表，是不是像利·亨特自己所解释的那样呢？他的话是否真实，现在已经无法考察。也许事实并非如此。雪莱的《暴政的假面游行》是一篇革命性很强的诗歌；在诗歌的末尾，还存在着强有力的推翻现政府的召唤："像睡醒的狮子一样站起来，/你们的人数多得不可征服；/快摆脱束缚着你们的链索，/像抖掉沉睡时沾身的霜露：/你们是多数，他们是少数。"可以想象，这么具有煽动性的诗歌在当时的稿件审查中是一定会被否决的。利·亨特在1819年没有把这首诗发表在《检查者》上一定考虑到了当时的社会政治环境。利·亨特也是一个"魔术师"，用他那"魔幻般"的手法和语言，把读者忽悠了一把而已。

---

① 江枫主编：《雪莱全集》（第3卷：长诗·下），河北教育出版社2000年版，第18—19页。

② 江枫主编：《雪莱全集》（第3卷：长诗·下），河北教育出版社2000年版，第33—34页。

魔术师之所以能够忽悠观众，是因为他能够运用道具和手法使他们产生认知幻觉，从而获得他们的充分信任。我们观看魔术表演时发现，现实中的一些事物，如：大象、人、建筑物、飞机等，都会被魔术师瞬间变得消失不见。难道这些实体真的会消失吗？当然不会。魔术师使用一些手法，让观众产生思维幻觉或认知幻觉，引导观众进行错误判断。将一枚硬币从一只手中转移到另一只手中是魔术师经常玩弄的魔术把戏，观众明明看见硬币到了另一只手上，但当魔术师张开那只手时，硬币却不见了。其实，硬币还藏在原来的那只手里，并没有转移到另外一只手里去；人被自己的习惯意识蒙骗了，认定硬币已经转移到了另外那只手里。同样的道理，人在认识真理的过程中往往会受到传统文化和习惯等因素的影响，把真理当成谬误或把谬误当作真理。在《变形记》里，忒柔斯在妻子普洛克涅的诱导下吃了自己的亲生儿子就是一个把谬误当作真理的很好例子。

真理是被遮蔽着的——被"道具"似的面纱或被魔术师般的手法遮蔽着的，很不容易发现；所以，真理需要时间的检验。然而，真理的遮蔽反映了人之良心的"惺忪性"，好像一个人刚睡醒时所处的眼睛模糊的状态。"良心表示着主观自我意识绝对有权知道在自身中和根据它自身什么是权利和义务，并且除了它这样地认识到是善的以外，对其余一切概不承认，同时，它肯定，它这样的认识和希求的东西才真正是权利和义务。"[1] 当人的良心显示出"惺忪性"特征时，真理就被遮蔽了，即使放在他的面前也看不见。魔术师般的残暴统治者或利益集团就是充分利用了人民的良心的惺忪性，让他们失去真善美的甄别能力，以便巩固自己无耻的愚民政治统治。雪莱清楚地看到了这一点，他在《暴虐的俄狄浦斯》里描写了一个颇懂魔法的饥饿大祭司梅门，他为暴君斯威尔夫特准备了一个具有邪恶魔力的"绿袋"来对付、陷害善良的王后。"这袋中之物无论洒在谁身上，／都能使无辜变为有罪，使文雅／变为粗野、卑污、丑陋不堪。"幸运的是，王后并非处于良心的"惺忪性"状态，所以她立刻识破了饥饿大祭司梅门的魔法，把"绿袋"的毒液倒在朝臣们的身上，

---

[1] ［德］黑格尔：《法哲学原理》，范扬、张启泰译，商务印书馆1982年版，第139—140页。

使他们变成了肮脏的动物。

良心是一种对伦理道德共同体具有必然义务的自觉意识,而当这种自觉意识处于"惺忪性"状态时,良心就受到遮蔽,对真理的认知也将受到遮蔽。良心是人格守护神;没有了良心,人就变成了行尸走肉。所以,卢梭对良心热情地赞美道:"良心啊!良心!你是圣洁的本能,永不消失的天国的声音……是你使人的天性善良和行为合乎道德,没有你,我就感觉不到我身上有优于禽兽的地方;没有你,我就只能按我没有条理的见解和没有准绳的理智可悲地做了一桩又一桩错事。"① 雪莱的诗歌非常具有革命性,它像号角,唤醒那些处于"惺忪性"状态的良心,使人振作起来,为寻找真理而奋斗;只有这样,人才会识破魔术师似的暴君背后的罪恶意图,世界才会变得美好、可亲:

……
志士的耳朵仍能从模糊的语声中听出,
苍天已经对地狱的猖獗感到十分震怒,
无需很久,就要把那万恶的根源清除,
还给世界以本来的和平、爱情和淳朴。②

第三节 揭开《解放了的普罗米修斯》的面纱

《解放了的普罗米修斯》是雪莱最重要的诗剧,历来受到国内外研究者的重视。关于《解放了的普罗米修斯》有着众说纷纭的阐述,这不奇怪;因为,"一切崇高的诗都是无限的;它好像第一颗橡实,潜藏着所有的橡树。我们固然可以拉开一层一层的罩纱,可是潜藏在意义最深处的赤裸的美却永远不曾揭露出来"③。

---

① [法]卢梭:《爱弥儿》(下卷),李平沤译,商务印书馆1987年版,第417页。
② 江枫主编:《雪莱全集》(第1卷:叙情诗),河北教育出版社2000年版,第595页。
③ 江枫主编:《雪莱全集》(第5卷:小说、散文),河北教育出版社200年版,第478页。

普罗米修斯的故事流畅很广,几乎家喻户晓,其基本情节是仇视人类的宙斯为了惩罚普罗米修斯给人类盗火和传授各种技艺,派火神把他捆绑在高加索的悬崖上,百般折磨,试图迫使他屈服。从赫西俄德开始,普罗米修斯的故事和形象出现在不少古代西方作家的笔下,如:柏拉图、埃斯库罗斯(Aeschylus,前525—前456)、品达(Pindar,前522—前442)、萨福(Sappho,前630—前592)、伊索(Aísôpos,前620—前560)、琉善(Lucian,约125—180)以及奥维德(Publius Ovidius Naso,前43—18)等。埃斯库罗斯曾写过一部名为《被缚的普罗米修斯》的悲剧,在那里暗示了普罗米修斯最后与宙斯和解的必然性。一反普罗米修斯传统结局的写法,雪莱在《解放了的普罗米修斯》里把推翻宙斯的统治作为诗剧的结束,使他的普罗米修斯形象更具时代精神。

国内外学者在分析、讨论《解放了的普罗米修斯》时认为:"尽管这部诗剧试图取代失传的埃斯库罗斯撰写的悲剧,但与它很不相同。根据这个希腊悲剧作家的意思,那个提坦人靠着与朱庇特的最终和解结束了他自己的受难,而雪莱却把他塑造成了崇高的胜利者;因此,避免了善恶力量之间较量时产生妥协的必然性。"① "雪莱把朱庇特的垮台归因于'必然性'的作用,从而向读者揭示:'必然性'是将乌托邦变成现实的手段。"② 这种观点很有意义,但也显得比较简单,因为它继承了传统的批评思想即善最终要战胜恶,于是朱庇特被推翻成为了历史的必然。实际上,在雪莱这部诗剧里,恶可以产生于善,善也可以产生于恶,善与恶是可以共存于自身的,并不是断然对立的、不可相互协调的事物。在《解放了的普罗米修斯》里,雪莱试图通过必然性把善与恶对立起来,又通对必然性的颠覆把善与恶整合起来,以揭示人类社会发展的必然规律。这一点很值得解读。

一 《被缚的普罗米修斯》:命运与必然性

普罗米修斯在古希腊神话中是泰坦神族的神明之一,历来受到国内

---

① James E. Barcus, *Percy Bysshe Shelley*: *The Critical Heritage*, London: Routledge, 1995, p. 392.

② 王守仁:《论雪莱的诗剧〈解放了的普罗米修斯〉中的"必然性"思想》,《欧美文学论丛》2002年第2期。

外学者的好评,他"威武不屈、蔑视强暴与迫害、决不受利诱软化"[①],他"爱人类而抗暴力,历劫不屈,足引万类之同情,终亦得直,还获自由"[②]。可以说,这些评论从不同的视角反映出评论家所持有的"必然性"思想,在他们看来,普罗米修斯这个神话在意识形态上总是一致的,它塑造了一个宁死不屈的、敢于反抗的抗暴英雄形象。

普罗米修斯在赫西俄德(Hesiod,前8世纪,享年不明)的作品里时还不是一个光辉形象,只有进入埃斯库罗斯的悲剧后,他才真正变得鲜活起来,成为一个不折不扣的维护人类利益的殉道者。埃斯库罗斯所处的时代是古希腊的变革期,克利斯提尼实行改革,使雅典走上民主发展的新阶段。改革不仅触及政治,使新兴的平民阶层代替腐朽的贵族阶级掌握政权;而且触及哲学和文学,触及每个人的思想与感情,触及人们的心灵深处。尽管时代发生着巨大的变革,但是它不可能猛然飞跃到一个无所畏惧、无所信仰的真空状态,它必须保留一种绝不可违背的东西作为社会各个阶级的大法——古希腊人称之为命运或"必然的轮回"(The Wheel of Necessity)[③]——作为人们的行为规范。

"必然的轮回"就是命运,就像古希腊悲剧中的俄狄浦斯似的命运,不但凡夫俗子,就连神祇都必须遵从,不得抗拒。这种命运是神谕的,也是必然要发生的,是古希腊悲剧的精华所在,因为在悲剧里,表面上人与人之间的矛盾虽然是通过神话的形式展现出来的,但实际上却受到了冥冥中命运定数的支配;所以任何伟大的英雄到头来都逃脱不了命运天网中早已安排好的劫数的惩罚。所以,一部悲剧的结局其实在开场时就已经初见端倪,如在《被缚的普罗米修斯》的开场里,当威力神和赫菲斯托斯把普罗米修斯钉在高加索的悬崖峭壁时普罗米修斯说道:

---

① 陶德臻主编:《外国文学史纲》,北京出版社1991年版,第226页。

② 周作人:《欧洲文学史》,止庵校订《周作人自编文集》,河北教育出版社2002年版,第24页。

③ 参见[古希腊]埃斯库罗斯《奥瑞斯提亚》,缪灵珠译,上海译文出版社1983年版,第260—261页。

啊，啊，我为这眼前的和未来的
苦难悲叹，应该何时，又该在何方，
　　这些灾难才会有尽头
然而我为何嗟叹？我能够清楚地预知
一切未来的事情，决不会有什么灾难
意外地降临于我。我应该心境泰然地
承受注定的命运，既然我清楚地知道，
定数乃是一种不可抗拒的力量。①

在这里，就已经明确指出了普罗米修斯之所以被钉锁在悬崖峭壁上受苦是因为他"应该心境泰然地承受注定的命运"，是因为"定数乃是一种不可抗拒的力量"。它源自于生命的冲动，以一种英雄式的崇高和永不妥协的抗争精神表现人在自由意志支配下突破各种各样的束缚他探求真理的樊篱，尽管往往以悲壮的、惨烈的结局而告终。这就是必然性，是剧中主人公普罗米修斯在自由意志的支配下亲手为自己掘墓的必然性，而这种被自由意志所操控着的无可逃避的本身就是必然的命运。"一件事物之被称为必然的，或因其本质，或由其原因。因为某事物的存在，或必出于该事物自身的本质及定义，或必出于一个给定的动力因。"② 尽管不同时期、不同时代对悲剧所做出的解释不同，但对于大多数学者来说，悲剧都是由于悲剧人物自身的过失或自身的人性弱点而遭受了不应该遭受的厄运所产生的。普罗米修斯如果不从天上把火种盗取给人类，他就不会受到宙斯的惩罚，但自由意志决定了他是一个自由的人；作为自由主体的他沉浸于个人感受的天地之中，所以，颇具无所畏惧以及在逆境中保持坚强不屈的特点。

历来，有关的专家学者对埃斯库罗斯的《被缚的普罗米修斯》评价都很高，认为："当宙斯企图消火人类时，普罗米修斯出面保护人类，给

---

① ［古希腊］埃斯库罗斯：《普罗米修斯》，载《古希腊悲剧喜剧全集》(1)，王焕生译，译林出版社2007年版，第150页。

② Nicholas Bunnin and Jiyuan Yu, *The Blackwell Dictionary of Western Philosophy*, Oxford: Blackwell Publishing, 2004, p. 462.

人类送来火，教会人类各种技艺，使人类摆脱愚昧状态。正是这个原因使宙斯惩罚普罗米修斯，把他钉在高加索悬崖上受苦。埃斯库罗斯由此把普罗米修斯塑造成一个反专制、反强暴的英雄。"①"陶工之神普罗米修斯保证了整个人类的生命形式——借助文化，他们走出自然的裸露状态——以及，在根本上保证了他们的'理论'，即在光之隐喻功能方面，某些事物的保存需要火光。普罗米修斯神话以纯粹形式再现了古老的权力分立。"② 甚至连革命导师马克思在他的博士学位论文《论德谟克利特的自然哲学与伊壁鸠鲁的自然哲学的差别》的序言中都提到了普罗米修斯：

> 对于那些以为哲学在社会中的地位似乎已经恶化因而感到欢欣鼓舞的可怜的懦夫们，哲学又以普罗米修斯对众神的侍者海尔梅斯所说的话来回答他们：
> "我绝不愿像你那样甘受役使，来改变自己悲惨的命运，
> 你好好听着，我永不愿意！
> 是的，宁可被缚在崖石上，
> 也不为父亲宙斯效忠，充当他的信使。"
> 普罗米修斯是哲学历书上最高尚的圣者和殉道者。③

马克思的博士学位论文从题目上看是在讨论德谟克利特与伊壁鸠鲁的自然哲学的关系问题，但通过讨论，马克思展现了人的价值、庄严自由和平等，确定了人的"自我意识"是具有最高神性的思想；显然，他把普罗米修斯视为敢于摆脱神的束缚的具有了主体性的人，这是人类历史发

---

① 参见王焕生《译序》，载《古希腊悲剧喜剧全集》(1)，王焕生译，译林出版社 2007 年版，第 150 页。

② Hans Blumenberg, *Work on Myth*, Trans. Robert M. Wallace; Cambridge: The Mit Press, 1985, p. 301.

③ [德] 卡尔·马克思：《论德谟克利特的自然哲学与伊壁鸠鲁的自然哲学的差别》，载《马克思恩格斯全集》(第 1 卷，1833—1843 年 3 月)，人民出版社 1995 年版，第 12 页。但是，笔者翻阅了国内由王焕生翻译的《普罗米修斯》(《古希腊悲剧喜剧全集·埃斯库罗斯悲剧》，译林出版社 2007 年版) 以及灵珠翻译的《普罗米修斯被囚》(《奥瑞斯提亚》，上海译文出版社 1983 年版)，没有查到马克思的这几行引文。

展的必然。然而，让读者感到迷惑的是，既然普罗米修斯具有无所畏惧以及在逆境中保持坚强不屈的特点，那为什么他最终还是与宙斯和解，向宙斯泄露了他所知道的秘密呢？[①] 是命运和必然性作用的结果。伊格尔顿指出，"悲剧和命运手牵着手行走"[②]。"从整个希腊悲剧看起来，我们可以说它们反映了一种相当阴郁的人生观。生来孱弱而无知的人类注定了要永远进行战斗，而战斗中的对手不仅有严酷的众神，而且有无情而变化莫测的命运。他的头上随时有无可抗拒的力量在威胁着他的生存，像悬崖巨石，随时可能倒塌下来把他压为齑粉。"[③] 尽管在《被缚的普罗米修斯》里，普罗米修斯被塑造成了一个抗暴的英雄形象，但是这部剧本身并没有显著的善恶的截然对立，因为在那里善恶这两股势力还没有分裂为外在性的绝对对立，而是以某种原始状态的和谐整合在普罗米修斯的身上；所以普罗米修斯既是一个坚定不移的反抗宙斯的勇士，也隐含着与宙斯和解的可能，这一点在剧中多处提到：

1. 无论他采用什么花言巧语，
   都不能把我说服，无论他用
   如何强硬的威胁都不会
   使我屈服，除非他
   愿解除用这残忍的镣铐
   对我的惩罚，并愿为
   我遭受的这些凌辱作偿付。
2. 他会平息自己强烈的怨怒，
   热情地前来与我和好结友谊，
   我也会热情地欢迎他。

[①] 埃斯库罗斯写《被释的普罗米修斯》虽然没有流传下来，但根据西塞罗用拉丁文译的片段推断出宙斯和普罗米修斯将以和解告终，即普罗米修斯向宙斯吐露了他所知道的秘密——假如宙斯娶了海神的女儿忒提斯（Thetis）为妻，她的孩子辈将会联合起来废去他的王位，正和他曾废去他自己父亲的一样。

[②] Jennifer Wallace, *The Cambridge Introduction to Tragedy*, Cambridge: Cambridge University Press, 2007, p. 137.

[③] 朱光潜：《悲剧心理学》，张隆溪译，江苏文艺出版社 2009 年版，第 90 页。

3. 无论宙斯用什么苦刑或计谋,
   都不可能迫使我把那秘密道破,
   除非他首先为我解除这可耻的锁链。①

通常认为,普罗米修斯的勇敢、智慧和坚强不屈的精神在《被缚的普罗米修斯》里得到了淋漓尽致的反映,但这种观点却忽视了普罗米修斯最终向宙斯吐露秘密,与宙斯和解的结局。从普罗米修斯和宙斯和解的背后,我们可以窥见必然性的影子,因为"在必然性的范畴中,不仅反映运动着的物质内在固有的、客观的、稳定的、本质的联系,而且反映着物质向前发展的过程中表现为自由的前提的这种矛盾的联系。而且由于客观条件,自由活动本身的到来又是不以人们的意志和意识为转移的"②。普罗米修斯的必然性一方面阐释彰显了人类在道德意识自我觉醒过程中所呈现出来的自由活动的趋势,还彰显出先民们在自由活动中所显示出来的人物性格弱点或者过失,这很大程度上决定了戏剧的最终走向,即普罗米修斯与宙斯的和解。古希腊的先民们认为普罗米修斯的受罚还有他捉弄了宙斯的原因在里头,他被锁链锁在高加索的悬崖上受苦除了为人类盗火的罪名之外还有其他原因,所以埃斯库罗斯在《被缚的普罗米修斯》里暗示了普罗米修斯与宙斯的最终和解是符合当时神谕朦胧阶段的伦理道德和意识形态的。两个神的和解是古希腊先民们一种发自内心的集体忏悔,是他们出于对最高神的虔敬和畏惧心理,但无论如何,人类已经在道德意识自我觉醒上朝前迈出重要的一步,他们已经开始用道德目光审视社会的动机,这是历史发展的必然。

二 《解放了的普罗米修斯》:爱的唤醒

埃斯库罗斯的《被缚的普罗米修斯》对雪莱影响很大,他的《解放了的普罗米修斯》沿用了埃斯库罗斯的《普罗米修斯的解放》这个题目,

---

① 参见[古希腊]埃斯库罗斯《普罗米修斯》,载《古希腊悲剧喜剧全集》(1),王焕生译,译林出版社2007年版,第154、155、202页。
② [苏]B. П. 戈卢宾科:《必然和自由》,苍道来译,北京大学出版社1984年版,第102—103页。

其故事情节也有不少相似的地方，但结局却完全相反，正如雪莱自己说的，"埃斯库罗斯的《普罗米修斯的解放》设想朱庇特和他的受害者之间实现了和解，代价是向他透露了一个秘密：如果他和茜蒂斯结婚就会有威胁到他的帝国的危险……如果我按照这种模式结构我的故事情节，我的全部作为最多也就不过是恢复失传已久的埃斯库罗斯那个剧本……但事实上，我对那样一种软弱的结局，让人类利益的维护者和人类的压迫者言归于好的结局非常反感"①。显然，雪莱在这里批评了埃斯库罗斯让"忍受了那许多痛苦，说了那许多激烈的言辞的普罗米修斯竟然自食其言地与宙斯和解"的做法，所以雪莱在诗剧《解放了的普罗米修斯》的第三幕里断然安排了宙斯被推翻的情节，使他的这部诗剧呈现出崭新的意义。

我们前面说过，在埃斯库罗斯的《被缚的普罗米修斯》中多处暗示了普罗米修斯与宙斯将最终达成和解的可能的原因是必然性作用的结果；同样，雪莱的诗剧《解放了的普罗米修斯》也没有逃出必然性的窠臼，推翻宙斯的"狄摩高根不仅仅是一般意义上的必然和命运，而且还是戈德文和休谟赋予的特殊的半科学意义上的必然……不仅整个物质世界要顺从这些盲目的必然力量，而且人类社会和人类历史也都要受到它们操纵。雪莱相信，在当代历史状况下，这些力量对推翻旧秩序和建立新秩序起着极其重要的作用"②。宙斯的残暴统治是人类社会发展过程中的一个必然阶段，它促使人们追求自身存在的天然权力，这是人对于具有作为主体意识的人的觉醒，是对自由的追求，体现了人的个性的发展，这些都可以从普罗米修斯在第一幕刚开始的独白中找到：

> 请看这大地被迫繁衍着的无数
> 奴隶，都在膜拜、祈祷、赞美、
> 受苦，并以破碎的心向你献祭，
> 你只回报以虚妄的希望、恐惧

---

① 江枫主编：《雪莱全集》（第4卷：诗剧），河北教育出版社2000年版，第88—89页。
② John Pollard Guinn, *Shelley's Political Thought*, Hague: Mouton & Co. N. V., Publishers, 1969, p. 89.

和自轻自贱。而我，你的仇敌，
恨得发昏的你竟使我得以凌驾
和战胜我的痛苦你徒劳的报复，
使你蒙受极度的轻蔑。①

雪莱在这里批评世界上充满了无数愚昧的奴隶，他们不知道去追求自由而是一味地为暴君唱赞歌的同时，褒扬了普罗米修斯作为人的主体意识的觉醒，即不屈服于宙斯的淫威和为追求自由而与暴君进行坚忍不拔的斗争。这种斗争是以他们两个强者的相互对抗为标志的。他们相互都对对方充满了仇恨，都想把对方置于死地而后快；这样意味着他们在某种程度上相互依存，因为失去了任何一方都不可能形成这么一个生动的故事，他们于是成了善与恶的整合体，就像中国道家的阴阳鱼一样，由黑白两个性质截然不同但大小相同的力量混为一体。宙斯统治着整个宇宙，"而我，你的仇敌，/恨得发昏的你竟使我得以凌驾/和战胜我的痛苦你徒劳的报复，/使你蒙受极度的轻蔑"，这几行诗的原文是 Whilst me, who am thy foe, eyeless in hate, / Hast thou made reign and triumph, to thy scorn, / O'er mine own misery and thy vain revenge，就英语语法来看，"这是朱庇特让普罗米修斯战胜自身的痛苦而赢得了权威，而词序却暗示这是指普罗米修斯允许朱庇特获得统治宝座。把权威和胜利归属于普罗米修斯这只不过是一种可笑之至的悖论，而归之于朱庇特却是自然的。'eyeless in hate'既可指普罗米修斯也可指朱庇特，这要根据读者吟咏诗句时的语调来确定了。'to thy scorn'也许既指主格也指宾格，要么朱庇特蔑视普罗米修斯肉体上的受罚，要么普罗米修斯蔑视朱庇特道德上的卑劣。这种句法上的模棱两可性展示出诗剧最初的基本思想——对于朱庇特的描写与对于普罗米修斯的描写是可以互换的"②。也就是说，普罗米修斯身上同样存在着像宙斯身上一样恶的东西，如他对宙斯的诅咒；然而，正是这两种恶所形成的对立才使憎恨者与被憎恨者、蔑视者和被

---

① 江枫主编：《雪莱全集》（第4卷：诗剧），河北教育出版社2000年版，第96页。
② ［美］理查德·克罗宁：《论雪莱的〈解放了的普罗米修斯〉》，林立群译，《丽水师专学报》1987年第3期。

蔑视者维持在一种永恒的、稳定的静止状态之中，即宙斯统治着世界，普罗米修斯被锁链绑在高加索的悬崖峭壁上，这种状态实质上还是埃斯库罗斯的《被缚的普罗米修斯》中所展示的状态。

如果雪莱的《解放了的普罗米修斯》仍然还停留在埃斯库罗斯的《被缚的普罗米修斯》中所展示的那个状态的话，那么他这部诗剧真的没有任何意义了。雪莱知道这样写的危险，他必须对埃斯库罗斯的《被缚的普罗米修斯》进行解构以突破憎恨者与被憎恨者、蔑视者和被蔑视者通过对立维持在一种永恒的、稳定的静止状态。雪莱的解构方法就是让普罗米修斯忘记对宙斯的憎恨和蔑视，这在开场的独白中已见端倪：

> 我曾诅咒过你，
> 我愿收回诅咒。
> ……
> 如果我的话语曾有威力，尽管
> 此刻的我已改变，恶意的欲望
> 已在内心死去，尽管我已失去
> 对于怨恨的记忆，但是让他们
> 现在不要丧失那种威力！①

诅咒是一把双刃剑，它在刺伤了受害者的同时还刺伤了施害者。普罗米修斯这时发现自己身上就存在着宙斯的阴影，他为人类盗火原本是善的，但被宙斯锁在山崖上后他便由此生恨，对宙斯进行最恶毒的诅咒，于是具有了恶的一面，因为他被惩罚正是出于宙斯的诅咒。一方面，普罗米修斯要忍受着宙斯憎恨的煎熬，另一方面，宙斯同样要忍受着暴君可怕的命运。这个诅咒在形式上是对称的，可以对宙斯也可以对普罗米修斯，因为这种对抗性的关系潜藏着相互转化的可能，也就是说，宙斯也可能倒台成为普罗米修斯的阶下囚，将会重复着普罗米修斯对他发出的那种

---

① 江枫主编：《雪莱全集》（第4卷：诗剧），河北教育出版社2000年版，第98页。

诅咒。① 无论是普罗米修斯还是宙斯，他们身上都被一条锁链牢固地锁着，而这锁链实际上不是别人而是他们自己锻造后套上去的。

普罗米修斯和宙斯的故事其实是一个伟大的隐喻，宙斯是凡间暴君的象征而普罗米修斯则是自我意识开启的古希腊先民的象征。在埃斯库罗斯笔下，虽然开启了自我意识的古希腊先民开始意识到了作为主体的人具有生命和社会价值，存在着对自由和幸福进行追求的可能，但最终要与他们的统治者妥协，与他们一道形成一个善恶和平共处的"和谐"整体，那是当时社会历史发展的必然。然而，到了18世纪，工业革命迫使生产力蓬勃发展，人们的意识形态发生了翻天覆地的变化，资本主义世界正在迎来一个走向机器生产的新时代。在这种情况下，暴君和独裁统治已经成为生产力发展的根本障碍，推翻他们的暴虐统治成为历史发展的必然。两种势力的相互憎恨和蔑视只能不断维持传统、落后的阶级对立，使双方的精力都消耗在毫无意义的互相争斗之中，这对资本主义的发展极其不利，所以这种局面必须要打破。如果说普罗米修斯是由于冲动和不节制的智慧导致了自己的受困，那么走出这个困局的唯一办法就是放弃憎恨和诅咒；所以，象征着"爱"的阿细亚出现在了诗剧中：

> 除了爱，全都是虚妄！阿细亚，
> 你，离我太远！每当我的生命
> 充盈流溢，你总是像一盏金杯，
> 承受我否则便会被干渴的尘埃
> 吸干的琼浆玉液。
> ……
> 我已经说过，一切的希望全都
> 虚妄，除了爱，你是不是在爱？②

---

① 参见［美］理查德·克罗宁《论雪莱的〈解放了的普罗米修斯〉》，林立群译，《丽水师专学报》1987年第3期。

② 江枫主编：《雪莱全集》（第4卷：诗剧），河北教育出版社2000年版，第138、139页。

阿细亚是爱的源泉，如果没有她普罗米修斯的生命力和创造力就会受到抑制。实际上，普罗米修斯开始是与爱相疏远的，因为象征着爱的爱人阿细亚不但没有在他身边而且还离他太远，"阿细亚/还在印度的山谷，她在被放逐的/远方等待着！"[①] 由于爱的源泉疏离了普罗米修斯，所以起初他对宙斯进行恶毒的诅咒，拒绝承认恶也是自身的一个组成部分，由此丧失了善的操控能力，使他无意识地与恶站在了一起，就像当年他拥戴宙斯走上王的宝座。在诗剧的第一幕里，普罗米修斯通过对阿细亚的呼唤完成了从憎恨和蔑视到爱的情感的转变，也就预示了善恶相对立的整体的瓦解以及宙斯被推翻的必然性。

普罗米修斯忘记了憎恨、蔑视和诅咒后，象征着爱之源泉的阿细亚从印度溪谷苏醒过来，自从和普罗米修斯分手之后她就一直居住在这里。潘提亚给阿细亚带去梦中的信息，说：普罗米修斯像"永生不死形体的强光，笼罩着/爱的辉煌；而爱，从他那温柔/莹润的躯体，从激动得张开的/嘴唇，从敏锐而朦胧的眼睛涌出"，但阿细亚并不看重潘提亚的梦境描述，而是直视她的眼睛，从中发现了一个站立在她和潘提亚之间的身影，"它蓬乱的头发翻飞/在空中，目光狂野而且敏锐，/躯体却又清虚如风，透过灰色/的衣袍，露珠的晶光闪烁，它的/那些星星甚至连中午的阳光/也无法扑灭"。这是爱的精灵，它在召唤阿细亚"跟上！跟上！"鼓励她投身追求，作一次拜访狄摩高根的艰险旅行。这意味着爱的力量在时代变革中发挥了决定性的作用，自觉地走向摧毁暴君的必然。

狄摩高根就是宙斯注定要被推翻的必然性的象征，因为他是宙斯的儿子，比宙斯强大得多。在阿细亚的眼里，狄摩高根神秘异常，是善与恶的终极混沌和化身，像"一大团/乌黑，充满权威座位，向四周/射出阴暗，像中午的太阳放射/光芒：无从逼视，无形、无状；/看不见四肢形体和轮廓，却能/感觉到，那是个活生生的精灵"。无形无状的狄摩高根看上去倒好像是弥尔顿在《失乐园》里描写的"死亡之神"的模样："另一个怪物，实际上不成形，/因为它的耳、鼻、手、足关节/都模糊不清，看起来像一个/物体的影子，像影子又不像影子，/形、影二者相互模仿；漆黑一团，/像'夜'一般站着，比凶神更凶十倍，/像地狱一样

---

① 江枫主编：《雪莱全集》（第4卷：诗剧），河北教育出版社2000年版，第139页。

可怕，挥舞着标枪；/头上似乎戴着王冠模样的东西。"① 但不同的是，狄摩高根除了"向四周/射出阴暗"之外，还"像中午的太阳放射/光芒"，即把善与恶融为一体，形成了一个包容万象，具有强大无比能量的"自然状态"世界。这个世界的人一方面相互之间像狼一样相互攻击和掠夺，另一方面他们又有理性，有自我保护和追求自由的欲望。所以，狄摩高根既不是恶也不是善的化身而是中立的混合体，当以阿细亚为代表的爱之源求助于他的时候，他的砝码便偏向了爱的这一边，呈现出明显的理性倾向，"理性的本性不在于认为事物是偶然的，而在于认为事物是必然的"②。当阿细亚问狄摩高根谁对世界的善负责时，他的回答是"上帝"，而当阿细亚继续问他关于邪恶的起源时，他的回答是"他统治"。在爱的激发下，"自然状态"的世界更加趋于对理性的思考："一切为邪恶效劳的生灵全部都是奴隶"，宙斯是残暴、邪恶统治者，是为邪恶效劳的，所以他既是奴隶也是产生奴隶的根源。人如果想要获得拯救，从被奴役的困境中解放出来，就必须让爱进入人的思想意识以改变人的本能结构，从而造成人的自我异化。要做到这一点就需要进行本能革命，即把人的爱完全彻底地解放出来，让人之机体对普遍的快乐进行孜孜不倦的追求，以期整个身心都得到解放。

在爱的感召下，"冬眠"在底下万丈深渊的洞府里的狄摩高根苏醒过来，他乘着时辰的车驾奔向宙斯，把他拉下宝座，一起"同居在幽冥里"，宙斯的残暴统治最终被强大无比的必然性所战胜。

三 双面普罗米修斯：必然性与必然性的颠覆

必然性的思想在雪莱身上很早就形成了，这让他"深信世界应该朝着普遍真理的方向发展"③；所以，在《无神论的必然》里他引用培根的话说："无神论给人们带来理性、哲学、自然崇拜、法律、荣誉以及能够引导人们走向道德的一切事物；但是迷信破坏这一切，并且把自身建立

---

① ［英］约翰·弥尔顿：《失乐园》，朱维之译，吉林出版集团有限责任公司 2007 年版，第 52 页。显然，雪莱受到了弥尔顿的《失乐园》的影响。
② ［荷兰］斯宾诺莎：《伦理学》，贺麟译，商务印书馆 1983 年版，第 83 页。
③ Timothy Morton, *The Cambridge Companion to Shelley*. Cambridge: Cambridge University Press, 2006, p. 18.

为一种暴君统治,压在人类的悟性之上。"① 从这里,我们可以看出,雪莱坚信:人类社会的发展一定会按照其自身规律进行,要消除暴君统治就必须要崇尚无神论,因为它是文明社会发展的必然。他的这一观点始终贯彻在诗歌作品里,如他的《西风颂》通过对摧枯拉朽的西风的描写,提出了"如果冬天来了,春天还会远吗"的必然性思想。其实早在《麦布女王》这首长诗里,雪莱就已经对必然性思想进行了详尽的论述:

> 自然的精灵!满足一切的力量,
> 必然性!你,宇宙万物的母亲!②

从这两行诗里,我们可以看出,在雪莱心目中必然性的地位是很高的,它是"自然的精灵""宇宙万物的母亲"还是"满足一切的力量"。实际上,雪莱的必然性思想受到了古希腊悲剧命运思想的影响,普罗米修斯只因为热爱人类就被锁在悬崖上任凭秃鹫啄食其肝脏,希波吕托斯只因为拒绝与后母通奸就惹来杀身之祸,安提戈涅只因为为曝尸荒野的兄长收尸就被处死,等等。这些悲剧人物"'在道德品质和正义上并不是好到极点,但是他的遭殃并不是由于罪恶,而是由于某种过失或弱点'……但是,它究竟是指道德意义上的过失还是智力上的错误关系并不大,关键的是悲剧人物必须有某种过失……正是这个'过失'或弱点的概念引起了悲剧中的正义观念"③。埃斯库罗斯笔下的普罗米修斯是有过失的,雪莱笔下的普罗米修斯同样也是有过失的,即他帮助宙斯获得了最高统治权,也就是说,宙斯唯有登上了统治众神的宝座才可能成为暴君,才可能有权力对普罗米修斯进行残酷的惩罚。"看来这是所有暴君的通病:/不相信自己的朋友"④,在不少古希腊悲剧中,存在着这么

---

① 江枫主编:《雪莱全集》(第5卷:小说、散文),河北教育出版社2000年版,第362页。
② 江枫主编:《雪莱全集》(第3卷:长诗·下),河北教育出版社2000年版,第340页。
③ 朱光潜:《悲剧心理学》,张隆溪译,江苏文艺出版社2009年版,第87页。
④ 参见[古希腊]埃斯库罗斯《普罗米修斯》,载《古希腊悲剧喜剧全集》(1),王焕生译,译林出版社2007年版,第226—227页。

一种观念，即在稳定的世界中悲剧人物不受欢迎，例如埃斯库罗斯的《被缚的普罗米修斯》，它揭示了众神权力结构的极其不稳定。普罗米修斯起先帮助宙斯战胜了他们的前辈，因为暴君的弊病就在于他们不信任朋友。友谊的特点在于信任，而暴君的特点就是不信任。于是，宙斯背叛了普罗米修斯，以极权主义统治手法严酷地对待他。尽管如此，普罗米修斯仍然具有凌驾于宙斯之上的权力，因为他知道那个最终推翻宙斯的人的名字，也就是说，他掌握着宙斯的秘密。他有权选择是否把这个秘密吐露给宙斯，以改变历史进程；因此，宇宙权力的平衡取决于宙斯与普罗米修斯的协商，命运、信心、历史和未来都取决于众神的相互之间支配与解放的意志的转变。[①] 从某种意义上说，普罗米修斯拥戴宙斯登上众神的宝座是正确的，因为暴君的统治是人类社会发展进程中的一个必然阶段，它可以激励人们追求自由生存的权利。

从埃斯库罗斯那里开始，普罗米修斯为人类盗火实质上就是追求自由生存的权利，这是他从维护神的利益转变到维护人类的利益的意志转变，是注定要受到宙斯惩罚的。但是，他并不为盗火的过失而感到后悔，他对自由生存的权利的追求已经变成了一种自觉，就像他说的，"我完全清楚地知道我所做的一切，／我是知觉地，自觉地犯罪，我不否认"。[②] 知道受罚还要这么做就是定数，这让他认识到为追求自由的个性发展就必须承受苦难折磨：

> 给一切规定终结的摩伊拉没有决定
> 此事这样结束，只有在忍受无数的
> 不幸和苦难之后，我才能摆脱镣铐，
> 因为技艺远不及定数更有力量。[③]

[①] Jennifer Wallace, *The Cambridge Introduction to Tragedy*, Cambridge: Cambridge University Press, 2007, p. 148.
[②] 参见［古希腊］埃斯库罗斯《普罗米修斯》，载《古希腊悲剧喜剧全集》（1），王焕生译，译林出版社2007年版，第160页。
[③] 参见［古希腊］埃斯库罗斯《普罗米修斯》，载《古希腊悲剧喜剧全集》（1），王焕生译，译林出版社2007年版，第172页。

在这一点上，雪莱笔下的普罗米修斯似乎与埃斯库罗斯的保持一致，都甘愿接受被苦难折磨的必然性，以突出对自由追求的个性发展：

> 我倒情愿扮演命运安排的角色，
> 充当受苦人类的救星和支持者，
> 否则，便堕入万物原始的渊薮：
> 那里没有痛苦也没有留下慰藉；
> 大地能安抚，上天再不能折磨。①

隐藏在定数背后的是自由意志与命运的抗争，它暗示着一个坚定的理念：宁愿做一个悲情的抗争者，也不做苟且偷生的顺民，体现了觉悟的人类正在努力摆脱诸如宙斯这种绝对权力的束缚和控制，开始对精神自由进行热情的追求。因此，普罗米修斯必须遵循的生命轨迹，给我们传递了一个消息，无论是埃斯库罗斯还是雪莱笔下的时代都是由二元对立所支配的时代，如天与地、神与人、国王与人民等，他们之间形成了明显的对立与抗争，以体现人对自由孜孜不倦的追求。在埃斯库罗斯笔下，普罗米修斯向宙斯吐露了他将被他儿子推翻的秘密，最终与宙斯达成和解，这是时代主流意识形态的要求，也是当时社会历史发展的必然结果，正印证了雪莱在《诗辩》中的那句话："人既已使用自然力做奴隶，但是人自身反而依然是一个奴隶。"② 截然不同的是，雪莱没有让普罗米修斯继续做宙斯的奴隶与他妥协和解，而是通过把普罗米修斯在埃斯库罗斯笔下的必然性颠覆过来，让普罗米修斯的命运轨迹发生彻底的转变，使他在不向宙斯吐露秘密的情况下仍然能够从宙斯的枷锁里解放出来；于是，雪莱式的普罗米修斯开始脱胎换骨，焕发出时代变革期的生命力，他的解放转变成了另一种社会历史发展的必然。

雪莱对埃斯库罗斯笔下普罗米修斯的必然性颠覆是建立在否定之否定基础上的。在埃斯库罗斯和雪莱的笔下都提到宙斯坐上众神之王的宝

---

① 江枫主编：《雪莱全集》（第4卷：诗剧），河北教育出版社2000年版，第139页。
② 江枫主编：《雪莱全集》（第5卷：小说、散文），河北教育出版社2000年版，第482页。

座是通过普罗米修斯的协助和拥戴才得以实现的,例如:埃斯库罗斯的《被缚的普罗米修斯》中的普罗米修斯说,"众神之王得到我如此巨大的帮助,/现在却用如此残酷的惩罚回报我";雪莱的《解放了的普罗米修斯》里的普罗米修斯说,"邪恶的/思想使好事变成坏事。我给了/他所有的一切,他却用铁锁链/把我绑在这里年复一年、一个/世纪又一个世纪,不论是白天/或黑夜"。宙斯登上众神之王的宝座是普罗米修斯这个故事的肯定方面,它起到了维持世界稳定存在的重要作用,无论这个世界是否被所谓的暴君统治着,其特点就是善恶共存,并且善恶所形成的张力处于平衡状态,也必须要处于平衡状态。然而,当普罗米修斯违抗宙斯的意愿为人类盗火时,宙斯主导的肯定世界已经被打破,朝着否定方向发展。但是,在埃斯库罗斯笔下,普罗米修斯由于向宙斯透露了他如何被推翻的秘密而与暴君最终妥协,形成了一种新的肯定状态。雪莱不可能接受埃斯库罗斯笔下的普罗米修斯的故事结局,因为在他看来,普罗米修斯应该是最完美的道德和智慧化身,是受到最纯洁、最纯真的目的驱动的。① 雪莱巧妙地改写了希腊神话,把埃斯库罗斯笔下普罗米修斯结局的必然性颠覆过来,让狄摩高根把宙斯从众神之王的宝座上拉下来,以达到否定之否定的深层表达效果。否定之否定是指事物的发展需要经过两个辩证否定阶段,即从肯定阶段到否定阶段,再到否定之否定阶段,从而使事物呈现出自我发展和自我完善的过程。

  颠覆和否定是雪莱诗剧《解放了的普罗米修斯》中的主要特点,也可以成为解读这个诗剧深层意义的有效手法之一,正如恩格斯说的:"我不仅应当否定,而且还应当重新扬弃这个否定。因此,我第一次否定的时候,就必须使第二次否定可能发生或者将有可能发生。"②《解放了的普罗米修斯》里的否定之否定所要凸显的是一种自我否定,即通过事物内部的肯定方面与否定方面的两次转化才可以展示出来。普罗米修斯的第二次否定表现在自身苏醒过来的爱对存在于自身的憎恨和蔑视的拒绝与驱逐,以达到人的心灵趋于至善的完美境界;这

---

① Samuel Lyndon Gladden, *Shelly's Textual Seductions: Plotting Utopia in the Erotic and Political Works*, New York: Routledge, 2002, p. 254.
② 《马克思恩格斯选集》(第 3 卷),人民出版社 1995 年版,第 485 页。

时，爱就会像春雨一样"唤醒了/酣睡在极乐园林花丛，忘忧草、/魔力草和不凋花心的成千上万/希望，让他们以彩虹般的羽翼/遮蔽死亡的形影"。普罗米修斯排除了身上的憎恨和蔑视之后，他便与阿细亚息息相通、互为一体；不仅如此，他还与狄摩高根息息相通、互为一体，例如，当阿细亚向狄摩高根询问世界的最高权威时，他的回答只不过是在重复她的观点而已：

> 如果黑暗的
> 深渊能吐露秘密……但是没有
> 能说话的声音，那深刻的真理
> 无影无形；让你注视着旋转的
> 世界又有什么意义？何必要求
> 谈论命运、机遇、偶然和变异？
> 除了永恒的爱，万物都逃不脱
> 它们的支配。①

当人渴望了解某个事物时，总是希望使之变成真实的存在，好像只有真实存在的东西才可能被感知。但实际上，真正超越现实世界的巨大力量往往是神秘的，很难变成现实的存在让凡俗之人感知到，因为这种力量也许是一种时代变革期进步、革命的观念，"它并不包含许多具有存在的事物的任何特殊性质。存在的观念没有任何内容，当你赋予它某种内容时，它就不再是纯存在概念而是某个东西的概念"②。所以，当那个"无形、无状，看不见四肢形体和轮廓"的狄摩高根被赋予了爱的生命时，它内部的否定力量就转变为主导地位，它就丧失了原有的性质，不再是宙斯的儿子，③ 实现了对自我的否定和颠覆，此刻的他摇身一变成了

---

① 江枫主编：《雪莱全集》（第4卷：诗剧），河北教育出版社2000年版，第166—167页。
② ［美］撒穆尔·伊诺克·斯通普夫：《西方哲学史：从苏格拉底到萨特及其后》，邓晓芒译，世界图书出版社2009年版，第295页。
③ 在雪莱《解放了的普罗米修斯》的第三幕里，当朱庇特问狄摩高根是谁时，狄摩高根回答："永恒。不必问那更阴森的大名，/下来，跟我一同到阴曹地府去。/我是你的儿子，就像你曾经是萨杜恩的儿子，而威力比你强大。"

摧毁宙斯的革命力量。

　　否定之否定在《解放了的普罗米修斯》里揭示了世界的自我发展和自我完善的过程，它在很大程度上呈现出必然性与必然性颠覆的取向，并向读者展示了社会历史总是朝着至善至美的方向发展这样一个不以人们的意志为转移的事实。至善至美就是大爱，是那种通过温柔、智慧、美德和忍耐的陶冶后使人能够潇洒地进入抛弃憎恨与藐视的崇高心境，唯有在这种心境中，人们的心灵深处才会回荡着永恒、美妙的乐曲：

　　　　善良、正直、无畏、美好而坦荡；
　　　　这才是胜利和统治，生命和欢畅。①

---

① 江枫主编：《雪莱全集》（第4卷：诗剧），河北教育出版社2000年版，第232页。

第三章

神话、性、女权主义意识

文艺复兴之后,资产阶级开始崛起。自然法、自然状态、自然秩序以及对自由平等的追求激励着人们不断争取对自己命运的主宰和把握。资产阶级用这些思想作为反抗封建特权的工具或武器,号召人们积极摆脱宗教迷信和封建专制的偏见,促使人们觉醒。这自然也激发了妇女对自由、平等的向往。既然人人都有追求自由、平等的权利,妇女为什么就不能呢?

早在文艺复兴时期,法国女作家克里斯蒂纳·德·比尚(Christine de Pizan,1364—1430)就在她的《献给爱神的书简》《玫瑰小故事》和《女士之诚》等作品里论述了她对妇女地位的主要观点和看法,认为:天赋平等,两性的差别是社会造成的,并不仅仅是由女性的性别造成的。1673年,浦兰·德·拉巴尔(Poullain de la Barre,1647—1725)发表了女权主义理论的代表作《论两性平等》,探讨妇女的社会平等问题。"在浦兰之前,女权主义者没有任何坚实的基础,随时机和个人的性情而变化……而浦兰的著作是建立在一个严密的哲学体系之上的,在这方面的确是一个突破。"[1] 浦兰认为:"人们尊重那些善于训服马、猴子和狮子的人,但却轻视以多年心血养育后代的妇女。"[2] 这一思想始终贯穿于他的女权主义理论当中。

其实,作为深受希腊神话影响的西方国家之一的英国,其文化传统里应该存在着关于男女社会平等的神话传说,例如:赫拉的传说。在古

---

[1] 佚名:《外国女权运动文选》,中国妇女出版社1987年版,第192页。
[2] 闵冬潮:《国际妇女运动》,河南人民出版社1991年版,第3页。

希腊神话里，赫拉（Hera）是一个女神，还是宙斯的姐姐和妻子。和宙斯一样，赫拉也是乌云、风暴、闪电和雷霆的主宰，还赐予人间收成。赫拉与宙斯的结合（他们的神圣婚姻）体现着使土地丰饶的阳光和雨露的结合。人们可以如同向宙斯一样，向赫拉祈求降雨和祈求丰收。赫拉是天后，她的形象在逐渐吞并了其他许多女神之后，成为司婚姻和夫妇恩爱的女神，还成为妇女的庇护者、孕妇和产妇的救助者。[①] 在这个神话传说中，最令人瞩目的是赫拉与宙斯几乎享有同等的社会地位，即人们可以如同向宙斯一样，向赫拉祈求降雨和祈求丰收。显然，在古希腊，妇女的社会地位是不低的。

18世纪，启蒙思想家进一步继续高举反封建、反宗教迷信和自由平等的大旗，提倡妇女解放和男女平等。谢瓦利埃·德·若古（Chevalier de Jaucourt，1704—1779）写过4篇关于妇女的文章，提出性别之间天然平等的观念。孟德斯鸠（Baron de Montesquieu，1689—1755）在他的著作里表达了对妇女问题的极大关心，主张：基于法治的君主制必须以妇女自由为前提。狄德罗（Denis Diderot，1713—1784）对妇女的权益问题颇有论述，认为：妇女的不幸处境是忽视教育、父权专制和包办婚姻的结果。卢梭（Jean-Jacques Rousseau，1712—1778）在《社会契约论》里提出"天赋人权"和"人人生而平等"的理念，为妇女的解放提供了理论基础。18世纪的法国革命更是对妇女的解放运动起到了积极推动作用。从革命的开始到结束，法国妇女都扮演了重要角色。例如：1789年10月5日下午，巴黎人民结队涌向凡尔赛包围王宫时，妇女们便走在声势浩大的游行队伍前列，显示出她们对平等自由的向往。

19世纪，英国的工业化和政治民主化为妇女解放提供了有利的政治环境和物质基础。当时英国著名的哲学家、经济学家，西方近代自由主义最重要的代表人物之一约翰·穆勒（John Stuart Mill，1806—1873）在《妇女选举权的授予》和《代议制政府》中为两性政治平等原则进行辩护。他指出，只有妇女与男子享有平等的法律权利、教育权利、就

---

① [俄] M. H. 鲍特文尼克等：《神话辞典》，黄鸿森等译，商务印书馆1985年版，第139—140页。

业权利,妇女才能真正享有自由权,妇女参政是保障自身权利的主要手段。① 在穆勒等人的自由主义思想理论的影响下,公民自主权高于一切的理念逐渐被社会接受,男女平等的思想也产生了颇大的社会影响。在这种社会语境下,雪莱诗歌里存在着不少的女权主义思想,是不奇怪的。再说,雪莱是一个疯狂追求自由、平等和博爱的诗人。在他看来,"如果没有一种力量先发制人,去约束,去迫使;那么,就没有人是受约束的或被压迫的"。"一切生命都能够感受到快乐和痛苦,仁慈的天性引导让我们一视同仁地对待人类的任何一员。"② 在平等、自由和博爱的召唤下,沉睡的女性开始觉悟:

> 从冰雪床榻起身,
> 阿列苏莎她启程,
> 离别了阿克劳瑟拉尼峰峦;
> 穿云雾,过巇岩,
> 蜿蜒、转折向前,
> 引领着一条条明净的山泉。③

第一节 时代转型与诗歌的政治功能

雪莱诗歌的轴心是关于他的政治理念的,体现了他的政治思想的产生、发展和演变过程。雪莱不是一般意义上的普通诗人,而是在一个浩大的哲学、政治思潮之下把诗歌作为工具或途径或手段,通过诗歌揭示社会现实并达到某种历史使命的诗人。这种历史使命不会反过来破坏或牺牲诗歌的存在价值;相反,诗歌在历史发展过程中作为反映和促进时代变革的精神食粮具有颇强的革命性,正像萨特(Jean—Paul Sartre,1905—1980)所说的那样:"文学就其本质而言是一个处于不断革命中的

---

① 潘迎华:《19 世纪英国的政治民主化与女权运动》,《史学月刊》2000 年第 4 期。
② 江枫主编:《雪莱全集》(第 5 卷:小说、散文),河北教育出版社 2000 年版,第 279、281 页。
③ 江枫主编:《雪莱全集》(第 1 卷:抒情诗),河北教育出版社 2000 年版,第 275 页。

社会的主体性。"① 雪莱的诗歌不仅是对现实社会生活，而且是对现实政治的介入，"'介入'作家知道揭露就是变革，知道人们只有在计划引起变革时才能有所揭露。他放弃了不偏不倚地描绘社会和人的状况这一不可能的梦想"②。雪莱为追求自由平等的读者而写作，而世界上只要存在着追求自由平等的人们，他的诗歌就一定具有生命力。

马克思说雪莱"是一个真正的革命家，而且永远是社会主义的急先锋"，恩格斯也称雪莱为"天才的预言家"。③ 马克思、恩格斯之所以这么称赞雪莱，是因为他的不少重要诗歌是以当时的政治斗争为主题的。雪莱生长于英国国内工人阶级斗争和欧洲民族解放运动的蓬勃发展时期，他的思想深刻地受到伏尔泰、卢梭、洛克和葛德文等思想家的影响。所以，他在《人权宣言》里毫无顾忌地宣称："人人有权平等享受政府的利益和分担政府的担负。任何不能表示意见的现象本身意味着，在政府方面是赤裸裸的暴政，在被统治者方面则是无知的奴性。"④

在不少颇具政治意味的诗歌里，雪莱塑造了许多与当时社会格格不入甚至对立的叛逆人物形象，并通过他们对封建专制的反抗，表达了他对美好的自由、平等的未来的追求。他的诗歌具有比较强烈的政治性、哲理的讽喻性和浪漫主义的激情。在他的眼里，诗歌"是一种能力，本身同时含有自己的种子和革新社会的种子"⑤。所以，雪莱的诗歌是号召人民为自由而战的檄文，具有革新社会的强大力量，旨在把人民从沉睡中唤醒：

> 凭什么，要从摇篮直到坟墓，
> 用衣食去供养，用生命去保卫

---

① [法] 萨特：《萨特文集》（第7卷），施康强等译，人民文学出版社2000年版，第210页。
② [法] 萨特：《萨特文集》（第7卷），施康强等译，人民文学出版社2000年版，第107页。
③ 《马克思恩格斯全集》（第2卷），人民出版社1957年版，第528页。
④ 江枫主编：《雪莱全集》（第五卷：小说、散文），河北教育出版社2000年版，第417页。
⑤ 江枫主编：《雪莱全集》（第五卷：小说、散文），河北教育出版社2000年版，第468页。

那一群忘恩负义的寄生虫类，
他们榨你们的汗还喝你们的血？①

一 时代转型与雪莱诗歌

　　文学是时代的文学，它总是与时代密切相关的，它的内容是时代的内容，它是时代的存在和时代的反映。时代是具有浓烈政治色彩的，而每个时代都毋庸置疑地打上了自己的政治烙印；因此一个时代的文学也就具有了那个时代的鲜明政治特征。文学史向读者清晰地展示了这样一个事实：文学是必然具有政治性的，尽管文学也可以不为作家所生活的时代的政治服务。文学可以不为政治服务，但文学在客观上一定是具有政治性的；也就是说，文学是一种意识形态的呈现，是对由政治、法律、宗教、哲学、艺术等所构成的社会以及生活在这个社会的人的描述，归根结底是对人的社会活动的描述。"思想、观念、意识的生产最初是直接与人们的物质活动，与人们的物质交往，与现实生活的语言交织在一起的。观念、思维、人们的精神交往在这里还是人们物质关系的直接产物。表现在某一民族的政治、法律、道德、宗教、形而上学等的语言中的精神生产也是这样。"② 马克思称赞雪莱是一个真正的革命家，而且永远是社会主义的急先锋，是因为他的诗歌里表现了英国当时政治的、道德的、哲学的和宗教的等思想意识，颇具时代意义。

　　雪莱生活的时代是英国工业革命时代。发生在18世纪60年代和结束于19世纪40年的英国工业革命是英国社会政治、经济、生产技术和科学研究发展的必然结果；它主要表现为：大机器工业代替手工业，机器工场代替手工工场。诚然，英国工业革命使英国社会结构和生产关系发生了重大变化，使生产力得以迅速提高，但工业革命期间人民的生存环境是非常残酷和令人触目惊心的。为了获得更多的剩余价值，工厂主使用大量童工。在工业革命期间，英国童工在各部门工人中占了很大的比重。1839年，英国工厂工人共有419560人，其中十八岁以下的少年

---

　　① 江枫主编：《雪莱全集》（第1卷：抒情诗），河北教育出版社2000年版，第161页。
　　② ［德］马克思、恩格斯：《德意志意识形态》，《马克思恩格斯全集》（第3卷），人民出版社1960年版，第29页。

和儿童即达 192887 人。童工人数几乎占工厂工人总数的一半。① 所以，马克思愤怒地谴责说，在资本主义制度下，"机器成了一种使用没有肌肉力或身体发育不成熟而四肢比较灵活的工人的手段。因此，资本主义使用机器的第一个口号是妇女劳动和儿童劳动！"② 工厂主迫使童工为他们卖命，什么迟到、打瞌睡、交谈、唱歌、看书、吹口哨等都可以成为惩罚童工的理由。惩罚童工的手段是十分残酷的，有的工头用烧得通红的软木烫童工，有的用烧成白热状态的铁棒对准童工，让火焰喷射在他们的脸上，还有的用钉子把儿童的耳朵钉在柜子上；惩罚花样数不胜数，给童工造成了极大的身心的残害。童工除了挨打受骂外，别无选择，正如议员约翰·菲尔登（John Fielden，1784—1849）所揭露的那样：童工"挨鞭笞，受禁锢，遭到挖空心思的残酷虐待……德比郡，诺丁汉郡和兰开夏的那些隔绝公众耳目的美丽而浪漫的山谷，竟成为折磨人、甚至虐杀人的恐怖地方"③。

获取剩余价值是工厂主剥削工人尤其是童工的目的。为榨取更多的剩余价值，工厂主会使出浑身解数延长童工的劳动时间。19 世纪前半叶的英国，童工每天的劳动时间长达 14—16 个小时；有的工厂甚至强迫童工从清晨 3 点钟干到晚上 9 点或 10 点钟，只有 4—5 个小时的睡觉时间和短暂的吃饭时间。在手工制造业，大多数童工的劳动时间是 16 小时甚至 18 小时；其中的头饰业和服装业在旺季经常通宵干活，童工至少也得工作 19—20 小时，一直干到疲惫得连针都拿不住的时候。这种社会现实无疑会激起雪莱的愤怒；在他看来，童工的境遇使他们变成了行尸走肉，是活着的死亡（Living death）。他在《死亡》这首诗里义愤填膺地写道：

---

① 庄解忧：《英国工业革命时期童工的作用与地位》，《厦门大学学报》（哲学社会科学版）1981 年第 4 期。
② 庄解忧：《英国工业革命时期童工的作用与地位》，《厦门大学学报》（哲学社会科学版）1981 年第 4 期。
③ 庄解忧：《英国工业革命时期童工的作用与地位》，《厦门大学学报》（哲学社会科学版）1981 年第 4 期。

一

死亡在这里，死亡在那里，
死亡忙碌在所有各种地方，
在上，在下，在里，在外，
到处是死亡——我们也是死亡。

二

在我们构成和感觉的一切上，
在我们所知，所畏惧的一切上，
死亡都盖上了他的印记和徽章，
……①

在工业革命时期的英国，不仅童工的劳动条件和生存环境是极其恶劣的，女工的也好不到哪里去。女工劳动时间同样很长，每天要干10多个小时。棉纺厂女工的劳动时间是早晨6点到晚上8点，中间给一个小时吃饭。毛纺厂的修整部门的劳动时间则为每天13—14个小时，有的甚至多达17—18个小时。即使在当时最艰苦的煤矿行业，也有不少的女工。据1841年的数字，当时煤矿女工有6000人，而其中下井女工就多达2550人。煤矿女工的主要任务是背煤，人均一天要背4080磅煤，劳动强度很大。土木工程师罗伯特·鲍尔德在对当时苏格兰女矿工作了一番调查后，撰写了《关于称为负重工的苏格兰地下背煤女工状况的调查》。他在文中说："我们见到一位妇女，每次至少得背170磅煤，沿着地下斜井走150码，再爬117英尺长的梯子出矿坑，最后顺山坡走20码，才能将它们卸下。她一天干8—10小时，要这样往返24趟。"他得出结论："这一阶级的人遭受到连黑暗时代和野蛮时代也难以容忍的奴役。"更为不堪的是，这种超负荷的劳作是在难以言状的恶劣工作条件下进行的。纺织厂内棉屑飞扬、气闷难忍；矿井中阴暗潮湿，水没膝盖，女工们弯腰曲背，背负沉重的煤，在狭窄的坑道里一步一喘地往前挪。她们即使在怀孕生孩子时也得不到最起码的休息，不少

---

① 江枫主编：《雪莱全集》（第1卷：抒情诗），河北教育出版社2000年版，第306页。

人因劳累过度而流产,有的甚至就在干活时生下孩子。种种的非人折磨,摧垮了女工的身体,职业病、未老先衰、过早死亡就成了必然结果。①

工厂主残酷的剥削行为剥夺了女工作为人的存在的基本权利,是违背了人类道德的。"基本权利是深层的道德,它预示了一条无人能够被允许逾越的底线……基本权利是每一个人对自己的人性(humanity)最低程度的合乎情理的要求。它们是获得辩护的要求的合理基础,对它们的否定将导致人们不能够合乎情理地期待受到自我尊重。"② 在任何一个社会里,生存权都是人的基本权利。当女工们被迫每天劳动17—18个小时时,她的身体健康就会受到损毁;严重的还会导致身体残疾或死亡。如果生存这个基本权利都得不到保障,那么女工就不可能享有其他权利,结果只能陷入悲惨的境地。雪莱是一个追求自由、正义、博爱的诗人,对工业革命时代那种非人的剥削和压迫是痛心疾首的,他在《暴政的假面游行》里写道:

> "自由"是什么?但是,你们
> 善于回答的,却只是奴役。
> 因为,奴役这一名称本身
> 已经成为你们姓名的回声。③

1819年8月,英国曼彻斯特8万工人举行声势浩大的游行示威,反动当局出动军队举行野蛮镇压,制造了历史上著名的彼得卢大屠杀事件。雪莱在《暴政的假面游行》里痛斥了资产阶级政府的血腥暴行。雪莱是一个共和主义者,喜爱民主政治,认为:所有的人都生而享有获得最宝贵的天然权益,以劳动挣得生活的必需和接受教育的平等权利。英国工业革命时期,由于有不少雪莱之类的正义之士为广大劳苦大众大声疾呼,

---

① 赵晓兰:《论英国工业革命对女工的影响》,《浙江师范大学学报》(社会科学版)1996年第2期。
② 徐向东编:《全球正义》,浙江大学出版社2011年版,第96—97页。
③ 江枫主编:《雪莱全集》(第3卷:长诗·下),河北教育出版社2000年版,第15页。

工人的劳动条件和工资都有了一定的改善和提高。数据显示，1755—1851年英格兰、威尔士的 18 种行业，男性从业者的年收入都呈现出增长趋势；其中 1851 年与 1755 年相比，18 种行业名义工资及增幅表明，农业工人、棉纺织业工人、印刷业工人和造船业工人的增幅为 61.3%—69.6%；而律师、职员、医生、教师、工程师和学者的工资增幅则高达 234%—695.5%。① 这在某种程度上说明，雪莱之类的正义之士的呐喊在历史发展过程中起到了非常重要的作用。

二 雪莱诗歌的政治审美

雪莱有不少广为称道的诗歌都是与政治紧密相连的，具有十分浓郁的政治审美韵味。审美与政治之间从来就有着剪不断的关系。柏拉图在《理想国》里要驱逐诗人，因为"从荷马开始的诗人这一族都是美德影像的模仿者，或者是他们'制造的'其他事物的影像的模仿者。他们完全没有把握真相……""不让诗人进入治理良好的城邦是正确的，因为他会把灵魂的低劣成分激发、培育起来，而灵魂低劣成分的强化会导致理性部分的毁灭，就好比把一个城邦的权力交给坏人，就会颠覆城邦，危害城里的好人。"② 不管柏拉图是否真的要把诗人逐出理想国，诗歌归根结底是人的思想和情感的呈现，而人的思想都是不可能与他所生活的那个时代的政治相脱离的。中国古代有一个关于诗与政治的实例很能说明问题。据《左传·襄公十六年》记载，晋平公即位不久，与诸侯宴会于温，请与会诸国大夫赋诗，提出"歌诗必类"！意为赋诗必当有表示恩好之意。但齐国大夫高厚赋诗"不类"，结果晋大夫荀偃大怒，说："诸侯有异志矣！"于是和各国大夫一起盟誓："同讨不庭！"齐国高厚只好逃跑，他因赋诗不当几乎引起一场大祸。③ 由此可见，诗歌从古代开始就与政治发生了不可分割的关系。

---

① 赵虹、田志勇：《英国工业革命时期工人阶级的生活水平——从实际工资的角度看》，载《北京师范大学学报》（社会科学版）2003 年第 3 期。
② ［古希腊］柏拉图：《国家篇》，《柏拉图全集》（第 2 卷），王晓朝译，人民出版社 2003 年版，第 621、627—628 页。
③ 张少康、刘三富：《中国文学理论批评发展史》（上），北京大学出版社 1995 年版，第 32 页。

对美的向往与追求古已有之，而诗人对美的追求融化在了他的诗歌里；无论是诗人还是读者，他们的诗歌创作或诗歌阅读都离不开他们当下的社会生活背景和他们那个时代的意识形态；否则，诗歌就如同雾中之花、水中之月，呈现出一种无法让人把握的梦境。雪莱的诗歌是美的，不但使读者在阅读过程中获得美感，而且给他们带来自由的体验。审美"是人的一种精神——文化活动，它的核心是以审美意象为对象的人生体验。在这种体验中，人的精神超越了'自我'的有限性，得到了一种自由和解放，回到人的精神家园"[①]。雪莱的诗歌往往会使读者超越自我的有限性，回到精神家园。例如，他在《西风颂》里这样写道：

> 哦，犷野的西风哦，你哦秋的气息！
> 由于你无形无影的出现，万木萧疏，
> 似鬼魅逃避驱魔巫师，蔫黄，骏黑。
>
> 苍白，潮红，疫疠摧残的落叶无数，
> 四散飘舞；哦，你又把有翅的种子
> 凌空运送到他们黑暗的越冬床圃；
>
> 仿佛是一具具僵卧在坟墓里的尸体，
> 他们将分别蛰伏，冷落，而又凄凉，
> 直到阳春你蔚蓝的姐妹向梦中的大地
>
> 吹响她嘹亮的号角（如同牧放群羊，
> 驱送香甜的花蕾到空气中迷失就饮）
> 给高山平原注满生命的色彩和芬芳。
>
> 不羁的精灵，你啊，你到处运行；

[①] 叶朗：《美学原理》，北京大学出版社2009年版，第15页。

你破坏，你也保存，听，哦，听！①

《西风颂》全诗分为5章，每章14行，由4节3行体和1节双行体组成；前12行的韵式是 aba bcb cdc ded，后两行是一节双行体韵式 ee。这种韵式便于诗歌的小节与小节之间产生呼应，而最后一节的双行体是整章的小节，结构和韵律都颇为匀称、完美，读起来朗朗上口，韵味十足。在《西风颂》里，雪莱为读者展示了一股摧枯拉朽的强大力量——西风，它是破坏者，同时又是产生新生命的力量；西风是守护者，展示了生命的价值；西风是自由的，体现了生命的意义。

西风是破坏者，同时又是产生新生命的力量；这种说法似乎是一个悖论，但实际上它揭示了一个真理。一个破坏者是对现实世界的漠视，可能会破坏和摧毁生命，怎么会是产生新生命的力量呢？可能，完全可能。雪莱通过这个悖论向读者传达了这样一个意思：陈旧的、传统的、反动的存在必须死亡，必须让位于崭新的、进步的、具有生命力的存在；这样的存在才是先进的、合理的和具有历史意义的。雪莱生活在英国乃至欧洲革命风起云涌的时代；1789年，也就是雪莱出生的3年前，巴黎人民攻占了巴士底狱，轰轰烈烈的法国大革命爆发了。从18世纪末开始，英国社会矛盾重重，激烈的社会冲突连续不断，如：苏格兰的土地斗争、爱尔兰的民族斗争以及北美的殖民地独立战争、英格兰的路德党人运动和曼彻斯特群众集会等。尤其是路德党人运动和曼彻斯特群众集会，在当时影响颇大；前者为反抗资本家的残酷剥削，自发组织起来"破坏织机"，后者造成了严重的流血事件。雪莱是一个充满激进思想的诗人，在他看来，给人民带来痛苦的都是罪恶的、腐朽的，是必须要被推翻的或摧毁的。所以，他把工人"破坏织机"的"暴力"行为视作革命力量，像西风一样具有摧枯拉朽的破坏力和新生力。革命力量像西风般把世界重新梳理了一番，呈现出这样的景象："苍白，潮红，疫疠摧残的落叶无数，/四散飘舞；哦，你又把有翅的种子/凌空运送到他们黑暗的越冬床圃。"西风是破坏者，带来"苍白，潮红，疫疠摧残的落叶无

---

① 江枫主编：《雪莱全集》（第1卷：抒情诗），河北教育出版社2000年版，第177—178页。

数";同时,西风还是产生新生命的力量,"把有翅的种子/凌空运送到他们黑暗的越冬床圃"。这是悖论,但这个悖论恰到好处地使读者在阅读过程中体验到"政治审美"的魅力。虽然《西风颂》是与政治相关的,但它在读者身上产生的美感绝不逊色,因为它是一首伟大的诗,而"一首伟大的诗是一个源泉,永远泛溢着智慧与快感的流水;一个人和一个世代幸因特殊关系能够享受到它的神圣的清流,饱吸了它的琼浆之后,另一个人和另一个世代又接踵而来,所以新的关系永远在发展,一首伟大的诗是一种不可以预见不可以预想的快感之渊源"①。

西风是保存者,它涤荡了衰败、腐朽的存在,"又把有翅的种子/凌空运送到他们黑暗的越冬床圃……/直到阳春你蔚蓝的姐妹向梦中的大地/吹响她嘹亮的号角"。这时,春回大地,躺在越冬床圃之上的种子开始发芽、生长,展示了它之所以存在的生命价值。读到这里,读者一定不会把西风当作破坏者,而是把它视为"破坏者兼保护者"的形象。实际上,西风在这首诗歌里就是一个隐喻,它意味着战无不胜的"博爱"占据了上风。博爱"作为一种政治理想,它试图使人们自相残杀的冲动服从于人们共同的价值和积极的感情。民族主义一般倡导在本国人中培养这种感情。基督教把博爱视作自然而然的,因为人类生来就都是兄弟。自由、平等和博爱曾作为法国大革命的目标被并列提出。在马克思主义看来,这种关系存在于全世界无产阶级之间"②。西风与博爱似乎风马牛不相及,但的确这是一个很有意义的悖论:西风在摧毁、吹走了腐朽、没落的东西的同时,把种子播散、深埋在肥沃的土地,以便来年春暖花开时长出强壮的生命,这不是"博爱"又是什么?雪莱在其他的诗歌里也有类似的写法,例如:他在《解放了的普罗米修斯》里就描写了颇具神秘色彩的爱人阿细亚;阿细亚以"博爱"精神消解了普罗米修斯对朱庇特的仇恨,还用"博爱"推翻了朱庇特的残暴独裁统治:"这一天已到,由于大地的生灵/要求天庭的专制政体葬身虚空,/征服者已经被捉拿投入深渊;/爱,从智慧之心可敬畏的耐力/宝座上,从可怕的忍受煎

---

① 江枫主编:《雪莱全集》(第5卷:小说、散文),河北教育出版社2000年版,第479页。
② [英]尼古拉斯·布宁、余纪元:《西方哲学英汉对照辞典》,人民出版社2001年版,第393页。

熬时/晕眩的最后一刻,从巉岩/痛苦的陡峭、溜滑、狭窄边缘/跃起,用翅膀抚抱、拯救人间。"① 博爱是腐朽、残暴势力的涤荡者,更是生命价值的所在。

西风是自由的、无拘无束的,体现了生命的终极意义。生命的意义在于生命是自由的,生命在对自由的渴望和追求中彰显出它的意义。英国著名作家萧伯纳(George Bernard Shaw,1856—1950)谈到雪莱的政治思想时说:"在政治上,雪莱是共和派,是平等主义者,是极端激进派。他响应科伯特(William Cobbet,1763—1835)的政治主张,从他对英国国债和基金制度(National Debt and the Funding System)进行攻击的态度来看,使人不容置疑,如果他晚半个世纪出生,他必然会为社会民主制度(Social Demoracy)辩护,并预见它将发展成为实际上可以达到的共产主义的最民主的形式。"② 萧伯纳的一席话暗示雪莱的诗歌是与政治相连的,而雪莱本人可能还会发展成为一个共产主义者。毋庸置疑,雪莱不仅是崇尚自由的,而且还是颇具政治情怀的;他的诗歌审美就是政治审美,就是自由审美。读者在雪莱诗歌的阅读和审美中,应当努力冲破束缚、砸烂枷锁,将自己的心灵投入到诗歌作品当中去,将诗行中的灵韵充分解读出来。

三 雪莱诗歌的政治功能

雪莱的诗歌蕴含着一种政治审美,具有较强的政治功能,这与他积极关心和参与当时英国的政治斗争是分不开的。雪莱写过不少政治方面的文章,例如:《论无神论的必然性》《告爱尔兰人民书》《人权宣言》和《关于在整个王国实行选举制度改革的建议》等。从他的政治文章中,我们不难看出他对当时英国的政治是相当有热情的。他在《关于在整个王国实行选举制度改革的建议》里写道:"在我看来,议会任期一年应该作为有力地保障全国人民自由幸福的直接手段而制定下来;它会使人们有可能培养他们作为自由国家的公民正当地保护自身幸福而完成其政治

---

① 江枫主编:《雪莱全集》(第4卷:诗剧),河北教育出版社2000年版,第231—232页。
② 转引自刘禹宪《试谈雪莱及其〈西风颂〉》,《九江师专学报》1983年第1期。

义务所必需的能力;它将训练人们熟悉自由的方式,从而熟悉自由。"①

在论及个人自由的时候,公权力是一个避不开的话题。公权力就是集体性权力,是公众所赋予和认同的、获得国家政权支持的,并能够为公众谋利益的集体权力;但在现实生活中,公权力往往被认为是直接表现国家意志的行政权,因为行政权无时无刻不在介入公共事务中,并自觉或不自觉地干预私人空间,侵害个人的权利和自由。孟德斯鸠认为:"一切有权力的人都容易滥用权力,这是万古不易的一条经验,有权力的人们使用权力一直到遇有界限的地方才休止。"② 无论在哪个国家哪个社会;对任何人来说,权力具有无穷的魅力,而公权力具有天然的僭越性。无论是东方国家还是西方国家,只要存在君主专制或利益集团统治就一定存在公权力僭越和私权力退却的情况。

古希腊时期,国家与社会是复合的、政治生活与社会生活是相融的、权力与权利是不分的,人既是"天生的政治动物",也是"社会生活的动物",然而这一时期的一体复合并非权力与权利的对等,而应解读为权力对权利的遮蔽。他们是特定国家的公民,不属于他自己而属于国家,是一个"公人",必须在必要时牺牲自己的利益去维护公共利益。公民对城邦生活的热衷、甚嚣尘上的"公共意志"也易被操纵或蛊惑,苏格拉底之死即是最好的注脚。③ 虽然之后欧洲不少国家对公权力和私权力作了一定的厘定和划分,但随着教会对国家事务的干预,教会和国家(君主统治)成为所有权力的承载者,公权力对私权力进行了无情的消融和吞噬。即使到了雪莱生活的年代,由于教会、专制、权贵的影响,个体的自由、价值和尊严仍然受到很大的束缚和限制。1819 年,雪莱把写好的《暴政的假面游行》寄到《检查者》后,当时的主编利·亨特没有把这首诗编进刊物,他认为:"一般公众尚未成熟到有足够的鉴别力公正对待这首炽热如火的诗歌外衣下那颗灵魂的善意和诚挚。"④ 这是利·亨特在 1832 年

---

① [英]雪莱:《雪莱政治论文选》,杨熙龄译,商务印书馆 2009 年版,第 143 页。
② [法]孟德斯鸠:《论法的精神》,张雁深译,商务印书馆 1986 年版,第 151 页。
③ 曾楠:《公权力与私权利之间:政治认同的张力与流变》,《理论与改革》2014 年第 1 期。
④ 江枫主编:《雪莱全集》(第 4 卷:长诗·下),河北教育出版社 2000 年版,第 33—34 页。

发表这首诗的时候说的话，今天听起来就像一种托词了。利·亨特当初不愿意发表雪莱的《暴政的假面游行》一定是迫于英国当时的政治形势，使正义让位于专制统治而已。无疑，对于追求自由、平等、博爱的雪莱来说，这种情形是他极其痛恨的，他在《1819年的英国》这首诗里表达了他的痛恨和愤怒：

> 一个老朽、疯狂、昏聩、受鄙视的、垂死的王；
> 王爷们，就是他们愚蠢的一族的渣滓，
> 在公众的蔑视下漂浮——像臭水中的泥浆；
> 尽是些不见、不识、不知、不觉的家伙在统治，
> 叮住羸弱不堪的国家，像一只只的蚂蟥，
> 喝醉了血，不须拍打，就会自行跌下；
> 全国人民在荒芜的田野上挨饿、遭杀害；
> 军队呢，弑了自由之神，在横行不法，
> 成了一把双刃之刀，谁也无法去统率；
> 辉煌而血腥的法律有如险恶的陷阱；
> 宗教，没有基督和上帝，像封闭的书本；
> 元老院："时间"的还未废除的最坏的法令；——
> 从这些坟墓中，也许会有一个光辉的精魂飞出来，
> 照亮我们的这一个风雨飘摇的时代！①

公权力对私权力的挤压使人无法获得自己的自由，就像雪莱当年无法使《暴政的假面游行》得以发表一样；除此之外，公权力对私权力的挤压迫使作为主体的人呈现出对权力的附魅和权力强制下的奴性，就像利·亨特当初屈服于公权力的威胁而没有发表雪莱的那首诗一样。有些与雪莱同时代的学者不一定像雪莱那样对公权力的僭越感到愤怒和不满，反而为它辩护。密尔（John Stuart Mill，1806—1873）在谈到个人自由和公权力的干预问题时说："权力能够正当地以违反其意愿的方式行使在一个文明社群的任何成员之上的唯一目的，乃是为了避免伤害人。任何人

---

① ［英］雪莱：《雪莱政治论文选》，杨熙龄译，商务印书馆2009年版，第171页。

的行为当中，只有涉及他人的部分才须对社会负起责任。在只和他自己有关的部分，他的独立性在权力上是绝对的。"① 这就是密尔"伤害原则"（the harm principle）的经典论述，即如果公权力违背其意愿对个人权利进行干预完全出于避免伤害的目的；而个人的行为只是关系到自己而不涉及伤害他人，公权力就不应该去干涉。我们知道，从理论层面来说，如果一个人将自己卖身为奴，在正常情况下只会使买到奴隶的主人受益而同时不会伤害到他人，那么政府和司法机构就不应该在这类事情上加以干扰。显然，这种思维是欠妥的。如果按照这种思维去推断，1819年英国政府对曼彻斯特示威游行进行的武装镇压只是出于避免伤害人而已，出发点是好的；而工人把自己当作奴隶出卖给资本家，获利的只是资本家，对其他人并没有构成伤害，所以政府不需要对资本家购买奴隶的行为进行干预。显然，这种思想是颇受争议的，也是与雪莱的激进主义思想相悖的。

雪莱是深受卢梭（Jean—Jacques Rousseau）和洛克（John Locke, 1632—1704）思想影响的诗人，他的诗歌里无不透露出他们的哲学思想。卢梭认为，人性的最基本倾向是自爱，"人性的首要法则，是要维护自身的生存，人性的首要关怀，是对于自身所应有的关怀"。只有懂得自爱，人方可获得自由；卢梭所说的自由就是自主，即不受他人奴役，并具有自我选择和自我决定的权力。在他看来，"人是生而自由的，但又无往不在枷锁之中"。② 为了消解这个悖论，卢梭提出公意共同体的概念；在这个共同体里面，政府是公意的执行者，"它负责执行法律并维护社会的以及政治的自由"。政府是公意实现自身的工具，它的权力来自主权者的委托，"只要主权者高兴，就可以限制、改变和收回这种权力"。③ 洛克在《政府论》下篇中提出了一个"人相互的自然平等"思想：人处于一种自然平等的状态，"一切权力和管辖权都是相互性的，没有一个人享有多于别人的权力。极为明显，同种和同等的人们既毫无差别地生来就享有自然的一切同样的有利条件，能够运用相同的身心能力，就应该人人平等，

---

① 转引自许国贤《个人自由的政治理论》，法律出版社 2008 年版，第 47 页。
② ［法］卢梭：《社会契约论》，何兆武译，商务印书馆 2003 年版，第 5、4 页。
③ ［法］卢梭：《社会契约论》，何兆武译，商务印书馆 2003 年版，第 72、73 页。

不存在从属或受制关系……""人类基于自然的平等既明显又不容置疑，因而把它作为人类互爱义务的基础，并在这个基础之上建立人们相互之间应有的种种义务……"① 雪莱在他的诗歌里积极宣传卢梭和洛克的自由、平等的思想，毫不留情地对专制和独裁统治进行鞭挞：

> 举起，把战旗高高举起！
> 自由正在扬鞭策马向前猎取胜利，
> 　尽管在一旁为她执扇的仆役——
> 劳苦和饥馑，还在相互唏嘘、叹息。
> 你们追随在她威严战车左右的勇士，
> 切不可参与结伙行窃的战争，但是，
> 作为她的儿女要为捍卫她前赴后继。②

拿破仑政权崩溃后，斐迪南七世在西班牙恢复了波旁王朝的专制统治，1812年的宪法被废除，解放战争时期的革命战士遭到迫害。1819年，西班牙政府为镇压美洲殖民地革命，在卡迪斯集结约20000名远征军。一部分具有自由思想的贵族军官在资产阶级影响下发动革命。雪莱听闻这个消息，写下了《颂歌》献给为自由而斗争的西班牙人民。上面所引部分是《颂歌》中的一节，旨在号召西班牙人民为捍卫自由而献身。无论是雪莱的政治论文还是他的诗歌，无不与他的政治理念息息相关；离开了雪莱所处时代的政治背景，就很难正确地评论或把握他诗歌中那些思想的历史价值和政治情怀。政治成为雪莱诗歌中不可或缺的文学资源；因此，可以说，雪莱的诗歌与政治是密不可分的。

第二节　神话、性文明、平等主义

雪莱是一个无神论者，他在《无神论的必然性》里写道："从我们的

---

① 转引自陈肖生《洛克政治哲学中的自然法与政治义务的根基》，《学术月刊》2015年第2期。
② 江枫主编：《雪莱全集》（第1卷：抒情诗），河北教育出版社2000年版，第173页。

感觉对象——这些现象，我们企图推出原因，这个原因我们称之为上帝，又无谓地赐给他各种否定的和矛盾的性质。从这个假设出发，我们发明了这个总的名称［上帝］，来掩饰我们对原因和本质的无知。"① 的确，文艺复兴之后，为了科学能够战胜愚昧，科学思维与宗教、神话思维必须分开；因为科学只有背弃了感官世界才能够得到健康发展。然而，文学就不一样了，它不像科学是一个数理的理性世界，而是一个充满了想象和感性的"虚妄"世界。离开了神话或神话思维，文学作品的审美就会变得软弱无力，空洞乏味。

然而，神话与宗教密切相关；任何宗教都有神话故事作为支撑。虽然雪莱是一个无神论者，但是他非常明白神话在文学作品中的美学作用和隐喻意义。所以，在他的诗歌作品中存在着大量的神话隐喻和神话思维，使诗歌焕发出夺目的光辉。不少伟大的艺术家、文学家和哲学家都对神话作过深刻的论述。德国哲学家谢林（Friedrich Wilhelm Joseph von Schelling，1775—1854）对神话表现出一种近似形而上的沉迷和推崇，认为："神话乃是任何艺术的必要条件和原初质料。""神话乃是尤为庄重的宇宙，乃是绝对面貌的宇宙，乃是真正的自在宇宙、神圣构想中生活和奇迹迭现的混沌之景象；这种景象本身即是诗歌，而且对自身来说同时又是诗歌的质料和元素。它（神话）即是世界，而且可以说，即是土壤，唯有根植于此，艺术作品始可吐葩争艳、繁茂兴盛。"②

雪莱深谙希腊神话，也懂得神话是诗歌的质料和元素；否则，他就不会在诗歌中大量运用神话隐喻和神话思维了。带着文化革命的试图和热情，雪莱在诗歌里使用了不少神话意象和隐喻，神话成为他诗歌中象征的灵感之源。在雪莱大量的诗歌作品，如《阿拉斯特》《麦布女王》和《伊斯兰的反叛》等里面，读者都可以轻而易举地发现神话的元素和痕迹。神话是雪莱诗歌不可或缺的艺术表达形式，也是他诗歌意义阐释的

---

① 江枫主编：《雪莱全集》（第5卷：小说、散文），河北教育出版社2000年版，第362页。

② ［德］谢林：《艺术哲学》（上册），魏庆征译，中国社会出版社1996年版，第64页。

重要手段。

一　诗歌中作为隐喻的神话

任何伟大的文学作品都存在众多隐喻。隐喻不仅是一种语言现象，而且是一种非常有用的、有力的、不可或缺的认知手段；其实质是借用某一类事物的特点去理解、体验或暗示另一类事物。隐喻使不容易理解的事物易于理解，使不便于直接叙述的事物得以清晰地叙述出来；于是，它成为作家、诗人经常在文学作品中采用的表达方式。例如：俄国诗人莱蒙托夫（Mikhail Lermontov，1814—1841）在诗歌《帆》里就采用了隐喻的手法：

帆

蔚蓝的海面雾霭茫茫，
孤独的帆儿闪着白光！……
它到遥远的异地寻找什么？
它把什么抛在了故乡？……

呼啸的海风翻卷着波浪，
桅樯弓着腰在嘎吱作响……
唉，它不是要寻找幸福，
也不是逃离幸福的乐疆。
下面涌着清澈的碧流，
上面洒着金色的阳光……
不安分的帆儿却祈求风暴，
仿佛风暴里才有宁静之邦。①

这首诗的题目是《帆》，而"帆"就是一个隐喻，以表达诗人复杂、深沉、细微的内在思想感情。《世界名诗鉴赏金库》对这首诗作了这般评论："诗人以飘零在茫茫大海上的一叶孤帆，暗示了他因在莫斯科大学驱

---

① 许自强主编：《世界名诗鉴赏金库》，中国妇女出版社1991年版，第610页。

逐反动教授而被迫迁移到彼得堡后的孤独苦闷的心绪。和帆一样，诗人也漂浮在尘世的茫茫海洋之上，迷雾遮蔽了他的前程，风浪激发他去抗争，连红日和碧流都不能给他的心灵以宁静，他只有寄希望于风暴。"①在这几行评论里，作者没有提到隐喻的问题；实际上，正因为隐喻的缘故，才产生了感动读者的诗意，才有了诸多丰富多彩的评论。叶芝说："一切文本都旨在表现那种连续性的难以言喻的象征主义。""当隐喻还不是象征时，就不具备足以动人的深刻性；而当它们成为象征时，它们就是最完美的了。""诗歌感动我们，是因为它是象征主义的。"当运用象征手法时，"全部声音，全部颜色，全部形式，或者是因为它们的固有的力量，或者是由于深远流长的联想，会唤起一些难以用语言说明，然而却又是很精确的感情"。②

"风暴"和"寂静"是《帆》这首诗的关键意象，它们形成二元对立的形象思维模式，体现在"帆"这个隐喻里。"帆"是象征的，它即可以象征"自由""流浪""振奋"，也可以象征"孤独""迷惘""宁静"；帆的象征是多维的、阔大的和极具弹性的，它在不同的语境中能够有不同的象征，给读者带来无穷的想象和阐释。如果一般的隐喻都具有这么强劲的象征功能，那么神话作为隐喻一定会比一般隐喻有更好的效果和更强大的象征功能。雪莱的长诗《阿拉斯特——孤独的精灵》的题目就源自希腊神话人物阿拉斯特（Alastor）。读过《阿拉斯特——孤独的精灵》的人都会觉得很奇怪，因为这首诗并不是写阿拉斯特而是写现实生活中一个年轻人的精神世界；显然，阿拉斯特在这首诗里是隐喻，具有象征功能。

《阿拉斯特——孤独的精灵》这首诗是雪莱 1815 年 12 月在伦敦写的，1816 年发表。这首诗完成时没有题目，雪莱把它寄给同时代的朋友，也是当时的小说家皮科克（Thomas Love Peacock）。这是雪莱早期的重要诗歌之一，皮科克读后建议把希腊神话人物阿拉斯特的名字作为这首诗歌的题目。皮科克把"阿拉斯特"定义为"邪恶的天才"；而在希腊神话

---

① 许自强主编：《世界名诗鉴赏金库》，中国妇女出版社 1991 年版，第 610 页。
② 转引自朱立元主编《当代西方文艺理论》，华东师范大学出版社 1997 年版，第 16—17 页。

里，阿拉斯特是"罪恶行径的复仇者"，尤其是指"家族血统"的罪恶行径复仇者。当然，皮科克建议雪莱将这首诗命名为《阿拉斯特》时，并非指涉诗里的主人公，而是指激发诗人想象力的神圣精神。

雪莱的《阿拉斯特——孤独的精灵》其实就是写他自己的内心世界的。雪莱夫人在这首诗的题记里说："再没有一首雪莱的诗能比这一首更富于他个性特色的了。贯穿始终的严肃精神，对于大自然宏伟庄严的崇拜，一个诗人孤独心灵的深思冥想——可见宇宙各种现象和景物所引发的令人心旷神怡的欢快和对人类的热爱所导致的难以排解的悲哀痛苦，浑然无间地融合在一起——使这整首诗获得了一种动人心弦的魅力。"① 既然这首诗是写雪莱自己，诗的题目还用了"阿拉斯特"这个名字，那么这个名字就一定是一个隐喻。"罪恶行径的复仇者"既是"阿拉斯特"的特点，也是这首诗里"我"的象征。

"我"，一个诗人，一个"罪恶行径的复仇者"，对现实世界的邪恶、不公和残忍深恶痛绝；所以，要对邪恶进行报复、惩罚。然而，如何去报复、惩罚呢？那就是去寻找理想的超然世界，而超然世界是不为世人所理解的，所以年轻的诗人注定是要孤独终身的：

> 曾经有过一位诗人，他过早的
> 坟墓不是人的手怀着敬意造成，
> 是秋天的旋风，在魔力驱使下，
> 为他腐朽着的遗骸用腐朽着的
> 落叶在荒原竖起的一座金字塔：——
> 一个可爱的青年，没有伤心的
> 姑娘，把流泪的花凋亡的柏枝
> 奉献在他长眠不醒的床榻前面；——
> 文雅、勇敢、慷慨，没有歌手
> 为他的不幸发一声悲凉的咏叹，
> 他生，他死，他唱，一概孤独。②

---

① 江枫主编：《雪莱全集》（第2卷：长诗·上），河北教育出版社2000年版，第64页。
② 江枫主编：《雪莱全集》（第2卷：长诗·上），河北教育出版社2000年版，第34页。

与现实世界不能志同道合，必然产生反叛，而反叛就是对当下世界罪恶行径的复仇。对世俗世界的反叛或复仇往往难以让世人理解；所以，诗人离经叛道的行为不但不会引起同情，反而会受到指责；结果是，与世人疏远，陷入孤独的境地。《阿拉斯特——孤独的精灵》这首诗的副标题就是"孤独的精灵"，恰好说明了问题。

在上面被引用作为例子的这节诗里，"坟墓"是一个隐喻，也就是说，诗人在那个邪恶的世界里，如同行尸走肉；按照艾略特（T. S. Eliot）在《荒原》里说法，就是"活着的死亡"（living death）。这种充满行尸走肉的世界不是坟墓又是什么？！在这个世界里，没有人理解他、同情他、安抚他；所以，"没有伤心的／姑娘，把流泪的花凋亡的柏枝／奉献在他长眠不醒的床榻前面"。尽管如此，年轻的诗人还是孜孜不倦、满腔热忱地到处旅行，寻找隐藏在某个人迹罕至地方的"真理"。

年轻的诗人到过高加索、波斯、阿拉伯、埃及以及克什米尔等地，"许多广阔的高原、绵密的林莽／都留他无谓的足迹"。他遇到过一个钟情的阿拉伯姑娘，"常从她父亲的帐篷，为他送来／食物，那是她自己的日常口粮，／她还把她自己的草席供他躺卧／并从工作和休息中偷空伺候他，／她死心爱慕，却又出于深深的／敬畏，不敢吐露，只是夜复一夜／不眠不休，守候着他安然入睡，／望着他的嘴唇在梦中微微张开，／作停匀的呼吸；到晕红的晨曦／使苍白的月亮愈加苍白，她再／惶惑憔悴喘着气回到冷冷的家"。即便如此，年轻的诗人没有留下来，他毅然地离开了，却没有找到自己的真爱。一天夜里，年轻的诗人"来到芳花香草荫庇下一处石窟／突然的卧室，依傍着一条／波光闪烁的溪涧躺下，舒展开他那／疲倦的肢体"。他睡着了，做了一个梦，梦见一个戴着面纱的姑娘坐在身旁，用严肃的语气和他说话。"她的话题是知识、／真理和美德，神圣自由的崇高／希望，她自己也是个诗人。""他坚强的心被爱的狂潮／吞没。他支起他战栗的身躯，／屏住呼吸，张开双臂／迎接她那悸动的胸脯，……她曾有片刻退缩，随即委身于／不可抗拒的欢乐，而已狂热的姿势，伴着短促、激动的欢呼，／把他的身体抱在她销魂的怀里。"[①]

---

① 江枫主编：《雪莱全集》（第2卷：长诗·上），河北教育出版社2000年版，第37—39页。

第三章　神话、性、女权主义意识　/　139

　　写到这里，年轻的诗人已经找到了他的至爱"真理""美德"和"自由"，而这个戴着面纱的美女就是它们的化身。这时，年轻的诗人找到了知音，走出了孤独，真理、美德和自由"把他的身体抱在她销魂的怀里"。这种梦境一直伴随着诗人，使他游走在自然与超自然两个世界之间；当诗人想要与梦中的精灵合而为一时，夜晚的黑色便吞噬了他的幻觉，把他与超自然相连的梦境切断。年轻的诗人在离海岸不远的地方发现了一条破烂不堪的小船，于是"一种难耐的冲动使他登上小船，/要到荒凉的海上单独会见死亡；/因为他深知那强大的神灵喜爱/挤满了死人的海底的黏土墓窟"。这里的小船也是一个隐喻，就像莱蒙托夫的"帆"一样，给了读者很大的解读空间。小船载着诗人穿行在自然与超自然的美景之间，"常青藤/ 用攀缘的臂膀搂住开裂的石块，/以常青藤的绿叶和深颜色的浆果/ 荫庇着那世外空间的平滑地面，/ 秋季旋风在这里产生的儿女们/ 随意嬉戏，它们那鲜艳的花瓣、/红色、黄色和白得透明的枯叶，/都足以和那些夏天的娇子媲美"[①]。最后，年轻的诗人的小船载着他来到一个"深不可测的空洞"（immeasurable void），进入"死亡"的深渊：

　　　　当游荡的诗人把脚踏上那绿色
　　　　隐蔽处的门槛，他知道，死神
　　　　已在等候。……他就这样躺着，
　　　　听任弥留生命临终余力的支配。
　　　　折磨人的希望和绝望都已熟睡；
　　　　再没有人间痛苦或恐惧破坏他
　　　　安息，意识的注入，他自己的
　　　　存在，已和痛苦绝缘，然而都
　　　　越来越弱，静静地维持着他的
　　　　思想之流，直到他安谧地呼吸、
　　　　淡淡地微笑：他最后见到的是

---

① 江枫主编：《雪莱全集》（第 2 卷：长诗·上），河北教育出版社 2000 年版，第 44—45、55 页。

西边地平线上巨大的月牙和她
似乎已和黑暗相融合的褐黄色
光辉。……①

阿拉斯特死了,他对现实世界的叛逆和为寻找真理而献身都是一种对现实邪恶世界的复仇。与其说他死了,还不如说他最终与真理融为一体。这种用神话作为隐喻来写作的诗歌是大气的和颇具感染力的。早在19世纪,尼采就指出:"一切词语本身从来就都是比喻","指称真实的词语和比喻之间几乎没有区别","通常称为语言的,其实都是种比喻表达法"。② 在《阿拉斯特——孤独的精灵》这首诗里,阿拉斯特是隐喻,戴着面纱的阿拉伯姑娘是隐喻,年轻的诗人登上的小船是隐喻;隐喻一个接着一个,一个套着一个,使诗歌文本充满了活力。隐喻在本质上是一种认知方法,它广泛存在于人们的概念系统中;隐喻在文学作品中的合理应用能够使文学作品中难以表达的意象和情感栩栩如生地表现出来。《阿拉斯特——孤独的精灵》这首诗本身很隐晦,很难理解和读懂,但借助神话的特点,读者不仅读出了诗歌中的意而且读出了它的味。

二 雪莱诗歌中的女权主义

"女权主义"或"女性主义"(Feminism)这个词指女性拥有争取和男性同等社会地位和权力的思想或主张,体现争取男女社会权力平等的基本特征。女权主义思想的出现可以追溯到西方国家文艺复兴时期,当时的人文主义者针对封建等级制度和宗教神权至上的意识形态,提出"人权"观念。人权当然也涵盖了妇女的人权。读者在不少文艺复兴时期的文学作品里都可以读到与女权主义相关的内容;例如,在众所周知的莎士比亚的《威尼斯商人》里,就出现了女权主义的萌芽。

威尼斯商人安东尼奥宽厚为怀,他的好友巴萨尼奥为了向漂亮的女郎鲍西娅求婚而向他借3000金币。不巧的是,安东尼奥当时身边没有多

---

① 江枫主编:《雪莱全集》(第2卷:长诗·上),河北教育出版社2000年版,第57—58页。

② [德]尼采:《古修辞学描述》,屠友祥译,上海人民出版社2001年版,第20—22页。

余的钱；于是，他以尚未回港的商船为抵押，向犹太放债人夏洛克借3000金币。夏洛克因为安东尼奥曾经侮辱过他，所以乘定借款契约之机设下陷阱，对他进行报复，即如果安东尼奥不能准时还钱，就要从他身上割下一磅肉作为偿还。为了朋友能顺利向鲍西娅求婚，也考虑到自己的商船一定会按时到港，安东尼奥签了这份契约。他的朋友巴萨尼奥求婚成功，随后很快结了婚。不幸的是，安东尼奥的商船行踪不明；契约到期了，他没有钱还夏洛克；等待他的只能是从他身上割取一磅肉了，而他可能会因为一磅肉而性命不保。鲍西娅得知情况后，便和侍女化装成律师和书记，偷偷前去营救安东尼奥。在法庭上，假扮律师的鲍西娅认可夏洛克割取安东尼奥身上任何部分的一磅肉，但割取肉时不可以流血，因为契约上没有写可以流血。如果割肉时流下一滴血，夏洛克就要用他的生命和财产来补偿。因此，安东尼奥获救了，夏洛克也得到了应有的惩罚。

《威尼斯商人》里的鲍西娅是一个非常有意义的隐喻，象征着：其一，女权主义思想的萌芽已经形成。那个时候的律师都是男性而非女性，鲍西娅女扮男装，以律师的身份走上法庭为安东尼奥辩护，暗示了女性为争取与男性平等的地位而努力。其二，女权主义思想还处于隐蔽的酝酿、发展阶段，并没有公开表现出来。鲍西娅的女扮男装暗示了女权主义思想在当时还没有受到官方支持，仍处于某种隐蔽状态。其三，鲍西娅成功的辩护以及夏洛克最终得到的惩罚说明女性的能力和男性的一样强，男女平等必将成为历史发展的潮流。

随着法国大革命的爆发和妇女在这场革命中的不可替代的作用，女权主义思想的发展和妇女对男女平等的要求都达到了史无前例的强烈程度。雪莱是19世纪前半叶的诗人，自然而然受到女权主义的影响，他"终其一生都在为证明他认为女性具有颇强潜力的观点而努力"[①]，并把他对这一观点的证明融进了诗歌里。在《麦布女王》里，雪莱充分展示了革命的胜利成果：

---

① Nathaniel Brown, *Sexuality and Feminism in Shelley*. Cambridge: Harvard University Press, 1979, p. 177.

> 卖淫这有毒的行业，再也不
> 可能毒害欢乐和生命的源泉；
> 而男和女互爱、互信，平等、
> 自由、纯洁，一道攀登美德
> 高峰的山路，这路已不再被
> 朝山香客们脚上的鲜血染污。①

《麦布女王》里所描写的这种情景不是雪莱那个时代的生活现实而是他的理想状态。雪莱将对妇女的尊重当作自己的信仰；他认为真正对妇女的殷勤是把妇女当作人那样去顺从，而不仅仅是那一小段时间的性方面的效忠。雪莱明白，应该让世界保持它的原样；男女的平等应该是自然而然的平等，男女双方互为平等伴侣。男女双方除了性爱之外，更多的是文化上的情投意合；不存在哪一方优于哪一方的问题。男女双方都应该争取为人类的完美理想做出努力，尽管这个崇高的目标难以全面实现。②

男女之间的"互爱、互信和平等、自由、纯洁"是雪莱心目中的崇高理想和完美目标，不仅在他那个时代难以实现，即使到了今天也没有全部实现。无论如何，雪莱在他诗歌作品里提出男女之间应该"互爱、互信和平等、自由、纯洁"的思想，有意无意地对男尊女卑的传统文化进行了解构，是具有一定的历史意义的。其实，在漫长的历史语境中，"男尊女卑"已经发展成为"逻各斯中心主义"，即把"男尊女卑"视作一种事物的本质、宇宙规律、逻辑、"思"之必然以及意义与理性。③ 逻各斯（Logos，希腊语为 λογοσ）是一个哲学概念，希腊哲学家赫拉克利特（Heraclitus）最先使用这个概念，认为：逻各斯是一种隐秘的智慧，是世间万物变化的一种微妙尺度和准则。

---

① 江枫主编：《雪莱全集》（第3卷：长诗·下），河北教育出版社2000年版，第368—369页。

② Nathaniel Brown, *Sexuality and Feminism in Shelley*. Cambridge: Harvard University Press, 1979, pp. 179-180.

③ 转引自杨乃乔《解构的阐释与逻各斯中心主义——论德里达诗学及其解构主义阐释学思想》，《中国诗歌研究》2002年第1辑。

"传统西方哲学的基本价值诉求是把上帝、物质和灵魂作为主题,把对知识确定性的把握作为一以贯之的哲学旨趣。这种哲学断言真理能为主体经过理性的内在之光而知晓,并将逻各斯当作探讨世界规律及追求终极实在、永恒原则和绝对真理的中心,确信通过逻辑、概念和范畴的演绎,就能够寻求灵魂拯救和人类解放的路径,甚至把上帝作为其哲学思想有效稳定性的最后依托。这就是西方逻各斯中心主义的基本特征。"[1] 在西方文化中,对男尊女卑的认识已经形成了逻各斯中心主义思维模式;这种模式必须打破,否则男女平等和妇女解放只会变成空话和套话。

雪莱想要实现他在诗歌中所提到的理想,"男和女互爱、互信,平等、/自由、纯洁,一道攀登美德/高峰的山路,这路已不再被/朝山香客们脚上的鲜血染污",就必须颠覆或解构逻各斯中心主义,消解人为限定的权威,反对以等级制度为基础的二元对立思想。用米勒(J. Hillis Miller)的话说,"'解构'这个词暗示,这种批评是把某种统一完整的东西还原成支离破碎的片段,或部件……解构论者并非寄生者,而是弑亲者。他把西方形而上学的机器拆毁,使其没有修复的希望,是个不肖之子"。不管作为一种艺术方式还是作为思想革命的武器,"解构""非但不是一种层层深入文本,步步接近一种终极阐释的锁链,而是一种总会遇到某种钟摆式摆动的批评,如果它走得足够远的话。在这种摇摆中,概言之是对文学,具体来说是对某一篇特定的文本,总有两种见解会相互阻遏,相互推翻,相互取消。这种阻遏使任何一种见解都不可能成为分析的可靠的归宿或终点……解析变成了瘫痪,它所依据的那种奇特的必然律,正是这种必然律使得这些词语或是这些词语所描述的'感受'或'程序'进行着相互转化。每方都跨越界限,仿佛成为自身的否定和对立。如果说'解构'一词指的是批评的程序,'摇摆'指的是通过这种程序所达到的两难境地,那么,'不可确定性'指的就是批评家与文本的关系中对于那种永不

---

[1] 李成旺:《西方逻各斯中心主义传统与马克思哲学的革命》,《学术月刊》2008年4期。

停息、永不满足的运动的感受"。①

雪莱在不少的诗歌里都尝试对他那个时代关于妇女的逻各斯中心主义进行颠覆和解构；在他看来，妇女应该全方位地从男性的残暴统治下解放出来：性别的、社会的、文化的、道德的和精神的。② 雪莱从认识论的角度，对他那个时代的意识形态，对人们习以为常的对妇女的认识定式，甚至对人类有关妇女的全部知识都抱着一种怀疑、否定的态度，体现了他对传统文化中有关妇女观点和看法的颠覆性，具有鲜明的革命色彩：

> 一路上的女人，也一样，坦诚、
> 美丽、善良就像把清新的明光
> 和雨露倾注给广阔大地的自由
> 苍天一样；光彩照人而且温柔
> 优雅的形体纯洁，摆脱了腐朽
> 习俗的污染；谈吐话语的智慧
> 为以往难以想象，面部的表情
> 曾为她们怯于流露，都变成了
> 她们过去不敢做的各种各样的
> 女人，已使人间变得仿佛天堂。③

这里引用的是雪莱的《解放了的普罗米修斯》中的几行。从这几行诗里，读者不难看出反权威、去中心的指向十分明显；这也使得雪莱的文化身份边缘化，受到根深蒂固的主流文化的排挤和压制。他的《解放了的普罗米修斯》一问世，就有不少的批评声音，例如：《文学报》(*The Literary Gazette*) 曾于1820年9月9日发表过对这部诗剧的评论，里面有这样的字眼："经过仔细、认真地对多个诗剧段落的反复阅

---

① ［美］希利斯·米勒：《作为寄主的批评家》，载王逢振等编《最新西方文论选》，漓江出版社1991年版，第184页。
② Nathaniel Brown, *Sexuality and Feminism in Shelley*. Cambridge: Harvard University Press, 1979, p. 180.
③ 江枫主编：《雪莱全集》（第4卷：诗剧），河北教育出版社2000年版，第200页。

读,希望弄清楚诗人到底在讲什么;然而,我们不得不承认,那些段落根本读不懂。"① 这种评论说明,雪莱的意识形态与主流文化的意识形态相去甚远;那些评论家读不懂也没有什么奇怪的。并不是所有的评论都那么糟糕,也有一些评论对这部诗剧抱着积极的称赞态度,例如《戏剧评论》(*Dramatic Review*)于1820年10月对《解放了的普罗米修斯》作了比较乐观的评论:《解放了的普罗米修斯》是"当代最具勇敢创新精神的诗歌之一。它磅礴大气,细腻温馨……充满了无限的大气之美。"② 可见,雪莱反映在诗歌里的思想还是受到当时部分评论家的青睐的。

雪莱在诗歌里对"男尊女卑"传统文化的解构为他的诗歌创作提供了新策略。作为诗人和主体的雪莱需要他者踪迹,就像《解放了的普罗米》里需要阿细亚的踪迹一样。阿细亚的参与使无法确知的外在空间得以开拓,其意义是颇深的,即任何的作者都不允许产生霸权主义的意义独白,要让作品中的女性以"他者"的身份展示自由、平等、博爱的意义。这样,男女等级对立关系方可被读者认识到,男女平等的思想才具有真正的未来。

三 雪莱诗歌中的平等主义

雪莱在《人权宣言》里向人民宣告:

> 政府是为了保障权利而设置的。人的权利是自由权,以及平等地使用自然界的权利。③

在这里,雪莱认为平等使用自然界是人的基本权利;然而,这种大多数人应该拥有的平等的权利往往被剥夺了。在大多数自由社会里,广泛地存在着一种政治道德,它既主张源于环境因素的不平等是不可接受的,

---

① *Percy Bysshe Shelley: The Critical Heritage*. Ed. James E. Barcus. London and New York: 1975, p. 226.
② *Percy Bysshe Shelley: The Critical Heritage*. Ed. James E. Barcus. London and New York: 1975, p. 243.
③ [英]雪莱:《雪莱政治论文选》,杨熙龄译,商务印书馆2009年版,第66页。

又主张源于自身选择因素的不平等是可以接受的。前者认为,建立在诸如种族、宗教和性别等未经选择基础上的故意歧视是不公正的,同时源于这些歧视的分配不平等也是不公正的;后者认为,应该容忍源于不同才能和能力因素的分配不平等,而一个人天生的才能、创造力和智力不能够成为不平等的正当性来源。[1] 显然,雪莱对这种政治道德是持不同意见的,我们从他在《关于建立慈善家协会的倡议》里的言辞可以看出这一点:

> 当时法国人处于人类沉沦的最底层,当他们听起来很陌生的真理:他们都是人,都是平等的人这一真理,一旦被传播到四方时,他们首先起来愤怒冲击地上的垄断者,因为他们是最明显地被剥夺、被诈骗掉了一切自然权利的人们。[2]

法国大革命的起源有个直接而简单的原因,即法国人民开始意识到他们被剥夺、欺骗掉了一切自然权利;所以,他们要为平等而斗争。诚然,如果统治者不顾及弱势群体而剥夺他们本应该享有的平等权利,如果弱势群体意识到了自己的自然权利被剥夺后还依然保持着奴性的沉默,那么这个民族就与罪过和天谴结下了不解之缘,将一代又一代地贻害子孙。所以,《圣经·以西结书》里写道:"你们在以色列地怎么用这俗语说,父亲吃了酸葡萄,儿子的牙酸倒了呢?主耶和华说,我指着我的永生起誓,你们在以色列中,必不再有用这俗语的因由。看哪,世人都是属于我的……犯罪的他必死亡"(《圣经·以西结书》18:2—4)。这个典故是隐喻,是很有意义的。拒绝人民共享平等权利的统治者就像吃了酸葡萄的父亲,一定会殃及下一代;唯有那样的父亲和儿子皈依了以耶和华为代表的终极平等,耶和华才会原谅他们,"我对恶人说,'你必定死亡'!他若转离他的罪,行正直与合理的事:还人的当头和所抢劫的,遵行生命的规律,不作孽,他必定存活,不至死亡。他

---

[1] [美]塞缪尔·谢弗勒:《什么是平等主义?》,高景柱译,载《政治思想史》2010年第3期。
[2] [英]雪莱:《雪莱政治论文选》,杨熙龄译,商务印书馆2009年版,第60—61页。

所犯的罪，必不被记念。他行了正直与合理的事，必定存活"（《圣经·以西结书》33：17）。雪莱的诗歌里带着浓厚的神话典故色彩，颇为强调统治者个人的责任与报应："当那些日子，人不再说，父亲吃了酸葡萄，儿子的牙酸倒了。但各人必因自己的罪死亡，凡吃酸葡萄的，自己的牙也酸倒。"（《圣经·以西结书》31：29—30）[1] 在雪莱看来，剥夺人平等权利的统治者是犯下了滔天大罪的人，是注定要受到惩罚的；他在《写在卡瑟尔瑞执政时期》里义愤填膺地写道：

> 你且蹂躏、欢跳、压迫者！
> 因为受害的一方对你无奈；
> 你独占尸体、泥块和死胎，
> 你是唯一的主人；你前往坟墓的途径
> 也由他们铺砌而成。
>
> 你是否听到死亡、罪恶
> 和毁灭欢度节日的喧嚣——
> 其中有财富行窃的唿哨？
> 这是酒徒使真理瞠目结舌的狂欢饮闹
> 为你唱的赞婚曲调。[2]

在这两节诗里，雪莱预言：拒绝给予人民大众平等、自由权利的统治者是在自掘坟墓，迟早会被人民的革命行为所灭亡。不平等分为政治不平等和经济不平等；前者指人们没有平等的社会地位，没有平等的参政议政权利，没有法律面前人人平等的权利；后者指财富和收入的分配不平等，甚至出现两极分化，人们缺少平等的处境、资源和福利。一般人更关心经济不平等，忽略政治不平等，因为经济不平等更容易让他们意识到眼前利益的受损，如生活质量的低劣等。然而，雪莱是一个高瞻

---

[1] 转引自［法］保罗·里克尔《恶的象征》，公车译，上海人民出版社2005年版，第95页。

[2] 江枫主编：《雪莱全集》（第1卷：抒情诗），河北教育出版社2000年版，第159页。

远瞩的诗人，他在诗歌里不但关注人民大众所遭受的经济不平等，而且怒斥了政治不平等所造成的悲惨恶果：

> 无数的人赶来了，还有几百万在途中；
> 　成群御用的刺客簇拥着暴君，
> 持枪带剑，走过广大的人众；
> 　一路上尸体纵横，寸步难行，
> 他踏着鲜血，脚步摇晃不定。
> 他笑了："我这才真正做到了君王！"
> 　说过这话，他就在王座上坐定，
> 吩咐把刑车、钳钩、蛇蝎、火具带上堂，
> 他必须亲眼看到报复，叫心情舒畅！①

这是《伊斯兰的反叛》里的一个小诗节，描写卷土重来的暴君对反抗者或叛逆者进行残酷血腥镇压的情况。雪莱的《伊斯兰的反叛》里充满了对人民的觉醒、自由、奋起、反叛的描写和对统治者的恶毒、残暴、屠杀的谴责。他诗歌中的这些描述不仅是以当时欧美革命思潮为背景，而且带着英国工业革命时期工人受剥削、压迫的真实痕迹。

英国是最早发生工业革命的国家；工业革命期间，妇女、儿童是劳工大军的组成部分。童工的劳动报酬是非常低的，在兰开夏的沃斯利煤矿，如果将成年人的工资分成八份，八岁的男童工拿八分之一（三四个便士），十一岁的拿八分之二，十三岁的拿八分之三，十五岁的拿八分之四，到二十岁才拿成年人的工资。而大量的教区"契约徒工"，在"习艺期间"除了食宿之外，分文不得。总之，童工的工资低到"勉强只够维持灵魂不离开躯体的水平"。②

童工的命运是悲惨的，女工的也好不到哪里去。在工业革命期间，

---

① 江枫主编：《雪莱全集》（第 2 卷：长诗·上），河北教育出版社 2000 年版，第 316 页。

② 庄解忧：《英国工业革命时期童工的作用与地位》，《厦门大学学报》（哲学社会科学版）1981 年第 4 期。

纺织业在工业总产值中的比重一直是最高的，而女工就是这个重要部门的主力军。1839年，英国棉纺织工厂工人总数为259336人，其中女工就有146395人，占总数的56.5%。同年，女工在毛纺织工厂里占工人总数的69.5%，在丝织工厂里占70.5%，在纺麻工厂里也占70.5%。女工劳动的时间很长，一般每天达15—18小时；如果遇上旺季或有特别订购任务时，还经常通宵干活。伦敦西区的几位女缝工，曾连续三个月每天从未休息过四小时以上，通常在午夜十二点至一点才上床，清晨四点又起床。为了防止打瞌睡，她们几乎一个白天和两个晚上都站着，腿和脚都站肿了，肿到脚面高过鞋面。沉重的劳动压得女工喘不过气来，但她们所得到的工资却少得可怜。纺织女工拼着命干，每星期只能挣八九先令，比男工要少一半，甚至少三分之二。①

这种分配上的极其不平等引起劳工的不满、愤怒和反叛是必然的，因为他们需要公正和平等。雪莱生活在工业革命时期，亲眼看到了社会所存在的诸多不公平现象，所以在诗歌里不仅对资产阶级政府和工厂主的残暴和贪婪进行了无情的揭露，而且对资本主义制度乃至建立在这种制度上的不公正和不平等进行了猛烈的抨击。在这种制度中，"几乎到处都可以看到社会完全划分为各个不同的等级，看到社会地位分成多种多样的层次"。所以，是不可能实现分配上的正义的，因为"从封建社会的灭亡中产生出来的现代资产阶级社会并没有消灭阶级对立。它只是用新的阶级、新的压迫条件、新的斗争形式代替了旧的"而已。② 在这种情况下，雪莱号召人民勇敢地站起来，为了捍卫自己的利益而顽强斗争：

播种吧——但不让暴君收，
发现财富——不准骗子占有；
制作衣袍——不许懒汉们穿；

---

① 庄解忧：《英国工业革命对劳动妇女的影响》，《厦门大学学报》（哲学社会科学版）1982年第4期。

② 《马克思恩格斯文集》（第2卷），人民出版社2009年版，第31、32页。

锻造武器——为了自卫握在手。①

第三节 "起来，记忆，写下那赞美"

美是人类最崇尚的存在形式，也是人的终极追求。然而，人有时却忽略了一个事实：人本身就是世界上最美的存在形式。莎士比亚把人视为"宇宙之精华""万物之灵长"。人不仅是美的欣赏者还是美的创作者、享受者，而且他本身就是美之王国的核心。人之所以是美的，是因为人具有辨别真理与谬误、善良与邪恶的理性。"理性以及一切从理性来的东西，对于心灵是一种符合本质的美而不是一种异己的美，因为心灵这时已经是纯洁独立的心灵了。所以，人们说得很对，心灵的善与美都是为着接近神，正因为善和一切组成真实世界的东西都是从神那里来的。"②

综观人类审美史，女性美历来都是人们极为关注的。即使远在旧石器时期，大腹便便、乳房巨大、臀部似磨盘的裸体妇女雕像已经问世，这反映了女性和女性之美受到原始人的崇拜。女性的美具有很大的感染力和召唤力，是一种感动着人、振奋着人的精神力量。女性之所以是美的，不仅在于形体和外貌，还在于她内在的善。善和美从来就是孪生姐妹，美生来就具有善的基因。当读者读到《解放了的普罗米修斯》里的阿细亚为了救普罗米修斯深入"虎穴"去拜访狄摩高根时，他们一定会为阿细亚的智慧、博爱和善良所打动，从心底佩服这个伟大而美丽的女性。

研究女性的审美价值时，我们注意到，女性所传达出来的是柔性美，带给世界宁静、线条、舒适、喜悦、和谐。女性美具有无与伦比的审美价值和诱人的审美魅力，所以女性美一直是雪莱诗歌不可回避的话题，他在《致珍妮：回忆》里写道：

---

① 江枫主编：《雪莱全集》（第1卷：抒情诗），河北教育出版社2000年版，第163页。
② 北京大学哲学系美学教研室编：《西方美学家论美和美感》，商务印书馆1981年版，第57—58

现在多少个像你一样明媚
  而俏丽的日子的最后一天,
    最美最后的一天已经死亡,
起来,记忆,写下那赞美,
  起来,做你惯做的工作去
    撰写悼念已逝欢乐的文章,——
因为大地的脸色现已改变,
  苍天的额头也是双眉紧蹙。①

珍妮对雪莱来说是十分重要的,雪莱对她的赞美上升到一个神圣的高度。雪莱在这里摆脱了世俗的束缚,从对珍妮的记忆中窥视到了一种神奇的美;他不但把珍妮的美与苍天、大地加以比较,而且把她们合而为一,以彰显最崇高的生命价值。

一 博爱与宽容:女性的永恒形象

在古罗马时期,神灵崇拜的多样性是一个颇为显著的特点,它使得人们的宗教生活丰富多彩。在各种宗教活动中,女神崇拜占据了非常重要的地位。在罗马神灵体系中,女神占了很高的比例,加上女性对宗教活动兴趣很大,所以女神崇拜成了当时宗教活动中不可或缺的重要组成部分。据统计,广为读者熟知的 51 位古罗马神祇中,女神就有 25 位,占总数的 49%;影响较大的有天后米诺及其女儿米涅娃、女灶神维斯塔、春天女神维纳斯、农业女神刻瑞斯、大地女神忒路斯、胜利女神维多利亚、文艺女神缪斯及诸命运女神等。在罗马广场西北角的卡庇托林神庙里,供奉着男女各半的贴金的十二位漂亮的城市神,女神在这里可以说取得了与男神平分秋色的地位。②

罗马共和国晚期,社会风气败坏导致了道德颓废和罗马占典宗教的衰落;一些原先只由女性参加的宗教节日变得猥亵不堪。例如:崇拜巴

---

① 江枫主编:《雪莱全集》(第 1 卷:抒情诗),河北教育出版社 2000 年版,第 470 页。
② 刘文明:《论罗马古典时期的女神崇拜与女性宗教生活》,《浙江师范大学报》(社会科学版)2000 年第 1 期。

库斯的酒神节最初是由令人尊敬的家庭主妇控制,只有妇女能够参加,而且还是白天。但后来规则发生了变化,男子也可以参加,而且活动在夜间举行;结果,活动中出现饮酒、色情言论和性交,伤风败俗的事情经常发生。在这种情况下,罗马古典宗教已不能满足人们的精神生活需要,他们只有从东方神秘宗教中寻求心灵慰藉。公元前1世纪初,伊西斯(Isis)崇拜从埃及传入罗马,很快吸引了寻找精神寄托的罗马人,并逐渐在人们心中取得了超越其他女神的首要地位。

伊西斯崇拜在罗马得到广泛流行,原因是多方面的。首先,伊西斯崇拜不像罗马古典宗教只注重仪式,它注重的是感情寄托和心灵慰藉。因此,人们可以从伊西斯女神身上获得某种亲切感,个人与伊西斯之间可以进行感情的交流。其次,伊西斯能够在妇女中间引起感情的共鸣。伊西斯对丈夫的爱和她失去丈夫后的悲痛很容易在生活艰辛的妇女中间产生认同感。最后,伊西斯具有令死人复活的神奇能力,她给予信奉者以希望;所以,具有巨大的吸引力。古希腊哲学家普鲁塔克(Plutarque)说,伊西斯的权力涉及能够"成为和得到任何事物:光明与黑暗、昼与夜、火与水、生与死、开始与结束",几乎无所不能。正是由于她的全能,几乎所有的人都能从她那里得到精神的慰藉;无论男女,无论商人还是农夫,无论贵族还是平民,无论良家女子还是妓女,都可成为她的忠实信徒。[①]

雪莱从小博览群书,一定对古罗马、古希腊神话非常了解,因为他小时候就读的伊顿贵族学校是非常严格的。当时的校长基特博士是由英国国王乔治三世任命的,是一个令人生畏的人。基特的教育原则是:鞭打体罚是使学生道德完美的唯一有效途径。为了抑制学生可能产生的热情,伊顿贵族学校规定:一个学生在学校学习五年,至少把《荷马史诗》通读两遍,还要读完维吉尔(Publius Vergilius Maro)的绝大部分作品。荷马史诗和维吉尔的《埃涅阿斯纪》都是取材于神话传说的史诗作品,读了这些作品对古希腊、古罗马神话就有了一定的了解。所以,读者不难理解雪莱小时候与妹妹伊丽莎白和表妹哈利艾特一起玩耍

---

① 刘文明:《论罗马古典时期的女神崇拜与女性宗教生活》,《浙江师大学报》(社会科学版)2000年第1期。

时，为什么"他坐在一座简朴无华的墓上，又被一座老教堂的阴影遮挡着……伸开双臂，搂住一对柔软纤细的腰肢，用倾慕的眼光凝视着两位少女，滔滔不绝地评论起宇宙和诸神来"①。

　　无疑，雪莱对古罗马和古希腊的神话是熟悉的，他在诗歌里对神话典故的得体运用说明了这一点。当读者读到《解放了的普罗米修斯》里的阿细亚的时候，或许会有一种阿细亚与伊西斯相似的感觉。如果真的某个读者有这种感觉，那么他就感觉对了，说明他是对古罗马、古希腊的神话有些了解的。雪莱是深受古罗马、古希腊神话影响的诗人，在《解放了的普罗米修斯》里，阿细亚的身上存在伊西斯女神的痕迹并不奇怪。首先读者可以像普罗米修斯那样从象征博爱的阿细亚身上找到某种寄托和慰藉。当普罗米修斯被铁链锁在高加索悬崖峭壁的时候，是极其痛苦、凄惨的，就像诗剧里所描写的那样：

> 缓慢爬行的冰川以月光凝成的
> 冰晶长矛刺穿我，明亮的锁链
> 冰冷如烙，在侵蚀着我的骨骼。
> 天上会飞的猎犬，以它从你的
> 嘴唇沾染了毒液的利喙撕裂着
> 我的心；无定形的幻象那梦幻
> 王国狰狞的居民来到我的身旁
> 嘲笑我；地震恶魔也被派了来
> 趁着我背后崖壁的裂开和闭阖
> 从我痛得发抖的伤口拧紧铆钉；
> 而风暴的精怪在喧嚣的深渊中
> 鼓动旋风咆哮，向我投掷凶恶
> 猛烈的冰雹。②

---

① [法]安德烈·莫洛亚：《雪莱传》，谭立德、郑其行译，上海文艺出版社1981年版，第11页。

② 江枫主编：《雪莱全集》（第4卷：诗剧），河北教育出版社2000年版，第97页。

被锁在高加索崖壁上的普罗米修斯是极其痛苦的：冰川似长矛刺穿他的身体，明亮的锁链侵蚀着他的骨骼，沾染了毒液的利喙撕裂着他的心，恶魔从他痛得发抖的伤口拧紧铆钉，精怪向他投掷凶恶猛烈的冰雹。尽管如此，他还是支撑着要活下来。传统说法是，普罗米修斯是神，不管鹰鹫怎么啄食他的心肝，他都不会死，他的心肝照样会长出来。但是，如果把普罗米修斯放在尘世里讨论，情况就大不相同了。我们可以这么说，普罗米修斯之所以能够一直活下来，是因为他的心里有一个强大的支撑力——阿细亚。即使在被锁在高加索崖壁上遭受折磨的时候，他心里依然思念着阿细亚：

> ……哦，岩石
> 环抱的草地，雪水哺育的细流，
> 现在都远远横陈在地处寒冷的
> 云层底下，我曾和阿细亚一道
> 在那草地上、溪流旁的林荫中
> 游逛，从她明丽的双眸中畅饮
> 生命的甘醇。①

普罗米修斯在苦难的时候总是想着阿细亚，是要寻找心灵的慰藉。在普罗米修斯的心里，阿细亚是爱的女神，她像伊西斯一样具有令死人起死回生的神奇能力，是能够拯救他生命的女神。普罗米修斯被绑在高加索崖壁上，受着各种痛苦的折磨，所以对把他锁在崖壁上的暴君非常痛恨，宁死不屈："你啊，并非万能，/因为还有我，不屑分担你暴虐/统治的罪孽，而宁愿，被悬空/钉在这雄鹰也望而生怯的阴暗、/荒凉死寂，没有花草昆虫走兽，/没有生命音响形象的悬崖峭壁。"②

对朱庇特诅咒也好仇恨也好都是无济于事的，普罗米修斯依然被锁在高加索的崖壁上，依然受着巨大的痛苦。虽然活着，但与死没有什么区别。精神生命从来就不惧怕死亡，也不去回避生命的损毁；不是因为

---

① 江枫主编：《雪莱全集》（第4卷：诗剧），河北教育出版社2000年版，第101页。
② 江枫主编：《雪莱全集》（第4卷：诗剧），河北教育出版社2000年版，第96页。

精神生命不像肉体那样可以轻易被损毁，而是因为它有意忍受死亡的威胁，并在死亡的威胁中展示自己的存在。当肉体几乎被撕得粉碎时，精神生命还鲜活地存在，那才是生命的真谛。生命的真谛敢于直面现实，敢于直面否定，并快乐地在否定的世界里居住；这样，就可以把否定转变为肯定，世界也将因此而改变。朱庇特把普罗米修斯用铁链锁在高加索崖壁上就是对他的否定，而普罗米修斯对朱庇特的仇恨与诅咒是不敢直面现实的行为，也是一种否定，与朱庇特的做法没有什么本质的区别，即都是仇恨。仇恨与爱是对立的，不相容的；所以，对朱庇特的仇恨和诅咒使普罗米修斯与象征爱的阿细亚越来越疏远，正像普罗米修斯所醒悟到的那样："多么美啊，这些飞翔着的形影！/而我，却只觉得那一切的希望，/除了爱，全都是虚妄！阿细亚，/你，离我太远！"[①]

离开爱太远的普罗米修斯是很难得到女神伊西斯拯救的，只有忘记了仇恨才会得到女神的青睐。普罗米修斯从仇恨中撤退出来，忘记了仇恨，与爱越来越接近。这时，阿细亚感觉到了普罗米修斯的呼唤，决定帮助他"起死回生"。于是，阿细亚和妹妹潘提亚一起去幽深的冥府里拜访冥府之王狄摩高根（Demogorgon）：

> 我看见一大团
> 乌黑，充满权威座位，向四周
> 射出阴暗，像中午的太阳放射
> 光芒：无从逼视，无形、无状；
> 看不见四肢形体和轮廓，却能
> 感觉到，那是个活生生的精灵。[②]

对狄摩高根的描写非常有意思，它是一团乌黑的"混沌"，无形、无状；但它却像中午的太阳一样放射出耀眼的光芒。这里的狄摩高根可以看作终极真理的化身：大爱无疆，善与恶、白与黑等一切对立统一的综合体。狄摩高根像由一块面纱罩起来的神秘体，人们不知道它到底是什么，但

[①] 江枫主编：《雪莱全集》（第4卷：诗剧），河北教育出版社2000年版，第138页。
[②] 江枫主编：《雪莱全集》（第4卷：诗剧），河北教育出版社2000年版，第160页。

它可以放射出无穷无尽的能量,消解世界上的痛苦和纷争。这种情形很容易让读者想起普鲁塔克(Plutarque,46—120)转述的一则古代铭文:伊西斯曾说:"不曾有凡人揭开过我的面纱。"① 然而,狄摩高根的面纱被揭开了。当阿细亚向狄摩高根讨教如何才能除掉朱庇特时,狄摩高根出谜语似地说道:"如果黑暗的/ 深渊能吐露秘密……但是没有/ 能说话的声音,那深刻的真理/ 无影无形;让你注视着旋转的/ 世界又有什么意义?何必要求/ 谈论命运、机遇、偶然和变异?/ 除了永恒的爱,万物都逃不脱/ 它们的支配。"②

从狄摩高根气体般的混沌存在和它对阿细亚所说的那一番话,我们不妨把它理解为宇宙的本源和万物的根本;而大爱是万物之所以存在的根本。所以,狄摩高根给出解救普罗米修斯的答案是"爱","除了永恒的爱,万物都逃不脱/ 它们的支配"。最后,狄摩高根和象征着"爱"的阿细亚终于推翻了朱庇特,普罗米修斯获得解放。在神话里,妇女的特性往往是博爱的;尤其是女神,她让世人崇拜,因为她不但是爱的源泉,还使世人感觉到信了她,他们的痛苦就会消解或减轻。女神的博爱给人类带来希望,使人用自身微弱的理性去探寻大爱的秘密,这本身就很有意义。

二 艺术与现实:正义女神的困境

古罗马的女神崇拜在当时之所以受到国民的青睐,是因为人们认为,女神是正义的,能够保护他们免遭邪恶力量的侵扰。所有女神都是正义的化身。在古罗马、古希腊神话里,正义女神的形象为一个蒙眼女性,头戴金冠,身穿白袍;她左手提一杆秤,右手举一柄剑;身边一束棒,束棒上缠一条蛇;脚下坐一只狗;案头放一支权杖、若干书籍和一个骷髅。

正义女神像或提着秤或携带天平隐喻着公正、平等;到了 12 世纪,无论是绘画艺术还是罗马的法律著作都把天平与正义女神结合在了一起。

---

① [法]皮埃尔·阿多:《伊西斯的面纱》,张卜天译,华东师范大学出版社 2015 年版,第 2 页。

② 江枫主编:《雪莱全集》(第 4 卷:诗剧),河北教育出版社 2000 年版,第 166 页。

其实，天平与正义的联系最早出现在古埃及的神话里。在埃及的《亡灵书》中，天平是作为亡灵的审判工具的；在审判亡灵时，正义女神玛特（Maat）用天平来称量亡灵。天平的一个托盘里放着代表玛特的一根羽毛，另一个托盘里则放着亡灵的心脏；只有当天平平衡时，才能够证明亡灵无罪。在古印度，天平同样被用作一种审判工具。在审判前，先把天平固定好，使两个托盘平衡；然后，被告和一位梵学祭司都禁食一整天。在审判前，被告在水中洗浴，并举行一个祭司仪式；仪式完毕，被告走到托盘上称量。被告走下托盘后，主持审判的梵学祭司会俯身托盘前默念咒语，并在一张纸上记下起诉内容，然后把这张纸绑在被告头上。几分钟后，被告再次走到天平上称量。如果这次称出的结果比上次重，就判被告有罪；如果轻于上次，就判被告无罪；如果和上次一样，则必须再称一次。①

正义女神总是与法律的公正紧密相连的。12世纪初有部名为《法学争论问题集》的著作，作者在序言里描述了他在一座山丘的丛林中发现的正义神殿的情景：理性女神、正义女神和六位美德女神居住在一起。理性女神居于正义女神的头上方，正义女神的小女儿公平女神躺在母亲的怀里，试图让正义女神手中的天平保持平衡。正义女神的其他几位女儿——五位美德女神像侍卫一样环绕在正义女神的周围。显然，这里所描绘的正义神殿无疑是受罗马正义神殿的启发，正义包含六种美德的观点则完全来自西塞罗；理性居于最高位置，又是亚里士多德主义在西欧的传播以及理性主义复兴的反映；将公平和其他美德视为正义女神的女儿显然是受到亚里士多德将正义视为一切美德的总的观念的影响。②

这里对正义女神、天平和道德进行了那么多的阐述，似乎与雪莱的诗歌作品无关。如果那么想就错了；雪莱本身就是在古罗马、古希腊神话的熏陶中长大的，而且他的诗歌都与正义女神、道德、公正有着不可分割的关系。他的诗歌在当时是颇具叛逆性和革命性的，其核心就是平

---

① 王华胜：《"正义女神"系谱与正义的困境》，《山东科技大学学报》（社会科学版）2014年第3期。

② 王华胜：《"正义女神"系谱与正义的困境》，《山东科技大学学报》（社会科学版）2014年第3期。

等、自由、道德、公正。在传统的英国文化里，基督是公正的，因为人们不可以去怀疑基督的公正品格。如果这样，所谓的公正性完全由审判者内在品质的好坏来决定，而这种内在的品质只能靠信仰来鉴别，肉眼无法见证。如果这样，公正的愿望就难以实现；所以，需要天平，就有了手持天平的正义女神。雪莱在不少诗里都写到了正义女神，例如他在《麦布女王》里这样写道：

> 这些废墟不久便将不留一点
> 残余痕迹：它们的组成元素
> 广泛散布在地球各处，已被
> 塑造成欢快的形体，效命于
> 一切快乐的冲动：于是人类
> 事事得以完善，世界，就像
> 慈母关怀下的孩子，所有的
> 优秀品质被不断增强，每年
> 过后，都成长得更美好时尚。①

《麦布女王》以梦幻的手法来表现人类社会的演变、精神发展的过程和对未来的憧憬。这首长诗的情节很简单，麦布女王把艾恩丝的灵魂唤起，带领她漫游在梦境般的世界里，向她展示人类社会的过去、现在和未来的情景。艾恩丝的灵魂随着仙女（女王）的指引，看见了过去帕尔迈拉王宫的废墟，"那权势逞威的地方/淫乐和欢笑的场所，/如今还留下些什么？只有无聊和耻辱的回忆"。君王和征服者在"永恒的尼罗河畔，/建立了金字塔。/尼罗河的河道将永不变更，/金字塔却会倒塌。/是的！不会留下一块石头/告诉后来的人们/金字塔曾耸立在何处，/确切位置将被遗忘，一如/造塔者们的姓名"。就连古代最辉煌的文明也会陨落，"雅典、罗马和斯巴达的/故址，成了精神的荒漠"。接着艾恩丝的灵魂又随着仙女的指引看见了当下现实社会的商业是如何残害人民大众的：

---

① 江枫主编：《雪莱全集》（第3卷：长诗·下），河北教育出版社2000年版，第170页。

> 商业！在它喷发有毒
> 气息的阴影笼罩下，没有任何
> 一种美德敢于滋生成长，但是，
> 贫困和财富却能异曲同工传播
> 危害人类身心的灾难，大敞开
> 那过早死亡和暴力死亡的大门，
> 接待憔悴的饥馑和饱满的疾病，
> 和人生道路上共命运的所有人，
> 他们的肉体和灵魂全都中了毒，
> 几乎已经拖不动身背后那一条
> 拖一步一响、越拖越长的锁链。①

对比一下麦布女王让艾恩丝的灵魂看见的人类未来理想梦境和当下的商业所造成的破碎社会情景，读者看到了两个截然不同的社会画面。在理想的社会里，"欢乐的地球啊！现实的天堂！／人类世界世世代代千千万万／殚精竭虑不懈的追求和向往；普天下凡夫俗子的最高希望！""疾病与衰弱的毒菌在人体再／不能为害，纯洁把珍贵的／恩惠赏赐给她的人类崇拜者。／老年人强健的身体精力充沛，／光洁开朗的眉宇看不见皱纹！"而在当下的现实世界里，"商业已把自私的标记，它拥有／奴役一切的权力的印玺，打印／在一种闪光的矿石，并称它为／黄金：庸俗的大人物、虚荣的／富豪、傲慢的小人和许许多多／农夫、贵族、教士，以及国王，／都在它的形象面前，弯下腰去。／但是在他们拜金心灵的庙宇里，／黄金是一尊活的上帝，轻蔑地／统治着人世间除了美德的一切"。②

也许，读者在阅读《麦布女工》时会发现，雪莱通过麦布女王的叙说展示了他的理想与现实的二元对立思想，也就是说，在他的这首诗歌

---

① 江枫主编：《雪莱全集》（第3卷：长诗·下），河北教育出版社2000年版，第322—323页。
② 江枫主编：《雪莱全集》（第3卷：长诗·下），河北教育出版社2000年版，第323页。

里，他给读者描述了美好的理想和残酷的现实以及纯粹的艺术构想和真正的现实社会，它们是对立的，但又非常和谐地存在于诗歌文本当中。雪莱在诗歌里认为，尽管人类社会的过去和当下是不好的、欠缺的，甚至是残酷的，但人类的明天是美好的，未来的"世界，就像/慈母关怀下的孩子，所有的/优秀品质被不断增强，每年/过后，都成长得更美好时尚"。在雪莱的诗歌里，存在一种必然性思想，就像他在《麦布女王》里所说的，"自然的精灵！满足一切的力量，/必然性！你，宇宙万物的母亲"。① 雪莱在这首诗的"注十二"里说："必然性概念的来源和根据，是我们对于客观事物之间的关联、自然界运行动态的一致、类似事件恒定不变的同时出现和从一事件可以推断出另一事件的经验……但是，必然性的学说教导我们，宇宙中既没有善也没有恶，有的只是和我们独特的生存方式发生各种不同关系而被我们用这样两个词加以评价的各种不同事物。"②

可见，雪莱在看待善与的问题上是很矛盾的。雪莱的必然性在某种意义上来说就是他的"上帝"思想，即宇宙的终极动力和结果。他的这一思想是受斯宾诺莎（Baruch de Spinoza，1632—1677）上帝观念的影响。斯宾诺莎说："上帝，我理解为一个绝对无限的存在，就是说，一个包含无限属性的实体，这些属性中的每一个都表达了永恒无限的本质。"③ 斯宾诺莎还说："人人必须承认，没有神就没有东西可以存在，也没有东西可以被理解，因为没有人不承认，神是万物本质及存在的唯一原因，这就是说，神不仅是万物生成的原因，而且是人们所常说的万物存在的原因。""自然中没有任何偶然的东西，反之一切事物都受到神的必然性所决定，而以一定的方式存在和动作。"④ 对比一下雪莱的必然性思想和斯宾诺莎的上帝观，读者一定会发现它们之间有某种相似之处。我们说雪莱的必然性思想受到斯宾诺莎的影响是有根据的；雪莱在1812年12月

---

① 江枫主编：《雪莱全集》（第3卷：长诗·下），河北教育出版社2000年版，第340页。
② 江枫主编：《雪莱全集》（第3卷：长诗·下），河北教育出版社2000年版，第395—400页。
③ [美] 撒穆尔·伊诺克·斯通普夫等：《西方哲学史：从苏格拉底到萨特及其后》，邓晓芒等译，世界图书出版社2009年版，第213—214页。
④ [荷兰] 斯宾诺莎：《伦理学》，贺麟译，商务印书馆1986年版，第53、29页。

17 日写给托马斯·胡卡姆的信中写道："说到哲学著作，我不是太审慎。你或许能弄到斯宾诺莎的著作。"① 显然，雪莱在这里是请胡卡姆为他找斯宾诺莎的著作；可见，他对斯宾诺莎是颇感兴趣的。

雪莱的必然性思想导致了他在诗歌作品中诸多矛盾的地方。金字塔的建造和倒塌是必然性的结果，苏格拉底被迫喝毒鸩死亡是必然性的结果，当下的专制是必然性的结果，未来的美好前景也是必然性的结果；如果这样，那么当下的一切剥削和压迫也是必然性的结果，就是合情合理的了，有必要费那么大的力气去推翻吗？雪莱幻想的世界前景是非常美好的，而现实又是那么黑暗的，这不但向正义女神提出了挑战，还使她陷入"必然性"所带来的困境之中。既然结果都是必然的结果，那么现实也一定是必然的现实。这样一来，正义女神的存在基础是什么呢？这是雪莱诗歌里的悖论，等着读者去思考、解决。

三 雪莱笔下的女性之美

女性是雪莱诗歌中必不可少的内容，给读者带来美感。雪莱笔下的女性大多意志独立、思想解放、行动自由，足以与男性分庭抗礼。这既与他受到希腊神话中的女神形象的影响有关，也与他所主张的平等、自由的女权主义思想有关。雪莱不但读过《荷马史诗》，而且一定对它非常熟悉，了如指掌。在《伊利亚特》里，美女海伦是引发战争的导火索。据古希腊神话传说，国王珀琉斯（Peleus）同海神涅柔斯（Nereus）的女儿忒提斯（Thetis）举行婚礼时，邀请了奥林帕斯山的众神，唯独忘记了邀请专管纠纷的女神厄里斯（Eris）。为了报复，这位女神偷偷来到婚宴，暗中向客人们扔下一只金苹果，上面刻着"送给最美丽的女神"；于是，引起赫拉（Hera）、雅典娜（Athena）和阿芙洛狄忒（Aphrodite）三位女神的纷争。宙斯叫她们到特洛伊（Troy）去找国王普里阿摩斯（Priams）的次子帕里斯（Paris）评判谁最美丽。帕里斯把金苹果判给了阿芙洛狄忒，因为她许诺让世界上最美丽的女人做他的妻子。从此，赫拉和雅典娜对帕里斯和特洛伊人怀恨在心。后来，借帕里斯出使希腊的机会，她们在阿芙洛狄忒的帮助下，拐走了斯巴达国王墨涅拉俄斯（Menelaus）的

---

① 江枫主编：《雪莱全集》（第 6 卷：书信·上），河北教育出版社 2000 年版，第 377 页。

妻子——全希腊最美的女人海伦（Helen of Troy）。这件事激起全希腊的公愤，几乎所有地区和城邦的国王都率领自己的军队参与讨伐特洛伊的战争。①

在《伊利亚特》里，海伦的美并没有被频繁正面提及，而是采用侧面烘托的方式加以凸显。例如：当帕里斯和墨涅拉俄斯决斗时，海伦"迅速穿上闪亮的裙袍，流着/ 晶亮的泪珠，匆匆走出房门，并非独坐/ 偶行——两位侍女跟随前往，伺候照料，/埃丝拉，皮修斯的女儿，和牛眼睛的克鲁墨奈。/她们很快来到斯卡亚门耸立的城沿。""就像这样，特洛伊老一辈的首领坐谈城楼。/他们看到海伦，正沿着城墙走来，/便压低声音，交换起长了翅膀的话语：/ '好一位标致的美人！难怪，为了她特洛伊人和胫甲坚固/ 的阿开亚人经年奋战，含辛茹苦——谁能责备他们呢？/她的长相就像不死的女神，简直像极了！/但是，尽管貌似天仙，还是让她登船离去吧，/不要把她留下，给我们和我们的子孙带来痛苦！"②这几行诗成为后世经常用来描述海伦之美的例证。

海伦无疑貌似天仙，具有倾城倾国的美貌，她的美给特洛伊人民和城市带了毁灭性的灾难。但是，还有其他聪慧贤良的女性受到歌颂和称赞。在《奥德赛》里，俄底修斯（Odysseus）的妻子裴奈罗珮（Penelope）就是另一类女性美的典范；在荷马笔下，她几乎就是美德的化身。裴奈罗珮是一个贤妻良母的形象。在俄底修斯外出攻打特洛伊的十年期间，她守候家园，恪守妇道。十年之后，向她求婚的富贵之人络绎不绝，踏破了门槛；即使在不知道丈夫是否还在世的情况下，她都坚定不移地给予拒绝，并取出丈夫的弓箭，对付蜂拥而至的求婚者："其时，裴奈罗珮，女人中的佼杰，行至藏室，/……/ 伸手取下弓杆，从挂钉上面，连同/ 闪亮的弓袋，罩护着弓面。她/ 弯身下坐，将所拿之物放在膝盖上面，/取出夫婿的弓弩，出声哭泣。/当辛酸的眼泪舒缓了心中的悲哀，/她起身走向厅堂，会见高贵的求婚人，/手握回来的弯弓，连同插箭的/ 袋壶，装着许多招伤致痛的羽箭。/……/她当即发话，对求婚者们说

---

① 参见孙鼎国主编《西方文化百科辞典》，吉林人民出版社2006年版，第836—837页。
② ［古希腊］荷马：《荷马史诗——伊利亚特》，陈中梅译，中国戏剧出版社2005年版，第61页。

道:/听我说,你等高傲的求婚人!你们说不出别的理由,别的借口,/只凭你们的意愿,让我嫁人,做你们的妻伴。/这样吧,求婚的人们,既然赏礼有了,/我将拿出神样的俄底修斯的长弓,/让那抓弓在手,弦线上得最为轻快,/一箭穿过十二把斧斤的赛手,/带我出走,离弃俄底修斯的家居。"① 她丈夫俄底修斯是赫赫有名的神射手,力大无比;他留在家里的长弓绝非一般人可以拉得动的,更不用说要求婚者"一箭穿过十二把斧斤"了,根本就没有那种可能。自然,智勇双全的裴奈罗珮是另一类优秀女性的典范,是非常美的。

雪莱一定非常仔细地反复阅读过《荷马史诗》,所以读者在他的诗歌里既可以发现海伦也可以发现裴奈罗珮的痕迹。从审美视角来看,雪莱诗歌中的女性不但是美的,而且是受到尊重的,因为雪莱笔下的女性具有颇高的社会审美价值,即女性的审美功能和价值与社会的进步要求紧密联系在一起,并为新女性的形成和发展做出积极努力。文学作品是社会生活的反映,而社会价值是文学作品最根本的先决条件和有机组成部分。从哲学视角看,"价值(不论是肯定方面或否定方面),决不能作为对象本身的特性,它是相对于一个估价的心灵而言……抽开意志与情感,就不会有价值这个东西"②。也就是说,价值注重人的主体性并以人的意志和情感为基础;所以,"'审美'是从自然和人、物质和精神、客体和主体的相互作用中产生出来的效果……审美依照人对它评价的程度成为对象的属性。美——这是价值属性,美正是以此在本质上有别于真"③。由此可见,文学作品中的女性美是由作者和读者的文化背景、文化修养和精神取向所决定的;它取决于审美客体对作者和读者所具备的审美能力以及这个能力所指向的社会实践和审美需求。雪莱的社会实践以及他的文化背景、文化素养和精神取向使他诗歌里的女性形象别具一格、与众不同,他在《伊斯兰的反叛》里是这么描写女性的:

---

① [古希腊]荷马:《荷马史诗——伊利亚特》,陈中梅译,中国戏剧出版社 2005 年版,第 369—370 页。
② 转引自刘放桐《现代西方哲学》(修订版),人民出版社 1990 年版,第 143 页。
③ 转引自[苏联]列·斯托洛维奇《审美价值的本质》,凌继尧译,中国社会科学出版社 1984 年版,第 23 页。

有一个明媚犹如晨光的少女,
　　坐在岩石下,坐在茫茫的海滩上,
她像一朵鲜花那么绰约,
　　点缀着冰天雪地的荒凉!
她一双纤纤的细手交叉在胸膛,
系在她黑发上的发带已松散,
　　她坐在那里望着海上的波浪;
冷清清的海标前停泊着一条小船,
和她一般美丽,像爱情遭到了希望的冷淡。①

　　研究者们普遍认为,《伊斯兰的反叛》是一篇以革命为主题的长诗,它抨击了欧洲的"神圣同盟"对内实行专制暴行,对外镇压民族革命的暴行。该诗的"第一歌"的开篇为读者展现了一个寓言式的恶鹰与善蛇之间的打斗画面。在暴风骤雨的高空之中,"苍鹰和巨蛇正在恶斗一场!""一滩天光撒落在它的翅膀上,/照亮了它身上每一根金色的羽毛——/鹰毛与蛇鳞交错,莫辨真相!/铠甲一般的蛇皮绚烂辉耀,/穿过苍鹰的羽毛而光华四照,/蛇身一大圈一大圈缠牢盘紧,/柔细的蛇颈回避得那么远,那么高,/长着美冠的蛇头十分小心,/密切注视着苍鹰一对直勾勾的眼睛!""苍鹰一圈又一圈盘旋打转,/哗啦啦扑打着翅膀,发出悲鸣,/……/用嘴爪朝着蜷曲的巨蛇猛袭,/巨蛇也照准它心房,要给以致命的一击!"②蛇鹰恶战的结果是两败俱伤,"蛇身折断了,僵硬了,没了气,/高悬在空中,最后落入大海;/苍鹰也扑扇着翅膀,发出哀啼,/飞过大陆的上空,力竭气衰。"

　　然而,"有一个明媚犹如晨光的少女,/坐在岩石下,坐在茫茫的海滩上",在观看蛇鹰恶战。这种情形好像《伊利亚特》里海伦观看帕里斯和墨涅拉俄斯决斗的场面。少女"像一朵鲜花那么绰约",漂亮、迷人,可以与海伦媲美。据江枫主编的《雪莱全集》里的注释,这个明媚犹如

---

① 江枫主编:《雪莱全集》(第 2 卷:长诗·上),河北教育出版社 2000 年版,第 100 页。
② 江枫主编:《雪莱全集》(第 2 卷:长诗·上),河北教育出版社 2000 年版,第 96—97 页。

晨光的少女是自然和"爱"的精灵;① 所以,她与代表善的巨蛇是息息相通的。他们有共同语言,在少女的召唤下,"巨蛇便听从了召唤,蜷伏在她的胸膛"。这种情景让读者看了之后,感觉美极了。审美客体也好,审美主体也好,都一定是感性的和能够激发或被激发出想象力的;不管是社会事物还是文学作品,作为审美客体,一定要有感性的东西在里面,这种感性也一定要与审美主体的感性相融合,才能让人生发出美的感受来。在这里,雪莱对少女美的描写,让读者有一种类似于海伦的美的感受:神秘、美貌而神圣。但是,在《伊斯兰的反叛》的其他诗节里,雪莱笔下的女性美却呈现出裴奈罗珮似的特点:

> 她在我的怀抱里躺了好一阵,
> 　　她的头贴着我不能平静的心房,
> 我软弱的手臂搂住她憔悴的身影:
> 　　一会儿,她仰起头来向我张望,
> 　　微张着颤抖的嘴唇,这样对我讲:
> "朋友,我戴着镣铐站在国王面前,
> 　　见你军被打败,便挣断了铁索丁当,
> 觑了一个机会,夺了那鞑靼人的宝剑,
> 跨上他的马奔跑,像驾着疾风飞旋。"②

在这一节里,反叛者中的女性表现出一种大无畏的革命精神。这个女战士战败后戴着镣铐站在国王面前,但最后还是"挣断了铁索丁当,/觑了一个机会,夺了那鞑靼人的宝剑,/跨上他的马奔跑,像驾着疾风飞旋"。这是一种什么样的英雄气概?一个女战士做到了男勇士都不可能做到的事情;真是大美,真是崇高啊!雪莱笔下的女性美是感性的,也是诗性的;在这里,感性就是诗性,因为诗歌里所呈现的美的形式就直接凸显了审美价值,能够让读者很快感知到。审美价值的呈现需要作者和

---

① 江枫主编:《雪莱全集》(第2卷:长诗·上),河北教育出版社2000年版,第100页。
② 江枫主编:《雪莱全集》(第2卷:长诗·上),河北教育出版社2000年版,第234—235页。

读者共同去揭示和发现；就像埋在地里的宝石，如果不去挖掘，不去发现，它的美就永远被埋没了。当读者读到"戴着镣铐站在国王面前""便挣断了铁索丁当""夺了那鞑靼人的宝剑"以及"跨上他的马奔跑，像驾着疾风飞旋"这些诗句，并想象这些诗句所描绘的画面时，他们一定会震惊、感叹；一股敬仰之情会从他们心底涌出，他们不由自主地说道："太美了！太伟大了！"雪莱笔下的女性之美就是这样打动着读者的心灵。

第四章

神话与雪莱诗歌的乌托邦魅力

雪莱在《为诗辩护》里说：

> 《神曲》和《失乐园》使得近代神话具有系统的形式；等到世事变迁、岁月流逝、在世间许多盛衰交替的迷信中更加上一种迷信的时候，就须要注释家们博征繁引来阐明古代欧洲的宗教了，至于古代宗教之所以幸而不至于完全被人忘记，是因为它盖上了天才们的不朽的印记。[①]

雪莱的这段话表明：其一，《神曲》和《失乐园》是写神话；其二，神话在历史发展过程中是会变化的；其三，像《神曲》和《失乐园》这样的诗歌作品为神话的流传做出了不可磨灭的贡献。在这里，雪莱强调神话在文学作品中不可替代的重要作用；神话是对象征的诠释，它以某种内部关联性为读者展示了承载于自身的颇具象征意义的东西。象征唤醒人们去理解心里那种难以用语言表达的最为深层的、微妙的意识，它以画面的形式清晰地表现出来；就像雪莱所说的："《失乐园》所表现的撒旦，在性格上有万不可及的魅力和庄严。如果我们以为弥尔顿有意用通俗的笔法写出罪恶的人格化，那么我们的设想是错误了。难恕的仇恨，耐心的诡计，以警惕而慎密的阴谋给敌人以绝大痛苦——这些都可以说是罪恶；这些罪恶，在一个奴隶还情有可原，在一个暴君却不可饶

[①] 江枫主编：《雪莱全集》（第5卷：小说、散文），河北教育出版社2000年版，第477页。

恕；被征服者虽败犹荣，还可以弥补这些罪恶，胜利者虽胜而可耻，更加暴露这些罪恶。"①

神话与文学艺术的关系如此重要，以至于神话不但成为文学艺术作品的土壤，而且成为文学艺术借以表现的手段。马克思说："大家知道，希腊神话不只是希腊艺术的武库，而且是它的土壤……希腊艺术的前提是希腊神话，也就是已经通过人民的幻想用一种不自觉的艺术方式加工过的自然和社会形式本身。这是希腊艺术的素材。不是随便一种神话，就是说，不是对自然（这里指一切对象，包括社会在内）的随便一种不自觉的艺术加工……但是，困难不在于理解希腊艺术和史诗同一定社会发展形式结合在一起。困难的是，它们何以仍然能够给我们以艺术享受，而且就某方面说还是一种规范和高不可及的范本。"② 显然，神话对于文学艺术的创作有一种类似于源泉的作用。

雪莱在他的诗歌中频繁使用神话典故；有的诗歌题目直接涉及神话人物，如《解放了的普罗米修斯》《阿拉斯特》和《阿多尼》等；有的诗歌题目虽然不直接涉及神话，但里面却存在大量神话典故。神话的存在就是思想性的存在，神灵的世界也是思想性的世界。雪莱在诗歌里的神话运用实际上是以神话对抗或消解现实世界中的罪恶和暴虐，为受剥削和压迫者提供一块乌托邦似的乐土。在那里，被伤害的人可以得到保护和庇护，因为爱总在那里抚慰着他们的伤口。雪莱的诗歌以博爱、公正、自由缔造了一个乌托邦王国，从里面诞生了灵慧的理念、欢快的想象、有趣的主题、寓意和象征，并传递出一种激动人心的呼唤：

> 爱，从智慧之心可敬畏的耐力
> 宝座上，从可怕的忍受煎熬时
> 　晕眩的最后一刻，从巉岩般
> 痛苦的陡峭、溜滑、狭窄边缘

---

① 江枫主编：《雪莱全集》（第5卷：小说、散文），河北教育出版社2000年版，第476页。

② 转引自谢国先《神话：一种自觉的语言艺术》，《云南艺术学院学报》2002年第1期。

跃起，用翅膀抚抱、疗救人间。①

第一节 《心之灵》：理想爱情的冥思

所有民族的诗人在其母语中进行的想象都是最为快乐的，因为诗歌是一种自由的文学作品；而自由的创作是诗人自我理念的直接表达。雪莱像其他任何一个西方诗人一样是在古希腊、古罗马文化中接受教育和熏陶的，这不仅因为古希腊、古罗马文化是欧洲文化的本源，还因为他对古希腊、古罗马诗人非常崇敬。雪莱在《为诗辩护》里多次提到古希腊、古罗马的诗人，并对他们大加赞扬，例如当他提到荷马时，这样评论道：

> 荷马把他那个时代的理想的极境，具体表现为人的性格；我们不用怀疑，凡是读过荷马史诗的人，都会竖起雄心，想要模仿阿喀琉斯、赫克托尔和俄底修斯；在这些不朽的形象塑造中，友谊的真和美，爱国的精神，一念的专诚，都被显示出来，直至最深；听众同情于这样伟大而又可爱的人物，定必洗练自己的感情，扩大自己的胸襟，终至因崇拜而模仿，因模仿而把自己比拟崇拜的对象。②

荷马的《伊利亚特》和《奥德赛》是描写史前人们社会活动情况的史诗，他把历史人物都神话化了，使其变成了神话故事。史诗中的人物都具有神性，都得到过神的帮助，都颇具超然力量；这些具有象征意义的伟大人物的活动反映了人类在其发展过程中必须经历的宏大历史事件。这样的文学作品往往被称作文学典籍，即从本民族母语思维出发的那些有价值和思想的文学创作。

雪莱深谙古希腊、古罗马文学作品，受到古罗马、古希腊文学作品的影响也很大；所以，他的不少诗歌在古人的神话中迂回穿行，达到了

---

① 江枫主编：《雪莱全集》（第4卷：诗剧），河北教育出版社2000年版，第232页。
② 江枫主编：《雪莱全集》（第5卷：小说、散文），河北教育出版社2000年版，第459页。

很好的艺术效果。"神话是故事,神话是叙述性或诗性文学。"[①] 神话既是情节也是叙事结构,也可以这么说,它是一种没有逻辑的或逻辑松散的叙事结构。然而,正是这种非理性的叙事结构使雪莱的不少长诗显得广博、神圣、轻松,并颇具戏剧的转化性和审美功能。

一 《心之灵》:柏拉图式的爱情

"爱"这个字眼在雪莱的诗歌里提到得最多。与凡夫俗子所说的"爱"不同,雪莱在诗歌里所说的爱是一种爱的精神或爱的灵魂。在雪莱看来,人不但要从肉体上解放自己,而且要从精神上解放自己。在这个充满纷争的世界,所有人的生命都由肉体和心灵组成;只要是活着的人有肉体就一定有灵魂;灵魂与肉体,肉体与灵魂是紧密联系在一起的,不可分开。

人类世界总是向人们展示这样一个荒谬的事实,即生命在与外界的时空力量进行抗争、较量时,有种不可抗拒的强大力量,无论来自人本身还是来自外界,都想方设法地把人的肉体与他的心灵分离开来,这股强大的力量就是精神。人的肉体本身是一种无关乎"快乐"或"痛苦"的中性存在,是人的心灵让肉体感受到什么是快乐什么是痛苦;所以,心灵往往趋利去弊,向往着对自己有利的事情,例如:当一个男人身负重伤受到美女护士照料的时候,他或许会产生一丝"淫念"。人心灵的这种表现是一种"缺陷的爱",即"爱"尘世的物质享受,趋于贪财、贪食、贪色。非常有趣的是,在雪莱的诗歌里,精神不但没有把肉体和心灵分离,而且把它们以"神圣的爱"的形式完美地统一在一起。他在《心之灵》里这样写道:

> 天庭的使者!你美得不似人类,
> 在你那光彩照人的女人形体内,
> 那所有的一切,全都无与伦比:
> 是光和爱、是不死的神圣品质!

[①] [美] R. 蔡斯:《神话研究概况》,载 [美] 约翰·维克雷主编《神话与文学》,潘国庆等译,上海文艺出版社 1995 年版,第 13 页。

是永恒灾难之中的甜美的福祉!
是这漆黑宇宙中被遮蔽的明灯!
是云上的月!是死人中的活人!
是高高超越过了暴风雨的星辰!
你是奇迹、是美,却又是恐怖!①

《心之灵》是一首很难读懂的长诗,因为一般读者对诗中所涉及的观念缺少感受能力,所以对这首诗难以理解。雪莱在《心之灵》里描写了一个钟情的爱人形象"艾米莉",就像他在诗中说的:"我从不曾妄想在死以前能见识/如此完美的青春形象,艾米莉,/我爱你;尽管人世间没有一个/精确名称能使这种爱免于蒙受/无辜羞辱。但愿我们原是孪生!"② 被动、受苦和逆来顺受往往被认为是人的自我表象,似乎他对外界不可抗拒的力量是臣服的。然而,事实并非如此,人的内心世界是复杂、多变的;他的自由意志使他有所思、有所想、有所意愿,而当他强有力地思想和追逐意愿时,他的自由意志就一定会突破自我的局限,使他感到:打动了、迷住了、征服了、震撼了。在《心之灵》里,"我"被迷住了、被征服了、被震撼了,而迷住我的、征服我的、震撼我的是"艾米莉",因为"她在人生的坎坷路上和我邂逅,/引我走向甜美的死亡"。她是天庭的使者,"是光和爱、是不死的神圣品质!/是永恒灾难之中的甜美的福祉!/是这漆黑宇宙中被遮蔽的明灯!/是云上的月!是死人中的活人!/是高高超越过了暴风雨的星辰!/你是奇迹、是美,却又是恐怖!"

"我"爱"你","你"是谁呢?是艾米莉。艾米莉又是谁呢?是"我"的所爱,当然不是俗世的爱,而是仙界的神圣的爱,也是柏拉图式的爱。神话在古希腊对人们当时的生活影响很大,当然包括了他们对爱情的看法。天上的爱与美之神阿芙洛狄忒没有沾染淫欲和放荡,天上的爱因此被认为是一种高尚纯洁的爱,值得向往和追求。世俗的爱与情欲紧密相连,所以被视为低俗、放荡的爱。柏拉图在《斐德罗篇》里把爱

---

① 江枫主编:《雪莱全集》(第3卷:长诗·下),河北教育出版社2000年版,第161页。
② 江枫主编:《雪莱全集》(第3卷:长诗·下),河北教育出版社2000年版,第162页。

比喻成两匹马；一匹是驯良的，而另一匹则是顽劣的。地位比较尊贵的那匹马是驯良的，它身材挺直、颈项高举、鼻子像鹰钩、白毛黑眼；它爱好荣誉，但又有着谦逊和节制；由于它很懂事，要驾驭它并不需要鞭策，只消一声吆喝就行了。另一匹马身躯庞大、颈项短而粗、狮子鼻、皮毛黝黑、灰眼睛，容易冲动不守规矩而又骄横，耳朵长满了乱毛，听不到声音，鞭打脚踢都很难使它听使唤。柏拉图希望的是，人最好能够控制好灵魂中的顽劣之马，让爱的驯良之马占上风。在俗世的爱情迷狂中，人应该懂得节制，过一种心灵高尚的生活。如果爱能够使灵魂中的善焕发出力量，那么人才可以过上有节制的、颇具哲理性的生活，并享受到爱所带来的崇高之美。

《心之灵》里的爱就像"我"与艾米莉混为一体的驯良的马，即纯粹的、自觉的、不需要鞭策的、神圣的爱。这种神圣的爱不是世俗的低级情爱，它是超越了世俗的生命载体，也是反映着生命活力的精神载体。在人类肉体生长和发育得到充分满足或玷污损害之后，人类遭到了难以想象的摧毁；而恰恰在人类欢庆宴会的背后，在那肉体戴着假面具庆祝胜利的背后，人类的贪欲被"神圣的爱"所嘲笑。当所有非人类的存在物和宇宙生命的节奏一起律动的时候，人类的德行使自己隔绝于这种节奏。雪莱在诗歌中把人类与非人类的存在物有机地整合在一起，让人类的爱与宇宙的生命一起律动，使人类的爱具有神话般的品质和功能：

> 你看她站在那里！是人的形体，
> 饱含着爱、生命、光，和神性，
> 和只会变化、不会死亡的运动；
> 是某种光辉永恒的形象的体现；
> 是某一场美梦的留影；是脱离
> 第三星球来到人间的一束光辉；
> 是永恒的爱情之月的温柔映像，
> 这月的运动支配着生命的潮汐；
> 她是春天、青春和清晨的隐喻；
> 又仿佛是四月化身明媚的幻景，
> 也是警告，要求那严寒的僵尸

进入他夏季的坟茔。①

从这十几行诗里,读者可以感觉到一种形而上的神话般的神秘感。对生命进行深刻思考,让生命摆脱世俗肉体的束缚,不论是为了肉体还是为了心灵,这些诗行都具有浓厚的神秘主义倾向和神话情节。艾米莉在雪莱的笔下已经不是尘世间的普通女子,而是一个女神的形象:她站在那里,"是人的形体,/饱含着爱、生命、光,和神性,/和只会变化、不会死亡的运动"。"她是春天、青春和清晨的隐喻;/又仿佛是四月化身明媚的幻景。"由此可见,在《心之灵》里,艾米莉的形象包含着所有神话的本源:人类总是一次又一次地漫游在一个神圣的、不死的、永恒的意识空间,把自己放置在一个充满幻想的光亮中,充分展现生命的力量,而尽力避免提及恐惧对它的损害。

美和善在古希腊哲学和古希腊人的生活观念中占据着举足轻重的地位。柏拉图的《会饮篇》谈到了当时社会名流关于爱神与爱情的争论,也反映了哲学家对于爱的问题的深刻思考。在柏拉图看来,"恋人必须从具体可见的形体之美爱上一切美的形体,即从具体美过渡到形式美;同时必须把心灵美看得比其他形体美更为珍贵,进而导向法律和制度之美;然后,恋人凭借对美的广大领域的了解,用双眼注视美的汪洋大海。最终灵魂观照到了美本身,他那长期辛劳的美的灵魂会突然涌现出神奇的美景。这种美是自存自在、无始无终的永恒之美!"② 要想理解柏拉图式的爱情,除了对他的美的理念有所了解外还必须对他的"善"的维度加以解读。爱的对象是善,爱情就是把善的、美的东西归于自身的欲望。爱不是与有血有肉的配偶的结合;爱是一种哲学,是灵魂与"远远高出人类情欲之上的永恒的智慧"的"不可思议的融合"。③ "一个坏人邪恶地放纵情欲,那么这种爱是卑鄙的,而一个有道德的人高尚

---

① 江枫主编:《雪莱全集》(第3卷:长诗·下),河北教育出版社2000年版,第164—165页。

② 转引自仲霞《柏拉图式恋爱的内涵及其美学意义分析》,《东北大学学报》(社会科学版)2011年第4期。

③ 转引自吴雁飞《"柏拉图式的爱"之真谛》,《重庆科技学院学报》(社会科学版)2009年第3期。

地追求爱情，那么这种爱是高尚的。邪恶的有爱情的人是世俗之爱的追随者，他想要的是肉体而不是灵魂，他的爱心的对象是变化的、短暂的。所爱的肉体一旦色衰，他就远走高飞，背弃从前的信誓，他的所有甜言蜜语都成了谎言。而那些追求道德之美的爱人会终身不渝地爱他的情人，因为他所爱的东西决不会褪色。"① 世俗之爱与高尚之爱的区别主要在于前者仅仅局限于肉体的享受，后者却是善与爱的化身，是心灵和精神的享受。

雪莱的《心之灵》里的艾米莉是"我"的爱人，而"我"这个爱人与"我"合为一体，是"爱、生命、光和神性"的结晶。于是，在"神圣的爱"的召唤下，妻子就是姊妹，姊妹就是天使，"爱能使万物一律平等，/我常听见我自己的心论证这令人/欣慰的真理：泥土里蚯蚓的精神/在爱和崇拜中也能和上帝相通"②。柏拉图式的爱情使陶醉在爱情中的恋人拥有神圣的美感，使生命展现出完美的心灵和精神。"通过拥有爱情和美的事物，即使是普通人也能觉得自己是在一个完美的世界里周游，在不断地靠近幸福。"③ 雪莱在《心之灵》里，通过呈现"柏拉图式的爱情"，增强读者对生命的认识，使他们徜徉在美丽的世界之中。

二 悖论观照下的爱之活力

"柏拉图式的爱情"是不涉及肉欲的，它被理解为精神层面上的崇高爱情。事实上，并不是所有的人都对"柏拉图式的爱情"表示赞赏，例如法国启蒙主义思想家伏尔泰（Voltaire）就对"柏拉图式的爱情"提出了批评。他在《哲学词典》里认为，所谓柏拉图式的爱情"似乎是有意识的极度伤风败俗的行为"；是"原来青年无知，刚一成长，由于本能失

---

① ［古希腊］柏拉图：《会饮篇》，《柏拉图全集》（第2卷），王晓朝译，人民出版社2003年版，第220页。
② 江枫主编：《雪莱全集》（第3卷：长诗·下），河北教育出版社2000年版，第165页。
③ ［美］桑塔亚那：《人性与价值——桑塔亚那随笔精选》，乐爱国等译，广东人民出版社2003年版，第101页。

调，就陷入这种错误的行为"。① 伏尔泰之所以这样谴责柏拉图式的爱情，是因为在他看来柏拉图式的爱情颇具今天的同性恋特点，是荒淫无耻、有悖人的自然本性的。用今天的眼光来看，伏尔泰的观点显得太激进和偏颇了；何况到目前为止，没有证据证明柏拉图式的爱情就是同性恋。作为一种艺术手段，柏拉图式的爱情在雪莱的诗歌中被广泛使用，并取得了一定的理想效果。

雪莱诗歌中的柏拉图式的爱情是放置在一种悖论语境下的，使诗歌中所描述的爱呈现出永恒不衰的活力。这种悖论就像是一个婴孩，它是最可爱的，同时又是最可恨的，但归根结底是很可爱的。也就是说，为了获得诗歌在表现上的效果和力量，诗人让读者去审视对象化了的世界中那些让他感到不安的矛盾性的成分，并从里面寻找出"真理"来。这倒是颇似婴儿的母亲，她对自己的孩子既恨又爱；孩子的哭闹一定会使她感到烦恼和可恨，但正是从这些烦恼和可恨中，她获得了做母亲的快乐；也就是说，可恨与可爱或痛苦与快乐在很多情况下是一对孪生兄弟，难舍难分。《心之灵》里就有不少诗行都具有悖论的特点，以凸显爱的强大活力：

> ……
> 在那丛林天然的居民中寻找着，
> 看能否找到一个形影类似于她，
> 她也许就隐身在某种面具之下。
> 曾有一个：她的语声是有害的
> 乐曲，她坐在井沿蓝色的龙葵
> 毒树阴下，从她那虚伪的嘴唇
> 吐出的气息也像花的淡淡清芳，
> 她触摸却似放电的剧毒，目光
> 中的烈焰常煎熬我体内的腑脏，
> 从她莹润的面颊和胸脯会飘出
> 致命的温馨，那温馨仿佛甘露，

---

① ［法］伏尔泰：《哲学词典》（上册），王燕生译，商务印书馆2005年版，第89页。

> 能一直透入我碧绿心脏的内核，
> 浸湿它的绿叶，直到像年轻人
> 一头青丝变成白发，以过早的
> 枯萎埋没它那尚未开放的青春。①

在这些诗行中，"她"是艾米莉，是一个与"我"合而为一的、"饱含着爱、生命、光和神性"的永恒整体。然而，在这个和谐的整体中，"她的语声是有害的乐曲"，"她那虚伪的嘴唇吐出的气息也像花的淡淡的清香"。如果说，"她"是一个与"我"合而为一的、"饱含着爱、生命、光和神性"的永恒整体，那么这样的爱是纯洁的、没有缺点和杂质的。但从这些诗行来看，并不是这样，那种推论是假的，因为她的"嘴唇是虚伪的"，而虚伪的嘴唇吐出的气息是不可能让人感到"像花的淡淡的清芳"的。但是，"淡淡的清芳"的气息的确是从她嘴唇里吐出的；如果这样，她的嘴唇怎么可能是"虚伪"的呢？无论肯定还是否定，这句话似乎都是假的，都充满了矛盾；这就是悖论。悖论的英文是 paradox，指由某些表面上看上去真实可靠、公认的前提，结果导致一个自相矛盾的乃至逻辑上不被接受的结论。罗素（Bertrand Russell，1872—1970）的理发师悖论就是一个非常有趣的例子：某个村子里有一个理发师，这个村子订了一条不可违背的法规："凡自己不给自己刮胡须的人，必须由这个理发师去刮。"现在要问：这个理发师的胡须该由谁去刮呢？从逻辑上分析，只有两种可能性，即理发师的胡须由别人刮或者由他自己刮。如果理发师的胡须由别人刮，就意味着理发师自己不给自己刮。按法规，他的胡须就应该由理发师自己刮，这就与理发师的胡须由别人刮的可能性相矛盾。如果理发师的胡须由他自己刮，换言之，理发师自己给自己刮。按法规，这个理发师应该是自己不给自己刮的，这就与由理发师自己刮这个可能性相矛盾。理发师的胡须该由谁刮呢？由别人刮、由他自己刮都不行，都与法规相矛盾，也就是说产生了悖论。②

雪莱在诗歌中对悖论手法的运用是为了说明，对高尚纯洁的爱的认

---

① 江枫主编：《雪莱全集》（第3卷：长诗·下），河北教育出版社2000年版，第170页。
② 张步仁：《悖论及其认识价值初探》，《江苏社会科学》1999年第1期。

识和把握需要一个曲折、矛盾的过程。人类对爱之真理的认识不但是一个不断深化的过程，而且是一个从片面走向全面，从对立走向统一的过程。爱的纯真性就像客观事物的本质和规律一样，不可能一下子就暴露在人的面前。人也不可能一下子就认识到真爱的全部内容，他只有在不同时间、环境和条件下，从不同的视角去观察、认识；而真爱也是从不同的侧面、层面反映其本质和规律的，从而使人的认识逐渐接近真爱的客观真理。在《解放了的普罗米修斯》里，爱的真理就是"悖论"，就是充满无穷力量的大爱，它是

> 一大团
> 乌黑，充满权威座位，向四周
> 射出阴暗，像中午的太阳放射
> 光芒：无从逼视，无形、无状；
> 看不见四肢形体和轮廓，却能
> 感觉到，那是个活生生的精灵。①

狄摩高根是一团放射着光芒的乌云，它是终极力量和终极爱的象征。这节诗描述的就是一个悖论。"乌黑"（代表邪恶）与"太阳的光芒"原本是对立的，但它们在爱的终极力量下化为一体，最终推翻了宙斯的残暴统治。这种写法非常巧妙，颇具尼采的狄俄尼索斯情结，给读者带来无穷无尽的深情遐想。尼采在《悲剧的诞生》里不无动情地写道："真正的舞台主角和幻象中心狄俄尼索斯在悲剧的最初阶段并不真正出场，而只是被想象为出场，也就是说，最初悲剧只是'合唱'，而不是'戏剧'。后来人们才试图把这位神灵作为真实的神显现出来，让每个人都能见到这个幻觉形象及其灿烂神圣的背景，狭义的'戏剧'随之发端。现在酒神颂合唱队的任务是，激发观众的情绪，让他们达到狄俄尼索斯的狂醉程度，从而使他们在悲剧主角出现在舞台上时看到的不是戴着奇形怪状面具的人，而是仿佛由自己恍惚迷离的心态产生的幻觉形象。"② 显然，

---

① 江枫主编：《雪莱全集》（第4卷：诗剧），河北教育出版社2000年版，第160页。
② ［德］尼采：《悲剧的诞生》，赵登荣等译，漓江出版社2000年版，第56页。

《解放了的普罗米修斯》里的狄摩高根就是一个悖论。除了狄摩高根之外，普罗米修斯也是一个悖论，在他身上既存在着恨也存在着爱；他曾经诅咒过宙斯，后来又收回了诅咒，使自己变成了一个完全充满大爱的人，而他的大爱竟然可以使他忘记了对那个用铁链把他锁在高加索悬崖峭壁上的仇敌宙斯的恨。这听起来很荒唐，但正是这种荒唐的幻想使雪莱的这部诗剧具有了狄俄尼索斯情结，可以激发读者的情绪，让他们进入一个扑朔迷离的狂醉状态。

狂醉状态下的爱在雪莱诗歌里呈现出柏拉图式的爱情，例如普罗米修斯与阿细亚之间的爱。阿细亚实质上是普罗米修斯精神上的爱人，是爱的精灵，就像普罗米修斯所说的那样："每当我的生命／充盈流溢，你总是像一盏金杯，／承受我否则便会被干渴的尘埃／吸干的琼浆玉液。"①阿细亚是普罗米修的生命源泉，离开了阿细亚的爱，他的生命之水将会枯竭，他也将死亡。在这里，我们发现柏拉图式的爱情与悖论完美地走到了一起。只有拥有高尚之爱，人才能够弃恶从善，因为"爱就是对邪恶的轻视，爱就是对善的尽力效仿"②。在《心之灵》里，"我"与艾米莉的爱如同《解放了的普罗米修斯》里普罗米修斯与阿细亚的爱一样，是在悖论观照下的柏拉图式的爱情，是爱的精神和永恒：

> 我们将合一，像两个躯体内的
> 一个灵魂，哦，怎能说是两个？
> 同样的两颗心中同样一种激情，
> 不断成长，直到长成为两颗星。
> 光焰还在扩张，有这种光焰的
> 星体会变得相同，接触、融合
> 成为一体；继续燃烧永无尽期。③

---

① 江枫主编：《雪莱全集》（第4卷：诗剧），河北教育出版社2000年年，第138页。
② [古希腊] 柏拉图：《会饮篇》，《柏拉图全集》（第2卷），王晓朝译，人民出版社2003年版，第214页。
③ 江枫主编：《雪莱全集》（第3卷：长诗·下），河北教育出版社2000年版，第182页。

美国批评家克林思·布鲁克斯指出:"悖论正合诗歌的用途,并且是诗歌不可避免的语言。科学家的真理要求其语言清除悖论的一切痕迹;很明显,诗人要表达的真理只能用悖论语言。"① 悖论是一种思辨方式,它在一定程度上也是一种非理性的思辨方式;虽然因为缺乏严密的逻辑性而受到指责,但是在现实社会生活当中却经常使用,就像恩格斯所说的那样:"辩证法不知道什么绝对分明的和固定不变的界限,不知道什么无条件的普遍有效的'非此即彼',它使固定的形而上学的差异互相过渡,除了'非此即彼',又在适当的地方承认'亦此亦彼'。"② 在雪莱的诗歌里,神圣的爱不是"非此即彼"的,而是"亦此亦彼"的;唯有存在着"亦此亦彼"的悖论才可能为读者提供一个走出爱的困惑的空间,使他们更加深入地理解雪莱诗歌中的爱的含义。

三 《心之灵》的神话叙事功能

《心之灵》里所反映出来的柏拉图式的爱情和狄俄尼索斯情结都是通过神话叙事完成的。任何读者都深信不疑:一个故事之所以如此古老,一代又一代地被传播下去,不仅仅因为它是动人的,还因为它隐藏着真理;而隐藏着真理的文学作品是不朽的,也是最受到记忆保护的。那些古老动人的故事往往具有神话情结,而神话是最充满想象力的,它就像润滑剂,可以使作品鲜活起来,并渗透着魅力。谁会忘记小时候听过的狼外婆的故事?谁会忘记小时候姥姥或姥爷在满天星星的夜晚讲的孙猴子的故事?当然不会,因为人类的内心深处隐藏着一种神话情结;神话是人类来自洪荒时代的原始理念,是挥之不去的心灵寄托。

什么是神话?文艺学、社会学、宗教学等都对神话一直不断地进行着探索,也给出了各种不同的定义。马克思说:"任何神话都是用想象和借助想象以征服自然力,支配自然力,把自然力加以形象化;因而,随着这些自然力之实际上被支配,神话也就消失了。"③ 从狭义神话论来看,

---

① [美]克林思·布鲁克斯:《悖论语言》,载《"新批评"文集》,赵毅衡编译,中国社会科学出版社1988年版,第314页。
② 转引自韩锋《悖论的本质》,《自然辩证法研究》2000年第10期。
③ [德]马克思:《〈政治经济学批判〉导言》,载《马克思恩格斯选集》(第2卷),人民出版社1972年版,第113页。

这种说法没有错；但从广义神话论来说，神话是不会终结和消失的。原始神话产生于远古时期，是人类面临不可知的大自然时所产生的困惑；但是，大自然是无限的，人类的理解能力和表达能力是有限的，人类必须借助神话的表现形式来展现自己的思想和感情，尤其是在文艺领域，更是这样。法国人类学家克劳德·列维－斯特劳斯（Claude Levi－Strauss, 1908—2009）指出："我们知道，神话本身是变化的。这些变化——同一个神话从一种变体到另一种变体，从一个神话到另一个神话，相同的或不同的神话从一个社会到另一个社会——有时影响构架，有时影响代码，有时则与神话的寓意有关，但它本身并未消亡。因此，这些变化遵循一种神话素材的保存原则，按照这条原则，任何一个神话永远可以产生于另一个神话。"[①] 神话在后世会有所演变，以适应当下的叙事策略和时代要求。

雪莱的诗歌里存在大量的神话叙事，例如：《心之灵》《解放了的普罗米修斯》《阿多尼》《麦布女王》等。神话叙事的运用是雪莱诗歌的一大特点；雪莱虽然是无神主义者，但他感受到了神话的无法抗拒的巨大魔力，所以他使用神话叙事方式把原本难以言说的深层诗意用一种类似神话的模式展现出来。如果说，古希腊传统神话产生于原始无意识思想当中，那么雪莱的神话叙事则是融入了他明确的哲学思想追求。读者从他的《心之灵》里可以清晰地感觉到这一点：

　　……我，和她初次相遇，
她一身耀眼明光，我未能看清
她的模样。从此在寂寞的时分，
我便常能透过悄声细语的森林
听到她的话语声，来自于晶莹
澄澈的泉水，来自鲜花的芳馨，——
朵朵都似梦中的嘴唇向深情的
空气诉说催送她们入眠的甜吻；——

[①] [法] 克劳德·列维－斯特劳斯：《结构人类学》，陆晓禾等译，文化艺术出版社1989年版，第259页。

来自不论是高是低的轻柔和风，
来自每一朵云飘过降落的霖雨，
来自夏季禽鸟婉转动听的啼鸣，
来自一切有声和无声。……①

在这些诗行里，读者不难发现："我"的爱人"艾米莉"的话语声"来自晶莹澄澈的泉水""来自鲜花的芳馨""来自轻柔和风""来自霖雨""来自夏季禽鸟婉转动听的啼鸣""来自一切有声和无声"。与其说"艾米莉"是"我"的爱人或情人，不如说，她是自然之神的化身。神话是非常有意义的叙事模式，它不仅涉及宗教、民谣、人类学、社会学、心理学而且涉及美学等领域，给文学作品带来宏大叙述和崇高之美；除此之外，神话还能够使幼稚、自大的人类感到自己的卑微。

人类文化的发展总是与伦理道德联系在一起，而伦理道德又是与政治进步、社会正义、民主自由、探寻真理密不可分的。人类社会很难在情感上为这些思想的追求或探索或感知提供栖居之所；但是，神话作为文化载体，为这些思想提供了一个安全的栖息地。"神话是故事，神话是叙述性或诗性文学。"② 它给读者提供的是情节和一种特殊的叙事性结构，总是永恒不变地讲述着生命与爱的故事。雪莱在《心之灵》里告诉读者，爱是一种超自然的强大力量，它不但可以升华为信仰，而且可以帮助人涤除他的灵魂污垢。《心之灵》是对人类的爱"应该"是什么的回答。人类不能因为真爱的缺失在失望、痛苦、沮丧中徘徊，而应该在追求真爱的美景中使"善"大行其道；只有这样，内心方可获得快乐和安宁。真爱是"悄声细语的森林""晶莹澄澄的泉水""鲜花的芳馨""轻柔和风""降落的霖雨"和"婉转动听的啼鸣"。真爱"不应该"是暴虐的、冷漠的、自私的、残酷的，而"应该"像雪莱在《心之灵》里所颂扬的："她的精神是那真理的和谐乐声。"③ 永恒和真正的爱在雪莱的理念里不是

---

① 江枫主编：《雪莱全集》（第3卷：长诗·下），河北教育出版社2000年版，第168页。
② ［美］R.蔡斯：《神话研究概况》，载［美］约翰·维克雷主编《神话与文学》，潘国庆等译，上海文艺出版社1995年版，第13页。
③ 江枫主编：《雪莱全集》（第3卷：长诗·下），河北教育出版社2000年版，第168页。

暴虐、虚伪和摧残，是他和全人类都应该为之而努力的"善"的终极体验。

雪莱在《为诗辩护》里说："摩西、约伯、大卫、所罗门、以赛亚的诗，大概已经对耶稣及其门徒的思想产生过重大的影响。这位非凡人物的作传者曾给我们保存下来的那些断简零篇，都充满了最生动的诗意。"[①] 耶稣是基督教的核心，是神和爱的化身；《圣经·新约》对他的描写无不充满寓意，无不充满诗性。卡西尔（Ernst Cassirer）在谈到神话时曾这样说："在人类文化的所有现象中，神话和宗教是最难相容于逻辑分析了。"[②] 他似乎在说，神话是非理性的；但事实上，神话表面上的非理性特质正好掩盖了它鲜为人知的真正理性，而这种被掩盖的理性才是神话的意义所在，试举一例加以说明：

耶稣见他们的信心，就对瘫子说："你的罪赦免了。"

文士和法利赛人就议论说："这说僭妄话的是谁？除了神以外，谁能赦罪呢？"

耶稣知道他们所议论的，就说："你们心里议论的是什么呢？或说'你的罪赦了'，或说'你起来行走'，哪一样容易呢？但要叫你们知道，人子在地上有赦罪的权柄。"就对瘫子说："我嘱咐你起来，拿你的褥子回家去吧！"那人当众人面前立刻起来，拿着他所躺卧的褥子回家去，归荣誉于神。众人都惊奇，也归荣誉于神，并且满心惧怕，说："我们今日看见非常的事了。"

这是《圣经·新约》"路加福音"里的一小节，也就是雪莱所说的充满了最生动诗意的"断简零篇"。这些"断简零篇"实际上既是非常有意义的寓言，也是意义深刻的隐喻，里面包含着非常耐人深思的哲理。从表面上看，这一段话是没有逻辑的，因为耶稣对瘫子说的那句话"你的罪赦免了"与瘫子的"病好了"没有任何关系；但是，在耶稣的眼里，

---

① 江枫主编：《雪莱全集》（第 5 卷：小说、散文），河北教育出版社 2000 年版，第 470 页。

② [德] 恩斯特·卡西尔：《人论》，甘阳译，上海译文出版社 1985 年版，第 92 页。

瘫子之所以会瘫痪是因为他有罪，是他自己缺乏"爱"或"善"的结果。在医学发达的今天，这种说法也并不是没有道理的。按照中医的说法，人之所以生病，是因为气血不通；而气血不通的最重要原因之一，就是人过多地为烦恼所困。利欲熏心、残酷无情以及心绪不宁等都可能造成人体的气血不通，最终变成瘫子。"赦罪"就是免除了人的罪恶念头；唯有这样，他才可能身心健康，成为一个完善的人。既然身心放松了，瘫病也自然会好起来。当然，在这里，瘫子主要还是一个隐喻。人的贪欲、暴虐和淫念等都是"罪"，它使人变得不像人，使人失去了风骨；所以人就像瘫子一样站不起来。然而，当耶稣赦免了人的罪，他就从贪欲、暴虐和淫念等罪恶中解放出来，他又变成了人；所以，他就站起来了。从上面《圣经·新约》里的这一小节，读者不难发现《圣经》片断里隐藏的诗性意义。

雪莱熟知古希腊、古罗马神话，对《圣经》更是了如指掌；所以，他在诗歌里使用神话叙事手法也是很正常的。叙事是讲述故事，而神话本身也是讲述故事，它讲的是一个与现实世界相去甚远，但又与其息息相关的超现实的故事。就叙事手法和技巧本身而言，古希腊神话尤其是荷马史诗与西方小说或史诗相比相差不大。所以，神话叙事不是一般的小说或史诗的叙事，而必须是一种以创造新神话为目的的，具有神话手法、模式、功能、思维以及寓意的叙事文本。这时，神话叙事不仅仅指先民讲述的充满奇异幻想的故事，还指任何一种类似于神话故事结构和隐喻功能的文学文本。按照这种理解，雪莱的不少长诗和诗剧都可以看作非常完美的神话叙事。

在《心之灵》里，艾米莉颇像耶稣一样，具有某种引导"我"的功能：

> 她在人生的坎坷上和我邂逅，
> 引我走向甜美的死亡；像夜被昼、
> 冬被春、悲哀被突然的希望引向
> 光明、生机和宁静安详。①

---

① 江枫主编：《雪莱全集》（第3卷：长诗·下），河北教育出版社2000年版，第163页。

上面几行诗是雪莱对艾米莉的神一样的魔力的描写。如果把它与前面所例举的《圣经·新约》"路加福音"里的叙事相比，读者会发现它们之间竟然有那么多的相似之处：耶稣说："你的罪赦免了。"瘫子就真的可以站起来了。艾米莉说："你的罪赦免了。"于是，"我"的"悲哀被突然的希望引向/ 光明、生机和宁静安详"。这时，"我"的恐惧和软弱被精神世界的崇高所战胜，似乎真的有个神在引导着"我"走出困境，进入一个充满希望的完美世界。

第二节　源自"乌托邦"的神圣战栗

法国当代著名哲学家皮埃尔·阿多（Pierre Hadot）在谈到 17—18 世纪科学与机械化对人类产生的影响时，提出了一个颇有意思的观点：

> 首先，我们必须考察罗伯特·勒诺布勒的观点，即世界的机械化导致了"延迟的痛苦"（angoisse à retardement）。他的意思是说，机械论革命在集体想象中引发了人与自然母亲的分离，人因此而成熟起来，这些转变总是伴有一种痛苦的感受。然而，这是一种"延迟的痛苦"，因为这场本应在 17 世纪发生的危机直到 18 世纪才显示出来。机械论革命以及随后的工业革命给人类的这场剧变是逐渐被意识到的。人们逐渐感到需要与自然重新接触。①

机械化和工业革命在给人类带来剧变的同时也导致了"延迟的痛苦"，引发了人与自然母亲的分离；而消解"痛苦"的最佳途径就是与自然重新接触，重返自然母亲的怀抱。无疑，皮埃尔·阿多的这段话是对人类历史发展过程中某种把人与自然相分离的因素的反思。人的思想和行为如果与自然背道而驰，就一定会因受到自然的惩罚而陷入痛苦之中；只有当人类对自然表示尊重和敬畏时，人类才可能进入一个没有剥削和

---

① ［法］皮埃尔·阿多：《伊西斯的面纱——自然的观念史随笔》，张卜天译，华东师范大学出版社 2015 年版，第 290 页。

压迫的，具有完善的经济、社会、政治、法律和宗教结构的"乌托邦式"的理想世界。

雪莱生活在18世纪末和19世纪初，毋庸置疑地会体会到机械化和工业革命给英国人民带来的"延迟的痛苦"，例如：他的《西风颂》《暴政的假面游行》《麦布女王》《解放了的普罗米修斯》《彼得·贝尔第三》《伊斯兰的反叛》等长诗或诗剧里都存在着一种对"延迟的痛苦"的抵触和向往乌托邦式的理想世界的冲动。当读者阅读雪莱的诗歌时，"延迟的痛苦"一定会冲击他们的阅读视野。他们的心灵会因为前知识和前理解所给予的启示而对生命的意义产生追问，然后加以思考；他们知道：一种战栗从诗歌传到了他们身上，那是源于乌托邦的神圣战栗。除此之外，其他一切都荡然无存。

一 乌托邦：人类世界的终极追求

"乌托邦"是一首诗，至今谁都无法破译它那奇妙而又神秘的文本。作为一种非凡的幻觉世界，乌托邦为世人提供了一种值得追求的终极价值或精神。一般认为，乌托邦这个词以及它的含义源于托马斯·莫尔（Thomas More）的著作《乌托邦》。在这本书里，莫尔虚构了一个没有阶级、没有残暴统治、没有剥削和压迫的公有制社会；之后，乌托邦被用来指持久和平、需求可以得到充分满足、劳动被看作是快乐和幸福的乐园。《乌托邦》的影响非常大，随着这部著作被译成各种文字广为流传，"乌托邦"成为一个载着哲学、社会学和政治学等含义的新词在世界各国传播。或许人们对莫尔的生平一无所知，但对"乌托邦"却颇为熟悉，因为"乌托邦"早已超越了《乌托邦》，衍化成了"理想之国"或"理想之境界"或"理想之追求"的符号。"乌托邦"成了一种精神、价值、希望的取向。

其实，早在莫尔的《乌托邦》问世之前，在不少文学作品中就已经出现过类似于乌托邦的概念和相似的描写，例如：作为古希腊神话的主要组成部分，荷马史诗中就流露出对人们对美好境地的向往。在《奥德赛》里，斯巴达国王莫涅拉俄斯（Menelaes）回国途中被困在埃及的法罗斯岛，他非常焦虑。海神普罗透斯（Proteus）安慰他说："至于你，宙斯养育的莫涅拉俄斯，神明却／无意让你死去，在马草丰肥的阿耳戈斯

（Argos）死亡；/长生将把你送往厄鲁西亚平原，/大地的尽头，长发飘洒的拉达门苏斯（Rhdamanthus）的居地，/那里生活安闲，无比的安闲，对你等凡人，/既无飞雪，也没有寒冬和雨水，/只有阵阵徐风，拂自俄开阿诺斯的波浪，/轻捷的西风，悦爽凡人的心房——因为/你有海伦为妻，也就是宙斯的婿男。"① 海神普罗透斯说的厄鲁西亚平原就是所谓的"极乐世界"（Elysium），那里和风日丽、气候宜人、令人长生不老，是凡人遥不可及的地方。这种虚构的"极乐世界"在《奥德赛》里有很多，例如："远方有一座海岛，叫做苏里亚，你或许有过听说，/位于俄耳图吉亚的上方，太阳在那里转身；岛上居民不多，却是个丰腴的去处，适于/放牧牛群绵羊，丰产小麦和酿酒的葡萄。/那里人民从不忍饥挨饿，也不沾/可恨的病痛，不像别处可悲的凡生。"② 这些虚幻之地不但给莫尔的《乌托邦》而且给雪莱的诗歌提供了创作的想象和启示。雪莱在不少的长诗里都有类似的描写，例如他在《麦布女王》里写道：

> 地球将会变成多么甜美的地方！
> 最纯洁精灵的纯洁的居住场所，
> 与万千星球和谐如同交响乐曲；
> 那时，人和永恒不变的大自然
> 联合起来一道承担再生的大业，
> 那时，不利于生命发育的两极
> 　将不再指向那颗朦胧
> 　闪烁阴毒的红色太阳。③

麦布女王领着死者的灵魂在仙界游荡，让她瞧一瞧人世的罪恶景象。灵魂看到人类在地球上的种种恶行后，非常伤心地说道："这是一个疯狂、悲惨的世界！/荆棘丛生，充满忧患，/每一个恶魔都可随心所欲摧残。/哦，女王！随着岁月推移，/难道就没有希望出现？/那些无休无

---

① ［古希腊］荷马：《奥德赛》，陈中梅译，中国戏剧出版社2005年版，第68—69页。
② ［古希腊］荷马：《奥德赛》，陈中梅译，中国戏剧出版社2005年版，第271页。
③ 江枫主编：《雪莱全集》（第3卷：长诗·下），河北教育出版社2000年版，第333页。

止，滚滚／运行的巨大星球不断照亮／那么多的可怜生灵的夜空，就没有看见他们的希望？"① 现实世界总是存在着这样那样的不尽如人意的现象，存在着贫富和善恶的差异，而极权主义的暴虐统治把这种差异进一步扩大，使人民生活在水深火热之中；就像灵魂看到人世的情景后发出的感慨那样："这是一个疯狂、悲惨的世界！／荆棘丛生，充满忧患，／每一个恶魔都可随心所欲摧残。"然而，难道人世就永远这么黑暗下去吗？"难道就没有希望出现？"女王舒适安详地微微一笑，对灵魂做出回答："哦，放心，摒弃可怕的怀疑，／这样的怀疑折磨不了看清把它／和命运绑在一起的锁链的灵魂。／是的，地球上有罪恶，有灾难，／有虚伪、错误和贪欲；／但是永恒不朽的世界／在有邪恶的同时也有条件医救。／有些德行杰出的将会益然发起，／哪怕是最艰危的时刻，／他们纯洁嘴唇说出的不灭真理／会用永远燃烧的火焰结成花圈／箍紧那毒蝎虚伪，／直到那怪物把它自己蛰死。"②

麦布女王对灵魂所做的回答是非常激进的，她的主张是要把那些毒蝎般的人物或制度彻底消灭掉；这种做法对现存的东西颇具挑战性，但唯有这样做才可能回到"善"的自然状态，给悲痛的人世带来希望。善的自然状态是人类所追求的完美世界；当人们靠近它时，就会感到仿佛依偎在无私、无欲、无恶念的纯洁母亲的怀抱中，而且只能像她那样倾吐自己的思想。这时，人们的生活像他们的心灵一样充溢着快乐，并在愉悦中获得真正的自由。麦布女王所幻想的这种人类生活环境就是乌托邦："地球将会变成多么甜美的地方！／最纯洁精灵的纯洁的居住场所，／与万千星球和谐如同交响乐曲；／那时，人和永恒不变的大自然／联合起来一道承担再生的大业。"

显然，雪莱这么写是颇具乌托邦情结的，即让读者看到希望。乌托邦首先要给人带来希望，否则毫无意义；因为只有在非正义所引发的痛苦面前坚守希望，人类才不至于陷入绝望。对乌托邦抱有兴趣的人必定是对未来抱有希望的乐观主义者，他们都激进而谨慎地思考着如何去实现美好未来的梦想。乌托邦是一种崇高的梦想和希望，就像你走进陶渊

---

① 江枫主编：《雪莱全集》（第3卷：长诗·下），河北教育出版社2000年版，第332页。
② 江枫主编：《雪莱全集》（第3卷：长诗·下），河北教育出版社2000年版，第333页。

明笔下的桃花源里所感受到的惊讶。如果你说桃花源是崇高的,是因为它是虚构的,是在现实世界不可能存在的;如你所见,它包容了天下最完美的善,有一种神圣般的无可抗拒的力量创造了它。这种乌托邦式的情景在雪莱的诗歌里比比皆是,例如在《伊斯兰的反叛》里有对类似的理想境界的描写:

> 有时在鲜花盛开的大草地间行驶,
> 　也不知行驶了多少里;这航程太快慰——
> 看日光在远方追逐着草地上的影子;
> 　有时在星夜的岩洞下疾驰如飞,
> 　洞顶透进了宝石一般的星辉;
> 还有多少美丽洁白的影像
> 　透过幽深的、墨绿色的罅隙,
> 掠过我们的航道,掀起美妙的音响,
> 一切可爱的幻梦踏踩着熟睡的波浪。
>
> ……
> 我们停泊在湖上稍稍休憩,
> 　湖畔雪亮的群山把头颅高昂;
> 我还看见每一座小岛风姿瑰丽,
> 　那精灵的庙宇远远呈现在湖心上,
> 　像一个星球高悬在寥廓的穹苍;
> 庙宇里向这边发出呼唤的声音,
> 　小船一如绕地球疾转的月亮,
> 朝着那个声音驶近,驶近,
> 终于在那里找到了港口给自己安身。①

《伊斯兰的反叛》是一首由十二歌组成的叙事长诗,一般认为:雪莱

---

① 江枫主编:《雪莱全集》(第2卷:长诗·上),河北教育出版社2000年版,第371—372、374页。

通过莱昂和茜丝娜的故事揭露和抨击欧洲反动君主缔结的"神圣同盟"对内实行暴政、对外镇压民族革命的罪行，同时也为读者展示了他的"善"一定会战胜"恶"的原则和信仰。这里所引用的两节诗来自《伊斯兰的反叛》第十二歌的第三十六节和四十一节。《伊斯兰的反叛》里的第十二歌颇具乌托邦意味，它的情节读过去似乎比较"模糊"，但却很美。莱昂被捕，"他光头跣足，双手被铁链反绑，……／四下的人们个个动魄惊魂，／有的愁苦，有的畏惧或狐疑；／但一看牺牲者走过时却神色镇定，／他们不由得惊异，说不出的敬畏"①。正当一群哑奴领着莱昂走上火堆就刑时，茜丝娜骑着高头大马飞奔过来，"暴君直吓得从王座上一跃而起，／……奴才教士们一个个都吓得没了命／……／人群像一堆激流勇退的海浪，／遇到这异样的恐怖，奔逃得好不慌张！"② "茜丝娜跃下了她那匹高头大马，／随手在马儿脖子上扔下缰绳"，她不是来救莱昂的，而是要来与他一起前往刑场。这种宁死不屈的英勇气概惊天地泣鬼神，一定会让读者读过之后终生难忘。

莱昂和茜丝娜是英雄，也是真理、自由和至善的象征，所以雪莱让他们死后进入类似天堂的乌托邦境界。死后，莱昂和茜丝娜来到一处梦境般的美丽沙滩，"接着便有一只手，温柔而颤索，／碰了我一下，把我从梦中唤醒；／瞧！茜丝娜正坐在池畔偎着我，／池水澄澈，金沙滩上还留着波痕，／堤岸上开遍了奇葩，明媚如星辰，／向风中吐散出一阵阵神异的香气；／不知名的树木染绿了高高的天庭，／树上月亮般的花朵和鲜艳的果实／在池塘水面上投下一片淡淡的荫翳"。正当他们坐在那里出神地张望时，"一艘小艇驾着乐曲似的风儿驶近；／船过处，阵阵波浪闪烁，歌唱。船上坐着一个长着翅膀的人——／一个女孩，雪亮的翅膀像白银；／她那么美丽——她的船滑过哪里，／哪里便荡漾着光艳照人的波影，／仿佛明媚的星光在水底摇曳；／他的羽毛向哪边飘，船也向哪边开驶"③。这就是雪莱诗歌中的乌托邦境界；在那里，"湖畔雪亮的群山把头

---

① 江枫主编：《雪莱全集》（第2卷：长诗·上），河北教育出版社2000年版，第355页。
② 江枫主编：《雪莱全集》（第2卷：长诗·上），河北教育出版社2000年版，第357页。
③ 江枫主编：《雪莱全集》（第2卷：长诗·上），河北教育出版社2000年版，第3362—363页。

颇高昂；/每一座小岛风姿瑰丽，/那精灵的庙宇远远呈现在湖心上，/像一个星球高悬在寥廓的穹苍"，他们"终于在那里找到了港口给自己安身"。

雪莱的诗歌里有很多对乌托邦境界的描述，它使读者深沉而又持久地思考，并在他们心灵中唤起一种历久弥新的惊叹和崇敬。这时，乌托邦在读者那里成了一种精神，一种人与哲学的根本精神。在《伊斯兰的反叛》里，莱昂和茜丝娜牺牲了，最后进入了乌托邦式的仙境。他们到底是谁并不重要，他们是一种文化符号，承载着乌托邦精神。在雪莱的笔下，莱昂和茜丝娜已经超越了外在的形式；他们被送到一个遥远的、乌托邦式的仙境，似乎被神秘的轻纱包裹起来。读者感到惊奇、崇高、靓丽；这就是乌托邦的灵魂，也是雪莱诗歌最激动人心和引人入胜的根本所在。

二　乌托邦精神：人的现实生命存在

乌托邦是一种精神和追求，就像《伊斯兰的反叛》里的莱昂和茜丝娜死后进入美妙的仙境一样。是不是所有的人都像雪莱所描写的莱昂和茜丝娜那样，只有死了之后才可以进入乌托邦境界呢？回答自然是否定的。乌托邦精神是与人的生命存在紧紧相连，并深植在人的生命存在之中。请问，天下人有谁不热爱平等、自由？有谁会心甘情愿地接受暴虐统治？有谁会心甘情愿地做奴隶？没有，肯定没有。所以，乌托邦精神渗透着人的自我理解和自我意识，同时也反映了这样一个事实，即乌托邦是人之生命存在的价值和意义，是人自我发展的目标和憧憬，也是人追求自由、平等的根本动力。

马克思指出："人直接地是自然存在物。人作为自然存在物，而且作为有生命的自然存在物，一方面具有自然力、生命力，是能动的自然存在物；这些力量作为天赋和才能、作为欲望存在于人身上；另一方面，人作为自然的、肉体的、感性的、对象性的存在物，同动植物一样，是受动的、受制约的和受限制的存在物。"[①] 人不同于动物；虽然人和动物一样来源于自然，但是人不像动物那样纯粹从属于其本能生命，他从来

---

① 《马克思恩格斯全集》（第 3 卷），人民出版社 2002 年版，第 324 页。

不满足于自然生命的存在,而总是想着如何去突破自然的主宰。所以,人的现实生命存在是处于"自然"与"超自然"、"物性"与"神性"以及"有限"与"无限"之间的特殊存在。由此可见,"人不仅仅是自然存在物,而且是人的自然存在物,就是说,是自为地存在着的存在物"①。人的这种特殊生命存在方式使人幻想着自己能够置身于另一个世界。人的生命存在是自为、自主和自由的,他充满幻想,但幻想毕竟代替不了眼前的现实,他内心不免感到一阵阵痛苦和悲伤。

雪莱一定体验到了眼前的现实所带来的痛苦,他在《道德沉思录》里写道:"一个婴儿,一个野蛮人,一头孤独的野兽,都是自私的,因为他们的意识无法精确细腻地感受与他们相似的生灵的痛苦。一个文明程度较高的社会群体中的成员,较之于一个文明程度较低的社会群体的成员,会更加强烈地对他人的苦乐产生共鸣。"② 雪莱的这段话挺有意思,它似乎告诉人们:文明程度高的社会群体中的成员会更加强烈地感受到他人的苦乐,所以他们是不自私的。其实,人原本就是自私的动物,无论他处于一个文明程度较高的社会群体还是处于一个文明程度较低的社会群体。自私是一柄双刃剑,也好像是一个杠杆;它可以撬动社会的进步,也可以遏制社会的进步,整个人类的发展都展示了人自私的一面。这就是真理,但这个真理总是被面纱包裹着;一旦揭开面纱,人性就暴露了出来。然而,雪莱是一个理想主义者,在承认人是自私的动物的同时,还企盼人的"善"可以在社会中起到积极作用,就像他在《解放了普罗米修斯》里所写的那样:

> 你的话语甜美,胜过除了他的
> 一切,你的只是他的语音回声:
> 而爱或被爱,所有的爱都甜美。
> 爱像光一样普遍,它那熟悉的
> 声音永远不会令人厌倦,就像

---

① 《马克思恩格斯全集》(第3卷),人民出版社2002年版,第326页。
② 江枫主编:《雪莱全集》(第5卷:小说、散文),河北教育出版社2000年版,第280页。

>辽阔的天空,支持一切的大气,
>爱,能使爬虫和上帝不分高低。
>能唤醒爱的,大都幸运,就像
>此刻的我;但是,最懂得爱的
>更为幸福,尤其是在经受长期
>痛苦折磨之后,就像不久的我。[①]

这是《解放了的普罗米修斯》第五场阿细亚说的一段话。这部诗剧是基于神话写成的;除了神话的元素之外,它还为读者提供了一个乌托邦式的境界。雪莱在第五场里把阿细亚、潘提亚和注定时辰的精灵放置在一座积雪山峰上空的云内,既具有神秘性又具有乌托邦式的想象。阿细亚在这时完全变成了爱神的化身,连潘提亚都不敢正视她,"我能感觉但不能看你。我忍受/不了你的美发出的华光。有些/自然力由于接触无所遮蔽的你/已发生良好的变化。海里一些/涅瑞伊德说,那天波平静的/海面由于你的升起而豁然开裂,/你站在纹理清晰的贝壳之内,/贝壳漂浮在爱琴海域岛屿之间/晶莹澄澈的海面,以你的大名/命名的海岸近旁;爱像太阳/充满了有生命世界的烈火气氛,/从你身上迸发,照亮了天空、/大地,深海大洋、不见阳光的/洞窟和住在洞里的一切"[②]。

从潘提亚对阿细亚所说的一番话里,读者不难想起欧洲文艺复兴早期佛罗伦萨画派的著名画家波提切利(Sandro Botticelli,1445—1510)的代表作之一《维纳斯的诞生》。画面的背景是浩瀚的大海,隐约可见的海岬仍在微明的清晨中小憩,岸边的月桂树根深叶茂,空中的西风之神正在吹出和煦的微风。刚刚出生的希腊美神维纳斯好似一粒珍珠,体态娇柔,双脚轻盈地踏在金色的贝壳上,在碧波荡漾的爱琴海面上随风缓行。身穿矢车菊花纹长袍的时序女神正迈步向前,准备将一件镶满菊花的粉红色斗篷披在美神的身上。无数的玫瑰绕着维纳斯窈窕的身姿轻轻飘舞;

[①] 江枫主编:《雪莱全集》(第4卷:诗剧),河北教育出版社2000年版,第172页。
[②] 江枫主编:《雪莱全集》(第4卷:诗剧),河北教育出版社2000年版,第171—172页。

她右手轻轻抬起,遮住青春的前胸;过膝长发犹如一条金色的瀑布落在身后,金黄色的刘海儿像波浪一样随风飘动。美神下意识地用左手抓住垂落下来的发梢,轻轻放在腿间。于是,一具青春的娇躯在大海与蓝天之间华美出场。[①] 维纳斯在古希腊、古罗马神话中是象征爱与美的神,而在中世纪神学统治时期,她被视作异教的女妖受到诋毁,直到文艺复兴时期她又复出,像新时代的信使把美和爱带到人间。在《解放了的普罗米修斯》里,雪莱把阿细亚比作维纳斯,作为美与爱的象征;所以,阿细亚回答潘提亚时说道:"而爱或被爱,所有的爱都甜美。/爱像光一样普遍,它那熟悉的/声音永远不会令人厌倦,就像/辽阔的天空,支持一切的大气,/爱,能使爬虫和上帝不分高低。"

在这里,雪莱把世俗的人的生命存在放置到了乌托邦式的仙境里,为人的现实生命存在增添了几分神圣感。世界上的一切生命存在都有生命力,生命力就是维持生命存在和延续的能力,而这种能力是体现在如何创造生存环境和生存手段上面的。一般生物只能去适应环境,很少有创造生存环境的能力;所以,它们的生命力比较弱。人却不同,他不但可以适应生存环境,而且可以创造生存环境,使自己的生活质量得到提高;所以,人的生命力比其他生物的更强。为了维持生命力和发展生命力,必须满足生命存在的基本需要;于是,人就有了对于满足生命需要的意识,这就是欲望和情感,而自私也由此产生。自私自利是从人自身的生命需要的意识中产生的,是生命存在的必需和必然;如果人没有丝毫私心,人自己的生命存在就会受到威胁、损害,甚至灭亡;如果个人的生命存在都不能保障或灭亡了,他又如何去利人?结果是,人类必定灭亡。反过来,如果人太自私自利了,同样会使他人的生命存在受到威胁、损害和灭亡。如果他人都灭亡了,自己还能苟活吗?雪莱不但非常明白这个道理,而且在诗歌里展现了这个道理,即抑制那些引发暴虐的恶和弘扬增强人之美德的善;他在《伊斯兰的反叛》里写道:

这样的苦难,她起初的感受并不深,

[①] 贾成良:《论波提切利绘画与希腊艺术精神的连结——以波提切利作品〈维纳斯的诞生〉为例》,《大众文艺》2015 年第 22 期。

到最后她成了我的唯一的伴侣，
　对我的目标才给予更广泛的共鸣；
　半数的人类为贪婪和憎恨所奴役，
　做了它们的牺牲品，比奴隶还不如，
这怎不叫茜丝娜和我同声感叹？
　她悲叹美德和人权被当作食物，
　掷出去喂养那头恶鬣狗——那贪婪，
　它在坟墓里一边大嚼，一边狞笑狂喊。

我依然凝望着那个光辉的姑娘，
　一面把这些思想向她倾诉：
　"亲爱的茜丝娜，你不能容忍这世界；
　但除非自由平等的男女和好相处，
和平与人性将永远各奔异途；
　你要使这个力量能深入人心，
　在人心中取得平静而神圣的宝座，
　那就得先把奴隶制度廓清！"
于是欢欣的光芒点亮了茜丝娜的眼睛。①

　　在这两节诗里，雪莱告诉读者恶是如何摧毁人类的道德的："半数的人类为贪婪和憎恨所奴役，/做了它们的牺牲品，比奴隶还不如，/……美德和人权被当作食物，/掷出去喂养那头恶鬣狗——那贪婪，/它在坟墓里一边大嚼，一边狞笑狂喊。"人是社会性的动物，所以他的现实生命存在不但需要物质生活的保障，而且需要精神生活的滋养。真、善、美既是社会道德的终极要求，也是人们作为精神生活的追求。在阶级社会里，人被分成了贵族、平民、奴隶等不同的等级；而作为人总是坚持人格尊严，保持生命存在的价值和意义，自始至终都在争取平等自由，积极参与反抗奴役的斗争。所以，"我"非常明确地告诫茜丝娜说："亲爱

---

① 江枫主编：《雪莱全集》（第 2 卷：长诗·上），河北教育出版社 2000 年版，第 142—143 页。

的茜丝娜,你不能容忍这世界;/但除非自由平等的男女和好相处,/和平与人性将永远各奔异途;/你要使这个力量能深入人心,/在人心中取得平静而神圣的宝座,/那就得先把奴隶制度廓清!"

在笛卡尔那里,恶不仅仅源自理性和理智德性的丧失,更在于放弃了生命实践的道德责任。平凡的心灵放弃了道德责任,会造成平凡的恶;最伟大的心灵放弃了道德责任,就会"造就最大的恶"[①]。恶源于人之灵魂深处的自私本性;人为了保障自己的现实生命生存,他的自私本性在自由意志的引领下到处兴风作浪,造成贪婪、暴虐、不公正、不道德、不宽容的不良后果。雪莱要在诗歌里消解这种不良后果,把一种乌托邦式的期待传递给读者;使他们在阅读中充满激动和惊异,似乎被赋予了一种力量,去争取"竭力要做到善良,自由,伟大"[②]。这就是雪莱想要在诗歌里传达的乌托邦精神。

三 乌托邦精神与雪莱的正义之梦

"乌托邦"精神是人类理性的天然取向,而理性作为人类思维的规范性基础,承载着对理想的追求和呼唤。无论是基于传统先验性的理性还是基于当代实践性的理性,都在酝酿着一种正义诉求和催发出一种理想冲动。雪莱的诗歌里面有一种理想冲动和正义诉求,颇具哲理性,即用理性的原则来思考人之存在与世界总体性的关系。理性是人之言行的规范性基础,蕴含着应然性的权威性诉求;所以,它可以成为非个人的普遍道德律令。传统的道德哲学把道德律令的有效性与超验的上帝紧密联系在一起,也就是说,与终极权威性联系在了一起。道德律令作为公正、善良、正义的终极权威性的意志的表达,其"应然性"本身就隐藏着"必然"的品质。相对于现实世界来说,乌托邦是一个祛除了痛苦和不幸,充满平等、自由的正义之邦;只要现实世界存在缺陷,人们就一定会有对乌托邦的向往和追求。乌托邦是一个形而上的理念,传统神学中的道德律令的权威性和普遍有效性奠定了其形而上的世界观基础,即公正性的审判源于善的拯救,它不仅引导人类灵魂走上祛恶向善

[①] 任丑:《生命与伦理如何生成为伦理生命》,《吉林大学社会科学学报》2016年第1期。
[②] 江枫主编:《雪莱全集》(第2卷:长诗·上),河北教育出版社2000年版,第144页。

的光明大道,而且保证道德律令不偏不倚地恪守正义的基本原则。所以,乌托邦就是"'向天空瞄准'、'观看那更为高远的东西'的顽强意向与冲动……是立足于当下可感境界又超越当下现存状况的对真善美价值理想的不懈追求精神"①。

雪莱诗歌里的乌托邦颇具政治情结,它立足于对现实社会进行制度层面的改造或重建,但又是难以实现的政治理想或构想,很像古希腊时期所构想的"理想国"。古希腊理想国的构想与当时城邦制度的衰落密切相关;当人们对现行制度失望时,一定会寻找一种新的更理想的制度,所以乌托邦构想的出现也是非常自然的。残酷的社会现实促使当时的哲学家们展开想象的翅膀,为世人构想了不切实际的理想国度,例如阿里斯托芬(Aristophanes,前446—前385)的喜剧《鸟》。《鸟》虽然算不上什么严格意义上的政治乌托邦作品,但"云中鸟国"的设想开启了古希腊政治乌托邦的先河。作为雅典公民,阿里斯托芬对城邦政治生活的弊端有很深的体会,尤其对伯罗奔尼撒战争中雅典公民失去理智的主战情绪深恶痛绝,这部喜剧就是他这种思想的反映。剧中描写两位雅典老人因不满城中诉讼成风而出走,最后说服鸟类建立一个空中国家的故事。在这个鸟国里,风俗习惯与雅典的正好相反,许多在雅典看来大逆不道的事情在这里都无所谓;鸟国没有诗人、预言家、历数家、讼师等的容身之地。鸟类们的生活幸福美满,它们自豪地唱道:"冬天不用穿毛衣,夏天也不用怕远射的阳光太热;我们在繁花丛树、深山幽谷里自由自在……冬天我们在岩洞里休息,和山里的神女游戏,春天我们就啄吃才开的、雪白的、神女园里的长春花。"鸟国里似乎完美无缺,"有智慧,有热情,有非凡的风雅,和悦的安静"。②因此受到人类的向往。

雪莱对古希腊神话及其他文学作品都应该非常熟悉。尽管《鸟》的剧情是荒诞的,但它被公认为是欧洲文学史上最早表现乌托邦理想社会的一部杰作,一定对雪莱产生过影响。雪莱的诗歌里存在不少读上去颇像《鸟》里那种乌托邦理想社会的元素,把读者完全放置在一个类似神

---

① 贺来:《现实生活——乌托邦精神的真实根基》,吉林教育出版社2004年版,第6页。
② 杨巨平:《古希腊乌托邦思想的起源与演变》,《世界历史》2003年第6期。

第四章 神话与雪莱诗歌的乌托邦魅力 / 197

奇的童话迷幻世界。例如，在《阿拉斯特》这首叙述心灵历程的长诗里就存在不少类似于《鸟》里的那种最为原始的乌托邦元素：

> 顺从他
> 灵魂中明光的指引，他沿着那
> 曲折的山路向谷中前进。小溪
> 像游艇般自由流淌，穿越许多
> 青翠的山谷，从森林底下流过；
> 时而泻入苍苔之间，唱着低沉、
> 隐晦深奥的歌；时而在光滑的
> 石头上跳舞；像个孩子，一路
> 笑着一路走；然后，静悄悄地
> 流淌过平原，倒映出低垂近它
> 安详水面的蓓蕾和花草。哦，
> 小河啊！你的源头，深不可测，
> 你的行踪神秘，你要流向哪里？
> 你是我生命的体现。①

雪莱在《阿拉斯特》前言里说，这首诗是"写一名青年，有纯洁无瑕的感情、勇于探索的才智，和由于熟知优秀崇高和庄严雄伟的一切而受到激发、得到净化的想象力，而在这种想象力驱使下作观照宇宙的深思冥想"②。这个青年就像这首诗的副标题一样，是"孤独的灵魂"，穿越整个世界和时空，寻找不灭的真理。"当少年时光/ 消逝，他便离开了阴冷的家门，到从未发现的地方去求真知，/许多广阔的荒原、绵密的林莽/都留下他无畏的足迹。""他那漂泊/无定的行踪，顺从崇高的思想，/访问过古时候令人敬畏的遗址：/雅典、蒂尔、巴尔贝克和曾经/矗立着耶路撒冷城的那片废墟，/巴比伦倒塌的高楼，那些永恒/不朽的王陵和金字塔，孟菲斯/和底比斯，见过大理石方尖碑/雕刻着的各种奇异图形

---
① 江枫主编：《雪莱全集》（第2卷：长诗·上），河北教育出版社2000年版，第52页。
② 江枫主编：《雪莱全集》（第2卷：长诗·上），河北教育出版社2000年版，第29页。

和文字，/黑色埃塞俄比亚隐藏在它沙漠/丘陵深处的碧玉坟茔，残缺的/狮身人面怪兽。"① 这个青年是一个深沉的思想者，他从现实世界的历史存在看到了人之"恶"使古代文明变成了废墟，也明白了人类的心灵必须祛除罪恶的贪欲，才可能屈服于道德律令的权威性。所以，在《阿拉斯特》里，雪莱让一个年轻人的灵魂引导着读者进入一个又一个乌托邦式的境界。在那里，人的生命可以找到理想的归宿，它似一条小溪"自由流淌，穿越许多/青翠的山谷，从森林底下流过；/时而泻入苍苔之间，唱着低沉、/隐晦深奥的歌；时而在光滑的/石头上跳舞；像个孩子，一路/笑着一路走；然后，静悄悄地/流淌过平原，倒映出低垂近它/安详水面的蓓蕾和花草。"

　　人类的发展史一次一次向人们证明，人与人、民族与民族、国家与国家之间都一直持续不断地在他们所处的时空里进行着强有力的"生死搏斗"；生死搏斗并没有给双方都带来利益和好处，而是一方把另一方彻底毁灭。这样的结果往往造成人类发展的萧条和衰退；而只有当人类认识到这一点，"生死搏斗"趋于缓解时，人类发展才开始健康起来。然而，人是好了伤疤忘了疼的动物，所以"生死搏斗"总是此起彼伏；人的生命被玷污和残害后一定会施加残酷的报复；结果，人类的发展也将遭到难以想象的困境。这样一来，读者就不难理解为什么在《阿拉斯特》里，那个年轻人的灵魂所见到的古代文明都变成了废墟。古代文明留下的废墟让雪莱心灵震动，使他思考生命和毁灭的问题；他从小就虚弱的体质更使他对这个问题格外敏感。雪莱夫人玛丽在《阿拉斯特》的题记里写道："对于大自然雄伟庄严的崇拜，一个诗人孤独心灵的深思冥想——可见宇宙各种现象和景物所引发的令人心旷神怡的欢快，和对人类的热爱所导致的难以排解的痛苦，浑然无间地融合在一起——使这整首诗获得了一种动人心弦的魅力。"② 对人类的热爱和现实世界的痛苦使雪莱在《阿拉斯特》里的乌托邦世界颇有些像阿里斯托芬的喜剧《鸟》里所呈现出来的虚无。想一想也是，"你出生的第一天，在赋予你生活的

---

① 江枫主编：《雪莱全集》（第2卷：长诗·上），河北教育出版社2000年版，第35、36页。
② 江枫主编：《雪莱全集》（第2卷：长诗·上），河北教育出版社2000年版，第64页。

同时，就把你一步步引向死亡……你的生命不断营造的就是死亡。你活着时就在死亡之中了……你活着时就是个要死的人"①。作为人的个体的生存是那么脆弱和可怜，为什么人与人之间非要来一场你死我活的生死搏斗呢？

人的自私本性决定了人为了自己的生命存在而必须"生死搏斗"。然而，当人人都殚精竭虑为了自身利益考虑的时候，灾难已经悄然来临；当人在想着如何奴役他人的时候，他已经在奴役自己；无疑，充满了这样的生命存在的世界是悲惨的。这时候，正义之士便会勇敢地站出来，以平等、自由、博爱作为道德律令来规范人的言行，使人之生命摆脱贪欲的轭架，把他们从心灵的腐朽中解救出来。雪莱就是一个正义之士，他在诗歌里通过最深刻、终极的东西来确保读者心灵和精神得到满足；他把乌托邦式的崇高或完美浸透到他们的情趣里，给他们的生活注入理想，以唤醒他们对永恒、不朽和正义的莫大向往：

> 美德将指引你
> 沿着你已经在走的道路前进，
> 光辉希望的岁月会赐福给你
> 充满了神圣的爱的无瑕生命。
> 去吧，去把欢乐给予期待着
> 　　以你的笑获取光明、生机
> 和喜悦的难免灵魂的心胸。②

第三节　神话、暴君、自由、解放

"暴君"是一个令人极其厌恶的词，它被用来指那些掌握着生杀大权的邪恶之人。英国中世纪著名政治思想家索尔兹伯里的约翰（John of Salisbury）说，暴君"压迫人民，轻视法律和公平，与他相比，豺狼和老

---

① 转引自［法］皮埃尔·阿多《伊西斯的面纱：自然的观念史笔记》，张卜天译，华东师范大学出版社 2015 年版，第 18 页。

② 江枫主编：《雪莱全集》（第 2 卷：长诗·上），河北教育出版社 2000 年版，第 26 页。

虎都更为温和，他比猪肮脏，比公山羊更为冲撞，出卖教会，以背叛著称……有国王的称号实际为人民的敌人……对和平的追求有利于他，但是以暴政的形式，认为一切都臣服在其脚下……在他的统治下，没有公平正义，有罪的人没有受到惩罚，不是依靠理性和法律治理国家"①。约翰还进一步把暴君和君主区分开来，认为"暴君是依靠暴力统治、压迫人民的人，而君主则是依法统治……君主捍卫法律和人民的自由，暴君任意践踏法律，使法律有等于无，使人民沦为奴隶。因此君主与上帝相似，而暴君与上帝的对立面类似，甚至有类似于魔鬼撒旦的邪恶"。"真正的君主的意志取决于神法，并且不损害自由。但是暴君的意志从属于个人的欲望，侵害了珍视自由的法律，给人民带来奴隶的枷锁。"所以，约翰提出对暴君是可以诛杀的，"根据人法和神法，当代的暴君应当被消灭"。"如果暴君被判定为人类的敌人……诛杀已被定罪的敌人是合法的，因此诛杀暴君同样合法。"②

约翰的"诛杀暴君"理论很容易让读者联想到《神谱》中的一段描述：

> 该亚和乌兰诺斯生了三个魁伟、强劲得无法形容的儿女，他们是科托斯、布里阿瑞俄斯和古埃及斯。他们肩膀上长出一百只无法战胜的肩膀，每人的肩上和强壮的肢体上都还长有五十个脑袋。他们身体魁伟、力大无穷、不可征服。在天神和地神生的所有子女中，这些人最可怕。他们一开始就受到父亲的憎恨，刚一落地就被其父藏到大地的一个隐秘处，不能见到阳光。他们的母亲非常气愤，对孩子们说："我的孩子，你们有一位罪恶的父亲，如果你们愿意听我的话，让我们去惩罚你们父亲的无耻行径吧，是他最先想出做起无耻之事的。"在母亲的纵容下，也为了铲除这个"暴君"，克洛诺斯割下了父亲的生殖器。③

---

① 转引自赵卓然《索尔兹伯里的约翰"诛杀暴君"理论探析》，《东岳论丛》2015年第5期。
② 转引自赵卓然《索尔兹伯里的约翰"诛杀暴君"理论探析》，《东岳论丛》2015年第5期。
③ [古希腊]赫西俄德：《神谱》，张竹明、蒋平译，商务印书馆1991年版，第31—32页。

这当然是一个隐喻。作为父亲，乌兰诺斯是一个家长、一个暴君；而他的孩子们就是他的子民。当作为家长的父亲成为暴君时，母亲就号召孩子们去铲除这个暴君；而铲除暴君是合法的正义行为。也就是说，西方国家文化从早期神话那里汲取了"诛杀暴君"的正义精神。亚里士多德在《政治学》里指出：人类由于志趣善良而有所成就，成为最优良的动物，如果不讲礼法、违背正义，他就堕落为最恶劣的动物。[1] 如果统治者堕落成为最恶劣的动物，他就一定是一个暴君，而铲除暴君是捍卫正义的行为，是值得赞扬的。雪莱是一个正义之士，在他的诗歌里充满了对暴君的痛恨和号召人民铲除暴君的正义情感，为推动社会进步发出一阵阵惊天动地的呐喊。

一 普罗米修斯：与暴君决一死战

马克思在他的博士学位论文序言里这么写道：

> 只要哲学还有一滴血在自己那颗要征服世界的、绝对自由的心脏里跳动着，它就将永远用伊壁鸠鲁的话向它的反对者宣称："渎神的并不是那抛弃众人所崇拜的众神的人，而是把众人的意见强加于众神的人。"
>
> 哲学并不隐瞒这一点。普罗米修斯的自白"总而言之，我痛恨所有的神"就是哲学自己的自白，是哲学自己的格言，表示它反对不承认人的自我意识是最高神性的一切天上的和地上的神。不应该有任何神同人的自我意识相并列。[2]

马克思在这里要反对的不是神而是人，不是"抛弃众人所崇拜的众神的人"，而是"把众人的意见强加于众神的人"。在社会历史发展中，人类文明是在残酷的竞争过程中进步的，这表现在人与人之间的竞争上。为了维护和争取自身利益的最大化，人在总体上必须不时

---

[1] ［古希腊］亚里士多德：《政治学》，吴寿彭译，商务印书馆2009年版，第26页。
[2] 《马克思恩格斯全集》（第1卷），人民出版社1995年版，第12页。．

地保持团结和协作；但为了获得更多的利益，人就会义无反顾地利用某种手段，而对神的崇拜便成为某些个人谋求私利的手段。统治者往往把他们（众人）的意见强加于神，又以神的名义麻痹、愚弄、欺压和剥削作为大众的人民，即利用信仰众神的人达到个人获利的目的。马克思在这里所阐述的观点多少受到了青年黑格尔派的影响，他的博士学位论文是在布鲁诺·鲍威尔（Bruno Bauer）的指导下完成的，而鲍威尔是当时"博士俱乐部"的思想领袖。鲍威尔认为，普鲁士已不是他所想象的具有理想属性的国家，而是一个基督教国家。因为，它在思想领域和政治领域并未实施自由的原则，而是听任基督教护教论者的摆布，而基督教国家遵照宗教的指令镇压一切自由和自治思想的表现，哄骗和窒息人类一切爱好和志趣，负有造成犯罪之责。截至1842年，鲍威尔先后在《哈雷年鉴》《德国年鉴》和《莱茵报》发表了20多篇政治批判的文章，从法国大革命原则即使教会和极权主义的统治崩溃出发，阐明了自己关于革命和共和主义的思想，他认为：法国大革命是一切历史运动至高无上的法则，革命是反对世界上反动统治和天上邪恶力量的战争，是反对一切暴政的形式。[①] 所以，马克思在博士学位论文序言里的那句话"普罗米修斯的自白'总而言之，我痛恨所有的神'就是哲学自己的自白，是哲学自己的格言"，实际上就是一种政治批判，"所有的神"当然包括当时颇具权威的极权政治统治。

其实，马克思在博士学位论文里所说的那句话"普罗米修斯的自白'总而言之，我痛恨所有的神'就是哲学自己的自白，是哲学自己的格言"，也是雪莱诗歌最重要的主题之一；怪不得马克思在比较拜伦和雪莱时，非常鲜明地指出："拜伦和雪莱的真正区别在于：凡是了解和喜欢他们的人，都认为拜伦在三十六岁逝世是一种幸福，因为拜伦要是活得再久一些，就会成为一个反动的资产者；相反地，这些人惋惜雪莱在二十

[①] 王兆星：《青年黑格尔派的兴盛及其政治批判》，《武汉大学学报》（社会科学版）1989年第3期。

九岁就死了，因为他是一个真正的革命家，而且永远是社会主义的急先锋。"① 雪莱是一个无神论者，他在《论无神论的必然》里写道："被称为上帝的这个存在，根本不符合牛顿所开列的条件；上帝却带有哲学自大狂所织成的帷幕的一切特征，这片帷幕被哲学家们用来甚至让他们自己看不到自己的无知。"② 可见，雪莱在宣传唯物主义和无神论上做出了重大贡献；所以，与其说马克思对雪莱做出了积极正面的评论，不如说他在一定程度上受到了雪莱思想的影响。

虽然雪莱是无神论者，但在他的诗歌里却存在大量的神话典故或神话元素，正是这些与神话相关的东西使他的诗歌更具有鲜明的思想性和革命性。雪莱的诗歌是令人惊骇的；之所以"令人惊骇"，是因为他诗歌中的神话元素以神性形式"压迫"读者，使他们感觉有一种神秘力量在那里牵引着他们。或许人们认为诗人在撒谎，神话不就是谎言吗？普罗米修斯的故事不也是谎言吗？但谁又不撒谎呢？小说家不撒谎吗？散文家不撒谎吗？戏剧家不撒谎吗？哲学家不撒谎吗？画家不撒谎吗？政治家不撒谎吗？也许人们把一种隐喻的表达技巧误认为撒谎了。撒谎与艺术虚构之间的确存在一定的联系，但撒谎是一种为了达到个人目的而捏造或歪曲事实的卑劣行为，是要受到道德指责的；而艺术虚构是一种为了教育人们而基于社会生活实践的文学创作所采取的艺术手段，是具有积极意义的。雪莱在诗歌中所采用的神话元素是一种艺术手段，对提高诗歌意境及品位是很有帮助的。

为了塑造一个与暴君决一死战的英雄形象，雪莱选择了古希腊神话里的普罗米修斯。普罗米修斯为人类盗火是古希腊最著名的神话之一，今天读上去仍然让人感到震撼。之所以震撼，是因为普罗米修斯是人类的救命恩人，是真理和正义的象征；由于火，人类才最终走出黑暗，奔向文明。可是，宙斯殚精竭虑地阻止人类的发展，禁止把火种传递给人间。所以，普罗米修斯盗给人类的火种使人间升起的火焰照亮了黑暗的

---

① 陆梅林辑注：《马克思恩格斯论文学与艺术》（二），人民文学出版社1982年版，第136页。

② 江枫主编：《雪莱诗歌全集》（第5卷：小说、散文），河北教育出版社2000年版，第362页。

大地，同时也深深刺痛了宙斯的灵魂。为了惩罚普罗米修斯违抗天意的行为，宙斯命令赫淮斯托斯（Hephaestus）用铁链把他锁在高加索的悬崖上，并派一只鹰每天啄食他的肝脏。普罗米修斯也是神，每当夜晚，被啄食的肝脏又恢复了原状；尽管如此，普罗米修斯每天都要受到鹰的折磨，痛苦无比。雪莱在《解放了的普罗米修》里这样写道：

>　　……三千年
> 无眠无休的时刻，每一刻都由
> 剧烈的痛苦分隔，以至每一刻
> 都漫长有如一年，酷刑和孤独，
> 轻蔑和绝望：是属于我的帝国：
> 却远比你，哦强大的众神之神！
> 从你不值得羡慕的宝座俯瞰的
> 一切更光荣。……①

在这部诗剧里，雪莱开门见山地指出了普罗米修斯所遭受的痛苦，三千年来，他"每一刻都由／剧烈的痛苦分隔，以至每一刻／都漫长有如一年，酷刑和孤独，／轻蔑和绝望"。明知道宙斯的邪恶力量难以抗拒还要决定以对真理的追求来取代盲目服从，这让普罗米修斯陷入两难境地：他越是藐视宙斯，就越会使自己的处境更加危险，他也就会更加孤独绝望；而孤独和绝望又反过来增强了他对暴君宙斯的反抗决心。这样一来，普罗米修斯形成了一种能够使得自己的反抗决心不断增强的环形自我动力体系，即在与宙斯的关系中日益滋长着反抗和斗争的对抗精神，并以一种拯救世界的崇高姿态来寻找心理平衡。对抗精神的每一次增强都存在遭受宙斯下一轮残酷报复的可能，由此会产生新的痛苦和恐惧，这就迫使普罗米修斯采用一种行之有效的自卫措施——爱。普罗米修斯因为爱人类才把火盗到人间，所以被尊称为"造福于人类的最伟大的神"②。"爱"成为普罗米修最终推翻宙斯残暴统治的神圣武器，就像他在诗剧里

---

① 江枫主编：《雪莱诗歌全集》（第4卷：诗剧），河北教育出版社2000年版，第96页。
② 郭圣明：《世界文明史纲要：古代部分》，上海译文出版社1989年版，第12页。

所说的那样：

> 而我，却只觉得那一切的希望，
> 除了爱，全都是虚妄！阿细亚，
> 你，离我太远！每当我的生命
> 充盈流溢，你总是像一盏金杯，
> 承受我否则便会被干渴的尘埃
> 吸干的琼浆玉液。……①

当然，这里的爱绝对不是什么撩人的性爱，而是博爱（fraternity）。作为一种政治理想，博爱试图使人们自相残杀的冲动服从于共同的价值和积极的感情；基督教徒把博爱视为自然而然的事情，因为在他们眼里，人类生来都是兄弟姐妹。雪莱在这里提出的"除了爱，全都是虚妄！"的断言使普罗米修斯的形象披上了一层面纱。读者很难相信，"爱"可以让人真正强大起来，足以击败力量无穷的暴君宙斯。读者之所以会这样想，是因为现代人像中了蛊术一样被某种东西禁锢住了：现实社会生活中金钱至上的观念。现代人对"爱"的看法是很肤浅的，而且与"爱"这个词本身颇不相符合。因为真正的爱是脱离了低级趣味的与金钱无关的博爱，而这种爱在当下社会是严重缺失的。

普罗米修斯的博爱是强大无比的，它不但感化了宙斯的儿子狄摩高根，而且消解了宙斯的邪恶力量，使宙斯变得软弱无力，不能行使他的淫威，并连连叹气："哦天哪！天哪！／你竟毫不怜悯、放松，不容／我喘息！……哎！哎！／风雨雷电已不再服从我的命令。／我头晕目眩，正在不停地下沉。／我的仇敌正居高临下，以胜利／使我的失势蒙受羞辱。哎！哎！"②雪莱笔下的普罗米修斯竟敢冒天下之大不韪，他不但不向宙斯低头认罪，而且推翻了宙斯的暴虐统治，是一个令人敬仰的英雄，值得人民永远爱戴。

---

① 江枫主编：《雪莱诗歌全集》（第4卷：诗剧），河北教育出版社2000年版，第138页。
② 江枫主编：《雪莱诗歌全集》（第4卷：诗剧），河北教育出版社2000年版，第180页。

二 雪莱笔下的意志自由与公民自由

普罗米修斯违背宙斯的意志为人类盗取火种，说明他的意志是自由的；也就是说，普罗米修斯是按照自己的意志来决定自己该做或不该做什么事情的。什么是意志自由？有的观点认为："意志自由谓意志自己决定。"① 这种顾名思义的定义不很妥当，洛克（John Locke, 1632—1704）认为："意志是否自由问题是不适当的，只有人是否自由的问题才是适当的。"② 因为众所周知，所谓自由是指一个人按照自己的意志去实施的行为。如果一个人受到制约或被严格管制起来，他就没有自由，就根本谈不上什么按照自己的意志去行事，也就是说，一个人的意志自由并不是完全由他的意志自己决定的。如果他自己都不能决定自己的意志，那么就根本谈不上意志自由。所以，意志自由就是一个人自己能够选择自己的意志之自由。③ 如果一个人不能够选择自己的意志，他的人身是受到束缚的，就是不自由的。

意志自由问题广泛存在于雪莱诗歌里，使他的诗歌充满了革命性的活力。近代西方文化在认知上明显地出现了科学的、理性的和道德的区分；科学的认知一直不断地迅猛发展，理性的认知在技术、经济和社会伦理中得以扩展，而道德的认知则从政治进步、法治国家、公众自由、真理探寻、意志自由和社会正义等方面去深究。这些认知很难在情感上为人们的感知提供有效的栖居之所，但文艺作品除外。作为文化载体的诗歌不仅是这样的栖息之所，而且是一个最舒适的栖息之所。读者在这个栖息之所里可以明确地感受意志自由、公民自由以及社会正义等诸如此类的理解和认知，例如雪莱在《倩契》里写道：

严刑拷问！
还是把刑讯架改造成为纺车吧！
拷问你的狗去，他会说出最近

---

① 张品兴：《人生哲学宝库》，中国广播电视出版社1992年版，第213页。
② [英] 洛克：《人类理解论》，关文运译，商务印书馆1958年版，第215页。
③ 王海明：《论自由概念》（下），《华侨大学学报》（哲学社会科学版）2006年第4期。

一次舔他主人流下的鲜血是在
什么时候……也别想来拷问我！
我的痛苦，是头脑的，内心的，
灵魂中的痛苦；我的灵魂在哭，
为着邪恶世界没有一个人真诚，
为看到我的亲人在欺骗被他们
背弃的他们自己而哭出了胆汁
一样滚烫的眼泪。而考虑到我
苦度至今的悲惨一生和面临的
悲惨结局；苍天和人世对我和
我的一切所表现了的缺乏公正；
你是这样的暴君，他们是这样
一群奴隶；我们是构成了怎样
一个压迫者和被压迫者的世界
……正是这样一种痛苦在逼我
回答。您要问的是什么？[①]

《倩契》是雪莱根据16世纪罗马一起乱伦强奸与复仇弑父案写成的一部悲剧。雪莱在《倩契》前言里陈述了有关这个案例的原始概要以及他自己对这个案例的相关评论：

大致情节是，一个老人，过着骄奢淫逸的生活，后来对自己的子女产生了一种无法消解的憎恶，对他的一个女儿则表现为一种乱伦的兽欲外加无所不用其极的残酷和凶暴。这女儿长时期竭尽全力以摆脱她认为是永远玷污了心灵和肉体的这种凌辱而毫无结果，最后与她的继母和哥哥合谋杀死了他们共同的暴君。在一种压倒了恐怖的强烈冲动驱使下采取骇人听闻行动的这位年轻的姑娘，显然是一个生来为人间增色而引人倾慕的贤淑可亲的女子，迫于环境和舆论的压力不得已而以这样一种残暴方式违背了自己的本性。不久，

[①] 江枫主编：《雪莱诗歌全集》（第4卷：诗剧），河北教育出版社2000年版，第370页。

事情败露，尽管有罗马最高层人士向教皇作出了最恳切的请求，罪犯仍然被处以死刑。老人生前曾一再以数十万克朗的代价为他犯下的性质极其恶劣而难以言表的滔天大罪向教皇赎买赦免；所以，处死他的受害者并不是为了伸张正义。教皇的表现严厉，除其它动机外，多半是觉得无论何人杀死倩契伯爵都是剥夺了他金库的一笔巨额岁入。像这样一个故事，如果在叙述中能向读者呈现出相关当事人的所有各种感情，他们的希望和恐惧，他们的信心和疑虑，他们各不相同的利害、痛苦、据以行动和彼此影响然而又都为了一个惊心动魄的目的而共同合谋的观点和意见，则可以成为一束照彻人心的最阴暗隐秘洞穴的明光。①

　　这原本是一个发生在1599年的骇人听闻的恐怖案件，雪莱在意大利旅行期间得到了有关这个案件的手稿；于是，根据手稿的基本内容写成了《倩契》这部诗剧。读了这部诗剧后，读者会感觉到这个故事的基本轮廓没有变，但是诗剧的整个出发点和要凸显的意义已经发生了很大的变化，即变为对反抗暴君的意志自由与公民自由的歌颂。或许有的读者不明白，明明是一部女儿、儿子弑父和妻子弑夫的悲剧，怎么就成了对意志自由和公民自由的歌颂了？悲剧是《倩契》这部诗剧的形式，而在这个形式的背后是对暴君父亲的痛恨和对敢于弑父的贝特丽采的意志自由的歌颂。事实的确如此。

　　倩契是伯爵，也是一个无恶不作的暴君。他所坚持的理念是，"所有的人全都贪图感官的享受，/所有的人都喜欢报复；都会以/他们感受不到的痛苦折磨为乐——/用别人的痛苦增添内心的安宁"。他别无所好，除了"喜爱剧痛的/景象，欢乐的感受；如果剧痛/一定属于别人，而欢乐属于我"。在这种变态心理的引导下，他对自己的子女和妻子都非常残酷无情，甚至达到了令人发指的地步。他对自己的亲生儿女们和妻子非常苛刻、痛恨，巴不得他们都立刻死去："我已经把他们从罗马送往/萨拉曼卡，指望他们由于意外/死去；也想看能不能饿死他们。/主啊！我

---

① 江枫主编：《雪莱诗歌全集》（第4卷：诗剧），河北教育出版社2000年版，第245—246页。

祈求让他们立刻死亡！/贝尔纳多和我妻子，如果死了/或是罚下地狱，都不可能更糟：/至于我女儿贝特丽采——""大地啊，凭主的名义，让她的/粮食变成毒药，使她全身长满/麻风病斑点！天啊，在她头上，/请降下马雷马瘴气的有毒露水，/直到她遍体脓包像一只癞蛤蟆；/让她动人爱怜的嘴唇枯燥干焦，/扭曲她的肢体，使她成为残废！"①

　　倩契的残暴行为是赤裸裸的犯罪，按照基督教的说法就是原罪。人类始祖亚当和夏娃没有遵守上帝的旨意，在蛇的引诱下偷食了善恶树上的禁果；所以，上帝不仅要惩罚亚当和夏娃还要惩罚他们的后代。奥古斯丁（Saint Aurelius Augustinus, 354—430）认为，人类来到这个世界之后，"人的本性被原罪败坏了。人类本性中善良的因素虽然没有泯灭，但却变得比较脆弱，容易被邪恶的倾向所挫败。以前那种爱的秩序让位于这样一种生活状况，即色欲、贪婪、激情和权欲起着明显的作用，于是死亡之灾便降临于人类，作为对其腐败的惩罚"②。不管怎么说，原罪也是以人性本源作为事实起始的；贪欲也好，暴虐也好，都是人对自己存在的追求。在《倩契》这部诗剧的一开始，红衣主教卡米洛就对倩契伯爵进行讹诈，他这么说道："那件谋杀案，就此了结，只要/你答应把平乔门外那一块封地/转到教皇名下，便可无声无息。"因为倩契谋害他儿子们的罪证被红衣主教卡米洛掌握，所以教会通过讹诈的手段夺取了倩契的土地，条件是倩契免于犯罪的起诉和惩罚。"想到自己是罪人，是基督教的一项革新。"③ 虽然原罪论提醒世人，罪恶在他出生的那一刻起就存在于他的身上，试图在一种形而上的层面上指导芸芸众生去认识自身的恶并避免自身的恶给社会和他人造成伤害。

　　然而，就像《倩契》里的红衣主教和倩契伯爵那样，人是很难沿着宗教所设定的善的道路行走的，这也是由他的自由意志所决定的。意志是行为的前提和条件，有什么样的意志就会有什么样的行为；所以，意志自由就是行为自由，也就是选择的自由。当红衣主教和倩契伯爵的权

---

　　① 江枫主编：《雪莱诗歌全集》（第4卷：诗剧），河北教育出版社2000年版，第256、257、259、327页。
　　② ［美］E. 博登海默：《法理学—法哲学及其方法》，邓正来等译，华夏出版社1987年版，第23页。
　　③ ［英］罗素：《西方哲学史》（上卷），何兆武等译，商务印书馆1976年版，第396页。

力没有受到限制的时候,他们的意志决定了他们的行为;即使他们的意志是罪恶的,也没有谁可以制止,所以其结果就是欺诈和暴虐。每个人在社会状态中的自由是公民自由,这种自由是天然的、神圣的、不可剥夺的。倩契的妻子和儿女们长期以来受到父亲的极端虐待,这时他们的公民自由实际上已经被剥夺了。黑格尔说:"自由以必然为前提。"① 恩格斯说:"自由是在于根据对自然界的必然性的认识来支配我们自己和外部自然界。"② 自由是必然的;所以,当倩契伯爵的妻子和儿女们被剥夺了自由的时候,他们的自由意志就引导他们设计杀害了倩契伯爵,以夺回被侵占的意志自由,结果酿成悲剧。

自 20 世纪末以来的神经科学研究显示,人们的某些选择行为是神经运作的结果,大脑不需要经由人的意识就可以决定他的行动——意识参与决策只不过是他的一种感觉而已。里贝特(B. Libet)的实验表明,脑产生动作的时间发生在参与者意识到他们做出决定前 350 毫秒。后来海恩斯(J. Haynes)等人利用更加先进的功能性磁共振成像(FMRI)进行类似研究。实验结果与人们的日常感觉格格不入:在想好下一步将要如何行动之前,大脑已经帮你做出了决定,然后你意识到这个决定,并且相信它是出于你的选择。一边是最先引发意识思维的脑神经活动;另一边是意识思维本身,二者之间确实有一定的间隔。③ 这个研究成果用来解释倩契伯爵的妻子和儿女们决心设局杀他,是再好不过了。贝特丽采受尽了父亲的折磨,她的肉体和神经对折磨的直接反映是"杀死他",因为"我的痛苦,是头脑的,内心的,/灵魂中的痛苦;我的灵魂在哭,/为着邪恶世界没有一个人真诚,/为看到我的亲人在欺骗被他们/背弃的他们自己而哭出了胆汁/一样滚烫的眼泪"。而贝特丽采的继母和弟弟的肉体和精神不像她那样受到父亲的摧残;所以,当被审问供出了事情的真相时,受到了她的谴责:"你是这样的暴君,他们是这样/一群奴隶;我们是构成了怎样/一个压迫者和被压迫者的世界。"这样的诗句不能不说写得很好,简直是入木三分!

---

① [德] 黑格尔:《小逻辑》,贺麟译,商务印书馆 1980 年版,第 323 页。
② 《马克思恩格斯选集》(第 3 卷),人民出版社 1972 年版,第 111 页。
③ 费多益:《意志自由的心灵根基》,《中国社会科学》2015 年第 12 期。

三 《伊斯兰的反叛》：雪莱的乌托邦情结

反抗暴君的统治和追求社会正义是贯穿雪莱诗歌的主题。读者从《倩契》里看见了一个暴君父亲是如何惨无人道地虐待自己的妻子和儿女，最终被自己的妻子和儿女合谋杀死的。当然，在雪莱笔下，倩契伯爵和他妻子、儿女们的悲惨关系及其死亡结果都是隐喻：倩契伯爵是暴君，而他的妻子和儿女们都是暴君统治下的可怜的臣民。暴君总是想方设法压迫和残害自己的臣民，而受到压迫和残害的臣民则只要时机一到就会奋起反抗，人类的历史不就是在这样反反复复的斗争中前进的吗？雪莱是一个非常具有正义感的诗人，人民所受到的压迫就是对他的压迫；人民所遭受的痛苦就是他所遭受的痛苦。所以，他竭尽全力从不堪忍受现实社会的被动状态挺身而出，对现实社会中的非正义提出挑战，以一种比较激进的诗歌手段积极主动地追求没有剥削和压迫的、公平自由的理想社会。这就是雪莱的乌托邦情结，反映在他的不少诗歌里，例如长诗《伊斯兰的反叛》。

提起《伊斯兰的反叛》，传统评论家或读者容易把它与当时的"神圣同盟"或法国大革命联系在一起，认为："有不少人在法国革命失败中看到革命的理想未能实现而心灰意冷，但雪莱——英国伟大的浪漫主义诗人和欧洲文学史上最早歌颂空想社会主义的诗坛巨匠——却第一个站起来，评判了这个'时代的流行病'，点燃了'自由和正义'的理想火炬，激发了人民'对美好事物的信心和希望'，要人民'别失望'，并揭示出了'善'必战胜'恶'的原则。他一八一七年秋所写的长篇叙事诗《伊斯兰的起义》就是他这个时期的代表作。"[1] 然而，在《伊斯兰的反叛》的前言里，雪莱认为："法国革命时期中过分走极端的做法，曾一度引起像猖獗的瘟疫一样的恐慌，各阶级无不受其侵害。"[2] 从这些文字中，我们可以看出，雪莱并不是对法国大革命没有一点看法的；所以，硬要把

---

[1] 车英：《雪莱和他的〈伊斯兰的起义〉》，《武汉大学学报》（社会科学版）1981年第6期。

[2] 江枫主编：《雪莱诗歌全集》（第2卷：长诗·上），河北教育出版社2000年版，第68—69页。

他的《倩契》与法国大革命联系在一起多少有些牵强附会，尽管他仍然坚持这个观点："法国革命可以看作文明人的一种普遍情绪的表现，其所以造成这种情绪，乃是由于当时社会的知识水平不能适应当时政治制度的改革或逐步废除问题。"① 雪莱对他那个时代的社会问题极为关注，对未来社会充满憧憬，以一个革命家的姿态对现行社会的种种弊端进行批判，同时还以一个政治家的眼光为世人描绘出乌托邦式的理想社会。读者在雪莱的诗歌里不难看出他的乌托邦情结，下面以《伊斯兰的反叛》中的诗行为例：

4

同胞们，我们自由了！那平原和山乡，
那银灰色的海滨，那森林，那泉水之旁，
都成了最幸福的所在；男男女女
　都敲碎了共同的镣铐，自由自在，
　仗着豪放不羁的爱来宽解忧怀，
尽管因为我们是人，依旧少不了要哭。
　宁静的明天继风暴之夜而来，
　它的阵雨是温柔的怜悯的泪珠；
　　它的云朵是那些死者的笑容——
　他们像婴孩般死去，没有希望和畏惧；
　　它的光芒是一片欢乐融融，
　现在正主宰着人们交融的心灵；
　脑海的曙光驾着矫健的翅翮而飞腾，
　它迅疾一如旭日，光辉普照，
　让这个荒凉的人间都投入它光明的怀抱！

5

同胞们，我们自由了！果实在星空下闪光，
阵阵夜风吹拂着成熟的庄稼稻粱，

---

① 江枫主编：《雪莱诗歌全集》（第2卷：长诗·上），河北教育出版社2000年版，第68—69页。

飞鸟和走兽全都安然步入梦境——
但愿再也不要有鸟兽的血迹
带着毒液来玷污人类的宴席,
让腾腾的热气含怨冲向洁净的天庭;
早就应当制止那报复的毒液,
不让它哺育疾病、恐惧和疯狂;
居住于大地和苍天之间的人们,
应当欢欣鼓舞,簇拥在我们台阶四旁,
在那里找到食物,或在那里安身。
我们应当想尽一切出色的主意,
使大地,我们的家,变得更加美丽;
让科学和诗歌,两姊妹携起手,
把自由人的田野和城市打扮得明媚如锦绣![1]

这里例举的两节诗均来自《伊斯兰的反叛》的第五歌,是莱昂妮率领大众攻破黄金城后所说的一席话。在这一席话里,莱昂妮号召人们为实现一个乌托邦式的世界而奋斗:"同胞们,我们自由了!那平原和山乡,/那银灰色的海滨,那森林,那泉水之旁,/都成了最幸福的所在;男男女女/都敲碎了共同的镣铐,自由自在,/仗着豪放不羁的爱来宽解忧怀。""阵阵夜风吹拂着成熟的庄稼稻粱,/飞鸟和走兽全都安然步入梦境——/但愿再也不要有鸟兽的血迹/带着毒液来玷污人类的宴席,/……/居住于大地和苍天之间的人们,/应当欢欣鼓舞,簇拥在我们台阶四旁,/在那里找到食物,或在那里安身。/我们应当想尽一切出色的主意,/使大地,我们的家,变得更加美丽;/让科学和诗歌,两姊妹携起手,/把自由人的田野和城市打扮得明媚如锦绣!"

这些诗行是振聋发聩、深入人心、颇具哲理的,也是雪莱乌托邦情结的反映。暴君被打倒、推翻后,"男男女女/都敲碎了共同的镣铐,自由自在,/仗着豪放不羁的爱来宽解忧怀"。不仅如此,被解放的人们还

---

[1] 江枫主编:《雪莱诗歌全集》(第2卷:长诗·上),河北教育出版社2000年版,第216—217页。

会"使大地,我们的家,变得更加美丽;/让科学和诗歌,两姊妹携起手,/把自由人的田野和城市打扮得明媚如锦绣!"雪莱的这些诗行不能以一种粗糙的方式来直接理解,它们背后隐藏着某种深奥的东西。读者也许很容易猜到有什么秘密存在于诗行里面,那就是雪莱的乌托邦情结。乌托邦作为人类的共同理想家园,它承载着人对终极善的追求;但由于介于精神追求与现实存在之间,它始终是一种没有在现实世界实践过的理想或幻想。乌托邦只是诗人、小说家、戏剧家、散文家、艺术家或政治家的梦想和空想,是他们为了满足人们对精神和理想的期待所做的许诺。虽然乌托邦是一种假想、幻想,但它却像一座远方的灯塔,为人类的健康发展指引着方向。

乌托邦情结最基本的理论基石和思想预设是唯理论。"在哲学史上,唯理论哲学起源于一种对象性的思维方式,其基本问题是:如何在实然现象世界的背后,去设计和规划一个超越当下的应然世界。它的终极关怀在于:如何在'我'的后面,设想一个完满理想的'他者',并用'他者'来引导和规范'我'的存在来保证'我'的合法性。对超越现实的'理'或'道'的寻求,是唯理论哲学的根本性课题。"[①] 雪莱在《伊斯兰的反叛》里借莱昂妮的口吻设想了一个超越当下的应然世界:"不论是造化,上帝,爱,欢娱,/或同情,都在我们之间降临,/它们擦干了伤心的眼泪,笑容可掬,/这乃是一笔取之无尽的宝藏,/而轻蔑,憎恨,报复,自私,尽皆消亡。/千族万国都异口同声地宣誓:/善良的自由人必将和睦共处,相互爱惜!"[②] 不难看出,雪莱在《伊斯兰的反叛》里所设定的超然世界是对他那个时代的现实世界的否定和对另一个世界的执着和迷狂,这也是他把幻想世界的追求导向乌托邦理想社会的重要原因之一。乌托邦社会是一个绝对理性的世界,它的正义和无剥削、压迫的社会状态总是现实社会的价值源泉。乌托邦社会是一个神性世界,它不仅是彻底摆脱了人为限制的、极端超越的新天地,而且是一个完美

---

① 贺来:《人文精神与乌托邦情结——对人文精神的哲学反思》,《求是学刊》1996 年第 5 期。

② 江枫主编:《雪莱诗歌全集》(第 2 卷:长诗·上),河北教育出版社 2000 年版,第 215 页。

的、正义的理想王国。

《伊斯兰的反叛》里的乌托邦情结在某种程度上受到莫尔的《乌托邦》的影响,有的地方还保留着莫尔《乌托邦》的痕迹:"他不明白符咒何以失去了效力,/袍笏再也不能统治人民;/黄金虽曾使万物膜拜皈依,/如今再也无从肆威逞能。"① 在现实社会,黄金是人们梦寐以求的财物,而到了雪莱的笔下,"黄金虽曾使万物膜拜皈依,/如今再也无从肆威逞能"。这种说法颇像莫尔在《乌托邦》里的阐述:"原来乌托邦人饮食是用陶器及玻璃器皿,制作考究而值钱无几;至于公共厅馆和私人住宅等地的粪桶溺盆之类的用具倒是由金银铸造。再则套在奴隶身上的链铐也是取材于金银。最后,因犯罪而成为可耻的人都戴着金耳环、金戒指、金项圈以及一顶金冠。乌托邦人就是这样用尽心力使金银成为可耻的标记。所以别的民族对于金银丧失,万分悲痛,好像扒出心肝一般;相反,在乌托邦,全部金银如有必要被拿走,没有人会感到损失一分钱。"② 雪莱受到莫尔《乌托邦》的影响并不奇怪,他毕竟是一个具有伟大思想的诗人。

雪莱的《伊斯兰的反叛》为读者提供了一个颇具乌托邦情怀的想象空间。在那里,人文精神所追求的乌托邦瓦解着现实世界、贬低着现实世界,并沉迷于幻想的生活。读者在雪莱的诗歌里能够发现令他们惊讶的元素;他们之所以惊讶,一定是自认为已经满足:他们已经发现了所有的秘密,没有必要进一步去寻找诗歌背后的其他任何东西。但实际上,单单读过这些诗行是不够的,他们还需要探究诗行背后的东西,就像孩子朝镜子里头看了之后还要绕到镜子后面,想找出点什么来。乌托邦世界是超验的,也是神圣的,里头有探究不完的终极意义等着我们去发掘。

---

① 江枫主编:《雪莱诗歌全集》(第2卷:长诗·上),河北教育出版社2000年版,第201页。
② [英]托马斯·莫尔:《乌托邦》,戴镏龄译,商务印书馆2006年版,第68页。

第五章

雪莱诗歌中的政治思想

雪莱是一个受到马克思和恩格斯高度赞扬的诗人，马克思认为雪莱"从头到脚是个革命者"①；他的诗歌里闪烁着一些颇为进步的政治思想，能够使人们积极追求共同体社会或理想国家。政治思想是人类发展到一定历史阶段的必然产物，古希腊神话是古希腊人表示他们政治思想的一种方式，而城邦的出现也是古希腊人政治思想实践的结果。古希腊历史上不时出现僭主统治，"常常是一个成功的行政官或军事指挥官，被推向前台，被赋予权威；要么被一个软弱的寡头统治集团推上前台，作为他们受到威胁的特权的捍卫者；要么被一个民主小集团推出，目的是为了把寡头统治集团赶下台"②。到了古罗马人那里，政治思想是与共和国和帝国联系在一起的；罗马所关心的是罗马人的命运，他们形成了自己的民事共同体或法律共同体。在罗马人的政治思想里，政府是权威和法定权力的结合，是执政权力。元首统治的重要性不仅仅在于前所未有的法定权力集中在一个人手里，还在于法定权力与权威结合了起来，所以皇帝的意志被视为最高意志，而不用去思考他是如何被授予这一最高权力的。到了中世纪，政治思想与"君权神授"发生了联系，因为要想让人们臣服于其他什么人是一件非常困难的事情；如果假设统治权来自上帝，就可以证明这个统治是正当的。但这个时候，罗马人的法律观念对中世纪的欧洲进行渗透；

---

① 转引自［俄］Е·Б·杰米施甘《雪莱评传》（上），杨周翰译，《文史哲》1956年第6期。

② ［英］迈克尔·奥克肖特著，特里·纳尔丁编：《政治思想史·编辑导言》，秦传安译，上海财经大学出版社2012年版，第7页。

当赞扬某个独裁者时,也暗示独裁者的地位要归因于人民的拥戴和授权。① 进入现代社会之后,政治思想发生了很大变化;随着王权、司法权、统治权以及主权等概念的问世,权力和权威问题成为现代政治取向的核心,而一个遵循了"权利逻辑"的答案是:权威源于人民的同意。②

政治思想所思考的是政治活动,而政治活动涉及政府和公共政策。如果一个群体的全体成员都坚定不移地相信统治权威本身,相信法律和治理工具都是绝对不可改变的,那么在这样的群体里根本就没有政治的容身之地。所以,政治思想是伴随着对政治活动的思考而出现的,它是服务于政治决策和政治行动的思想;我们往往可以在政治言说和政治争论中轻易地找到政治思想。政治言说和政治争论中出现最多的概念莫过于"国家""公民""帝国""国王""暴君""权力""公平""正义""自由""权利""革命""专制""民主""法制"等,这些概念为我们描绘了政治思想的图景;从这个图景中,我们发现:政治思想一直都在探索人类如何才能更好地建立起一个为绝大多数人谋利益的共同体。

雪莱不少诗歌的主题都是颇具政治思想的,都是涉及"国家""公民""暴君""权力""公平""正义""自由""权利""革命""专制""民主"等内容的,而正义、公平和自由则是他政治思想的核心。他的长诗和诗剧,如《阿拉斯特》《伊斯兰的反叛》《暴政的假面游行》《彼得·贝尔第三》《麦布女王》《希腊》《解放了的普罗米修斯》《倩契》《暴虐的俄狄浦斯》以及《查理一世》等都充满了正义、公平和自由的色彩;即使他的叙情诗——如《西风颂》《颂歌——写于一八一九年十月,西班牙重获自由之前》《致云雀》等——无不放射出正义和自由的光辉。"正义在社会道德范围内应享有优先性,对一个强制性的社会制度来说,也许只有正义是合法的。"③ 雪莱认为:正义在一个强制性的社会制度里

---

① [英]迈克尔·奥克肖特著,特里·纳尔丁编:《政治思想史·编辑导言》,秦传安译,上海财经大学出版社2012年版,第13页。
② [英]迈克尔·奥克肖特著,特里·纳尔丁编:《政治思想史·编辑导言》,秦传安译,上海财经大学出版社2012年版,第18页。
③ 转引自陈周旺《正义之善》,天津人民出版社2003年版,第43页。

是应该优先的。一个没有正义的社会或国家属于暴君统治的社会或国家，是不值得人民追求的，也是应该被推翻的；所以，当他看到劳动人民生活在饥寒交迫的境况下时，感到无比愤怒和悲痛；于是，他颇具挑战性地在诗歌里写道：

>让预言的号角奏鸣！哦，风啊，
>如果冬天来了，春天还会远吗？①

第一节　"天才的预言家"

恩格斯在《英国工人阶级状况》一书中写道："雪莱是个天才的预言家，拜伦则充满了热烈的情感和对当时社会的尖锐讽刺；他们二人在工人中拥有最广大的读者。"② 预言家关注未来，这是人类进步的表现；不满足于短期的物质利益，追求全球的协调统一和追求良好的生存环境，是预言家孜孜不倦的努力。预言是一种很普遍的社会文化现象，它把个人对未来的预见传播给其他人，而吉利的预言则让人们对未来充满企盼和希望。

雪莱在《伊斯兰的反叛》的开篇"致玛丽"里写道：

>于是我捏紧着双手，向四下张望：
>　近旁并没人嘲笑我濡湿的眼睛；
>滚热的泪珠滴落在温煦的大地上，
>　我丝毫不觉羞惭，大胆宣称：
>"我一定要自由，正直，智慧，宽仁，
>只要我身上有这么一份能耐。
>　我再也看不惯那自私和强梁的人们
>横行霸道，不受到谴责和制裁。"

---

① 江枫主编：《雪莱全集》（第1卷：抒情诗），河北教育出版社2000年版，第181页。
② 转引自［俄］Е·Б·杰米施甘《雪莱评传》（上），杨周翰译，《文史哲》1956年第6期。

我抑制住眼泪——谦和的仪表，刚毅的胸怀。①

显然，雪莱在这节诗里做了一个预言："我一定要自由，正直，智慧，宽仁，/只要我身上有这么一份能耐。/我再也看不惯那自私和强梁的人们/横行霸道，不受到谴责和制裁。"他预言的世界是一个应然世界，在那里横行霸道的人们一定会受到严惩。也许，当时的人们读了雪莱诗歌里的类似预言会感觉到他对神秘力量的向往；但事实是，雪莱在这节诗里所预言的在当今全球范围内的大多数国家都已经得到实现。预言是对未来事情的描述，而未来是戴着神秘面纱的；对未来的探索不仅可以满足人们当下的愿望，而且能够为人类发展提供一个应然的空间。雪莱的不少诗歌里存在不少预言性诗行，它们构成了雪莱对未来美好社会的深切向往。非常可喜的是，雪莱在诗歌里所预言的前景现在都已经成为现实；由此可见，雪莱被誉为天才的预言家是名副其实的。

一 你的旗帜虽破碎，却依旧飘扬

雪莱在《自由颂》这首诗的开端引用了拜伦的诗句作为全诗的主题："然而，自由，然而，你的旗帜，虽破碎，/却依旧飘扬，似雷霆暴雨，迎风激荡。"这句诗本身就是一个预言，即自由无论遭受多大磨难、遍体鳞伤，它不但不会屈服地倒下去，还会顽强、英勇地奔向前。雪莱的《自由颂》属于颂歌，是对社会生活中某些值得弘扬的精神或思想或事物的赞颂。所以，在颂歌里很少出现低回缠绵的咏唱，诗人的激情受到所歌颂事物的鼓舞，以充满政治热情的追求对理想的事物进行咏唱。这时，诗人所歌颂的正是他所赞同的和所预言的。

《自由颂》这首诗写在西班牙1820年1月革命起义之后。1820年1月，驻扎在加的斯准备派往美洲镇压革命的远征军，因不满国王斐迪南七世的反动统治，在青年军官拉斐尔·里埃哥的率领下举行起义。3月，首都马德里的革命者占领王宫，迫使斐迪南七世恢复1812年宪法，委任新政府，取消远征美洲的军事计划。马克思对这一事件评论时说，它是"一个帮助相当广泛阶层的人民扩大眼界并使他们具有新的特征的伟大的

---

① 江枫主编：《雪莱全集》（第2卷：长诗·上），河北教育出版社2000年版，第84页。

酝酿过程"①。那个事件在全世界引起轰动，自然也引起了雪莱夫妇的极大关注。玛丽·雪莱在1820年3月26日致友人的信中写道：

> 我想你该已听到这消息——那位可爱的斐迪南颁布了1812年的宪法，召集了议会。有陪审的审判庭成立了，地牢打开了，爱国志士涌出牢门。这很好。我倒希望我此刻是在马德里。②

雪莱夫人在给朋友的信里非常兴奋地提到了发生在1820年1月的西班牙革命。对于雪莱和雪莱夫人来说，这一起由年轻军官起义所引发的西班牙革命是个非常重大的历史事件，它使得西班牙朝着一个理想的国家迈进："有陪审的陪审庭成立了，地牢打开了，爱国志士涌出牢门。"或许，正是在这种激动人心的情况下，雪莱创作了《自由颂》；显然，《自由颂》是对那个时代风起云涌的革命热潮所做的赞扬：

> 一个光荣的民族，又一次掣动
> 　　各族人民的雷电：在西班牙
> 从城堡到城堡，从心灵到心灵，
> 　　自由的明光迸发，漫天喷撒
> 富有感染力的烈火。我的灵魂
> 　　把惊恐的链索抛弃，
> 　　展开歌声敏捷的羽翼，
> （像年轻的鹰，在朝霞中翱翔，）
> 庄严而坚强，在诗的韵律中，
> 　　在惯常的猎物上空盘旋；
> 直到精神的旋风，从荣誉之天
> 　　把它摄引，以生气蓬勃的火焰

---

① 转引自陈文艺《1820—1823年西班牙革命失败的原因》，《开封师院学报》（社会科学版）1979年第3期。

② 参见《自由颂》注释1，载江枫主编《雪莱全集》（第1卷：抒情诗），河北教育出版社2000年版，第255页。

充满太空的遥远星球，似飞舟激起浪花，
　　从背后把光芒透射。天宇深处
　　传来悠扬歌声，我将如实记录。①

在这首诗里，雪莱使用隐喻的手法把人类坚忍不拔地追求自由的心理历程揭示得淋漓尽致。隐喻不仅是一种语言现象而且是人类知识世界表达认识的重要方法，它通过一种事物的相似性来暗示或说明另一种不适于直接表达的事物。因此，隐喻的本质体现在类比关系上，以想象的方式把一物与另一物联想起来，从而达到认知和理解的目的。隐喻是一种思想交流，而人的思维是颇具隐喻性的；恰恰因为隐喻性的特点，人的表达才变得更加艺术和丰富起来。诗歌是运用隐喻最频繁的文学形式；如果没有隐喻，诗歌作品就会变得面黄肌瘦、半死不活、缺乏生命力。雪莱诗歌里存在诸多的政治诉求，而"政治现实本身就是由隐喻组成的，进而以政治修辞来传递信息"②。在上面所例举的那节诗里，出现了"雷电""烈火""链索""年轻的鹰"以及"悠扬歌声"等字眼，它们为读者创造出一种社会现实，凸显了隐喻的强迫功能，迫使他们关注那些被凸显的方面，并认可其真实性。西班牙发生了年轻军官起义，是对自由追求的表现；这种对自由的追求是"雷电""在西班牙/ 从城堡到城堡，从心灵到心灵"，还是"烈火"迸发着自由的明光。那些追求自由的革命者是挣脱了"链索"的"雄鹰"翱翔在天空，唱出阵阵胜利的歌声。

无论是"雷电""烈火"还是"年轻的鹰"，都是隐喻，它们塑造了革命者鲜活的形象，在读者身上产生比较强烈的震撼：革命和革命者就在那里，就在现实生活中，他们正以摧枯拉朽之势，涤荡着这个邪恶的世界。人是社会人，人的语言也必定是社会性的；在社会交际中，人通过语言述说自己的存在、世界的存在和自己对世界的看法，以期反映和建构社会现实，使人的存在价值得以展现，这就是价值评判。在雪莱诗歌中，隐喻既反映积极的价值评判也反映否定的价值评判。当表述否定

---

① 江枫主编：《雪莱全集》（第1卷：抒情诗），河北教育出版社2000年版，第255—256页。

② 转引自林宝珠《隐喻的意识形态力》，厦门大学出版社2012年版，第99页。

的价值评判时，隐喻便具有一种比较强烈的抵制、反对或抗议的叙述策略，例如：

> 你啊，比月神更为矫捷的猎者！你啊
> 　人世豺狼的灾星！你箭袋中的利箭
> 像阳光，可以射穿以暴风为翅膀的乖谬，
> 　就像白昼的明光能把平静的东方
> 开始分崩离析的一片片浮云射透！
> 　路德领悟了你的召唤的目光，
> 　这目光似闪电从他沉重的矛上
> 反射到四面八方，使那些就像坟墓
> 　困惑着各民族的虚幻假象瓦解冰释；
> 　英格兰的先知以他们奔流不息
> 但又永不会消失的歌声欢呼过你，
> 　像欢呼自己的女王！你的形迹
> 也没有避过弥尔顿的精神视野：
> 　在悲苦的境遇里，露出犹豫的面容，
> 　透过他的黑夜，见到了你的行踪。①

这节诗来自《自由颂》的第 10 节，诗里的"你"指的是"自由"。在雪莱看来，"自由"是比"月神"更为矫健的猎者；显然，月神在这里变成了隐喻。狄安娜（Diana）相同于或近似于古希腊神话中的女神阿尔忒弥斯（Artemis）。据罗马神话记载，阿伽门农（Agamemnon）的儿子奥列斯特（Orestes）是最早把阿尔忒弥斯带到罗马人那里。在希腊联军攻打特洛伊的战争中，奥列斯特为了治愈自己的疯病，遵照阿波罗的神谕，远渡重洋来到阿尔忒弥斯的所在地，和他的姐姐伊菲革涅亚（Iphigenia）一起盗走了阿尔忒弥斯女神的神像。然后，他们逃到罗马内米湖畔一个叫阿里齐亚丛林的地方，为阿尔忒弥斯（狄安娜）建了神庙。从此之后，

---

① 江枫主编：《雪莱全集》（第 1 卷：抒情诗），河北教育出版社 2000 年版，第 264—265 页。

狄安娜在那里被人们虔诚地供奉；狄安娜有不少头衔，主要有：贞洁女神、森林和植物女神、丰收女神、动物女神、狩猎女神、妇女儿童保护神、平民奴隶保护神、复仇女神、冥神、月亮女神等。狄安娜具有完美女性的所有优秀品质和特点：美丽、贞洁、执着、勇敢、公平、正义等。由此可见，月神狄安娜作为隐喻在这节诗歌里是非常有意义的。

"自由"是一个抽象的概念，但通过喻体狄安娜，这一抽象的内涵被明确、形象、神圣地展示了出来：美丽、贞洁、执着、勇敢、公平和正义。隐喻具有非常强大的魔力，诗歌通过它呼唤、显现那些抽象、模糊、隐秘的概念，使它们清晰地以某种意象的形式展现出来。隐喻在以上所引的诗歌中的运用使得"自由"的力量在读者的想象空间突然不受约束，仿佛具有了一种穿透性，深入他的内心深处。这时，自由对于现实中的束缚形成了一种抵制、反对或对抗；于是，自由变成了"人世豺狼的灾星"，自由箭袋里的"利箭／像阳光，可以射穿以暴风为翅膀的乖谬，／就像白昼的明光能把平静的东方／开始分崩离析的一片片浮云射透！"在这节诗里，雪莱还提到了两个伟大的历史人物：马丁·路德（Martin Luther，1483—1546）和约翰·弥尔顿（John Milton，1608—1674），这使得"自由"之神的威力更加显露出来。

作为 16 世纪宗教改革运动中的重要人物，马丁·路德揭露了罗马教会的腐败，自立新的教会，体现了日耳曼民族的觉醒和争取独立、自由的意向。虽然马丁·路德坚持农民战争和民众反抗统治者的行为是非法的，但他还是对统治者的恣意妄为和人民大众的盲目服从提出了批评，他在《论世俗权力》开篇写道："神令我们的统治者疯狂，他们认为自己能够命令臣民去做任何他们想做的事情。而臣民也错误地相信自己必须在任何事情上服从于统治者。"[①] 这说明，自由之神所倡导的公平、正义和自由已经对马丁·路德产生了很大的影响。除了马丁·路德受到自由之神的影响之外，弥尔顿同样受到了很大影响。在长篇史诗《失乐园》里，弥尔顿把撒旦塑造成了一个为自由而斗争的勇士形象；在撒旦身上似乎寄托了某种革命精神，而撒旦的失败似乎"正流露出英国人民和诗

---

① 转引自江晟《保守与激进——论马丁·路德与反抗暴君理论》，《世界历史》2014 年第 5 期。

人自己的苦闷和忧郁情绪"①。除此之外，弥尔顿在《论出版自由》里以生动有力的语言表达了他追求自由的强烈愿望："给我自由，让我凭良心求知、发表观点、无拘束地争论，这胜于一切自由。"②弥尔顿的这种对自由的渴望在任何时代都是振聋发聩的。

马丁·路德和约翰·弥尔顿在雪莱的这节诗里成了历史典故，他们和隐喻一起构成了预言："哦，愿自由的人把君王这邪恶的名义／踏入粪土！也可以就写在哪里，／让这荣誉篇章上的污点犹如蛇行遗迹，／任轻风去擦拭，平沙使它湮灭！"③ 这个预言和隐喻一样是颇为神圣的，具有诱人的魔力：就像太阳使无数的花草树木转向它，让它们茁壮成长。这就是自由赋予人类的力量，它使人类因不满足于现实而孜孜不倦地追求，并让人懂得只有由自己创造自己的生活和命运的时候，他才会是幸福和自由的。

二　永远是歌唱着飞翔，飞翔着歌唱

的确，人只有自己创造自己的生活和命运才是幸福和自由的。但是，在现实社会中，人的自由意志往往使人在前进的道路上迷失方向，朝着物欲挺进，这就必然使他失去自由，给自己戴上贪欲的枷锁，就像雪莱在《为诗辩护》里所说的那样，"人即已使用自然力做奴隶，但是人自身反而仍然是一个奴隶"④。雪莱的诗歌里充满了自由的思想和理念，其目的就是把被物欲压抑的人性充分激发出来。人性既不是恶的也不是善的，而是处于善恶平衡状态的；在恶的环境激发下，恶念就会产生，而且会膨胀，其结果就像毒蛇猛兽一样横行霸道，危害人间；在善的环境下，善念不但会产生，而且会像清泉一样滋润万物，造福人间。卢梭（Jean Jacques Rousseau）在谈到恶劣的社会环境给人造成本性异化时，这样说道：

---

① 朱维之等：《外国文学史》（欧美卷），南开大学出版社2004年版，第115页。
② 转引自张世耘《弥尔顿的自由表达观的世俗现代意义》，《国外文学》2006年第4期。
③ 江枫主编：《雪莱全集》（第1卷：抒情诗），河北教育出版社2000年版，第269页。
④ 江枫主编：《雪莱全集》（第5卷：小说、散文），河北教育出版社2000年版，第482页。

由于情欲的不断激荡等等，它的灵魂已经变了质，甚至可以说灵魂的样子，早已改变到几乎不可认识的程度。我们现在再也看不到一个始终依照确定不移的本性而行动的人；再也看不到他的创造者曾经赋予他的那种崇高而庄严的淳朴，而所看到的只是自以为合理的情欲与处于错乱状态中的智慧的畸形对立。①

恶劣的社会环境是指那些缺乏自由、正义、平等、法制，而人们又普遍迷失了是非方向，把邪恶误当作善加以赞赏和崇拜的社会环境；在这样的社会环境里，民众的生命、财产不但得不到保障，而且经常受到侵犯和破坏，就像霍布斯（Thomas Hobbes）所说的"一切人反对一切人的战争"的无政府状态。即使有统治者统治，但如果统治者是自私和残暴的，同样会出现类似于无政府状态的社会环境。在这种环境中，将出现种可怕的情况，即"没有艺术，没有文学，没有社会，最糟糕的是人们总是处于死于暴力的恐惧和危险之中。人的生活孤独、贫困、卑污、残忍而短寿"②。之所以会出现这种状态，是因为利己主义的个人判断在起作用。如果一个人，不管是君主、官员还是普通的老百姓，只知道拥有权利而不履行与权利相对应的义务，不谦恭而诚实地信守其诺言，那么这个社会就会变得无法运作；其结果是，所有人都互为对方的猎物，人人将遭到灭顶之灾。所以，人类一定要寻找和平，努力把自己从权力、贪欲、自私的桎梏中解放出来，得到真正的身心自由。雪莱在《致云雀》里告诉人们要像云雀一样，做一个真正的自由人：

> 你好啊，欢乐的精灵！
> 　你似乎从不是飞禽，
> 从天堂或天堂的近邻，
> 　以酣畅淋漓的乐音，

---

① ［法］让-雅克·卢梭：《论人类不平等的起源和基础》，李常山译，商务印书馆1962年版，第62—63页。

② ［美］撒穆尔·伊诺克·斯通普夫等：《西方哲学史：从苏格拉底到萨特及其后》，邓晓芒等译，世界图书出版公司北京公司2009年版，第196—197页。

不事雕琢的艺术，倾吐着你的衷心。

向上，再向高处飞翔，
　从地面你一跃而上，
像一片烈火的轻云，
　掠过蔚蓝的天心，
永远是歌唱着飞翔，飞翔着歌唱。①

《致云雀》这首诗具有浓厚的政治气氛，但也融入了雪莱个人的个性、气质和精神，所以能够以持久的魅力震撼读者的心灵。自18世纪后半叶以来，美国的独立与法国大革命给欧美国家带了一定程度的思想自由；美国思想家潘恩（Thomas Paine，1737—1809）的《人的权利》和英国思想家威廉·葛德文的《政治正义论》等颇具革命性的书籍的问世便是这种自由思想在意识形态领域的体现。然而，1815年滑铁卢战役之后，反动专制统治在整个欧洲变得更加猖獗。在这一时期，英国政府对人民大众争取自由的活动采取了严酷镇压的手段，例如：1819年8月16日发生在曼彻斯特圣彼得广场上的"彼得卢大屠杀"就是一个典型的例子。1819年8月16日，8万人在圣彼得广场聚会，要求改革选举制度，废除谷物法和取消禁止工人结社法。事先聚集在会场的军警和骑兵立即出动，肆意砍杀和践踏手无寸铁的民众，当场造成11人死亡，400余人受伤。这时候，甚至连早在1679年就颁布的"人身保障法"也被废止；基本人权得而复失所带来的痛苦压抑着渴望自由的人们。在这种历史背景下，雪莱在《致云雀》里对自由的渴望就有着特殊的历史意义。

在《致云雀》里，云雀是隐喻，而隐喻是具有意识形态性的。在文艺作品，尤其是诗歌作品里，隐喻帮助读者认识世界；也就是说，从喻体的视角去看待和理解作为主体的人的基本特征。隐喻在文艺作品中为读者提供了一个明确的观点，即它使读者从喻体直接看到了这个或那个需要长篇文字才能够表述透彻的道理。在《致云雀》这首诗里，云雀就

---

① 江枫主编：《雪莱全集》（第1卷：抒情诗），河北教育出版社2000年版，第248页。

是喻体，它指涉的是人，是那些脱离了低级趣味的，上升到某种"精灵"精神层面的，具有崇高思想和乐观生活态度的人。这个精灵"从天堂或天堂的近邻，/以酣畅淋漓的乐音，/不事雕琢的艺术，倾吐着你的衷心。//向上，再向高处飞翔，/从地面你一跃而上，/像一片烈火的轻云，/掠过蔚蓝的天心，永远是歌唱着飞翔，飞翔着歌唱"。

隐喻在文艺作品中折射出作者的主观相似性，也就是说，隐喻的折射模式往往是受到作者意识形态的影响的；它在很大程度上反映了作者的思想观念，即反映了特定社会文化环境中说话人对某个领域内经验的认识和理解。雪莱的《致云雀》正是对他所处的那个时代所有激动人心的事件的理解和阐释。1820年1月，西班牙爆发革命，迫使国王斐迪南七世接受了1812年的资产阶级宪法；同年8月，葡萄牙爆发革命；1820年至1821年间，意大利也爆发了革命。这些轰轰烈烈为自由而战的革命运动极大地鼓舞了雪莱，使他把具有崇高志向的革命斗士比作云雀，像云雀一样"永远是歌唱着飞翔，飞翔着歌唱"。云雀的隐喻在雪莱这首诗歌里是非常恰当的，因为对自由的追求是令人欢喜雀跃的。云雀属少数能在飞行中歌唱的鸟类之一，能非常高地"悬停"在空中，雄鸟鸣啭洪亮动听。云雀虽然个头不大，但具备一般大鸟所没有的飞翔能力，且歌喉婉转嘹亮；因此，云雀在雪莱诗歌中也就成了为争取自由而战的勇士的特殊表现。雪莱本身就是一个为自由而战的勇士，他的《云雀颂》其实就是他自己心灵的反映：

> 我们不知道你是什么，
> 　　什么和你最相似？
> 从霓虹似彩色云霞
> 　　也难降这样美的雨，
> 能和随你出现降下的乐曲甘霖相比。
>
> 像一位诗人，隐身
> 　　在思想的明辉之中，
> 吟咏着即兴的诗韵，
> 　　直到普天下的同情

都被未曾留意过的希望和忧虑唤醒;

> 像一位高贵的少女,
> 　　居住在深宫的楼台,
> 在寂寞难言的时刻,
> 　　排遣为爱所苦的情怀,
> 甜美有如爱情的歌曲,溢出闺阁之外。①

对自由的渴望和追求在雪莱这首诗里非常明显,集中体现在云雀的身上:翱翔天空、热情奔放、心胸开阔、思想活跃、任往任来、不受拘牵、凌霄直上、奋发骤腾、迎接黎明。云雀不仅像美妙的乐曲和滋润万物的甘霖,而且"像一位诗人,隐身/在思想的明辉之中,/吟咏着即兴的诗韵,直到普天下的同情/都被未曾留意过的希望和忧虑唤醒"。要想对这几句诗进行比较透彻的理解,读者需要参考雪莱为长诗《阿多尼》所写的前言(被删节段落);在那里他说:"我的写作既不图利也不求名。写诗并加以发表,不过是我的手段,目的则在于传达我和他人之间的同情;而这种同情正是我对于同类的强烈无边的爱激励我去争取的一种感情。"②而雪莱的同情首先是对于人类争取从奴役、压迫、贫困和愚昧中解放出来的事业的同情。在这节诗里,他认为,诗人应该以值得关注而未被留意过的希望和忧虑去唤醒全人类的同情。③云雀不仅像一位诗人,而且"像一位高贵的少女,/居住在深宫的楼台,/在寂寞难言的时刻,/排遣为爱所苦的情怀,/甜美有如爱情的歌曲,溢出闺阁之外"。这里描写的岂止是思春的少女,或许就是雪莱自己。雪莱热爱一切美好的事物,他早在《赞智力美》这首诗里就说过:"你啊令人崇敬的美,一定会/使这个世界摆脱蒙昧的奴役,/……/哦,美的精灵,是你的魅力/使他畏惧他自己,然而热爱着全人类。"④雪莱热爱全人类,但是他的爱在当时

---

① 江枫主编:《雪莱全集》(第1卷:抒情诗),河北教育出版社2000年版,第250—251页。
② 江枫主编:《雪莱全集》(第3卷:长诗·下),河北教育出版社2000年版,第235页。
③ 江枫主编:《雪莱全集》(第1卷:抒情诗),河北教育出版社2000年版,第250页。
④ 江枫主编:《雪莱全集》(第1卷:抒情诗),河北教育出版社2000年版,第33—34页。

甚至不被自己的同胞所理解，所以他颇感寂寞和为爱所苦。

雪莱不满足于当时的既有存在，不断追求理想的存在。《云雀颂》不仅是他对自由的歌颂，而且是对理想未来的预言："整个的大地和大气，／响彻你的婉转歌喉，／仿佛在荒凉的黑夜，／从一片孤云的背后，／明月放射出光芒，清辉洋溢着宇宙。"[①] 云雀在这首诗里是一个美好的、理想的、精神的象征，它与19世纪英国浪漫主义的内涵是相一致的。法国大革命所倡导的自由、民主、平等、博爱在《云雀颂》里得到了反映。云雀是隐喻，是实实在在地追求自由的人；而这个人就像云雀"悬停"在天空，"永远是歌唱着飞翔，飞翔着歌唱"。

三 如果冬天来了，春天还会远吗？

"永远是歌唱着飞翔，飞翔着歌唱"的不只是云雀，还有西风。西风在雪莱的诗歌里当然是一个隐喻；正因为是隐喻，西风才具有了旺盛的生命力，而隐喻的复义性又为西风增添了多视角的解读色彩。谈到西风，在人们眼前呈现的往往是乱云、枯枝、黄叶，一派寒风扫落叶的萧瑟景象。但是，在这个萧瑟的世界里，新生事物即将产生，也就是说，假定一种神奇的力量在想象的空间中创造出一种思想或一个运动，足以涤荡和重构这个世界；然后这个世界的绝大部分组织又将按照合理的自然规律进行调整，以形成符合历史发展要求的社会状态。在雪莱的《西风颂》里，那股可以塑造世界的神奇力量就是西风，它象征着"奔放的精灵"、向旧世界宣战的豪情以及放荡不羁的自由主义精神。

雪莱生活在英国历史进程中思想斗争最为活跃的时代，工业革命之后的英国人民并不满足于政治生活现状，他们已经慢慢觉醒，需要更多、更广泛的平等、公正、自由的权利。在这样的历史背景下，雪莱的《西风颂》问世了，对当时的革命斗争不能说没有一点意义。然而，自《西风颂》问世以来，赞扬声和质疑声一直存在。下面几行是一个很好的例子：

---

① 江枫主编：《雪莱全集》（第1卷：抒情诗），河北教育出版社2000年版，第249—250页。

> 没入你的急流，当高空一片混乱，
> 流云象大地的枯叶一样被撕扯
> 脱离天空和海洋的纠缠的枝干，
>
> 成为雨和电的使者：它们飘落
> 在你的磅礴之气的蔚蓝的波面，
> 有如狂女的飘扬的头发在闪烁，
>
> 从天穹最遥远而模糊的边沿
> 直抵九霄的中天，到处都在摇曳
> 欲来雷雨的卷发。……①

陆建德教授提起《西风颂》里的这3节诗时说，"当读到第4行的'它们飘落'时，我们确知'它们'指第2行似枯叶般的流云。但原文中由'there are spread'开始的一句的实际主语是'欲来雷雨的卷发'，想必是译者经过一番琢磨后断定'飘扬的头发'和'欲来雷雨的卷发'所比的云就是流云，故而大胆地用代词'它们'承前启后。可能出于同一考虑，译者在第8行添加了不见于原文的'摇曳'一词，与前面'流云象大地的枯叶'的形象呼应。不过枯叶和闪烁的头发（bright hair）怎么可以同时用来比流云呢？"② 非常有趣的是，陆建德教授的看法与李维斯的颇为相近：

> "流云"在什么方面和"枯叶"相似？两者在形状色彩和动态上都不相象。只是那狂风乱舞，把云和树叶扯在一起；如果第1行"急流"这比喻合适的话，那么它不是指云可以象树叶那样"脱落"（shed）在急流的面上，而是增强了一种泛泛的"流动"（streaming）

---

① 转引自陆建德《雪莱的流云与枯叶——关于〈西风颂〉第2节的争论》，《外国文学评论》1993年第1期。

② 转引自陆建德《雪莱的流云与枯叶——关于〈西风颂〉第2节的争论》，《外国文学评论》1993年第1期。

的效果，于是"脱落"一词用得不当就不为人注意。再说，什么是"天空和海洋的纠缠的枝干"呢？它们不代表什么雪莱在他眼前的景色里可以指给我们看的东西；显然，"枝干"由前一行的"枯叶"引申而来，我们不必问一问那究竟是怎样的树。我们也不应该仔细分析"急流"的比喻如何展开：那"蔚蓝的波面"应指天穹，既然有"磅礴之气"，那波面却出奇地平滑……而且，暴风雨将至（"流云象大地的枯叶"，"有如鬼魅碰上了巫师，纷纷逃避"，）和飘动的头发又有何相干？①

无论是陆建德还是李维斯，他们都对《西风颂》里的这三节诗的比喻提出质疑。陆建德提出："枯叶和闪烁的头发怎么可以同时用来比流云呢？"而李维斯则提出：流云和枯叶在形状色彩和动态上都不相像……而且，暴风雨将至和飘动的头发又有何相干？陆建德和李维斯的质疑是关于雪莱《西风颂》的修辞问题，也就是说，比喻和被比喻之间是否存在着相类似的点。

陈望道在《修辞学发凡》里指出："要用譬喻，约有两个重点必须留神：第一，譬喻和被譬喻的两个事物必须有一点极其相类似；第二，譬喻和被譬喻的两个事物又必须在整体上极其不相同……若缺第二个要点，修辞学上也不能称为譬喻。"② 袁晖在《比喻》这部书里说："两个本质相同的事物是不能构成比喻的，即使勉强构成的'比喻'，也是很蹩脚的。比喻之所以给人鲜明突出的印象，就是基于比喻物与被比喻物本质不同这一点。"③ 按照陈望道和袁晖两位先生的说法，流云和枯叶、头发在整体上不相同，符合本体和喻体的"异质原则"；但是，流云与枯叶、头发之间存在着很大的相似性，即在风之作用下的流动性以及风和枯叶、头发在意象上的相似性。云在风的吹动下一定会急速移动；枯叶在风的吹动下同样会急速移动，并且像云一样成块、成堆或成片地运动；头发

---

① 转引自陆建德《雪莱的流云与枯叶——关于〈西风颂〉第2节的争论》，《外国文学评论》1993年第1期。
② 陈望道：《修辞学发凡》，上海教育出版社1976年版，第75页。
③ 袁晖：《比喻》，安徽人民出版社1982年版，第6页。

在风的吹动下也会急速移动，并且像云一样呈现线条状。所以，在《西风颂》里，雪莱用枯叶和头发比喻云是符合修辞法则的。暴风雨将至，狂风大作，那翻滚的乌云当然颇似狂风下翻滚的"枯叶"和"狂女的飘扬的头发"，给读者留下非常生动、鲜明的意象。

其实，不少读者在阅读《西风颂》的上述三节诗时往往容易忽略"Of some Maenad"里的Maenad（狂女）这个词。在古希腊神话里，Maenads指酒神狄俄尼索斯（Dionysus）的女性随从，她们被译作"狂女"。Maenads因常常受到酒神狄俄尼索斯的感染而进入一种舞蹈的醉迷状态，以表示对酒神的崇拜之情。"现在让我们设想一下，狄俄尼索斯节的狂欢声，那越来越诱人的具有魔力的旋律，传进这个建立在外观表象和节制之上、人为地加以抑制的世界，在这旋律中，自然在欢乐、痛苦和认识方面的限度被大大超越，变成了能穿透一切的狂呼大叫；试想，面对这疯狂的、声势浩大的群唱，那吟唱赞美诗、拨弄竖琴发出幽灵般乐声的阿波罗艺术家算得了什么呢？"[①] 雪莱用"狂女"（Maenad）的形象来比喻暴烈的西风是非常恰当的，而且还颇具狄俄尼索斯的亢奋精神，即西风像一个触及人类灵魂深处的艺术家，把云翻滚、撕裂，把枯叶、朽枝从地面吹上高空又抛落下来；这气势雄伟、浩大，传染给一批又一批的读者，让他们看到西风无穷的狂野威力是如何涤荡那个腐朽的世界的。

众所周知，西风在《西风颂》里是一个隐喻，而且是与政治相关的隐喻；政治需要通过语言或话语向人们宣传政治事务，并说服他们相信这一政治理想是值得追求的。无疑，《西风颂》是诗，同时也是很好的政治语篇，它作为一种特殊的话语类型，在19世纪那个特定的社会情景下，带着明确的政治目的参与了当时的政治斗争。"《西风颂》是关于一旦人和社会的活力迸发出来时，革命就成为必然。一定要有策划好的死亡和毁灭，才能够加速事物的'新生'，才能够保护那些最好的和最值得继续生存下去的事物和生命。"[②]《西风颂》实际上是一首政治演讲诗歌，

[①] ［德］尼采：《悲剧的诞生》，赵登荣等译，漓江出版社2000年版，第35页。
[②] McNiece, Gerald, *Shelley and the Revolutionary Idea*. Boston: Harvard University Press, 1969, p. 135.

它从头到尾都在劝说读者接受"吐故纳新"的政治观点,目的性极强。雪莱在诗歌里诉诸隐喻,让象征正义、自由力量的西风去反映他大脑中的政治理想,并引导读者的价值判断和行为取向。隐喻的影射机能能够使抽象的错综复杂的政治思想或理念概念化、具体化,更容易被读者所接受。除此之外,隐喻还具有颇强的移情功能,即帮助政治演说激发大众情感,增强演说感染力,从而把演说者的意识形态渗透到读者的大脑中去。《西风颂》正是利用隐喻的这些特征使雪莱的革命思想传递到读者身上。

在《西风颂》的第一节里,西风是以"破坏者"和"保护者"的形象出现的。狂野的西风横扫落叶无数,同时"又把有翅的种籽/凌空运送到他们黑暗的越冬床圃",使它们能够安全度过寒冷的冬天,"直到阳春你蔚蓝的姐妹向梦中的大地/吹响她嘹亮的号角(如同牧放羊群,/驱送香甜的花蕾到空气中采食就寝)/给高山平原注满生命的彩色和芬芳"。① 西风促进自然界生命进程的作用与革命推动社会进步的作用是一样的;革命是"破坏者",也是"保护者",它在摧毁旧世界的同时还保护和促进新生事物的成长。

雪莱在《西风颂》里所描写的西风是革命的西风,而革命的实质就是对现实社会存在不满,就是要寻求社会变革,就是要改变当下罪恶现实,使其趋向于正义。一个人的价值不在于他拥有了多少"真理",而在于他为获得真理而付出了多少真诚的努力。如果他脚踏实地地做了,那么他就是在履行正义。履行正义比占有真理更使人完美。《西风颂》里的西风就是那些履行正义的革命勇士,他们正在以摧枯拉朽的气势毁坏着一个僵死的世界,并向全人类庄严地宣告他们的预言:

> 让预言的号角奏鸣!哦,风啊,
> 如果冬天来了,春天还会远吗?

---

① 江枫主编:《雪莱全集》(第1卷:抒情诗),河北教育出版社2000年版,第177—178页。

第二节　1815年之后雪莱诗歌中的政治情怀

雪莱在社会主义国家一直被誉为卓越的诗人、思想家和革命战士，因为他敏锐地看到了当时社会所呈现出来的变革要求，并描绘了人类社会"应该"朝哪个方向发展。所以，他在社会主义阵营里被认为是一个坚定不移的革命者。雪莱于1792年8月4日出生在英国苏塞克斯郡霍舍姆附近的菲尔德·普莱斯的一个世袭男爵的家庭，父母的思想都比较陈腐庸俗，是狭隘、守法之人，坚决支持传统、陈旧的制度，并相信现行的社会制度是不可动摇的。在这样的家庭背景下，怎么会出现雪莱这个"逆子"呢？显然，革命思想在他身上的产生不是偶然的，而是受到当时进步政治思想影响所致。

1804年，年仅12岁的雪莱被送到伊顿贵族学校，在那里度过了6年的中学生活。"在伊顿，雪莱获读了小说家兼哲学家威廉·葛德文（William Godwin，1756—1836）的《政治正义论》，后来又认识了作者。葛德文后来成为雪莱终身的主要导师之一，对《政治正义论》的研究为雪莱的思想打开了一个新的、更广阔的视野。这时，雪莱也接触到托马斯·潘恩（Thomas Paine，1737—1809）的名著《论人权》，这部著作对这个未来的诗人也产生了极大的影响。葛德文、潘恩以及法国启蒙作家，特别是卢梭，在形成青年雪莱的民主观点上起了很大的作用。"[①]

在伊顿，雪莱便开始了抒情诗的创作，他的题为《维克多与凯齐尔诗钞》的第一部诗集（里头包括他妹妹的诗作）于1810年问世。雪莱知道这本诗歌作品不成熟，所以在出版时没有署名；但从这些诗歌里，读者可以看出诗人以后的诗歌创作方向。他在这些诗歌里歌颂自由、谴责专制，对人民大众的艰难困苦表现出极大的同情，例如他在《爱尔兰人之歌》里，号召苦难中的人民为争取自由而斗争：

看！广阔的废墟在向四面八方伸展，
我们祖先的家园已掩埋在泥土下边，

[①] ［俄］Е·Б·杰米施甘：《雪莱评传》（上），杨周翰译，《文史哲》1956年第6期。

> 我们的敌寇在我们的疆土纵马扬威，
> 我们英勇无畏的战士，却尸横遍野。
> ……
> 英雄们如今都何在？啊，虽死犹生，
> 血泊之中，倒伏着他们痉挛的躯身，
> 也许呼叫着的阴魂正乘横扫的风暴，
> 不住声地呐喊："复仇啊，我的同胞！"[①]

如果说，雪莱早年的诗歌在政治理念上还比较稚嫩的话，那么他1815之后的政论散文和诗歌都趋于成熟，带着鲜明的政治倾向。这个时候，他的爱好和兴趣不是个人的前途和命运，而是国家和人民的前途和命运，读者从他的《一个共和主义者有感于波拿巴的倾覆》《给英格兰人的歌》《西风颂》《致云雀》《伊斯兰的反叛》《暴政的假面游行》《生命的凯旋》《解放了的普罗米修斯》《倩契》等一系列诗歌里，都能够感觉到雪莱的诗歌有一个共同的特征：反抗专制和暴君，向往正义和自由。在雪莱1815年之后的政治散文和诗歌里，读者可以轻而易举地发现他敢于向一切摧残、奴役人类的专制制度进行攻击的政治情怀。

一 葛德文对雪莱政治思想的影响

雪莱的社会活动和文学创作是与空想社会主义（utopian socialism）紧密地联系在一起的，空想社会主义者的思想在雪莱的诗歌里不同程度地得到了体现，例如认为私有制是产生不公正和残暴的根源。欧文（Robert Owen，1771—1858）认为："现在，世界上到处充满了财富……但到处是苦难深重。"[②] 魏特林（Wilhelm Christian Weitling，1808—1871）愤怒地宣告："私有财产是一切邪恶的根源。""在古代奴隶社会，奴隶主还把奴隶看作自己的财产，在一定程度上注意他们的饮食和健康。而在现代奴隶社会，奴隶的血被迅速吸干，然后把他们从工厂里赶出去，免

[①] 江枫主编：《雪莱全集》（第1卷：抒情诗），河北教育出版社2000年版，第541—42页。

[②] ［英］欧文：《欧文选集》（第1卷），柯象峰等译，商务印书馆1979年版，第221页。

得还要给他们饭。反正外面还站着成千上万的人争先恐后地要挤进这个受苦的地狱里来。被赶出工厂的工人只能到处飘零，他们早上起来不知道今天一天怎么能够去填饱他们的肚子，到了晚上不知到哪里去谋一席安身之处。"① 圣西门（Claude - Henri de Rouvroy, Comte de Saint - Simon, 1760—1825）敏锐地指出，所有制是社会稳定的基础，"应当解决的最重要的问题，是应当如何规定所有制，使它既兼顾自由和财富，又造福于整个社会"②。马布利（Gabriel Bonnot de Mably, 1709—1785）认为，在私有制社会，由于统治者和富人阶级认为自己有权残酷地、蛮横地对付穷人，对穷人公开施行暴虐；所以，"穷人不是由于不能忍受压迫，就是因为愤恨新的不公正行为，而举行起义来保护人权。因此，产生了许多使共和国分裂，并导致它的灭亡的不和、倾轧、内战和革命"③。葛德文同样认为，只有把个人财产变成了社会财产，世界才会变得平等；他说："我们观察一下穷人，他们以令人厌倦的卑贱态度奉承他们的恩人。""财产却使每个家庭直接产生奴颜婢膝和低声下气的行为。""私有制经常向人展示不公正现象。这种罪恶一部分表现为奢华，一部分表现为任性。"若财产由全社会占有，这种奢靡之风就会从根本上消除，因为人们的"公正感和追求幸福的志向将会消灭追求奢华的欲念，减少我们对于各方面的过度要求，鼓励我们经常去追求理智快乐，而不贪图肉体快乐"④。

在这些空想社会主义思想的影响下，雪莱为人公正，富有同情心，终身都在关心受苦和被压迫的人民。他在《告爱尔兰人民书》里写道："你们是奴隶呢，还是人？如果是奴隶，那么就蹲在鞭子底下去，吻你们的压迫者的脚吧；把耻辱当作光荣吧。如果你们是禽兽的话，那么也就只好照禽兽的本性去行动。可是你们是人。一个真正的人是自由的，在

---

① [德]魏特林：《和谐和自由的保证》，孙则明译，商务印书馆1979年版，第68、74页。
② [法]圣西门：《圣西门选集》（第1卷），何清新译，商务印书馆1985年版，第188页。
③ 转引自侯书和《马布利对私有制的批判》，《华中师范大学学报》（哲学社会科学版）1992年第1期。
④ 转引自金平《值得商榷的财产观——评威廉·葛德文的财产思想》，《甘肃社会科学》2001年第1期。

环境许可的范围之内。你们就应该坚定而平静地反抗。"① 同样，雪莱在诗歌中表现出对被压迫的人民的同情，并号召他们起来反抗：

> 英格兰的人们，凭什么要给
> 蹂躏你们的老爷们耕田种地？
> 凭什么要辛勤劳动纺织不息
> 用锦绣去装扮暴君们的身体？②

雪莱的诗歌内容具有如此高涨的革命精神，以至于马克思的女儿埃莉诺·马克思在《社会主义者雪莱》这篇文章里称雪莱为社会主义者和革命家。"我们不能希望雪莱能够清楚地理解到买卖劳动力以及利用它为资本服务这一过程的意义，以及由此而得到的后果。这在当时是未必可能的，尽管他是个天才。但虽然如此，他还是感觉到了这种关系的存在。在讨论这种关系的时候，他本能地站到了工人阶级一边。就以这一点而论，我们也有权把他叫作社会主义者。"③

雪莱的空想社会主义思想里蕴含着诸如自由、公平和正义等诉求，并在很多诗歌里提出废除暴政的思想。例如，他在长诗《宇宙的灵魂》里强烈地表达了他的这种革命思想："你和你同样光辉纯洁的心灵/生动的火，并非徒劳地用来/照亮人类前途的那一类希望——/回去，卓越的灵魂，回到你/注定了要同暴政和虚伪进行/一场持久战争、从人们心头/连根拔除灾祸之源的地方去。"④ 雪莱的这一观点与葛德文在《政治正义论》里所阐述的观点基本上是一致的，葛德文针对英国贵族寡头体制，果敢提出："废除贵族政体是同样符合压迫者和被压迫者的利益的，压迫者可以从暴政的倦怠中被拯救出来，而被压迫者则可以从野蛮的奴役制

---

① 江枫主编：《雪莱全集》（第5卷：小说、散文），河北教育出版社2000年版，第388页。
② 江枫主编：《雪莱全集》（第1卷：抒情诗），河北教育出版社2000年版，第161页。
③ [俄] Е·Б·杰米施甘：《雪莱评传》（上），杨周翰译，《文史哲》1956年第6期。
④ 江枫主编：《雪莱全集》（第2卷：长诗·上），河北教育出版社2000年版，第25—26页。

度中被拯救出来。"①

　　雪莱诗歌里的观点非常明确，即在暴君统治下，国民地位低微；他们不但要奴颜婢膝、谦恭温顺，而且不能追求自由、平等和正义。雪莱诗歌里充满了对暴君和对特权体制的厌恶，是深受葛德文的《政治自由论》的影响的，读者可以从他于1812年1月10日写给葛德文的信里得知这一点：

> 　　自从我第一次读到您的大作《政治正义论》已时过两年，这本书使我耳目一新，视野更加开阔，它从根本上影响了我的个性。细心研读这本书，我变成了一个更聪明、更完美的人。我不再醉心于浪漫小说。在此之前我一直生活在一个理想的世界里，而这时我发现，在我们这个天地里有许多事情足以唤起人们的内心的关注，有许多事情值得人民专心进行理性讨论。总而言之，我认为我有许多要尽的义务。请想一想《政治正义论》对一个人的思想所产生的影响，而不要急于怀疑它的独特性和在某种程度上所独具的特殊的敏感性。②

　　威廉·葛德文出身于传教士家庭，早年受过严格的宗教方面的教育；后来受到法国唯物主义思想的影响，成为无神论者。他一生兴趣广泛，著述颇丰，有政治理论、哲学、历史和小说等方面的著作问世；其中最著名的是他于1793年出版的《政治正义论》。在这部著作里，葛德文不仅猛烈抨击了君主政治和贵族政治，而且全面、系统地阐述了他的政治思想。葛德文认为，"实现政治正义的前提是：人人生而平等。人的天赋才能和知识会有差别，但在彼此关系和取得生活资料方面，都有平等的权利。他强调个人权利神圣不可侵犯。他说，社会除了个人授予的权利以外，对个人没有任何支配的权利。人的行为准则是正义，而人的一切

---

　　① 转引自白玉良、王姝丹《葛德文无政府主义政府观简析——以〈政治正义论〉为中心》，《湘潮》（下半月）2010年第11期。
　　② 江枫主编：《雪莱全集》（第6卷：书信·上），河北教育出版社2000年版，第235页。

罪恶都是非正义"①。葛德文的这种理性政治和天赋人权的思想对批评当时欧洲封建专制制度是起到了积极的进步作用的。在葛德文的影响下，雪莱不再醉心于浪漫小说，因为在他生活的当下世界里有很多事情足以唤起人们的内心的关注。在雪莱看来，理想的黄金时代根本不可能存在，那只是远古时代的人们的臆想和传说；现实的社会存在无时无刻地向人们展示着专制制度所带来的道德的衰落、败坏和虚伪。雪莱在《伊斯兰的反叛》里表达了这种看法：

> 我的祖国中了毒而憔悴枯黄，
>   暴君与暴君相互结成毗邻，
> 把我们的住宅当作它们的马房——
>   镣铐终于窒息了俘虏的呼声，
>   人们没有羞耻感，任厄运欺凌，
> 听它与罪恶，奴役，暴政，竞显身手，
>   恐惧和荒淫在相互憎恨中结了盟，
> 像两条毒蛇在灰尘中紧紧相扭，
> 在人类的道路上合力喷出一股毒流。②

读者很难确定这些诗行中的描写在我们的世界中是否真实，因为为了达到某种艺术效果，文学语言会有不少的夸张成分在里面。但是，雪莱提出的"我的祖国中了毒而憔悴枯黄，/暴君与暴君相互结成毗邻"也许是真的，它可能存在于任何专制制度下的社会里。关于暴君和暴政问题，雪莱提出了解决方法，那就是被压迫的人们应该起来推翻暴君，或通过对暴政的抑制来确保生命的安全和心灵的平衡。他在《暴政的假面游行》里清晰地表达了这种观点：

> 像睡醒的狮子一样站起来，
>   你们的人数多得不可征服；

---

① 方生：《葛德文和他的〈政治正义论〉》，《读书》1980年第5期。
② 江枫主编：《雪莱全集》（第2卷：长诗·上），河北教育出版社2000年版，第126页。

> 快摆脱束缚着你们的链索，
> 像抖掉沉睡时沾身的霜露：
> 你们是多数，他们是少数。①

显然，雪莱的这种革命暴力观点与葛德文的有些差异。"葛德文对于革命一方面表示赞扬，认为革命产生于对暴政的愤怒；革命引起的怒火愈大，压迫者的崩溃愈突然。但是另一方面他又认为，革命对于人类进步也绝不是不可缺少的，因为革命本身永远包含着强暴，也必然带来许多值得非难的情况。所以，他不主张使用暴力，认为使用暴力是遗憾的。他在本书序言中明确提出：'这部书把劝阻人们不要从事骚乱和暴动当作它的明显目的。'他认为政治家的责任即使不能阻止革命也要推迟革命。革命发生得越晚，带来的害处越少。而他的最终目的，依然是废除强力，靠理性法则统治社会。"②

葛德文虽然对革命表示赞扬，但仍然是一个保守的革命者，害怕革命的暴力行为破坏社会秩序，引发社会骚乱。所以，从雪莱诗歌的整体政治思想来看，他不仅受到葛德文的影响，还受到潘恩（Thomas Paine）的影响。潘恩是18世纪后期杰出的资产阶级政论家、民主主义者和启蒙思想家，他参加过北美殖民地的独立战争，又积极投身于法国大革命，还以炽热的革命热情在英国进行过反专制的斗争。为了鼓舞北美殖民地脱离英国，潘恩在他那本煽动力颇强的小册子《常识》里，用天赋人权和社会契约论，猛烈抨击了英国政府的恶行和建制原则，批判了保守派祈求妥协的立场；以坚决有力、富有鼓动性的语言号召人民开展武装斗争，与英国彻底决裂，建立独立、自由的国家。他断然地指出，"辩论的时期已经结束了，应该用武器这一最后的手段来解决争论"。他还号召美国人民采取果敢的行动，"时候到了，殖民地必须坚决地与英国作彻底的分裂"。③ 雪莱上面的那几行诗所折射出来的革命气概与潘恩的不正是如

---

① 江枫主编：《雪莱全集》（第3卷：长诗·下），河北教育出版社2000年版，第32页。
② 方生：《葛德文和他的〈政治正义论〉》，《读书》1980年第5期。
③ 转引自余甦《杰出的资产阶级启蒙思想家——潘恩》，《复旦学报》（社会科学版）1989年第1期。

出一辙吗?

二 1815年之后雪莱散文中的政治思想

毋庸置疑,雪莱诗歌里所反映的政治思想是颇具革命性的,但也是充满了空想社会主义色彩的。作为一个革命浪漫主义诗人,他的诗歌里同时呈现出这两种政治思想倾向一点也不奇怪。俄罗斯宗教哲学家别尔嘉耶夫(Nicolas Berdyaev,1874—1948)说:"乌托邦是人的本性所深刻固有的,甚至是没有不行的。被周围世界的恶所伤害的人,有着想象、倡导社会生活的一种完善的和谐制度的需要。"[1] 雪莱的革命思想和空想社会主义倾向或许真的是在周围世界的恶的刺激下形成的。雪莱进入伊顿贵族学校读书时,在那里受到过很大的迫害,老师和同学都不理解他的独立思考方式。"一些相当野蛮的习俗支配着该校学生的相互关系。低年级学生就是高年级学生的'书童'或奴隶。每个'书童'要替他的'宗主'铺床叠被,一早便去给他汲水,还得替他刷衣刷鞋,如果不听从指使,那么就要受到种种'恰如其分'的处罚。"雪莱刚入学时,"六年级的那些学长见了他那纤弱的身躯,天使般的容貌以及他那女性般的动作,满以为他性格怯懦,不费吹灰之力便可对他施以淫威。但是,他们很快就发现,任何一种威胁都立即会激起年轻的雪莱的猛烈反抗。在他那纤弱得不堪一击的躯体里,具有一种不屈不挠的意志,这就注定了他必然会有离经叛道的行动。他的眼睛,在安宁时带着一种梦幻般的柔情,一旦受到热情或愤懑的刺激,就会射出一股异乎寻常或近乎野蛮的光芒"。[2]

在伊顿贵族学校,雪莱从自身所受到的折磨和苦难里开始探寻社会灾难的根源,对社会不平等产生了强烈的抗议情绪,梦想正义的生活,并且竭力让他的光辉理想在诗歌里得到体现。雪莱的中学生活经历的确为他后来的空想社会主义思想提供了部分来源,但是他空想社会主义思想的形成主要来源于一些重要思想家的影响。除了葛德文之外,其他重

---

[1] [俄] H. A. 别尔嘉耶夫:《精神王国与恺撒王国》,安启念等译,浙江人民出版2000年版,第113页。

[2] [法] 安·莫洛亚:《雪莱传》,谭立德等译,上海文艺出版社1981年版,第3—4页。

要思想家也对雪莱影响很大。"从雪莱的政论、书信、文学作品中可以遇到洛克、伏尔泰、法国百科全书作家和卢梭的名字。在《麦布女王》第五诗章的注释中，雪莱援引了卢梭的'论人类不平等的起源和基础'这篇文章。"① 雪莱在《麦布女王》第五诗章的注释里所引用的卢梭的原文是这样的："制作珠宝首饰和玩具的工匠、戏剧演员，凭着他们无用而又可笑的技艺赢得了声誉、挣得了财富；而社会若是没有了他们就会难以继续存在的土地耕作者却在轻蔑和贫困的折磨下苦苦挣扎，并在若是没有他们的辛勤劳动就会使人类全都灭绝的饥饿中死去。"②

雪莱这个注释是关于《麦布女王》第五诗章的"而政客夸耀财富"③这句诗的。当时，雪莱的看法或许能够在读者身上激发出某种愤怒；但是，在今天看来，这个注释里所引用的卢梭"论人类不平等的起源和基础"的这段话是有失偏颇的。雪莱在这里加注释是为了批驳"政客夸耀财富"；为了达到批驳的目的，他想要阐述这么一个事实，即除了人的劳动，没有真正的财富；一切关注奢侈物品的人都是以牺牲他人的生活为代价的。雪莱在引用卢梭的话来说明情况时不小心犯了一个错误：难道制作珠宝首饰和玩具的工匠和戏剧演员就不是劳动者，他们的技艺就不该得到尊重吗？其实，他们和土地耕作者一样是靠自己的辛勤劳动生活的。这说明，雪莱在这里所表现出来的政治思想还比较幼稚，倒有点像莫尔在乌托邦里的某些描写。例如，在生活用品方面，莫尔为乌托邦设计的行业中剔除掉了"许多毫无实用的多余的行业"，认为它们是"徒然为奢侈荒淫的生活提供享受"；保留下来的行业的标准是"为满足生活的少数自然需要与便利的行业"。④

雪莱之所以在《麦布女王》第五诗章的注释里引用卢梭的话，除了他当时的政治思想还比较幼稚外，他还想阐明一些奢侈、无用的行业会造成人之心灵的腐朽，从而玷污和损毁对正义的追求。然而，雪莱对所谓"正义、平等、自由"的追求都带着空想社会主义色彩。尽管在爱尔

---

① [俄] Е·Б·杰米施甘：《雪莱评传》（上），杨周翰译，《文史哲》1956 年第 6 期。
② 江枫主编：《雪莱全集》（第 3 卷：长诗·下），河北教育出版社 2000 年版，第 386—387 页。
③ 江枫主编：《雪莱全集》（第 3 卷：长诗·下），河北教育出版社 2000 年版，第 325 页。
④ [英] 托马斯·莫尔：《乌托邦》，戴镏龄译，商务印书馆 1982 年版，第 58 页。

兰人民争取独立的斗争中，雪莱尽他最大的力量做出了积极支持，但他的政治思想还是带着浓厚的空想社会主义色彩。他在《告爱尔兰人民书》里这样写道：

> 你们是否想象，啊，爱尔兰人民，这样一种幸福的社会——想象具有各种不同思想方式的人们亲如兄弟似地生活在一起？最大的王公贵戚们的后裔也不比农民的儿子更尊贵。到那时，再没有华贵的排场，富人们现在守藏着的一切将会分配给大家。谁也不要求富丽堂皇，富人家里多余的财物就足够使每个人过舒适的生活。情郎再不会欺骗情妇，情妇再不会抛弃情郎。朋友间再不会玩弄欺诈手腕；再没有什么租金、债务、捐税，再没有任何诈伪来扰乱公众的幸福；人们将是那样善良，那样智慧，他们还一天比一天更善良、更智慧。再没有乞丐，也再没有那种不幸的妇女，现在则男子们由于财富而变得邪恶而毫无心肝，逼使这些妇女沦落到最可怕的不幸而恶劣的境地。那时也不会再有盗贼或杀人犯，因为一个人在丰衣足食之后，再不会受贫困驱使，而去掠夺别人。邪恶和不幸，铺张和贫困，权势和服从，那时将一齐被消除。①

雪莱在这里提出了"平等、公正、公有"的主张，认为只有这样，才会实现一个理想的社会；在那里，"再没有华贵的排场，富人们现在守藏着的一切将会分配给大家。谁也不要求富丽堂皇，富人家里多余的财物就足够使每个人过舒适的生活"。这种思想与莫尔的如出一辙，莫尔在《乌托邦》里指出："如不彻底废除私有制，产品不可能公平分配，人类不可能获得幸福。私有制存在一天，人类中绝大的一部分也是最优秀的一部分将始终背上沉重而甩不掉的贫困灾难担子。"②像一切英国进步人士一样，雪莱是主张平等、公正、公有、自由的，他为爱尔兰人民所处的悲惨困境所激动，英国政府在爱尔兰所实施的暴力和压迫让他义愤填

---

① 江枫主编：《雪莱全集》（第5卷：小说、散文），河北教育出版社2000年版，第383—384页。

② ［英］托马斯·莫尔：《乌托邦》，戴镏龄译，商务印书馆1982年版，第44页。

膺。他于1812年写的一首诗《致爱尔兰》，就是献给受奴役的爱尔兰人民的。在这首诗里，雪莱满怀激情地写道："那煊赫一时、耀武扬威的孤寡君主，/只不过是冬天某日长出的一簇蘑菇，/经你的脚步轻轻一踩就会化为尘土。"① 雪莱把全力支持爱尔兰人民的解放事业当作自己的历史使命，并亲自奔赴爱尔兰参与斗争，读者从雪莱于1812年1月28日写给葛德文的信中可以清楚地得知这一点："在我们动身去爱尔兰之前，收到了你的来信。尽管在收到你的下一封信之前，我也许已经抵达爱尔兰……只要我那毫无保证的健康状态允许，我将以无限的热情投身到在爱尔兰促进美德和幸福的崇高目的。我现在这么做，就是把这个国家的事务的目前状态看作一个机会，如果照我现在这样无所事事，让这个机会白白地虚度过去，我就配不上自诩的那种品格。"②

雪莱是一个品格高尚的诗人，他只要许下诺言就一定会去努力完成。他不仅去了爱尔兰，而且深入平民当中进行调查，把平民背后所隐藏的痛苦统统挖掘出来。1812年3月10日，他在爱尔兰都柏林写给希契纳的信里说："我不可能尽述那些亲耳听到的可怕的无穷无尽的暴政的例子——就连我所亲身经历的也不能（尽述）……富人把穷人压榨到可怜卑下的地步，然而又抱怨说他们太卑下了。富人们逼迫穷人忍饥挨饿，而如果他们偷了一条面包就要绞死他们。"③ 与爱尔兰的苦难人民相处后，雪莱对这个不平等的社会有了深刻的感悟，他在1812年3月8日写给葛德文的信里这样说道："直到现在我才真正领悟人类灾难深重的真正含义。都柏林的男人无疑是世界上最卑微、最悲催的人。在狭窄的街道上，他们成群地挤缩在一起，简直是一团攒动的垃圾。还有什么样的情景能像这种场景一样震动我呀！对那些把自己的同胞折磨得比死去更残酷的人实施道德教育，这一构思现在看来，也是有必要啊！"④

爱尔兰的经历使雪莱变得成熟起来，使他认识到平等、正义、自由、

---

① 江枫主编：《雪莱全集》（第1卷：抒情诗），河北教育出版社2000年版，第635页。
② 江枫主编：《雪莱全集》（第6卷：书信·上），河北教育出版社2000年版，第257—258页。
③ 江枫主编：《雪莱全集》（第6卷：书信·上），河北教育出版社2000年版，第289—290页。
④ 江枫主编：《雪莱全集》（第6卷：书信·上），河北教育出版社2000年版，第287页。

道德在一个民主社会的重要性。所以,他不但在《告爱尔兰人民书》里反复强调平等、正义、自由、道德的作用,而且在《人权宣言》里庄严宣告:"人人有权平等享受政府的利益和分担政府的担负。任何不能表示意见的现象本身意味着,在政府方面是赤裸裸的暴政,在被统治者方面则是无知的奴性。"① 雪莱从残酷的社会现实中认识到,要想解决社会矛盾和冲突,就需要实行社会变革,需要建构正义的社会。政治的正义是雪莱追求的目标,它意味着超越狭隘的权力、私利和偏见,建立符合人类健康发展的社会制度、体制和国家权力。雪莱不但在他的政治散文中,而且在他不少的诗歌里突出了这些观点。他知道,无论君主还是百姓,他们都是终将逝法的凡人;然而,当君主或百姓跟随着平等、正义、自由、博爱的轨迹行走时,他们都可以像众神一样活得逍遥自在。这正是雪莱空想社会主义政治思想所追求的终极目标。

三 1815 年之后雪莱诗歌中的政治情怀

雪莱的政治思想不仅反映在他的散文里,而且更多地渗透在他的诗歌里。"想一想雪莱 1815 年之后诗歌里的政治思想,都是存在于他最著名的诗歌里,它们是艺术作品而不是政治说教。他不少的重要诗歌反映了他有关政治和变革的观点。"② 雪莱所处的是工业革命蓬勃发展、国内新旧文化激烈交锋的社会变革时代,社会民众运动此起彼伏,各方都为争取自己的利益而斗争。工业化使越来越多的英国人意识到旧制度不合理,需要进一步改革。发生在英国 19 世纪的三次议会改革代表了各阶层的利益,整个英国的各阶层人士都积极参与进去,彻底改变了英国政治制度。

如果说英国的议会改革是以和平方式进行的,那么英国 19 世纪的民主运动就没有那么客气了。19 世纪初,英国北方几个郡爆发了卢德运动;该运动以虚构的人物卢德将军(Ned Ludd)为号召,而参加运动的人被

---

① 江枫主编:《雪莱全集》(第 5 卷:小说、散文),河北教育出版社 2000 年版,第 418 页。

② Guinn, John Pollard, *Shelley's Political Thought*. Mouton & Co., Printers, The Hague, 1969, p. 68.

称为卢德派（Luddites）。运动源于诺丁汉郡，该郡的制袜商使用一种生产长筒袜的机器，降低了生产成本和销售价格，因此对使用传统工艺的织袜工匠造成强烈的竞争威胁。1811年3月11日，诺丁汉的织袜工召开会议，当晚一批自称是"卢德将军麾下"的人捣毁了一个织袜商人的60架织袜机。此后，捣毁机器运动迅速扩展，几乎每天都有捣毁织袜机的事件；到第二年2月，共捣毁织袜机近千架。兰开夏郡的卢德运动反对的是动力织布机。当地手织工受动力织布机的影响，生活水平急剧下降。1812年4月20日，一批卢德派人士袭击了米德尔顿的伯顿工厂；由于厂主进行武装反抗，有5名卢德派人士被打死，10多人受伤。第二天，上千名卢德派人士围攻厂主伊曼纽尔·伯顿（Emanuel Burton）的住宅并放火将其烧掉，军队赶来镇压，造成新的死伤。兰开夏郡的卢德运动冲突极其激烈，至夏天，政府进行了严厉的镇压，有8人被处死，另有许多人被流放到澳大利亚。[①] 卢德捣毁机器运动说明，手工工人与工业革命之后的工厂主之间的对立是剧烈的和不可调和的。1812年2月27日拜伦勋爵（Lord Byron）在上议院指出：卢德运动的根源在于无与伦比的贫困，运动的参加者曾经是诚实而勤奋的工匠，现在却被迫参加了对自己、对家人和对社区都极度危险的社团。卢德派的手工工人过去是英国社会稳定的力量，现在却采取暴力手段保护自身的生存。[②]

当时的社会矛盾到底有多大，雪莱在诗歌里所表现出来的愤怒到底有多少与当时的社会状况相符合，读者从马克思、恩格斯的经典著作所描写的那个时代的特征中可以清楚地看出来。恩格斯在《反杜林论》里写道："当时新的生产方式还只处在向上发展的初级阶段，它还是正常的并在当时条件下唯一可能的生产方式。但是同时它也已经产生了惊人的社会灾难。"[③] 雪莱非常清楚地知道，人民是如何在愚昧、无知和贫困中受到奴役的；他们辛辛苦苦创造出来的财富不能自己享用，而是为了满足少数寄生虫的需要。工业革命之后仍然有一些悖谬和荒谬的东西挺立

---

① 刘成：《19世纪英国的社会民众运动分析》，《杭州师范大学学报》（社会科学版）2016年第4期。

② 刘成：《19世纪英国的社会民众运动分析》，《杭州师范大学学报》（社会科学版）2016年第4期。

③ 转引自［俄］Е·Б·杰米施甘《雪莱评传》（上），杨周翰译，《文史哲》1956年第6期。

在手工劳动者和工厂主之间,那就是传统向现代过渡过程中的"残忍",它使得人们不安宁。工业文明一方面导入或者更明确地说,完善了人类的理智和人们心里那种高于理智的东西;另一方面,工业文明毫不留情地砸烂了没有准备好的手工业者的传统饭碗,使他们陷入史无前例的生计窘迫的境地。在雪莱看来,工业和商业的革命使资产阶级社会变成了无政府的、贪婪的、横暴的、混乱的社会;所以,他在《麦布女王》里义愤填膺地写道:

> 商业,从此诞生,人工或自然
> 所生产的一切都可以买卖交换,
> 用财富购买不到但又迫切需要,
> 自然的仁慈便迅速从无边的爱
> 那丰富的源泉取出供应,现在,
> 那源泉已永远被窒息、被耗干、
> 被污染。商业!在它喷发有毒
> 气息的阴影笼罩下,没有任何
> 一种美德敢于滋生成长,但是,
> 贫困和财富却能异曲同工传播
> 危害人类身心的灾难,大敞开
> 那过早死亡和暴力死亡的大门,
> 接待憔悴的饥馑和饱满的疾病,
> 和人生道路上共命运的所有人,
> 他们的肉体和灵魂全都中了毒,
> 几乎已经拖不动身背后那一条
> 拖一步一响、越拖越长的锁链。①

从上面这节诗读者不难看出,雪莱对工业文明所付出的沉重代价痛心疾首。传统道德被破坏,信仰迷失,人性沦丧。从污浊的排水沟里流

---

① 江枫主编:《雪莱全集》(第3卷:长诗·下),河北教育出版社2000年版,第322—323页。

出来的是隐藏在人类文明背后的巨大秽流,它浇肥了整个世界,却把本国的手工业者活活溺死。对工厂主来说,从这肮脏的排水沟里流出来的不全是臭气熏天的污水,还有黄灿灿的纯金。在这里,文明展示了发展奇迹的同时,人性也得到了最残酷的损毁,因为看似文明的人都变成了野人。现在,提供爱和仁慈的"那泉源已永远被窒息、被耗干,/被污染。商业!在它喷发有毒/气息的阴影笼罩下,没有任何/一种美德敢于滋生成长"。工业文明不仅在生产方式上以机器化大生产取代了传统的手工业生产,而且在精神领域也更加呈现出一种以机械化取代人类自然本性的趋向;"他们的肉体和灵魂全都中了毒,/几乎已经拖不动身背后那一条/拖一步一响,越拖越长的锁链"。

在短暂的一生中,雪莱的政治思想基本上是一致的,即为平等、自由、正义的目标而斗争。对于那些与不公正的现实妥协并脱离现实生活的同时代诗人,他是非常蔑视的。正义之士关于人民和社会的思想与他关于政治的思想之间,始终都是相互关系,即不仅从平等、自由、正义的视角来评判社会,而且从同样的视角去理解人性和人的价值。在雪莱看来,善和美是与正义联系在一起的;如果脱离了正义就谈不上善,也谈不上美。雪莱于1816年发表的两首十四行诗,《致华兹华斯》和《一个共和主义者有感于波拿巴的颠覆》,在一定程度上反映了他的某些思想和看法。在《致华兹华斯》里,雪莱谴责了华兹华斯对自由解放事业的背叛:"在高尚的贫困中你把呼声编织成歌,/奉献给真理、奉献给自由——然而,/你竟在舍弃这一切,使我深感伤悲,/至今就是这样,你该终止此等作为。"[1] 雪莱对华兹华斯的这种看法还直接反映在他1818年7月25日写给皮科克的一封信里:"那个华兹华斯是个多么可恶而可鄙的混蛋!这样一个人竟会是一个诗人!我只能拿他和西莫尼德斯相比,西莫尼德斯既是西西里暴君的吹捧者,又是一位最不矫揉造作而又富于温情的抒情诗人。"[2] 雪莱的指责并非毫无道理,连华兹华斯都对自己的选择供认不讳:"思绪与心潮向我涌来,因为/我已卸去并非原本的自我,/

---

[1] 江枫主编:《雪莱全集》(第1卷:叙情诗),河北教育出版社2000年版,第18页。
[2] 江枫主编:《雪莱全集》(第7卷:书信·下),河北教育出版社2000年版,第132—133页。

那是强加给我的生命,似乎／日日倦怠中我背负着他人的重物。"① 雪莱在《一个共和主义者有感于波拿巴的颠覆》中谴责了拿破仑背叛法国革命的可耻行径,并表示了他对这种行径的痛恨:"我曾因此而祈求／杀戮、掠夺奴役、邪欲还有背叛,／趁你熟睡时潜入,把代表它们的你／窒息。"② 雪莱后来还就拿破仑的死写了一首题目为《闻拿破仑死有感》的诗。这两首诗似乎给读者传递了一个他在诗歌里反复提到的思想:拿破仑死了,无论他曾经多强大,地球不会因为他的死而停止运转;暴君实质上是由屈服于暴君的人民创造的,人民才是邪恶社会的罪魁祸首。所以,真正的改革一定要循序渐进地进行才好。

人民之所以在屈服于暴君的过程中创造了暴君,是由人之贪婪的本性所决定的。所谓的自由、平等本身就是和人的欲望不可分割地联系在一起的,没有一个追求自由、平等的人会忘记在他的著作出版时印上自己的名字,也没有一个追求自由、平等的人会放弃自己获得利益的权利;因为正是由于一个人的利益受到了损害,他才提出自由、平等和正义主张的,其目的还是捍卫自己的权益。于是,世界才有了国家和法律,因为人们想通过国家和法律来保护自己的自由、平等。但实际上,由于人性贪婪的缘故,统治者成了践踏法律和奴役人民的专制者、独裁者或暴君;而人民(每个独自的人)从各自利益出发,除非在忍无可忍、面临死亡的情况下,很难团结一致地反抗暴君,其结果是都"心甘情愿"地成了奴隶;雪莱在很多长诗和诗剧里对这种情况都有提及,例如他在《伊斯兰的反叛》里这样写道:

> 人们忙着在矿山里寻找黄金,
> 　给自己铸一幅永世做奴隶的镣铐,
> 战战兢兢,为他人辛勤卖命,
> 　只为了把自己一条性命保牢,
> 而那些人一辈子奴役你,决不会宽饶;

---

① [英]威廉·华兹华斯:《序曲:或一位诗人心灵的成长》,丁宏为译,中国对外翻译出版社1999年版,第1—2页。
② 江枫主编:《雪莱全集》(第1卷:叙情诗),河北教育出版社2000年版,第18页。

>   你杀人，是因为你主子喜欢人遭殃；
>   你筑起祭坛，把自己的鲜血拿到
>   祭坛上去供奉那上面的偶像——
>   好一个盲目的可怜虫！你这是自取灭亡！①

雪莱深知人性贪婪的特点：人们不仅要求丰饶的土地交出应交的五谷杂粮，还深入大地的脏腑，把她所隐藏的东西挖掘出来。② 人性的缺陷必然导致人之道德的堕落，也必将引发社会的各种不公平的残酷事件的发生。针对这种情况，雪莱在诗歌里不断地呼唤自由、平等和正义，以提醒人们警惕自身所存在的可怕缺陷，使他们从这些有害的意识中摆脱出来。"以这种方式呼唤着而令人有所领悟的东西即是良知。"③ 雪莱就是这么一个有良知的诗人。

第三节　雪莱诗歌的政治影响

雪莱是一个"从头到脚的革命者"④。之所以获得这么高的评价，是因为雪莱诗歌所产生的巨大政治影响。雪莱诗歌中的政治性从他早期的作品中就已经明显地暴露出来，他在《玛格丽特·尼克尔森遗稿》这部诗集里就凸显了自己鲜明的政治态度和立场，而这部诗集的大多数作品都是他在牛津大学时创作的；他这个时期的诗歌作品和他的其他诗歌一样，均是以反抗专制的政治为主题的；例如，他在《至北美的共和主义者》一诗中向那些奴役、压迫、残害人民的暴君提出了挑战：

>   感觉到已倒下的那些勇士

---

① 江枫主编：《雪莱全集》（第2卷：长诗·上），河北教育出版社2000年版，第283页。

② ［法］皮埃尔·阿多：《伊西斯的面纱》，张卜天译，华东师范大学出版社2015年版，第154页。

③ ［德］马丁·海德格尔：《存在与时间》，陈嘉映等译，生活·读书·新知三联书店2008年版，第311页。

④ 转引自［俄］Е·Б·杰米施甘《雪莱评传》（上），杨周翰译，《文史哲》1956年第6期。

在坟墓里脉搏仍搏动不息,——
　躺在浸透神圣血液的沙场,——
拼着战士垂死的一口喘息
呼唤着:"不自由毋宁死!"①

这首诗不但表达了雪莱的政治情怀,还预示着人类发展的未来趋向。然而,雪莱诗歌中的政治思想受到了托利党的仇视,诗集被禁止出版发行。好在以利·亨特(Leigh Hunt)为首的自由党成员对他积极支持,使他的颇具政治色彩的诗歌作品得以出版。尽管如此,当时的政府还是要对出版雪莱诗歌的责任人进行制裁。1822年,理查德·卡莱尔(Richard Carlile)因为发表了一篇回应《麦布女王》的文章而受到起诉;后来,他因被指控大多数出版物都具有"反社会"倾向而被判四个月的监禁。虽然卡莱尔输掉了官司,但"《麦布女王》却成为了英国工人阶级激进主义的重要武器。在此后的二十年间,大约有十四个或更多版本的《麦布女王》由激进的出版商以盗版的形式出版问世"②。

不仅《麦布女王》如此,雪莱的大多数诗歌都是颇具政治理想的,他的长诗《伊斯兰的反叛》《暴政的假面游行》《生命的凯旋》,诗剧《解放了的普罗米修斯》《倩契》《暴虐的俄狄浦斯》以及短诗《西风颂》《致云雀》《自由颂》等,都对当时英国资产阶级政府的残酷统治进行了深刻的批判。雪莱想要通过自己的诗歌唤起人民大众,帮助他们了解自己所处的被奴役的处境,为争取平等、自由和公正而斗争;毋庸置疑,雪莱诗歌中的政治思想是颇具时代进步意义的。

一　雪莱的诗歌创作与爱尔兰

雪莱被称作一个"从头到脚的革命者"一点也不过分,他的政治思想不仅反映在诗歌里,而且落实在行动上。虽然出身于一个舒适、富足、

---

① 江枫主编:《雪莱诗歌全集》(第1卷:抒情诗),河北教育出版社2000年版,第631页。

② Guinn, John Pollard, *Shelley's Political thought*. Mouton & Co. N. V., Publishers, The Hague, 1969, p. 97.

享有特权的贵族家庭，但是他在成长过程中所耳闻目睹的不平等的社会现实使他受到深刻影响，并形成了他自己的社会主义理想。雪莱最初关于不平等的意识主要来源于托马斯·潘恩（Thomas Paine）和威廉·葛德文（William Godwin）的政治思想；英国当时的社会状况和赤裸裸的帝国主义行径激发了他的激进主义情绪，使他从单纯的创作走向实际行动。目睹大量的工厂建立，让恬静、美丽、洁净的坎布里亚郡（Cumbria）受到严重污染后，雪莱愤怒地写道："制造业连同污染一起爬进了这个安静的溪谷，用人类的污浊损毁了可爱的自然。"[1] 他在《含羞草》里对工业给地方所带来的污染进行了极为细致而深刻的描写：

> 菌丝、莠草，垃圾，垃圾，有毒的渣滓，
> 使流动的小河淤塞，不再喧响，
> 河口的菖蒲有如木桩，用它们的根子，
> 像纠缠成结的水蛇，形成挡水的坝墙。
>
> 在空气停滞的日子，每时每分
> 有毒的雾气不断向上升腾，
> 早上看得见，中午摸得着，夜晚，
> 形成星光难以融化的浓重黑暗。
>
> 油腻的陨落物飞掠、蠕动在花枝间，
> 在正午的天光下无法看见；
> 一旦落在枝条上，这枝条
> 就被致命的毒液腐蚀而枯焦。[2]

《含羞草》分为三部分，在第一部分，雪莱描写花园里长着各种各样的花草，有含羞草、雪莲花、紫罗兰、银莲、郁金香、水仙、玫瑰、百

---

[1] Eleanor Fitzsimons, "The Shelleys in Ireland", *History Today*, June, 2014, p. 11.
[2] 江枫主编：《雪莱诗歌全集》（第1卷：抒情诗），河北教育出版社2000年版，第232—233页。

合等；它们都是"来自各方的奇花异草，/都在花园里生长得兴旺繁茂"，尤其是含羞草，"从根到叶都感受着爱"。在第二部分，雪莱描写这美妙花园里的一位仙灵，"她照料花园，从早直到黄昏"，"她汲取清洌的溪水，把日光下／由于中暑而昏迷的花儿浇洒，／又从负载沉重的花盏内／清除掉雷雨留下的积水；//如果这些花是她自己的儿女，/她也不能护理得更温存体恤"。然而，这个花园的仙灵竟然死去。在第三部分，雪莱暗示了仙灵死去的原因：工业污染。工业污染的直接恶果，就是"油腻的陨落物飞掠、蠕动在花枝间，/在正午的天光下无法看见；/一旦落在枝条上，这枝条/就被致命的毒液腐蚀而枯焦"。毋庸置疑，雪莱在《含羞草》里对工业污染所造成的环境危害的揭露极其深刻，也是震撼人心的。只有颇具社会责任感的、有历史远见的、有大智慧的人才能够洞察当时工业文明背后所蕴含的环境危机；而只顾眼前利益的俗人和愚蠢之人则对此一无所知，因为俗人和愚蠢之人仅仅知道，工业文明可以带来比历史上任何时期都要多的财富。对财富的强烈欲望和追求使人们不再因大自然的可怕报复而惧怕，让他们心甘情愿去做可耻的事情。

　　雪莱在诗歌里对工业文明所造成的生态灾难进行了无情的揭露和抨击，而这种呼吁和谴责直到雪莱去世后才引起英国科学家和政府的重视。没有证据证明雪莱对工业文明所造成的生态恶果的揭露直接引起了政府的重视，但的确是不少像雪莱一样对工业污染深恶痛绝的有识之士迫使政府不得不对工业污染采取治理手段。19世纪英国著名的卫生化学家史密斯（Robert Angus Smith，1857—1941）对曼彻斯特恶劣的环境情况非常担忧，1844年11月他在给《曼彻斯特卫报》的一封信中写道："上周一个美丽的早晨，当我从空气异常清新的乡村回来时，我吃惊地发现曼彻斯特却笼罩在空气昏暗的12月的一天里。这绝非绝无仅有的现象……我们看到，冬天我们街道的上空常常是漆黑一团。"[①] 之后，史密斯以一个科学家的身份为改善环境而奋斗终生。在他的努力下，《碱业法》《1881年碱等工厂管理法》和《河流防污法》先后问世，而这些法案的实施为治理工业污染展示了充满希望的前景。我们不能说，这些法案是

[①] 梅雪芹、张一帅：《罗伯特 A. 史密斯——科学家与英国工业污染治理的历史个案》，《辽宁师范大学学报》（社会科学版）2002年第6期。

在雪莱诗歌的直接影响下形成的；但是可以肯定地说，雪莱诗歌里那些对工业污染的深刻揭露对后来的环保斗士产生过影响，促使更多的人去关注工业污染所造成的人类生存危机问题。

雪莱不仅在诗歌里对英国工业革命中的罪恶进行无情的揭露，而且亲自走进贫穷的人民大众中去，唤起他们革命的热情。1812年2月，19岁的雪莱离开风景如画的英格兰湖区，和他16岁的妻子哈莉特（Harriet）一起来到贫穷落后的爱尔兰首府都柏林。当时的英国，包括爱尔兰，在一些毫无伦理道德的工人中间流行着一种伤天害理的溺婴现象，他们把没有能力养活的婴儿丢进当地的河里淹死。雪莱为这种恐怖行径而感到十分痛苦，并因此中断了小说《休伯特·考文》的写作，在那部未完成的小说里，他打算揭示法国大革命失败的原因。[①] 雪莱的这一反应很是让人费解：其一，他原本是一个革命者，对法国大革命应该支持和赞美，但在他的散文里却对法国大革命的结果持反对态度；其二，他对工人中间流行的溺婴现象深恶痛绝，却处处表现出对马尔萨斯人口理论的厌恶。

这种让人费解的现象反映了雪莱对当时英国社会普通人民大众矛盾的观点和看法。雪莱早期支持过萌芽状态的卢德派工人运动，在他的少年之作《爱尔兰之歌》里甚至这样写道："也许呼叫着的阴魂正乘横扫的风暴，/不住地呐喊：复仇啊，我的同胞！"但是，卢德运动焚烧工厂、捣毁机器的极端做法使他联系到法国大革命时期所发生的诸多重大流血事件，最终让他放弃暴力革命而选择理性的社会改革。这一点读者可以在雪莱的《告爱尔兰人民书》里看得很清楚："暗藏武器，秘密集会，以及计划用暴力办法使爱尔兰脱离英格兰，这些做法都是坏的。我的意思并不是说它们的目的也是坏的；你们企图达到目标可能十分有理，而你们的方法却是错误的——这种错误的方法可能就会产生相反的效果。"[②] 他还在《关于建立慈善家协会的倡议》里这样写道："也许会有人这样说，像这样一类原则，从外表上看来带有很浓厚的和平、自由和道德的

[①] Eleanor Fitzsimons, "The Shelleys in Ireland", *History Today*, June, 2014, p. 11.
[②] 江枫主编：《雪莱诗歌全集》（第5卷：小说、散文），河北教育出版社2000年版，第375页。

色彩，但其根本倾向是引起革命，这种革命，就像法兰西革命一样，将会在流血、罪恶与奴役中收场。"① 在雪莱看来，社会需要的是改革而不是什么法兰西式的血腥革命；暴力除了展示人的"恶"之外不能带来一点好处，理性则能够把人提升到一个光辉的境界。

雪莱非常看重人的理性，他在《无神论的必然》里论证上帝并不存在时，多次提到了理性，他说："见证决不能违反理性……我们的理性永不可能承认这样一些人的见证……要证明上帝的存在，证据不足……从理性不能演绎出这种结论。"② 然而，当雪莱被工人的溺婴行为困扰时，他的"理性"便充满了矛盾：一方面他对这种现象表示愤怒，另一方面对马尔萨斯的人口理论提出强烈谴责："形而上学也好，伦理科学和政治科学方面也好，简直无异于徒劳无益地企图复活某些已经被推翻的迷信，甚至沦为马尔萨斯之流的诡辩，其用意无非是为了保证人类的压迫者千秋万世的跋扈飞扬。"③ 失业和贫困是当时英国社会所面临的重大问题，工人之所以溺婴是因为家庭人口数量与收入不成正比，无力养活新生婴儿；这是当时社会存在的事实。这个时候，马尔萨斯在他的《人口学原理》里提出新的人口理论，认为：其一，人口呈几何级数增长，而生活资料呈算术级数增长；其二，人的两性情欲是必然的，所以，在自然状态下，人口增长是必然的；其三，人口必然为生活资料所限制，生活资料增长会促使人口增长，除非受到某种抑制，如贫困、罪恶、战争、道德等因素。

马尔萨斯的人口理论是针对葛德文的有关思想提出来的。葛德文认为，人口增加超过生活资料的增加是一个细小的问题，不值得考虑。他还认为，随着理性的进步，人类将会控制两性之间的情欲。马尔萨斯不同意这种观点，反驳说："葛德文先生在全书中所犯的一个重大错误，是将文明社会中几乎所有的罪恶和贫困都归咎于人类制度。在他看来，政

---

① 江枫主编：《雪莱诗歌全集》（第5卷：小说、散文），河北教育出版社2000年版，第409—410页。
② 江枫主编：《雪莱诗歌全集》（第5卷：小说、散文），河北教育出版社2000年版，第360—361页。
③ 江枫主编：《雪莱诗歌全集》（第2卷：长诗·上），河北教育出版社2000年版，第70—71页。

治制度和现存的财产制度是一切罪恶的重大根源,是使人类堕落的所有罪行的温床。"① 雪莱早年的政治思想深受葛德文的影响,后来又成为他的女婿;所以,他在人口问题上反对马尔萨斯也是不奇怪的。

雪莱和哈莉特去都柏林的目的是想要激发那里的普通民众起来反抗他们的压迫者,于是他起草了《告爱尔兰人民书》,采用了适合于爱尔兰这个愚昧、苦难国家的托马斯·潘恩的革命思想。为了使这本小册子让爱尔兰人民看得懂,雪莱还特别"在这个小册子里故意使用粗俗化语言,以适合爱尔兰农民的口味"②。到达都柏林后的三天时间里,他们散发了400 份《告爱尔兰人民书》小册子,不是从住家的门下缝隙里塞进屋里,就是趁四轮马车经过时悄悄投进车上女士们既宽又大的头巾里。他们雇了一个当地人为他们去酒吧和其他公共场所散发小册子;除此之外,雪莱还在《都柏林晚报》打出系列广告,解释说:"该小册子的作者想要唤醒爱尔兰贫民,使他们意识到他们国家的真实状况,并向他们指出这个国家的罪恶和理性的治理方法。"③

乞丐熙熙攘攘地乞讨,雪莱在他们中间漫步;他注意到都柏林的贫民总是以"一堆活动着的污物"出现在街头。雪莱在都柏林街上看到的都是让人悲伤的贫困景象,穷人受到歧视、压迫和侮辱,过着悲惨的非人生活。他在 1812 年 3 月 10 日写给伊丽莎白·希契纳的信里提到了他在都柏林街上的亲身经历:"警察抓了一个带着三个幼儿的寡妇。我抗议,我恳求,我竭尽了我的一切所能。女主人被说服,警察也发了善心:当我问他是否也具有同情心时,他说他当然……那个女人所犯的罪行是偷了一小块面包,而且她还喝醉了。不论是我或是其他任何人做什么都无法把她从最终的毁灭和饥饿中挽救出来。我对这个城市感到厌倦了。富人把穷人压榨到可怜卑下的地步,然而又抱怨说他们太卑下了。富人们

---

① 转引自穆光宗《还原马尔萨斯和马寅初人口思想的历史价值》,《人口与发展》2010 年第 3 期。
② 江枫主编:《雪莱诗歌全集》(第 6 卷:书信·上),河北教育出版社 2000 年版,第 279 页。
③ Eleanor Fitzsimons, "The Shelleys in Ireland", *History Today*, June, 2014, p. 13.

逼迫穷人忍饥挨饿，而如果他们偷了一条面包就要绞死他们。"① 在爱尔兰的耳闻目睹，让雪莱感慨万千；在那里，他完成了最富有煽动性的政治诗歌《麦布女王》。

二　雪莱诗歌在中国的影响

雪莱在文学界的影响是巨大的，尤其是在社会主义国家。在社会主义国家的外国文学教科书里，雪莱一定是一个不可不提起的革命诗人；例如：在苏联科学院出版的《英国文学史》第二卷第一分册中的第七章就是专门介绍雪莱及其诗歌的。② 苏联学者杰米施甘在《雪莱评传》的第一页开门见山地写道："事实上，英国人民在雪莱身上找到了一位卓越的诗人、思想家和战士，他善于看出当时社会里刚刚露出来的未来的萌芽，并描绘再生后的人类的光明画面，到那时世界上没有自私自利和人对人的剥削。"③ 显然，杰米施甘在谈到雪莱时颇为注重他和他诗歌的政治性方面，这是当时社会主义国家外国文学界介绍和研究雪莱的重要特点之一。

雪莱除了在当时的苏联产生过很大的影响之外，在中国也同样具有颇强的影响力。19世纪和20世纪上半叶，中国内外忧患，一片水深火热。尤其是英国政府把鸦片输入中国以后，使中国白银大量外流，中国经济遭到了前所未有的破坏。《南京条约》和《虎门条约》之后，西方列强更是纷至沓来，在中国的土地上趁火打劫、肆意掠夺。中国成了西方列强和日本眼中的一块肥肉，被强行瓜分；丧权辱国的《辛丑条约》让国人痛不欲生。孙中山开启的资产阶级民主革命的胜利成果被袁世凯窃取，使中国进入军阀纷争的混乱局面，中华民族深深陷入贫穷、痛苦的灾难之中。这个时候，一批有志之士勇敢地站出来，为着一个光明的中国而斗争。携带着自由、民主、正义思想的外国文学作品被翻译引进国内，作为投枪投向黑暗、腐朽的中国现实。五四运动前后，中国新诗崛

---

① 江枫主编：《雪莱诗歌全集》（第6卷：书信·上），河北教育出版社2000年版，第289—290页。
② 参见［俄］Е·Б·杰米施甘《雪莱评传》（上），杨周翰译，《文史哲》1956年第6期。
③ 参见［俄］Е·Б·杰米施甘《雪莱评传》（上），杨周翰译，《文史哲》1956年第6期。

起,而外国诗歌及诗论的翻译引进对中国新诗的发展起到了举足轻重的作用;雪莱诗歌也是在这个时候被翻译、介绍到中国的。当时的一些著名进步报刊,如:《新青年》《少年中国》《诗》《新潮》《每周评论》《晨报副刊》等,都发表过陈独秀、胡适、田汉、周作人以及郭沫若等人翻译的外国诗歌,雪莱的诗歌也在其中。雪莱诗歌被译介到中国在一定程度上是与政治相关的,因为五四运动是一场轰轰烈烈的思想革命,它以史无前例、摧枯拉朽的气势横扫中国腐朽的传统文化和思想,以寻求社会变革和政治进步;而雪莱及其诗歌特别符合当时进步势力的需要。雪莱不仅受到1789年法国资产阶级革命的影响,而且受到启蒙运动的影响;所以,在他的诗歌、书信和政论文中普遍存在着洛克、伏尔泰以及卢梭等思想家的理念。例如:雪莱在《麦布女王》的注释中提到卢梭的《论人类不平等的起源》时说道:"制作珠宝首饰和玩具的工匠、戏剧演员,凭着他们无用而又可笑的技艺赢得了声誉、挣得了财富;而社会若是没有了他们就会难以继续存在的土地耕作者却在轻蔑和贫困的折磨下苦苦挣扎,并在若是没有他们的辛勤劳动就会使人类全都灭绝的饥饿中死去。"[①] 雪莱诗歌所传递的思想颇符合五四运动时期中国的社会状况,因而受到中国读者欢迎。

  雪莱诗歌被翻译、引进中国,对国内的文学思想和创作,尤其是对当时青年的追求自由和进步起到了积极的促进作用。鲁迅于1907年发表的《摩罗诗力说》里的第6节是专门介绍雪莱及其诗歌的,他在这一节提到《伊斯兰的反叛》时流露出赞美之情:"篇中英雄曰罗昂,以热诚雄辩,警其国民,鼓吹自由,挤击压制,顾正义终败,而压制于以凯还,罗昂遂为正义死。是诗所函,有无量希望信仰,暨无穷之爱,穷追不舍,终以殒亡。盖罗昂者,实诗人之先觉,亦即修黎之化身也。"[②] 这里的"修黎"是当时 Shelley 的音译,就是雪莱。鲁迅对雪莱的评价极高,在《摩罗诗力说》里他还把雪莱奉为"神思之人","品行之卓,出于云间;

---

  ① 江枫主编:《雪莱诗歌全集》(第3卷:长诗·下),河北教育出版社2000年版,第386—387页。

  ② 在百度输入《摩罗诗力说》,便可以搜索、下载全文。这里的"修黎"即雪莱,旧时翻译。

热诚勃然，无可阻遏"。除此之外，鲁迅还在 1925 年的小说《伤逝》里提到了雪莱：

> 默默地相视片时之后，破屋里便渐渐充满了我的语声，谈家庭专制，谈打破旧习惯，谈男女平等，谈伊孛生，谈泰戈尔，谈雪莱。她总是微笑点头，两眼里弥漫着稚气的好奇的光泽。壁上就钉着一张铜板的雪莱半身像，是从杂志上裁下来的，是他的最美的一张像。当我指给她看时，她却只草草一看，便低了头，似乎不好意思了。这些地方，子君就大概还未脱尽旧思想的束缚，——我后来也想，倒不如换一张雪莱死在海里的记念像或是伊孛生的罢；但也终于没有换，现在是连这一张也不知哪里去了。①

鲁迅把雪莱写进了《伤逝》的情节里；可见，在当时追求婚姻自由的年轻男女心目中，雪莱已经是自由、平等和正义的象征——当然，雪莱自己的婚姻经历本身也可以看作一个寻求真爱的经典案例。《伤逝》讲述涓生和子君敢于反抗当时社会的残酷压迫，却最终受到命运的捉弄而陷入爱情的困境不可自拔的故事。鲁迅在《伤逝》里提到雪莱的画像表明，雪莱的画像在当时已经出现在国内主流报纸杂志上。《伤逝》里的这段描写对考察雪莱在中国的影响非常重要，因为在当时的语境下，雪莱及其作品的翻译、介绍颇具时代意义和文化意味：雪莱代表着中国当时进步文人的人生态度、价值观念和政治理想，即一种提倡自由、平等、正义、博爱和反抗独裁统治的革命思想。所以，汤永宽在《倩契》的译记中不无感慨地说道："雪莱，这位被恩格斯誉为'天才的预言家'的诗人，他的全部主要诗篇：从他第一部长诗《麦布女王》到《伊斯兰的起义》、《被解放的普罗米修斯》以至于这部著名的诗体悲剧《钦契》，都充塞着诗人对暴政、对当时社会的黑暗所发出的烈火般的愤怒，而且越来越清晰的展示出诗人所渴望探索的革命道路，越来越嘹亮地响彻着召唤人民奋起斗争的乐观而坚决的声音。马克思说过这样一句话：'人们为雪莱死于二十九岁而感到悲痛，因为本质上他

---

① 在百度输入《伤逝》，便可以搜索、下载全文。

是一个革命者，他永远会是社会主义的一个急先锋'（见伊林诺马克思爱芙玲著《雪莱的社会主义》），以此论雪莱其人其诗，是再恰当没有的了。"①

雪莱诗歌的翻译、引进不但对鲁迅，而且对中国的诗人产生过不小的影响，例如苏曼殊、郭沫若、穆旦和徐志摩等。徐志摩于1924年3月在《小说月报》第15卷第3号发表《征译诗启》；在该文中，他写道："爱文艺的诸君，曾经相识与否，破费一点功夫作一番更认真的译诗的尝试……我们的期望的是从认真的翻译研究中国文字解放后表现缜密的思想与有法度的声调与音节之可能；研究这新发现的达意的工具究竟有什么程度的弹力性与柔韧性与一般的应变性。究竟比我们旧有的方式是如何的各别；如其较为优胜，优胜在哪里？为什么？"② 徐志摩在这里提供给读者翻译的英文诗正是雪莱的 *Love's Philosophy*（爱的哲学）和 *To the Moon*（致月亮）。其实，徐志摩自己也选译过雪莱的诗歌，并注重学习雪莱诗歌的艺术形式和特点，读者从徐志摩的诗歌中可以明显地感觉到这一点；例如，他的名诗《再别康桥》就颇具受雪莱诗歌影响的痕迹，即真性情的流露："轻轻的我走了，/正如我轻轻的来；/我轻轻的招手，/作别西天的云彩。"这种洒脱和飘逸一定会让读者想到雪莱的《西风颂》《致云雀》《自由颂》以及《含羞草》等抒情诗篇，里面全都是雪莱真性情的流露。例如，雪莱在《致云雀》的第一节写道："你好啊，欢乐的精灵！/你似乎从不是飞禽，/从天堂或天堂的邻近，/以酣畅淋漓的乐音，/不事雕琢的艺术，倾吐着你的衷心。"③ 把徐志摩的《再别康桥》与雪莱的《致云雀》相比较，在诸多方面都存在异曲同工之妙。

除了徐志摩之外，雪莱诗歌还影响了很多其他中国诗人，郭沫若就是其中之一。郭沫若非常喜爱雪莱的诗歌，他在《雪莱的诗》里慷慨激昂地写道："译雪莱的诗，是使我成为雪莱，是要使雪莱成为我自

---

① [英]雪莱：《钦契》，汤永宽译，上海文艺出版社1962年版，第168页。
② 徐志摩：《征译诗启》，《小说月报》1924年第15卷第3号。
③ 江枫主编：《雪莱诗歌全集》（第1卷：抒情诗），河北教育出版社2000年版，第248页。

己……我译他的诗，便如像我自己在创作一样。"不仅如此，他还高度赞扬了雪莱的革命精神，称他是"自然宠子，泛神论的信者，革命思想的健儿。他的诗便是他的生命，他的生命便是一首绝妙的好诗"[1]。郭沫若于20世纪20年代初提出"自然流露说"在很大程度上受到了雪莱诗歌的影响，他认为："我想我们的诗只要是我们心中的诗意诗境的纯真表现，生命源泉中流出来的Strain，心琴上弹出来的Melody，生的颤动，灵的喊叫，那便是真诗、好诗，便是我们人类的欢乐的源泉，陶醉的美酿，慰安的天国。"[2] 这大概也是他的《凤凰涅磐》《天狗》《太阳礼赞》等诗篇与雪莱的《西风颂》等诗歌有诸多相似之处的原因所在。

1949年中华人民共和国成立之后，在雪莱诗歌翻译和研究方面取得最大成就的是江枫，他不但发表了一些有力度的关于雪莱诗歌翻译的文章，而且翻译、主编了7卷本的《雪莱全集》，并于2000年由河北教育出版社出版发行。《雪莱全集》的问世为中国的雪莱研究提供了一个非常有意义的资料来源。江枫在《雪莱全集》的"译序"里对雪莱及其诗歌做了全面而深刻的评述，其中评述得最多的还是雪莱的政治情怀；当然，雪莱重要的抒情诗、长诗和诗剧里都是充满了他的政治理想的。江枫在"译序"中说，雪莱"注意到以往的人类文明史，始终是压迫者压迫、被压迫者反抗，而跳不出暴政与报复这一恶性循环的历史。他曾以为理性可以帮助人类从这种循环中跳出，也曾相信爱有化解冤仇、增进和睦，促使全人类亲如手足的伟大力量，现在显然明白，只要还存在着能够保证君王继续作为君王实行统治、奴隶仍旧不得不作为奴隶接受统治的制度，无论是爱或是理性，全都无能为力"[3]。江枫的评述是颇有见地的，它指出了雪莱诗歌所传递的政治性，而这大概也是雪莱及其诗歌在社会主义中国受到欢迎的重要原因之一。

---

[1] 郭沫若：《沫若译诗集》，上海建文书店1947年版，第1页。
[2] 郭沫若：《论诗三札·文艺论集》，人民文学出版社1989年版，第208—209页。
[3] 江枫主编：《雪莱诗歌全集》（第1卷：抒情诗），河北教育出版社2000年版，第16页。

三　颇受批评家青睐的几首诗

雪莱是英国积极浪漫主义诗人的代表，他始终站在人民大众的一边。他的大多数诗歌作品都在抨击当时社会的黑暗和暴政，表达了对一个自由、平等、博爱的社会的热烈向往。所以，在他的诗歌里往往洋溢着一种对美好社会的憧憬，一种可以实现的向往。笔者在拙著《神话与英国时代变革期的诗歌》里曾指出：雪莱"关于人类命运理论的突出特点是，罪恶不是永远停留在创世系统里的，它是可以被清除掉的东西"[①]。意思是，我们生活的世界已经在被人类的进步彻底改变，我们遇到的都是变革的东西：自由、平等、博爱，这些雪莱在诗歌里反复提及的政治理想正在变成现实；人类文明的进步是势不可挡的。

雪莱在诗歌和散文里狠狠地抨击资产阶级政府的专横、残暴，对人类的进步抱着热情和希望，并倡导以博爱作为手段去改革不合理的社会制度，具有积极的社会改良精神。雪莱去世后，他的诗歌受到国内外评论家的青睐，引起了很大的反响。雪莱的作品大概可以分为三大类：抒情诗、长诗和诗剧、散文。他的诗歌具有比较强烈的针对性和政治性，充满了对专制统治的厌恶和憎恨，并有着号召人民起来斗争的激情。雪莱诗歌的数量非常丰富，历来对他诗歌的评论也非常多。但是，如果认真梳理一下，读者就会发现，历来的评论大多集中在如下诗歌上：《麦布女王》《解放了的普罗米修斯》《阿多尼》《暴政的假面游行》《伊斯兰的反叛》《倩契》《西风颂》《致云雀》等。

《麦布女王》是雪莱在1813年他18岁时写的第一部长诗，也是他在爱尔兰生活体验的成果，它在很大程度上反映了雪莱当时的政治、哲学以及美学观点。雪莱写完《麦布女王》后，先是自费印刷，在朋友当中私下散发；这大概是由于他认为自己太年轻，还不适合充当"论争的裁判"，而自费印刷、私下散发不会给自己和别人招致灾害。直到1821年，当雪莱夫妇在意大利的时候，一家书商盗印出版了他的《麦布女王》。雪莱的朋友得知此事后，匆匆写了一封信告诉他，"由于仅仅是私下散发便造成了有害的后果，正式出版很可能会招致新的迫害"。根据这些朋友的

[①] 曹山柯：《神话与英国时代变革期的诗歌》，华中师范大学出版社2014年版，第194页。

意见，雪莱在《检查者》报上刊登了一封关于这首长诗的公开信，他在信里声明说：

> 题为《麦布女王》的那首诗是我在十八岁那一年写成的，我想很可能是本着一种过激的精神写成的——但是，甚至在那个时候，我也不曾准备公开出版，只是印了几本，分发给我个人的几个朋友。我已经有好几年没有看见这本东西了。我虽然并不相信作为文学作品的这首诗果真就毫无价值，在有关道德和政治思考的一切以及对于形而上学和宗教信条的细致分辨果真就粗糙而不成熟。但我至今仍是宗教、政治和家庭压迫誓不两立的敌人；我为这首诗的出版感到遗憾，并不是由于有损于文学虚荣，而是因为我担心它不能较好地帮助而是有害于神圣的自由事业。我已经通知我的律师申请大法官法庭下令禁止销售。①

雪莱从写完《麦布女王》到这首诗被盗印出版，他的内心感觉到了一定的压力，即社会主流意识形态对他在诗中所传递的思想表示强烈的不满。如果政府因为这首长诗的内容而对他所有诗歌进行查封的话，那将是一场灾难：他或许不能在报纸杂志上发表其他那些颇具思想性的伟大作品了。他的担心不是没有理由的，读者从1821年《麦布女王》被盗印出版后的一些评论里可以证实这一点。1821年6月2日发表在《文学编年史及周报》（*The Literary Chronicle and Weekly Review*）上的有关《麦布女王》的评论这么写道：

> 雪莱先生是我们见过的一个最为突出的令人悲伤的变态例子，或者说，是天才滥用的例子。那种天赋，如果适当地运用，或许能够使他赢得世人的普遍敬慕；然而，他的天赋却损毁了他的品格，使他不仅激起全社会去反对他而且人类法对他几乎起不到制裁作用……《麦布女王》这首诗的写作出版史就像这首诗的主题一样怪

---

① 江枫主编：《雪莱诗歌全集》（第3卷：长诗·下），河北教育出版社2000年版，第449—450页。

谲而虚伪。起初，这首诗只是在作者的朋友当中流传……现在，整首诗首次全部整理出版，却又隐去了作者的姓名。该诗写得铿锵有力，里面有不少优美的片断；但是，这些只是一种对诗歌所主张的原则的悲惨赎罪而已。作者宣称自己是无神论者，他置法律、人性和神性于不顾，渴望社会陷入动乱之中……

一个像雪莱那样头脑精明的人不能够只充满强烈的情感，他还一定要想一想他给自己带来的毁灭以及他可能给社会所带来的伤害。如果他不这么去反思，他自己的良心就下了地狱，那么良心对他的折磨和惩罚远远超过社会对他的鄙视和所有善良之人对他的厌恶和憎恨。[1]

这样严厉的措辞与其说是文学评论还不如说是对雪莱的咒骂和人身攻击。《麦布女王》的问世招致媒体和文学批评界的攻击不是一件奇怪的事情，因为这首诗从完成的那一天起，它就把雪莱一步步引向被攻击的境地。《麦布女王》追求自由、平等和谴责暴君统治的内容在那个时代决定了雪莱必须为他的超前思想付出代价；其实，雪莱的超前政治理想在他活着的时候就已经决定了他必然是一个受到保守派攻击的对象。所以，雪莱在写给《检查者》的公开信里表现出一种无可奈何之情："尽管我在证明我本人对于传播不论以何种可能的形式表达在这首诗里的敌视现行法令的那些主张一事不负任何责任，但是，对于这种制度以查抄财产和囚禁人身、辱骂和诽谤，以及蛮横摧残最神圣的自然和社会纽带之类无意说理的论辩语言反复宣扬基督教义为真理或君主制优越而不论究竟有多真或多优越，却也没有抗议的必要。"[2]

或许出于《麦布女王》是雪莱第一部长诗的原因，里面颇为露骨地揭示了人类历史的黑暗，并为读者指出了摆脱专制和走向光明未来的梦想；所以，受到当时保守势力的仇视。非常有意思的是，同样具有革命

---

[1] James E. Barcus (ed.), *Percy Bysshe Shelley: The Critical Heritage*. London: Routledge, pp. 82-83.

[2] 江枫主编：《雪莱诗歌全集》（第3卷：长诗·下），河北教育出版社2000年版，第450—451页。

精神的《伊斯兰的反叛》和《解放了的普罗米修斯》在正式出版后并没有像《麦布女王》遭到那么多恶劣的批评。"与《麦布女王》相比,《伊斯兰的反叛》无论在思想内容上,还是在艺术形式上,都前进了一步。战斗的意识贯穿着这部作品,构成了它的内在含义。"① 正如雪莱在该诗的序言中所说的:"我设法运用音律和谐的语言,联翩的飘逸幻想,人类情操的种种急骤而微妙的变化、运用构成一个诗篇的诸要素,借以宣扬宽宏博大的道德,并在读者心中燃起他们对自由和正义原则的道德热忱,对善的信念和希望。"②《伊斯兰的反叛》一问世便获得了不少的好评,例如1818年2月1日的《检查者》对这首长诗这样评论道:

> 诗人从姗姗迟到的人类进步的"绝望想象"中醒来,在海岸边散步边沉思。一场可怖的预见性暴风雨过后,他突然看见天空中蛇与鹰在进行着恶战:
> 一滩天光洒落在它的翅膀上,
> 　照亮了它身上每一根金色的羽毛——
> 鹰毛与蛇鳞交错,莫辨真相!
> 　铠甲一般的蛇皮绚烂辉耀,
> 　穿过苍鹰的羽毛而光华四照,
> 蛇身一大圈一大圈缠牢盘紧,
> 　柔细的蛇颈回避得那么远,那么高,
> 长着美冠的蛇头十分小心,
> 密切注视着苍鹰一对直勾勾的眼睛!③
> 蛇被鹰打败,掉进海水里。这时,一个美丽的少女坐在茫茫的海滩上,为这一搏斗场景深感痛惜;蛇听从她的召唤,蜷伏倒在她的怀抱。她邀请诗人与她和蛇一起出海远航。在神奇的航行中,少女告诉他,蛇和鹰分别是善与恶的力量,它们不时地相互战斗;或

---

① [俄] Е·Б·杰米施甘:《雪莱评传》(上),杨周翰译,《文史哲》1956年第6期。
② 江枫主编:《雪莱诗歌全集》(第2卷:长诗·上),河北教育出版社2000年版,第66页。
③ 江枫主编:《雪莱诗歌全集》(第2卷:长诗·上),河北教育出版社2000年版,第96—97页。

许是蛇,善的力量又一次被打败了……这首诗的美隐藏在感伤深处、宏伟的意象之中和温馨、多变而高贵的诗文里面,就像一台大风琴在温文儒雅地奏鸣。①

雪莱及其诗歌在世界各国颇有影响。无论是英国文学还是世界文学,只要谈到19世纪的英国浪漫主义诗歌,雪莱是一个绕不过的诗人。他的诗歌作品,尤其是《麦布女王》《解放了的普罗米修斯》《阿多尼》《暴政的假面游行》《伊斯兰的反叛》《倩契》《西风颂》和《致云雀》等,都是历代评论家频频述及的。除此之外,他的不少散文作品,例如《为诗辩护》《告爱尔兰人民书》和《人权宣言》等,均成为各国评论家研究他诗歌思想的重要佐证材料。社会主义国家——如中国和苏联——对雪莱及其诗歌的评论大多注重诗歌的政治性方面,这也是中国外国文学界有关雪莱诗歌评论的重要特点之一。

范存忠教授在谈到雪莱的《伊斯兰的反叛》时说:"他创造了两个鲜明的英雄人物:莱翁和西丝娜。莱翁和西丝娜是人类的解放者,人类幸福的追求者。他们在革命挫折中牺牲了生命,但始终没有丧失对革命的希望。"雪莱"创造的总目的是:鼓舞人们的斗志,加强人们对革命的信心。就艺术方法来说,这些作品可以分为两类:一类主要在揭露现实,表达对现实的痛恨,另一类主要在刻画理想,表达对未来社会的热爱"。② 王守仁教授在评论雪莱的《解放了的普罗米修斯》时说:"《解放了的普罗米修斯》中推翻朱庇特的行动短促而突然。这表明随着时间的推移,革命时机渐臻成熟。朱庇特恶贯满盈,他的垮台乃瓜熟蒂落,水到渠成。因此,在第三幕中,冥王是乘坐'时辰'的车子,来到朱庇特面前。朱庇特曾以为自己是宇宙的主宰:'我从此是权高无上,位及至尊!万物一切都已向我屈服。'但'必然性'的运作剥夺了他的权力,使他变得软弱

---

① James E Barcus (ed.), *Percy Bysshe Shelley: The Critical Heritage*. London: Routledge, pp. 82-83.
② 范存忠:《论拜伦与雪莱的创作中现实主义与浪漫主义相结合的问题》,《文学评论》1962年第1期。

无力。"① 曹山柯教授认为："颠覆和否定是雪莱诗剧《解放了的普罗米修斯》中的主要特点，也可以成为解读这部诗剧深层意义的有效手法之一……当那个'无形、无状，看不见四肢形体和轮廓'的狄摩高根被赋予了爱的生命时，它内部的否定力量就转变为时代变革中的主导力量；它就丧失了原有的性质，不再是宙斯的儿子，实现了对自我的否定和颠覆，于是它此刻摇身一变，成了摧毁宙斯的革命力量。"②

雪莱及其诗歌一直是世界文学界经久不衰的话题，他死后被争取自由、平等、博爱的正义人士称道；就连从来不轻易对人做道德品质方面称赞的拜伦在雪莱死的时候写信给缪瑞（John Murray）说："关于雪莱，你们错得毫无道理。毫无疑义，他是我所认识的人中最好的、最无私心的人。我认为不管什么人和他相比，都显得相形见绌。"③ 雪莱的诗歌是博大的，因为他的胸怀是博大的；他关心人民反对暴政，并把自己的命运与人民的解放事业联系在一起。无论处于多么困难的逆境，他从来都没有悲观绝望过，都憧憬着人类美好的前景，并相信人类美好的未来一定会实现。直到今天，我们都在沉思雪莱沉思过的问题，在憧憬雪莱憧憬过的未来，并沿着雪莱走过的道路寻求永恒的真理。雪莱的诗篇至今还在世界各国被研究、评论，这本身说明，我们今天和雪莱一样，还在不断地探索着世界的深刻奥秘。

---

① 王守仁：《论雪莱的剧诗〈解放了的普罗米修斯〉中的"必然性"思想》，《欧美文学论丛》2002 年第 2 期。
② 曹山柯：《必然性与必然性的颠覆——论〈解放了的普罗米修斯〉》，《英美文学研究论丛》2013 年第 1 期。
③ 转引自刘禹宪《试谈雪莱及其〈西风颂〉》，《九江师专学报》1983 年第 1 期。

第六章

神话、浪漫主义、雪莱诗歌

柏拉图在《理想国》第七卷借苏格拉底之口叙述了他著名的"洞穴喻","洞穴喻"的基本内容如下:

> 假设一群类似"囚徒"的人从小就被锁链束缚在一个洞穴内,他们不能转头,只能直视面前的墙壁。他们身后有一堵矮墙,矮墙后面有一堆火,有一条横贯洞穴的小道;每天都有人在矮墙后面的火堆前边说话边从事着各种活动,并在小道上走来走去,而火光则把这些人的活动投影到"囚徒"面前的洞壁上,形成各种影象。"囚徒"们好像终生都在看皮影戏,以为这些投影和声音就是真实存在的事物,并通过这些投影来认识他们的世界。然而,有一天,一名"囚徒"偶然获得了释放。当他回过头来看到火光和人物时,最初会感到困惑;他的眼睛会感到刺痛,他甚至会认为,影子比它们的原物更加真实。如果他进一步走出洞穴,来到阳光下的世界,他会感到更加炫目,甚至会发火。起初他只能看见事物的影子,然后看见了阳光中的事物,最后还看见了太阳本身。这时,他才处于真正的解放状态,便开始怜悯仍然留在洞穴里的同伴,并真正感觉到:洞穴里的生活是多么虚假、悲惨。然而,当他返回洞穴去拯救自己的"囚徒"同伴时,他又不得不花一些时间去适应洞穴中的黑暗。更令他头痛的是,当他告诉了他们洞穴外面的真相时,他不但不被理解,而且他

很难说服他们跟他一道走出洞穴。①

"洞穴喻"是一个非常有意义的比喻,它以充满哲理的寓言,为读者展示了一个多重意义的世界。在这个"洞穴喻"里,存在着三种类型的事物:其一,"囚徒"面前墙壁上活动的影子;其二,矮墙后面的人物、器具及照亮人物、器具的火光;其三,洞穴外面的事物和照亮事物的太阳。于是,"囚徒"的处境和被释放的"囚徒"所经历的系列变化为读者提供了很值得深思、回味的寓意,即从黑暗走向光明、从无知走向有知、从被抛弃和被压迫走向被拯救。

雪莱的诗歌是具有强大生命力的,这不仅因为他的诗歌里充满了神话成分和浪漫主义精神,而且因为神话成分和浪漫主义精神在他的诗歌中所折射出的终极的善。我们的世界既是一个美好的世界也是一个罪恶的世界;对美好的追求、对恶的忏悔以及对正义和正直的呼吁为神话和浪漫主义提供了意义的温床。凡夫俗子颇像被囚禁在洞穴中的"囚徒",只知道面前墙壁上的影子是真实的,而不知道在影子之外还有形成影子的真实事物,更不知道洞穴之外还有太阳和真实事物所构成的世界。雪莱的诗歌以神话和浪漫主义为手段,把被锁链束缚的"囚徒"解放出来,并带领他们走出洞穴,让他们站在阳光下,真正地认识、体验和享受充满阳光的真实世界。

第一节 法国革命和浪漫主义的政治情结

雪莱的一生短暂,但他经历了人类历史上最伟大的时代转折期,即法国大革命和英国革命。法国革命期间所提出的"自由、平等、博爱"思想对雪莱的影响很大,并贯穿在他的诗歌里。其实,早在欧洲启蒙运动时期,自由、平等的思想就已经成为人们追寻的理想和目标,而作为启蒙运动的重要思想家之一的卢梭对自由和平等问题的思考非常深入。

---

① 参见[古希腊]柏拉图《理想国》,郭斌和、张竹明译,商务印书馆1986年版,第272—276页。

在卢梭看来,"天赋自由"是人应该获得的神圣的自然权利,他指出:"自由乃是他们以人的资格从自然方面所获得的禀赋。""这些天赋人人可以享受,至于是否自己有权抛弃,这至少是值得怀疑的。一个人抛弃了自己,便贬低了自己的存在,抛弃了生命,便完全消灭了自己的存在。因为任何物质财富都不能抵偿这两种东西,所以无论以任何代价抛弃生命和自由,都是既违反自然同时也违反理性的。"[①]

启蒙运动思想家把人文主义理想推到了顶峰,并找到了一个前所未有、非常罕见的实现机会,即在远离复杂的欧洲民族关系的北美中部,由相互平等的移民组成的全新社群,按照无数思想家所论证过的政治理想,建立一个崭新的国家。美国的国父们——《独立宣言》的起草人——把人生而平等、自由的终极人文主义原则写进了《独立宣言》,使其成为这个国家宪法和人文精神的基本原则和不可替代的建国根基。与其形成显著对比的是18世纪末爆发的法国大革命,它的过激很快演变成惨烈的群众煽动和阶级仇恨,结果导致整个社会的恐怖和反复动荡。法国大革命和美国革命一样,都是启蒙运动思想的孩子,都把"自由、平等、博爱""公民"和"人权"这些启蒙运动的理念作为奋斗目标;但是,为什么这两场革命竟然会产生如此不同的结局呢?

这种情况让我们想起柏拉图的"洞穴喻"。被锁链束缚的"囚徒"在启蒙思想的影响下获得解放,他先看见了背后火光、人物和器具,又看见了洞穴外面敞开在阳光下的世界之后,认识到他在洞穴里面前墙壁上的影子只是假象而已。这就是美国革命。然而,事情并非都是这样;当走出洞穴、认识到真理的"囚犯"返回洞穴去拯救自己的"囚徒"同伴时,一些"囚徒"或许会相信他的话,跟他一起走出洞穴,最终获得拯救;而另一些"囚犯"不但不理解他的话,而且要加害于他。"洞穴喻"的意义在于,它揭示了人类在追寻真理过程中理性与反理性的深沉问题,而对这个问题的追问和思考,形成了浪漫主义的根源。

---

① [法]卢梭:《论人类不平等的起源和基础》,李常山译,商务印书馆1996年版,第135、137页。

一 法国革命时期的自由思想

18世纪末期的法国强烈憧憬着自由和平等,这种热情逐渐发展成为一种全民心理。在旧的贵族政治制度下,法国的世俗、传统把人分成三种地位或等级:僧侣、贵族为两个特权等级,绝大多数的人为第三等级。这种等级划分是被法律承认的社会结构,实际上是在承认和肯定人与人之间的不平等。贵族在王朝中属于第二等级,但却是法国社会的统治者。所有贵族都享有荣誉,在经济和财政方面拥有特权:可以佩剑、拥有教堂专座、免于人口税和养路徭役等,并独揽军队、司法以及政府部门的高官要爵。虽然贵族可以从征收封建捐税、领地、薪俸、军饷和王室的官职那里获得收益,但是众多的家仆、华丽的服饰、赌博、招待宾客、举办庆典、组织演出以及狩猎等活动都要花费巨额金钱,使他们常常处于负债的困境。上流社会的生活使一部分贵族与受哲学思想影响的金融界上层人物交往;于是,这部分贵族改变了传统习俗并信奉自由思想,从而开始与其原等级相脱离,摇身一变,成了上层资产阶级,并分享资产阶级的经济利益。然而,乡居贵族并没有这么幸运,他们的命运要逊色得多。小贵族地主与农民一起生活,经常过着与农民几乎一样的艰难日子。他们的主要生活来源是向农民收取封建租税;这些租税数额早在几个世纪之前就已经确定了下来,因此当这些租税以货币形式收取时,其收益简直是微不足道。货币一直在贬值,生活费用却不断提高,这使那些收益甚微、面积狭小的领地上的贵族处境艰难。受启蒙思想的影响,从制度弊端中得到好处的宫廷贵族却要求改革这种制度,他们看不到废除弊端将给自己带来致命打击。这时,旧制度的统治阶级不再能够团结起来捍卫这个维护其主导地位的制度,其结果是,封建贵族迅速走向没落。①

作为第一等级的僧侣构成了法国的一个真正等级,它拥有一套自己的行政机构和自己的法庭,每5年召开一次僧侣大会,负责研究宗教事务和有关本等级的利益问题。修会僧侣在17世纪曾兴盛一时,但到了

---

① [法]阿尔贝·索布尔:《法国大革命史》,马胜利等译,北京师范大学出版社2015年版,第8—11页。

18 世纪末却出现了道德严重败坏和混乱不堪的局面。修会僧侣名声扫地的原因之一是：修会僧侣掌握着大量地产，但其收益落入人员稀少的修道院，甚至被长离职守却仍掌握着权力的修道院院长攫取。与上层僧侣相比，下层僧侣的经济状况非常糟糕；征税人把教区的什一税全部收走，而所有正神甫都把做礼拜的收入和教堂宅地的租金纳入私囊，所以副神甫只能靠少量薪俸生活，常常陷入穷困之中。作为第一等级的僧侣的真正困境在于，由于启蒙思想的渗透，宗教的感召不再像过去那样以信仰为唯一基础了，它早已经被当下流行的哲学思想所动摇；所以第二等级要求变革的呼声成为时代的必然。①

"第三等级"包括乡村和城市的人民阶层以及以手工业者和商人为主的中、小资产阶级；除此之外，还包括非贵族的法官、律师、公证人、教师、医生等，他们代表了法国的大多数人口。资产阶级是第三等级中最为先进的阶级，他们领导了法国大革命并从中获得利益。资产阶级直接以利润为生，他们的商贸活动十分活跃，渴望经济自由和自由竞争，但往往受到旧制度的制约。另一部分自由职业的小资产阶级，如法学家、律师、教师等，他们文化知识水平较高，是哲学思想的忠实信仰者，也是启蒙运动的参与者和推动者，他们在 1789 年的法国大革命中起到了举足轻重的作用，并涌现出一大批革命人物。法国资产阶级自从出现在历史舞台上以后，就一直想着如何与旧制度和贵族进行斗争，并把掌握在贵族手上的政治权力抢夺过来，为自己服务。"当工艺和贸易得以深入到人民之中，并且为劳动阶级创造出新的致富手段时，一场政治法律范围的革命便开始酝酿了，新的财富分配导致新的权力分配。如同占有土地使贵族阶级提高了地位一样，工业财产正在使人民的权力增加。"②

18 世纪，法国城市平民的生活条件开始恶化，随着人口增加，物价也在上涨，这使得工资与生活费用的比例失去平衡。与 1726—1741 年相比，1771—1789 年的生活费增长了 45%，1785—1789 年则增长了 62%。

---

① ［法］阿尔贝·索布尔：《法国大革命史》，马胜利等译，北京师范大学出版社 2015 年版，第 12—14 页。

② ［法］阿尔贝·索布尔：《法国大革命史》，马胜利等译，北京师范大学出版社 2015 年版，第 21 页。

1789 年前夕，在物价普遍上涨之后，人民的开支中面包已占 58%，而到了 1789 年，面包的开支比重上升到 88%，用于其他的开支只剩下 12% 了；物价上涨对富裕社会阶层也许不算什么，但对穷人来说无疑是难以忍受的灾难。第三等级在 18 世纪的法国是一股极其重要的社会力量，西埃耶斯在他那本著名的小册子《什么是第三等级？》(1789) 里明确指出：

> 谁敢说第三等级本身还不具备组成完整民族所需的一切？它是一个强健有力的人，但却被人困住了手脚。假如废除特权等级，全民族不会因此有所损害，相反会得到加强。那么什么是第三等级呢？是一切。不过它还处在被束缚和被压迫的状态。废除了特权等级它将会怎样？是一切，而且是自由和繁荣的一切。没有第三等级将一事无成，没有其他等级，一切将会无限美好。①

西埃耶斯已经注意到，处于第三等级的占法国人口绝大多数的人民大众是被束缚和被压迫的对象；而实际上，没有第三等级的人民就没有法国，他们是法国的主体，是法国自由和繁荣的一切。这种认识是在流行于法国的哲学思想的影响下形成的。"研究哲学就是使理性恢复其全部尊严和权力，就是把一切事物与它们本身的原则联系起来，并摆脱舆论与权威的桎梏。"② 17、18 世纪法国的哲学思想深刻地影响了思想界，它与国家的专横和禁欲理念背道而驰，唤醒、激发了批判精神，也传播了新的观念。1748 年之后，不少伟大的著作相继问世，使得一些进步思想和理念逐渐影响着广大民众。1748 年孟德斯鸠（Charles Louis Montesquieu, 1689—1755）的《论法的精神》出版，1751 年狄德罗（Denis Diderot, 1713—1784）主持的《百科全书》第 1 卷出版，1755 年卢梭（Jean-Jacques Rousseau, 1712—1778）的《论人类不平等的起源和基础》出版，1756 年伏尔泰（Voltaire, 1694—1778）的《论各民族的风俗

---

① 转引自［法］阿尔贝·索布尔《法国大革命史》，马胜利等译，北京师范大学出版社 2015 年版，第 21 页。

② ［法］阿尔贝·索布尔：《法国大革命史》，马胜利等译，北京师范大学出版社 2015 年版，第 35 页。

与精神》出版，1758年爱尔维斯（Claude-Adrien Helvtius，1715—1771）的《论精神》出版，1762年卢梭的《社会契约论》出版；这些思想家的思想和学说都对自由、平等问题进行了深入探讨，为法国大革命的发生提供了意识形态方面的滋养。

孟德斯鸠主张权力归贵族，但他的《论法的精神》为高等法院和特权者们反对专制主义提供了理论依据；伏尔泰也主张权力归上层资产阶级，但他反对君主专制制度，主张自由、平等。卢梭是一个具有平民灵魂的哲学家，他主张解放卑贱者，把权力赋予整个人民；他还认为人之所以成为人是因为他应该是自由的，"一切行动的本原在于一个自由的存在有其意志……因此，人在他的行动中是自由的"[1]。18世纪法国的这些思想家对法国大革命的影响如此之大以至于各个领域都出现了对自由的要求，怪不得1791年法国大革命期间，法国人民把伏尔泰的遗体从香槟省的一个小礼堂移到巴黎先贤祠，以便其永远受到世界各国人民的凭吊和瞻仰，而在运送他遗体的柩车上写着："他教导我们走向自由。"

虽然孟德斯鸠、伏尔泰和卢梭等之类的政治哲学思想对法国大革命起到了很大的推动作用，但是法国大革命当中一些过激的做法使对自由和平等的追求变成了"自由的专制"。雅各宾派执政后，他们在1793年通过的宪法仍然宣布自由是所有人不可剥夺的天赋权力。然而，这时的法国又逐渐形成了新的专制制度，当时对它的正式称呼是"革命委员会"。在这种情况下，公民自由、政治自由和经济自由实际上已经化为乌有。在南特，国民公会特派员卡里耶纵容人们不经审判便在卢瓦尔河淹死犯人，他用这种方式在1793年12月到次年的1月间处死了2000—3000人。如果执行死刑时用断头机来不及，还辅以步枪和机枪扫射。[2] 值得注意的是，实行所有这些诸如此类措施的人并不认为它们是对自由的侵犯。

法国大革命中出现的这种恐怖行为从根本上扼杀了自由和平等的真正内涵，它从追求自由、平等走上了"自由的专制"。法国大革命中的恐

---

[1] [法]卢梭:《爱弥儿》（下卷），李平沤译，商务印书馆2004年版，第401页。
[2] 参见[法]阿尔贝·索布尔《法国大革命史》，马胜利等译，北京师范大学出版社2015年版，第234页。

怖做法对雪莱影响很大，在他心里留下了挥之不去的阴影，使他在作品中多处提到法国革命中的恐怖行为，并对此表示谴责："……他们振奋而起，对压迫者进行可怕的报复。这种本身就是错误、就是犯罪、就是灾难的强烈的报复欲与他们的痛苦和其他错误同出一源……"① 雪莱的这一思想反映在他的诗歌和散文中，例如他在《告爱尔兰人民书》里这样写道："你们要小心提防，当一个暴君统治被摧毁时，不至出现另一个更恐怖、更凶恶的统治。你们要提防那些满面笑容的骗子，他们说的是'自由'，却会把你们骗入受奴役的境地。"② 雪莱在诗歌和散文中的这些观点在今天看来仍是颇为深刻的。

二 法国大革命与英国浪漫主义

长期以来，国内外不少文章在谈到浪漫主义时，总是把它与情感、想象力和自然联系在一起。艾布拉姆斯（M. H. Abrams, 1912—2015）在《镜与灯：浪漫主义文论及批评传统》第五章里对浪漫主义进行了专门讨论，讨论过程中引用了一些著名浪漫主义诗人关于浪漫主义诗歌的理论。华兹华斯（William Wordsworth, 1770—1850）说："一般来说，各民族最早的诗人都是出于由真实事件所激发的热情而写作的；他们写得很自然，自然得就像人：由于他们的感受强烈，他们的语言也就非常大胆，充满形象。"诗歌没有必要背离日常语言"去取诗文体的高贵，去增强人们觉得它应该有的装饰性，这是因为，只要诗人选择题材恰当，到时候他就自然会有热情，而由热情产生的语言，只要选择得正确得体，也必定很高贵而且丰富多彩，并由于比喻和形象而充满生气"。"人类的普遍情感必定是自然的情感，唯其自然，才是恰当的。"③ 柯尔律治（Samuel Taylor Coleridge, 1772—1834）认为："理想中的完美诗人能将人的全部身心都调动起来……他身上会散发出统一性的色调和精神，能借

---

① 江枫主编：《雪莱全集》（第5卷：小说、散文），河北教育出版社2000年版，第513页。
② 江枫主编：《雪莱全集》（第5卷：小说、散文），河北教育出版社2000年版，第368页。
③ [美] M. H. 艾布拉姆斯：《镜与灯：浪漫主义文论及批评传统》，郦稚牛等译，北京大学出版社2015年版，第118—121页。

助于那种善于综合的神奇力量，使它们彼此混合或（仿佛是）融合为一体。这种力量我们专门用了'想象'这个名字来称呼，它……能使对立的、不调和的性质达到平衡或变得和谐……"柯尔律治还说："我主张，第一位的想象是一切人类知觉的活力与原动力，是无限的'我存在'中的永恒创造活动在有限的心灵中的重演。"① 雪莱像布莱尔和华兹华斯一样，认为诗歌是人对于周围事物所做出的情感的反应："野蛮人……表达周围事物所感发他的感情，也是如此；语言、姿势……不外是事物以及野蛮人对事物的理解两者结合而成的意象罢了。人在社会中固然不免有激情和快感，不过他自身随之又成为人们的激情和快乐的对象；情绪每增多一种，表现的宝藏便扩大一份；所以语言、姿势以及模拟的艺术，既是媒介，又是表现……"② 除此之外，雪莱还对教条、死板的科学提出了批评："科学已经扩大了人们管辖外在世界的王国的范围，但是，由于缺少诗的才能，这些科学的研究反而按比例地限制了内在世界的领域；而且人既已使用自然力做奴隶，但是人自身反而依然是一个奴隶。"③

然而，非常有意思的是，欧洲浪漫主义与法国大革命有着千丝万缕的联系。作为一种美学追求，浪漫主义原本就深深地根植于人的心灵深处，从来就在那里，一直没有熄灭。学者提起18世纪末19世纪初的欧洲浪漫主义并不是说在此之前没有过浪漫主义，而是说欧洲浪漫主义在这个时期，随着社会变革浪潮的涌现，在反封建、反古典主义艺术理论的道路上发展壮大起来。浪漫主义的本质特征是按照理想的样子去反映生活，表现自我的激情，重在抒发对理想世界热烈追求的情怀，用热情的语言、瑰丽丰富的想象和奇特豪放的夸张手法来塑造形象。她尤其强调个人的体验，追求个性的自由及绝对平等、自由、民主的社会理想。由于创作倾向与方法上的根本分歧，浪漫主义的内部又分为两派：消极浪漫主义和积极浪漫主义。消极浪漫主义以英国的柯尔律治、法国的拉马丁（Alphonse Lamartine，1790—1869）、德国的诺瓦利斯（Novalis，

---

① ［美］M. H. 艾布拉姆斯：《镜与灯：浪漫主义文论及批评传统》，郦稚牛等译，北京大学出版社2015年版，第134—135页。
② ［美］M. H. 艾布拉姆斯：《镜与灯：浪漫主义文论及批评传统》，郦稚牛等译，北京大学出版社2015年版，第149页。
③ 江枫主编：《雪莱全集》（第5卷：小说、散文），河北教育出版社2000年版，第482页。

1772—1801）为代表，他们缅怀过去，逃避现实，沉溺于对玄妙、神秘的世界的探索，充满着自我陶醉的个人主义倾向；而积极浪漫主义以德国的歌德（Johann Wolfgang von Goethe，1749—1832）、席勒（Egon Schiele，1890—1918）和法国的雨果（Victor Hugo，1802—1885）等为代表，强烈要求突破封建束缚，追求个性解放及理想社会，因此常常将主人公描写成与封建社会或资本主义社会格格不入的叛逆。显然，雪莱属于积极浪漫主义诗人。①

浪漫主义的核心是强调个人的体验，追求个性的自由和提倡绝对平等、自由、民主的社会理想，这意味着对传统权威的反叛；这一点极其重要。孟德斯鸠的《论法的精神》为对传统权威的反叛提供了法律依据。他认为不管是哪个国家都存在立法权、行政权和司法权三种权力；如果仅仅对某一种权力进行制约，不足以保护政治自由。他说："如果司法权不同立法权和行政权分立，自由也就不存在了。如果司法权与立法权合而为一，则将对公民的生命和自由构成专断的权力，因为法官就是立法者。"而"政治自由是通过三权的某种分野而建立的"。② 无疑，孟德斯鸠在告诉人们："服从、接受、不要去争论"这样的话不但不能再说了，而且不能再这么去想了。

在18世纪法国资产阶级启蒙运动中做出突出贡献的还有被称为"欧洲思想界的泰斗"的伏尔泰。作为启蒙运动的先驱，伏尔泰反对君主专制制度，倡导改革，崇尚理性，并号召人们按照自己的方式同骇人听闻的宗教狂热做斗争。他认为，宗教宽容是"铭刻在每个人心中的一项自然法"，"在任何地方都是经过文明熏陶的理智之果"，③ 信仰自由则是人类的特权。他坚持宗教宽容和信仰自由，反对宗教狂热和宗教迫害；对卡拉事件的参与就是他被称为"欧洲的良心"的最好的例子。1761年10月13日，和善、老实、朴实的胡格诺教徒让·卡拉家里的大儿子马克·安东尼在店铺上吊自杀。这时狂热的天主教徒趁机煽动不明真相的群众，

---

① 邹广文、夏莹：《浪漫背后的现实——对18世纪末至19世纪初浪漫主义的回望》，《东岳论丛》1999年第5期。
② [法]孟德斯鸠：《论法的精神》（上册），张雁深译，商务印书馆1997年版，第156、187页。
③ [法]伏尔泰：《风俗论》（上册），梁守锵译，商务印书馆1995年版，第185页。

诬陷让·卡拉杀死了自己的儿子，因为他儿子要脱离胡格诺教而改信天主教。宗教狂热分子把马克·安东尼视为圣人，虔诚地对他顶礼膜拜，而教会和地方法院却把宗教狂热分子的无稽之谈当作真凭实据，判处让·卡拉车裂死刑。伏尔泰听闻此案件之后，毅然放下手边的工作，积极调查事情真相，为让·卡拉伸张正义。在伏尔泰和自由思想家的努力下，巴黎高等法院复审了卡拉案件，并于1764年撤销了对让·卡拉的无理判决，法国枢密院为卡拉一家恢复了名誉，国王路易十五赐给卡拉夫人3.6万金币的抚恤金。让·卡拉得到平反的意义重大，它标志着真理和正义的胜利，同时也是对封建专制和宗教狂热的狠狠一击。"卡拉事件是法国历史上第一个被平反了的冤案，法国人从此有了支持自己命运的可能。"①

自由思想和无神论在启蒙思想家的影响下很快变成了一场春雨，滋润着法兰西大地；当时，地位最高的贵族甚至大部分名声显赫的大贵族都试图表明，他们不仅憎恶专制主义，而且憎恶宗教狂热。从当时不少名人的回忆录里，都可以发现当时追求自由和解放是一种时尚："宣扬最自由的原则，表现独立精神，指责政府行为甚至作出准备抵抗的姿态，乃至宣称是人民的支持者和保卫者、呼唤并推动人民的解放，这些都是颇有风度的。""年轻的贵族最先受到启蒙精神的感染，他们倾向于藐视出身偏见和其它特权；他们从英国带回了对代议制政府形式和言论自由的强烈兴趣。""对弊政的厌恶，对世袭身份差异的蔑视，所有这些下层阶级的情感，最初是因为贵族的热情而发扬光大的，他们是卢梭和伏尔泰最积极的学生，他们对导师的吹捧甚至超过了文人们。"自由思想甚至渗入了修道院，连那里"都在宣扬人类平等、蔑视虚妄的地位之分、人应该在靠自己赢得自尊的思想中长大……修道院的修女们用它们来教育年轻人"。②

自由思想和无神论在法国的流行为文艺领域的浪漫主义提供了理论基础。法国思想界对自由、平等的追求实质上在改变着法国的传统文化，使一个封建传统的法国朝新兴资产阶级的法国挺进。不管是贵族还是资

---

① 罗芃等：《法国文化史》，北京大学出版社1997年版，第128页。
② ［法］达尼埃尔·莫尔内：《法国革命的思想起源：1715—1787》，黄艳红译，上海三联书店2011年版，第251—252页。

产阶级还是平民，他们对自由、平等的追求就是在对诗化生活和诗化人生的追求，把诗性和诗意作为理解人生价值的重要依据，从而把他们的生命提升到理想境界。这样，人从本质上讲就是进入了浪漫主义世界，在那里形成一种对束缚人性的传统文化的反动。在表面上浪漫主义似乎是非理性的或反理性的，但在它的灵魂深处却是自由、平等和博爱；当浪漫主义把那种思想、哲学上的对自由、平等的追求和"把思想的创造性移植到审美领域、移植到艺术和艺术批评的领域，然后在审美的基础上理解所有其他领域……举凡精神、宗教、教会、民族和国家，都汇入一条洪流，它发源于一个新的中心——审美"①。也就是说，当法国在自由、平等、博爱的精神鼓励和刺激下发生法国大革命时，自由、平等、博爱的精神同样促使了可以和法国大革命媲美的人性解放运动，那就是浪漫主义——对美重新给予全面、深刻和充满个性的审视。

法国大革命是一场意识形态的革命，它不仅把人从封建专制制度的政治压迫下解放出来，而且把他们从封建思想的禁锢和束缚下解放出来。英国浪漫主义从法国大革命中直接汲取了营养并发展壮大起来。华兹华斯在他的自传体长诗《序曲》里曾追忆法国革命爆发时给他带来的激动和快乐："不过，如此／拘谨很快令我厌烦，我逐渐／疏远他们，进入嘈杂的社会，／于是，不久即成为共和派，我的心献给人民，我的爱属于他们。""伴着罗莎、格莱特或德温河的水波，／或某个未名的溪流，一边交谈，一边默思着理性的自由、对人类的／期望、正义与和平，啊，这是／何等的甜美！"② 同样在拜伦和雪莱身上，法国大革命的烙印颇为深刻，他们甚至被称为法国大革命的产儿；在拜伦和雪莱的诗歌里都有法国大革命的影子，例如：当读者读过雪莱的《伊斯兰的反叛》后，一定会把它与法国大革命联系起来。雪莱在这首长诗的序言里这样写道："法国革命可以看作文明人的一种普遍情绪的表现，其所以造成这种情绪，乃是由于当时社会的知识水平不能适应当时政治制度的改革或逐步废除问

---

① ［德］卡尔·施米特：《政治的浪漫派》，冯克利等译，上海人民出版社2004年版，第13—14页。
② ［英］威廉·华兹华斯：《序曲：或一位诗人心灵的成长》，丁宏为译，中国对外翻译出版公司1999年版，第236、246—247页。

题。"①

　　法国大革命对英国浪漫主义起到了积极的促进作用。如果说，浪漫主义运动仅仅是对理想时代的全面否定，那就大错特错了。恰好相反，浪漫主义不但从启蒙思想那里汲取了大量的精华，而且从古希腊、罗马文学作品中汲取了宝贵的养分；正因为兼收并蓄的精神，浪漫主义才有可能在法国大革命的背景下脱颖而出，成为一股反传统的潮流。这股潮流涤荡出了一大批名垂千古的文学巨匠，而雪莱正是其中之一。

三　雪莱诗歌中的浪漫主义情怀

　　如果说法国大革命掀开了人类历史进程的崭新一页，那么浪漫主义则在文学创作上开创了与以往风格迥异的局面，这在诗歌创作上表现得最为突出。雪莱是这一时期最杰出的浪漫主义诗人之一，他以非凡的才华创作了大量浪漫主义色彩的诗歌，歌颂自由、平等、博爱，并激发了英国人民反抗封建专制的热情。伟大的诗人所描写的事物是面纱遮盖的具体事物背后的永恒形式。诗歌能够帮助人们扯去尘世间腐朽的面纱，让赤裸裸的真实暴露出来。无论是什么样子，它就是美，因为那是真的东西摆在了人们面前；世界上哪有比真的更美的呢？雪莱喜欢真实的存在，不喜欢伪装的、虚伪的存在；在说明模仿与理想之间的关系时，他用镜子作为比方，认为镜子比自然界任何具体的事物都能更为准确地反映理念，②他在《为诗辩护》里写道："诗是生活的惟妙惟肖的表象，表现了它的永恒的真实……时间能摧毁史实故事的美及其功能，使它失掉了应有的诗意，但是时间反而增加诗的美，并且永远发展新奇的方法来应用诗中的永恒真理……一个史实故事有如一面镜子，模糊而且歪曲了本应是美的对象；诗也是一面镜子，但它把被歪曲的对象美化。"③

　　任何一个伟大的浪漫主义诗人都是颇具天才的，拜伦、雪莱、华兹华斯、柯尔律治等诗人也不例外。艾布拉姆斯把天才分为两种，一种是

---

① 江枫主编：《雪莱全集》（第2卷：长诗·上），河北教育出版社2000年版，第69页。
② ［美］M. H. 艾布拉姆斯：《镜与灯：浪漫主义文论及批评传统》，郦稚牛等译，北京大学出版社2015年版，第147页。
③ 江枫主编：《雪莱全集》（第5卷：小说、散文），河北教育出版社2000年版，第457—458页。

自然天才，另一种则是造就的天才，他说："自然天才人物有荷马、品达、写作旧约的那些诗人和莎士比亚，他们是'人中奇才，只凭借自然才华，不需求助于任何技艺和学识，就创造出荣耀当时、流芳后世的作品'。另一类天才人物与他们则不同，这倒不是说孰优孰劣，而是说类型不同，这些人'按照规则办事，他们的自然天赋的伟大受制于艺术的修正和限制'；柏拉图、维吉尔和密尔顿就属于这一类。"① 雪莱和他的诗歌都充满天然灵性，超越了任何既定的、平凡的规律，不是仅仅以诗歌的艺术形式而显得优秀、杰出，而是以自然获得诗歌的完美。雪莱 8 岁的时候写过一首题为《猫》的诗，非常自然、可爱、有趣，诗的第一节是这样的："一只小猫真痛苦，/确确实实不舒服；/善良的人啊我必须忠实告诉你，/（因为我是有罪的人）：/它在等着吃一顿，以便填饱它那小小的猫肚皮。"② 不能说雪莱这首诗是一首伟大的诗，但那时他只有 8 岁，把这首诗写得非常自然、得体，颇具浪漫主义情调。如果伟大的诗人在他们小的时候，也就是说，在根本就不知道什么是诗歌创作规则之前就已经这么优秀了，那么肯定不是什么创作规则而是天才在起着决定性的作用。对于天才诗人来说，规则本身就不存在，他们靠的是心灵，只有心灵才是创作伟大诗歌的根本。

雪莱的浪漫主义首先反映在他对自然的钟情上，他的《西风颂》《苍天颂》《致云雀》和《含羞草》等都是直接由自然产生的感发和歌颂。诗人对自然的感发和歌颂就是对人本身的感发和歌颂，因为人与自然在本质上是一个根本不可分割的整体，是本质的统一；所以，不能说人是自然的一部分，也不能说自然是人的一部分，自然和人是完全平等的，谈不上孰高孰低，谁优谁劣，或谁属于谁。自然就是人，人就是自然，人和自然一起共同构成本体，这一点在雪莱的诗歌中表现得非常清楚，例如，雪莱在《云》里这样写道：

从海洋、从江河，我为焦渴的花朵，

---

① ［美］M. H. 艾布拉姆斯：《镜与灯：浪漫主义文论及批评传统》，郦稚牛等译，北京大学出版社 2015 年版，第 218 页。

② 江枫主编：《雪莱全集》（第 1 卷：抒情诗），河北教育出版社 2000 年版，第 506 页。

    带来清新充沛的甘霖，
  我用凉阴遮蔽绿叶，当他们都息歇
    在中午午休时的梦境，
  我从翅膀摇落下露滴，去唤醒那些
    鲜嫩萌蘖，甜美蓓蕾，
  当她们的母亲围绕太阳舞蹈着轻摇
    让她们贴着胸脯入睡。
  我挥动冰雹的连枷把绿色原野鞭挞，
    直到他有如银装素裹，
  再用雨水把冰熔掉；我有时轰然大笑，
    当我在雷鸣声中走过。①

  在这首诗歌里，人就是自然，自然就是人；也就是说，我是云，云是我。有人也许会说，这不就是文学作品中常用的拟人手法吗？没错，如果从表现手法上说，这的确是拟人的表现手法，它凭借想象把"我"的思想、感情和行为加在了所描写的事物上，像描述人一样对"云"进行描述。从艺术手法上讲，拟人可以比较有效地创造一个主客观交融的艺术世界。这首诗通过"云"的拟人手法成功地创造了一个主客观交融的艺术世界。这里要探讨的不是拟人的问题，而是浪漫主义所体现出来的哲学问题，即人和自然一起构成本体的问题。

  本体论是西方传统哲学的理论形态，"本体"源于希腊文 ontos，意思为"存在""是""有"。也就是说，本体论是研究"存在"和"是"的理论，也可以说是存在论。本体论是对万物本原即本体的探讨和追问，而本原就是万物从它那里产生最终又复归于那里的万物始基。古希腊哲学家对本原的理解各不相同，有的认为本原是一个，有的认为本原是多个；有的认为本原是物质的，有的认为本原是精神的；有的认为本原是不变的，有的认为本原是变化的。尽管对本原的认识不同，但人们都认为，感官所面对的现象世界是色彩斑斓、富于变化、不真实的。现象世界后面一定存在一个不变动的、超验的本体世界，而本体世界才是真实

---

① 江枫主编：《雪莱全集》（第 1 卷：抒情诗），河北教育出版社 2000 年版，第 244 页。

的世界。现象世界是形而下的,本体世界是形而上的。不管现实世界的事物如何变化,本体始终是永恒的、不发生任何变化的。总而言之,本体论的形而上的特征表现在以下几个方面。

其一,追求世界最高统一性的终极存在。作为本体的"存在"和"是"并不是各种具体事物和经验对象的"存在者",并非像"存在者"那样飘忽不定、变化无常,而是永恒的、不发生变化的纯粹的存在。它具有把一切"存在者"都包含在内的绝对统一性,一切"存在者"皆从它所出,最终又复归于它,它是一切"存在者"得以存在的根据。

其二,追求知识最高统一性的终极解释。知识体现的是事物间的因果联系,本体总是预先被设定好并被当作事物的终极原因,作为事物最高原因的基本原理的本体论就成为人类全部知识得以生成的终极根据。

其三,追求意义最高统一性的终极价值。本体论通过对终极存在的追求和对终极解释的占有,来奠定人类自身在世界中的安身立命之本,揭示人类自身存在的意义。在这个层面上,本体论体现了人类对自身生命存在意义和价值的终极关怀。并且本体论通过对人类自身生命存在意义和价值的终极关怀来指导人类更有意义地生存。[1]

显然,雪莱的《云》是非常符合本体论的基本原则的。雪莱把"我"这种个人的存在和"云"的存在融合为一体,表现为世界最高统一性的终极存在,即博爱;博爱不仅是终极的存在,即知识最高统一性的终极解释,而且是追求意义最高统一性的终极价值。正是因为博爱的缘故,"我"化作了"云",或"我"就是"云","从海洋、从江河,我为焦渴的花朵,/带来清新充沛的甘霖,/我用凉阴遮蔽绿叶,当他们都息歇/在中午午休时的梦境"。人的存在就是哲学般的存在,这种存在本身就蕴含着本体论的维度。人在社会活动中,欲望引导的阶级与阶级、人与人之间的利益之争造成了人的自我分裂以及人与自然世界的分裂,而分裂的人都是生活在僵死呆板的观念的浓云密雾中,造成精神对身体的奴役和道德对肉体的压制。一切外在于人的东西,包括政治、经济、文化、军

---

[1] 王晓红:《本体论:人之存在的理论诉求》,《社会科学辑刊》2005年第2期。

事结成一张密集的死网,一直在残害和窒息着人类自身。① 为了消解人的这种僵死、呆板、残害他人的、窒息的存在,雪莱把"博爱"作为追求意义最高统一性的终极价值的存在渗透在诗歌里,使人之存在意义得到凸显。

除了在《云》这首诗歌里,在雪莱其他诗歌诸如《致云雀》和《西风颂》等里,读者也可以发现存在论的思想痕迹。在《致云雀》里,雪莱写道:"你好啊,欢乐的精灵!/你似乎从不是飞禽,/从天堂或天堂的邻近,/以酣畅淋漓的乐音,/不事雕琢的艺术,倾吐着你的衷心。/……交给我一半你的心/必定是熟知的欢欣,/和谐、炽热的激情/就会流出我的双唇,/全世界就会像此刻的我——侧耳倾听。"②这时,雪莱抛弃了世俗的粉饰,从一堆赤裸裸的、可怕的和令人厌恶的垃圾里走出来,完全融化在最高统一性的终极存在里。在这种终极存在里,他和万物融为一体,就像云雀那样:"永远是歌唱着飞翔,飞翔着歌唱。"

第二节 《麦布女王》中的革命浪漫主义情结

雪莱的第一首长诗《麦布女王》是他去爱尔兰考察之后写成的,那年他才 18 岁。在这首长诗里,雪莱的政治、哲学和美学观点初步形成,并得到了充分体现,即他对人民大众追求自由、平等的热望通过诗歌的形式以一种哲理的思考,艺术地表现了出来。因为《麦布女王》颇具革命性,对宗教、暴君、商业,甚至财富都进行了猛烈的攻击,所以它的问世不但没有受到好评而且招来不少指责声。1821 年 5 月 19 日,《文学公报和纯文学杂志》(*The literary Gazette and Journal of Belles Lettres*)就《麦布女王》发表评论说:

---

① 张之沧:《论萨特的存在主义道德观》,《福建论坛》(人文社会科学版)2007 年第 8 期。

② 江枫主编:《雪莱全集》(第 1 卷:抒情诗),河北教育出版社 2000 年版,第 248、254 页。

麦布女王把艾恩丝的灵魂从她肉体里释放出来,她们(即灵魂和女王)一起进入虚无缥缈的太空。在那里地球上的一切都在受到被释放的灵魂的询问,而女王却根据雪莱先生的思想解释说,人世间的现存制度是腐败的;她还根据雪莱的思想,从千禧年的视角塑造了一个道德的,或者确切地说,根本就是非道德的新世界。①

在这里,雪莱塑造的美好的人类未来世界被指责为"非道德的新世界",说明当时的文学批评界对雪莱在诗歌中所提出的理念是有不同看法的;而在200年后的今天,雪莱在《麦布女王》里的理念有不少都变成了现实;可见,雪莱当时的思想是颇具革命性和前瞻性的。

《麦布女王》是雪莱通过自己强大的想象力建立起来的、充满幻象的恢宏诗篇,它的叙述以整个宇宙为背景,集中、概况地展现了人类的历史和未来,颇具浪漫主义色彩。全诗以磅礴的气势为读者呈现了一幅人类将"事事得以完善"的画卷,让他们感觉到诗中存在着旺盛的革命浪漫主义的生命力。长诗以高亢的风格和明快、有力的语言反映了人民大众对自由、平等、幸福和美好未来的祈求,同时也反映了雪莱的革命浪漫主义情结。

一 赋予永恒生命的神奇自然力量

在当今社会背景下,提起浪漫主义,人们很难与"革命"联系起来;而提起革命,人们又很难与浪漫主义联系起来。尤其在社会主义中国,马克思、恩格斯的经典著作似乎都是以赞扬现实主义为主的,而对浪漫主义大多持批评态度。的确,马克思、恩格斯论及浪漫主义的文章多半是属于批判的性质,但他们批判的是消极、反动的浪漫主义。这些浪漫主义者都违背历史的潮流,引导人们向后看。正像马克思批评的那样,他们"竟不顾历史斗争,企图坚持自己的未被承认的、凭着灵感产生的、预言般的一套的说法"。这些浪漫主义者已经脱离了社会现实,在光怪陆离的浪漫主义幌子下讲着骗人的谎话,他们"穿着一身浪漫主义的化装,

---

① James E. Barcus (Ed.), Percy Bysshe Shelley: The Critical Heritage. London: Routledge, 1975, p. 76.

在新造的词句中炫耀出来,虚伪的时刻,拜占庭式的夸张;感情的卖弄,五光十色的变幻,文字的雕琢,戏剧式的表现,崇高的样式,总之,是一大堆狂话,在形式和内容上是从来没有过的"。① 马克思和恩格斯并没有否定所有的浪漫主义,他们还对积极、进步的浪漫主义给予了高度评价:"凡是了解和喜欢他们的人,都……惋惜雪莱在二十九岁时就死了,因为他是一个真正的革命家,而且永远是社会主义的急先锋。"②

雪莱是一个真正的革命家,又是一个浪漫主义诗人,他的诗歌不同于一般浪漫主义诗歌,因为在他的诗歌里有一团燃烧着的火焰,像革命的檄文一样激发人民大众去参加现实社会的革命斗争。即使在今天,当读者阅读雪莱的诗歌作品时,也一定会感受到心情鼓舞,也一定会为诗歌里的革命热情以及绚丽多彩、感情充沛的语言所打动、感到陶醉。所以,雪莱的诗歌不能仅仅称作浪漫主义的,而应该是革命浪漫主义的;加上"革命"二字,凸显他诗歌浪漫主义的独特性,即从他内心深处流泻出来的"既是爱情、生活的颂歌,又是豪情壮志、轰轰烈烈的革命战歌"③。

革命浪漫主义是苏俄时期提出来的文艺观点,后来流传到中国,成为中国改革开放之前文艺界的主流文艺思想之一,将革命浪漫主义和革命现实主义结合起来成为当时社会主义文学必须遵循的手法之一。当人们透过历史的雾霭重新审视革命浪漫主义时,不难发现,这个概念不仅保留了现实主义真实性和批判性的基本特点,而且提升了浪漫主义主体性的灵魂,使雪莱诗歌呈现出它在那个特殊历史时期的革命威力。他的《麦布女王》就是这样一首充满革命威力的长诗。

雪莱是非常重视革命浪漫主义的,1812 年他在都柏林期间受到耳闻目睹的影响,开始鼓起勇气创作《麦布女王》。雪莱在这一年的 3 月 10 给希契纳的信里写道:"我不可能尽述那些亲耳听到的可怕的无穷无尽的暴政例子……一个爱尔兰人背井离乡,抛舍了他在里斯本的妻子和

---

① 转引自周来详《马克思、恩格斯论现实主义和浪漫主义》,《山东大学学报》1960 年第 3、4 期。
② 《马克思恩格斯论浪漫主义》,人民文学出版社 1958 年版,第 36 页。
③ 李辉凡:《让暴风雨来得厉害些吧——高尔基早期革命浪漫主义作品试论》,《文学评论》1963 年第 2 期。

家园……他应该得到自由,这国家应觉醒了,这个国家竟荒谬地同时具有懦弱和暴政的特征,一想到这些我不禁痛心疾首,我在一个肮脏得难以形容的藏身之地发现一个可怜的男孩和他的母亲饿得快要死了,苦不堪言。"① 从这封信里可以看出,雪莱的文字像警钟一样惊醒所有的人,让他们感到震撼,并使他们清醒地注意到穷苦民众在当下社会的困境。只有把社会的错误和羞耻揭露出来给民众看,才可能使他们对现状的厌恶和痛苦转化为对社会变革的渴望。这种对暴政的痛恨和对社会变革的渴望在《麦布女王》里表达得非常清楚、明了,请看下面几行:

> 而穷人,生活就是苦难、恐惧、
> 忧烦;被黎明唤醒,只是为了
> 去做-无所获的苦工;听到的
> 总是他了女啼饥号寒的喊叫声,
> 看见的,总是他们面色苍白的
> 母亲逆来顺受的眼神,和骄横
> 富人那睥睨一切的目光,成千
> 上万像他一样的人伤心的惨状;——

> ……

> "哦,放心,摒弃可怕的怀疑,
> 这样的怀疑折磨不了看清把它
> 和命运绑在一起的锁链的灵魂。
> 是的,地球上有罪恶,有灾难,
>   有虚伪、错误和贪婪;
>   但是永恒不朽的世界
> 在有邪恶的同时也有条件疗救。"②

---

① 江枫主编:《雪莱全集》(第6卷:书信·上),河北教育出版社2000年版,第289页。
② 江枫主编:《雪莱全集》(第3卷:长诗·下),河北教育出版社2000年版,第325、333页。

上面所引用诗行的前一节源自《麦布女王》的第五章。麦布女王在天穹指着下面的地球向艾恩丝的灵魂展示和讲解人世间的种种罪恶,"贫穷的铁鞭还在逼迫她可怜的/奴隶向财富弯腰屈膝,而且用/无利可得的苦工,毒害他过分/缺乏安慰的生活,以加固把他/和他悲惨的命运捆绑在一起的锁链。"① 这种描述正是雪莱所生活的历史变革期的广大劳苦大众的生活状况的反映。虽然雪莱出生在贵族家庭,但时代的进步诉求使他摆脱了家庭的影响,坚定不移地站在了人民大众一边,对反动的暴政进行无情的揭露。他同情来自底层、饱受辛酸的劳动人民,并竭尽全力为他们的生活惨状呐喊:"而穷人,生活就是苦难、恐惧、/忧烦;被黎明唤醒,只是为了/去做一无所获的苦工;听到的/总是他子女啼饥号寒的喊叫声,/看见的,总是他们面色苍白的/母亲逆来顺受的眼神,和骄横/富人那睥睨一切的目光。"深刻揭露社会的阴暗面是为了要人民清醒地认识到他们当下的状况,以激发他们对改变现状的渴望,让他们感觉到,尽管现实生活中的暴政仍然威胁着他们的生命,但变革正在不可避免地步步逼近,因为"有些德行杰出的将会昂然奋起,/哪怕是最艰危的时刻,/他们纯洁嘴唇说出的不灭真理/会用永远燃烧的火焰结成花圈/箍紧那毒蝎虚伪,/直到那怪物把它自己蛰死"。② 从雪莱18岁时写的第一首长诗《麦布女王》可以看出,他一踏入文学界就是一个革新者,他的诗歌创作从一开始就具有"革命"因素,跳动着崭新的时代脉搏,充满着勇往直前的乐观主义精神。

雪莱诗歌的革命浪漫主义不仅体现在对旧制度、暴君、暴政的抨击上,而且体现在他关于"生命存在"的必然性观点上。必然性思想在雪莱身上很早就形成了,这让他"深信世界应该朝着普遍真理的方向发展"③;所以,读者在《麦布女王》里可以轻易地找到"必然性"这样的字眼,例如:

---

① 江枫主编:《雪莱全集》(第3卷:长诗·下),河北教育出版社2000年版,第326页。
② 江枫主编:《雪莱全集》(第3卷:长诗·下),河北教育出版社2000年版,第333页。
③ Timothy Morton, *The Cambridge Companion to Shelley*. Cambridge: Cambridge University Press, 2006, p. 18.

> 自然的精灵！满足一切的力量,
> 必然性！你,宇宙万物的母亲！
> ……
> 那神奇而永恒的宇宙,
> 苦与乐、善与恶,在那里会合,
> 听从强有力必然性的意愿,
> 而生命,以无穷数的形态
> 继续向着永无止境的前方奋进,
> 像饥饿而永不休止的火焰
> 环绕着它永恒的柱石旋转。①

在这里,雪莱把必然性看作"自然的精灵"和"满足一切的力量",即它是赋予永恒生命的神奇自然力量,而人类历史就是在它的作用下发展、进化的。帕尔米拉王宫在历史的长河中变成了废墟,古老的金字塔也会坍塌,耶路撒冷的雄伟庙宇破损不堪。"那权势逞威的地方/淫乐和欢笑的场所,/如今还留下些什么？只有/无聊和耻辱的回忆——/有什么是不朽的事物？"②

这就是必然性,是历史发展的必然结果。"废墟在叙说/一个悲怆的故事,在发出/令世人敬畏的警告：/不会太久,遗忘就会带走/那往日荣华的残余。"③ 必然性之所以是自然的精灵和满足一切的力量,是因为它是自由的、不停顿的、运动的。"在必然性的范畴中,不仅反映运动着的物质内在固有的、客观的、稳定的、本质的联系,而且反映着物质向前发展的过程中表现为自由的前提的这种矛盾联系。而且由于客观条件,自由活动本身的到来又是不以人们的意志和意识为转移的。"④ 雪莱在《麦布女王》里认为暴君和暴政、压迫和被压迫在历史发展过程中是必然

---

① 江枫主编：《雪莱全集》（第3卷：长诗·下），河北教育出版社2000年版,第340、341页。
② 江枫主编：《雪莱全集》（第3卷：长诗·下），河北教育出版社2000年版,第291页。
③ 江枫主编：《雪莱全集》（第3卷：长诗·下），河北教育出版社2000年版,第292页。
④ [俄] В. П. 戈卢宾科：《必然和自由》,苍道来译,北京大学出版社1984年版,第102—103页。

的；同样，人们对自由的追求、对暴君和暴政的反抗也是必然的，而历史最终会把自由、平等、公正归还给人民，这是一种积极向上的革命乐观主义精神，值得全人类追求和拥有。如果拥有了，人类就可以从现实世界的苦海里解放出来，在必然性的自由、平等、公正的向往中获得生命的永恒。

二 毫无意义的物质、空间和时间

雪莱的浪漫主义和其他诗人的浪漫主义有所不同，他的诗歌作品里有太多的焦虑和愤懑，需要通过某种"虚无主义"的艺术手法来释放，以表达他对自由、平等、博爱之理想的渴求。他在诗歌作品里运用某些抽象的理念，以亢奋的激情来体现所追求的理想的价值。然而，一个充满暴君、暴政和奴役的历史带来的种种创伤和潜在危机使人类的古老文明与现实社会的进步思想产生抵触，无法承受浪漫主义政治设计所造成的革命性后果。所以，雪莱在《麦布女王》里通过对人类文明的反思，为读者呈现了一个需要革新的"灰色世界"："帝王、教士和政客／摧残了人类的花朵，甚至在它／娇嫩的蓓蕾期内；他们的势力／如同难以察觉的毒液，流贯在／这荒凉的社会无血的脉管。"[①] 如果浪漫主义只是停留在文学的诗性想象层面上，仅仅对蓝天、白云、花草、鸟语的感受进行颂扬或感伤，也许不会在社会上产生那么多的批评和议论；但是，浪漫主义一旦政治化了，它就必然导致政治激进主义，导致政治激荡和风起云涌的革命。

《麦布女王》里的浪漫主义颇具政治意向，是一种革命浪漫主义，蕴含着比较浓烈的现代性成分。"现代意识一直是完全由浪漫主义、幻想和反讽的伟大创新而形成的。但正是这个意识，越来越与现代性的技术——理性化相抵触，并由此形成了一个反科学理性的诗意的现代性……博雷尔把德国浪漫主义'独特道路'的传统理论放在首位：现在，浪漫主义被解读为现代性的精髓，而不是像19世纪以前所形成的观点那样，把浪漫主义看成德国意识中无理性的部分，或者甚至像卢卡奇曾说

[①] 江枫主编：《雪莱全集》（第3卷：长诗·下），河北教育出版社2000年版，第314页。

的那样，是法西斯主义的前提条件。"① 现代性是工业革命以来最受人们关注的话题之一，它在社会学、政治学、哲学和文学方面引起广泛的争论，不少思想家在思考现代性的问题时主要涉及现代社会的本质性文化精神。现代性作为一种理性的文化精神是符合历史逻辑的，它的精神性维度涵盖了理性、启蒙、科学、契约、信任、主体性、个性、自由、自我意识、创造性以及批判精神等。②《麦布女王》包含不少现代性的精神维度，例如：其一，个体的主体性与自我意识；其二，理性化的和契约化的公共文化精神；其三，意识形态化的社会历史叙事。通过这些维度的透视，隐藏在诗歌里的价值和意义可以充分地发掘出来。

个体的主体性与自我意识的生成是现代性的本质规定性之一，是文化精神的重要基础。在前现代的经验文化模式下，"那里曾有个凶残的愚昧族类/嚎叫着赞美他们的魔鬼上帝；/他们嗜杀成性，爱从母亲的/子宫夺取胎儿，老年和婴幼，/一概格杀勿论，胜利的征战/不留活口。哦，他们是恶魔！"③ 绝大多数个人是按照经验、常识、习俗和惯例而自发生存的，所以他们很难走出愚昧无知的传统空间，往往不分青红皂白地为暴君的统治效力：

  ……奴隶士兵会毫不
畏缩参与凶杀勾当，当垂死的
人们彼此混杂躺在冷清的荣誉
战场发出令人心惊的弥留呓语，
他也能铁硬起心肠去伤天害理，
出卖自然的赞许以换取：一群
所谓爱国者的祝福，一些没有
心肝的国王卑劣的感激，一个
冷酷世界的一句好话——更糟！④

---

 ① ［德］扬-维尔纳·米勒：《另一个国度》，马俊等译，新星出版社2008年版，第235页。
 ② 衣俊卿：《现代性的维度及其当代命运》，《中国社会科学》2004年第4期。
 ③ 江枫主编：《雪莱全集》（第3卷：长诗·下），河北教育出版社2000年版，第293页。
 ④ 江枫主编：《雪莱全集》（第3卷：长诗·下），河北教育出版社2000年版，第329页。

在前现代的经验文化模式下，人们往往按照经验、常识、习俗和惯例而自发地生存，而人所面对的事物或所从事的活动是否具有价值是由主体判断的；在主客体双向互动中，作为实践主体的人总是以自己为标准来确定对象的事物是否具有价值。一般来说，对象物如果能够满足主体的需要就被认为有价值；反之，对象物不能满足主体的需要便被认为没价值。① 那些"用贪欲的残羹剩饭就能/ 收买以装点有气无力凯旋式的/ 奴颜婢膝的灵魂，也就能使他协助暴政"。他们的主体性在"经验、常识、习俗和惯例"的文化熏陶下早已发生异化，失去了"善"和"正义"的基本精神。在这种情况下，"奴隶士兵会毫不/ 畏缩参与凶杀勾当"，以维护暴君的"正当统治"。

在利益的驱使下或在习俗和惯例的洗脑下，人的主体性会发生裂变，会变得连自己都不能够正确掌握自己。无疑，毫无畏缩地参与凶杀勾当的奴隶士兵是主体性发生裂变的士兵，他们的个体还没有摆脱习俗和惯例的影响，还没有从自在自发的生存状态转变到自由自觉的生存状态。所以，《麦布女王》中的革命浪漫主义的重要的功能仍然包含着启蒙，即引导人们去认识和把握自己的主体性，使个体的主体性朝着自由自觉的状态过渡。"启蒙就是人类脱离自己所加之于自己的不成熟状态。"所谓的"不成熟状态，就是不经别人的引导，就对运用自己的理智无能为力"。② 雪莱在《麦布女王》里就是要那些奴隶士兵认识到自己的奴性。只有当奴隶士兵认识到这一点，他们才有可能把握自己的主体性，不去欺负弱者或滥杀无辜，使"永恒不朽的世界在有邪恶的同时也有条件疗救"。

理性化的和契约化的公共文化精神使人逐渐摆脱陈旧习俗和惯例的束缚，让他以能够把握自我的现代人的姿态出现在历史舞台。"当主体性、个性、自由、自我意识、创造性、社会参与意识和批判精神等成为现代人的生存方式的本质特征和规定性时，整个社会的普遍心理、价值取向和文化精神必然发生根本变化，习俗和惯例式的前现代的文化基因

---

① 鲁鹏：《价值：主体性的理解》，《苏州大学学报》（哲学社会科学版）2012 年第 6 期。
② ［德］康德：《历史理性批判文集》，何兆武译，商务印书馆 1991 年版，第 22 页。

第六章 神话、浪漫主义、雪莱诗歌 / 293

将让位于自觉的、理性化的人本精神。"① 在这种情况下，公共文化精神将引导人们积极地朝"善"的方面挺进，以建立属于自己的模式或标准：

> 哦，人的灵魂！赶紧前往美德
> 在那里确立了普遍和平的地方，
> 而在人间世事的浮沉消长之中，
> 应该表现出某种沉稳某种镇静，
> 成为矗立凄凉海洋的一柱灯塔。
>
> ……
>
> 狮子已忘记对于鲜血的饥渴：
> 你可以看见他和毫不畏惧的
> 小山羊，一路嬉戏在阳光下，
> 他的爪子已收敛，他的牙齿
> 已无害，习惯势力已使他的
> 脾气变得和一只小羊羔无异。②

这个时候，现代性与传统的经验、常识、习俗和惯例发生置换，个体的主体性、个性、自由、自我意识、创造性、社会参与意识、批判精神等正在逐渐形成一种文化特质，以狮子为代表的强势群体与以小山羊为代表的弱势群体在利益追求和自我实现方面形成了一个合理、合法的共同体。正因为这样，对鲜血饥渴的狮子和小山羊能够和睦地待在一起而不发生流血事件，新的现代"习惯势力"使狮子改造了自己的"主体性"，变得像小羊羔一样温柔顺服。

狮子和小山羊能够和睦相处为人们展示了这样的事实，即以一种平等、契约信用为核心的人本化、理性化的社会文化的产生；当然，这只是雪莱在诗歌里所期望的理想社会文化，而从理论上讲，狮子和小山羊

---

① 衣俊卿：《现代性的维度及其当代命运》，《中国社会科学》2004 年第 4 期。
② 江枫主编：《雪莱全集》（第 3 卷：长诗·下），河北教育出版社 2000 年版，第 359 页。

是永远也不可能和睦相处的。诗歌里的这种阐述颇具浪漫主义色彩,且革命性十足,使读者陷入扑朔迷离之中;这时,甚至连构成世界的物质、空间和时间也变得毫无意义起来。人类社会就像一座城市,由空间(现实维度)和时间(历史维度)构成。城市形态构成中的各个元素都要相互依存,寻求共生。城市是一个连续发展和变化的结构体系,它最后的形态是什么样的,没有人能够事先确定下来,因为"现实世界的绝大部分不是有序的、稳定的和平衡的,而是充满变化、无序和过程的沸腾世界"①。时间成为城市形态构成的要素,在于它意味着历史和变化,意味着一切可能和不可能事情的发生。

在《麦布女王》里,帕尔米拉王宫变成了废墟、金字塔也坍塌了、耶路撒冷的神庙被损毁,这都是可能的事情,都成为历史的必然;但是,有些事情是不可能的,例如:狮子能够与小山羊一起和睦相处,还变得和小山羊一样温顺。然而,这种不可能在《麦布女王》里也被描写为历史的必然。通过这种非理性的浪漫主义阐述,雪莱消解了现实社会的空间和历史发展的时间,使空间和时间在诗歌文本中变得毫无意义,更有力地凸显出诗人心灵深处的大爱。

三 拖一步一响、越拖越长的锁链

萨特认为,文学创作是一种战斗的行动,是对社会生活的真正介入:"文学把生活投入战斗;写作,这是某种要求自由的方式;一旦你开始写作,不管你愿意不愿意,你已经介入了。"② 自古以来,普通民众面对生活时,他们的感受是痛苦的。无论是谁,只要他静下心来观察和思考,就会发现周围的存在让他的灵魂充满惊恐、痛苦,周围全部是痛苦留下的痕迹;只要他仔细观察,认真思考,痛苦就在他的眼前。在雪莱看来,世界上一切事物存在的基础似乎就是"受苦""受难",就是"悲哀"和"疯狂",他还是个孩子的时候就已经刻骨铭心地体会到了这些人类的弱

---

① 王富臣:《城市形态的维度:空间和时间》,《同济大学学报》(社会科学版)2002年第1期。

② [法]萨特:《什么是文学?》,载《萨特研究》,中国社会科学出版社1981年版,第24页。

点。雪莱在伊顿贵族学校就读时观察到，一些相当野蛮的习俗支配着学生之间的关系，即低年级学生往往是高年级学生的"书童"或"奴隶"。每个"书童"必须每天为他的"主人"铺床叠被，一大早就去给他汲水，替他洗衣刷鞋。如果不听从指使，就会受到种种"恰如其分"的惩罚。

奴役和被奴役是一种无处不在的存在，当一个人还是孩童的时候就被强行灌输给他了，而且是以慈悲的名义灌输给他的，就像伊顿贵族学校的校长对学生训话时必定要说的那句话一样："孩子们，要以慈悲为怀，否则，我就鞭打你们，直到你们成为慈善的人为止。"[①] 而实际上，伊顿的低年级学生是高年级学生的"书童"或"奴隶"的传统是自上而下的，其目的就是培养和造就死心塌地忠诚于统治阶级的奴隶。所谓的"以慈悲为怀"是一种对"奴性培育"的遮蔽和掩盖，以"慈悲"作为幌子讲述着一个弥天大谎的动人故事。人在世界的存在不是"以慈悲为怀"的，而是赤裸裸的残忍、无情和无法逃脱的。当人终于有一天勇敢地面对世界时，他或许会突然醒悟，惊愕地发现：他实际上是毫无防备地被一股强大的力量绑架并放置在了一个孤立无助的残酷世界里。让他痛苦的正是这个世界，他身在其中；但作为一个存在者，他就是这个世界中的存在者；他不想也不希望这个世界是这样，但又无能为力，世界就是这样压迫着他和束缚着他。雪莱在《麦布女王》里对人的这种境况作了深刻的描述，他这么写道：

>　　请看看你
>可怜的自己！哎，你岂不就是
>那丑恶的地球上爬行过的那个
>真正的奴隶？你一天天的日子
>哪天不是枯燥乏味百无聊赖的
>日子？漫长黑夜的煎熬结束前
>你有没有喊叫：黎明何时来到？
>……

[①] ［法］安·莫洛亚：《雪莱传》，谭立德、郑其行译，上海文艺出版社1981年版，第1页。

> 贫困和财富却能异曲同工传播
> 危害人类身心的灾难,大敞开
> 那过早死亡和暴力死亡的大门,
> 接待憔悴的饥馑和饱满的疾病,
> 和人生道路上共命运的所有人,
> 他们的肉体和灵魂全都中了毒,
> 几乎已经拖不动身背后那一条
> 拖一步一响、越拖越长的锁链。①

《麦布女王》里的不少诗行给读者传递的是焦虑和恐惧。人大部分时间都在他人的统治下生活,并被虚伪包围着,显现出焦虑和恐惧的迹象;无可奈何,但又假装成一幅无所谓的模样。所以,雪莱说:"请看看你/可怜的自己!"这行诗颇具真理性的表述,即这行诗对事实的陈述是真实的、自明的,不需要任何多余的证明就很清晰明了。这样一来,真理便敞开在那里,成为一种揭示方式的"真在",即把存在者从晦蔽状态中暴露出来让人在其无蔽(揭示)状态中看,而真理现象始终是在被揭示状态(去蔽)的意义上出现的;也就是说,真理是某种去蔽的东西。② 于是,雪莱在这首长诗里竭尽全力,对遮蔽的事实进行褫夺,让真理从遮蔽中释放出来,变成不再被遮蔽的东西。这时,人从"可怜的自己"的角度意识到,他只不过是"那丑陋的地球上爬行过的那个/真正的奴隶"。不仅如此,在利益和贪欲的驱动下,人的"肉体和灵魂全都中了毒,/几乎已经拖不动身背后那一条/拖一步一响、越拖越长的锁链"。

这几行诗的确非常美。之所以会那么美是因为真理而并非只是一种真实在里面起作用,还有一束直接照进灵魂深处的光芒。"越拖越长的铁链"在这里不仅显示个别的存在者是什么,而且使得无遮蔽状态本身在

---

① 江枫主编:《雪莱全集》(第3卷:长诗·下),河北教育出版社2000年版,第320、323页。

② 李孟国:《无蔽之真——海德格尔真理问题研究》,南开大学出版社2016年版,第97—98页。

与存在者的整体关联中显现出来。"越拖越长的锁链"束缚着的是人,是被奴性化的人。锁链越简单、质朴地在人的本质中出现,伴随它的存在者(人)就更加直接、有力地表现出他的存在特征。于是,被遮蔽的存在变得敞亮起来,而如此敞亮的元素被嵌入了《麦布女王》之后就是美。美是作为无遮蔽的真理的一种现身方式。[1] 读者感觉到这些诗行是美的,因为他看到的不只是锁链本身,还有被锁链锁住的人;这些都在读者身上产生了情感,即对被铁链锁住的人的深切同情。

对被铁链锁住的人的深切同情源于内心的恐惧,这是《麦布女王》所要表达的重要主题思想。该长诗通过艾恩丝死亡之后的灵魂在麦布女王的引导下穿越时空,见证人类文明进程的种种罪恶,为读者营造了足以让他们感到"焦虑"和"恐惧"的心理氛围:其一,"这个广阔的世界,/竟是块多么冷酷和荒凉的地方!/所有天然善良的蓓蕾都已枯萎!/没有丝毫遮蔽能遮挡残酷权力扫荡一切的狂风暴雨!"其二,"但是在他们拜金心灵的庙宇里,/黄金是一尊活的上帝,轻蔑地/统治着人世间除了美德的一切。"其三,就连帝王都感到恐惧:"无尽无休!/哦!就该永无尽头?可怕的/死亡,我希望有害怕拥抱你!/神圣的/安宁!来看我哪怕只有一次,/怜悯我,请给我枯萎的灵魂/浇洒哪怕仅仅是一滴甘霖。"[2] 焦虑和恐惧隐藏在《麦布女王》整首诗中,在读者那里激发出一种"恐惧"情感,他们或许也会朦胧地意识到自己违背社会伦理道德的罪恶感,同时看到了自己所肩负的神圣责任。这时,自然的力量与人之内心的觉醒在愤怒中形成恐惧,人在恐惧中获得净化,使他想去做一个好人。

细心的读者一定会发现,《麦布女王》第二章里的描写与弥尔顿的《复乐园》里的描写存在某种关联。在《麦布女王》的第二章里,麦布女王在天上为艾恩丝的灵魂指点和讲解人类历史上所发生过的重大事件,例如帕尔米拉王宫遗址、尼罗河畔的金字塔以及曾矗立在耶路撒冷的雄伟庙宇。"宫阙万间都做了土。兴,百姓苦,亡,百姓苦!"(张养浩《山

---

[1] [德]马丁·海德格尔:《林中路》,孙周兴译,上海译文出版社2008年版,第37页。
[2] 江枫主编:《雪莱全集》(第3卷:长诗·下),河北教育出版社2000年版,第315、323、301页。

坡羊·潼关怀古》)在《复乐园》里,当耶稣在荒野上苦思冥想时,撒旦前来进行破坏,向他指点古波斯、古罗马的富强、豪华,古巴比伦和古亚述的壮大以及古希腊的繁荣昌盛,以此引诱耶稣对荣誉的野心。人类历史之路是充满厮杀的血腥之路,这条路上不知走过多少胜利者和失败者,也不知有多少朝代从兴盛走向衰亡!在这条路上,不知留下了多少劳苦大众的苦难脚印,也不知倒卧过多少士卒的可怜尸骨!所以,耶稣是清醒的,没有被撒旦的甜言蜜语所迷惑,他不无感慨地说道:

> 地上的荣誉是假的,荣誉多归于
> 不荣誉的事情,和不名誉的人们。
> 他们误以为扩展名声在于开拓国土,
> 征服得广远,蹂躏庞大的国家,
> 在战场上赢得大规模战争,
> 用强袭的手段去侵占大城市:
> 这些值得什么,无非是抢劫,破坏,
> 杀人,放火,奴役爱好和平的国家……①

《复乐园》里的这些诗行的基本内容和风格一定对雪莱产生过不小的影响,《麦布女王》第二章里的描写隐约存在《复乐园》风格的痕迹,试举一例如下:

> 哦,有多少寡妇、多少孤儿
> 诅咒那些神庙的建造,多少
> 父亲在奴役下累得精疲力竭,
> 祈求穷人的上帝把它从人世
> 扫除掉,以便于他们的子孙
> 不再以从事把石头垒上石头
> 那种令人厌恶的劳动,败坏

---

① [英]弥尔顿:《复乐园·斗士参孙》,朱维之译,上海译文出版社1981年版,第58页。

他们最美好的岁月，以满足
一个昏聩老人的虚荣。①

像《复乐园》一样，《麦布女王》对人类历史发展过程中的各种罪恶是"去蔽"的，也就是说，把暴君和暴政的罪恶暴露在光天化日之下，让它无处遮盖、逃避和躲藏。在《复乐园》里，弥尔顿是通过神的儿子耶稣之口对罪恶去蔽的；同样，在《麦布女王》里，雪莱是通过仙女之口对罪恶去蔽的。"去蔽"本身颇具有革命性的特点，就是揭去事物外部的伪装，使事物的真相暴露出来，让它处于无蔽状态。"无蔽状态在希腊文中叫作 aletheia，后世译之为'真理'。在真实的意义上，无蔽原初地意味着从一种遮蔽状态（Verborgenheit）中被揭示、争夺到的东西，所以，真理就是解蔽式的揭示。"②雪莱在《麦布女王》里是通过至高无上的女王对世间的罪恶去蔽的，她引导着义恩丝的灵魂在天穹游荡，不但让她看见了过去和现在，而且向她展示了美好的未来："忧烦、无能、罪恶或是困倦/疾病和愚昧都不敢到的地方：/哦欢乐的地球！现实的天堂！"③

真理的光芒照彻一切时间和空间，想要驱散包裹着自然的黑暗，需要去蔽。无论是耶稣还是仙女，总而言之，神在召唤人现身在"无蔽"之中，柏拉图的"洞穴喻"暗示的就是"去蔽"和"无蔽"的价值与意义。被铁链锁住的存在者（囚徒）、光、自由——这些要素——构成了真理的本质，而雪莱在《麦布女王》里对这些本质进行了深刻的探讨和追问。雪莱深信：人类的发展就像洞穴中的"囚徒"一样会有一个去蔽过程，他最终会从洞穴中走出来，把自己置于阳光下，从此稳定而无蔽地立足于光明之中，并放声高唱：

现在，人，以他无瑕的肉体

---

① 江枫主编：《雪莱全集》（第3卷：长诗·下），河北教育出版社2000年版，第293页。
② 李孟国：《无蔽之真——海德格尔真理问题研究》，南开大学出版社2016年版，第112页。
③ 江枫主编：《雪莱全集》（第3卷：长诗·下），河北教育出版社2000年版，第365页。

和精神装扮着这最美的地球；
他生而赋有一切文雅的秉性，
那种秉性会在他高高的心胸
唤醒善良的激情纯洁的欲望。①

第三节　通往神话之境的伦理之路

聂珍钊教授在《文学伦理学批评导论》里写道：

> 人类的生物性选择并没有把人完全同其他动物即与人相对的兽区分开来，而真正让人把自己同兽区分开来是通过伦理选择实现的……从《圣经》的描述里，我们可以看出人类的生物性选择同伦理选择有多么不同。在上帝创造的伊甸园里，最初出现的人只是生物意义上的人。人同牲畜、昆虫、野兽等动物尽管外形不同，但没有智慧，无异于兽……只是人类最后选择了吃掉伊甸园中善恶树上的果实，才有了智慧，因为知道善恶才把自己同其他生物区分开来，变成真正的人。②

在现代人的眼里，神话不但是人类初期的哲学思考、伦理道德和法律法规，而且是文学作品和文学形式。实际上，在生活条件极其艰苦的原始社会，人们食不果腹、衣不遮体，不可能有雅兴去进行真正的文学创作和文艺娱乐；所以，那时的神话应该颇具实用性，大多是关于伦理道德和法律法规的思考。这种思考本身就是一种伦理选择，里面包含着应然性，即人在社会中应该如何去做的伦理道德规范；人因此有了善恶标准，才称得上真正的人。

实质上，神话以它独特的形式反映了原始人类的自然观和社会观，用马克思的话说，神话是"通过人民的幻想用一种不自觉的艺术方式加

---

① 江枫主编：《雪莱全集》（第3卷：长诗·下），河北教育出版社2000年版，第363页。
② 聂珍钊：《文学伦理学批评导论》，北京大学出版社2014年版，第35页。

工过的自然和社会形式本身"[①]。"不自觉的艺术方式"表明，神话是原始的文学作品；"加工过的社会形式本身"暗示着神话与社会存在密切相关，它可以是人的伦理选择。雪莱的诗歌作品里存在大量神话典故或神话叙事方式，其作用就是通过神话来彰显他的伦理选择，即把以自由、公正、仁爱为核心的伦理道德观念建立在人类终极利益之上，使大多数人获得幸福。这种通过神话培育自由、公正和仁爱的诗歌作品很有意义，一定会给读者留下难以忘怀的深刻印象。

一　神话叙事中的主体性困惑

神话故事一般都是古老而神秘的，还让人难以忘怀。为什么会这样？因为它蕴含着真理，所以能够受到记忆的保护，流传了下来。神话的基本模式比较简单，它轮廓分明、说理清晰，具有比较强烈的感染力和约束力，以致让读者认为那是真的。读者之所以能够体会《俄狄浦斯王》不朽的感染力，是因为"希腊神话抓住了一种人所共知的冲动，因为每一个人都能感受到它的踪迹就留在自己的心里"[②]。神话的基本主题已经发展成为一种模式，其核心要素牢不可破；但是，随着岁月的流逝，对神话的某些修改和变形总是存在的，也是必要的。例如：浮士德原来是十五六世纪德国的炼金术师，关于他的传说本身就有不少差异。一个传说是约翰尼斯·浮士德，他潜心魔术，过流浪生活，借恶魔之助，在威尼斯试验空中飞行而坠落受伤；另一个传说为盖奥尔克·浮士德，他是一位占星家，在当时颇负盛名，他跟恶魔订约，结果落得悲惨的下场。浮士德的故事译成英文传入英国后，英国剧作家马洛（Christopher Marlowe，1564—1593）把这个故事改编成剧本《浮士德博士的悲剧故事》，把浮士德写成巨人式的人物，肯定知识是伟大的力量。尽管如此，马洛还没有脱离世俗故事的窠臼，最后浮士德的灵魂还是被恶魔劫往地狱。歌德的《浮士德》结构庞大，内容复杂，他把自己全部的生活和思想都

[①] 转引自姚周辉《论马克思关于神话是不自觉的艺术创作》，《云南师范大学哲学社会科学学报》1994 年第 5 期。

[②] ［德］汉斯·布鲁门伯格：《神话研究》（上），胡继华译，上海人民出版社 2012 年版，第 169 页。

倾注在了这部巨著里,其中具有非常深刻的哲学思考。在这部史诗里,浮士德的命运有所不同:当恶魔埋葬浮士德,正要攫取他的灵魂时,天使下凡,把他的灵魂带往天国去了。显然,浮士德的故事在歌德的笔下发生了嬗变。

神话在之后历史进程中的嬗变是很正常的事情,也非常符合历史发展的要求。伟大的文学作品无不是在书写和反映一个波澜壮阔的时代或思考、讨论一个深邃、沉重的话题,而思考和讨论这些意义重大的话题时,主体性的困境与如何走出主体性的困境成了文学作品不可避免的隐性内容。要想清晰、明朗地表现隐性内容,就需要借助神话叙事。神话叙事是表现隐性内容的最佳方式。然而,就像浮士德的故事在历史进程中发生了那么多的变化一样,神话叙事同样发生着变化。雪莱的《阿特拉斯的巫女》就是一首在神话叙事手法上发生了变化的长诗,他在这首诗里颠覆了女巫的传统形象,使女巫呈现出新的意义。

在江枫先生主编的《雪莱全集》里,顾子欣把 The Witch of Atlas 翻译成《阿特拉斯的巫女》,而"巫女"与"女巫"是有所不同的。互联网的"互动百科"对"巫女"的解释是:巫女,又叫巫祝,袾子,祝史,是《周礼》中的掌管礼法、祭典的官职之一,能以舞降神,与神沟通,祭祀社稷山川,通常负责驱邪、洁净、祈雨、祝祷风调雨顺。《汉英双语现代汉语词典》对"女巫"的解释则是:以装神弄鬼、搞迷信活动为业的女人。从它们的定义来看,巫女与除灾去邪、求雨、祈求风调雨顺和祈福有关,也就是说与"善"相关,而"女巫"与魔法、邪恶、阴险、毒辣有关,也就是说与"恶"相关。witch 这个字相对应的中文就是"女巫",但是顾子欣为什么要把它翻译成"巫女"呢?这样翻译对不对呢?如果读者仔细通读这首长诗的原诗及其翻译,不仅不会觉得这个翻译望文生义,还会认为顾子欣把"witch"译成"巫女"是非常正确的。

雪莱在《阿特拉斯的巫女》里完全颠覆了"女巫"(witch)的功能和形象,把她变成了类似"巫女"的功能和形象。提起"女巫"(witch),读者一定会联想到莎士比亚的《麦克白》里面的三女巫,她们与神秘、邪恶和混乱紧密相连,加上与她们相伴出场的猫怪、蟾蜍精,使得这部悲剧充满了阴森黑暗的色彩。第一幕第一场还在三女巫的合唱中结束:"美即丑,丑即美,翱翔毒雾妖云里。"这些都给人带来黑暗和恶的负面情调，让人感到厌恶。然而，在《阿特拉斯的巫女》里，"女巫"（witch）的形象和功能被颠覆了，"她乌发披肩——看到她，一阵狂喜／令人晕眩；她的微笑多迷人，／她轻柔的声音似在诉说着爱情，／吸引着一切生命向她靠近"①。在这里，女巫的形象和功能完全不是传统女巫的，她成了善的化身。所以，雪莱夫人玛丽在这首诗题记里说："它充满了光彩夺目的思想，这些思想是他在他热爱的充满阳光的土地上漫游时利用其感官收集来的，并用其幻想给它们涂上了美丽的色彩。"② 从这个视角来看，顾子欣把 witch 译成"巫女"不但没有错，而且是非常巧妙、恰当的。

雪莱在《阿特拉斯的巫女》里有意颠覆女巫的形象，把女巫刻画成了一个完美无缺的仙女，这实际上是雪莱使传统神话叙事中的主体性发生嬗变，使传统的女巫形象在他的笔下得到创新性的塑造。主体性（subjectivity）是指人作为主体的本性或属性，对主体性的认识是从对主体的认识开始的。但是，主体总是相对于客体而言的；如果没有客体作为对象存在，就不存在主体，所以只有在跟客体的关系中才能理解作为人的主体，进而才能明白什么是主体性。③ 人的现实存在是矛盾的，尤其是在雪莱所处的社会转型期，人们对矛盾的实际感受最为深刻。工业革命一方面促使社会进步，另一方面又残酷地摧毁人性；一方面产生巨大的财富，另一方面又导致了极度的贫困；一方面使人类过上了比以往任何时候都舒适的生活，另一方面又使人因贪欲的增长而导致堕落。当人的客体感超过主体感时，他的主体意识不但难以萌发，而且会使他处于主体性困境当中，读者从雪莱的诗歌里可以清晰地看到这一点。例如：雪莱在《伊斯兰的反叛》里体现的是一种对现实世界的愤然批判情绪：

> 这欣欣的世界，欢乐的精灵的家庭，
> 　　如今变成被踩躏的同胞的地牢；

---

① 江枫主编：《雪莱全集》（第3卷：长诗·下），河北教育出版社2000年版，第128页。
② 江枫主编：《雪莱全集》（第3卷：长诗·下），河北教育出版社2000年版，第156页。
③ 郭湛：《主体性哲学：人的存在及其意义》，云南人民出版社2002年版，第9页。

> 失望成了被谋杀的希望的继承人，
> 　人们在惨绝的处境中把希望寻找，
> 　　找到的是更深沉的地狱，更沉重的镣铐，
> 更凶残的暴君；前边是黑暗的陷坑——
> 　　暴戾的统治者的王国，张大口像地牢，
> 而后边，恐怖和时间在扭打，追奔，
> 风暴声中传来岸上不幸者的悲鸣。①

显然，在这节诗里，凶残的暴君就像女巫一样把"这欣欣的世界""变成被蹂躏的同胞的地牢"，使得"失望成了被谋杀的希望的继承人"。但是在《阿特拉斯的巫女》里，女巫失去了她原来穷凶极恶的面目，成为一个可以与仙女媲美的人：

> 她把那些正在呼吸的人体，
> 　都看作活的精灵，在她眼中，
> 敞开的灵魂展示着裸露的美丽，
> 　透过粗野褴褛的外表，她常能
> 看到其内心宛如光辉的白璧——
> 　于是她就把咒语轻轻念诵，
> 这咒语具有一种神奇的力量，
> 　能使那颗心和她的一起跳荡。②

雪莱诗歌中这种完全不同的主题风格描述似乎让读者产生难以理解的感觉。读者之所以难以理解，是因为雪莱在诗歌里有意或无意地使主体性发生错乱，以彰显社会变革期的主体性的困境。工业革命把劳动者从对于封建领主的人身依附当中解放出来，使他从农民变成了靠出卖自己的劳动力养活自己的工人。表面上，他是自己劳动力的主人，但实际

---

① 江枫主编：《雪莱全集》（第2卷：长诗·上），河北教育出版社2000年版，第127页。
② 江枫主编：《雪莱全集》（第2卷：长诗·上），河北教育出版社2000年版，第148—149页。

上，作为受雇于资本家的劳动力，他又成了资本家的奴隶。这时，人根本不可能按照自己的意志和愿望去进行有意义的社会活动，更不能按照自己的愿望去改造世界。他只不过是资本家手里的一颗螺丝钉，资本家想把他拧在哪里就拧在哪里；这时，他已经失去了主体性，不是一个能够支配自己的人，他变成了一个"异化"的人。对于这种情况，马克思做了深刻的揭示："人自身异化了以及这个异化的人的社会是一幅描绘他的现实的社会联系，描绘他的真正的类生活的讽刺画；他的活动由此而表现为苦难，他个人的创造物表现为异己的力量，他的财富表现为他的贫穷，把他同别人结合起来的本质的联系表现为非本质的联系，相反，他同别人的分离表现为他的真正的存在；他的生命表现为他的生命的牺牲，他的本质的现实化表现为他的生命失去现实性，他的生产表现为他的非存在的生存，他支配物的权力表现为物支配他的权力，而他本身，即他的创造物的主人，则表现为这个创造物的奴隶。"①

在雪莱生活的年代，人被异化，被迫陷入主体性困惑之中，显得那么无能为力，那么扑朔迷离。人在主体性困惑中待久了或许会习以为常，觉得那种困惑是"应该"的，具有应然性，反而忘记了它赖以产生的异乎寻常的东西。雪莱在《阿特拉斯的巫女》里运用神话叙事手法颠覆了女巫的"应然"形象，使她呈现出"善"的面目来。女巫美丽无比，"和她的美貌相比，/辉煌的世界也显得暗淡无光"；她还施展法术，让"守财奴从梦中惊起，/将他罪恶的收入统统倒进/乞丐的衣兜；——撒谎成性的人/也将停止说谎而变得真诚"。"看守们把自由分子放出监狱，/听任他们在街头信步漫游。"除此之外，"巫女要让有情人结为鸾俦，——/使他们享受婚姻的温馨和甜蜜"。②

这样的颠覆是非常有意义的。女巫在《阿特拉斯的巫女》里是一种质料，它包含着一种确定的形式。在传统文化里，女巫被赋予了某种丑和恶的符码，是丑恶的象征；但这个传统的符码或象征在雪莱的笔下发生了变化，被解构了。读者所读到的女巫是什么形象呢？"一个可爱的淑

---

① 《马克思恩格斯全集》（第42卷），人民出版社1979年版，第25页。
② 江枫主编：《雪莱全集》（第3卷：长诗·下），河北教育出版社2000年版，第130、151、152页。

女""藏着芳香""美丽的光芒""明媚的笑靥",这些描写完全是一个仙女的形象,哪里是女巫呢?如果女巫是一个"异化"的人,那么通过对这个人的形象和功能的颠覆,雪莱想要凸显出巫女的"善"来。善是人的本性,是人之主体性不可缺少的根本组成部分;而当"善"被找回来的时候,人的主体性也自然回归了。这也是雪莱设想的人走出主体性困惑的最佳途径:让丑变美、恶变善,积极医治扭曲的心灵。

二 隐藏在雪莱诗歌里的生命伦理

雪莱在《阿特拉斯的巫女》里有一诗节,是论述生命与死亡的;巫女这样说道:

> 你们一个个难免都会死亡;
> 　如果我想到这些,只能叹息,
> 如果当我看到残存的太阳
> 　笑视你们的尸骸,只能哭泣——
> 那么别让我怀着爱看你们的灭亡;
> 　因为我与你们不同,我不会死去——
> 你们的落叶将对我窥望,那清泉
> 将成为我脚下的路,那么——再见!①

巫女的这段话涉及生与死的问题。无论是海妖还是树精,无论是山神还是披着水草的仙女,他们都是要死亡的,只有巫女是不朽的;这或许是世界上最悲伤的事情。死亡是对生命的亵渎,之所以这么说,是因为害怕和畏惧。由于畏惧的缘故,人类才进入伦理世界。畏惧是由亵渎和报复之间的原始联系引起的,它与任何对神圣事物冒犯之后所受到的惩罚相关。亚当和夏娃偷吃了伊甸园里的禁果,结果受到上帝的惩罚,被逐出乐园;他们除了结束长生不老的日子之外,还开始了人的苦难生活,因此才产生"畏惧"。这种"亵渎"最初的直觉给人留下来的教训是:死亡或受难是以违背命令为代价的。

---

① 江枫主编:《雪莱全集》(第3卷:长诗·下),河北教育出版社2000年版,第134页。

在雪莱诗歌里，生与死的问题非常普遍，例如：抒情诗有：《死亡》《西风颂》《岁月的挽歌》《哀济慈》等；长诗有：《伊斯兰的反叛》《阿多尼》《生命的凯旋》《麦布女王》等；诗剧有：《希腊》《解放了的普罗米修斯》《倩契》《暴虐的俄狄浦斯》等。亵渎和报复是畏惧的原型，这种最初的直觉是人类有史以来积淀在文化里的原始宿命论。上帝对亚当和夏娃亵渎行为的报复体现在对他们的惩罚里，"原始意识所敬畏的这种自动制裁作用，表达了报应的天谴的这种先天综合，仿佛过错伤害了发号施令的神力，又仿佛那种伤害必然要得到回报。人类早在其认识到自然秩序的规律性之前就承认有这种必然性"①。这种畏惧里面包藏着根深蒂固的对生命的敬畏理念。生命和死亡听从世界秩序的安排，它们也是世界秩序的组成部分；世间的一切都是按照时间的程序发生、发展、结束的，非正义的、非人性的、残暴的东西必将受到惩罚和剔除，因为世界秩序是神圣的和具有终极力量的。

对生命的尊敬和对死亡的恐惧构成生命伦理的核心内容，是一个极其重要的哲学话题，也是人之恻隐之心的反映。在原始社会，由于生产力极其落后，部落之间的俘虏往往会被杀掉，而在狩猎或采集得来的食物不能够满足部族所有成员的需求时，部族里的老弱病残往往会被遗弃。但是，随着生产力的提高，人类有了一定的物质基础后，人的生存权才得到普遍承认和尊重，人因此成为真正的人。生命伦理的出现不但使人类接受和改进道德规范，而且使人的生命质量得到提高。"由于敬畏生命的伦理学，我们与宇宙建立了一种精神关系。我们由此而体验到的内心生活，给予我们创造一种精神的、伦理的、文化的意志和能力，这种文化将使我们以一种比过去更高的方式生存或活动于世。由于敬畏生命的伦理学，我们成了另一种人。"② 敬畏生命使人变成了有理性的人，而人的理性决定了他在对待人与人和人与自然的关系上的自律、责任和义务；这是人类真正的自我解放，人因此获得自由。

---

① ［法］保罗·里克尔：《恶的象征》，公车译，上海人民出版社2014年版，第28页。
② ［法］阿尔伯特·史怀特：《敬畏生命》，载杨通进编《生态二十讲》，天津人民出版社2008年版，第63页。

雪莱的诗歌普遍表现出对生命的敬畏，这在一定程度上说明，生命——尤其是劳动人民的生命——依然是被漠视的；否则，他也不会那么殚精竭虑地在诗歌里凸显对生命伦理的追求。工业革命时期，人类借助科技力量使人的生活品质大大提高，但是人对物质利益的贪婪与追求严重破坏了生命伦理，使劳动者的生命受到漠视，没有得到尊重；当时，普遍聘用童工和超时、超负荷的体力劳动恰好说明了问题。雪莱对于这种漠视生命的现象义愤填膺，他在《写在卡瑟尔瑞执政时期》里这样写道：

> 坟墓里的尸体已经冰冷；
> 路上的石头，喑哑无声；
> 不足月的胎儿死在腹中，
> 母亲们面色苍白——像艾尔比恩
> 　死灰色的海岸，自由已告终。[1]

这首诗的标题是《写在卡瑟尔瑞执政时期》，卡瑟尔瑞是当时英国的外交大臣，雪莱在《暴政的假面游行》的第二诗节里也提到过他："路上遇到戴着假面的谋杀，/活像是那位卡瑟尔瑞侯爵，/貌似温和，其实残忍可怕；/七条凶猛的恶狗紧跟着他。"[2] 在雪莱眼里，卡瑟尔瑞是一个十恶不赦的恶徒；在他执政时期，人们听见"死亡、罪恶/和毁灭欢度节日的喧嚣——/其中有财富行劫的唿哨"。暴君及其残暴统治给人民带来的是对生命的漠视和伤害，贫穷、饥饿、劳累、死亡像污泥浊水一样威胁着人的生存和发展，使人无法在社会中立足或正常生活。正义原本是作为人类社会的最高尺度和理想准则存在于人的全部活动以及一切关系之中，而在卡瑟尔瑞执政时期，人与人之间、人与社会之间以及人与自然之间的正义都不复存在。雪莱在《写在卡瑟尔瑞执政时期》里还把卡瑟尔瑞描写成穷凶极恶、"蹂躏、欢跳的压迫者"，这样的压迫者是丝毫没有正义原则的摧毁生命伦理的坏人。

---

[1] 江枫主编：《雪莱全集》（第1卷：抒情诗），河北教育出版社2000年版，第158页。
[2] 江枫主编：《雪莱全集》（第3卷：长诗·下），河北教育出版社2000年版，第2页。

雪莱从小体质虚弱，身体一直不好，所以对生命和死亡的话题非常敏感；这也是他在诗歌里频繁谈及生命与死亡的原因之一。他在《阿多尼》这首长诗的第一诗节里写道："我为阿多尼哭泣——他已经死去！／为阿多尼哭泣吧！纵然我们的泪／容不了这样可爱的头颅上的霜雪。"①《阿多尼》是雪莱为济慈逝世而写的挽诗，他在这首诗里把济慈比作阿多尼。阿多尼（Adonais）是阿多尼斯（Adonis）的谐音，而阿多尼斯是希腊神话人物，代表生命——尤其是植物生命——每年的衰亡与复苏。阿多尼斯是神的化身，每年死去之后还会重生。② 雪莱在这首诗里采用神话人物作为题目就是为了在悼念济慈的死的同时，凸显他的生的可能：

> 他已和自然合为一体：在她所有的
> 音乐里，从那雷霆的呻吟直到夜晚
> 甜蜜的鸟鸣，都可以听到他的声息；
> 在黑暗中，明光里，从草木到石碛，
> 到处都可以感觉和意识到他的存在，
> 在自然力运动着的地方扩展着自己；
> 他的生命已经被自然力所收转回去，
> 这力量以永不疲倦的爱支配世界，
> 从上方投给它以光明，又从下面把它托起。③

济慈是一位杰出的诗人，也是雪莱的朋友；但济慈身体不好，患有肺病，英年早逝。1818年，他在长诗《恩底弥翁》发表后成为引人瞩目的人物。然而，这首长诗并没有给他带来赞誉，而是种种诽谤。诽谤对济慈伤害很大，几乎把他逼入濒死的绝境，雪莱在《阿多尼》的前言里对这种情况做了专门的描述："《评论季刊》所发表的对于《恩底弥翁》的残暴攻击，对他那敏感的心灵产生了极其有害的影响，由此而引发的

---

① 江枫主编：《雪莱全集》（第3卷：长诗·下），河北教育出版社2000年版，第198页。
② ［英］詹·乔·弗雷泽：《金枝》（上），徐育新等译，中国民间文艺出版社1987年版，第474页。
③ 江枫主编：《雪莱全集》（第3卷：长诗·下），河北教育出版社2000年版，第228页。

烦恼导致了一次肺部大出血，接踵而至的是突发性高烧。此后一些正直的评论家对他真实的伟大才华的承认，已不足以治愈如此猖狂的打击所造成的创伤。"①《恩底弥翁》问世不久，济慈便撒手人寰。当然，不能说济慈逝世的直接原因是遭到诽谤，但诽谤的确使他的病情加重，加速了他的死亡。

无疑，那些对济慈所进行的诽谤和人身攻击是亵渎生命的行为，是对生命的漠视和不敬。雪莱在《阿多尼》里必须要对那些亵渎生命的人进行报复，他的报复手段就是让济慈像阿多尼一样虽死犹生，让他"重生"，"和自然合为一体：在她所有的／音乐里，从那雷霆的呻吟直到夜晚／甜蜜的鸟鸣，都可以听到他的声息；／在黑暗中，明光里，从草木到石磺，／到处都可以感觉和意识到他的存在，／在自然力运动着的地方扩展着自己"。于是，给诽谤者当头一棒，让他们产生"畏惧"；从畏惧中，"恶人"才可能逐渐意识到："善是保存和促进生命，恶是阻碍和毁灭生命。如果我们摆脱自己的偏见，抛弃我们对其他生命的疏远性，与我们周围的生命休戚与共，那么我们就是道德的。只有这样，我们才是真正的人；只有这样，我们才会有一种特殊的、不会失去的、不断发展的和方向明确的德性。"②

三 诗歌的神话元素及其审美

雪莱是一个无神论者，他从来不承认他的人文情结与基督教的精神内涵有什么联系。但在一些诗歌里，读者会惊讶地发现，他总是有一种想要使用基督教术语的倾向。例如，在《倩契》的前言里，雪莱就这么写道："想象是一尊不朽的神明，应该为了挽救速朽的激情而赋予它以血肉之躯。"诗人信奉无神论，但又自相矛盾地在诗歌中印证着他的信仰；雪莱自己证明了他是处于布莱克和叶芝之间的最伟大的宗教诗人。③ 不管是不是无神论者，他的诗歌里的确存在大量与神话或与神相关的内容，

---

① 江枫主编：《雪莱全集》（第3卷：长诗·下），河北教育出版社2000年版，第195页。
② [法] 阿尔贝特·施韦泽：《敬畏生命——五十年来的基本论述》，陈泽环译，上海科学院出版社1992年版，第19页。
③ Andrew J. Welburn, *Power and Self—consciousness in the Poetry of Shelley*. London: The Macmillan Press LTD. p. 194.

也就是说，他的诗歌里存在大量的神话元素。随便翻阅一下他的诗歌，就可以找到神话的影子。除了像《解放了的普罗米修斯》《阿多尼》《暴虐的俄狄浦斯》《阿拉斯特》《麦布女王》等直接把神话人物用作题目之外，雪莱的很多诗歌里都不时地用到神话典故，例如：《希腊》的"序诗"里出现了"永生使者""基督""撒旦"；《暴虐的俄狄浦斯》里出现了帕西法厄（Pasiphae）、艾奥（Io）、许门（Hymen）；《阿特拉斯的巫女》里出现了赛利纳斯（Silenus）、福纳斯（Faunus）、普里阿普斯（Priapus）、维斯塔（Vesta）以及奥罗拉（Aurora）等；《阿多尼》里出现了海雅辛达斯（Hyacinthus）、阿克泰翁（Actaeon）。可以说，雪莱的诗歌里弥漫着一种神话情结，神话典故是他诗歌的叙事方式，起到了画龙点睛的作用。"没有神话，一切文化都会丧失其健康的天然创造力。唯有一种用神话调整的视野，才把全部文化运动规束为统一体。"①

雪莱诗歌里的神话典故并非虚设的，它们在诗歌里都隐含着别样的意味。非常有趣的是，雪莱诗歌里的神话典故所要传递的意思发生了变化，不完全是典故故事中原本的含义，但正是这种变化使神话产生了新的意义。神话总是按照神话自己的精神和原则创作出一个属于自己的世界；因此，它即使变化，也会按照内在规律去变化，以形成某种必然性。例如，在《暴虐的俄狄浦斯》里，雪莱用了艾奥（Io）——有的译者译作"爱我"或"伊娥"——虽然这个典故在这首诗里所要表达的意思与希腊神话里的有些差异，但基本形式没有变。雪莱付出的努力让这部诗剧更加生辉，读者读到这个典故之后，一定会联想到朱庇特和伊娥的故事。让他们难以忘怀的或许是伊娥变成白牛后的一段情景：

> 她想伸出两臂向阿尔古斯有所请求，却没有臂膀可伸。她想诉诉苦，却只能发出牛鸣。她听到自己的声音，惊慌失措，非常害怕。她走到她父亲的河边（她过去是常常在这里游戏的），她看见自己在水里的倒影，张着大嘴，翘着犄角，她吓得赶快逃跑。她的姐妹们——河仙奈阿斯们——也不认得她了，就连她父亲伊那科斯

---

① ［德］尼采：《悲剧的诞生》，周国平译，生活·读书·新知三联书店1986年版，第100页。

也不知道她是谁。但是她照旧跟在父亲和姐妹后面，把身体挨过去，要他们抚摸赞赏。伊那科斯老人折了一把草，举着喂她，她就舔父亲的手，又想吻他的手。她不觉眼中流下泪来，她若能说话，她一定会说出自己的名字，说出自己不幸的遭遇，请求援救。她既不能说话，就用蹄子在地上写字，说出自己变成牛形的悲惨故事。她父亲伊那科斯看了连声叹道："唉、唉！"他搂住流泪的小牛的双角和雪白的颈脖说："我好伤心啊！你当真是我的女儿么？我把全世界都找遍了。今天把你找着了，反倒叫我更难受，不如没有找着。你一言不发，不回答我的话，你只顾深深叹气，只能用牛鸣来回答我。我像蒙在鼓里一样，在给你准备洞房和迎婚的火炬，希望先有一个女婿，再抱一个外孙。现在我只好从牛群里给你找个丈夫了，从牛群里去找外孙了。人死了就没有悲哀了，而我又不成，做一个神真倒楣，死亡是会给我吃闭门羹的，我的恨真是绵绵无绝期了。"①

伊娥是河神伊那科斯（Inakhos）的女儿，受到宙斯的喜爱和追求。出于嫉妒，赫拉想要对情敌进行报复。然而，宙斯早就预见到了赫拉会这么做；于是，他把伊娥变成一头美丽的小白牛。赫拉识破了宙斯的诡计，要他把那头小白牛作为礼物送给她。赫拉得到小白牛后交给百眼魔鬼阿刚斯看管。阿刚斯的眼睛是永远睁开的，伊娥想从他眼睛底下逃脱是不可能的。看到伊娥受苦，宙斯心里非常难受，便令赫尔墨斯（Hermes）将阿刚斯铲除。赫尔墨斯乔扮成牧羊人给阿刚斯唱悦耳动听的歌，讲冗长乏味的故事以哄他入睡。之后便寻机杀死阿刚斯，释放了伊娥。赫拉更加恼羞成怒，派了一只牛虻去攻击伊娥，使她颠沛流离。②

雪莱夫人在有关《暴虐的俄狄浦斯》的题记里说，雪莱开始写《暴虐的俄狄浦斯》这个诗题是他看见圣乔里安诺集市上的猪群后想到的。

---

① 蒋原伦：《西方神话与叙事艺术》，《外国文学评论》2004 年第 2 期。
② 在"百度"输入"伊俄"便可找到相关资料。http://baike.baidu.com/link?url=4WsyH80S7TIcK5MkUVMujuWIRyeSah2CKk—1GbzS0Nfl5JRgW2MZcKOIc5tMD81ecAQphKcntH3iwQByZ2oH0EWcN_1H76fYJsN9DEOEMt_（accessed, 2017/3/18）。

其时正值卡罗琳王后返回英国，乔治四世竭力想打消她的要求，却未获成功，卡斯尔雷爵士（Lord Castlereagh，1768—1822，英国外交大臣）便将"绿袋"放在下议院的桌子上，以国王的名义要求对王后的行为进行调查。这些事件一时成了英国人的热门话题。① 乔治四世生活奢华、挥霍无度；在家庭方面，他与发妻卡罗琳的关系非常不好，婚姻如同灾难。乔治四世是一个广受争议和抨击的国君。雪莱的政治讽刺诗剧《暴虐的俄狄浦斯》正是利用乔治四世的丑闻通过神话叙事而写成的，读者可以从这部诗剧里读到颇为诙谐、讽刺的喜剧意味。

在《暴虐的俄狄浦斯》里，雪莱通过暴君斯威尔夫特的巫士泼加纳克斯提到过艾奥（即伊娥）两次，第一次他说："我以魔杖/ 击地，打开地狱之门！/从那充满丑类的洞中，/挑选出蚂蟥、牛虻和老鼠。/天后朱诺曾派这牛虻/ 将艾奥骚扰。"第二次他对牛虻说："去叮咬巴比伦国王们的阴魂吧，/去咬长着牛首的艾奥吧。"② 如果读者认真、仔细地读一下《暴虐的俄狄浦斯》，他就会发现，这部诗剧在一定程度上就是对伊娥神话故事的戏仿。在伊娥这个神话故事里，宙斯为了保护伊娥，把她变成了小白牛；而赫拉得知伊娥逃走后，派一只牛虻去攻击她。在《暴虐的俄狄浦斯》这部诗剧里，类似于宙斯这个角色的国王斯威尔夫特不但不喜欢自己的皇后艾奥娜·托利那（Iona Taurina），而且还要与巫士一起想方设法把"蠢猪"们拥戴的皇后变成一个魔鬼模样的人。巫士准备了一只绿袋，里面装着强烈的毒药，"经过五十次提炼的牛虻的毒液，/再按比例配上蚂蟥的毒计，/再加上黑色的杀鼠药，就连那/ 如黑海暴君一样以毒为生的/ 老鼠，也不敢碰一碰它"。绿袋里的毒液是准备用来把皇后变成一个无比丑陋的妖女的，国王和巫士勾结起来骗皇后，说："如果皇后有罪，它能使她原形/ 毕露，变得像罪恶一样丑陋。/如其无罪，她就会变成一个/ 天使，……将看到她在空中飞翔。"③ 皇后事先得知了他们的阴谋，但她假装不知情地欣然接受绿袋的检验。当泼加纳克斯把绿袋启封后，正要一本正经地将袋中毒液倒在皇后头上时，皇后猛然转身从

---

① 江枫主编：《雪莱全集》（第4卷：诗剧），河北教育出版社2000年版，第438页。
② 江枫主编：《雪莱全集》（第4卷：诗剧），河北教育出版社2000年版，第405、411页。
③ 江枫主编：《雪莱全集》（第4卷：诗剧），河北教育出版社2000年版，第415、417页。

泼加纳克斯手中抢过绿袋，把毒液洒在斯威尔夫特和他的朝臣身上。他们顿时变成了一群肮脏丑陋的动物，纷纷逃窜。①

伊娥神话故事里最主要的叙事结构是伊娥被宙斯变成了一头小白牛，而当这头小白牛逃走之后，赫拉还派牛虻去骚扰她。在《暴虐的俄狄浦斯》里，这个基本叙事结构并没有改变，不同的是国王想要把王后变成一个丑八怪。王后的名字是 Iona（艾奥娜），里面就包含着 Io（艾奥）的字根，这是雪莱有意安排的，是一种戏仿的做法，即对伊娥神话某些主要情节的改编，以达到对当时英国国王乔治四世的讽刺效果。

在《暴虐的俄狄浦斯》里，国王是作为反面人物而王后是作为正面人物出现的。国王把那些拥戴王后的人都看作"猪"，并命令"西番雅，割断/ 那头肥猪的喉管，这畜生吃多了；/尽搞煽动！叫喊没有粮食吃"②。"猪"在这里是隐喻，指人民大众；国王把人民大众看作"猪"，说明他与人民大众为敌。除此之外，他还与大臣、巫士一起制作了一个装满剧毒的"绿袋"，想通过它把自己的王后变成女妖般的丑八怪。国王的种种言行说明，他是一个伦理道德低下的坏人。做好人还是做坏人是一种伦理选择；如果选择做一个好人，他就会以一种高尚、正义的情操来对待周围的事物，如果选择做一个坏人，他就会以一种低级、下流、卑鄙、邪恶的手段来对待周围的事物。国王是一个坏人，当然会使用阴谋诡计来加害王后，这一点也不奇怪。

《暴虐的俄狄浦斯》是在意大利的比萨完成的。"诗剧写好之后，遂寄往英国，在那里匿名出版；但它刚刚诞生，就遭到了惩恶协会的扼杀，该协会威胁说，作者如不立即把作品撤回，它将对其提出起诉。"③ 这说明，这部诗剧引起了当时主流意识形态的恐惧，同时也反映了它非凡的艺术效果。伦理之域的价值和意义往往与善密切相关，一切向善的事物都是美的，而美的世界一定是充满伦理价值的有意义的世界。雪莱在《暴虐的俄狄浦斯》里通过对伊娥神话故事的戏仿，为读者描绘了一个颇具讽刺意义的世界；在那里，读者看到的不是可怜的小白牛，而是充满

---

① 江枫主编：《雪莱全集》（第 4 卷：诗剧），河北教育出版社 2000 年版，第 435 页。
② 江枫主编：《雪莱全集》（第 4 卷：诗剧），河北教育出版社 2000 年版，第 401 页。
③ 江枫主编：《雪莱全集》（第 4 卷：诗剧），河北教育出版社 2000 年版，第 439 页。

智慧的王后。她不但没有上歹毒国王的当,而且还把国王和他的宠臣们变成了一群丑陋肮脏的动物。国王搬起石头砸了自己的脚,这不是对暴君及其统治集团的嘲笑和讽刺又是什么?

第七章

不同意识形态的激烈搏斗

雪莱在《伊斯兰的反叛》里有几个诗节对鹰和蛇的激烈搏斗进行了精彩的描写,给读者留下难以忘怀的深刻印象,例如这一诗节:

> 苍鹰一圈又一圈盘旋打转,
> 　哗啦啦扑打着翅膀,发出悲鸣,
> 它不停地翱翔,有时高入云端,
> 　叫人看不见它越来越小的身影,
> 　有时下降,犹若力不自胜;
> 可是它依然一声声哀号悲啼,
> 　忽然迫不及待地掉转头,狠起心,
> 用嘴爪朝着蜷曲的巨蛇猛袭,
> 巨蛇也照准它心房,要给以致命的一击!①

这里描写的是苍鹰和巨蛇的搏斗情景。在《圣经》里,蛇象征"恶",而在这首诗里,蛇则象征着"善"。俏丽的女郎亲自在场"观望那一场难以想象的恶斗",看见巨蛇受伤从高空坠落后,她"痛苦地交叉着双手,不住地哭泣",并敞开胸膛,召唤巨蛇过来。"巨蛇便听从了召唤,蜷伏在她的胸膛。"② 从俏丽的女郎对巨蛇的态度可以推断,巨蛇在

---

① 江枫主编:《雪莱全集》(第2卷:长诗·上),河北教育出版社2000年版,第97页。
② 江枫主编:《雪莱全集》(第2卷:长诗·上),河北教育出版社2000年版,第101、102页。

这里是"善"的象征，但没有证据表明苍鹰是"恶"的象征；所以，巨蛇和苍鹰在雪莱的诗歌里是两种不同意识形态的象征，它们在现实世界产生了冲突，引起的搏斗使双方都受到了伤害，而其中一方受到的伤害更大。这种情况在雪莱的诗歌里广泛存在。

意识形态（ideology）是一种具有理解性的想象和观察事物的方法，它是与一定的社会经济、政治相联系的观念、观点、概念的总和。文学作为社会意识形式是具有一定的意识形态性的；不仅如此，文学的意识形态形式还具有审美功能，就像有的学者所说的那样，"文学理论所要研究的是文学之所以为文学的、具体的意识形态，即一种审美的意识形态"。认为文学的审美特性"来自文学的独特对象、创作主体和把握它的特有的方式之中。没有审美特性，根本不可能存在文学这种意识形态，而文学的意识形态性，不过是文学审美特性的一种表现"。[①] 文学的审美意识形态固然重要，但与马克思、恩格斯所提倡的意识形态的基本思想是不可分割的。雷蒙德·威廉斯在《马克思主义与文学》中就明白地指出：

"意识形态"这一概念并不是马克思主义首创的，也不限于马克思主义专用。但它显然是马克思主义关于文化——特别是文学和思想观念——的整体理论思想的一个重要概念。而难点在于，我们不得不对马克思主义著作中有关这一概念的三种常见的说法加以区分。概括地说来，这三种说法是：

（1）"意识形态"是指一定的阶级或集团所特有的信仰体系；

（2）"意识形态"是指一种虚幻的信仰体系，即由虚假的观念或虚假的意识所构成的体系，这种体系同真实的或科学的知识相对立；

（3）"意识形态"是指生产各种意义和观念的普遍过程。[②]

威廉斯在这里指出了意识形态的基本构成，是符合马克思、恩格斯

[①] 转引自董学文《关于文学本质与意识形态的关系——兼评"审美意识形态"说》，《苏州大学学报》（哲学社会科学版）2006年第1期。

[②] 马驰：《论文学的本质与审美意识形态》，《学术月刊》2006年第7期。

意识形态基本立场的。雪莱在诗歌里的意识形态就像苍鹰和巨蛇一样，它们之间不仅存在着矛盾，而且进行着激烈的搏斗。然而，正是从意识形态的矛盾和搏斗中，雪莱诗歌才显示出真正的崇高之美。

第一节　《宇宙的灵魂》和《阿拉斯特》

《宇宙的灵魂》和《阿拉斯特》是两首主题差异颇大的诗歌，前者是雪莱对于《麦布女王》部分内容重新处理的成果，是对"人类现有的苦难"的思考和同情，而后者则相反，"只是对于个人命运的一种关心"。[①] 细心的读者阅读这两首长诗后，一定会发现，这两首长诗反映出雪莱两种不同的意识形态，即《宇宙的灵魂》是对全人类命运的思考，而《阿拉斯特》是对个人命运的关心。

不管是对人类命运的思考还是对个人命运的关心，雪莱所描写的都是当下的人的实实在在的社会存在状况，所反映的是当下社会的意识形态。卢卡奇（Ceorg Lukacs，1885—1971）认为："不管哪一种思想，只要是个别人的思想产物或思想表达，不管它是有价值的或无价值的，它都不能够被看作是意识形态……意识形态从根本上说是对现实的思想描述形式，它的目的是人的社会实践变得有意识和有活力。这种观念的普遍性和必然性的出现，为的是克服社会存在的冲突……它是以直接的必然的方式从当下此刻在社会中以社会的方式行动着的人们中产生的。"[②] 意识形态具有一定的阶级性，其价值主体划分为各个不同的阶级阵营。虽然出身于贵族家庭，雪莱始终是与广大劳苦大众站在一起的。尽管在他的《宇宙的灵魂》和《阿拉斯特》里，存在着两种不同的意识形态，就像苍鹰和巨蛇的存在一样，有时会相互冲突相互搏斗；但是，雪莱诗歌里所反映的不同的意识形态在相互激烈搏斗之后，又趋于在和谐状态下共存，并展示出人在当下世界的价值和意义。

---

① 江枫主编：《雪莱全集》（第2卷：长诗·上），河北教育出版社2000年版，第62页。
② 转引自郭鹏飞《意识形态价值论》，人民出版社2014年版，第76页。

一 诗歌的意识形态与正义之善

一个优秀的诗人是时代和人民造就的,也就是说,他之所以成为一个优秀诗人,是因为他对人民的疾苦表示深切同情。"同情心是什么?据我的了解……同情心并不是一种幻影,而是一时的、相互的某种德性的吸引力。"[①] 诗人的同情心是他良知存在的标志,是他在作品中真实写出的人民大众的愿望和时代的精神。当人民大众深陷痛苦之中,企盼减轻剥削和压迫时,一个伟大而优秀的诗人一定会用理想之光去照亮他们前进的道路。这时候,他的诗歌也一定是光芒四射的。

一般认为,雪莱的诗歌是颇具思想性和革命性的,即他的诗歌作品是颇具意识形态属性的。例如,他的《麦布女王》《解放了的普罗米修斯》《暴政的假面游行》《暴虐的俄狄浦斯》以及《西风颂》等诗歌或诗剧,从题目就可以看出来与"革命"的意识形态相关。这些诗歌或诗剧无不激烈、明显地攻击暴政的黑暗现实,无不反映了人民大众的社会生活。他向往公正、平等和自由,但对现实世界的人的愚昧无知又无可奈何,经常发出压抑的怒吼:"自由是什么?但是,你们/善于回答的,却只是奴役。/因为,奴役这一名称本身/已经成为你们姓名的回声。"[②] 这里,非常明显地反映了雪莱诗歌中的意识形态所持的立场,即雪莱的诗歌是与政治、自由、平等紧密联系在一起的。"正义"这个词源于古希腊神话里的正义女神狄刻(Dike),它从一开始就有公平、公道的含义在里面。苏格拉底认为,城邦正义是"善生",也就是说,人"不只是活着,还要活得好"。在雪莱生活的时代,资产阶级提出"自由""平等"和"民主"思想,认为:正义性首先体现在权力上,只有权力能够维护和保障人民的基本权利、自由和平等的时候,这个权力才是合法的、正义的。所以,"正义否认为了一些人分享更大利益而剥夺另一些人的自由是正当的,不承认许多人享受的较大利益能绰绰有余地补偿强加于少数人的牺牲"。雪莱是一个正义感非常强烈的伟大诗人,这种正义感在诗歌里作为意识形态得到充分反映。

[①] 转引自吴汝煜《诗与崇高》,《文艺理论研究》1983年第2期。
[②] 江枫主编:《雪莱全集》(第3卷:长诗·下),河北教育出版社2000年版,第15页。

雪莱出身于贵族家庭；不管怎么说，他都会受到他那个阶级的影响。但是，他又是一个革命诗人，是一个一直在为他那个阶级挖掘坟墓的、始终站在人民大众这一边的诗人；所以，他的意识形态里存在矛盾和搏斗，这一点也不奇怪。马克思说："物质生活的生产方式制约着整个社会生活、政治生活和精神生活的过程。不是人们的意识决定人们的存在，相反，是人们的社会存在决定人们的意识。"[1] 这段论述深刻地揭示了雪莱诗歌与他诗歌里的意识形态之间的辩证关系。工业革命所带来的生产力给社会生活造成了巨大影响，它在很大程度上使人们的思想发生了变化，也使文学表现出不同于传统的意识形态。文学作为意识形态的表现形式，它除了具有自身的发展规律外，还能够对政治产生积极的影响，并通过人们的社会实践对社会变革起到一定的促进作用；而雪莱的诗歌就具有这种促进社会变革的功能。

雪莱诗歌里突出地表现出一种对人类社会的理想追求，希望"被异化的人"，即那些找不到主体性的沉睡在奴役状态的人，能从被异化的状态中醒悟过来，成为把握自己命运的自由人。为了唤醒这些人，他在诗歌里做了不少的激烈表述，例如在《宇宙的精灵》里有一些诗行是这样写的：

> 天才常在对她热情的美梦中，
> 在萦绕人心的对于你的美丽
> 朦胧的预言里看见你，其中
> 交织着人类根深蒂固的希望；
> 傲慢的邪恶之神将永不在这
> 美好的世界散布瘟疫和战争，
> 他的奴仆不再以诅咒为祈祷，
> 以人血为献祭的贡品，不再
> 永远在他的神龛前顶礼膜拜，
> 埃里布斯及其全部恶魔帮伙
> 将不为嫉妒和报复起而扑灭

---

[1] 《马克思恩格斯选集》（第 2 卷），人民出版社 1995 年版，第 82 页。

无畏的善良人类，他们敢于
蔑视恶的权威，尽管摆不脱
万能死神的纠缠。①

  《宇宙的精灵》是雪莱对《麦布女王》部分内容重新处理后形成的诗篇，它在内容、主题和精神上与《麦布女王》紧密相连；可以说，它是《麦布女王》思想内容的进一步扩展和深化。《麦布女王》颇具革命性，它在揭示历史的罪恶的同时，还为人类展示了美好的未来和希望："老年人强健的身体精力充沛，／光洁开朗的眉宇看不见皱纹！／贪婪、狡诈、傲慢或是忧虑，／都不曾在时间琢磨过的面孔／打印上它们苍老的畸形印记。／青年们无畏的前额是多可爱！／有温顺的目光、清新的风采；／灵魂的勇气不害怕任何名号，／高尚的意志，更和爱、欢乐／与美德，携手并肩无所畏惧／走在光怪陆离的人生大道上。"② 雪莱的诗在这里除了挑战资产阶级的伦理道德之外，还具有一定的说教功能。在抛弃老旧的传统道德观念的同时，雪莱希望取而代之的是他自己构想、设计的伦理道德。他相信，政治只是用于教会或国家的伦理而已。《麦布女王》的目的就是指出现存的罪恶，并为引导社会公正的道德改革提供建议。

  《麦布女王》的主题思想在《宇宙的精灵》里得到深入探讨和延伸。艾恩丝死去（或睡梦）中的灵魂在《宇宙的精灵》里继续飘荡，她的形体在"宇宙精灵的车辇"里躺着，宇宙这时响起一种歌声，对她的灵魂加以歌颂："习俗、宗教、权势为你摒弃；／你的心摆脱恨与敬畏；／你燃烧得太阳般热烈而纯洁，／成为阴郁寡欢人类的生之光。"③ 歌声停止后，"从静止的躯体／却升起个光辉的灵魂，／通身是赤裸的纯洁无比美丽"。在这首诗里，艾恩丝的灵魂实际上是与"精灵"并列在一起的。在诗里，"他们曾暴跳如雷、形象凶恶，／以自轻自贱的渎神恶言秽语／诅咒那宇宙

---

① 江枫主编：《雪莱全集》（第2卷：长诗·上），河北教育出版社2000年版，第14—15页。
② 江枫主编：《雪莱全集》（第3卷：长诗·下），河北教育出版社2000年版，第368页。
③ 江枫主编：《雪莱全集》（第2卷：长诗·上），河北教育出版社2000年版，第5—6页。

的精灵，把它们/ 握着武器的手挥向那灵魂"。接着，在后面的诗行中又说，"那位精灵召唤它有翅的/ 仆从，和那幸福无言的灵魂/同登依傍水晶雉堞行进的车，/她满怀感激低下明亮的眼睛"。① 这样的精灵和灵魂是雪莱意识形态最重要的组成部分，它们有时是分开的，有时又是合为一体的，"其中/ 交织着人类根深蒂固的希望：/傲慢的邪恶之神将永不在这/美好的世界散布瘟疫和战争，/他的奴仆不再以诅咒为祈祷，/以人血为献祭的贡品"②。

根本上讲，文学艺术是一种意识形态的反映，它彰显了文学艺术与社会存在的关系；同时，它还可以为读者提供一种审美享受。例如：在上面所引的诗行里提到了埃里布斯（Erebus）；据希腊神话，埃里布斯是混沌之子，象征黑暗，也指阳世与冥界之间的黑暗地带。这个典故的运用使这几行诗呈现出不同凡响的美感来，这就是文艺作品的审美趣味，它对人类追求自由、平等的理想世界起到了举足轻重的作用：

> 艺术始终包含一种趋向，一种走向总体行为的努力。在音乐中，一个部分的感官因素（声音）趋于成为意识内容的共同广延，即节奏、运动、情感、色情、灵性。在绘画中则有视觉因素。消失了的时代的社会结构对于我们已经没有实际意义了，但它的艺术仍然有一种无法代替的价值。人们能够在最神秘的诗篇中，找到被称之为神圣的、超人的总体行为。人们总是怀着炽热的、模糊不清的、漫无边际的感情设想着这种全面行动。人类在异化中总是为实现一体化作出努力，希望在一个外部信仰中找到人类的协调一致、慰藉和安全，人们在宗教礼仪和道德中寻找人类与集体的一致。在某些令人恍惚的宗教礼仪中，人类达到了与宇宙的一致。在这种时刻里，人的意识不禁自露，其强烈程度只有花了长期禁欲的代价才能达到。但是，这些冲动并没有真正解决问题。过了这一段恍惚之后，人类又重新处于不幸之中，感到更为沉痛，更为失望，感到成了人类之

---

① 江枫主编：《雪莱全集》（第 2 卷：长诗・上），河北教育出版社 2000 年版，第 13、27 页。
② 江枫主编：《雪莱全集》（第 2 卷：长诗・上），河北教育出版社 2000 年版，第 14 页。

外的生物了。在所有这种尝试中,只有艺术才为我们留下最巨大的价值。

总体的人的思想积极有效地继续着这些尝试。它包括过去最高的价值,尤其是艺术,因为艺术是摆脱异化特性的生产劳动,是生产者和产品、个人和社会、自然生物与人类的统一体。①

无疑,《宇宙的精灵》是在写灵魂和精灵,在精灵的引导下,灵魂与精灵合为一体,从而得到了精灵的灵气;"于是肉体与灵魂合一,/艾恩丝的身躯略微轻柔抽搐",她最终从"死亡"中苏醒过来,"明亮的星星透过/窗户射进来明辉"。② 这是一个隐喻,暗示着人类的发展与进步必须要肉体和灵魂形成一体方可生存,否则,就会灭亡。

然而,在《阿拉斯特》这首长诗里,雪莱似乎暂时抛开了对人类解放的关注,把主题集中在对个体心灵的探讨上。这首诗是"写一名青年,有纯洁无瑕的感情、勇于探索的才智,和由于熟知优秀崇高与庄严宏伟的一切而受到激发,得到净化的想象力,而在这种想象力驱使下作观照宇宙的深思冥想"③。与《宇宙的精灵》不同,《阿拉斯特》完全是在写个人对世界的感受,从这种感受里,读者发现"诗人"是那么孤独忧郁,那么软弱无力,对世界多少流露出些许悲观之情。

在《阿拉斯特》里,雪莱描写一个孤独、漂泊的年轻诗人,他是

> 一个可爱的青年,没有伤心的
> 姑娘,把流泪的花悼亡的柏枝
> 奉献在他长眠不醒的床榻面前;——
> 文雅、勇敢、慷慨,没有歌手
> 为他的不幸发一声悲凉的咏叹,
> 他生,他死,他唱,一概孤独。
> 陌生人听到他热情的歌会落泪,

---

① 转引自冯宪光《文学与意识形态问题》,《南阳师范学院学报》2008 年第 1 期。
② 江枫主编:《雪莱全集》(第 2 卷:长诗·上),河北教育出版社 2000 年版,第 27 页。
③ 江枫主编:《雪莱全集》(第 2 卷:长诗·上),河北教育出版社 2000 年版,第 29 页。

>当他走过时不相识的少女都会
>为痴恋他惶惑的眼睛相思憔悴。①

这个孤独的青年诗人行踪不定，四处漂泊、漫游，"访问过古时候令人敬畏的遗址：/雅典、蒂尔、巴尔贝克和曾经/矗立着耶路撒冷城的那片废墟，/巴比伦倒塌的高楼，那些永恒/不朽的王陵和金字塔，孟斐斯/和底比斯，见过大理石方尖碑/雕刻着的各种奇异图形和文字"。他还游历过"阿拉伯、波斯和卡曼尼亚荒原，/翻越过高耸入云从冰窟倾泻下/印度河奥克苏斯的源头高山"。在旅途中，他做过梦，"梦见一个戴着面纱的姑娘坐在身旁，用严肃的语气说话。/……他的话题是知识、真理和美德，神圣自由的崇高/希望，他最喜爱的思想和诗歌，/她自己也是一个诗人"。②

其实，《阿拉斯特》里的这个年轻诗人就是叙述者"我"，也是梦中的戴着面纱的姑娘。"我"是孤独、无助的，只能与梦中的另一个"我"，即姑娘对话；而这个姑娘就是"我"的灵魂。在这首诗里，雪莱不像在《宇宙的精灵》里那样关注全人类的解放，而是关注我这个"个体"的内心世界。这让读者觉得雪莱在这首诗里所表现的意识形态与《宇宙的精灵》里的略有不同，会在心中产生疑问。的确，读者看到了雪莱诗歌中不同的意识形态的冲突和搏斗，这对于像雪莱这样的伟大诗人来说，都是很正常的；这也恰好从另外一个方面说明雪莱思想的独特性和丰富性。

雪莱在《阿拉斯特》里通过对那个年轻诗人的描写来描述自己，又通过梦里戴着面纱的美丽姑娘来表达自己的意识形态，即他的志趣和追求："知识、真理和美德、神圣自由的崇高希望。"虽然雪莱在《阿拉斯特》里所表现的意识形态看上去与《宇宙的精灵》的有些不同，但整体上是趋于一致的。雪莱在他那个时代的人的异化中总是为实现一体化做出努力，希望在一个外部信仰环境受到损毁的情况下，找到人类的协调

---

① 江枫主编：《雪莱全集》（第2卷：长诗·上），河北教育出版社2000年版，第34页。
② 江枫主编：《雪莱全集》（第2卷：长诗·上），河北教育出版社2000年版，第36、38页。

一致、慰藉和安全。他在《宇宙的精灵》和《阿拉斯特》里所显示出来的意识形态正是为寻找慰藉和安全所做的努力。

二　宇宙精灵：雪莱的精神修炼

西方和东方在文化上有很大差别，西方文化比较注重物质而东方文化则比较注重精神。雪莱汲取了很多东方文化的养分并运用在他的诗歌创作中。虽然雪莱自己没有直接这么说过，在长诗或诗剧中的前言里也没有做出明确说明；但是，从他的重要长诗或诗剧中，读者不难感觉或发现，他在诗歌里留下了不少东方文化元素的痕迹。在《解放了的普罗米修斯》第二幕第一场的一开始，有几句场景介绍："清晨。印度高加索一条幽谷。只有阿细业单独在场。"高加索属于中亚，与印度不相干；但是，雪莱把高加索和印度联系在一起，使它们成为一体。这种把不同的元素整合在一起的情况还体现在《解放了的普罗米修斯》里的狄摩高根（Demogorgon）身上，它是宙斯的儿子，是"一大团乌黑、充满权威座位，向四周/射出阴暗，像中午的太阳放射/光芒：无从逼视，无形、无状；/看不见四肢形体和轮廓，却能/感觉到，那是活生生的精灵"[①]。读者颇感奇怪的是，一大团乌黑的东西怎么可以像中午的太阳放射光芒呢？而这个放射着光芒的东西怎么可以是"无形、无状"又让人"看不见四肢形体和轮廓"？因为它是"活生生的精灵"，不是肉眼凡夫能够看得见的。

狄摩高根在《解放了的普罗米修斯》里早已经超越了神话传说本身的意义，它在诗中是一种强大的精神力量的象征。所以，狄摩高根是无形、无状的，是看不见四肢形体和轮廓的；但是，它无比强大，最后推翻了宙斯的罪恶统治。显然，雪莱在这里把"我"与"精神"统一起来，让超验的精神与"我"合而为一，像"狄摩高根"一样，焕发出强大的终极力量。这是一种艺术手法，也是雪莱自己的"精神修炼"，这种情况在他的诗歌里广泛出现。例如在《宇宙的精灵》里，他这样写道：

[①] 江枫主编：《雪莱全集》（第4卷：诗剧），河北教育出版社2000年版，第160—161页。

>   神奇车辇不再行动；
>   那位精灵和那灵魂
>   走进永恒的门户，
>   那些天界金色祥云，
>   正在蔚蓝色天幕下
>   闪光的波涛中安睡，
>   并不因为轻盈的脚步而颤动，
>   而芬芳的薄薄迷雾
>   却应着悦耳的乐曲从高大的
>   圆柱之间和珠光神龛中飘出。①

　　读者从这几行诗里可以看出，原本属于两种不同属性的精灵和灵魂这时"走进了永恒的门户"，这门户是神圣的终极殿堂，在那里"芬芳的薄薄迷雾/却应着悦耳的乐曲从高大的/圆柱之间和珠光神龛中飘出"。这些诗行的描述让读者似乎看见"精灵"和"灵魂"消融在了永恒门户里的珠光、神龛中，成为珠光、神龛的一部分。这样的写法颇具虚伪性和超验性，把现实存在完全融化在了虚无缥缈的"无形、无状"之中，颇具"梵我如一"的精神特点。如果说，《宇宙的精灵》是在描述人类的灵魂，所反映的是人类灵魂与"梵"的合一；那么，《阿拉斯特》则是描述个体的灵魂，所反映的应该是个体灵魂与"梵"的合一：

>   有一个精灵似乎站在他的身边，——
>   披在身上的不是晶亮的银白色
>   衣袍，不是从这可见世界所能
>   提供的优美、神秘、庄严事物
>   借来的令人生畏的神圣的光辉，——
>   但是起伏的森林、静静的水泉、
>   使树荫越来越阴暗的黄昏幽晖，
>   都被以为是语言，在和他交谈，

---

① 江枫主编：《雪莱全集》（第2卷：长诗·上），河北教育出版社2000年版，第11页。

他和它就像是一切，——只是，
当他的目光被沉思抬起……
两只明亮的眼睛，星星般挂在
思想的夜空，仿佛在以蔚蓝色
恬静的笑容把他召唤。①

在这些诗行里，雪莱描写年轻诗人的精神和心理状况。年轻诗人在孤独的漂泊途中发现了一只被人抛弃已久的小船，"两侧船舷/已有许多宽阔的裂缝，接榫之处/已松，随着海水的起伏而摆动"。尽管如此，"一种难耐的冲动使他登上小船，/要到荒凉的海上单独会见死亡"②。诗人乘着小船穿过怪石嶙峋的洞穴，飘过两岸树木葱茂的河流，来到一处静止的幽深泉水水面。在这里，年轻诗人的"本我"与"梵"相遇，并合而为一；所以，这时，他可以看见"有一个精灵似乎站在他的身边，/披在身上的不是晶亮的银白色/衣袍，不是从这可见世界所能/提供的优美、神秘、庄严事物/借来的令人生畏的神圣的光辉"。这个精灵不是别的什么东西，而是"梵"，即宇宙的最高本体和万物的始基。

雪莱在《阿拉斯特》里表现年轻诗人处在"梵我如一"的状态不是偶然的，而是由雪莱当时的实际处境决定的。《阿拉斯特》是1815年秋完成的；1814年7月至1815年秋是雪莱的多事之秋。1814年7月28日，雪莱与玛丽·葛德文从伦敦私奔；葛德文夫人在他们逃跑后不久也上路了，她一路追到巴黎，想把女儿劝说回来，但没有成功。事实上，雪莱和玛丽的私奔在生活上遇到了前所未有的困难；他们的行为不久受到社会的谴责，还得不到双方家庭的理解。读者从雪莱这一时期的信件片断里可以很容易明白这一点：

> 1814年8月13日，雪莱写给哈莉特的信的摘要：4天里我们行走了120英里，最后两天走过的地方是个战场。很难向你描述这里有多荒凉。各个村庄被战火夷为废墟，战火烧毁的树木变成了奇形怪

---

① 江枫主编：《雪莱全集》（第2卷：长诗·上），河北教育出版社2000年版，第51页。
② 江枫主编：《雪莱全集》（第2卷：长诗·上），河北教育出版社2000年版，第44页。

状的灰烬。居民们忍饥挨饿。过去自给自足的人家现在要到可怜的乡下去乞讨。没有粮食，没有住房，到处是垃圾，处处是饥荒，惨状片片目不忍睹。

1814年10月24日，雪莱写给玛丽的信的摘要：玛丽，你大大地弥补了人类因最肮脏的罪行所带来的不足。然而，我向你坦白我对葛德文先生的冷漠和缺乏公正心大为吃惊。一想到他的尖刻、冷酷，我所见到的人类美好外貌都会给心灵带来极深的痛苦。

1815年8月，雪莱写给托马斯·杰斐逊·霍格的信的摘要：人类思想的邪恶力量常常令我疑惑，就像与你同行的传教士所表现的那些仁慈与天赋，用在无益的努力之中，除了给这些品质的拥有者带来无尽的失望外起不到任何作用。然而，谁又不是在追求这种幻想呢？谁又不是在把最好的时光用来追求梦想，而醒来却发现自己的错误并因死亡的邻近而悔恨不已呢？

1815年3月6日，雪莱写给威廉·葛德文的信的摘要：我承认当我受到你苛刻而冷酷的待遇时，我惊讶，我气愤不已。我为我破灭的梦想而悲伤，正是你教诲我要从你的美德中寻找梦想，而如今，你为了自己，为了你的家庭或你的债主的利益，竟然要与我这么一个曾使你如此厌恶的人物重新恢复交往。而当初，我的贫困以及我因你而遭受到的无数痛苦却丝毫没有引起你的恻隐之心，你丝毫无意与我复交。[①]

雪莱与玛丽私奔后生活失去了来源，为了筹钱而四处奔波。在这个节骨眼上，连玛丽的父亲，雪莱最崇拜的正义人士葛德文都对他们表现出漠然、苛刻、冷酷的态度，这给雪莱以沉重的打击。葛德文是《政治正义论》的作者，他主张自由、平等，反对极端的自私自利，提倡毫不利己专门利人，并以此作为人们的行为准则和他的伦理学基础。葛德文认为，利己是永远与道德相背离的；在他看来，道德是为了人的福利而确定的行为准则，而善是道德必不可少的组成部分。他说："对于真正的

[①] 江枫主编：《雪莱全集》（第6卷：书信·上），河北教育出版社2000年版，第436、440、456、478页。

德行来说,最关键的无过于完全不考虑个人的利益。"因此,他还说:"如果利己是行动的唯一原则,那就不可能有道德这样的东西。"①雪莱对葛德文是非常崇拜的,一直把葛德文作为自己的领路人。在与玛丽私奔之前,雪莱不是很了解葛德文,他是通过当时引起轰动的著作《政治的正义》认识葛德文的。葛德文的这部著作对雪莱影响颇大,这一点可以从雪莱于1812年6月3日写给葛德文的信里得知:"直到我读了《政治的正义》后,我才有了真正的思考和感触,虽然我的思想和感情经过这段时间后比以前更痛苦、更焦虑、更强烈——更注重行动而不是理论。"②当这位领路人的所作所为与他自己著作里所写的不符时,雪莱整个人似乎彻底崩溃了、失望了,陷入对人类邪恶思想无法抵抗的痛苦、无奈之中。

陷入痛苦、无奈之中的雪莱在与玛丽的私奔旅途中所看到的不是人类欣欣向荣的景象而是"各个村庄被战火夷为废墟,战火烧毁的树木变成了奇形怪状的灰烬。没有粮食,没有住房,到处是垃圾,处处是饥荒,惨状片片目不忍睹"。这种悲惨的景象加上葛德文口是心非的伦理道德,让雪莱对人类的解放事业阵阵心凉。这时,雪莱把目光放在了个体身上,注重一种"精神修炼"。《阿拉斯特》里的那个年轻诗人其实就是雪莱自己,雪莱把自己的情感和精神完全寄托在了诗中的年轻诗人的身上,他就是雪莱的化身。通过对年轻诗人的叙述,雪莱让自己进入"梵我如一"的虚空状态。

"梵我如一"指的是,人的灵魂与宇宙的灵魂"梵"在人世间的显现,两者同源同体、同一不二。作为雪莱的"我"在人世间看见了人人都受到肉体和私欲的束缚,"我"无限的快乐和智慧的本性一时不能表现出来。所以,雪莱在《阿拉斯特》里让"我"化作一个年轻的诗人,并让他有恢复"我"的本来面目,还原于"梵"的要求。人只要进行精神修炼,克服私欲,远离凡俗,就能使"我"从肉体的束缚中解放出来,还原于"梵",达到永生长乐的境界。"梵"和"我"均是幻化的东西,是一种终极,"梵"和"我"永远是终极世界的主体,现实生活中根本没

---

① 转引自任浩明《葛德文功利主义伦理思想述评》,《桂海论丛》2001年第4期。
② 江枫主编:《雪莱全集》(第6卷:书信·上),河北教育出版社2000年版,第320页。

有真实的主体。①

《阿拉斯特》里的年轻诗人就是一个把真实主体消融到精神世界的幻化的人，也是一个在精神世界里进行着精神修炼的人，处于一种由精灵陪伴或被引领或被合一的超验存在状态。"人在其自我的最深处与神之间，存在着生命的一致性和连续性。在伦理创造力和宗教体验中，人吸取了这种源泉，或者更确切地说，力量的源泉是通过人表现出来。"②雪莱通过《阿拉斯特》里年轻诗人的精神修炼达到"自我"精神修炼的目的。在这种诗境的修炼中，雪莱或许会暂时忘却人世间的痛苦和烦恼，像那位年轻诗人一样，把自己融化在"起伏的森林、静静的水泉里"。"当他的目光被沉思抬起"，他会欣喜感悟到"两只明亮的眼睛，星星般挂在／思想的夜空，仿佛在以蔚蓝色／恬静的笑容把他召唤"。③

三 个人灵魂的关爱与人类命运的沉思

"梵我如一"体现为雪莱在《阿拉斯特》里所描写的个人，那个年轻诗人或许就是雪莱自己，读者有确凿的理由这么认为，因为雪莱夫人玛丽在"有关《阿拉斯特》的题记"里说：这首诗"是他自己感情的倾吐与抒发，体现于他所能构思的最为纯净的形象，描绘的色彩也是他那出色想象力所能想象出来的理想色彩，却由于近来对于死亡的预期而有些暗淡"④。雪莱写作《阿拉斯特》的前后一段时间身体非常糟糕，1815年春，一位颇有名气的医生对他说，他得了严重的结核病，不久将离开人世。当时，他的肺部已形成脓肿，他时常为反复发病而痛苦、烦恼。当时他离开哈莉特与玛丽私奔，引起社会谴责，给他心理造成巨大压力；加上私奔后路途的颠簸、劳累，可以想象他的情绪低落到何种程度。雪莱的这种状况可以从1816年12月8日他写给利·亨特的信里清楚地得知："自恋心理激励我那么看重的也许是一钱不值的一项事业。但是我并

---

① 姜玉洪：《印度传统文化的哲学透视》，《学术交流》2004年第11期。
② 姜玉洪：《印度传统文化的哲学透视》，《学术交流》2004年第11期。
③ 江枫主编：《雪莱全集》（第2卷：长诗·上），河北教育出版社2000年版，第51页。
④ 江枫主编：《雪莱全集》（第2卷：长诗·上），河北教育出版社2000年版，第64页。

不想对自己隐瞒，我是一个被人类社会抛弃的流浪者；我的名字遭到所有懂得它的全部含义的人们的憎恨——也遭到那些我衷心为之祝福的人们的咒骂。我成为少数比别人仁慈一些的人们同情的对象，而别人都嫌弃我、疏远我。"①

从雪莱写给利·亨特的这封信里，读者可以得知雪莱的那种革命的意识形态似乎出现了挣扎，尤其是那句"自恋心理激励我那么看重也许是一钱不值的一项事业"让人读后内心感到一阵无奈和凄凉，它让读者觉得写这封信的雪莱不像写其他众多充满革命性、战斗性、浪漫性诗歌的雪莱。这说明，雪莱在这里所表达的思想与他在《解放了的普罗米修斯》《伊斯兰的反叛》以及《西风颂》等诗歌里的思想有所不同，他的意识形态产生了波折。然而，雪莱的诗歌是最能够反映时代与个人思想感情的，他的诗歌艺术超越了他所处时代的意识形态界限，让读者看到了意识形态背后的现实。雪莱当时的身体状况、经济状况和社会状况是凄凉的，他在《阿拉斯特》里对这些凄凉的状况做了非常生动的描写：

> 啊！你勇敢、高雅、
> 俊美的慈惠与天才之子，已经
> 离去！残忍的事情在这世界上
> 仍然有人在做在说，许多虫豸、
> 走兽和人都继续活着，宏伟的
> 地球，从海洋到山峦、从城镇
> 到荒原，仍然在低沉的晚祷和
> 欢快祈祷中维护它庄严的权威；
> 但是你已离去，你再不会认识
> 或喜爱这幻影般舞台上的各种
> 各样形体，他们原是你的陪衬，
> 他们还活着而你，哎！已不在。②

---

① 江枫主编：《雪莱全集》（第7卷：书信·下），河北教育出版社2000年版，第46页。
② 江枫主编：《雪莱全集》（第2卷：长诗·上），河北教育出版社2000年版，第59—60页。

从这些诗行中，读者可以非常清晰地看到，雪莱的情绪低落到了何种程度！那个年轻的诗人就要仙逝，原来那些作为陪衬的"许多虫豸、/走兽和人都继续活着"，而年轻诗人却必须逝去，这是多么不公平的事情。然而，这种不公平的事情确确实实将要发生在年轻诗人的身上，并还总是这么不公平地在任何其他人身上发生着。这些诗行与其说是在写那个年轻诗人的内心世界不如说是在写雪莱自己的内心世界，这是一种痛苦，是一种内心的挣扎。

雪莱在《阿拉斯特》里所描写的那个年轻诗人的内心抗争和搏斗与他私奔时在国外旅途上所遇见的大自然的绝美风景有关。异国他乡的美景使他对世界充满诗人的激情，但现实的残酷让他对这个世界的美好信仰产生动摇，于是内心的抗争与搏斗是不可避免的，也是合乎情理的。他在《阿拉斯特》里对大自然的美景做了精美的描述，被年轻诗人完全融化到了大自然的美景之中。细心的读者如果读了雪莱这段时间的书信，就会发现，他在1816年7月22日写给托马斯·洛夫·皮科克的信里，那些对旅途中自然景色的描述与诗中对大自然的描述非常相似，试举几例如下：

> 这里的景象呈现一种更加野蛮而庞大的气魄：峡谷变得狭窄，仅容得下河流和道路通过。松树林一直延伸到河岸上，参差不齐的锥形树梢宛如塔状的岩石，高耸在森林地带的上方，插进瓦蓝瓦蓝的天空，与洁白闪耀的云彩为伍。

> 第一道瀑布从一块巨岩构成的高峻突兀的黑色峭壁上飞流直下，那块巨岩酷似埃及某个女神的庞大塑像。瀑布撞击在那虚幻的塑像的头部，在那里优美地分为几股，跌落时泛起一团团云雾一般的水沫，宛若用最精细的丝线织成的轻纱。

> 这片溪谷四面环绕着险峰峻岭，上面盘踞着冷酷无情的寒霜：四面堆积着坚冰白雪，破碎而高耸，呈现出可怕的罅隙。山顶是赤裸裸的尖利的岩峰，凌虚而立，巍峨陡峭，连雪都不能够附着。耀眼的雪线填补了这里或那里的垂直的裂缝，透过升腾的雾气，放出无法形容的夺目的光芒：它们直冲云霄，仿佛不属于

这个凡间一般。①

雪莱给托马斯·洛夫·皮科克信里的这些对异国他乡美景的描写折射出他作为一个伟大诗人的天真、浪漫、善良的情怀；而当这样一颗纯洁的心落入被污染的尘世的时候，一定会因受到伤害而悲痛无比。社会的指责、生活的拮据以及身体的病弱让雪莱暂时退隐到一个能够让他感觉到"梵我如一"的地方——诗歌里的仙界——在那里他可以对自己的灵魂进行安抚、关爱，让灵魂在大自然的怀抱里静静修炼。他在《阿拉斯特》里写道：

> 相互交接的树干和枝叶编成的
> 幽晖，笼罩过诗人曾走的途程，
> 当他被爱、梦、神或更强大的
> 死亡驱使到自然最心爱的场所
> 找一块草地：她的摇篮，他的
> 坟茔。那凉阴愈积累愈加深浓。
> 橡树伸展开它粗大结节的臂膀，
> 拥抱着娇小的山毛榉。尖塔形
> 雪松，在高空形成为最庄严的
> 圆形拱顶内部支撑，而在底层，
> 像半悬在蓝天的浮云，白蜡树
> 和刺槐低垂着头，苍白而颤抖。
> 藤萝，像披一身彩虹烈火的蛇，
> 满怀温柔的善意、要一点天真
> 无邪的诡计，攀缘着灰色树身，
> 带着上万朵的鲜花，像快乐的
> 婴儿眼睛用目光把相爱着的心
> 拥紧，藤萝用卷须缠绕着夫妻

---

① 江枫主编：《雪莱全集》（第7卷：书信·下），河北教育出版社2000年版，第25、26、31页。

枝干，加固他们的婚姻；叶片
把白昼蓝色天光和午夜的清辉，
编织成图案，像神秘云彩里的
形影一样多变。……①

《阿拉斯特》里有大量的类似描写，而这些描写是以他在异国他乡所看见的美景为依托的。不同的是，在《阿拉斯特》里，雪莱是把那个年轻诗人放置在绝美的大自然之中，使他处于"梵我如一"的心灵修炼状态。"梵"是至高无上的，是世界产生动力的根本，"梵我如一"意味着人在抛弃世俗生活之后可能达到的存在的永恒。雪莱在上面诗行里说，那位年轻诗人"当他被爱、梦神或更强大的/死亡驱使到自然最心爱的场所/找一块草地：她的摇篮，他的坟茔"。这是一个非常美丽、恰当而深刻的隐喻。表面上看，这些诗行在写年轻诗人的死亡；但实际上，不是写他的死而是写他的生，就像凤凰涅槃，年轻诗人与大自然融合在了一起，并得以重生。

其实，雪莱在和玛丽私奔的困苦日子里并不完全像他给利·亨特写的信里所自嘲的那样："自恋心理激励我那么看重的也许是一钱不值的一项事业。"就在雪莱和玛丽私奔到异国他乡过着流浪生活的时候，他也没有忘记人民的痛苦；异国他乡人民的苦难生活依然引起他的同情和关注。他在1816年7月12日写给托马斯·洛夫·皮科克的信里这样说道："伊维安的居民们那副贫穷潦倒、苍白病态的模样，是我前所未见的。撒丁王臣民和瑞士独立共和国的市民之间的鲜明对照，有力说明了方圆几英里之内专制制度造成的祸害。"② 从雪莱写给托马斯·洛夫·皮科克的信里，读者可以看出，尽管他处于人生最为艰难困苦的境地，他对自己所追求的为受苦民众解放而斗争的事业从来没有怠慢过。所以，几乎在创作《阿拉斯特》的同一时间，雪莱写出了《宇宙的精灵》。在那首诗里，他对人类命运进行了沉思，并向读者展示了一个充满光辉前景的希

---

① 江枫主编：《雪莱全集》（第2卷：长诗·上），河北教育出版社2000年版，第49—50页。
② 江枫主编：《雪莱全集》（第7卷：书信·下），河北教育出版社2000年版，第11页。

望田野：

> 万物不再有恐怖：人已丧失
> 蹂躏的特权，而成为平等的
> 一员处在其他平等成员之中：
> 虽然晚了一些，毕竟，欢乐
> 与科学已开始出现在地球上；
> 和平鼓舞心灵，健康使躯体
> 复壮；疾病与欢乐不再混淆；
> 理智与感情终止对抗和争斗；
> 摆脱枷锁的心灵在整个地球
> 施展无往不胜的能力，执掌
> 对一个广袤领地的统治大权。①

在这首诗里，雪莱关心的是人类的痛苦和人类的解放问题。在这首诗里他也多次提到"精灵"和"灵魂"这样虚幻的字眼，但精灵是人类痛苦的拯救者，灵魂是将受到拯救的人类灵魂，表现出一种对人类命运的沉思。在这首诗里，雪莱笔下的精灵是属于宇宙的和自然的，而在万物的中心"矗立着那位伟大精灵的殿宇"与精灵一起或与精灵融为一体，灵魂才有了生命力，"希望的／意识使她那全身细腻的肌理／焕发出多变的就像夏日黄昏／投射给起伏的云朵和愈来愈／深沉的湖面的那样一种光彩"。灵魂因此获得了变革世界的力量。所以，雪莱对灵魂嘱咐道："回去，卓越的灵魂，回到你／注定了要同暴政和虚伪进行／一场持久战争、从人们心头／连根拔除灾祸之源的地方去。"②

在与宇宙精灵相处之后，灵魂换上一个与其灵性或理性相符合的躯体，它在雪莱的想象镜子里看到了自己不同凡响的永恒经典形象。于是，灵魂开始与肉体结合，开始苏醒，开始恢复人的本性，开始成为一个真

---

① 江枫主编：《雪莱全集》（第2卷：长诗·上），河北教育出版社2000年版，第21页。
② 江枫主编：《雪莱全集》（第2卷：长诗·上），河北教育出版社2000年版，第10、15、26页。

正的有血有肉有斗志的勇士，因为他要：

> 去帮助实现一切幸福的期望：
> 人类就这样日趋完善，世界，
> 甚至像在母爱呵护下的孩子，
> 一切优秀的品质都得到增强，
> 每一年过后都更美好、高尚。①

第二节　存在与超越：雪莱诗歌的不朽灵性

海德格尔在阐述"世界"与"大地"这一对充满隐喻的概念时，对梵·高的名画《农夫的鞋》进行了一番评述，他非常深刻地写道：

> 从鞋具磨损的内部那黑洞洞的敞口中，凝聚着劳动步履的艰辛。这硬邦邦、沉甸甸的破旧农鞋里，聚积着那寒风料峭中迈动在一望无际的永远单调的田垄上的步履的坚韧和滞缓。鞋皮上沾着湿润而肥沃的泥土。暮色降临，这双鞋底在田野小径上踽踽而行。在这鞋具里，回响着大地无声的召唤，显示着大地对成熟谷物的宁静馈赠，表征着大地在冬闲的荒芜田野里朦胧的冬眠。这器具浸透着对面包的稳靠性无怨无艾的焦虑，以及那战胜了贫困的无言喜悦，隐含着分娩阵痛时的哆嗦，死亡逼近的战栗。这器具属于大地，它在农妇的世界里得到保存。正是由于这种保存的归属关系，器具本身才得以出现而得以支持。②

海德格尔在这里讲的是意义与存在的关系，《农夫的鞋》原本是没有意义的，它的意义在于通过破旧的"鞋"的存在表现了农夫艰辛的世界。《农夫的鞋》之所以被认定为经典传世名作，不仅因为它栩栩如生地反映

---

① 江枫主编：《雪莱全集》（第2卷：长诗·上），河北教育出版社2000年版，第23页。
② ［德］马丁·海德格尔：《林中路》，孙周兴译，上海译文出版社2008年版，第16页。

了农夫的现实世界,还因为它超越了农夫的现实世界。农夫的鞋是存在于世界的普通之物;然而,物之所以成为物是非常难以表达的。

海德格尔对梵·高名画《农夫的鞋》的解读有助于读者更深刻地理解雪莱诗歌作品的强大魅力。像《农夫的鞋》一样,雪莱的诗是在描述社会存在、想象的存在和理想的存在,如果这种存在仅仅是"石头"或"泥土"之类的物的存在,那么这样的存在就毫无意义了。但是,如果"石头"与"泥土"一起在雪莱的笔下变成了"房屋",或变成了塑像,那么,"石头"和"泥土"就不是一般的"物"的存在,而是"物"的艺术存在。诗歌作品是艺术的存在,它来源于现实生活却又高于和超越现实生活,而帮助诗歌做到这一点的是想象。想象不仅促使了时间、空间、体积和距离的诞生,而且使它所创造的事物蕴含着灵魂。因此,诗歌具有了不朽灵性。

一 理性与非理性的博弈

理性是指人正确识别、判断和评估善恶的认知能力,也指人的理智对待秩序、法则、公理、规范的品质;而非理性则指人按照自己的自由意志行事,不能正确、理智地对待秩序、法则、公理和规范。西方的理性与非理性思想受古希腊影响颇深,而古希腊人的理性是简单而朴实的,例如泰勒斯(Thales,前624—前547)认为水是世界的本原。没有任何记录说明泰勒斯是如何得出这个结论的,但亚里士多德认为,泰勒斯或许是通过观察简单的事物得出这个结论的,"或许是观察到万物都以湿的东西为养料,而热本身是从湿气里产生,靠湿气维持的";所以,泰勒斯"得到这个看法可能就是以此为依据的,还有所有事物的种籽都有潮湿的本性,而水是潮湿本性的来源"。[①] 随着文明的进步,人的理性也在进步;例如,到了赫拉克利特(Heraclitus,前535—前475)那里,他的理性的重点放在了"一切都处于流变之中",并用一句话表达了永恒变化的思想:"我们不能两次踏进同一条河流。"河流不断变化着,因为"新的水流不断地涌到你身上"。赫拉克利特认为,这种流变思想不仅适用于河

---

① [美] S. E. 斯通普夫等:《西方哲学史:从苏格拉底到萨特及其后》(修订第8版),邓晓芒等译,世界图书出版公司北京公司2009年版,第4页。

流，而且适用于一切事物，包括人类的灵魂。[①] 这种"一切都处于流变之中"的理性思想至今都没有过时，在认识论上仍然有着重大意义。但是，另一方面，古希腊人呈现出非理性的一面，即他们敬畏自然，惧怕自然，并创造出众多神祇来支配自己和世界；在他们眼里，神是伟大而崇高的，人在神的面前是那么渺小。

　　雪莱是深受希腊文化影响的诗人，他曾在诗剧《希腊》的前言里说："我们都是希腊人。我们的法律、我们的文学、我们的宗教、我们的艺术，全都根植于希腊。"[②] 在雪莱的诗歌里，读者不难发现赫拉克利特"一切都处于流变之中"的思想以及古希腊神话典故的痕迹。尊重客观规律是理性的根基和基础；失去客观规律这一基础，理性无从谈起。人对世界客观规律的认识并非一蹴而就的，而是随着时代的进步不断完善的；所以，人的理性是随着时代的变化而变化的。自由、民主、平等、正义等在历史进程中将逐渐地融入人的理性，使人类历史的发展步伐朝着正义之善迈进。雪莱的诗歌非常具有理性，即不是故步自封而是以"一切都处于流变之中"的眼光去看待社会存在的；所以，他的诗歌又颇具革命性。例如：他在《希腊》这部诗剧中怀着饱满的激情描写了希腊人为争取自由和平等而举行的反叛、被镇压的情况。1821年，摩里亚的希腊人为争取独立而起义，在英、法、俄联军军事干预下，奥斯曼帝国苏丹马哈茂德二世承认希腊独立。在《希腊》这部诗剧里，雪莱借马哈茂德二世之口，预言了穆斯林对希腊的残暴、独裁统治将日薄西山，摇摇欲坠：

　　　　缺乏辉煌实绩，说些豪言壮语倒
　　　　也相宜。看啊，哈桑，那弯新月，
　　　　仿佛绣在火烧云那破旗上的标志，
　　　　正引导着离去白昼撤退时的后卫；
　　　　象征着一个帝国可悲的衰败式微！

---

　　① [美] S. E. 斯通普夫等：《西方哲学史：从苏格拉底到萨特及其后》（修订第8版），邓晓芒等译，世界图书出版公司北京公司2009年版，第10页。

　　② 江枫主编：《雪莱全集》（第4卷：诗剧），河北教育出版社2000年版，第5页。

看它如何在血红的空中瑟缩颤抖，
就像一盏巨大的灯，油，已耗尽，
在地平线边缘黯然退缩，而上方，
一颗星星，正以睥睨的胜利明辉
俯照着它的没落，以犀利的光芒，
像贯穿奄奄一息垂死羚羊的利箭，
射透它虚弱的躯体以至于死。①

诗剧的一开始，合唱队便暗示了人民的觉醒："轻轻地，轻轻地／轻声念出那伟大情人的咒语！／当良心在把她过饱的蛇安慰，／暴君们在熟睡，让自由醒来。／轻声地，轻声地／念出那些词句，它们像隐秘的火焰／将会流动，流动在大地冻僵的脉管！"② 暴君们熟睡时，"奴隶"的自由意志开始萌动，而这种自由意志的萌动是在理性的作用下发生的，是有明确动机的、目标的、有序的理性意志，它是"理性发挥作用的体现，主要用来抑制或约束自由意志，使自由意志变得有理性"③。雪莱在写《希腊》前后这段日子里，欧洲南部处于一种政治大动荡状态，西班牙和意大利等地都出现了革命的苗头，并有星火燎原之势。雪莱夫人玛丽在《希腊》题记里谈到雪莱创作这部诗剧期间的情况时说："马夫罗柯尔达托公爵常为充满他同胞心胸的独立渴望所鼓舞。他常向雪莱透露在希腊爆发一场起义的可能性；但是我们从不曾料到竟会近在眼前：1821 年 4 月 1 日，他来看雪莱时，带来了他的表兄伊普西兰蒂斯公爵的公告，并且闪耀着极度欢欣的目光宣称，希腊将从此自由。"④ 实际上，希腊当时还没有获得自由，只是出现了秘密的革命组织以及要求自由、独立、平等、解放的思想和呼声。这是一种不同寻常的历史存在，而雪莱敏锐地抓住了这个特殊的历史存在，并预言般地把希腊的自由和解放作为主题写在了《希腊》这部诗剧里："看啊，哈桑，那弯新月，／仿佛绣在火烧

---

① 江枫主编：《雪莱全集》（第 4 卷：诗剧），河北教育出版社 2000 年版，第 36 页。
② 江枫主编：《雪莱全集》（第 4 卷：诗剧），河北教育出版社 2000 年版，第 19—20 页。
③ 聂珍钊：《文学伦理学导论》，北京大学出版社 2014 年版，第 253 页。
④ 江枫主编：《雪莱全集》（第 4 卷：诗剧），河北教育出版社 2000 年版，第 85 页。

云那破旗上的标志,/正引导着离去白昼撤退时的后卫;/象征着一个帝国可悲的衰败式微!"显然,"那弯新月"指的是奥斯曼帝国的残暴统治,这种统治现在已经"衰败式微",因为争取自由、独立的理性思想好像"一颗星星,正以睥睨的胜利明辉/俯照着它的没落,以犀利的光芒,/像贯穿奄奄一息垂死羚羊的利箭,/射透它虚弱的躯体以至于死"。

毋庸置疑,在《希腊》这部诗剧里,雪莱把具体的历史存在升华为艺术的历史存在,并使其颇具值得人民大众追求的政治理想价值。在雪莱所处的时代,希腊还处在外族的残暴统治之下,它的现实政治体系的价值合理性经不起理性的推敲,而政治价值的合理性是需要理性的理解、接受和维护的。所以,政治价值现实、政治价值规范、政治价值理念以及政治价值理想等整个政治价值系统的嬗变无不渗透着理性的论证与阐释。洛克指出:"理性应是我们最高的法官,应当指导所有事物。"弗洛姆也认为:"人类历史的推动力内在于理性的存在中,通过理性,人创造了人自己的世界。"[1] 在理性思维的驱动下,雪莱在《希腊》里把希腊的解放事业与美国联系在一起:"希腊人却期望着来自西方的救星/据说他,既不驾云也不披着荣光,/而是以无处不在万物赖以/生存的神灵的方式来临。"[2] 据雪莱自己对"希腊人却期望着来自西方的救星"这句诗的原注,这位救世主来自摆脱了殖民奴役,建立了独立、自由的民主共和国的美国。这样一来,雪莱在《希腊》里的理性与独立、自由、政治之善紧密地联系在了一起,颇具时代意义。

雪莱把现实的存在提炼为艺术的存在,并向读者展示独立、自由和政治之善的理性,这就是雪莱诗歌里的不朽魅力,而实现这个艺术效果的正是他诗歌中的"非理性"因素,即欲望、意志、情感和幻象的合理的设计与编织。在《希腊》这部诗剧里,出现了穆罕默德二世的幽灵、犹太人占卜师阿哈苏埃鲁斯以及众多古希腊神话典故,把读者引入扑朔迷离的境地。暴君马哈茂德二世得知希腊人起义,内心感到不安;于是,他委托哈桑替他把犹太人占卜师阿哈苏埃鲁斯请来,为他占卜未来命运。

---

[1] 转引自田志文《论政治价值的理性证成》,《华南农业大学学报》(社会科学版)2009年第3期。

[2] 江枫主编:《雪莱全集》(第4卷:诗剧),河北教育出版社2000年版,第49页。

起先，犹太人占卜师用非常隐晦的语言向苏丹暗示他的统治处于风雨飘摇之中；但是，马哈茂德二世不明白他强大的帝国怎么会衰败："怪诞，怪诞的思想／在煎熬我的灵魂——难道不是／穆罕默德二世攻克了伊斯坦布尔？"于是，犹太人占卜师请来穆罕默德二世的幽灵。幽灵对马哈茂德二世的未来统治做出预言："暴风已撼动枝干，寒霜／已落在叶片，虚空的深渊正在／期待着毁灭之上的毁灭、……我的孩子，黑暗世界的暴君们／已为你准备了一个王位，……你也要像我们一样统治那些被害／生命的鬼魂，……伊斯兰必定衰亡，／但是你将和我们一起统治死亡／世界中它的废墟。"[①] 穆罕默德二世幽灵的这番话是有依据的，因为那些希腊起义勇士们前仆后继、宁死不屈：

> 这时，帕夏说了：
> "奴隶们，他们，已经抛弃了你们——
> 躲、退、援助都已无望！投降吧，
> 可以饶你们不死！"有一个喊道：
> "还是饶了你们自己吧！"然后
> 便伏剑自刎！另一个说："上帝
> 和人和希望都抛弃了我，但是我
> 对他们、对自己，却依然忠诚！"——
> 他低下头去，射穿了他自己的心。
> ……[②]

这些诗行所描写的情景既反映了一种理性与非理性的激烈搏斗，又反映了意识形态的深沉思考。"帕夏"是奥斯曼帝国高级文武官员的称号，在《希腊》里，帕夏是任何一个统治希腊的奥斯曼官员。然而，当帕夏劝说希腊起义勇士投降时，勇士的回答是雪莱意识形态沉思后的结果，也是他的理性与非理性斗争之后的结果。在诗人的眼里，理性的品质应该是正义的，而正义是一个人值得用生命去捍卫的美德，它是以希

[①] 江枫主编：《雪莱全集》（第4卷：诗剧），河北教育出版社2000年版，第64页。
[②] 江枫主编：《雪莱全集》（第4卷：诗剧），河北教育出版社2000年版，第39页。

腊整体利益和全体希腊人的共同善业为依据的，所以是一种至善的追求。在《希腊》这部诗剧里，雪莱虽然想象着把希腊起义结果设计为失败，但他又通过"合唱"来表达自己对希腊的未来和解放充满信心：

> 另一个新的雅典还会兴起，
> 　会像那夕阳远照天宇，
> 把它绚丽无比的青春光辉
> 　遗给遥远的未来世纪；
> 会留下灿烂辉煌无与伦比
> 大地能产上天能赐的一切。①

这是一个美好的预言，它是理性与非理性搏斗的结果。雪莱虽然设想了希腊起义的失败，但他的理性告诉他，"一切都处于流变之中"，希腊一定会赢得独立，希腊人民一定会获得自由。雪莱在《希腊》这部诗剧里通过某些虚构的特异景象，让统治阴间世界的幽灵向清醒的或沉睡的希腊人显示其预言的异禀："我起身时，塌落下的权力碎块/像云团和巉岩，高悬在深渊上/我的王座近旁，为抚慰我宁静/长眠的古怪哀歌，仿佛在哀悼/一去不复返的荣光。"穆罕默德二世幽灵的这番话非常精妙，它是自然之力的写照，是雪莱理性和非理性的完美结合。用歌德的话来说，这种完美结合"在光天化日之下依然充满神秘"，是赤裸裸存在的神秘。②

二　雪莱诗歌的东方情结

雪莱诗歌的诸多描写是非常神秘的，有时神秘得让人难以理解。所有人都处在同一个地球，头顶着同一个天空，沉思着同样的问题；但是，每一个人沿着什么样的智慧之路去寻找真理是不同的。雪莱在诗歌创作的道路上时常仰望东方，他的诗歌创作颇具东方情结。在《希腊》这部

---

① 江枫主编：《雪莱全集》（第 4 卷：诗剧），河北教育出版社 2000 年版，第 74 页。
② ［法］皮埃尔·阿多：《伊西斯的面纱》，张卜天译，华东师范大学出版社 2015 年版，第 100 页。

诗剧里，他虽然在写希腊人的起义和起义失败的故事，但即使在这样的语境中，还是让读者很容易发现他东方情结的蛛丝马迹。例如，在《希腊》里，他安排了印度奴隶的独白，犹太人占卜师和穆罕默德二世幽灵的对白，足以使读者感觉到东方文化的气氛。读者或许永远也搞不明白，雪莱在《希腊》这部诗剧里为什么要在开头部分安排一个"印度奴隶"的独白。从整部诗剧来看，雪莱的确是想在诗剧里增添一些神秘色彩，以吸引读者的注意。希腊人起义本来就具有一定的神秘感，如果再加上印度奴隶，就更具有了浓厚的神秘色彩。当然，神秘色彩并不是随便添加上去的，而是经过认真思考的。印度奴隶的独白是要说明，奥斯曼帝国统治的范围非常辽阔，连遥远的印度都在它的势力范围之内。

　　雪莱诗歌里的东方情结是非常明显的，他在赞颂东方神秘、宁静的同时也批评东方文化中的迷信和愚昧。在《解放了的普罗米修斯》里，雪莱把阿细亚放置在印度高加索的一条幽谷中；在《阿拉斯特》里，雪莱让年轻诗人游历"阿拉伯、波斯和卡曼尼亚荒原，／翻越过高耸入云从冰窟倾泻下／印度和奥克苏斯河的源头高山"[1]；在《麦布女王》里，女王领着艾恩丝的灵魂去观看帕尔米拉王宫的废墟、埃及的金字塔和耶路撒冷的宏伟庙宇。他在向读者展示神秘感的同时，还向他们披露了这些地方的愚昧、落后和残暴："那里曾有个凶残的愚昧族类／嚎叫着赞美他们的魔鬼上帝；／他们嗜杀成性，爱从母亲的／子宫夺取胎儿，老年和婴幼，／一概格杀勿论，胜利的征战／不留活口。"[2]

　　雪莱的东方情结是一种浪漫主义的诗意表达手段，也是与他所处的时代分不开的。18 世纪末和 19 世纪初，工业革命背景下的资产阶级工具理性达到了登峰造极的田地；可惜的是，人们的道德、审美情趣和幸福感并没有因为物质文明的进步而得到提升。相反的是，由于宗教信仰受到质疑，人之灵魂陷入了浮躁不安的骚动状态。雪莱无神论的叛逆思想不但得不到父母的支持，而且遭到他们的反对；他与玛丽的私奔更是让他陷入是非的困境之中，难以解脱。在这种情况下，沉思东方神秘文化既可以使他摆脱世事的困扰，又可以使他的诗歌充满异国他乡的神秘色

---

[1] 江枫主编：《雪莱全集》（第2卷：长诗·上），河北教育出版社2000年版，第38页。
[2] 江枫主编：《雪莱全集》（第3卷：长诗·下），河北教育出版社2000年版，第293页。

彩，不能不说是一件颇有意义的事情。东方是一个浪漫、神秘，让人魂牵梦绕、充满想象的地方，给雪莱的创作带来了不少奇思妙想。例如，他的抒情诗《奥西曼迭斯》给读者带来的是一种别样的感觉：

>我遇到过一位来自古老国土的旅客，
>他说：一双巨大的石足，没有身躯，
>矗立在沙漠……近旁的黄沙半露着
>一幅破碎残缺的面孔，它眉峰紧蹙，
>嘴唇起皱，号令万方睥睨一切的神色，
>表明雕刻师对这类情欲曾深有感受，
>却由于留痕在了这无生命的物体上，
>竟比孕育它们的心，伪造它们的手，
>都存活的更加长久；台座上石足下，
>有这样的字迹依稀可读："众王之王——
>奥西曼迭斯就是我，看看我的业绩吧，
>纵然一世之雄，也定会颓然而绝望！"
>残骸的四周，此外再没有留下什么，
>寂寞、荒凉，无边的平沙伸向远方。①

雪莱在这首诗里从一个旅行者的视角描述了沙漠中奥西曼迭斯（Ozymandias）的雕塑。奥西曼迭斯是古埃及第十九王朝法老拉美西斯二世（Ramesses II）的希腊语名字，他统治埃及时间最长，影响也最大；埃及在他的统治下呈现一派繁荣景象。历史对他的记载不多。公元前1世纪，古希腊历史学家狄奥多汝斯·西库鲁斯（Diodorus Siculus）曾对他做过一些描述，说他为自己建造了埃及最大的陵墓，底座上镌刻着文字："我是奥西曼迭斯，万王之王；若有人想知道我是谁以及我躺在哪里，就让他在某些功绩上胜过我。"其实，历史上的奥西曼迭斯是一位专横暴虐

---

① 江枫主编：《雪莱全集》（第1卷：抒情诗），河北教育出版社2000年版，第94页。

的帝王。①

在英国伦敦大英博物馆存放着拉美西斯二世的巨大石像，或许雪莱参观后获得了写作这首诗的灵感。雪莱通过旅行者的视角来描述这座埃及古雕像的存在状况：一双巨大的石足、没有身躯、矗立在沙漠、破碎的面孔、紧蹙的眉峰、四周的平沙伸向远方。雪莱通过对拉美西斯二世的巨石头像之残存物的描写向读者揭示了一个不争的事实：古代埃及的辉煌已经消失，一去不复返了。尤其是那几行依稀可读的字迹，它给读者带来的是更多的无奈和深沉的悲伤："众王之王——／奥西曼迭斯就是我，看看我的业绩吧，／纵然一世之雄，也定会颓然而绝望！""一切都处于流变之中"，无论奥西曼迭斯当年多么英姿飒爽，岁月和死亡也定会让他颓然而绝望。《奥斯曼迭斯》这首诗还可能会使读者联想起《圣经·出埃及记》里的故事，尤其是摩西向海伸出神杖把海水分开后形成道路的神迹，因为拉美西斯二世正是追赶摩西在红海受阻的法老。非常具有讽刺意义的是，虽然奥西曼迭斯把自己称作王中之王，并为自己的业绩感到自豪，但历史文献记录他是一个暴君，是"恐怖之王"（king of terrors）；他的历史业绩没有别的，只不过是迫害、杀戮、战争，给人类带来深重的苦难而已。所以，雪莱在这首诗里对他的态度是否定的，并以嘲弄的口吻写道："残骸的四周，此外再没有留下什么，／寂寞、荒凉，无边的平沙伸向远方。"

其实，在雪莱生活的时代，还有诸如拜伦和济慈等其他英国诗人，都具有东方情结；读者在他们的诗歌里可以轻易地找到东方文化特征的踪迹。《唐璜》《恰尔德·哈洛尔德游记》《东方叙事诗》等都是拜伦的经典之作，这些作品以东方国家的社会生活和自然风光为背景，在故事情节和人物描写等方面颇具东方情调。这样的艺术效果很容易使读者想起魔幻现实主义作家豪尔赫·路易斯·博尔赫斯（Jorge Luis Borges, 1899—1986）在谈到《神曲·炼狱篇》里的几行诗"甜美的天空像东方蓝宝石／它聚集了一切宁静、安详／及初转到第一轮的无限纯洁"时所说的一番话："我一直想追究这几句诗的创作机制。但丁描写东方的天空、

---

① 袁宪军：《艺术对历史的消解：解读雪莱的〈奥西曼迭斯〉》，《北京第二外国语学院学报》2005年第6期。

东方的早晨,所用的比喻竟是蓝宝石,而且是'东方的蓝宝石'……蓝宝石被赋予'东方'的意蕴。"① 博尔赫斯的话是很有道理的,他这句话本身就让读者充满"东方"的遐想。然而,虽然东方的意蕴是神秘、迷人的,但神秘的面纱之下隐藏着的是粗鲁和野蛮。唐璜在旅途中小船倾覆,昏迷中遇到了名叫海甸的17岁姑娘的救援。海甸是海盗兰勃洛的独生女儿,她把唐璜藏在山洞里;结果,他们相爱。兰勃洛是个杀人不眨眼的魔王,他不能容忍女儿和唐璜这种"苟合"的婚姻。尽管女儿用死来表示她对唐璜的爱,兰勃洛还是把唐璜装上船,运到了土耳其奴隶市场去出售。人们把唐璜和其他一起被出售的人当作牛、驴或马似地讨价还价:

> 那太监把他们仔细看过一遍以后,
> 　转身向着那商人,开始只是讲
> 一个的价钱,后来讲那一对的价钱;
> 　他们论价,争吵,也骂人——他们真是这样!
> 似乎他们仅是在基督教徒的市集上
> 　压价卖一头牛,一头驴,或一头羊;
> 因此他们的买卖声音大得像一场混战,
> 　来争夺这种超等的人类的牛马。②

这些诗行的描写颇具东方情调和色彩,"太监"和奴隶交易市场上讨价还价的嘈杂、混乱场面似乎凸显了东方集市的特色。这种浸染着东方色彩的诗句在雪莱的诗歌里比比皆是,可见他的东方情结有多深,例如他在《希腊》里描写哈桑时这样写道:

> 我们统治的明灯,依旧如日中天;
> 真主是唯一的真神,默罕默德是

---

① 吴舜立:《东方情调:〈一千零一夜〉的艺术魅力》,《陕西师范大学继续教育学报》2002年第1期。

② [英]拜伦:《唐璜》,朱维基译,上海译文出版社1996年版,第329页。

他的先知。从亚洲的遥远的边际，
像西洛可风唤起的云团汹涌澎湃，
四十万穆斯林势不可挡蜂拥而来，
却不像云用眼泪哭尽他们的威力：
他们夹带着破坏的闪电，他们的
脚步惊醒地震，以毁灭蹂躏、征服
和统治。……①

《希腊》以主人公参加希腊人民起义为主线，里面的不少描述选择了东方的场景、社会生活或自然风光，同时还掺杂着欧洲文化或风土人情的描写。所以，《希腊》的故事情节具有丰富的东方神秘性、传奇性和审美性，很容易把读者导入扑朔迷离的梦幻境地。雪莱把多种社会存在以艺术的形式浓缩在了《希腊》里，向世人展示出来。由于《希腊》里有关于殖民地人民反抗暴君的描写，读者往往把《希腊》与革命浪漫主义联系起来。

虽然雪莱在《希腊》的序言里谈到这部诗剧的写作时说："古希腊人的后裔正在仿佛是从他们废墟的灰烬中站起来"，但埃斯库罗斯（Aeschylus，前525—前456）的《波斯人》是他在构思中首先想到的范本。所以，他在《希腊》里注入了那么多的东方元素也是理所当然的。诗剧里的"真主"也好，"穆斯林"也好，"默罕默德"也好，无不让读者感觉到一种东方的情结。如果说《希腊》具有一定的东方情结和革命浪漫主义色彩，那么在《伊斯兰的反叛》里，雪莱的东方情结和革命浪漫主义色彩表现得更为强烈一些：

强权的每一种名称都是个标记，
它把一切的权力都变做神圣：
诸如魔鬼，梦幻，权力的影子，
　色情，虚妄，憎恨，骄傲，愚蠢；
它是一切欺诈和谬误的模型，

---

① 江枫主编：《雪莱全集》（第4卷：诗剧），河北教育出版社2000年版，第33页。

它是一条出卖人类的法律；
　而人类爱，好似一个慈善的母亲，
刽子手把她扔进黑暗而血腥的坟墓，
还要一一摆弄着她那些被迷惑的儿女。①

不同于拜伦的是，雪莱在这首长诗里从头到尾都充满了浪漫主义的革命精神，并且革命性是主题。《伊斯兰的反叛》里充满了东方情结，它无论在思想内容上还是在艺术形式上都是非常完美的。革命的意识和浪漫主义色彩贯穿于整首诗歌，不同意识形态的斗争构成了这首诗歌的内在含义，就像雪莱在这首诗的前言里所说的，他创作这首诗，就是要"借以宣扬宽宏博大的道德，并在读者心中燃起他们对自由和正义原则的道德热诚，对善的信念和希望；这些，绝不是暴力、曲解或偏见所能使其绝迹于人间的"②。

对比《唐璜》和《伊斯兰的反叛》，虽然它们的背景和不少描述都带着浓厚的东方情调，但它们之间的差别还是很明显的：《唐璜》通过唐璜的眼睛去观察整个世界，旨在把不同国家和民族的"善"或"恶"呈现给读者，让他们去评判；而《伊斯兰的反叛》却通过描写莱昂和他的恋人参加革命的经历来展示"善"是如何与"恶"搏斗的。这实际上是纯粹的意识形态的激烈斗争；在斗争中，雪莱始终是坚定不移地站在人民这一边的。在马克思的女儿艾琳娜和女婿艾威琳合著的《社会主义者雪莱》一书里有这么一段话："马克思对于诗人，正如对于哲学家和经济学家一样，是知道和了解得非常清楚的。他平常总向我们说：'拜伦和雪莱的真正区别在于，凡是了解和喜欢他们的人，都认为拜伦在36岁逝世是一种幸福，因为拜伦要是活得再久一些，就会成为一个反动资产者。'"③无论真假，这番话，对于颇具东方情结的拜伦和雪莱来说，都是意味深长的。

---

① 江枫主编：《雪莱全集》（第2卷：长诗·上），河北教育出版社2000年版，第281页。
② 江枫主编：《雪莱全集》（第2卷：长诗·上），河北教育出版社2000年版，第66页。
③ 转引自张良村《拜伦会成为一个反动资产者吗？》，《外国文学研究》1992年第3期。

三 雪莱诗歌的伦理选择

马克思的女儿艾琳娜和女婿艾威琳在《社会主义者雪莱》一书里的那段话说明,拜伦和雪莱进行了不同的伦理选择,而这些都反映在他们各自的诗歌里,马克思通过阅读他们的诗歌作品就可以看出来。人类文明在不断发展、成熟的过程中,通过语言文字记录人们对世界的认识和理解,对事物价值的判断以及对人与人和人与社会关系的沉思;于是,产生了文学。所以,"文学是特定历史阶段伦理观念和道德生活的独特表达形式,文学在本质上是伦理的艺术"①。雪莱的诗歌里充满了对劳动人民同情,对残暴统治愤恨,对自由、平等追求的意识,这是一种伦理选择,也是他的意识形态的体现。

雪莱虽然出身于显赫的贵族家庭,而且是长子,是家庭财产和爵位的法定继承人,但他离经叛道,选择与劳苦大众站在一起,并成为他们的代言人。他对一切腐朽、残暴、卑劣和不公正的事物都似乎天生就抱着反感的态度,在伊顿贵族学校期间,大量阅读狄德罗、伏尔泰、霍尔巴哈以及葛德文的著作,使他对善恶有了根本的认识,他发誓:"我必将尽我一切可能,做到理智、公正、自由。我发誓,决不与自私自利、有权有势之辈同流合污,甚至也决不以沉默来与他们变相地同流合污。我发誓,要把我的一生献给美……"②雪莱坚持无神论,这一点他在牛津大学读书时已经表现了出来;卢梭、伏尔泰、洛克和休谟的哲学思想对他影响很大,并融化在他的伦理道德观念之中。1811 年,雪莱发表《无神论的必要性》小册子,遭到牛津大学开除;1817 年,雪莱与玛丽私奔后,前妻自杀,法院剥夺了他抚养子女的权利;从此,雪莱携玛丽离开英国,再也没有回来。尽管如此,雪莱对劳动人民的同情,对暴政和暴君的憎恨,对宗教的厌恶以及对自由、平等的追求始终没有改变。雪莱的诗歌展现了他艰苦的人生、独特的人格和道德魅力。例如:他的长诗《朱利安与马达罗》,就是他独特人格、道德魅力的真实写照。

《朱利安与马达罗》完成于 1819 年,发表于 1824 年。这篇长诗是对

---

① 聂珍钊:《文学伦理学批评:基本理论与术语》,《外国文学研究》2010 年第 1 期。
② [法] 安·莫洛亚:《雪莱传》,谭立德等译,上海文艺出版社 1981 年版,第 7 页。

拜伦和雪莱的描写，拜伦在诗歌里的替身人物是马达罗，而雪莱在诗歌里的替身人物是朱利安。根据雪莱夫人有关《朱利安与马达罗》的题记，1818年，雪莱和玛丽访问威尼斯，在那里停留了几个星期。当时拜伦也在威尼斯，他表示愿意把他在艾斯特租赁的一幢别墅借给雪莱使用；于是，雪莱接受了他的好意，搬来和他住在一起。在这座别墅里，雪莱开始写《解放了的普罗米修斯》，也是在这里，他写出了《朱利安与马达罗》。在《朱利安与马达罗》里，雪莱（即朱利安）与拜伦（即马达罗）就"疯人院"进行了一番意味深长的"伦理"对话。

一个黄昏，朱利安和马达罗骑马出游，他们边愉快地观赏风景，边交流着思想："议论了上帝、自由意志和命运。"雪莱一开始就表示了与拜伦的不同观点和看法："我两人也谈地球的过去和来程，/虚妄的人的一切想象和信念，/一切靠希望所能描绘，靠苦难所能实现，/谈得起劲，而我像通常的样子/（难道尽量从恶中取善不更明智？）/不赞成灰心丧气，而我的友伴/却因高傲的性格而持论相反。"他们骑马游玩之后又上了游船，晚霞格外美丽，出现了"比金子还亮的金色，直到云开之处"。这时，马达罗对朱利安说："趁光还在天空，/我要带你去看/一个更有意思的地方。"[①] 他们听见沉重的钟声，是从一座小岛上的疯人院传过来的。他们有关疯人院的对话颇为清晰地展示了两个人截然不同的意识形态和伦理选择：

    ……"我们所见
  乃是疯人院，"马达罗说，"每到这个时辰，
  过海的人会听见这里鸣钟，
  它召集院里的所有疯子
  走出每人的小屋子
  去做晚祷。"我说："这祷告可不容易，
  需要本领才能对严厉的上帝
  为自己黑暗的命运表示感谢或希望。"

---

① 江枫主编：《雪莱全集》（第2卷：长诗·上），河北教育出版社2000年版，第462、463页。

第七章　不同意识形态的激烈搏斗　/　351

> "啊嗬，你这话还是同过去一样狂，"
> 马达罗说，"人真是难改，你永不悔悟，
> 总是耶稣门下一个危险的异教徒，
> 羊群里的一只狼。——你不会游泳，
> 当心上苍惩罚你。"我看着他的面容，
> 愉快的笑已从他的眼中消失。……①

上面的诗行非常明确地反映了雪莱和拜伦之间的不同观点。雪莱是一个无神论者，当拜伦告诉他每到这个时辰教堂的钟声就会召集所有的疯子走出每个人的小屋子去做晚祷时，他当着拜伦的面说了一番对上帝非常不敬的话。这让拜伦很不高兴，说道："人真难改，你永不悔悟，／总是耶稣门下一个危险的异教徒，／羊群中的一只羊。——你不会游泳，／当心上苍惩罚你。"拜伦的这番话非常狠毒，相当于是对雪莱的诅咒。非常碰巧的是，雪莱后来的确是在海上因船翻而溺水身亡的，尽管拜伦不一定真的希望上帝惩罚他。无论如何，这些诗行里的对话渗透出两种不同的意识形态的激烈搏斗，也彰显出雪莱和拜伦泾渭分明的伦理意识。

在现实生活中，当一个人对另一个人在社会存在中所传递出的价值理念和其本身所固有的"善"表示认可时，他实际上是对这个人在社会存在中的价值进行认同，而这种认同揭示了人在伦理世界中的应然性。雪莱在拜伦的面前说了与拜伦的价值观不同的话，使拜伦在对雪莱进行反驳时用上了"异教徒""狼"和"当心上苍惩罚你"这样狠毒的词语。拜伦的这些话隐含着强烈的指责意味，不是应然性的话语；可见他们在伦理观念上存在非常大的分歧。价值应然性不是抽象的和形而上的，而是社会历史存在中人与人之间的关系，一种活生生的社会关系。马克思说："人的本质是人的真正的社会联系。""人的本质不是单个人所固有的抽象物，在其现实性上，它是一切社会关系的总和。"② 这说

---

① 江枫主编：《雪莱全集》（第2卷：长诗·上），河北教育出版社2000年版，第464页。
② 转引自徐椿梁、郭广银《伦理的世界：人与价值存在的二维解析》，《学术界》2013年第7期。

明，伦理世界是人的世界。所以，"'尽性合理'，是伦理建构的重要思路，伦理的生活、伦理的原理、伦理的秩序，首先要'尽性'，即体现并充分发扬人的本性；其次要'合理'，但这个'理'不是理性之'理'，而是情理之'理'"。① 也就是说，伦理世界的关系建立在人的"情理"之中。

在上面诗行里，马达罗和朱利安之间的对话是不符合"情理"的，因为他们之间的伦理观念不相同。第二天早晨下着雨，寒冷而昏暗。雪莱去拜伦住处找拜伦聊天，看见拜伦漂亮的女儿，于是对拜伦说："看这孩子多可爱、天真、自由、愉快，多无忧无虑地欢乐生活，而我们却受困于病态的念头。如果我们能够从病态的念头中解脱出来，我们早就已经实现了全部梦想，变得快乐、崇高、恢宏。"拜伦听完雪莱的话，反驳说，世界上没有几个人能够做到雪莱所说那样，雪莱的话完全是乌托邦之谈。在交谈中，拜伦还偷梁换柱地把雪莱比作一个疯子、一个思想和行为失控的不正常的人：

> 马达罗说，"我的思想还不能跟你走，
> 我相信你会建立起理论一套，
> 在文字上无人能够驳倒。
> 我倒是认识一个像你的人
> 他在几个月前来到此城，
> 曾同我作过同样辩论，而如今
> 他疯了——这就是他给我的回音，
> 可怜的人！如果你愿意同我作伴，
> 我们可以去看他，听听他的狂言，
> 就会知道这类高攀的理论如何无用。"②

在这些诗行里，雪莱再次给读者呈现出他与拜伦在意识形态和伦理选择上的差异。这种差异体现了两种不同的意识形态和伦理观念的激烈

---

① 樊浩：《伦理精神的价值生态》，中国社会科学出版社2001年版，第171页。
② 江枫主编：《雪莱全集》（第2卷：长诗·上），河北教育出版社2000年版，第467页。

搏斗。朱利安告诉马达罗，真善美不在别处，就在自己的心里；"只要我们自身坚强，/我们的行动和意念一样健康！"但是，马达罗却完全不同意朱利安的观点，认为他的思想会导致精神病，因为他就认识一个与朱利安有些类似的精神病人，并愿意带朱利安去探访那个精神病人。

接下来，雪莱在诗中对那个精神病人进行了具体描写。非常有趣的是，读者一定会发现，与其说拜伦带雪莱去探访疯人院的那个疯子，不如说拜伦带雪莱去探访他自己；就好像拜伦拿出一面镜子，让雪莱瞧一瞧镜子里面的自己。那个疯子就是雪莱本人的化身，就像马达罗对朱利安所说的那样："说他有钱，或过去有过，/只因丢了财产才造成灾祸；/不过他谈的老是你的一类话，/但谈得更凄凉，特别反对强暴，/一听见人压迫人就愤怒，/尽管他本人另有痛心之处。"除此之外，马达罗还告诉朱利安："他就在那边荒岛一带/一个人流浪，后来就疯了，/……我就叫人把海边的房子修好让他住。"① 这情形完全就是雪莱当时的情形。雪莱在写《朱利安和马达罗》这首长诗时，就是借住在拜伦的别墅里。

朱利安和马达罗一起去疯人院探望的那个疯子就是雪莱自己。来到疯人院见到那个疯子后，雪莱让他说话，就像痴人说梦一样让他说下去，一直说到这首诗的结束。读者读到这里无不感到痛苦和惆怅。那是一种跨时空的阅读，雪莱的意识形态和伦理选择在那个时空里与另一种完全不同的意识形态进行着激烈的斗争，不分胜负。那是 19 世纪初的社会存在，也是一种特殊的时空存在，雪莱把自己映射在诗歌里，诗歌映射在时空中，并在上面打上鲜明的烙印：雪莱，一个赤裸裸的疯子。

第三节　雪莱诗歌中的深层焦虑

18 世纪末和 19 世纪初是英国历史上发生重大变革的时期，而雪莱正是生活在这个时期。18 世纪末，英国资产阶级民主运动受法国大革命的

---

① 江枫主编：《雪莱全集》（第 2 卷：长诗·上），河北教育出版社 2000 年版，第 469 页。

影响重新活跃起来。1792年,"人民之友协会"再次提出实行选举权的改革问题:"我们希望改良宪法,因为我们希望保存宪法。"读者还可以从"人民之友协会"的宣言中发现法国大革命的影子:"我国人民不愿以违法或不受宪法保护的活动来行事,同样不愿忍气吞声地屈服于弊端。"随后,英国改革运动的领导权逐渐落到小资产阶级独立手工业者的手中,于是运动也带上些民主色彩。

18世纪末和19世纪初发生了反失业、反饥饿的卢德运动;虽然产生过一定的影响,但它不像1792年1月25日成立的"伦敦通讯协会"那样成为改革运动的核心组织和提出明确的天赋人权思想:"我们承认并宣布我们是公民自由的支持者,因而支持生而平等的观点。我们认为这两条是人类的权利。""协会"除了要求男子的普选权和平等的代表权外,非常重视劳工的权利。1795年夏,"协会"在宣言中写道:"甩掉一切不彻底的措施和不必要的恐惧!所有正直的人现在都应当出来说话,这是时代和国家的要求。难道我们不是人,难道我们要保持沉默吗?难道我们不是英国人,难道自由不是我们天赋的权利吗?""伦敦通讯协会"日益扩大的政治影响使英国政府惊恐万状,对它采取了整治措施;1799年,该协会被迫解散。①

英国对拿破仑的战争结束后,生产下降,物价暴跌,成千上万的工人流浪街头;战后30万士兵退伍,进一步扩大了失业人口的队伍。1760—1815年间的大规模圈地运动,使大量农民流入新兴的工业中心,与在岗工人展开激烈竞争,更加剧了工人的生存困境。19世纪空想社会主义思想家罗伯特·欧文(Robert Owen,1771—1858)指出:"现存社会制度本来可以消除贫困的新生产力用来制造贫困,由此可以断定,现存的社会制度已经过时。""这一套制度的必然后果是愚昧、贫穷和邪恶。"② 这些时代转型期的问题一定会引发人们的转型焦虑。现代文明将人拼凑成机器,人变成了机器的零件,被固定在整体的特定部位上;他因此失去了人之本质的发展机会,变得焦虑不安。

---

① 庄建镶:《十八世纪末至十九世纪初英国的资产阶级民主运动》,《史学月刊》1986第6期。
② 转引自林炎章《论欧文的空想共产主义特征》,《科社研究》1982年第5期。

"焦虑是人类心理生活中普遍而恒久的历史话题和现实存在。它像梦魇般缠绕着人类的心灵，或浓或淡地弥漫于人类文化发展的各个阶段。在日常生活中每个人都有过焦虑的体验，经历过焦虑的困扰或超越焦虑的超然畅快。"[1] 雪莱的诗歌在一定程度上反映了他那个时代的焦虑，例如：《倩契》《暴政的假面游行》和《暴虐的俄狄浦斯》等诗歌，都隐含着雪莱所处时代的焦虑阴影。有时，人总是徒劳地东奔西忙，心中充满了毫无意义的忧虑，他不知道在何时何处罢手；欲望牵引着他浑浑噩噩不停地向前走，直到走进失败的痛苦和悲伤。这种人在世界的存在就是活着的死亡。

一 《倩契》：乱伦意识与乱伦悲剧

活着还是死去，不仅是一个深沉的哲学问题，而且是一个永远摆在人的社会生活中的斯芬克斯（Sphinx）之谜，是他必须面对的生活现实。死亡是人之活着的基本参照。如果一个人对生命缺乏善的自觉意识，那么他就很容易与死亡共舞，因为如果心中没有生命价值的意识，他就会转化成一个恶魔。这时，与其说他还活着不如说他已经死亡。雪莱诗歌里存在大量关于生命与死亡的内容，体现了人的生命本质："终有一死者乃是人。"[2] 对于人来说，死亡并非一般意义上的生命结束或停止或消失，而是个体面对这一不可更改的事实时所产生的畏惧和恐慌。从根本上说，任何人心中最大的畏惧就是死亡，人在现实世界的存在都是暂时的，都是向死亡的过渡；死亡的威胁时刻存在于人向死亡的过渡之中，使人像一块被放在烤架上的肉，整天担惊受怕。尽管如此，他还在担惊受怕中不断作恶，任凭自由意志在损毁他人的同时断送自己的性命。雪莱的诗剧《倩契》为读者呈现了人的这种自作孽不可活的情景。

《倩契》是雪莱根据自己在意大利旅行期间得到的抄自罗马倩契伯爵

---

[1] 转引自王益明《透视焦虑——焦虑本质的哲学心理学探析》，《山东大学学报》（哲学社会科学版）2003年第6期。

[2] ［德］马丁·海德格尔：《海德格尔选集》，孙周兴译，生活·读书·新知三联书店1996年版，第1193页。

府档案的一份手稿写成的。他巧妙地把这个档案里所描述的事件运用到了《倩契》里，并把各个人物的感情、希望和恐惧，个人之间的利益、痛苦和纠结呈现出来，在人心最阴暗的秘密洞穴深处射进一道明光。诗剧里有几个主要人物：倩契伯爵、倩契伯爵的妻子卢克丽霞、倩契伯爵的女儿贝特丽采、倩契伯爵的儿子贝尔纳多和贾科莫、红衣主教卡米洛。诗剧的一开始，倩契伯爵和红衣主教在伯爵的府邸密谈，揭示了悲剧发生之前所潜伏的伦理混乱现象。基督教会原本应该是促使人的"良心"发现的。"良心"在基督教里是一个非常重要的理念，是人之信仰的基本前提和条件。《圣经》里经常有这样的描述：人做了违背神之戒律的事情后，他的内心会知罪和知错，他会有所悔悟。例如："大卫数点百姓以后，就心中自责，祷告耶和华说：'我行这事大有罪了，耶和华啊，求你除掉仆人的罪孽，因我所行的甚是愚昧'"（和合本《圣经·撒母耳记下》24∶10）。这里的"心中自责"指的就是良心的责备。在《圣经》的其他不少地方有直接使用"良心"这个词的情况，例如在《罗马书》里就存在这样的叙述："我在基督里说真话，并不谎言，有我良心被圣灵感动，给我做见证"（和合本《圣经·罗马书》9∶1）。然而，在《倩契》这部诗剧里，红衣主教可以为了利益与罪恶串通一气，助纣为虐，完全丧失了天地良心：

> 那件谋杀案，就此了结，只要
> 你答应把平乔门外那一块封地
> 转到教皇名下，便可无声无息。
> 在枢机会上，我曾费尽了心机
> 才使他勉强同意；他说：你是
> 在用你的金子购买危险的赦免；
> 对于像你犯的这种罪，以破财
> 免灾的方式解决，有一次两次
> 就能使教会富裕，有罪的灵魂
> 也可活着忏悔而不必下地狱；
> 但是，把崇高的圣座变成市场，
> 每天就你难以掩人耳目的那些

行为，和形形色色骇人听闻的
类似罪过作交易，就很难认为
符合他身为教皇的荣誉和利益。①

这是《倩契》第一幕第一场开始时，红衣主教对倩契伯爵说的一番话；那颇为露骨的贪婪、邪恶和掠夺意向揭示了教会的狰狞面目。伯爵的"那件谋杀案"可以轻易了结，只要伯爵答应"把平乔门外那一块封地转到教皇名下"。红衣主教转达教皇的话说，伯爵"是在用金子购买危险的赦免"，像他犯的那种罪，"以破财免灾的方式解决，有一次两次／就能使教会富裕，有罪的灵魂／也可活着忏悔而不必下地狱"。基督教主张，世界是上帝创造的；因此，上帝赋予世界自然秩序，当然也包括了人世间的道德秩序。理性和良心就是上帝赋予人的，而人正是凭借它们才认识到什么是善的和什么是恶的，并自觉地去遵守道德律令。从上面红衣主教的那一番话，读者清楚地得知：基督教会为了利益可以出卖良心和良知，并与邪恶串通一气，使恶人得不到惩罚，正义得不到伸张。在教会的保护下，罪恶滔天的倩契伯爵不仅逍遥法外，而且还穷凶极恶地对那些在宴会上反对他的人威胁说："谁在动？谁在说话？／不必大惊小怪，／请尽兴。但要留心！我的报复，／就像国王签发的命令，杀了人，／也没有人敢于说出杀手的姓名。"②

倩契伯爵不仅是一个杀人犯，而且是一个对女儿实施乱伦的残暴父亲。倩契具有强烈的乱伦意识。在本能和性欲的驱动下，他产生了与女儿贝特丽采发生性关系的欲望。"人是乱伦意识的主体，如果人身上的理性意志处于主导地位，乱伦意识就能得到理性意识的约束和控制，乱伦就不会发生；但如果人身上的自由意志处于主导地位，理性意志就会受到压抑，乱伦意识得不到理性的约束和控制，乱伦就会发生。"③ 倩契是一个没有理性的人，仅凭自由意志引导自己的言行，加上他的罪恶不但没有受到惩罚反而由于行贿教会而赦免，他变得更加无法无天。他仇恨

---

① 江枫主编：《雪莱全集》（第4卷：诗剧），河北教育出版社2000年版，第253—254页。
② 江枫主编：《雪莱全集》（第4卷：诗剧），河北教育出版社2000年版，第270页。
③ 聂庆娟：《论〈皮埃尔〉的乱伦意识与乱伦悲剧》，《外国文学研究》2015年第3期。

妻子卢克丽霞，仇恨儿子贝尔纳多和贾科莫。尽管他也仇恨女儿贝特丽采，但他又想方设法想要得到她的身体，使她陷入极其恐惧、不安的绝望境地：

> 你都说出了些什么？我正在想，
> 也许，最好是不再作任何努力。
> 人人都像我父亲，阴狠而残忍，
> 然而决不——哦，趁着更糟的
> 事情还没有来得及发生，还是
> 一死明智，死，能了结那种事。①

继母卢克丽霞和贝特丽采谈论伯爵的冷酷残暴，当说起该采取坚定的意志时，贝特丽采表示出一种意志即将被摧毁的绝望心情："哦，趁着更糟的／事情还没有来得及发生，还是／一死明智，死，能了结那种事。"这里所说的"那种事"指的是父亲想要对她性侵的乱伦之举，这在《倩契》里不少地方都有暗示。例如：倩契伯爵对贝特丽采的身体占有失败后，凶恶地对她说："不必掩藏，那是个／漂亮的脸蛋；抬起头来！为什么／昨夜竟敢以违抗和无礼的眼光／看着我，又对我想做的事低下／倔强和诘难的头。"②这里的"我想做的事"指的就是他想对女儿做的违背伦理的乱伦之举。乱伦在世界各国都被列为禁忌。除此之外，近亲结婚在各个国家都是受到法律禁止的，如果违反，就会受到法律制裁。例如："《意大利刑法典》第五百六十四条规定：与直系尊卑亲属、或与直系姻亲或与姊妹、兄弟犯乱伦以致造成公共丑闻者，处 1 年以上 5 年以下有期徒刑；在保持乱伦关系的情况下，处 2 年以上 8 年以下有期徒刑；成年人与未满 18 岁的人犯乱伦者，其成年人依各前项规定加重其刑；对父母宣告的处罚意味着丧失其亲权或法定监护权。"③ 其他国家也有类似的法律

---

① 江枫主编：《雪莱全集》（第 4 卷：诗剧），河北教育出版社 2000 年版，第 278 页。
② 江枫主编：《雪莱全集》（第 4 卷：诗剧），河北教育出版社 2000 年版，第 281 页。
③ 徐静莉：《法律遭遇道德的尴尬——比较法视野中的乱伦行为》，《政法学刊》2006 年第 3 期。

法规。在宗教领域，乱伦更是会招致严厉惩罚的滔天大罪，它不仅会毁掉一个人的声誉，还会带来生命危险。然而，在《倩契》里，情况完全相反。倩契伯爵的儿子贾科莫向红衣主教卡米洛历数父亲的罪恶之后，向他请求帮助，说："红衣主教，/你不以为教皇会愿意出面干预，/在法律的范围之外施展点权威？"红衣主教的回答让贾科莫大失所望："儿女们都不听话，他们刺痛了/父亲们的心，以粗暴无礼回报/养育多年之恩，气得他们要疯。/我由衷同情倩契伯爵，也许是/遭到了伤害的爱激起了憎恨，/于是，他就这样被迫变得凶狠。"①

红衣主教对倩契伯爵之罪恶的袒护态度使他的妻子和孩子们的生存处境雪上加霜。倩契伯爵对待儿子贝尔纳多的方式是：把阴沟里的水和瘟病死了的水牛肉给他吃，还叫贝特丽采看着她疼爱的弟弟贝尔纳多戴着沉重的锁链，而锁链的铁锈已使他娇嫩的皮肉生上坏疽。伯爵对待他另一个儿子的方式是：不但不资助贾科莫，还把他妻子的嫁妆借走，不留下字据，也不归还，使这个儿子一家人陷入极度贫困之中。他对女儿贝特丽采更是凶残无比；除了对她拳打脚踢外，还想要霸占她的身体，使她精神恍惚。在《倩契》第三幕第一场，贝特丽采就是以一个失去了理智的疯子形象出场的；她边朝继母卢克丽霞走去，边喃喃说道：

> ……我的天主！
> 美丽的蓝色天空已是血迹斑斑！
> 照在地上的阳光却是一片黢黑！
> 空气已变成了死尸坑里的那种
> 死人呼吸般的潮气！呸！我被
> 噎得喘不过气！漆黑、污浊的
> 迷雾附着在我周身，……厚实、
> 沉重、粘稠，我无法把它从我
> 身上摘掉，它把我手指和肢体
> 胶合在一起，腐蚀着我的精力，
> 使我的皮肉融化为污秽，毒害

---

① 江枫主编：《雪莱全集》（第4卷：诗剧），河北教育出版社2000年版，第288页。

> 我身心深处生命纯洁、微妙的
> 灵魂！我以前从不知道什么是
> 疯，现在我毫无疑问已经疯了！①

如果说，读者从前面的诗行里可以读出贝特丽采有受到父亲性侵的潜在危险，那么他们从这十几行诗的叙述中便能判断出贝特丽采已经受到了父亲的性侵。"美丽的蓝色天空已是血迹斑斑！/照在地上的阳光却是一片黢黑！/……厚实，/沉重、粘稠，……/使我的皮肉融化为污秽，毒害/我身心深处生命纯洁、微妙的/灵魂！我以前从不知道什么是/疯，现在我毫无疑问已经疯了。"这一番话已经向读者暗示她失身于倩契伯爵——自己的亲生父亲。乱伦是"不受道德约束的一种生理和心理反应……是人的兽性因子的外化"②。在强大的性欲驱动下，倩契伯爵已经突破了人的基本道德底线，由人变成了兽。这时，倩契伯爵彻底颠覆了人类最基本的价值观念，损毁了伦理秩序，完全把贝特丽采逼到了"活着的死亡"之绝境中；结果，酿成了妻子和子女对他加以谋杀的悲剧。

受到性侵的贝特丽采决定杀死罪恶滔天的父亲倩契伯爵。于是，她与继母卢克丽霞、兄弟贾科莫和恋人奥尔西诺一起密谋杀害暴君般的父亲。奥尔西诺"认识两个/心狠手毒的亡命徒，他们惯把/人的灵魂视同蛆虫，为了一点/琐碎小事，就能一脚踩死不论/是贵族还是贱奴的性命"③。他们买通了痛恨倩契伯爵的奥林匹奥和马尔齐奥，趁倩契伯爵去佩特雷拉他那个孤立的岩石城堡时把他杀死。奥林匹奥和马尔齐奥成功地把倩契伯爵杀死在城堡里。不巧的是，还没有等那两个凶手离开城堡，教皇的使节萨韦拉奉教皇之命来找倩契伯爵。倩契伯爵被谋杀的事情败露，奥林匹奥和马尔齐奥在城堡里被抓获；包括贝特丽采在内的所有嫌疑人都被带往罗马听候教皇发落。

"弑父"是西方文学作品中源远流长的主题，弗洛伊德第一次在精神分析中使用"弑父"这个术语，之后便成为一个百思不厌、回味无穷的

---

① 江枫主编：《雪莱全集》（第4卷：诗剧），河北教育出版社2000年版，第294页。
② 聂珍钊：《文学伦理学批评导论》，北京大学出版社2014年版，第280页。
③ 江枫主编：《雪莱全集》（第4卷：诗剧），河北教育出版社2000年版，第306页。

话题。在文学领域，从《俄狄浦斯》问世以来，西方文学里就不断地讲述着"弑父"的故事；由此可见，"俄狄浦斯"的弑父主题一定是包含着深远意义的。然而，《倩契》中的弑父不同于《俄狄浦斯》里的弑父。在《俄狄浦斯》里，俄狄浦斯杀死父亲完全是无意的，是神谕的结果；而在《倩契》里，贝特丽采与继母、兄弟、恋人合谋雇凶杀死父亲完全源于正义，出于自愿、故意和仇恨。倩契伯爵是极其残忍的豺狼虎豹，完全丧失了人性，他不但对自己亲生女儿实施性侵，还对她进行最恶毒的赌咒：

> 大地啊，凭主的名义，让她的
> 粮食变成毒药，使她全身长满
> 麻风病斑点！天啊，在她头上，
> 请降下马霈马瘴气的有毒露水，
> 直到她遍体脓包像一只癞蛤蟆；
> 让她动人爱怜的嘴唇枯燥干焦，
> 扭曲她的肢体，使她成为残废！①

其实，这个时候，倩契伯爵已经不再是父亲，而是一个天诛地灭的魔鬼。贝特丽采等人的弑父是对象征着父权暴政的否定和反叛，是颇具时代进步意义的。然而，当贝特丽采一行被押送到罗马之后，所有参与谋杀倩契伯爵的人都对审判感到恐惧，唯有贝特丽采大义凛然，毫无惧色，并且对审判她的法官嘲笑道："谁在这里／是我的检举人？哈！竟会是您，／审我的法官？嗨！检举、作证、／审判，全都是一个人？"② 这一番话对当时法制中的瑕疵进行了尖锐批评和猛烈抨击。

倩契伯爵对贝特丽采的性侵属于乱伦；子女是不能弑父的，弑父是破坏禁忌的行为，同样属于乱伦。贝特丽采的弑父行为隐藏着"对生命的渴望和对死亡的恐惧"，因为如果不从肉体上让倩契伯爵消失，做子女和做妻子的将永远生活在"活着的死亡"之中，如果把他杀死就是"弑父"，是要受到严厉惩罚的。倩契伯爵的妻子和子女最终被判处死刑，他

---

① 江枫主编：《雪莱全集》（第4卷：诗剧），河北教育出版社2000年版，第327页。
② 江枫主编：《雪莱全集》（第4卷：诗剧），河北教育出版社2000年版，第365页。

们自愿这么做,自愿受惩罚,因为他们明白:倩契伯爵必须死,父权般的暴政必须结束;一切不愿做奴隶,想做真正人的人必须为自由付出生命代价,因为那样做是值得的。

二 《暴政的假面游行》:死亡与焦虑

西方文化中的弑父是一个隐喻,"父"意味着至高无上的身份、不可挑战的地位和战无不胜的权力意志,并对子女或子民构成生命威胁;所以,弑父就是要消解"父"的权威,以避免"父"之绝对权力毁损其子女或子民的生命。在《倩契》里,倩契伯爵残暴地虐待子女就如同暴君残暴地虐待子民;贝特丽采弑父就如同子民起来推翻压迫他们的暴君。父与子女存在伦理关系,君与臣、子民同样存在伦理关系。这种伦理关系强调父亲对子女有着不可颠覆的统治地位,父亲可以残害子女,而子女却不可以伤害父亲,否则就破坏了伦理禁忌;同样,统治者无论多么残暴,作为子民必须臣服,否则就是大逆不道,要受到镇压。这实际上反映了两种不同的意识形态的激烈搏斗,会在人的心里产生罪恶感,就像马尔库塞所说的:"对父亲的反叛也就是对在生物学上得到合理证明的权威的反叛。杀害了父亲也就破坏了保存着集体生命的秩序,反抗者对整个集体因而也对他们自己犯下了罪。他们不论是在别人还是自己面前都是有罪的。因此他们必将悔之莫及。"[1] 所以,弑父是恐怖的,它来自人之心灵深处的矛盾、困惑和罪恶感。

雪莱除了在《倩契》这部诗剧里对弑父主题进行了精细的描写之外,他的其他诗里也存在类似弑父伦理的讨论,只是没有像在《倩契》里那么直接、明显罢了。例如,在《暴政的假面游行》,就存在"弑父"的类比,类比的运用使这首诗呈现出更大的意义。拿破仑战争后,英国经济和政治都趋于恶化,这些在曼彻斯特显现得更为突出。1750—1820 年间,曼彻斯特人口增长了七倍,导致城市居住环境不断恶化和工人生活水平持续下降,当时只有纺织工还维持着比较高的生活水准。英国经济的萧条使得工人阶级面临失业、低工资和缺乏食物的贫困威胁,同时也导致

---

[1] [德]赫伯特·马尔库塞:《爱欲与文明》,黄勇、薛民译,上海译文出版社 1987 年版,第 42—43 页。

一些激进组织迅速发展起来。那些饱受贫穷和饥饿折磨的劳工阶层开始加入激进改革派阵营。激进派为了用最快捷和有效的方式在议会实现改革，从而消除这个国家人民长久以来承受的痛苦；同时使无代表权的曼彻斯特拥有立法代理人进入议会，号召发起圣彼得广场集会，并得到了曼彻斯特地区工人阶级的积极响应。① 这实际上是工人阶级同统治集团的斗争，如果用"弑父"这个类比来说，就是子与父之间的生死搏斗。

儿子竟然敢反对老子，甚至敢"弑父"，这是伦理禁忌，是弥天大罪，必定会受到镇压。1819年8月16日，曼彻斯特及周边地区6万—8万人在圣彼得广场集会，地方治安官下令军队逮捕会议领导人，驱散集会者，造成10余人死亡，约500人受伤。死亡是一个永恒的话题。对于那些挣扎在生死线上的贫困劳工阶层来说，他们的生死界限非常模糊；他们虽生犹死的状态表示他们只是生理意义上活着，生命的价值早已被损毁。当生与死之间的区别消失的时候，人其实与行尸走肉没有多少差别，他的生存状况就是活着的死亡。雪莱对劳工阶层的这种境况颇为了解，他在《暴政的假面游行》里愤怒地写道：

二二

这时一旁闪出个癫狂姑娘，
她说，她的名字叫作希望，
其实，看起来更像是绝望，
她面向着苍天，高声叫嚷：

二三

"我父亲时间，为等好日子，
已等坏了身体，等白了头；
瞧，他站在那里像个白痴，
不住搓弄着他麻痹的双手。

二四

"他生儿育女，不计其数，
都已经埋葬入死亡的泥土，

---

① 毛杰：《试论彼得卢屠杀发生的原因》，《历史教学》2013年第12期。

唯独，就只剩下一个我——
多么痛苦，哦，多么痛苦！"
　　　　二五
然后，倒卧在街道的中心，
直躺在那群马的乱蹄之前，
他大睁着一副忍耐的眼睛，
守候着谋杀、欺诈和暴政。①

雪莱在这四个诗节里让名叫"希望"的"癫狂姑娘"作为游行队伍中的一员出场。当"希望"面临被军警镇压的情形时，也吓得面如土色，呈现出一副"绝望"的惊恐状。这节诗的描写很容易使读者想起爱德华·蒙克（Edvard Munch，1863—1944）的名画《尖叫》（*The Scream*）。

图 7—1　《尖叫》

---

① 江枫主编：《雪莱全集》（第 3 卷：长诗·下），河北教育出版社 2000 年版，第 9—10 页。

在这幅画里，蒙克创造出了一种从安静得可怕的惊叫中传达出来的令人炫目的恐惧——一种受到长期焦虑压迫之后从内心发出的恐怖惊呼。《尖叫》把人类所承受的几乎不可忍受的紧张和心理痛苦展现在人们的面前，那是人类无可摆脱的终极抵触。[①] 同样，当"希望"变成"绝望"时，"癫狂的姑娘"发出恐怖的尖叫："多么痛苦，哦，多么痛苦！""希望"就似一个被扭曲的"癫狂姑娘"，失去了人的尊严、价值，完全被囚禁在恐惧、孤独、焦虑和绝望的痛苦之中。她别无选择，唯有"倒卧在街道的中心，／直躺在那群马的乱蹄之前，／她大睁着一副忍耐的眼睛，／守候着谋杀、欺诈和暴政"。

参加圣彼得广场集会的人被驱散了、被逮捕了、被镇压了，也就是与主流社会"分离"了。"分离"使人产生焦虑，也是焦虑最原初的原因：他处于一种被抛弃状态。也就是说，被驱散者、被逮捕者、被镇压者，他们是有罪的或有问题的，所以像垃圾一样被主流社会清理掉了、抛弃掉了。因此，他们心里在产生愤怒的同时也产生畏惧；愤怒和畏惧表现为一种情绪，而这种情绪源于焦虑。弗洛伊德认为，个体最初的焦虑是"原始焦虑"，它本质上是一种"创伤状态"，即指"力比多"大量涌现，要求满足，而自我却相对弱小，无法知觉、识别，也没有足够的防御机制来压制这些本能，因而陷于被动无能的境地，致使个体产生强烈的痛苦和焦虑。人的最原始的焦虑是由与母体的分离而产生的，特别是在幼儿期，幼儿各种需要的满足都要依赖母亲，当母亲离开时，幼儿就会有创伤的体验。除此之外，父母之爱是儿童本能需要得到满足的先决条件，丧失父母的爱与关怀意味着本能需要将无法获得满足；因此，失去父母的爱与关怀的可能性也被儿童知觉为危险情景，与此相联系的焦虑也可称为"分离焦虑"。[②]

弗洛伊德的精神分析理论为解读雪莱诗歌里的死亡与焦虑主题提供了一把非常有用的钥匙，可以把隐藏在死亡与焦虑背后的秘密挖掘出来。

---

① 曹山柯：《失落的"乌托邦"——时代变革期的文学》，华中师范大学出版社2014年版，第203—204页。

② 王益明：《透视焦虑——焦虑本质的哲学心理学探析》，《山东大学学报》（哲学社会科学版）2003年第6期。

雪莱创作《暴政的假面游行》的时代还是一个充满封建余毒的变革时代，资产阶级统治集团的统治特点仍然具有"父权"的性质；从这个意义上说，广大劳苦大众只是他们的"孩子"而已。"孩子"不但不听话还要与父母作对的时候，做父母的自然要对孩子进行打骂，甚至会造成孩子的死亡。因为"不听话"挑战父母权威而受到惩罚的孩子在心里一定会产生由"分离"带来的"分离创伤"或"分离焦虑"，因为他们感觉到"被抛弃"了。当劳苦大众还没有完全觉醒的时候，当他们的认识水平还没有到达一定高度的时候，在他们的意识里，统治者与他们之间的关系就如同父母与儿女之间的关系。这种父权般的社会体系，像是一张大网，牢牢地罩在所有人的头上，谁也逃不脱。在这张网里，他们像儿童一样依赖着父母（统治者），并在想象中杀父娶母，但又担心父亲的报复，割掉自己的生殖器，因而产生阉割恐惧。这种恐惧心理从本质上说，就是奴役和被奴役的心理反应；所以，雪莱在《暴政的假面游行》里写道：

> 自由是什么！但是，你们
> 善于回答的，却只是奴役。
> 因为，奴役这一名称本身
> 已经成为你们姓名的回声。①

孩子总会长大，劳苦大众也总有一天会觉醒；所以，"分离"是必然的。这时，"分离"不再产生焦虑，它具有主动和自立的意义，并演化为"自由"。存在主义哲学的先驱克尔凯郭尔（Soren Aabye Kierkegaard, 1813—1855）在《畏惧的意义》里直截了当地阐述了自由和焦虑的关系："焦虑是个人面临自由选择时，所必然存在的现象。"② 在他看来，焦虑是与人之自由追求同时出现的，因为人在选择自由时并不清楚在道路的那一头隐藏着多大的、什么样的危险。

在奴隶制社会和封建社会，人的一生都被束缚在某个固定的社会位

---

① 江枫主编：《雪莱全集》（第3卷：长诗·下），河北教育出版社2000年版，第15页。
② Kierkegaard, S. *The Concept of Dread*. Princeton N. J.: Princeton University Press, 1969, p. 691.

置上，没有自由去更改；所以，很难从一个阶级转换到另一个阶级，也很难从一个地方迁徙到另一个地方。这样的社会是缺少自由的社会，它剥夺了人的选择权力，同时也阻碍了人之主体性的发展。但是，自由是人的本性，而处在锁链束缚中的人是最渴望自由的。追求自由就是追求人的个体化，就是追求人的个性发展。西方社会经过宗教改革和文艺复兴运动之后，封建主义的枷锁终于被打破，自由的呼声越来越高涨。自由虽然可以弥补锁链所导致的人类灵魂的伤痛，但它同样会在人的心头引起焦虑和不安。所以，弗洛姆（Erich Fromm，1900—1980）针对这一问题，颇有感触地说道："原始的束缚一旦被割断了，便不会修复……如果人类个人化过程所依赖的经济、社会与政治环境（条件），不能作为实现个人化的基础，而同时人们又已失去了给予他们安全的那些关系（束缚），那么这种脱节的现象将使得自由成为一项不能忍受的负担。于是自由就变成与怀疑相同的东西，也表示一种没有意义和方向的生活。这时，便产生了有力的倾向，想要逃避这种自由，屈服于某人的权威之下，或与他人及世界建立某种关系，使他可以解脱不安之感，虽然这种屈服或关系会剥夺了他的自由。"①

弗洛姆所说的并非没有道理。在《暴政的假面游行》里，那些被束缚的、贫穷的劳工们肯定渴望自由，追求自由；但是，他们参加集会一定会受到惩罚：被驱散、被逮捕、被枪杀、被工厂主开除，等等。为了个体自由，他们冒着被社会主流抛弃甚至死亡的危险，自由或许真的成为他们不能忍受的负担，使他们更加焦虑不安；为了避免自由成为负担，他们有可能逃避这种所谓的自由，趋于屈服于权威之下；在这种情形下，屈服反过来又剥夺了他们的自由。雪莱非常了解、非常清楚广大劳苦大众的这种情形，所以他无不感慨地说："自由，你是什么？哦假如/ 奴隶们能够从生活的坟墓/ 回答这个问题，暴君们/ 就会像梦境的阴影般逃遁。"②

自由不可能是一种一劳永逸的成就，它永远是与牺牲和死亡联系在一起的，就像那些参加圣彼得广场集会的劳工那样，有的在军警的镇压

---

① ［美］艾瑞克·弗洛姆：《逃避自由》，陈学明译，工人出版社1986年版，第32页。
② 江枫主编：《雪莱全集》（第3卷：长诗·下），河北教育出版社2000年版，第19页。

中丢掉了性命。所以，自由处在成功或失败的拉锯线上，形成一种既想实现理想的潜能又害怕实现理想的潜能的紧张状态。罗洛·梅（Rollo May, 1909—1994）把这种紧张状态称为"焦虑"："当个人的人格及生存之基本价值受威胁时所产生的忧虑即为焦虑。"① 罗洛·梅所说的威胁，就是与个人的生命危险相关的事情，如死亡、灾祸、地位、名誉、职业等。人是自私的，大多数人都不可能为了所谓的"自由"去冒风险。即便自己渴望自由，即便自己参与了为争取自由而斗争的运动，可是一旦运动失败，不少参与斗争的人或许会见风使舵，异口同声地对暴君说："你是上帝、恩主、明君，/我们向你，虔诚折腰致敬，/暴政啊，愿以你的名为圣。"② 然而，雪莱是一个顽强的革命者，在《暴政的假面游行》这首诗的结尾，他号召人民振作起来，克服焦虑，同暴君进行坚决斗争：

> 像睡醒的狮子一样站起来，
> 你们的人数多得不可征服；
> 快摆脱束缚着你们的链索，
> 像抖掉沉睡时沾身的霜露：
> 你们是多数，他们是少数。③

焦虑无所不在，始终伴随着人的生命过程。雪莱的诗歌对于端正人们有关焦虑的态度起到了积极作用。焦虑对人的生命极其重要，因为通过它，人才体验到了自由。所以，想要获得自由，就必须经历焦虑；焦虑是人争取自由的心理过程，它对于人之追求自由的理解是具有深刻意义的。

三 《暴虐的俄狄浦斯》：活着的死亡

焦虑与人之存在密切相关，活着的人必定焦虑；焦虑是人生活中不

---

① 转引自王益明《透视焦虑——焦虑本质的哲学心理学探析》，《山东大学学报》（哲学社会科学版）2003年第6期。
② 江枫主编：《雪莱全集》（第3卷：长诗·下），河北教育出版社2000年版，第8页。
③ 江枫主编：《雪莱全集》（第3卷：长诗·下），河北教育出版社2000年版，第32页。

可或缺的一部分，他不得不焦虑。保罗·蒂利希（Paul Tillich，1886—1965）认为："那产生焦虑的，不是对于普遍的短暂性的认识，甚至也不是对他人之死的体验，而是这些事情对于我们不得不死这一潜在意识所产生的印象，焦虑就是有限，它被体验为自己的有限……这是对于非存在的焦虑，是对作为有限的人的有限的意识。"[①] 蒂利希在这里谈到个体的"有限性"和"死亡威胁"问题，死亡威胁是人自出生之后不可避免的，它造成人的终极焦虑。

"死亡威胁"不仅指躯体的死亡，而且指心理和精神的死亡。当一个人的人生失去了意义之后，即便他还活着，却已经是一个"死人"了，即"活着的死亡"。"死"是离场，是消失，是不存在，即一去不复返的动态的"逝去"。如果说某人死了，从医学角度看，他的心脏停止了跳动或大脑停止了思维，这是生理意义上的死亡。但是，除了生理意义上的死亡之外，还有一种死亡，即一个人死了，但他仍然能够产生影响；他不在场了，却似乎并没有离场，而是无时无刻地在场。孔子的得意门生宰予曾经问孔子："予闻荣伊曰黄帝三百年。请问黄帝者人耶？何以至三百年？"孔子回答说："劳勤心力耳目，节用木火材物，生而民得其利百年，死而民畏其神百年，亡而民用其教百年，故曰三百年也。"[②] 宰予不明白为什么黄帝可以活三百岁，所以去问孔子；孔子给了他一个非常精妙的回答。

"死亡的威胁"一直是雪莱诗歌里的主题，他的大多数长诗和诗剧都涉及生命伦理问题。生命是有价值和有意义的存在，其价值目的可能是善也可能是恶，也就是说，生命要么是趋善的，要么是趋恶的。善与恶是人类社会的伦理基础，只有基于这个基础，生命伦理才会成为可能。古典生命目的论的观点十分明确：恶是善的死敌，善是生命的目的。为了阐明此论，亚里士多德明确区分了人和动物的界限，主张善（主要指德性和幸福）乃人独有的目的，即善是知识、行为追求的目的。就是说，德性是个体行为和社会的目的，幸福（happiness）是生命的终极目的（the ultimate end in life）。在《论德性与恶习》中，亚里士多德专门讨论了

[①] ［美］保罗·蒂利希：《存在的勇气》，唐蓓译，贵州人民出版社1988年版，第33页。
[②] 转引自乔清举《关于死亡的沉思》，《现代哲学》2014年第2期。

源自灵魂的善，如正义（justice）、慷慨（liberality）和宽宏（magnanimity）等是值得称道的德性。① 唯有具备这种善的人，才是孔子所赞誉的类似黄帝的那种人，可以"死而不亡"。雪莱在《阿多尼》里就称赞济慈"死而不亡"：

> 他活着，他已醒，死去的是死本身，
> 不是他，不必哭泣！你年轻的黎明，
> 请把你的泪珠全都化为璀璨的光明，
> 因为，你所哀悼的精灵并没有离去；
> 你们啊，岩洞和森林，快停止呻吟！
> 停止吧，昏迷的花和泉，还有空气，
> 不必再用你的披肩像用志哀的纱巾
> 遮蔽被遗弃的大地，让它赤裸无遗，
> 哪怕面对那些讪笑它的绝望的欢快的星星。②

济慈是雪莱的挚友，他追求和谐、亲近自然、爱好和平、互助友善。虽然济慈不像雪莱那样在诗歌中表现出愤世嫉俗的姿态，但是他的诗歌在对真善美的追求中无不放射出"善"的灵光。济慈苦难的生活经历使他的心灵格外敏感，比较容易地进入和爱上自然和乌托邦似的境界。所以，雪莱说，他"资质纤柔、细腻而又优美"③。"对于感觉的和乌托邦价值的滋养本身就是对现存秩序的'否定'，是一种'伟大的拒绝'。"④ 在这一点上，济慈和雪莱是一样的，他们都对现存秩序持否定态度，为人类的"善"而努力写作。所以，雪莱认为，济慈的死是"死而不亡"的死："他活着，他已醒，死去的是死本身，/不是他，不必哭泣！"

亚里士多德在《尼各马可伦理学》的开篇说道："善乃万物所追求之

---

① 任丑：《生命与伦理如何生成为伦理生命》，《吉林大学学报》（社会科学版）2016 年第 1 期。
② 江枫主编：《雪莱全集》（第 3 卷：长诗·下），河北教育出版社 2000 年版，第 225 页。
③ 江枫主编：《雪莱全集》（第 3 卷：长诗·下），河北教育出版社 2000 年版，第 195 页。
④ 转引自章燕《审美与政治：关于济慈诗歌批评的思考》，《外国文学评论》2004 年第 1 期。

目的。"①如果人追求的不是善而是恶，那么人类社会就会陷入深重的灾难之中。雪莱在诗歌里描写"恶"的元素比较多，他是想通过对"恶"的叙述，使人们认识到"恶"的危害性，从而走上"善"的道路。像《阿多尼》这首诗里所描写和歌颂的"死而不亡"的情况并不多见，雪莱的大多数诗歌都是不但关于"死"而且关于"亡"的；那是一种滑稽、尴尬、折磨、痛苦或生不如死的生存状态，而生活在那种境况下的人虽然苟且偷生地活着，其实已经"死亡"了。雪莱的《暴虐的俄狄浦斯》为读者呈现的就是一群"活着的死亡"的人。

《暴虐的俄狄浦斯》是一部滑稽剧，里面有几个重要人物：暴君斯威尔夫特、王后艾奥娜、群猪。在这部诗剧里，群猪是隐喻，用来比喻那些被压迫的、没有话语权的劳苦大众。王后同情猪并站在猪的利益这一边，所以得到猪的支持和暴君斯威尔夫特的仇恨。国王与巫士、朝臣等密谋除掉王后，他们把可以使人变成怪物的毒液装进绿袋里，却谎称是可以分辨善恶的药水。他们要把药水洒在王后的头上，以证明王后是善的。王后和群猪得知了暴君的密谋，当巫士泼加纳克斯正要把绿袋中的毒液倒在王后头上时，王后突然抢过袋子，把毒液倒在了暴君和朝臣们身上。他们顿时变成了一群肮脏丑陋的动物，纷纷逃窜。诗剧一开始，是暴君斯威尔夫特和群猪之间幽默而滑稽的对话：

斯威尔夫特：
　　怎么！不正是你们
　　用脏嘴从阿兰的灯芯草沼地中
　　供出我的红土豆，吃光了我在
　　赫布里底群岛的骑兵的燕麦吗？
　　还偷喝我的御厨们用骨头、破布
　　和碎鞋皮煮成的泔水吗？它们
　　本应赐给比你们干净的猪吃的。

---

① Aristotle, *The Nicomachean Ethics*. Ross D (Tran.), Brown L (Revised). Oxford: Oxford University Press, 2009, p. 3.

> 猪群合唱半队一：
> 一样，哎！都一样；
> 尽管如今在名称上，
> 我还叫做猪。
>
> 合唱半队二：
> 如果按陛下的御旨，
> 将可怜的我们杀死，
> 我们将把什么献给您？
>
> 斯威尔夫特：
> 我要猪皮和骨头，
> 加上一些拌灰浆用的猪毛。①

雪莱在《暴虐的俄狄浦斯》里为读者展示了一个暴君统治下的人类社会。在那个以"恶"为主导的暴君统治的社会里，劳苦大众的生存状况如同猪；所以，雪莱就把他们喻为"群猪"，以讽刺这种极其恶劣的社会情形。在国王斯威尔夫特的眼里，人民大众是肮脏的、该死的蠢猪，它们食不果腹，"还偷喝我的御厨们用骨头、破布／和碎鞋皮煮成的泔水"。当猪质问斯威尔夫特"如果按陛下的御旨，／将可怜的我们杀死，／我们将把什么献给您？"这个暴君竟然无耻地回答："我要猪皮和骨头，／加上一些拌灰浆用的猪毛。"暴君不仅要吃掉劳苦大众的肉体，而且连骨头都不放过。从这里，读者可以看出：雪莱对暴政的揭露真是酣畅淋漓，入木三分。要让马儿跑，就要给马儿喂足草。群猪再蠢也是知道这个道理的，所以他们反驳说："哎！猪啊，真是可怜的众生！／如果陛下想用猪鬃来拌和／您的灰浆，或用我们的肥肠／来灌制血肠，或用我们来腌肉，／您该问问当朝的贤人，在政策上，／您就该给我们泔水、干净的草席、／有棚的猪厩；再说这也是法律。"暴君斯威尔夫特听见猪的这番话不仅不给猪提供泔水，还认为猪存心在煽动造反："这是煽动，彻头彻尾

---

① 江枫主编：《雪莱全集》（第4卷：诗剧），河北教育出版社2000年版，第398—399页。

的渎神！/嘿！来啊，我的卫士们！……/西番雅，割断/那头肥猪的喉管，这畜生吃多了；/尽搞煽动！叫喊没粮食吃。"① 他命令屠夫西番雅赶快找个僻静的地方把带头闹事的肥猪杀掉，没准还能卖个好价。

暴君斯威尔夫特的所有言行都是"恶"的表现。亚里士多德在《论德性与恶习》里认为，恶是源自人类灵魂的非正义、不慷慨（吝啬）、思想狭隘等有害于人、有害于己或害人害己的不良倾向，它往往导致仇恨、不平等、贪婪、低贱、不宽容、痛苦和伤残等不良后果。这和生命的终极目的——幸福——这种终极的善是背道而驰的。到了笛卡尔那里，恶不仅仅源自理性和理智德性的丧失，更在于放弃了生命实践的道德责任。平凡的心灵放弃了道德责任，会造成平凡的恶；最伟大的心灵放弃了道德责任，就会造就最大的恶。② 斯威尔夫特是国王，掌握着至高无上的权力，他完全放弃了道德责任，造就了最大的恶：使劳苦大众像猪一样地生活，没有体面、没有价值，陷入"活着的死亡"的悲惨境地。

陷入"活着的死亡"的悲惨境地的不仅仅是被压迫的劳苦大众，还包括穷凶极恶的压迫者和暴君。群猪在斯威尔夫特的压迫下，转向支持待它们和善的王后艾奥娜，"扬起尾巴，一齐高呼，/'艾奥娜万岁！打倒斯威尔夫特！'"③ 群猪对暴政的反抗使斯威尔夫特惊恐万分，寝食难安："等考验结束之后，/等这些爱挑剔的猪离开后，/我也许才能恢复胃口——/我感到痛风在我胃里折腾，/快给我一杯樱桃酒。"④ 除此之外，暴君斯威尔夫特与朝臣们密谋陷害妻子的卑鄙行为使他把自己抛进"活着的死亡"的痛苦深渊。原本，他想利用诡计把绿袋里的毒液洒在王后的头上，让她变成丑陋的怪物。没想到，识破诡计的王后夺过绿袋，把毒液洒在了国王和朝臣的身上，使他们变成了肮脏的动物。这个时候，他们虽然还活着；但不是"活着的死亡"又是什么！

生命目的是什么？它是善而不是恶，它必须遵守自然规律和道德规则。人性里有善的部分也有恶的部分，它们在社会活动中表现为意识形

---

① 江枫主编：《雪莱全集》（第4卷：诗剧），河北教育出版社2000年版，第400—401页。
② 任丑：《生命与伦理如何生成为伦理生命》，《吉林大学学报》（社会科学版）2016年第1期。
③ 江枫主编：《雪莱全集》（第4卷：诗剧），河北教育出版社2000年版，第414页。
④ 江枫主编：《雪莱全集》（第4卷：诗剧），河北教育出版社2000年版，第430—431页。

态的激烈搏斗。根植于人性当中的恶之禀性就是人性脆弱（the frailty of human nature）、人心不纯（the impurity of human heart）和人心堕落（the depravity of human heart）。"值得注意的是，这些恶的禀性（就其行为而言）是植根于人甚至是最好（善）的人之中的。"① 由于恶的缘故，人很难自愿自觉地遵守道德法制，很难纯粹出于自愿去实施义务行动，很难在进行道德选择时完全彻底地排除私利。所以，不管是好人还是坏人，每个人都具有"恶"的禀性。既然如此，为了使人不陷入人为的"活着的死亡"的悲惨境地，就必须把权力锁进铁笼里。唯有这样，暴政和暴君才可能被消灭，人才会真正从"活着的死亡"之绝境中解放出来，获得新生。

---

① Immanuel Kant, *Religion Within the Boundaries of Mere Reasons and Other Wrings*. Wood A, Givanni G D (Tran.) Cambridge: Cambridge University Press, 1998, p. 54.

第八章

雪莱诗歌的崇高革命品质

雪莱在《为诗辩护》里多次提到"崇高"这个词,他说:

> 一切崇高的诗都是无限的;它好像第一颗橡实,潜藏着所有的橡树。我们固然可以拉开一层一层的罩纱,可是潜藏在意义最深处的亦裸裸的美却永远不曾揭露出来。一首伟大的诗是一个泉源,永远泛溢着智慧与快感的流水;一个人和一个世代幸因特殊关系能够享受它的神圣的清流,饱吸了它的琼浆之后,另一个人和另一个时代又接踵而来,所以新的关系永远在发展,一首伟大的诗是一种不可以预见不可以预想的快感之源泉。①

到底什么样的诗才能算得上是崇高的诗呢?雪莱在《为诗辩护》里没有直截了当地指出来。但是,根据雪莱在这篇文章里提供的信息,读者不难发现,崇高的诗应该像诸如莎士比亚、但丁、弥尔顿等伟大作家笔下的经典作品,里面既有喜剧成分也有悲剧成分,更多的是悲剧成分。雪莱主张:"我们自身低级部分的苦痛就往往与我们高级部分的快乐相连接。我们往往选择悲愁、恐惧、痛苦、失望,来表达我们之接近于至善……最美妙的曲调总不免带有一些忧郁,这忧郁的根源也在于此。悲愁中的快乐比快乐中的快乐更甜蜜些。所以,有这么一句话:'到悲伤的人家去胜过到快乐的

---

① 江枫主编:《雪莱全集》(第5卷:小说、散文),河北教育出版社2000年版,第478—479页。

人家去。'"①

雪莱在《为诗辩护》里多次提到洛克（John Locke，1632—1704）、休谟（David Hume，1711—1776）、吉本（Edward Gibbon，1737—1794）、伏尔泰（Voltaire，1694—1778）以及卢梭（Jean‐Jacques Rousseau，1712—1778）等思想家，认为他们支持被压迫者和受欺骗的人类的努力是值得人类感谢的。从这些论述看，雪莱心目中的"崇高"是与反暴君、反压迫紧密联系在一起的，他的"崇高"里隐含着"毁灭"的意味，而"毁灭感伤"（ruin‐sentiment）一直是18—19世纪英国批评界有关崇高论述中不可分割的重要内容。18世纪早期，英国"毁灭感伤"形成了一种说教式的理论，在宗教上成功地部分解释了"毁灭"这个可怕的事实；通过与永恒的精神存在进行对比，抽空了世俗生活的重要性。换言之，毁灭不仅被理解为对人类成就之虚无的忠告，而且强烈地提醒世人：人性只能够在基督教的精神价值里找到永恒。②

当时，英国历史学家吉本在他的《罗马帝国衰亡史》里描述和分析了罗马帝国从繁盛到衰亡的全过程，认为腐败和堕落是罗马帝国走向衰亡的根本原因，这里面还深藏着"必然"的命运。雪莱受到了诸如吉本之类的思想家的影响，"毁灭"在他的诗歌里颇为常见，这种思想已经刻在了他的脑海里；这一点读者可以从他1811年6月20日写给伊丽莎白·希契纳（Elizabeth Hitchener）的信里看出来：

> 您对卡尔顿王府那翻腾的溪水及长着绿苔的堤岸作何感想？据说，这次宴会将耗资12万英镑。这玩具不会是一件，国家为取悦那个已长大了的摄政小子将来还得花钱。这种荒唐的排场与导致罗马帝国最后灭亡的豪华又是何其相似乃尔。我们的民族在思想上已前进了一大步，他们有来次革命的愿望，让一切商业帝国灭亡，让它

---

① 江枫主编：《雪莱全集》（第5卷：小说、散文），河北教育出版社2000年版，第480—481页。

② Cian Duffy, *Shelley and the Revolutionary Sublime*. Cambridge：Cambridge University Press, 2005, p. 37.

们回到它们缓慢冒出来的那个蛮荒的地方去。①

雪莱在这里表达了他一生都保持的信念，这成为他诗文中体现崇高的核心内容，即英格兰正处在暴力革命的边缘。然而，雪莱诗文中的崇高是通过神话叙事方式体现的。无论他的长诗《伊斯兰的反叛》《麦布女王》，还是诗剧《希腊》《解放了的普罗米修斯》，还是小说《札斯特洛齐》（Zastrozzi）、《术士圣欧文》（St. Irvyne; or, the Rosicrucian），无不充满着神话的神秘和魅力。神秘与毁灭是雪莱诗歌、小说的重要特点，也是他诗歌里的神话精神所在；这些特点使读者对雪莱的诗歌感到惊讶和惶恐。

读者受到了召唤，他们知道自己无法拒绝那召唤，因为它来自雪莱诗歌的深处，像魔鬼一般充满诱惑。召唤里还有一种神圣、神秘的东西，是许诺又是恐吓，是一些类似于来自神话里的东西在撕毁着现实世界的同时也让人感觉到希望。读者的这种感觉就是崇高，是雪莱式的崇高，即通过某些虚构的特异景象，以神灵般的口吻向读者显示其高深莫测的神谕：

> 哦停止！难道恨和死必须
> 　复归？人就该厮杀而死？
> 停止！不要喝干这苦涩的
> 　预言之杯最后一滴渣滓。
> 哦，这个世界已厌倦过去，
> 但愿它终于死亡，或安息！②

第一节　1810—1813：从小说走向经典诗歌

1811年3月25日，雪莱由于发表《论无神论的必然》被牛津大学开

---

① 江枫主编：《雪莱全集》（第6卷：书信·上），河北教育出版社2000年版，第478—479页。

② 江枫主编：《雪莱全集》（第4卷：诗剧），河北教育出版社2000年版，第75页。

除，安德烈·莫洛亚的《雪莱传》对这一事件做了描述：

> 几天后，校方的一名传令人到霍格的房里，向雪莱先生转达了院长的致意，并请他立刻去见院长。雪莱随即下楼，走进院部会议室。他发现所有院部的当权人士都聚坐在这个会议室里。这一小撮学监都是些知识渊博的清教徒，也是些不折不扣、身体力行，又正正规规的基督徒样板。他们几乎全都对雪莱憎恨已久，就因为雪莱留着长长的头发，有着异乎寻常的穿戴和对科学试验具有地道的"庸俗"趣味。①

这段叙事告诉读者，雪莱对基督教是很抵触的，所以使那些学监对他格外憎恨。雪莱的《论无神论的必然》像往干柴上浇了油，加上他又拒不承认错误，那些气急败坏的学监很快递给他一封盖了学院印章的装着开除他的"判决书"的信。《论无神论的必然》究竟是一篇什么样的文章，竟然能让牛津大学的学监们那么大动肝火呢？

《论无神论的必然》是一篇短文，并不长；但是，里面言辞却非常激烈，对上帝的"存在"进行了严厉反驳。例如，其中有一句是这样写的："被称为上帝的这个存在，根本不符合牛顿所开列的条件；上帝却带有哲学自大狂所织成的帷幕的一切特征，这片帷幕被哲学家们用来甚至让他们自己看不到自己的无知。"② 从这句话可以看出，雪莱的言论是非常激进的，自然会引起基督教徒的憎恨。雪莱"曾经是一个自然神教徒，但从来不是什么基督徒"③；然而，他在1817年撰写的《论基督教》里却表现出对基督教的好感，例如他在这篇文章里给了基督很高的评价："基督坚信，废除人与人之间人为的差别，这才是他教义之宗旨。实现这一目标，是他所追求的。只要人类所有成员之间彼此怀

---

① ［法］安德烈·莫洛亚：《雪莱传》，谭立德、郑其行译，上海文艺出版社1981年版，第30页。
② 江枫主编：《雪莱全集》（第5卷：小说、散文），河北教育出版社2000年版，第362页。
③ 江枫主编：《雪莱全集》（第6卷：书信·上），河北教育出版社2000年版，第362页。

有的爱心以及产生这份爱心的真理知识仍然存在,那么,人与人之间的差别就必然消亡。"①

读者一定会对雪莱这种矛盾的思想感到不解,到底是什么让他因《论无神论的必然》被牛津大学开除六年之后写出了《论基督教》这篇文章呢?这是一种意识形态的嬗变。从《论无神论的必然》到《论基督教》,它说明,在雪莱身上存在一种意识形态的转向,而这种转向是从神、信仰或宗教开始的。事实证明,他的诸如《麦布女王》《解放了的普罗米修斯》《伊斯兰的反叛》《西风颂》《倩契》等颇具革命性的优秀诗篇都是在他的宗教观念发生嬗变后问世的。无疑,《论无神论的必然》和《论基督教》里的思想一定在某种程度上为雪莱诗歌的创作提供了丰富的养分。

一 《札斯特洛齐》:反叛思想的萌芽

提起"反叛",读者或许会想到《失乐园》里撒旦的形象。在弥尔顿的笔下,撒旦是一个叛逆者,以一个高大的革命者的形象闪亮登场。虽然被打入地狱,他仍然桀骜不驯;他在地狱里的演说,颇具煽动性,使整个地狱充满了经久不息的回声:"在天界疆场上做一次冒险的战斗,/动摇了他的宝座。我们损失了什么?/并非什么都丢光:不挠的意志、/热切的复仇心、不灭的憎恨,/以及永不屈服、永不退让的勇气,/还有什么比这些更难战胜的呢?……与其在天堂里做奴隶,/倒不如在地狱里称王。"② 弥尔顿描写撒旦的这几行诗是非常美的,里面渗透着一种崇高感。之所以说这些诗行反映了美和崇高,是因为它们为读者呈现了自由的意象和对自由孜孜不倦的追求,也就是说,这些诗行显现了人的自由本性。人的自由本性使人产生反叛,使人不再循规蹈矩地生活;所以,人在面对美和崇高时,他感到自己是自由的,也正因为是自由的,他才可能感受到美和崇高。雪莱是一个具有美感和崇高感的天才诗人,从小

---

① 江枫主编:《雪莱全集》(第5卷:小说、散文),河北教育出版社2000年版,第323页。

② [英]约翰·弥尔顿:《失乐园》,朱维之译,吉林出版集团有限责任公司2007年版,第5、10页。

就具有顽强的反叛精神，因为他的心灵是自由的，是不愿意受到约束或奴役的。他刚进学校时，六年级的学长们见他不仅身体纤弱，而且还颇具女性般的容貌和动作，满以为他性格怯懦，可以很容易地欺负他。可是，事实并非他们想象的那样：

> 他们很快就发现，任何一种威胁都立即会激起年轻的雪莱的猛烈反抗。在他那纤弱得不堪一击的躯体里，具有一种不屈不挠的意志，这就注定了他必然会有离经叛道的行动。他的眼睛，在安宁时带着一种梦幻般的柔情，一旦受到热情或愤懑的刺激，就会射出一股异乎寻常或近乎野蛮的光芒。他那平时低沉而又温柔的嗓音也会一反常态，变得尖厉而刺耳，令人不寒而栗。①

由此可见，雪莱的天资里就具有反叛精神，那是流淌在他血液里的自由之魂，它是纯洁而神圣的，建构了他人格的美和崇高。雪莱的反叛精神既是自然而然产生的，也是他那个时代反叛精神的集体无意识的体现。雪莱的诗歌是合乎自然的，但有时候却很神秘，甚至神秘得让读者几乎屏住了呼吸。从少年时代起，他的诗歌就开始流露出那种无可言说的神秘感，例如他在1807年15岁时写的一首短诗《断章：凶兆》：

> 听，猫头鹰拍动它的翅膀
> 在下面杳无人迹的幽谷里；
> 听，这是夜渡鸟在唱
> 死亡正在邻近的消息。②

如果三更半夜读这首诗，读者一定会有毛骨悚然的感觉，会产生莫名其妙的恐惧感。"猫头鹰""杳无人迹的幽谷"以及"死亡"给读者带来的是悲剧似的信息，它暗示和渲染着那些惊心动魄的骇人情景。这情

---

① [法]安德烈·莫洛亚：《雪莱传》，谭立德、郑其行译，上海文艺出版社1981年版，第4页。

② 江枫主编：《雪莱全集》（第1卷：抒情诗），河北教育出版社2000年版，第509页。

景或许会让读者想起《麦克白》剧里的敲门声（《麦克白》第二幕第二场的第57—74行）。在这场戏里，麦克白和夫人刚刚谋杀了国王邓肯；这时，突然响起了敲门声，使他们陷入无可比拟的恐惧之境。这敲门声使事情变得不那么简单；同样，猫头鹰拍动翅膀的声音也不那么简单，它在传递着"死亡正在临近的消息"。从这个意义上讲，猫头鹰拍动翅膀所发出的声响也可以看作另类的敲门声。这几行诗虽然很短，但是它在不同的读者身上起到了无法解释的效果：猫头鹰拍打翅膀的声音把一种令人畏惧的特性和一种浓厚的死亡气氛投射到了读者身上，使他们产生恐惧感。这种恐惧感实际上就是崇高感，是对一种无法抗拒的神秘力量的体会。

无法抗拒的神秘力量是形成雪莱诗歌崇高感的核心组成部分，读者从他的不少长诗和诗剧里都可以感觉到。《宇宙的精灵》《阿拉斯特》《伊斯兰的反叛》《麦布女王》《阿特拉斯的巫女》《阿多尼》《希腊》《解放了的普罗米修斯》《倩契》等，都存在某种不可抗拒的神秘力量。然而，从创作时间上看，不可抗拒的神秘力量这种成分在雪莱早期的非诗歌作品里就已经存在了。这说明，不可抗拒的神秘力量在雪莱众多伟大经典诗歌创作之前就已经潜伏在了他的心灵深处；例如，他在1810年完成出版的小说《札斯特洛齐》就颇具这个特点。

《札斯特洛齐》给读者讲述了一个复仇的故事；故事很离奇，充满了神秘色彩，读者一直都把它当作爱情故事来读，直到结尾才知道原来是复仇故事。故事梗概如下：

在一个寂静的夜晚，札斯特洛齐与手下乌哥和贝纳多戴着面具把在小客栈熟睡的维锐齐抬上一辆马车，然后驾车飞驰来到一处灌木丛生的岩洞前。维锐齐被扔在岩洞的地上，醒来后，他觉得自己好像在噩梦中，周围的景象让他感到不可名状的惊惧。维锐奇被锁链钉在岩壁上，在囚禁的煎熬中变得越来越憔悴，陷入恐怖和绝望之中。突然下了几天雷雨，岩洞坍塌了，维锐奇离奇般地幸存了下来。札斯特洛齐把维锐奇囚禁在那里，既不让他死也不让他好好活着，用各种办法折磨他。一天，维锐奇终于逃脱了。札斯特洛齐带领乌哥和贝纳多去追，结果也没有追上。

在追赶逃跑的维锐奇的过程中，札斯特洛齐无意中闯进了女伯爵玛蒂尔达的城堡。札斯特洛齐和玛蒂尔达早就认识，玛蒂尔达还暗地里买通他去刺杀美丽漂亮的朱丽亚。这时她问札斯特洛齐谋杀朱丽亚的事情办得如何了。札斯特洛齐说，朱丽亚现在回到了意大利的那不勒斯，并答应玛蒂尔达谋杀计划不会落空；除此之外，他还咬牙切齿地渴望维锐奇去死。

玛蒂尔达深爱着维锐奇，但维锐奇并不爱她，而是深爱着朱丽亚。所以，玛蒂尔达非常失落，她觉得美好的前景已经粉碎了。正当她陷入绝望，真想一头扎进多瑙河里时，突然出现的维锐奇一下子抓住她的肩膀，救了她。两个人的巧遇在玛蒂尔达心里燃起了爱情的希望，但被维锐奇拒绝，因为维锐奇深爱着朱丽亚。玛蒂尔达欺骗维锐奇说朱丽亚已经死了。尽管如此，维锐奇还是深深地爱恋着朱丽亚，即使夜里做梦都叫着朱丽亚的名字。绝望的玛蒂尔达痛苦万分，她与札斯特洛齐策划了一条苦肉计。一天夜晚，维锐奇和玛蒂尔达在悬崖边上散步；忽然，札斯特洛齐的身影一闪而出，举起一把短刀朝维锐奇的胸口刺去。玛蒂尔达伸出胳膊一挡，刀子没有刺着维锐奇，而是刺到了玛蒂尔达的臂上。札斯特洛齐趁机钻进密林，逃走了。

维锐奇被玛蒂尔达的行为彻底打动了，她的这般深厚的情意叫他油然产生了感情。他觉得自己再也不能拒绝她了，即使她想要自己余留下来的一点儿幸福，也不应该吝啬不给了。维锐奇和玛蒂尔达举行了热闹、隆重的婚礼，成为合法夫妻。结婚后不久，意想不到的事情发生了。一天夜晚，维锐奇和玛蒂尔达正在屋里闲坐着说笑，一个仆人走进来递给玛蒂尔达一封盖印的文件，内容是：神圣宗教法庭命令劳伦蒂尼伯爵于接到此传书后立即来我庭受审。

玛蒂尔达预感大祸临头；于是，她决定马上动身逃往威尼斯。他们乘船来到威尼斯东部郊区一座虽然不大但很雅静的宅邸，悄悄地隐居起来。日子虽然过得平静，但过于单调。一天晚上，维锐奇建议乘坐小船去圣马克广场参加一次节日庆祝活动。在途中维锐奇惊愕地发现朱丽亚在一艘游艇上，他明白：玛蒂尔达欺骗了他，朱丽亚没有死，还活着。回到房间，维锐奇为玛蒂尔达祝酒，当他把酒杯放到嘴边时，突然把酒杯摔在地上，然后从腰带上取下短剑边喊着边结束了自己的性命："永远不可能了，只有到坟墓里去我才能获得灵魂的宁静。我已经——已经

——同玛蒂尔达结婚了。"为什么他会这样极端地结束自己的性命呢？原来，仙女般的朱丽亚突然出现在房间，柔情地站在那里。玛蒂尔达望了一眼血泊里的维锐奇，从他的胸口拔出那柄短剑，刺向朱丽亚。一刀接着一刀，最后玛蒂尔达的力量用完了，才把短剑一丢，面色阴沉地看着面前的悲惨景象。

《札斯特洛齐》是复仇故事，是悲剧。札斯特洛齐的母亲在维锐奇男爵家做事，受到男爵的引诱，被男爵糟蹋了。不久后，札斯特洛齐的母亲生下札斯特洛齐。他母亲生计无着，于是去向男爵乞讨一点赡养费，结果被拒之门外。札斯特洛齐和他的母亲饥寒交迫，生活极其艰难、痛苦。札斯特洛齐的母亲在临死前对他嘱咐道："你要替我报仇——要维锐奇偿还欠我的债，要维锐奇一家，他和他的子孙还清这一笔债。"[①] 于是，札斯特洛齐遵照母亲遗嘱，把维锐奇家族的人一个个谋杀掉了，包括札斯特洛齐的亲生父亲。其实，与玛蒂尔达结婚的维锐奇是札斯特洛齐同父异母的兄弟，也就是说，札斯特洛齐为了复仇，泯灭了人最起码的道德良心，成了一个恶魔。

这部小说的整个故事叙述充满了神秘的色彩，渗透着一种不可抗拒的神秘力量：那是复仇，是死亡，是宿命，是必然。《札斯特洛齐》是悲剧，非常符合悲剧的特点："人物的地位越高，随之而来的沉沦也更惨，结果就更具有悲剧性。一位显赫的亲王突然遭到灾祸，常常会连带国家人民遭殃。这是描写一个普通人的痛苦的故事无法比拟的……莎士比亚的四大悲剧的主角哈姆雷特、奥赛罗、麦克白和李尔王，都是处在高位的人物。"[②]《札斯特洛齐》里的维锐奇、玛蒂尔达、朱丽亚，甚至札斯特洛齐都是血统高贵的人物，他们的死亡和毁灭一定会在读者心中引起崇高感：一种无法抗拒的神秘力量造成的无可挽救的悲剧。那是一种深沉的美。读者不难发现，在雪莱早期的小说和诗歌作品中，这种崇高美的萌芽已经悄然冒出。

[①] 江枫主编：《雪莱全集》（第5卷：小说、散文），河北教育出版社2000年版，第106页。

[②] 转引自曹山柯《失落的乌托邦——时代变革期的文学》，华中师范大学出版社2014年版，第136页。

二 《术士圣欧文》：神秘、毁灭与崇高

"美永远不能真正了解它自己。"① 歌德这句格言在向读者传递着一个非常有意义的观点，即美本身就是神秘的，是被神秘的面纱罩着的，难以看清其真面目。所以，神秘是产生美的内在机制和原始动力。艺术作品之美的背后一定会有一种神秘的力量在驱动着人的感官，打动着他的心灵，占据着他的洞察力，就像他面对《蒙娜丽莎》中的神秘微笑一样。美术史学家贡布里希（Sir E. H. Gombrich，1909—2001）提到这幅名画时这样写道："即使在翻拍的照片中，我们也能体会到这一奇怪的效果；如果站在巴黎卢浮宫中的原作面前，那几乎是神秘而不可思议的了。有时她似乎嘲弄我们，而我们又好象在她的微笑之中看到一种悲哀之意。"② 然而，诗人里尔克（Rainer Maria Rilke，1875—1926）却把蒙娜丽莎身后的背景看得更为重要，他说："从来没有人能描绘出像蒙娜丽莎中深刻的背景。她无限安静的肖像中，仿佛包含了人类的元素、其他一切东西，呈现在世人面前。超越人类的一切东西，仿佛都尽收在这山、树林、小桥、天空及水的神秘关联中。"③ 像《蒙娜丽莎》一样，雪莱的诗歌里有一股神秘的力量，正是它使得雪莱诗歌具有百读不厌的魅力。

如果说雪莱18岁时写的小说《札斯特洛齐》里已经表现出一种无法抗拒的神秘力量，那么表现这种神秘力量的艺术手法在他1811年19岁时出版的小说《术士圣欧文》里更趋向成熟；也就是说，在《术士圣欧文》这部小说里，读者感觉到无法抗拒的神秘力量更加强烈。《术士圣欧文》的副标题是"一个传奇故事"，它从题目上就给了读者某种神秘的暗示；读者在读这部小说时，一定会为里面光怪陆离的描写所震撼，不由自主地产生时空错乱的感觉。《术士圣欧文》的故事梗概如下：

沃尔夫斯坦，一个德国君主的后裔，过惯了纸醉金迷的生活，在绝望中游荡，跳下山崖自杀；但被打劫修道士的强盗救起，并入伙加入了

---

① ［德］歌德：《歌德的格言和感想集》，程代熙等译，中国社会科学出版社1982年版，第26页。
② ［英］贡布里希：《艺术发展史》，范景中等译，天津人民美术出版社1985年版，第164页。
③ 转引自徐岱《论神秘——审美反应的体验性阐述》，《文学评论》1997年第3期。

强盗帮。一天，强盗们接到密报，说有一位意大利伯爵携带一笔巨大财富从巴黎回国，次日稍晚将路过阿尔卑斯山。于是，强盗们决定打劫。强盗们杀死伯爵，抢走了财物，还俘获了伯爵年轻漂亮的女儿梅加莱娜。

沃尔夫斯坦爱上了漂亮的梅加莱娜，可强盗头目卡维格尼却要独自霸占她。优雅高贵的梅加莱娜具有桀骜不驯的性格，她对粗鲁无礼的卡维格尼坚决不从，她内心深处强烈地渴望获得自由。沃尔夫斯坦对卡维格尼怀恨在心，在酒宴上趁他不注意时在他的酒杯里下了毒。正当卡维格尼把酒杯举到嘴唇边要喝时，坐在他旁边的强盗吉诺提故意抬起胳膊把他的酒杯打翻在地。吉诺提是一个神秘人物，他把自己的过去深埋在心底，没有人知道他的底细。但是，他是强盗中的一员猛将，也是头目的得力宠将；所以，尽管他的神情让每个人都觉得一定隐瞒了什么秘密，但大家都以为他是一时失手，不再议论此事。

在下一次酒宴上，沃尔夫斯坦又要在卡维格尼的酒杯里下毒。这次，奇怪的是，吉诺提故意扭过身去，离开大厅，让沃尔夫斯坦顺利地在卡维格尼酒杯里下毒。强盗头目被毒死了，新选出的头目阿道尔夫命令搜查每一个人，看谁的口袋里藏着致命的毒药。这时，沃尔夫斯坦站出来，说是他出于嫉妒对方将要占有他所爱的女人而毒死了卡维格尼。沃尔夫斯坦正要被送去处死时，吉诺提走上前来，他求强盗们不要杀死沃尔夫斯坦，而是让他走得远远的，并保证他不会到他们的地盘露面。由于吉诺提的威望，强盗们同意了他的意见。很快，沃尔夫斯坦带上他落山为盗期间积累的全部赃物冲出山洞。没走多远，发现前面地上躺着失去知觉的梅加莱娜，他欣喜若狂，带着她一起逃往吉那瓦。

之后，吉诺提一直像鬼影一般跟随着沃尔夫斯坦，时常出现在他和梅加莱娜的面前，让他感到恐惧，是他心头永远卸不下的沉重负担。在吉那瓦，安顿下来的沃尔夫斯坦无所事事，成天沉迷于赌博；尽管他多次发誓不再赌了，但无济于事，而且下的赌注越来越大。这时，沃尔夫斯坦和梅加莱娜认识了迷人且多才多艺的奥林匹亚。不幸的是，奥林匹亚疯狂地爱上了沃尔夫斯坦，并在他的公寓向他吐露了她真实的爱情。梅加莱娜非常气愤，她要沃尔夫斯坦把奥林匹亚杀死，以证明他仍然深爱着自己。为了证明他还深爱着梅加莱娜，沃尔夫斯坦喝了满满一杯酒后，戴上面具拿起剑，朝普拉扎奥·迪·安纳斯卡官邸走去。但看见奥林匹亚美丽的睡姿，沃尔夫斯坦却不忍心杀她，于是把剑扔到了地上。惊醒的奥林匹亚看见自己深爱的情人就在床前，激动地问他是否爱自己。当沃尔夫斯坦说他已经属于别人的时候，奥林匹亚拾起地上的剑刺进自己的胸膛。沃尔夫斯坦和梅加莱娜惊慌逃亡。

非常令人奇怪的是，故事情节突然来了个一百八十度的急转弯，小说里冒出来埃丽丝。埃丽丝和她母亲在一次旅途中马车坏了，她们走进一座房子里休息时，一个身材高大魁梧、容貌俊秀的神秘男子注视着她们，埃丽丝心里暗恋上了他。母亲死后的一天，埃丽丝漫步来到一座破旧的修道院，四处尽是废墟；她看见一个高大伟岸的陌生人喊着她的名字朝她走来。她感到震惊、茫然，本能地要跳起来，但这个陌生人却握住她的手，按着她坐下来。他叫弗里德里克·德·尼莫波尼，就是她在屋子里见到过的日夜思念的那个神秘男子。尼莫波尼与埃丽丝相爱，可是在一次赌博中，尼莫波尼无力偿还赌债，于是把埃丽丝送给了债主芒特福德。芒特福德把埃丽丝介绍给菲茨欧泰斯，两人非常恩爱，产生了销魂荡魄的感情。

沃尔夫斯坦来到圣欧文附近的村庄，疾步走进一座巨大的庄园，进入地下室。突然，他绊倒在一具似乎僵硬的、毫无生命迹象的尸体上，惊恐万分。他抱起那具尸体，走到亮处一看，看到的是梅加莱娜的惨白面容。沃尔夫斯坦吓得赶紧冲出地下室，坐在一堆突出的石头上，心急火燎地等待着事情的发生。

雪莱的长篇小说《术士圣欧文》里充满了神秘、离奇、恐怖的气氛，颇具哥特小说风味，尤其是小说结尾的描写。沃尔夫斯坦坐在一堆突出的石头上，等到天黑下来；吉诺提来了，走进阴暗的地下室，黑暗几乎把他们吞没。这时，地下室里呈现出神秘的、恐怖的、令人毛骨悚然的情景：

突然，一道闪电划过狭长的地下洞穴，一声可怕的雷鸣似乎震撼了宇宙万物；背负着狂暴旋风的地狱之翼——恐怖之子，站在他们面前。"是的，"一个威严的声音在雷电交加处轰鸣，"是的，你将获得永生，吉诺提。"突然，吉诺提的身躯变成了巨大的骷髅，可是他那空洞的眼窝里却射出两道白色的、幽灵似的光焰。沃尔夫斯坦也在可怕的震撼中变黑而消亡;地狱的力量对他不再有任何影响。是的,你获得了无限的生命,吉诺提——遥遥无期,毫无希望,永远的恐惧将伴随你。①

这种描述是神秘、恐怖和令人不寒而栗的,但是又非常没有理性,如同痴人说梦。不仅仅是这一段描写,整部小说的故事情节存在不少莫名其妙的地方。尽管雪莱在小说的结尾交代说,吉诺提就是尼莫波尼,埃丽丝是沃尔夫斯坦的妹妹,读者恐怕还是云里雾里,搞不清故事情节发展中的关系。例如,第四章里出现的奥林匹亚小姐到底在整部小说中起什么作用?第五章里安排的埃丽丝在整部小说里起什么作用?梅加莱娜怎么会死在了圣欧义庄园的地下室里?等等。太多的不符合逻辑的地方让读者陷入扑朔迷离的状态。

尽管如此,《术士圣欧文》这部小说还是有一定的可读性的,它的神秘、恐怖和非理性的情节和叙述反而凸显出了某种崇高美。不管雪莱承认不承认,他的这部小说里存在某种与宗教相关的神秘元素,例如吉诺提的身躯在闪电中变成了巨大的骷髅后得到"永生",沃尔夫斯坦在可怕的震撼中变黑而消亡。这些都是发生在宗教里的东西;然而,正是这样的元素才使小说充满神秘色彩。当读者对小说中所描写的特别事物认识能力不足时,就会出现神秘美的感觉,也就是说,"审美的神秘范畴正是建立在人对整个世界的含糊不清、似明似暗、朦胧的半透明性的认识之上的"②。神秘美的东西是无法把握的,读者为之痛苦或者为之愉悦,它给了读者一种超越感和无限的想象空间;所以,它是崇高的。

雪莱的长篇小说《术士圣欧文》仍然比较稚嫩,但它已经开启了雪莱式的神秘、恐怖、崇高;尤其是小说天马行空、哥特式的故事情节和叙述方式为他以后的长诗和诗剧的创作打下了坚实的基础。雪莱写作并出版了《术士圣欧文》之后,再也没有写过小说,他已告别过去,走上一条创作经典诗歌的坎坷之路,正像他在《玛格丽特·尼克尔森遗稿》

---

① 江枫主编:《雪莱全集》(第5卷:小说、散文),河北教育出版社2000年版,第206页。
② 肖君和:《论神秘美》,《贵州社会科学》1989年第4期。

里的《断章》的第一节所写的那样：

> 是的！一切都成过去，时光已逝，
> 　然而余波仍留在我疲惫的心灵，
> 恐惧还能支撑这血肉之躯到几时？
> 　我已死，只是灵魂仍迟迟其行。
> 哦！命运，请收回你可怕的成命，
> 　但是，这永远、永远也不可能，
> 苍天不会嘉许地狱做出这种事情，
> 　哦，因为他从不对我绽露笑容；
> 不仁的命运早已注定我坎坷的一生。①

三　从《术士圣欧文》到《麦布女王》

从17世纪开始，英国哲学家和美学家把自然之宏伟壮丽的崇高与上帝对其的创造联系起来，以形成人们对世界的理解；而这种理论阐述到了托马斯·里德（Thomas Reid，1710—1796）等人那里变得更为深奥微妙且非常实用。"雪莱早期有关崇高的叙述从这些人的著作里得以了解。1812年6月3日，雪莱在写给葛德文的一封信里提到曾读过里德、洛克和休谟的书；而里德的《论人的理智能力》（*Essays on the Intellectual Power of Man*）中就有关于人对自然崇高情感反应的深入分析，但是他把这种情感反应与信仰上帝联系起来。"② 里德是一个自然主义学者，但他的自然主义理论是与上帝联系在一起的。布鲁克斯（D. R. Brooks）把里德的自然主义称为"神佑的自然主义"（providential naturalism），并且认为它包含四个基本信条：1. 遵循牛顿的哲学原理；2. 相信自然规律的最终解释应该在上帝的神佑中寻找；3. 发现那些规律的目的论导向；4. 相信我们认知过程的目的/目标应该是提供给我们真信念（及其他东西）。③

---

① 江枫主编：《雪莱全集》（第1卷：抒情诗），河北教育出版社2000年版，第605页。
② Cian Duffy, *Shelley and the Revolutionary Sublime*. Cambridge: Cambridge University Press, 2005, pp. 13-14.
③ 方红庆：《论托马斯·里德的知识论》，《科学技术哲学研究》2015年第4期。

第八章　雪莱诗歌的崇高革命品质

雪莱早期的小说和诗歌中都多多少少残留着受里德之类的哲学家影响的痕迹，在他的长篇小说《术士圣欧文》里，这种影响的痕迹比较多。他的自然主义思想里有着浓厚的神秘成分，这让读者把他与宗教联系起来；但事实上，雪莱是一个无神论者。雪莱在这部小说里体现了一种对永恒的渴望与追求，在理智和感情上试图让一种神秘的力量内在化，或者使短暂而注定死亡的生命永恒化。这样一来，雪莱这部长篇小说的神秘主义色彩就是"把注意力集中在对上帝的直接感知上的一种体验，是对神圣存在的直接的、亲密的意识，神秘主义是宗教中最激动人心的和最有活力的阶段"[①]。在《术士圣欧文》这部小说里，雪莱就对宇宙中神圣的存在进行了精彩的描写，试举一例如下：

> 我热切地注视着眼前变幻莫测的神奇景象：一团银色灿灿的雾气遮住了眼前的景物，而我还浑然不觉，它像正午的阳光一样辉煌。正当整个天穹似乎都回响着那动人的乐曲，突然，浓雾闪开了一道缝隙，一道深蓝色的云层显露出来，在云层之巅，一个极其标准而匀称的形体似乎站在看不见的大气之中，一道难以描述的灿烂光芒闪烁在他那灼热的目光中，他容貌中流露出的神情映照着银光闪烁的透明的云层。这幽灵向我走来，我感到他的形体似乎包孕在弥漫着浓云的甜美的乐声中。他用充满魅力的声音对我说："你愿意跟我来吗？你想和我在一起吗？"我觉得我绝对不想与他为伍，"不，不！"我毫不犹豫地大喊起来，那种感觉没有任何语言可以解释或者描述。话刚一说完，一种致命的恐惧感使我虚弱的身躯战栗不止，这时，一道强震摇撼了我脚下的悬崖；那俊美的形体从眼前消失了，只见乌云翻滚，从一团团密集的乌云中不断映射出道道流星。我听到周围响起震耳欲聋的声音，像是整个宇宙万物要归于消亡，血红的月亮，飞旋着沉入地平线。我的脖子被紧紧抓住，转回身去，只觉得　阵恐惧的痛苦；我看见一个人类难以想象，难以描绘的极其丑陋的形体，体态庞大，相貌狰狞，似乎被上帝的雷电涂上了漆黑的抹不掉的痕迹；可是，尽管面目可憎，形容丑陋，我们能认出那

[①] 转引自王六二《宗教神秘主义的性质》，《世界宗教研究》1996 年第 1 期。

可爱的幻象，虽然从外表看绝然不同。"可怜的人！"那精灵大叫，声音如雷贯耳，"你竟敢声称不愿意做我的人吗？啊！你无可挽回地要加入到我的行列中来；我敢确信你别无选择，没有任何力量能让你逃出我的手心。说，你愿意做我的人吗？"说着，他把我拖到悬崖边缘：想到要走近死亡之谷，我感到万分恐惧。"是的，是的，我愿意，"我喊道。我刚一说出此言，幻影消失了，我惊醒过来。①

这一段话是《术士圣欧文》第八章里吉诺提给沃尔夫斯坦讲述的他17岁时的一段亲身经历。尼诺提和全体同学在参加完他毒死的那个冒犯他的年轻人的葬礼之后的返回途中，一连串奇异的思想压在心头。这时，他比以往任何时候都惧怕死亡；所以，他漫无目的地行走在山林之中，沉思生命与死亡的问题。吉诺提背靠一棵树坐着，在沉思中他全然忘记了周围的一切，似乎进入了昏沉、安静的梦乡。上面是他对自己处在梦幻般的境地时所看见的情景的描写，非常神秘、恐怖。"银色灿灿的雾气""浓雾闪开的缝隙""银光闪烁的透明的云层"以及"形体庞大而丑陋的幽灵"等背后隐藏着令人费解的东西，它时刻压迫着吉诺提，让他感到恐怖。所以，当那个幽灵问吉诺提是否愿意跟他去时，吉诺提的回答是"不"。然而，这个幽灵具有可怕的威力，他的愤怒不但爆发出震耳欲聋的声音，而且引起强震，摇撼了吉诺提脚下的悬崖。在无法抗拒的神秘力量面前，吉诺提最终屈服了，只得惊恐地回答那幽灵说："是的，是的，我愿意。"与其说吉诺提被征服了，不如说读者被征服了。"一个人如果四方八面地把生命谛观一番，看出在一切事物中凡是不平凡的、伟大的和优美的都巍然高耸着，他就马上体会到我们人是为什么生在世间的。因此，仿佛是像按着一种自然规律，我们所欣赏的不是小溪小涧，尽管溪涧也很明媚而且有用，而是尼罗河、多瑙河、莱茵河，尤其是海洋……凡是使人惊心动魄的总是些奇特的东西。"② 吉诺提给沃尔夫斯坦

---

① 江枫主编：《雪莱全集》（第5卷：小说、散文），河北教育出版社2000年版，第189—190页。

② 北京大学哲学系美学教研室编：《西方美学家论美和美感》，商务印书馆1981年版，第49页。

讲的那一番话，里头包含了那么多令读者惊魂动魄的奇特东西，怎么会不在他们心中引起神秘的崇高感呢？

从《术士圣欧文》里，读者已经发现了雪莱在他那些伟大的诗篇里普遍具有的永恒魅力：自然、神秘、毁灭、恐怖、崇高。形成这些魅力的基本要素在雪莱早期的小说和诗歌里就已经存在了，尽管还不是那么成熟。虽然《术士圣欧文》里存在浓厚的与宗教相联系的描述或想象，但雪莱在诗文中所显示出来的宗教情结恐怕只是一种根据文学作品需要所采用的艺术手段。雪莱的"《麦布女王》说明，上帝（God）这个词在他诗歌里的使用是一种文学的隐喻性用法"[1]。但是，有一点是肯定的，即雪莱自从发表了《论无神论的必然》之后才真正走上了革命浪漫主义的创作道路，因为他的经典诗歌作品都是在这篇檄文问世后创作的。雪莱的《论无神论的必然》本身就颇具崇高性。想一想，上帝在当时是被全社会广泛接受和认可的神圣的真理存在，反对上帝就是反对真理，就是与全社会作对；而雪莱宁可被牛津大学开除也要提出质疑上帝存在的观点或理论，他做了绝大多数人不敢做的事情，这不是崇高是什么！雪莱在《论无神论的必然》里公然宣称：

> 见证决不能违反理性。上帝使人的感觉相信他是存在的，关于这一点的见证，如果要人承认的话，除非我们的心灵认为这些见证人见到上帝的可能性大于他们受骗的可能。我们的理性永不可能承认这样一些人的见证……由此可见，我们没有足够的证据，或者不如说，要证明上帝的存在，证据不足。[2]

雪莱对上帝存在的驳斥是有力的，具有很大的颠覆性和毁灭性。颠覆、毁灭是雪莱《论无神论的必然》的特点，也是他第一首颇具革命思想的长诗《麦布女王》的特点。在这首长诗里，麦布女王驾着神奇的时

---

[1] Cian Duffy, *Shelley and the Revolutionary Sublime*. Cambridge: Cambridge University Press, 2005, p. 17.

[2] 江枫主编：《雪莱全集》（第5卷：小说、散文），河北教育出版社2000年版，第360—361页。

间车辇为艾恩丝的灵魂指点历史上各个朝代的废墟:"'瞧!'仙女喊叫道,/'那是帕尔迈拉王宫的废墟'!——/那权势逼威的地方/淫乐和欢笑的场所,/如今留下些什么?只有/无聊和耻辱的回忆——有什么是不朽的事物?"① 雪莱这些类似的描写给读者带来一种神秘、毁灭和恐怖的感觉。帕尔迈拉王宫的废墟笼罩着浓厚而神秘的迷雾,使读者在心里产生独特的神秘美的享受,然而这个权势逼威的地方好景不长,最终留下的只能是废墟、无聊和耻辱的回忆;而在这样的回忆里除了毁灭和恐怖之外还会有什么呢?腐朽、罪恶的辉煌是短暂的,因为"有些德行杰出的将会昂然奋起,/哪怕是最艰危的时刻,/他们纯洁嘴唇说出的不灭真理/会用永远燃烧的火焰结成花圈/箍紧那毒蝎虚伪,/直到那怪物把它自己蜇死"②。这就是神秘、颠覆和毁灭,这就是崇高,这就是一个新时代将要诞生的庄严预言和欢乐赞歌:

> 地球将会变成多么甜美的地方!
> 最纯洁精美的纯洁的居住场所,
> 与万千星球和谐如同交响乐曲;
> 那时,人和永恒不变的大自然
> 联合起来一道承担再生的大业,
> 那时,不利于生命发育的两极
>   将不再指向那颗朦胧
>   闪烁阴毒的红色太阳。③

第二节 《伊斯兰的反叛》:反叛、至善与崇高

《伊斯兰的反叛》原名《莱昂与茜丝娜》或《金色城市的革命》,被公认为是雪莱最优秀的长诗之一,颇具革命浪漫主义精神。诗歌问世后颇受争议,不少评论家认为,《伊斯兰的反叛》指涉的是法国大革命的美

---

① 江枫主编:《雪莱全集》(第3卷:长诗·下),河北教育出版社2000年版,第291页。
② 江枫主编:《雪莱全集》(第3卷:长诗·下),河北教育出版社2000年版,第333页。
③ 江枫主编:《雪莱全集》(第3卷:长诗·下),河北教育出版社2000年版,第333页。

好理想，还有一些批评家认为，这首诗里所展现的美好理想是雪莱追随葛德文之后形成的。① 雪莱在1817年写给一位出版商的信里，对这首长诗的主题做了一些说明，提到了法国大革命。那些认为这首诗是以法国大革命为背景的评论家大概是根据从这封信里获得的信息做出的判断：

> 故事被设想发生在君士坦丁堡和现代的希腊，但没有对伊斯兰教风俗作充分细致的描述。实际上，故事中讲述的革命，可以设想发生在欧洲的一个国家；这次革命奉行人们称之为现代哲学（我这种叫法不正确）的思想，并与旧观念及其支持者假想出来的奉行旧观念的好处作抗争。这次革命属于这样的性质，它追求最高理想，如同法国大革命那样，但它是靠个人天才的影响，而不是由公众的普遍认识引起的革命。②

从雪莱的这封信里，读者清楚地知道，这首诗的确与1789的法国大革命有关；但是，如果仅仅从法国大革命来看待和理解这首诗，那么就限制了它的历史意义，使它不能够呈现出自己的真实面目。雪莱这首诗是针对全世界的压迫制度而写的。他写这首诗的时候，世界形势千变万化，神圣同盟的出现、法国波旁王朝的复辟以及爱尔兰的反革命恐怖似乎证明，暴政已经取得了空前的胜利；诗中似乎也有类似于这些背景的描述。但是，在《伊斯兰的反叛》里，从头到尾，充满了各国人民的解放是不可避免的"必然性"的思想。

雪莱在《伊斯兰的反叛》里所蕴含的"必然性"思想不是空穴来风，而是基于他对社会生活的观察和思考。他在这首长诗的序言里说："我见过暴政和战争的明目张胆、暴戾恣睢的场景；多少城市和乡村变成了零零落落的断壁废墟，赤身裸体的居民们在荒凉的门前坐以待毙。"③ 在这种情况下，人民为争取解放而斗争是不可避免的。所以，反叛、至善、

---

① Cian Duffy. *Shelley and the Revolutionary Sublime*. Cambridge：Cambridge University Press, 2005, pp. 126-127.
② 江枫主编：《雪莱全集》（第7卷：书信·下），河北教育出版社2000年版，第79页。
③ 江枫主编：《雪莱全集》（第2卷：长诗·上），河北教育出版社2000年版，第72页。

自由是《伊斯兰的反叛》的主旋律。雪莱在诗里描述伊斯兰的黄金城，那里的人民在暴政的统治下呻吟；反叛的暴力和自由的呼声伴随着起伏跌宕、惊心动魄的场面，使读者从中感到了一种不可抗拒的、震撼心灵的崇高之美。

一 苍鹰和巨蛇在激烈搏斗

《伊斯兰的反叛》这部长诗的题目带给读者的信息是革命和斗争，人民的反叛是这部诗歌的重要内容。反叛和对自由的追求是雪莱那个时代不容忽视的特点，也是人类文明发展的不可阻挡的趋势。恩格斯在1842年所写的《国内危机》里，在谈到英国政府对宪章运动的镇压时说：英国无产阶级意识到"用和平方式进行革命是不可能的，只有用暴力……根本推翻门阀贵族和工业贵族，才能改善无产者的物质状况"。恩格斯在《英国工人阶级状况》中系统地阐述了这个问题，他清楚地看到了工业革命后，英国无产阶级的生活状况不断恶化，罢工、捣毁机器的现象时常发生；这些都是促使革命高潮到来的基本因素。所以，他预言："英国面临着一场按一切迹象看来只有用暴力才能解决的危机。"[①] 其实，暴力革命的问题早在雪莱的《伊斯兰的反叛》里就已经提到了，它是以文学艺术的形式呈现出来的，颇具想象力和艺术感染力。

雪莱虽然出身于贵族家庭，但他激进的思想使他与自己的家庭决裂，使他的生活充满坎坷和艰辛。于是，他对人类的生存境遇进行了深刻的沉思，对人类的苦难和生存的意义进行追问。面对暴政、暴君统治的残酷现实，雪莱清楚地认识到，人民不能因此而屈服，需要采取一切可能的暴力手段反抗这种处境，在一个暴虐的世界里重建生命的意义与价值。以暴力革命推翻暴君统治是雪莱在《伊斯兰的反叛》里提出的策略，唯有暴力革命才可能为广大的劳苦大众带来做人的机会。雪莱在这首诗的第一歌中用鹰蛇搏斗的象征手法来展现人民站起来反抗暴君的壮烈场景：

　　苍鹰一圈又一圈盘旋打转，

---

① 转引自朱本源《暴力革命是无产阶级革命的普遍规律吗？——马克思恩格斯的暴力革命论与和平过渡论初探》，《陕西师范大学学报》（哲学社会科学版）1981年第2期。

第八章 雪莱诗歌的崇高革命品质 / 395

　　　　哗啦啦扑打着翅膀，发出悲鸣，
　　　　它不停地翱翔，有时高入云端，
　　　　　叫人看不见它越来越小的身影，
　　　　　有时下降，犹若力不自胜；
　　　　可是它依然一声声哀号悲啼，
　　　　　忽然迫不及待地调转头，狠起心，
　　　　用嘴爪朝着蜷曲的巨蛇猛袭，
　　　　巨蛇也照准它心房，要给以致命的一击！①

　　在《伊斯兰的反叛》的一开始，雪莱就为读者呈现了一个惊心动魄的画面：象征"自由"和"善"的蛇与象征"专制"和"恶"的鹰在天空进行着激烈的搏斗。在搏斗中，苍鹰"用嘴爪朝着蜷曲的巨蛇猛袭"，而巨蛇也不肯示弱，"照准它心房，要给以致命的一击！"苍鹰和巨蛇打斗得难舍难分，它们的搏斗在"在太空里就给掀起迷雾一片，／宛若大海上滚滚白浪滔天——／鹰毛被扯落，在辽远的高空里飘荡；／亮闪闪的蛇鳞在苍鹰的脚爪下飞溅；／一如点点火化在黑暗中闪光，／鳞毛飞落，鲜血染红了喧嚣的白浪"。"双方斗尽了心机，耗尽了力量，／打了老半天，分不出胜负高低；／这可怕的搏斗好容易才有了收场：——／眼看白昼的灯光就要灭熄，／蛇身折断了，僵硬了，没了气，／高悬在空中，最后落入大海／苍鹰也扑扇着翅膀，发出哀啼，／飞过大陆的上空，力竭气衰，／驾驶着筋疲力尽的风暴，飞向天外。"②

　　在搏斗中，代表善的巨蛇被苍鹰战败，坠入大海，但并没有死去；苍鹰也负了伤，飞向远方。这些关于蛇鹰激战的描写非常精彩、大气，给读者带来一阵又一阵快感。"诗与快感是形影不离的：一切受到诗感染的心灵，都会敞开来接受那掺和在诗的快感中的智慧。"③ 既然代表善的巨蛇被战败了，怎么还会给读者带来快感呢？快感产生于正义敢于与邪

---

① 江枫主编：《雪莱全集》（第2卷：长诗·上），河北教育出版社2000年版，第97页。
② 江枫主编：《雪莱全集》（第2卷：长诗·上），河北教育出版社2000年版，第98、99页。
③ 江枫主编：《雪莱全集》（第5卷：小说、散文），河北教育出版社2000年版，第458—459页。

恶的交锋与搏斗上，这就是勇敢、执着和气魄，它们能够在读者心中激发出某种崇高的感觉。伯克（Edmund Burke，1729—1797）认为："凡是可恐怖的也就是崇高的。"① 因此，无论在自然界中，还是在现实生活中，凡是能够令人恐怖、可怕的东西，都是崇高的。崇高对象的感性性质，主要表现在体积的巨大，颜色的晦暗，力量的强大，无限，空无，突然性，等等。例如，海洋、风暴、星空、瀑布、黑暗、毒蛇猛兽、电闪雷鸣、火山喷发等自然现象，神、国王、重大的社会动荡、革命、战争等社会现象，这一切都因为令人恐怖而成为崇高的对象。②

在《伊斯兰的反叛》的第一歌里，雪莱描写的是苍鹰与巨蛇在大海之上的天空中的激烈搏斗，这场面当然会给读者带来崇高感。除了这个激烈搏斗的场面之外，雪莱还对整个社会（包括读者）的传统意识进行了颠覆，这同样也会在读者的身上产生崇高感。众所周知，基督教里，蛇象征恶，而鹰则象征善；雪莱在这里把它们完全颠倒过来，让蛇变成了善的象征。雪莱对《圣经》里蛇的传统意识的颠覆是颇具象征意义的。神嘱咐亚当，园里各种各样树上的果子可以随意吃，只是分别善恶树上的果子不能吃，如果吃了人就会死。蛇引诱夏娃说："你们不一定死，因为神知道，你们吃的日子眼睛就明亮了，你们便能知道善恶。"（《圣经·创世纪》3∶4—5）；于是，夏娃摘下禁果，不但自己吃了，还给丈夫吃了。吃了禁果之后，亚当和夏娃都眼睛明亮了，有了善恶观，知道了什么是耻辱，懂得了反叛。从这个意义上说，蛇是人类智慧的开启者，是人类的导师和朋友；所以，雪莱把蛇作为善的象征来描写并不是没有道理的。

苍鹰和巨蛇搏斗时，"有一个明媚犹如晨光的少女，／坐在岩石下，坐在茫茫的海滩上"，她在观望那一场难以想象的恶斗。巨蛇受伤后，落进海水里，她喃喃呼唤，"巨蛇十分熟悉的甜蜜语言，／原来那就是它和她共同的乡音"。蛇"再也不在白浪里踌躇不前"，它加速向波光绿影的岸边游去，"一直游到她洁白的脚边，方始憩停"。那少女唱出优美的乐音，巨蛇听从她的召唤，蜷伏在她的胸口。少女这时和巨蛇和"我"一

---

① 转引自朱光潜《西方美学史》上卷，人民文学出版社1963年版，第242页。
② 李醒尘：《西方美学史教程》，北京大学出版社1994年版，第201页。

起登上小船,在水光浩渺、波涛滚滚的水上航行。少女在航行中给"我"讲述了一个梦幻般的可怕故事:

> 这世上最早的居民只是一个孤零零的人,他内心的种种思想在可怕的共鸣中发生混战。罪恶获胜了,恶魔统治着苦难的世界;为了和永恒的仇敌抵抗,善良化作一条恶蛇,人和兽都不肯放过。恶魔的名字叫魔军,它所统帅的是:死亡、腐朽、地震、摧残、贫穷。在一个夜晚,少女梦见一个默默无言的美少年,引领着她"走向人烟稠密的大城,/当时那里已成了圣战的疆场",她"在积尸和濒死的人群中行进,/参加了大无畏的事业,和恶人开仗"。少女"终于被一阵灾难的绝叫惊醒:/不知谁给她披上件神秘的衣衫,/她的脚跟前熠耀着一颗明星,/于是巨蛇遇上了它不共戴天的敌人"。①

少女的故事听起来就是一个梦幻,而少女本身就是一种崇高思想或正义精神的化身。与其说,少女在给"我"讲故事,不如说,"我"在给"我"自己讲故事,因为少女就是"我",就是雪莱本人。少女的小船来到一个仙境:"一座座绿草如茵的岛屿,/岛上的花木在幽暗的水底辉耀。"他们下了船,进入一个大门,"只见屋顶用月华宝石精刻细雕,/在四下的塑像上投下朦胧的光辉"。"有一个空着的宝座位于中央,/光辉如火焰的金字塔是它的垫架,/塔上的踏级一圈圈回旋而上,/焕发着一团火焰般浓烈的光华。少女走进来高呼那精灵,便倒下,/就这样慢慢地不见了她的踪影。/她熔解的肢体上有一团黑气迸发,不断地弥漫,遮没了光明的庙宇,用神秘的夜色抹尽了这个天体里的星辰。"这时,"笼罩在火焰上的一团云已被劈开;/这星座下边坐着一个形影,/语言和思想都无从刻画他的丰彩,/他的四肢像玫瑰般鲜艳温馨;/那雕像,壁上的画幅,阴暗的庙顶,/都沐浴着他柔和无比的光辉"。他就是莱昂,"赫然在

---

① 江枫主编:《雪莱全集》(第2卷:长诗·上),河北教育出版社2000年版,第104—116页。

座,雄伟而谦和,沉静而慈悲"。①

非常有意思的是,少女走进圣殿之后,和那条巨蛇一起在"一团火焰般浓烈光华"中熔化,成为圣殿的一部分。少女熔化在火焰里之后,这团火焰被劈开,里面出现了莱昂的身影。这里给了读者一个暗示,即少女就是雪莱,雪莱就是莱昂;他们是一体的,但有时以其他什么名字或者以一种崇高的思想或理想的形式出现。那个和巨蛇一起熔化在火焰中的少女也可以看作在第二歌里出现的茜丝娜,即雪莱的革命思想的化身,因为雪莱在诗里这么说:"她行走在大地上,是一个光明的幻影……/这孩子简直就像是我自己的身影,/我的化身,比我更可爱更俊俏。"②

在《伊斯兰的反叛》里,雪莱让自己的思想化身为坚决为自由而斗争的美丽少女茜丝娜,两人一起率领人民攻打黄金城。起初,黄金城起义暂时胜利了,雪莱巧妙而艺术地把莱昂与茜丝娜合而为一,塑造了女英雄莱昂妮的形象。莱昂妮站在"起伏波荡的人流中,/像一颗洁净的星辰,把一缕清光/照亮了海上的一片暗影幢幢,……/她手舞足蹈,一席话说得极其动听":

> 同胞们,我们自由了!果实在星空下闪光,
> ……
>   让科学和诗歌,两姊妹携着手,
> 把自由人的田野和城市打扮得明媚如锦绣!
> ……
>   我们高贵的感情立即会引起共鸣:
> 帝王将面无人色!那全能的恐惧——
> 魔鬼——上帝,当我们魔术般的姓名进入它耳鼓,
> 就从万千座神庙里像影子般纷纷奔逃,

---

① 江枫主编:《雪莱全集》(第2卷:长诗·上),河北教育出版社2000年版,第120、121页。

② 江枫主编:《雪莱全集》(第2卷:长诗·上),河北教育出版社2000年版,第136。

让真理和欢乐来接管它那倾圮的王朝!①

莱昂妮这一段慷慨激昂的演说加上她用实际行动对暴政的反抗,表明人民已经投身到了反抗暴政的运动之中,与苦难的制造者和邪恶展开了全面的搏斗。世界不再是暴君和暴政独往独来的天下,人民在莱昂和茜丝娜的激发下开始觉悟,开始要求摆脱被奴役的状态,从反抗中创造生命意义。"反抗"从根本上说是一种价值重构的行动,它不仅要求重建不合理的社会制度,而且要求重建有价值的人。"反抗"使人去寻找真实的自我,构筑自我的存在意义,同时还呼吁全人类在共同的苦难面前携起手来,砸碎旧世界,"让真理和欢乐来接管它那倾圮的王朝!"

二 至善守望着熟睡的婴儿

莱昂和茜丝娜在《伊斯兰的反叛》里是雪莱的化身,代表着自由、平等、博爱,是至善的体现。雪莱为了和代表永恒的仇敌"恶"的苍鹰对抗,把"善"化作一条巨蛇,与苍鹰搏斗。尽管巨蛇失败了,但它没有死去,在少女的怀中得到抚慰,并同少女一起熔化在圣殿的火焰里,从而生成了"雄伟而谦和,沉静而慈悲"的莱昂。"他一头乌黑的长发纷披四散——/他那样站在,有多么美丽!/他身旁那妇人就像他的影子一般;/她拉着他的手,那景象更加美丽!"② 莱昂身旁那妇人就是茜丝娜,两人有时分离,有时是一个整体;这里的一男一女代表着整个人类的终极理想,也是至善的象征。

一种社会制度或集团统治要想获得人民的爱戴和拥护,它首先应该是善的。所以,施特劳斯(Leo Strauss,1899—1973)一针见血地说:"所有的政治行动本身都指向了关于善的知识:关于好的生活或好的社会。"③ 暴君统治或专制统治不是以广大人民的美好生活为目的,而是以维护一小撮统治者的利益为目的的,所以不是善的。一个理想社会善的

---

① 江枫主编:《雪莱全集》(第 2 卷:长诗·上),河北教育出版社 2000 年版,第 217、218 页。
② 江枫主编:《雪莱全集》(第 2 卷:长诗·上),河北教育出版社 2000 年版,第 123 页。
③ [美]施特劳斯:《什么是政治哲学》,李世祥译,华夏出版社 2011 年版,第 2 页。

实质就是要有一套行之有效的机制,消除社会可能对人产生的种种异化,使人成为全面发展的人,使社会成为能够保障人的自由、平等的社会。"工业革命以后,所有政治倾向和宗教信念中有思想的人都与一种难以确定的失落感作斗争,这是一种这样的感觉:现代社会中的生活变得没有创造性了;人们有点被隔绝了并且失去了文化和社会传统;社会和人性被原子化了从而变得支离破碎;尤为重要的是,人们与赋予他们的工作和他们的生活以意义的东西分离开来了。"① 雪莱生活在工业革命之后的英国社会,当时人的异化现象非常严重;为了克服资本主义在人们身上产生的异化,使他们从被定位为"螺丝钉"的境况中解放出来,过上人的有意义的生活,雪莱在大量的诗歌作品里提出"至善"的理念。虽然《伊斯兰的反叛》在讲述一个暴力革命故事,但是"至爱"的理念贯穿于其中,为读者提供了另一种阅读、想象空间。

雪莱在《伊斯兰的反叛》里写的是暴力革命,却无处不表现出"至爱"精神,这与他的社会改良主张密切相关。他在《告爱尔兰人民书》里清晰地表达了这种主张:"在两种情况下,都不需要采取暴力;通向自由与幸福的道路,是绝不会违反道德和正义的法则的。自由和幸福是建立在道德和正义的基础上的;如果损毁一方,就等于损毁另一方。"② 雪莱的这种非暴力的社会改良思想浸透在他的至爱理念里,更反映在《伊斯兰的反叛》里。

雪莱在这首长诗里所呈现的所谓暴力革命是靠一种崇高的自由、平等、博爱思想在人民大众中间引起的反叛觉悟,这种觉悟使人民自觉走上街头,涌进暴君的王宫,使统治者迫于无奈而放弃其统治。例如:在"第四歌"里,救了"我"性命的老隐士"把高尚的真理向群众传开,让群众了解"。"他来到悬岩上这孤寂的高塔跟前,/发表了一通雄浑动听的演讲",震撼和唤醒了被欺骗、愚弄的人民。于是,

---

① 张亮等编:《伦理、文化与社会主义——英国新左派早期思想读本》,江苏人民出版社 2013 年版,第 249 页。

② 江枫主编:《雪莱全集》(第 5 卷:小说、散文),河北教育出版社 2000 年版,第 373 页。

满街遍巷，到处喷有烦言，
　　直吓得黄金城的暴君们簌簌发抖，
奸臣们再包藏不住心底的谎言；
　　你瞧他们一旦在殿堂上聚首，
嘴上虽不说，心里早明白了根由——
　　如今天下人都已经明白了真理；
脸色吓白了——那审判座上的刽子手！
连豪富的老妪也把黄金鄙弃；
殿堂上充满了哗笑，王座在咒骂声中战栗！①

崇高思想和博爱的传播就像刀枪一样锋利，它可以所向披靡地战胜一切邪恶统治。雪莱的这种至善观念是以道德为核心的，是深受古希腊德性理论影响的。苏格拉底试图从道德哲学入士，加强希腊人的道德意识。"在他看来，美德就是人认识自身本性的知识，所以人的第一要务不是像自然哲学家那样认识自然，而是'认识你自己'。与当时智者学派感觉论的相对主义不同，苏格拉底所谓的'认识'实际上是指人对自身的理性本性的觉解，而理性的最高目的就是善。应该说，苏格拉底是把'最高的善'看成了出自人本性的人生的最高目的。'善'在苏格拉底哲学中是秩序、和谐与理性（奴斯）的统一体。人作为感性的人可以以追求感官快乐为业，但人作为理性的人却要追求'最高的善'。"② 如果世界上所有的人都追求和具备了"最高的善"，"到最后只消你愿意振臂一呼，/也许就不必流血；也许奴隶们/对自己和自己的兄弟能一概宽恕"。

茜丝娜就是这么一个具有"最高的善"的少女，她被俘获了，但她"从小就学会容忍，承当着暴君们沉重无比的凌辱，/她最近挺身而出，向她的姊妹们/ 宣扬真理和自由，她安详地说，'为你们自己着想，我请求把我宽恕！'"听了茜丝娜的一席话，"所有的心灵就这样给激起怜悯"，

---

① 江枫主编：《雪莱全集》（第2卷：长诗·上），河北教育出版社2000年版，第175页。
② 王天成：《至善、自由与生命——西方道德哲学中超道德价值的演变》，《天津社会科学》2001年第4期。

连那些准备把她柔软的躯体绑上刑柱的刽子手们都受到了感动:"执行吏忽痛哭,为她松绑解绳,/谁也不肯动手叫她受苦,/于是她走遍了这大城,通行无阻,/用美德的雄辩当作坚实的头盔,/去招架三重利甲:侮蔑,死亡,痛苦,/她堆着满脸的微笑作为自卫,/揉合了大蛇和白鸽的优美——纯洁与智慧。"① 显然,茜丝娜以"最高的善"作为武器,战胜了想要把她置于死地的邪恶势力,狠狠痛击了压迫者的淫威。

人只要来到文明世界,他就一定在两个层面上徘徊:一个是"所是"层面,另一个是"应是"层面。当人处于"所是"层面时,他与周围的动物没有多少区别,即饿了就要吃饭,冷了就要穿衣,这是所有动物生存的基本要求;但是,当人处于"应是"层面时,他才从根本上区别于动物,显现出人的特点来,即他的理想和希望应该是什么样的。"应是"层面对"所是"层面来说是一种超越,它形成了一个截然不同的价值世界。价值世界是人的心灵世界,只有在那里,人在道德上才有了规定和约束;从而人与兽区别开来,成为真正的人。在《伊斯兰的反叛》里,茜丝娜和"我"都是追求"应然性"的人,所以,他们的美德实践体现在对共同善的追求,他们心底都存在这么一个理念:共同善来自权利本身所服务的目的,"正义原则及其证明取决于它们所服务的那些目的的道德价值或内在善"②。茜丝娜和"我"的善在符合道德价值内在于心灵深处的至善,雪莱在《伊斯兰的反叛》里对茜丝娜和"我"的至善做了非常清晰的具体描写,试举一例如下:

  于是狡诈的杀人犯慌张逃命,
   好像蝗群遇上了朔风的追赶;
  但我们的队伍行动更加灵敏,
   在山谷里围困住他们的败兵残将,
   任他们在绝望中犹图枉然反抗!
  爱国者这一回为了泄恨报仇,

---

① 江枫主编:《雪莱全集》(第 2 卷:长诗·上),河北教育出版社 2000 年版,第 177—178 页。
② 陈周旺:《正义之善——论乌托邦的政治意义》,天津人民出版社 2003 年版,第 39 页。

把高尚的美德完全扔在一旁，
有个人向敌人瞄准了致命的锚头，
我连忙跑上去拦阻，大呼"住手！住手！"

我高高举起臂膀，上前去规劝，
　臂膀马上被那根矛头所刺穿，
创口迸出的鲜血有如涌泉。
　我不禁微笑："你天生滔滔善辩，
　这口才竟这样化做鲜血泛滥！"
我欢呼："生命的洪流呀，为事业大计，
　我算得什么！心里的血又何妨流干？
啊，你苍白，你哭泣，你的激情已静止，
好极了，你已经领会爱之规律的真谛！"①

雪莱虽然在《伊斯兰的反叛》里讲述暴力革命，但他倡导的暴力革命并不是真正意义上的血流成河的暴力革命，而是充满了至善精神的暴力革命。在革命过程中，狡诈的杀人犯慌张逃窜，爱国者们奋勇追杀敌人；"我"却上前拦阻那些夺取敌人性命的爱国者，让他们住手。虽然"我"因阻拦进一步的杀戮，臂膀被矛头刺穿，但感到心安理得，因为"我""已经领会爱之规律的真谛！"雪莱的这些描述非常符合前面提到的他在《告爱尔兰人民书》里的主张："自由和幸福是建立在道德和正义的基础上的；如果损毁一方，就等于损毁另一方。"

美德和至善是内化在人之内心的神圣意识，它在社会实践中表现为博爱与宽容。"我"在《伊斯兰的反叛》里表现出了博爱与宽容，"我"不但爱那些冲锋陷阵的"革命志士"，也爱那些失去了抵抗力的或放下了武器的"敌人"。人只有在关键的时刻展现出了他的博爱和宽容，他才能够使自己懂得隐匿在内心深处的真理是什么。黑格尔认为："唯有人是善的，只因为他也可能是恶的。善与恶是不可分割的。"② 然而，

---

① 江枫主编：《雪莱全集》（第2卷：长诗·上），河北教育出版社2000年版，第191页。
② ［德］黑格尔：《法哲学原理》，范扬、张企泰译，商务印书馆1961年版，第144页。

趋善避恶是人的本性，没有人愿意去作恶，而作恶的根本原因是"无知"。所以，雪莱在《伊斯兰的反叛》里以一种规劝的方式，教导那些"迷途羔羊"："四海皆兄弟——包括被雇用的杀人犯；/倘若对犯罪者一定要进行报复，/那唯有使苦难获得营养滋补，/咬着它破碎的心房而发胖。/噢，大地，苍天，严峻的造物主——/对生灵万物都本着仁爱的心肠，/甚至对你们这些作恶者也宽宏大量！"① 雪莱在这里给读者灌输着一种真正伟大的爱，它像高山那样巍然耸立，像海洋那样宽广，使他们内心感受到了一种强烈的震撼，让他们心醉神迷，从而获得深刻的教诲。

三 神秘的时空错乱与崇高

在《伊斯兰的反叛》里，雪莱没有把人物和事件按照历史的或逻辑的发展顺序排列起来，而把它们打乱，任意地组合、排列起来，在读者身上产生"时空错乱"的感觉。在"第一歌"里，巨蛇和苍鹰在激战，"有一个明媚犹如晨光的少女，/坐在岩石下，坐在茫茫的海滩上"，在观战。巨蛇在搏斗中失败之后，少女带着它和"我"一起划着小船离开。在途中，少女讲了自己的经历，那是一个善与恶、理想与现实、自由与压迫、真理与荒谬如何斗争的故事。在这个故事里，少女梦见了一个精灵般的美少年，并热烈追随他奔赴圣战的疆场。她"终于被一阵灾难的绝叫惊醒"，于是，看见巨蛇和苍鹰在激战。接着小船载着他们来到一座仙境般的海岛，上面有一座金碧辉煌的庙宇，美不胜收："紫红的暮霭涌退到西天的森林，/将升的月亮在云端里聚敛着倩光，/天空里涌现出密密麻麻的星辰，/它们放射出万道金色的光芒，/于是天空和大理石的水面如灯光辉煌。"庙宇的里面摆放着"一张张蓝宝石做成的宝座，/坐满了好多辞却人间的伟人"。少女在庙宇里与巨蛇一起化为乌有。这时，一个为理想而战斗的勇士莱昂出现了，他对"我"说："那两个伟大的精灵已经归来，/像安静的鸟儿从汹涌的人海飞回窝，/从永恒的希望之瓮中重洒出奇光异彩；/这显示了人类的力

---

① 江枫主编：《雪莱全集》（第 2 卷：长诗·上），河北教育出版社 2000 年版，第 192 页。

量，别失望，要善于理解！"①

《伊斯兰的反叛》的"第一歌"为读者提供了三个不同的时空状态，第一个时空状态是，少女和"我"在海滩上观看巨蛇和苍鹰搏斗；第二个时空状态是，少女在小船上讲的故事；第三个时空状态是，金碧辉煌的庙宇以及在庙宇中所发生的事情。然而，这三个时空是非理性的和错乱的，给读者带来的是扑朔迷离的感觉。首先，少女为什么会坐在海滩上观看巨蛇与苍鹰搏斗？按照诗歌里的说法，少女在梦中"被一阵灾难的绝叫惊醒"，这时才发现"巨蛇遇上了它不共戴天的敌人"。② 这种情形除非发生在少女在海滩睡着的时候，但少女为什么来到这个海滩，是携带着巨蛇来的吗？都没有交代。在少女所讲的故事里，她梦见、爱上，并追随了一个美少年。美少年是一个具有崇高革命理想的志士，少女跟着他"在积尸和濒死的人群中行进"。然而，她所钟爱的那个美少年独自抚养自己的孩子："那山泉，那滚滚的波浪，/那被暴风雨震撼得发抖的森林。"少女爱上的美少年到底是什么呢？是创造了大自然的神灵。小船载着少女、巨蛇和"我"来到庙宇，即第三个时空；在那里少女和巨蛇都在一团火焰般的光华中化为乌有，取而代之的是一个美少年莱昂的诞生。

这三个时空是错乱的，但在错乱中又是交叉在一起的，就好像把几块石头扔进池塘里的效果。当一块石头被扔进池塘里，水面的涟漪会以圆圈的形式朝四周扩散开来，越来越大。如果将三维模型设想为包括二维的池塘水面和一维的时间，这些扩大的水波圆圈就画出一个圆锥，其顶点就是石头击到水面的地方和时间。但事实上，扔进池塘里的往往不是一块石头，可能是两块、三块，甚至更多块的石头。这样，池塘水面的波纹就不是那么有序，它们会相互交错起来。在不同时间内，往池塘里扔的石头越多，水面的波纹就会越错乱，也就是说，扔到池塘里的石头使池塘里的时空发生了错乱。③ 同样的道理，在《伊斯兰的反叛》里，

---

① 江枫主编：《雪莱全集》（第2卷：长诗·上），河北教育出版社2000年版，第117、122页。
② 江枫主编：《雪莱全集》（第2卷：长诗·上），河北教育出版社2000年版，第116页。
③ 曹山柯：《〈时震〉中的时空错乱与两面神精神》，《外国文学研究》2003年第1期。

雪莱把自己的崇高理想和神圣追求分解成以少女、巨蛇、少年、莱昂、茜丝娜、白发隐士、莱昂妮为代表的形象，让他们在各种时空里来回穿梭，从艺术手法上在读者那里造成时空错乱的感觉。

在"第二歌"里，雪莱描写莱昂、茜丝娜和"我"，这三个革命者准备召集大军去解放黄金城。先是对莱昂的描写，他是一个谜一样的人，他和朋友常常徘徊在倾圮的迷宫，"坐在阴沉的柱石上，迎着夕照，/听激浪猛打宫墟，论阔谈高"。这时，"我"与不朽的心灵相识，"这荣誉的交往使我获益良多，/……/真理的使者从我幻想的金翅上飞跃——/它不是孤单单跃自智慧的高塔之上，/那羽毛丰满的使者正是年轻的莱昂"。茜丝娜曾是一个与我父母同居的孤儿，"是光明的幻影"。她"就像是我自己的身影，我的化身"。"以前只觉得她是那么可爱，/此刻我在人间只爱她一个人。""我和她手携手，她的手温暖而柔软；/不论我到哪里，她跟踪我的足迹。"她对"我"说："莱昂，你已有太多的任务要完成；/你千万别责怪可怜的茜丝娜好逞强——/有一天你召集大军去解放黄金城，/我也会领一只欢欣鼓舞的娘子军，/和你在喜气洋溢的平原上会师。"① 与其说，"第二歌"对莱昂、茜丝娜和"我"进行描写，让这三个人物进行对话，不如说，这是把我的思想分成了"莱昂"和"茜丝娜"，让他们相互对话，与肉体的"我"对话。

"我"的信念和崇高理想不仅以莱昂和茜丝娜的身份显现，而且以一个白发隐士的身份向读者宣告。在与暴君的军队交锋时，莱昂、茜丝娜和"我"都被俘，"他们用蚀人肌肤的铰链，/还用黄铜的链环，把我捆绑"。"黑膏般的黑暗中响起了一个声音，/庄严而甜蜜，如午夜微风回荡，/拨弄这松林；有人打开了栅门，/月光照见了这个可敬的老人的身影。"② 白发隐士砸开"我"的镣铐，把"我"抱起放在小船上，带着"我"逃走了。"这白发老人毕生与先贤交往，/他的心灵受到这些心灵的感染，/把人类一切的行径都洞察分明。"他向那些被真理唤醒的青年人

---

① 江枫主编：《雪莱全集》（第 2 卷：长诗·上），河北教育出版社 2000 年版，第 133—143 页。

② 江枫主编：《雪莱全集》（第 2 卷：长诗·上），河北教育出版社 2000 年版，第 157、164 页。

宣讲革命道理："暴君的侍卫们依旧顽抗不懈，/一如嗜血的野兽，凶猛残忍，/这一小撮人在人海中只是个小斑点；/他们从小就惯于放火杀人，/为非作歹竟成了他们的德性；/为了达到这可恨透顶的目的，/意志铸出了锁链啃啮他们的心；/四下的人众却都以人类爱的名义，/劝他们不要太顽固，免得毁了自己。"① 这里的白发隐上或许可以理解为雪莱身上蕴藏着的诸如古希腊哲学的涵养，这些知识在主人公最困难的时候帮助他脱离困境。

《伊斯兰的反叛》中最令读者感到"时空错乱"困惑的莫过于在"第五歌"革命胜利后出现的莱昂妮。莱昂妮"无名无姓，身世不明"，这种描写让读者进入另外一个时空。在这个时空里，茜丝娜消失了，却出现了一个莱昂妮；她是母亲被暴君强奸而生，所以当暴君的堡垒被攻破时，她便迈进王宫，去安慰被打倒的"父王"。雪莱对她和"父王"相处的情景做了这般描写：

> 早日满朝文武朝拜君主，
> 　　今日只剩下那孤单单的小女孩
> 以美妙的风姿在他跟前婆婆起舞，
> 　　尽力安慰他万念俱灰的愁怀；
> 她知道王上一向赞赏她的舞态，
> 于是她一圈又一圈不停地旋转，
> 　　啊，她再也禁不住啼哭怨艾，
> 因为她好心的卖力全是枉然，
> 并未博得沉默而伤心的君王一笑粲然。②

暴君被打倒了，满朝文武都已散去，只剩下少女茜丝娜孤单地陪伴在君王身边。这个君王就是她的父亲，而她正是母亲被强暴后出生的。革命胜利了，世界已经进入新的时空；可是，"那个孤零零被打倒的暴

---

① 江枫主编：《雪莱全集》（第2卷：长诗·上），河北教育出版社2000年版，第164—182页。

② 江枫主编：《雪莱全集》（第2卷：长诗·上），河北教育出版社2000年版，第198页。

君，/目瞪口呆，坐着一声不响"。"他不明白符咒何以失去了效力，/袍笏再也不能统治人民；/黄金曾使万物膜拜皈依，/如今再也无从肆威逞能；/他实在弄不明白其中的究竟，/仿佛历历往事又重新搬演——/他曾是一代君王，威慑万民。"① 这个时候，甚至连小女孩都不知道宫墙外面已经换了天下，还像奴婢一样侍候着被打倒的国王。这是新时空和旧时空的交错，在这个时空交错中出现了莱昂妮，她是仁爱的代表，是正义的化身。虽然不同的时空似乎杂乱无章地连缀在一起，互相错乱地交织起来，但是读者却能够看清楚它们各自的内涵、外延以及有序的深层含义。

暴君的势力死灰复燃，革命最终失败。革命失败后的世界，到处残垣断壁，"森林里有一座荒荒凉凉的村庄，/残花和落叶在林子里纷纷凋零，/供暴风雨去充饥；这里是血腥的战场——/只剩下断垣残壁，炉灶冰冷，/满眼尸体狼藉，再没有个活人；/那倾斜着闪闪电光的辽阔的天宇，/靠乌黑的橡柱撑持，张开在头顶；/四周躺满了多少男子和妇孺，/他们全都是在这场混战中遭到屠戮"。莱昂夫妇没有逃过死亡的厄运，他们被火红的铰链绑牢，投到火堆上给活活烧死。这是一个革命志士遭到杀戮的时空，"我"的崇高理想在这个时空里似乎像莱昂和茜丝娜一样被烧死了，被消灭了。然而，崇高的理想是不会死的，也不会被消灭。忽然，"我"进入另一个时空，正坐在那里出神张望，只见一只小船驶近，"船上坐着一个长着翅膀的人——/一个女孩，雪亮的翅膀像白银；/她那么美丽——她的船滑过哪里，/哪里便荡漾着光艳照人的波影"。"那小船原是一颗镂空的珍珠，/她圣洁的光辉把船身映照成透明，/弯弯的船头和船尾指向天宇，/宛如一弯上玄月偃卧在天庭。"这哪里是凡界的时空？完全是仙界的时空！在这个非凡的时空里茜丝娜又回到了我的身旁：

> 小船向我们脚边的沙滩划近，
> 　于是茜丝娜掉转头向我凝望；
> 她那一双饱浸着泪水的眼睛，

---

① 江枫主编：《雪莱全集》（第 2 卷：长诗·上），河北教育出版社 2000 年版，第 201 页。

射出了比幸福的爱情还甜蜜的目光,
惊喜交集的目光;她这样对我讲:
"我们已进了乐园,并不是在做梦,
确是欢聚一堂!瞧!我亲生的女郎
装疯到这里,我心里快慰无穷,
一如夜行人在寂寞的森林中天日重逢。"①

那长着羽毛的天使和茜丝娜融为一体,并吩咐"我"登上那神圣的小船。长着羽毛的天使是这个天堂时空中的导航者,她对我说道:"我突然变成了长着翅膀的思想,/站在那个永恒的议院面前,/那晶莹如星光的精灵正坐在堂上,/那是善良而伟大的力量的起点,/是人间善之精灵所居住的家园。/它的领地环绕着一座大庙宇,/全是些光明而幸福的岛国乐园,/是自由而幸福的死者们安静的住所,/我现在奉命上这儿来给你们指引路途!"②

雪莱在这里的描写颇似神话叙述,它给读者带来的是不可思议的神秘感,而这种神秘感是隐藏在时空错乱之中。伟大的艺术作品就是这样,它不但给读者带来思想上的感召力、情感上的震撼力、艺术上的表现力,而且在读者身上产生一种神秘难言的感受和高深莫测的惊恐。雪莱的《伊斯兰的反叛》既蕴藏着感召力和震撼力,还放射出令人惊恐的力量,这正是崇高的本质所在。

第三节 被压迫者挣脱枷锁的悲壮吼声

在当时那个时代,雪莱诗歌是颇具革命性的,尽管诗歌里存在不少温和的社会改良思想。无论是《西方颂》《致云雀》和《自由颂》等充满激情、战斗力颇强的抒情诗,还是《伊斯兰的反叛》《暴政的假面游行》《解放了的普罗米修斯》等长诗和诗剧,里面无不隐藏着深沉的神话

---

① 江枫主编:《雪莱全集》(第2卷:长诗·上),河北教育出版社2000年版,第363—364页。
② 江枫主编:《雪莱全集》(第2卷:长诗·上),河北教育出版社2000年版,第369页。

情结。雪莱通过神话隐喻或神话叙事,把当时社会不能言说或难以言说的善与恶充分、有力地展现了出来,以鼓舞人民大众的勇气和斗志,向不合理的社会制度进行不屈不挠的斗争。

伟大的诗歌作品与神话是不可割裂开来的,因为人类最早的文学形式就是诗歌,就是用来歌颂神的。人类早期的各种思想都蕴藏在神话中,并以神话的形式保存下来,传递出去;于是,神话不但反映了人类或族群的集体无意识,而且为诗歌作品提供了典故和原型。神话本身就是社会生活的隐喻和象征,它把难以叙述的人之灵魂深处的思想和秘密以神的方式表现出来;无论是善的还是恶的、好的还是坏的、崇高的还是卑贱的、神圣的还是低俗的,都可以通过神话叙述清晰地表现出来。所以,荣格(Carl Gustav Jung,1875—1861)一针见血地指出:

> 我们要加以分析的艺术作品不仅具有象征性,而且其产生的根源不在诗人的个体无意识,而在无意识的神话领域之中,这个神话领域中的原始意象,乃是人类的共同遗产。①

雪莱诗歌里就存在不少神话的原始意象,使他的诗歌具有强健的生命力。例如:《解放了的普罗米修斯》里的普罗米修斯、阿细亚、朱庇特、狄摩高根颇具神话人物的原始意象;《麦布女王》里的麦布女王也同样具有神话人物的原始意象。诸如此类的神话人物的原始意象不时地在雪莱诗歌里隐现,有时还大摇大摆地出现;他们以神灵的模样在人间行走,并向人类庄严宣布:

> 不论暴君或奴隶,牺牲者或执刑吏,
> 个个都屈服于一种权力的淫威;
> 怪只怪自己懦弱,那崇高的意志力
> 才断送给权力,使它不可一世!②

---

① [瑞士]卡尔·荣格:《论分析心理学与诗的关系》,载叶舒宪选编《神话——原型批评》,陕西师范大学出版社1987年版,第100页。
② 江枫主编:《雪莱全集》(第2卷:长诗·上),河北教育出版社2000年版,第128页。

一 神话情结观照下的恐惧与崇高

雪莱诗歌的革命性在很大程度上体现在"俄狄浦斯情结"上,即"弑父情结"。在这个古希腊神话故事里,俄狄浦斯(Oedipus)的父亲忒拜(Thebe)国王拉伊俄斯(Laius)听到"将被儿子所杀"的神谕后,就命令一个奴隶把刚出生的俄狄浦斯扔到荒野去喂野兽。那个奴隶同情这个无辜的孩子,把他送给了科林斯(Corinth)国王波吕玻斯(Polybos)。俄狄浦斯长大成人,他不知道科林斯国王和王后并非自己的亲生父母;所以,当德尔菲(Delphi)神殿的神谕说他将弑父娶母后,为了避免神谕成真,他决定离开"父王"波吕玻斯和"母后"墨洛珀(Merope),去四处漫游,永远不再回来。可是,俄狄浦斯来到一个十字路口,遇见了并不认识的亲生父亲拉伊俄斯国王。在发生了一场争吵后,他杀死了这位国王;后来,他又在不知情的情况下与自己的亲生母亲伊俄卡斯忒(Jocasta)结婚。① 无论俄狄浦斯如何想方设法逃避神谕的灾难,神谕最终还是成真;这就是命运,这就是必然性。

俄狄浦斯神话故事里的"弑父"是一个隐喻,"父"在任何一种文化里都是终极权力的象征,而"弑父"就是对这种终极权力的挑战,这是"神谕",是必然要发生的想躲都躲不掉的命运。雪莱是受到古希腊、古罗马神话熏陶的诗人,神话中那些神秘而又颇具哲理的思想在他心里打上了深刻的烙印。古希腊、古罗马哲学家的必然性思想起源于希腊神话;在这些神话里,神祇也和人一样,不得不屈服于"命运""必然"和"定数"。命运也好、必然也好、定数也好,在雪莱几首重要的长诗和诗剧里都是以神谕般的"弑父"的必然性作为一种理念加以阐述的;让读者感到,必然性是雪莱诗歌中需要引起注意的重要思想。例如,雪莱在《麦布女王》里这么写道:

> 自然的精灵!满足一切的力量,
> 必然性!你,宇宙万物的母亲!

---

① [俄] M. H. 鲍特文尼克等编著:《神话辞典》,黄鸿森等译,商务印书馆1985年版,第87—88页。

......
> 那神奇而永恒的庙宇,
> 苦与乐、善与恶,在那里会合,
> 听从强有力必然性的意愿,
> 而生命,以无穷数的形态
> 继续向着永无止境的前方奋进,
> 像饥饿而永不休止的火焰
> 环绕着它永恒的柱石旋转。①

在这里,雪莱把"必然性"阐释为"满足一切的力量"和"宇宙万物的母亲"。所以,在《麦布女王》里,"雅典、罗马和斯巴达的/故址,成了精神的荒漠"。"永恒的尼罗河畔,/建立起了金字塔。/尼罗河的河道将永不变更,/金字塔却会倒塌。/是的! 不会留下一块石头/告诉后来的人们/金字塔曾耸立在何处,/确切位置将被遗忘,一如造塔者们的姓名。"② 这就是必然性,也就是说,历史的理性不受历史的时间性进程的影响,它是预成的、永恒的。必然性是一种理念或者概念,它"是支配时间的力量,时间只不过作为外在性的否定性。只有自然的东西,才是有限的,才服从于时间;而真实的东西,即理念、精神,仍是永恒的"③。在雪莱眼里,必然性是"自然的精灵"和"宇宙万物的母亲",它具有神性,是属于"永恒"范畴的。

无疑,虽然雪莱的诗歌里充满了神话情结,但不能够把这种神话情结等同于希腊神话,不能够把它与传统的希腊神话相混淆。从雪莱的《为诗辩护》和不少诗中都可以看到他受到希腊神话影响的痕迹。例如,他在《希腊》这部诗剧的序言里写道:"我们都是希腊人。我们的法律、

---

① 江枫主编:《雪莱全集》(第3卷:长诗·下),河北教育出版社2000年版,第340—341页。

② 江枫主编:《雪莱全集》(第3卷:长诗·下),河北教育出版社2000年版,第292、294页。

③ 李河:《历史必然性:十九世纪三大历史哲学争论的焦点》,《复旦学报》(社会科学版)1985年第3期。

我们的文学、我们的宗教、我们的艺术，全都植根于希腊。"① 尽管如此，雪莱诗歌中的神话情结与传统希腊神话是截然不同的，它们是人类社会发展到不同历史阶段的产物。古希腊神话代表了那个时代对自然、社会和人的初级认识水平，所以被称作人类童年时期的产物；而到了雪莱所处的工业革命后期，人类早已经走出童年时期，对自然、社会和人本身都有了比较成熟的认识。雪莱诗歌里的神话情结呈现出希腊神话思维向理性过渡的趋向。《解放了的普罗米修斯》里的普罗米修斯就是一个颇具理性的"神"，他放弃了对朱庇特的仇恨，而是采取"博爱"的方式来对付那个恶魔，因为他心里非常清楚只有"爱"才可以融化坚冰，战胜邪恶："多么美啊，这些飞翔着的形体！／而我，却只觉得那一切的希望，／除了爱，全都是虚妄！"② 雪莱把理性作为一面旗帜，想把人从愚昧无知的状态中拯救出来，并劝诫他热爱智慧、追求真理。

考古学家发现，在早期文明的墓葬里不仅陪葬有武器、工具，而且有献祭动物的骨骸；这表明，那时候的人类已经有了类似于神话或宗教的思维。早期文明的墓葬情况向世人宣示，那时的人类已经有了生命和死亡的意识，开始思考生与死的问题。当早期人类意识到他们必须死亡时，就创作出某种对抗性的神话，以帮助他们坦然地面对死亡。俄狄浦斯也好，普罗米修斯也好，还是其他什么神话也好，它们归根结底都是对死亡的反抗和对现实生活品质的向往。人类小心翼翼地埋葬死去的同伴，是因为他们幻想着可见的物质世界并不是唯一的存在方式，他们还有可能在死后存在于另一个看不见的空间，这就是神话所追寻的意义。在《伊斯兰的解放》里，雪莱就是采用了这种思维，以神话叙事模式创造出了一个"革命"的神话。在那里，革命志士莱昂、茜丝娜和"我"被暴君处死后仍然可以步入另一个虚空的世界：

> 我们一路航行，一路谈心，
> 　倾泻出我们满怀的爱和智慧，
> 那么热切，甜蜜，妙趣横生，

---

① 江枫主编：《雪莱全集》（第4卷：诗剧），河北教育出版社2000年版，第4—5页。
② 江枫主编：《雪莱全集》（第4卷：诗剧），河北教育出版社2000年版，第138页。

> 时而迸射出朗丽的、欢笑的光辉,
> 那乐声像起伏不定的、壮阔的江水,
> 时而忽然痛苦,默默地拥抱——
> 因为一个深沉的阴影已被撕碎;
> 我们深知,美德在人间虽被盖罩,
> 但一切尘世的变幻无损于它永恒的美貌。①

雪莱诗歌中的神话情结给神话赋予了崭新的意义,即一切善的东西,例如那些反抗暴君的革命志士,都不会随着肉体的毁灭而毁灭,他们的灵魂会进入仙界般的非世俗空间;就像莱昂、茜丝娜和"我",转移到了一个凡人看不见的仙境:我们乘坐着"珍珠小船超过了河水的流速,/无分日夜和黄昏,像暴风雨中的飞云;/它甚至像人类神速的思想一般急骤,/一个劲儿飞翔,决不停顿;/……还有多少美丽洁白的影像/透过幽深的、墨绿色的罅隙,/掠过我们的航道,掀起美妙的音响,/一如可爱的幻梦踩踏着熟睡的波浪。""对于我,这世界愈来愈冷酷,愈寂寥,/因为希望以那么迟缓的脚步/跟踪着永恒的命运——你们这才看到/无神论者和共和主义者是怎样赴死不惧!"②

这是多么崇高、豪迈的诗句。之所以崇高、豪迈,是因为诗句采用了神话叙事。有时,人类很容易陷入绝望境地,所以人类一开始就创造了神话,使它帮助他们把自己的生命放置在一个更加广阔的世界之中。神话为人类揭示了一个潜在的思维模式,并给他们赋予了这样的深沉意识:善者的生命是有意义和价值的,他们不仅能够存在于可见的物质世界,而且死后可以进入另一个不可见的仙界,而那个仙界就是天堂。正是这种神话意识帮助人类对抗死亡所带来的恐惧和沮丧,给人带来非理性的想象所产生的他不在场的"在场"的能力。雪莱的神话情结使他的想象力超越现实经验,但又与现实紧密相关,使他的神话情结凸显出非同凡响的神秘和崇高。在《解放了的普罗米修斯》里,雪莱凭着想象力

---

① 江枫主编:《雪莱全集》(第2卷:长诗·上),河北教育出版社2000年版,第138页。
② 江枫主编:《雪莱全集》(第2卷:长诗·上),河北教育出版社2000年版,第371—372、368页。

艺术地营造了狄摩高根把父亲朱庇特从王的宝座上拖进地狱的情景：

> 永恒。不必问那更阴森的大名，
> 下来，跟我一同到阴曹地府去。
> 我是你的儿子，就像你曾经是
> 萨杜恩的儿子，而威力却比你
> 更强大：从此，我们必须同居
> 在幽冥里，不能再用你的雷电。
> 继你之后，谁也不可能在天庭
> 保留、恢复或实施你那种暴政。①

显然，狄摩高根推翻父亲朱庇特的统治，把他拖进阴曹地府，就是"弑父"。弑父本身就是一种恐怖行为，而弑父的对象是至高无上的众神之王朱庇特，那更是恐怖事件。但是，这是一个必然的恐怖事件，被压迫的人民总有一天必须推翻暴政统治，这是暴君的历史命运。当一个强大的众神之王被自己的儿子推翻时，就是恐惧，就是悲剧，就是崇高。恐惧是人与生俱来的生存方式，"惧"在海德格尔那里是存在的基本属性。这意味着"惧"就是变化和革命的在人心中引起的心理反应；所以，古希腊悲剧总是把世俗中的普遍恐惧心理进行艺术加工，使它投射出崇高的光芒。

当读者读到众神之王朱庇特的统治被儿子推翻时，一定会在恐惧的同时还产生些许怜悯。"怜悯情绪和恐惧情绪在心理学上是有联系的，理想化了的恐惧是悲剧情绪的本质。悲剧的目的，至少是悲剧目的的一个要素，乃是快感，但并不是指一切快感，而是指靠艺术表现从怜悯和恐惧中产生的快感。"② 雪莱有限的想象力把神话与社会的现实实践连接在一起，激发出了理性的无限自由感和超越感，战胜了人之存在中的恐惧，彰显了人的理性精神和道德的伟大。这就是所谓的崇高。

---

① 江枫主编：《雪莱全集》（第4卷：诗剧），河北教育出版社2000年版，第179页。
② [英] 鲍桑葵（Bernard Basanquet）：《美学史》，张今译，商务印书馆1997年版，第87页。

二 让真理踏破暴君所盘踞的金殿

俄狄浦斯神话是一个非常有意义的隐喻,它开诚布公地告诉读者:颠覆传统秩序是人类无可逃避的历史责任,是历史发展的必然;人的自由存在于人的本身,即存在于他与生俱来的颠覆性之中。在传统伦理道德秩序里,父母是孩子的天然统治者;如果弑父娶母,那是大逆不道的重罪,是要受到天谴的。然而,俄狄浦斯一生下来,神谕就决定了他必须是弑父娶母的。尽管他父母和他都想方设法去避免这种悲剧发生,但是最终仍然无法逃避。俄狄浦斯一生下来就失去了自由,他被神谕的魔咒紧紧束缚着,动弹不得。只有当神谕得以实现,即只有当他颠覆了传统伦理道德秩序,他才得到了自由,尽管为了这个自由他付出了沉重的代价。这就是颠覆,这就是自由,这就是命运,这就是必然,这就是真理。讨论到这里,读者一定会得出这样的结论:"自由更有理由成为真理的本质。因为正是自由使物自身的呈现成为可能的,从而使充分的符合成为可能。因此,如果我们谈论的是陈述的真理,那么真理的本质就是自由。"①

在《伊斯兰的反叛》《解放了的普罗米修斯》以及《倩契》等诗歌里都存在"弑父"现象,这是雪莱对传统观念的颠覆,即对那种君权神授观念的颠覆。为了获得平等、自由、解放,为了挣脱身上的枷锁,那些"儿孙"般做"臣子"的不得不站起来与"父亲"进行坚忍不拔的斗争,在需要的时候,还必须推翻他们的暴虐统治;这就是历史发展的必然,是不可颠覆的真理。所谓"父权",说白了,就是父母为了子女的幸福而管理他们的权力,直到他们长大成人后能理性地管理自己。但是,如果做父母的以"父权"自居,虐待、伤害子女,做父母的"父权"即监管权就会被法律收回,他们的子女就会被托付给别的"父权"监管。在《伊斯兰的反叛》里,由于暴君滥用"父权",罪恶、奴役、暴政各显身手,像毒蛇一样残害自己的臣民,所以受苦受难的人民大众揭竿而起,大声疾呼:

---

① 黄裕生:《真理的本质与本质的真理——论海德格尔的真理观》,《中国社会科学》1999年第2期。

> 我要踏碎傲慢所盘踞的金殿；
> 　　来到贫苦人居住的无顶小屋
> 和肮脏的地窖；我一定要走遍
> 　　妇女受暴君欺负的每一个处所，
> 　　用你那回肠荡气的隽美的乐曲，
> 把俘虏们唤醒，然后从你精神的泉源，
> 　　从你那个伟大的理智的宝库，
> 召出水晶的清泉泼向失望者的身上，
> 让她们获得力量，重新产生出希望。①

在这节诗里，"我"要踏碎傲慢所盘踞的金殿，这里的"傲慢"指的是那些残害人民大众，使他们处于被剥削和被压迫的贫困之中的暴君。暴君和暴政是人类社会"恶"的显现，"帝王、教士和政客/ 摧残了人类的花朵，甚至在它/ 娇嫩的蓓蕾期内；他们的势力/ 如同难以察觉的毒液，流贯在/ 这荒凉社会无血的脉管"。"你以为，那些国王和寄生虫来自何处？/……——来自邪恶，/那阴森卑鄙令人作呕的邪恶；/来自掠夺、疯狂、背信弃义/ 和不公；来自所有引起不幸、/使世界变成荆棘荒原的一切；/来自淫欲、报复和谋杀。"② "国王和寄生虫"的恶是专制制度产生的恶，也是"根本恶"（radical evil）。之所以被称为"根本"，是因为这种恶"从人类可理解的动机来看无法再恶化了"。这种恶是美德无法宽容、法律与惩罚也难以制裁的恶。"如果没有这个概念，我们就不可能懂得'恶'的真正的彻底的本质是什么。""根本恶是与一种制度同时出现的，在这种制度中，一切人都同样变成了多余的。"③ 邪恶的暴政制度是极恶的根源，它可以使善变成恶、使白变成黑、使天堂变成地狱；所以，想要清除恶，就必须先清除暴政和产生暴政的社会制度。

---

① 江枫主编：《雪莱全集》（第2卷：长诗·上），河北教育出版社2000年版，第145页。
② 江枫主编：《雪莱全集》（第3卷：长诗·下），河北教育出版社2000年版，第314、303—304页。
③ 刘英：《汉娜·阿伦特关于"恶"的理论》，《武汉大学学报》（人文科学版）2009年第3期。

雪莱懂得这个道理，所以他在《告爱尔兰人民书》里写道：

> 你们是奴隶呢，还是人呢？如果是奴隶，那么就蹲在鞭子底下去，吻你们的压迫者的脚吧；把耻辱当作光荣吧。如果你们是禽兽的话，那么也就只好照禽兽的本性去行动。可是你们是人，一个真正的人是自由的，在环境许可的范围之内。你们就应该坚定地、然而平静地反抗。①

暴政或一切不合理的社会制度会诱惑或迫使人去作恶。当人在暴政的社会状况中所行的善不但不能得到褒扬而且会给他带来麻烦时，他会放弃"善"而寻求"恶"；因为，这时"恶"和暴政一起大行其道，行恶者不但不会受到惩罚而且可以从中获得利益。这种恶是极其可怕的，它不是具体的、极端的恶，而是一切"恶"得以产生的根源，它使人心甘情愿地变成"奴隶"。所以，雪莱说，"一个真正的人是自由的"；只有那些趋向恶的人才会"蹲在鞭子底下去，吻他们的压迫者的脚"。

在《伊斯兰的反叛》里，莱昂、茜丝娜和"我"是真理的象征，他们非常明白，要想得到正义和自由，必须清除导致"恶"的暴政统治。所以，真理带领人民去攻打黄金城，推翻暴政统治，并取得了暂时的胜利。然而，当暴君被打倒，暴政被推翻后，人民在高呼"如今他已被打倒！／他比饥荒和瘟疫还要糟糕！／比什么还凶狠，害尽了万户千家；／这刽子手把我们的血泪当井水喝个饱，／滋润他嗜血的灵魂，把我们都搞垮，／如今他坠入羞耻的深渊，谁救得了他！""接着又听到：'以前任凭他审判，／现在让我们把他带上来受审！／被踩躏的大地斥令他把血债偿还！／难道奥斯曼的掠夺不应当受报应？／难道人们让自己的血汗被榨尽，／想从怜悯的土地里攫取丰衣足食，／倒反而只落得一个坐罪灭身，／而他却暴戾恣睢，为所欲为？／起来！快把他献给崇高的正义作祭礼！'"②

---

① 江枫主编：《雪莱全集》（第5卷：小说、散文），河北教育出版社2000年版，第388页。

② 江枫主编：《雪莱全集》（第2卷：长诗·上），河北教育出版社2000年版，第203—204页。

然而，把暴君奥斯曼推翻后，再把他杀死献给崇高的正义作为祭礼是不是"真理"？答案是否定的。革命的目的是追求真理，即追求自由和至善；但人对自由的普遍理解是任性，也就是说，人的自由意志决定一切。如果这样，人在争取自由的道路上越走越远，根本就得不到自由，因为他的自由意志驱使他做那些他觉得"痛快"的事，而他觉得"痛快"的事情或许是地地道道的"恶"，就好像法国大革命中那些过激的"痛快"毁掉了众多无辜的生命一样。雪莱是不愿意看到这种所谓的"自由"到处泛滥的，他在《关于在整个王国实行选举制度改革的建议》里明确指出："在我看来，议会任期一年……它会将训练人们熟悉自由的方式，从而熟悉自由……要实现这种有益的改革，最可靠的方法是逐渐地、谨慎地进行；否则，尽管改革之友们指出目前秩序和自由遭到破坏，接着来到的却是无政府状态和专制统治。"[①] 雪莱的这一观点是颇具真知灼见的，因为打倒一个暴君可能并不难，但是防止新的暴君和专制统治的卷土重来却不是一件容易的事情。所以，当获得革命初步胜利的人民大众要把被打倒的暴君"绳之以法"的时候，"我"便跳出来加以制止：

> 我马上走上前去，大声呼喝：
> 　"你们想做什么？有什么忌惮？
> 竟然想要叫那奥斯曼流血？
> 　你们的心倘若经得起自由的考验，
> 　就别再吓唬这个孤单的可怜汉！
> 不妨让他以自由自在之身，
> 　在清澄的天幕下把大地的胸脯走遍；
> 瞧大地母亲笑对普天苍生，
> 这微笑必将使高尚的人性获得新生！"[②]

有的中国读者读完这节诗之后会搞不明白，诗中的"我"为什么会

---

① 江枫主编：《雪莱全集》（第5卷：小说、散文），河北教育出版社2000年版，第439页。
② 江枫主编：《雪莱全集》（第2卷：长诗·上），河北教育出版社2000年版，第204页。

制止人民群众去把那个罪大恶极的暴君奥斯曼就地正法。过去的传统政治教育是"血债要用血来偿",对阶级敌人不决不能手软;不但要从思想上消灭他们,而且要从肉体上消灭他们。雪莱在诗歌里颂扬意识形态的革命和社会改革,但反对一切暴力行为。他在诗歌里所传递的思想与他在政论文里的是完全一致的,例如他在《告爱尔兰人民书》里写道:"在任何情况下,不要采取暴力和欺骗手段。我终嫌自己不能更多次、更生动地使你们心头留下深刻的印象,使你们牢记这点:暴力或欺骗手段只会造成不幸和奴役,同时也会使无知和压迫的锁链永远把你们束缚在卑贱的境地中,使你们陷身在一种暴政底下,使你们再也不能产生新的力量。"①

雪莱《伊斯兰的反叛》里的这些对革命行为的描写是非常有意义的,它提出了一个非常值得读者深思的问题:"什么叫正义?有没有这样一个人／从来不曾暗地里幸灾乐祸?／你们都这样纯洁吗?如果有这种人,／就赶快站出来!不要浑身抖擞!／这样的人怎么会辱骂,杀戮?／善良的眼睛里怎么会有伪善的凶光?／天啊,你们算不上纯洁无辜——／有道德修养者都明白,正义是爱之光,／决不是什么报复,恐怖,和怨恨的心肠。"② 这些诗行读起来颇为回肠荡气,充满了崇高感。人的本性是恶的,所以需要至善来限制它。杀戮本来就是恶,革命的过程会存在流血和杀戮;但是,如果革命胜利了,暴君投降了,还要杀戮和流血的话,那么,这样的革命本身就已经被另一个暴君或暴政所代替,人民又陷入被奴役的境地。

雪莱在《伊斯兰的解放》里所展现的革命思想是光辉而深刻的,它清晰地告诉读者:"恶"不一定仅仅存在于暴君的身上,它存在于每个人的心里。只有当所有人都把"恶"死死地锁在牢笼里,使它不敢出来危害四方的时候,至善才能够大行其道。这时候,唯有这时候,人类才可能获得真正的自由,真理才能够踏破暴君盘踞的金殿。

---

① 江枫主编:《雪莱全集》(第5卷:小说、散文),河北教育出版社2000年版,第392页。
② 江枫主编:《雪莱全集》(第2卷:长诗·上),河北教育出版社2000年版,第205页。

三　不羁的精灵，你啊，你到处运行

雪莱用来踏破暴君盘踞的金殿的"真理"源于他那个时代的哲学家和革命家们。除了葛德文之外，卢梭（Jean - Jacques Rousseau, 1712—1778）、洛克（John Locke, 1632—1704）和潘恩（Thomas Paine, 1737—1809）等人对他的影响很大。雪莱在政论文和信件中都多次提到过这些人，例如在《关于在整个王国实行选举制度改革的建议》里，他就这样写道："潘恩先生的论点也同样不可反驳；根据最明显、最不可否认的推理，一个纯正的共和国是这样一种社会秩序的制度，它最适宜于造成幸福生活和促进人类的真正优点。"① 潘恩出生在英国诺福克郡塞特福德的一个贫苦工匠家庭，他从英国移居到美国时没有任何明确的革命目标。但是，这个原来在英国受苦受难的普通人在大洋彼岸亲眼领略了北美殖民地朝气蓬勃的景象，大街小巷洋溢着一片热气腾腾的场景；这和英国人顽固不化的态度形成鲜明的对比，也促使他在思想上迅速转变。在美国，潘恩抛出了一本题为《常识》的小册子，以天赋人权和社会契约论为武器，猛烈抨击了英国政府的恶行和社会制度，用坚定有力、富有鼓动性的语言号召人民大众拿起武器与英国政府彻底决裂，创建独立、自主、自由的民主国家。潘恩一针见血地指出："如果美国的自由不被行动的延误和怯懦所征服，不列颠也好，甚至欧洲也好，都没有力量征服美国"；"英国属于欧洲，北美属于它本身"。他还庄严地向全世界宣告："从争议转到武力对付，一个政治的新纪元开始了。"潘恩的犀利观点和强有力的号召点燃了那些原本踌躇、犹豫的人的革命热情，他的《常识》使成千上万的美国人成为独立事业的坚决拥护者；连华盛顿也反复阅读过这本小册子，并坦然承认，这本书在他身上引起了一种巨大变化。②

---

① 江枫主编：《雪莱全集》（第5卷：小说、散文），河北教育出版社2000年版，第439页。

② 余甦：《杰出的资产阶级启蒙思想家——潘恩》，《复旦学报》（社会科学版）1989年第1期。

潘恩的影响在雪莱诗歌里是显而易见的，他不少的诗歌里都存在潘恩影响的痕迹。例如，雪莱在《给英格兰人的歌》里这样写道：

> 播种吧——但是不让暴君收；
> 发现财富——不准骗子占有；
> 制作衣袍——不许懒汉们穿；
> 制造武器——为了自卫握在手！
>
> ……
>
> 就用锄头和织机，耕犁和铁铲
> 构筑你们的坟，建造你们的墓，
> 织制你们的裹尸布吧，终有一天
> 美丽的英格兰成为你们的葬身窟。①

显然，雪莱这首诗里存在潘恩在《人权论》里所提出的"人生而自由、平等"的思想痕迹。潘恩认为："所有的人本来都是一样的，因而他们全都是生而平等的，并享有同样的自然权利。""自然权利虽不能由单独的个人来实现，但权力来自统一的自然权利，利用这个权力来侵犯个人所有的自然权利，是不容许的。"② 从这个观点出发，潘恩论证了权力来自人民的思想。受这种人民主权的影响，雪莱在《给英格兰人的歌》里果断地号召人民"播种吧——但是不让暴君收；/制造武器——为了自卫握在手"，并预言："终于有天/ 美丽的英格兰成为暴君的葬身窟。"

潘恩的"天赋人权"和"政府的职能之一是增进公民的幸福"的思想后来被杰斐逊起草《独立宣言》时所吸取。《独立宣言》发表前，杰斐逊对潘恩说："你为国家干了一件了不起的事，你说出了我们一直想说的话。"关于《独立宣言》中的一些段落，杰斐逊说："这些是你在《常识》

---

① 江枫主编：《雪莱全集》（第1卷：抒情诗），河北教育出版社2000年版，第163页。
② 余甦：《杰出的资产阶级启蒙思想家——潘恩》，《复旦学报》（社会科学版）1989年第1期。

里写的话，我们在宣言里引用了，对此，我们感到十分荣幸。"当然，潘恩也是《独立宣言》起草委员会成员之一。① 潘恩的"天赋人权"和"政府的职能之一是增进公民的幸福"的思想对雪莱的影响是如此之大以至于他在诗歌里多次提到美国这个新生国家。例如，他在《希腊》这部诗剧里就这样写道：

> 自由，又恢复迅疾的航程，
> 一团火焰，从西向东疾飞，
> 它燃烧、它点燃、它照明。
> 它年轻的光从阿特兰提斯
> 驱逐着梦魇和黑暗的影子。②

这几行诗里的阿特兰提斯（Atlantis）也称大西岛，它在希腊神话里被提到，还是柏拉图笔下的理想国，这部诗剧里所提到的阿特兰提斯指的是美国。据柏拉图的描述，阿特兰提斯土地肥沃、物产丰富、气候温和、四季宜人、森林茂密、花草馥郁、河流纵横、群山绵延，一派人间天堂的景象。其实，这是一种乌托邦似的图景，也是读者阅读雪莱诗歌时不可忽略的重要部分。雪莱那个时代或早于那个时代的哲学家都有着深厚的乌托邦情结，以乌托邦的理想来对抗现实世界。例如，对雪莱产生过影响的卢梭（Jean‐Jacques Rousseau，1712—1778）在 1758 年的《致达朗贝尔的信》里描写了自己对乌托邦的憧憬：

> 一幕甜美的景致，这景致可能是世间上独一无二的。在邻近洛夏岱尔（neuchátel）的一个山区，这里布满庄园，且每个庄子都是其所属土地的中心，因此，这些房子按照与所属者的财产比例相等的距离分布，这就保证了它们的主人——这个山区的人数众多居民既能获得独居（la retraite）的安宁，也能享受到群居（la société）的甘美。这些快活的乡下人（paysants），全都享受着自由宽松的环境，

---

① 胡治坤：《论潘恩的人权思想》，《学术界》1995 年第 2 期。
② 江枫主编：《雪莱全集》（第 4 卷：诗剧），河北教育出版社 2000 年版，第 22 页。

从人头税、杂税、衙门老爷和徭役（corvées）中解放出来（francs）。尽全力去经营自己的耕地，土地的收获全归他们所有，耕作之余，他们利用闲暇制作无数的手工制品，广泛使用自然赋予他们的发明创造才能。①

毋庸置疑，雪莱受到了诸如卢梭之类的哲学家的深刻影响，所以在他在诗歌里嵌入了让人神往的乌托邦情景。无论是柏拉图笔下的阿特兰提斯，还是莫尔（St. Thomas More）笔下的乌托邦，无论是卢梭笔下的山区，还是培根（Francis Bacon）笔下的新大西岛，都有一个共同的特点，即自由。令雪莱颇为振奋的是，乌托邦似的理想已经在当下的人间实现，那就是位于大洋彼岸的美国。所以，他在《希腊》这部诗剧里欢欣鼓舞地说道："自由，又恢复迅疾的航程，/一团火焰，从西向东疾飞，/它焚烧、它点燃、它照明。"除了这一处外，在这部诗剧的另一处雪莱也提到了美国：

> 希腊人却期待着来自西方的救星，
> 据说他，既不驾云也不披着荣光，
> 而是以无处不在万物赖以生赖以
> 存的神灵的方式来临。②

"希腊人却期待着来自西方的救星"里的"西方救星"是指美国，雪莱在《希腊》这部诗剧的后面的"注五"里做了专门的说明："据报道，这位救世主已经乘坐一艘美国双桅横帆船到达莱西迪蒙（即斯巴达）附近的一个海港。把这些名称和观念连接在一起毫无疑问是荒唐可笑的，但是像这样的谣言得以流传一时，却有力地表明希腊人民民气之盛。"③显然，雪莱利用了这个谣言，使诗剧的叙事更加具有神话的品质：这个

---

① 转引自黄群《哲人言辞中的城邦——卢梭与莫尔、培根的理想政制》，《中国人民大学学报》2012年第3期。
② 江枫主编：《雪莱全集》（第4卷：诗剧），河北教育出版社2000年版，第49页。
③ 江枫主编：《雪莱全集》（第4卷：诗剧），河北教育出版社2000年版，第79页。

"来自西方的救星，/既不驾云也不披着荣光，/而是以无处不在万物赖以/生存的神灵方式来临"。希腊是西方思想、文化、艺术和政治的摇篮，美国的自由、平等、公正思想从本源上也属于古希腊文化。也就是说，被奥斯曼帝国统治的希腊正在从它自己的思想源泉那里汲取养分，勇敢地重新站立起来，推翻奥斯曼帝国的残暴统治。

《希腊》这部诗剧反映了雪莱推翻暴政统治的热望，更透射出他饱满的希腊情结。希腊情结是伟大而崇高的，只要想一想苏格拉底这个自由思想的典范，任何人的心血都会沸腾起来。西方国家不少伟大的哲学家和文学家都把希腊当作自己灵感的源泉。在席勒（Johann Christoph Friedrich Von Schiller，1890—1918）的笔下，希腊的神明象征着理想的自然，希腊是人和神明和谐相处的世界，那里洋溢着美丽、青春和爱情。在歌德那里，充满精神自由、人类和自然和谐相处的希腊是他一生追求的梦想；即便到了晚年，他还在呼唤：让我们每个人都以自己的方式成为希腊人！让我们都是希腊人！① 古希腊一去不复返了，但希腊仍然一直是西方精英的梦想，为什么？因为希腊辉煌时期存在过自由、自然、平等的社会实践和崇高精神。这种社会实践和崇高精神是值得人类追求和拥有的。

1821年，希腊独立战争爆发后，雪莱立刻写下了诗剧《希腊》，向全世界的正义之士吹响了支援希腊解放斗争的号角：

  自由之神曾说：要有光！
  于是雅典兴起，就好像
  日出海上！在她的身边，
  像清晨时分的群山之巅
  有成群光荣的城邦；此刻
  已成灰、荒废、寂灭？
  ……
  这时，帕夏说了：

---

① 黄洋：《古典希腊理想化：作为一种文化现象的Hellenism》，《中国社会科学》2009年第2期。

> "奴隶们,他们,已经抛弃了你们——
> 躲、退、援助都已无望!投降吧,
> 可以饶你们不死!"有一个喊道:
> "还是饶了你们自己吧!"然后,
> 便伏剑自刎!另一个说:"上帝
> 和人和希望都抛弃了我,但是我
> 对他们、对自己,却仍然忠诚!"
> 他低下头去,射穿了自己的心。①

　　雪莱的这些诗行颇具感染力。"自由之神曾说:要有光!/于是雅典兴起,就好像/日出海上。"这是对《圣经·旧约》里开头第三句话的戏仿:"神说:'要有光。'就有了光。"神是终极的善,也是终极的美;当雪莱以"自由"来戏仿《圣经》里最著名的语句时,这行诗句本身也不由自主地变得崇高了,真是美不胜收!于是,自由就是美的,就是崇高的,就好像日出海上。崇高而美好的雅典荒废了,寂灭了,但她一定会重新站立起来,以思想、艺术、文化的灿烂光辉再一次照亮世界。凭什么?就凭着那些视死如归的希腊勇士!当奥斯曼帝国的帕夏要求他们投降时,他们宁愿自刎也不愿投降:"上帝和人和希望都抛弃了我,但是我/对他们、对自己,却仍然忠诚!"一旦有了这种惊天地、泣鬼神的视死如归精神,希腊没有不崛起的道理。

　　在《希腊》这部诗剧里,雪莱把自由、平等、解放的思想通过神话叙事完美地表现了出来。对自由、平等的追求要有勇气,而勇气就是不怕牺牲。牺牲意味着灵魂与肉体分离,而心灵伟大的人定会对尘世事物鄙视,宁愿死去也不愿意做奴隶。当自由的精灵引导敢于为自由献身的志士们奋勇向前的时候,任何一个真正的志士都会在平静、肃穆、冲虚的心灵保持着尊严和谦逊。这就是美,这就是崇高,因为

> 生命可能变化,但是不会消失;
> 希望可能破灭,然而决不会死;

---

① 江枫主编:《雪莱全集》(第4卷:诗剧),河北教育出版社2000年版,第53、39页。

真理可能被遮蔽，仍在燃烧着；
爱，即使被拒绝，却还会复活！①

---

① 江枫主编：《雪莱全集》（第4卷：诗剧），河北教育出版社2000年版，第20页。

结　　语

在诗剧《解放了的普罗米修斯》第三幕第一场里有一个朱庇特被他儿子狄摩高根从宝座上推翻的情节，诗剧里这样写道：

朱庇特：
　　……
　　胜利！你是否感觉到，哦世界，
　　他那车驾引起的地震如同雷霆，
　　正在震撼着奥林匹斯神圣山林？
　　〔那一时辰的车驾来到。狄摩高根下车，走近朱庇特的王座〕
　　可敬畏的形影，请问，你是谁？
狄摩高根：
　　永恒。不必问那更阴森的大名，
　　下来，跟我一同到阴曹地府去。
　　我是你的儿子，就像你曾经是
　　萨杜恩的儿子，而威力却比你
　　更强大：从此，我们必须同居
　　在幽冥里，不能再用你的雷电。
　　……①

---

① 江枫主编：《雪莱全集》（第4卷：诗剧），河北教育出版社2000年版，第179页。

《解放了的普罗米修斯》这部诗剧的名字本身就来自神话。普罗米修斯的故事家喻户晓,其基本情节是这样的:普罗米修斯不仅把火从天庭盗给人类,而且掌握着谁才能够推翻朱庇特的秘密。仇视人类的朱庇特为了惩罚普罗米修斯和逼迫他说出那个秘密,派火神用锁链把他捆绑在高加索的悬崖峭壁上,百般折磨,试图使他屈服。在西方历史上,有不少的作家都写过普罗米修斯,最为著名的是埃斯库罗斯写的悲剧《被缚的普罗米修斯》,在那里普罗米修斯终于与宙斯妥协,向他吐露了那个秘密。显然,埃斯库罗斯的《被缚的普罗米修斯》对雪莱影响很大,但雪莱反其道而行之,在他的《解放了的普罗米修斯》里,结局截然相反,即普罗米修斯坚决不向宙斯低头,而宙斯的统治最终被推翻。熟悉《神谱》的人读完雪莱的《解放了的普罗米修斯》,一定会联想到《神谱》里的一段描写:

> 该亚和乌兰诺斯生了三个魁伟、强劲得无法形容的儿女,他们是科托斯、布里阿瑞俄斯和古埃及斯。他们肩膀上长出一百只无法战胜的肩膀,每人的肩上和强壮的肢体上都还长有五十个脑袋。他们身体魁伟、力大无穷、不可征服。在天神和地神生的所有子女中,这些人最可怕。他们一开始就受到父亲的憎恨,刚一落地就被其父藏到大地的一个隐秘处,不能见到阳光。他们的母亲非常气愤,对孩子们说:"我的孩子,你们有一位罪恶的父亲,如果你们愿意听我的话,让我们去惩罚你们父亲的无耻行径吧,是他最先想出做起无耻之事的。"在母亲的纵容下,也为了铲除这个"暴君",克洛诺斯割下了父亲的生殖器。[①]

略作对比,就会发现,雪莱的《解放了的普罗米修斯》在整个故事结构上与《神谱》中的这个故事情节颇为相似。朱庇特与乌兰诺斯颇为相似,都是虐待自己子民的暴君;乌兰诺斯的儿女刚一落地就被其父藏到大地的一个隐秘处,狄摩高根也是隐藏在大地底下的深处;克洛诺斯

---

① 参见[古希腊]赫西俄德《神谱》,王绍辉译,上海人民出版社2010年版,第25—27页。

在母亲的纵容下割下父亲的生殖器,而狄摩高根在"大爱"的感召下,推翻了父亲朱庇特的暴政统治。雪莱与埃斯库罗斯的根本区别是,他把一种革命的政治性和大爱精神寄托在了普罗米修斯的身上,使他背负着与暴君决战到底、解放受苦大众的重大责任,正如他自己所说的那样:"埃斯库罗斯的《普罗米修斯的解放》设想朱庇特和他的受害者之间实现了和解,代价是向他透露了一个秘密:如果他和茜蒂斯结婚就会有威胁到他的帝国的危险……如果我按照这种模式结构我的故事情节,我的全部作为最多也就不过是恢复失传已久的埃斯库罗斯那个剧本……但事实上,我对那样一种软弱的结局,让人类利益的维护者和人类的压迫者言归于好的结局非常反感。"①

雪莱不但没有让普罗米修斯与朱庇特重归于好,而且让朱庇特的儿子把他从宝座上拉下来,坠入地狱。这正是贯穿于他所有诗歌当中的革命政治立场的体现,而他的这种革命政治立场是基于他的"政治正义"理念的。雪莱具有"政治正义"的理念一点儿也不会让人感到奇怪,因为他岳父威廉·葛德文(1756—1836)就是当时"政治正义"思想的积极倡导者,并著有《政治正义论》,对当时英国的激进主义思想产生过很大影响。葛德文认为:"实现政治正义的前提是人类生而平等,人的天赋才能和知识有差别,但在彼此关系和取得生活资料方面却应享受有平等权利。个人的权利是神圣不可侵犯的。社会除了个人授予它的权利以外,对个人没有任何支配权利。个人的行为准则是正义,而人类的一切罪恶却是非正义的。"②葛德文还认为,统治者的暴政导致了人民的革命,而革命对于人类进步并不是必需的,因为革命本身就是强暴,也一定会造成使人难以忍受的事情。所以,雪莱诗歌里虽然充满了革命的热情,但并不主张强暴、流血的革命。例如,在《伊斯兰的反叛》里,当革命群众占领了宫殿,正要让独裁的暴君偿还血债的时候,莱昂却走上前去制止民众的"偏激"行为:

> 我马上走上前去,大声呼喝:

---

① 江枫主编:《雪莱全集》(第4卷:诗剧),河北教育出版社2000年版,第88—89页。
② 朴真:《〈政治正义论〉提要》,《道德与文明》1985年第6期。

"你们想做什么？有什么忌惮？

竟然想要叫那奥斯曼流血？

你们的心倘若经得起自由的考验，

就别再吓唬这个孤单的可怜汉！

不妨让他以自由自在之身，

在清澄的天幕下把大地的胸脯走遍；

瞧大地母亲笑对着普天苍生，

这微笑必将使高尚的人性获得新生！"①

诗歌里的这种情形或许也是读者颇感迷惑的地方，因为在他们看来，既然马克思都说雪莱是一个彻头彻尾的革命者，那他为什么在诗歌中写到革命时仍保持一种"缓和"的态度呢？这的确是雪莱诗歌中难以理解的地方。读者之所以这么想，是因为他们并没有通读过雪莱的书信。在雪莱的书信里，我们发现他对葛德文的政治正义理念是颇为赞同的。1818年1月10雪莱在写给葛德文的信里说："自从我第一次读到您的大作《政治的正义》已时过两年，这本书使我耳目一新，视野更加宽阔，它从根本上影响了我的个性。细心研读这本书，我变成了一个更聪明、更完美的人。"②除此之外，雪莱的政治正义理念一定还受到法国大革命的影响。法国大革命提出的平等、自由、民主等进步思想以及法国民众为之流血、牺牲的行动是值得肯定的。但是，在对反动分子的惩戒意愿的驱使下，民众和临时政府做出的令人震惊、超出法律所规定的惩戒行为是完全丧失理性的骚乱。"法国革命令人惊讶的结果，是它经历了一个向自身对立面的转变。让人获得自由的决心，演变为破坏自由的恐怖。"③所以，雪莱在《伊斯兰的反叛》里说："竟然想要叫那奥斯曼流血？／你们的心倘若经得起自由的考验，／就别再吓唬这个孤单的可怜汉！"因为雪莱这时候的政治正义理念是："爱，它日夜警戒着暴徒的盲动，／……／

---

① 江枫主编：《雪莱全集》（第2卷：长诗·上），河北教育出版社2000年版，第204页。
② 江枫主编：《雪莱全集》（第6卷：书信·上），河北教育出版社2000年版，第235页。
③ [德] 雅斯贝斯：《时代的精神状况》，王德峰译，上海译文出版社1997年版，第6页。

自由人可千万别拥抱恐怖这屠夫的双膝!"①

　　雪莱的革命政治正义理念是以"善"为基础的，他不赞成血流成河的暴力革命，而提倡社会制度改革，因为他认为："当一个暴君统治被摧毁时，不致出现另一个更恐怖、更凶恶的统治。你们要提防那些满面笑容的骗子，他们说的是'自由'，却会把你们骗入受奴役的境地。""我们要镇静、温和、多思、耐心，你们应知道，有效地促进改革事业的措施，无过于利用你们的闲暇，从事理性的活动或者培养你们的心灵。"②雪莱的这种政治理念还频繁地出现在他的其他政论文章里，例如《道德沉思录》《论基督》《关于建立慈善家协会的倡议》等。所以，以至善和大爱来突出他的政治正义理念是雪莱诗歌的重要特点之一，例如，他在《希腊》里这样写道：

> 　　萨杜恩和爱神将从长睡里
> 　　　　醒来，比已倒下的那些、
> 　　立起来的一个、依旧不屈的
> 　　　　许多神灵都更善良光辉；
> 　　他们祭坛上不供黄金鲜血，
> 　　只用象征的花还愿的眼泪。
>
> 　　哦停止！难道恨和死必须
> 　　　　复归？人就应该厮杀而死？
> 　　停止！不要喝干这苦涩的
> 　　　　预言之杯最后一滴渣滓。
> 　　哦，这个世界已厌倦过去，
> 　　但愿它终于死亡，或安息。③

---

　　① 江枫主编：《雪莱全集》（第2卷：长诗·上），河北教育出版社2000年版，第182页。
　　② 江枫主编：《雪莱全集》（第5卷：小说、散文），河北教育出版社2000年版，第368、374页。
　　③ 江枫主编：《雪莱全集》（第4卷：诗剧），河北教育出版社2000年版，第74—75页。

《希腊》是写希腊人为摆脱奥斯曼帝国奴役般的统治所进行的革命。虽然在这部诗剧里有对希腊革命志士与土耳其士兵殊死搏斗的描写，也有对奥斯曼帝国苏丹马哈茂德二世（1785—1839）被希腊的革命反叛吓得惶惶不可终日的描写，但是雪莱的政治态度始终是主张非暴力的，他在诗剧的结尾高声呼吁："哦停止！难道恨和死必须／复归？人就应该厮杀而死？"他的呼吁是对全人类的，包括统治奥斯曼帝国的士兵和希腊的革命志士。

雪莱的诗歌之所以伟大、崇高，颇具革命浪漫主义色彩，是因为他的诗歌尤其是长诗和诗剧以神话叙事或神话典故的手法表达了他的政治正义理念。正义的东西必定是至善的，这也是政治正义不可缺少的重要组成部分。毋庸置疑，至善是人之灵魂的终极诉求，也是人之生命意义的所在。离开了对至善的追求，人就远离了价值和崇高，变得与其他动物毫无区别；因此，对至善的追求便成为人区别于兽的圭臬。柏拉图认为："每个灵魂都在追求善，把善作为自己全部行动的目标。"[①] 亚里士多德说："每种技艺与研究，同样地，人的每种实践与选择，都以某种善为目的。"[②] 从这个视角来讲，雪莱诗歌的政治性就是"向善而在"的正义性，它不仅永恒地存在于生活、艺术之中，而且成了人们的美好理想。

显然，"向善而在"是雪莱诗歌的终极价值和原则，它体现了一切伟大的诗歌作品所坚守的"诗性正义"和政治审美取向；而这种政治审美是通过神话叙事或神话典故的手法展现出来的。例如，在《希腊》这部诗剧里，雪莱采用神话叙事和神话典故的手法，把希腊志士与奥斯曼帝国英勇斗争的政治正义凸显了出来：

> 听到那暴风没有，
> 它那俄耳甫斯式的雷霆声响亮
> 从废墟呼唤她泰坦建造的城墙？
> 它的精神在震撼着奴役制干枯的
> 骨头？阿戈斯、科林斯、克里特

[①] 《柏拉图全集》（第2卷），王晓朝译，人民出版社2003年版，第501页。
[②] ［古希腊］亚里士多德：《伦理学》，廖申白译，商务印书馆2004年版，第3页。

> 全都听到了，妖魔鬼怪和仙女们
> 在从它们高山顶上的宝座回应
> 那动人心魄的和声。①

在这节诗里，俄耳甫斯和泰坦都是神话人物，用在这里就是神话典故，起到了非同凡响的作用，使读者感到了一种震慑力。在文学作品当中，尤其是在诗歌当中，如何才能够把政治、正义和审美恰到好处地融合起来以表现颇具至善的生命意识，这是国内外文学界一直以来不断探索的问题。传播平等自由，歌颂政治正义是文学作品的价值选择和根本任务；而神话叙事和神话典故完全可以成为有效表达这些价值的手法之一。神话中那些美丽的情感最能够持久地感动人心，使读者从灵魂深处领悟到一种值得追求的价值理想，那也是他们所敬畏的精神价值信仰。

雪莱的诗歌能够放射出这种价值的绚丽之光，难道不是吗？！

2018 年 12 月 12 日于杭州

---

① 江枫主编：《雪莱全集》（第 4 卷：诗剧），河北教育出版社 2000 年版，第 55 页。

参考文献

［英］A. J. M. 米尔恩：《人的权利与人的多样性——人权哲学》，夏勇、张志铭译，中国大百科全书出版社1995年版。

［英］B. 马林诺夫斯基：《巫术科学宗教与神话》，李安宅译，中国民间文艺出版社1986年版。

［德］E. 云格尔：《死论》，林克译，生活·读书·新知三联书店1995年版。

［德］F. W. J. 谢林：《艺术哲学》（上册），魏庆征译，中国社会出版社1996年版。

［德］F. W. 尼采：《悲剧的诞生》，赵登荣等译，漓江出版社2000年版。

［美］M. H. 艾布拉姆斯：《镜与灯：浪漫主义文论及批评传统》，郦稚牛、张照进、童庆生译，北京大学出版社2015年版。

［德］W. C. 魏特林：《和谐与自由的保证》，孙则明译，商务印书馆1979年版。

［法］阿尔贝·索布尔：《法国大革命史》，马胜利、高毅、王庭荣译，北京师范大学出版社2015年版。

［美］阿兰·邓迪斯编：《西方神话学读本》，朝戈金等译，广西师范大学出版社2006年版。

［古希腊］埃斯库罗斯：《普罗米修斯》，载《古希腊悲剧喜剧全集》（1），王焕生译，译林出版社2007年版。

［美］艾瑞克·弗洛姆：《逃避自由》，陈学明译，工人出版社1986年版。

［法］安德烈·莫洛亚：《雪莱传》，谭立德、郑其行译，上海文艺出版社1981年版。

［古希腊］柏拉图：《理想国》，郭斌和、张竹明译，商务印书馆1986年版。

［美］保罗·蒂利希：《存在的勇气》，唐蓓译，贵州人民出版社1988年版。

［法］保罗·里克尔：《恶的象征》，公车译，上海人民出版社2005年版。

曹山柯：《神话与英国时代变革期的诗歌》，华中师范大学出版社2014年版。

曹山柯：《失落的乌托邦——时代变革期的文学》，华中师范大学2014年版。

陈周旺：《正义之善》，天津人民出版社2003年版。

［法］达尼埃尔·莫尔内：《法国革命的思想起源：1715—1787》，黄艳红译，上海三联书店2011年版。

［俄］H. A. 别尔嘉耶夫：《精神王国与凯撒王国》，安启念、周靖波译，浙江人民出版2000年版。

［俄］叶·莫·梅列金斯基：《神话的诗学》，魏庆征译，商务印书馆2009年版。

［德］恩斯特·卡西尔：《人论》，甘阳译，上海译文出版社2003年版。

［德］恩斯特·卡西尔：《人论》，甘阳译，上海译文出版社1986年版。

［德］恩斯特·卡西尔：《语言与神话》，于晓等译，生活·读书·新知三联书店1988年版。

樊浩：《伦理精神的价值生态》，中国社会科学出版社2001年版。

费多益：《意志自由的心灵根基》，《中国社会科学》2015年第12期。

［美］盖伊·博尔顿：《雪莱情史》，林楚平、陈树培译，浙江文艺出版社1986年版。

郭鹏飞：《意识形态价值论》，人民出版社2014年版。

郭湛：《主体性哲学：人的存在及其意义》，云南人民出版社2002年版。

［德］汉斯·布鲁门伯克：《神话研究》（上），胡继华译，上海人民出版社2012年版。

［荷］巴鲁赫·德·斯宾诺莎：《伦理学》，贺麟译，商务印书馆1983年版。

［美］赫伯特·马尔库塞：《爱欲与文明》，上海译文出版社1987年版。

［古希腊］赫西俄德：《神谱》，张竹明、蒋平译，北京商务印书馆 1991 年版。

［法］亨利·柏格森：《时间与自由意志》，吴士栋译，商务印书馆 1987 年版。

侯维瑞：《英国文学通史》，上海外语教育出版社 2002 年版。

胡洽坤：《论潘恩的人权思想》，《学术界》1995 年第 2 期。

黄群：《哲人言辞中的城邦——卢梭与莫尔、培根的理想政制》，《中国人民大学学报》2012 年第 3 期。

黄洋：《古典希腊理想化：作为一种文化现象的 Hellenism》，《中国社会科学》2009 年第 2 期。

江枫主编：《雪莱全集》（1—7 卷），河北教育出版社 2000 年版。

蒋原伦：《西方神话与叙事艺术》，《外国文学评论》2004 年第 2 期。

［美］杰克·唐纳利：《普遍人权的理论与实践》，王浦劬译，中国社会科学出版社 2001 年版。

［德］卡尔·施米特：《政治的浪漫派》，冯克利、刘锋译，上海人民出版社 2004 年版。

李成旺：《西方逻各斯中心主义传统与马克思哲学的革命》，《学术月刊》2008 年 4 期。

李孟国：《无蔽之真——海德格尔真理问题研究》，南开大学出版社 2016 年版。

［美］列奥·施特劳斯：《什么是政治哲学》，李世祥译，华夏出版社 2011 年版。

鲁鹏：《价值：主体性的理解》，《苏州大学学报》（哲学社会科学版）2012 年第 6 期。

陆建德：《雪莱的流云与枯叶——关于〈西风颂〉第 2 节的争论》，《外国文学评论》1993 年第 1 期。

陆梅林辑注：《马克思恩格斯论文学与艺术》（二），人民文学出版社 1982 年版。

［古罗马］奥维德：《变形记》，杨周翰译，人民文学出版社 1984 年版。

马驰：《论文学的本质与审美意识形态》，《学术月刊》2006 年第 7 期。

［德］马丁·海德格尔：《林中路》，孙周兴译，上海译文出版社 2008 年

版。

《马克思恩格斯全集》(第6卷)，人民出版社1972年版。

《马克思恩格斯文集》(第1卷)，人民出版社2009年版。

聂珍钊：《文学伦理学批评导论》，北京大学出版社2014年版。

[法] 皮埃特·阿多：《伊西斯的面纱：自然的观念史随笔》，张卜天译，华东师范大学出版社2015年版。

[英] 齐格蒙·鲍曼：《生活在碎片之中——论后现代道德》，郁建兴等译，学林出版社2002年版。

乔清举：《关于死亡的沉思》，《现代哲学》2014年第2期。

[法] 让-皮埃尔·韦尔南：《神话与政治之间》，余中先译，生活·读书·新知三联书店2005年版。

[法] 让-雅克·卢梭：《论人类不平等的起源和基础》，李常山译，商务印书馆1962年版。

[法] 让-雅克·卢梭：《社会契约论》，何兆武译，商务印书馆2003年版。

[美] 萨缪尔·伊诺克·斯通普夫、[美] 詹姆斯·菲泽：《西方哲学史：从苏格拉底到萨特及其后》，邓晓芒等译，世界图书出版公司2009年版。

[苏] Е·Б·杰米施甘：《雪莱评传》（上、下），《文史哲》1956年第6期。

[苏] M. H. 鲍特文尼克、M. A. 科甘（等）：《神话辞典》，黄鸿森、温乃铮译，商务印书馆1985年版。

[美] 苏珊·诺伦-霍克西玛：《变态心理学与心理治疗》，第3版，刘川等译，世界图书出版公司2007年版。

[英] 托马斯·莫尔：《乌托邦》，戴镏龄译，商务印书馆2006年版。

王和：《人类历史是人性展现的历史》，《清华大学学报》（哲学社会科学版）2014年第1期。

王华胜：《"正义女神"系谱与正义的困境》，《山东科技大学学报》（社会科学版）2014年第3期。

王益明：《透视焦虑——焦虑本质的哲学心理学探析》，《山东大学学报》（哲学社会科学版）2003年第6期。

肖君和：《论神秘美》，《贵州社会科学》1989年第4期。

徐向东编：《全球正义》，浙江大学出版社2011年版。

杨通进编：《生态二十讲》，天津人民出版社2008年版。

姚文放：《"文学性"问题与文学本质再认识——以两种"文学性"为例》，《中国社会科学》2006年第5期。

叶朗：《美学原理》，北京大学出版社2009年版。

衣俊卿：《现代性的维度及其当代命运》，《中国社会科学》2004年第4期。

殷企平：《西方文论关键词：共同体》，《外国文学》2016年第2期。

［英］约翰·洛克：《政府论》（下篇），瞿菊农、叶启芳译，商务印书馆1964年版。

曾楠：《公权力与私权利之间：政治认同的张力与流变》，《理论与改革》2014年第1期。

［英］詹·乔·弗雷泽：《金枝》，徐育新等译，中国民间文艺出版社1987年版。

赵虹、田志勇：《英国工业革命时期工人阶级的生活水平——从实际工资的角度看》，《北京师范大学学报》（社会科学版）2003年第3期。

赵卓然：《索尔兹伯里的约翰"诛杀暴君"理论探析》，《东岳论丛》2015年第5期。

朱立元主编：《当代西方文艺理论》，华东师范大学出版社1997年版。

Andrew J. Welburn, *Power and Self—consciousness in the Poetry of Shelley*. Houndmills and New York: Palgrave Macmillan Press Ltd, 2005.

Charles E. Robinson, *Shelley and Byron: The Snake and Eagle Wreathed in Fight*. Baltimore and London: The Johns Hopkins University Press, 1976.

Cian Duffy. *Shelley and the Revolutionary Sublime*. Cambridge: Cambridge University of Press, 2005.

David Duff, *Romance and Revolution: Shelley and the Politics of a Genre*. Cambridge: Cambridge University Press, 1994.

Gerald McNiece, *Shelley and the Revolutionary Idea*. Cambridge and Massachusetts: Harvard University Press, 1969.

Immanuel Kant, *Religion Within the Boundaries of Mere Reasons and Other*

Wrings. Wood A, Givanni G D (Tran.) Cambridge: Cambridge University Press, 1998.

James E. Barcus, Ed. *Percy Bysshe Shelley: The Critical Heritage*. London and New York: Routledge, 1995.

John Pollard Guinn, *Shelley's Political Thought*. Paris: Mouton the Hague, 1969.

John Shawcross, ed. *Shelley's Literary and Philosophical Criticism*. London, Humphrey and Milford: Oxford University Press, 1902.

Mark Sandy, *Poetics of Self and Form in Keats and Shelley: Nietzschean Subjectivity and Genre*. Hants and Burlington: Ashgate Publishing Company, 1988.

Nathaniel Brown, *Sexuality and Feminism in Shelley*. Cambridge, Massachusetts and London: Harvard University Press, 1979.

Neville Rogers, *Shelley at Work: A Critical Inquiry*. Oxford: The Clarendon Press, 1956.

Robert Gittings & Jo Manton, *Claire Clairmont and the Selleys: 1798—1879*. Oxford and New York: Oxford University Press, 1992.

Sharon Ruston, *Shelley and Vitality*. Houndmills and London: The MACMILLAN PRESS LTD, 1986.

S. Kierkegaard, *The Concept of Dread*. Princeton N. J.: Princeton University Press, 1969.

Tim Milnes, *The Truth about Romanticism: Pragmatism and Idealism in Keats, Shelley, Cleridge*. Cambridge: Cambridge University, 2010.

Timothy Morton, ed. *The Cambridge Companion to Shelley*. Cambridge, New York and Singapore: Cambridge University Press, 2006.

Uttara Natarjan, ed. T*he Romantic Poets: A Guide to Criticism*. Victoria, Australia: Blackwell Publishing Ltd.

William E. Cain, ed. *Studies in Major Literary Authors*. New York and London: Routledge, 2002.